KB178910

테 스

테 스

토마스 하디 지음 │ 이종구 옮김

문예출판사

차 례

1부 처녀___7

2부 정조를 잃고___96

3부 새로운 삶___130

4부 결과___196

5부 여인의 대가___291

6부 알렉의 개심___385

7부 인과응보___463

작품 해설___507

1부 처녀

1

오월 하순 어느 날 저녁 무렵, 중년 사내 하나가 블레이크모어 분지의 말롯 마을을 향해 걸어가고 있었다. 그는 샤스톤에서 집으로 가는 중이었다. 그는 아예 똑바로 걷지도 못하는 듯 심하게 비틀거렸고, 가끔 무얼 생각하는 듯 고개를 끄덕끄덕하곤 했다. 한쪽 팔에는 빈 계란 바구니가 걸렸고, 보풀이 부풀고 차양 부분이 완전히 닳아빠진 모자를 쓰고 있었다. 이윽고 그는 잿빛 암말을 탄 나이 지긋한 목사와 마주쳤다. 목사는 혼자 콧노래를 흥얼거리고 있었다.

"안녕하세요, 목사님."

바구니를 걸친 사나이가 먼저 인사를 했다.

"안녕하시오, 존 경."

목사의 대답에 사나이는 걸음을 멈추고 돌아섰다.

"저 목사님, 지난 번 장날 여기서 만났을 때도 저더러 존 경이라고 그러신 것 같은데……."

"그랬던 것 같군."

"저는 잭 더베이필드라는 보잘것없는 행상인일 뿐인데, 만날 적마다 절더러 '존 경'이라고 부르시는 이유가 뭔지 알고 싶은데요?"

목사는 한두 걸음 말을 다가세웠다.

"그저 괜히 그렇게 불러본 것뿐일세."

목사는 잠시 머뭇거리다가 다시 말을 이었다.

"실은 군사(郡史)를 다시 엮느라고 족보를 뒤적이다 우연히 발견한 게 있네. 난 고고학을 좋아하는 목사거든. 그런데 더베이필드 자넨 정말 모르나? 자네가 더버빌이라는 유명한 고대 기사의 직계 상속자라는 걸 말일세. 배틀 사원의 기록에 따르면 정복왕 윌리엄을 따라 노르망디를 건너온 유명한 기사 페이건 더버빌 경이 바로 자네 직계 조상이라네."

"……금시초문인 걸요."

"이건 정말이라네. 어디 잠깐 이쪽으로 얼굴을 돌려보게나 옆모습이 잘 보이게. 옳지, 영락없이 더버빌의 골격에서 나온 코와 턱이군. 하긴 좀 품이 떨어지긴 했지만, 자네 조상은 확실히 노르망디의 에스틀마빌라 경(卿)이 클래모간셔를 정복했을 적에 그 편을 도운 열두 명의 기사 가운데 한 사람이었음이 틀림없어. 그 집안은 여러 파로 갈라져서 잉글랜드의 이곳 일대 장원들을 소유했고, 그들의 이름이 스티븐슨 왕 시대의 국고 문서에 적혀 있다네. 존 왕 때에는 기사 자선단에게 장원을 바칠 만큼 제법 부유했던 집안도 있었지. 또한 에드워드 2세 때, 자네 조상 브라이언이라는 분은 웨스트민스터로 초청을 받아 귀족 고승회의에 참석한 적이 있었지. 올리버 크롬웰 시대로 접어들면서 가세가 다소 기우는 듯했지만 뭐 그다지 염려스러울 정도는 아니었어. 찰스 2세 때엔 충성의 공로로 '떡갈나무 기사' 칭호까지 받았단 말일세. 사실 자네 집안은 몇 대에 걸쳐 존 경으로 행세했었다네. 기사라는 칭호가 남작 칭호처럼 세습제라면 자넨 존 경이 됐을 게 아닌가? 사실 옛날엔 아버지가 기사면 자식도 기사가 되었거든."

"원 별말씀을 다!"

"그러니까 말이야……" 하며 목사는 채찍으로 자기 다리를 한 번 툭 치고는 이야기의 끝을 맺었다. "잉글랜드에서는 자네 가문에 비길 만한 집안이 아마 몇 안 될 걸세!"

"그것 참, 그게 사실일까요? 저는 보잘것없는 천민으로 해마다 이곳저곳을 떠돌며 살아왔습니다요. 그런데 목사님, 저희 가문에 대해서 세상 사람들이 언제부터 얼마나 알고 있을까요?"

목사는 자기가 알기에는 그 사실이 세상 사람들의 머리에서 잊힌 지 오래 됐으므로 그 사실을 지금 기억하는 사람은 거의 없을 거라고 말했다. 목사 자신이 족보 조사를 한 것은 지난 해 봄부터였는데 그때 마침 더버빌 가문의 흥망성쇠를 살피던 중 어느 날 우연히 존의 짐마차에 적혀 있는 더베이필드라는 이름이 눈에 띄어 그 뒤부터 그의 조상에 관해 자세하게 조사해본 결과 마침내 확신을 얻었노라고 말했다.

"이미 지나간 일을 들춰내서 자네 마음을 괜히 어지럽힐 필요는 없다고 생각했는데…… 하지만 이따금 말하고 싶은 충동을 억제할 수 없을 때가 있다네. 난 자네가 그 일을 벌써 아는지도 모른다고 생각했지."

"하긴 저희 집안도 블레이크모어로 이사오기 전에는, 지금보다 좋게 지냈다는 얘기를 한두어 번 들은 기억이 있어요. 하지만 아무리 그렇다 해도, 지금은 집에 말이 한 마리밖에 없지만, 그때는 두 마리 정도쯤 있었겠지라고만 생각했죠. 저희 집에 낡아빠진 은수저 한 벌과 조각난 도장 하나가 있습니다만, 원 그 따위가 다 뭐란 말씀입니까? 하지만 제가 그 유명한 더버빌 가문의 핏줄이라면, 하기

9

야 저의 증조부님도 말 못 할 사정이 있어서인지 어디서 이사왔는가를 좀처럼 말하려 하지 않으셨어요. 외람된 말씀이지만 저희 가문은 지금 어디서 무얼 하며 살고 있을까요?"

"아무 데도 살지는 않지. 이 고장의 명문으로서는 혈통이 끊어진 셈일세."

"섭섭한데요."

"그래, 소위 엉터리 족보처럼 남자의 손이 끊겼다는 거야. 이를테면 몰락했단 말일세."

"그러면 저희 조상들은 어디 묻혀 있을까요?"

"킹즈비어 삽 그린힐이라는 곳이네. 퍼벡 산의 대리석제 지붕 밑에 입상(立像)이 있는 납골당 안에 자네 조상들이 나란히 누워 있다네."

"그러면 저희 집안의 가옥이나 땅은 어디 있나요?"

"있긴 뭐가 있겠나?"

"네? 그럼 땅뙈기 하나도 없을까요?"

"이젠 아무것도 없다네. 아까도 얘기했지만 자네 가문엔 자손도 많고 땅도 많았어. 이곳만 해도 킹즈비어와 셔튼, 밀포드, 렐스테드, 웰브리지 등에 자네네 소유가 있긴 있었지만 이미 지나간 일이야."

"우리 가문이 예전같이 다시 일어설 수는 없을까요?"

"그거야 낸들 어떻게 알겠나?"

"그렇담 어쩌면 좋을까요, 목사님?"

더베이필드가 잠시 생각 끝에 물었다.

"어쩌긴 뭘 어쩌겠어. '오, 용사는 쓰러졌도다', 그때가 좋았지 하면서 그저 묵묵히 살아가는 게지. 기껏해야 향토사가나 족보 학자들에게나 흥밋거리가 될 뿐이야. 이 고을 농가들 중에도 자네네 가문 못지않게 훌륭한 집안이 몇은 된다네. 그럼 잘 가게나."

"트링감 목사님, 오늘 이 일을 인연 삼아 같이 가셔서 저하고 술이나 한잔 나누실까요? 퓨어 드롭 주막에 기막힌 술이 있답니다. 하긴 롤리버네 집 술맛만은 따라가지 못하지만요."

"아냐, 고맙긴 하지만, 오늘은 안 되겠네. 더베이필드, 자넨 벌써 어지간히 취한 것 같네."

애기를 마치고 말을 몰고 가면서, 목사는 쓸데없는 애길 경솔하게 꺼내지 않았나 후회하는 모양이었다.

목사가 사라지자, 더베이필드는 생각에 몰두한 채 몇 걸음 걷다가, 길가 둑 위 풀숲에 바구니를 내려놓고 앉았다. 얼마 뒤 한 젊은이가 길 저편에서 나타나 더베이필드가 왔던 길을 걸어왔다. 젊은이는 더베이필드가 손짓하자 빠른 걸음으로 다가왔다.

"이봐, 저 바구니 좀 들어줘! 그리고 내 심부름도 좀 해달라구."

나뭇가지처럼 바싹 여윈 젊은이는 상을 찌푸렸다.

"존 더베이필드 씨 대체 당신이 뭔데 이래라저래라 하고, 나더러 '이봐' 하는 거요? 당신 이름을 내가 아는 것처럼 당신도 내 이름을 알잖아요."

"내가 왜 그러는지 자넨 잘 모를 거야. 그건 비밀이니까, 비밀이라고! 자, 내 부탁이나 잘 듣고 연락이나 해줘. 이봐 프레드, 자네한테는 말해도 상관없겠지만 비밀이란 딴 게 아니고 내가 귀족의 후손이라는 게야. 이 사실은 오늘 낮, 아니 저녁에 우연히 알게 된 거라네."

더베이필드는 매우 유쾌하다는 표정으로 들국화가 핀 둑 위로 벌렁 드러누웠다. 젊은이는 믿을 수 없다는 듯, 누운 더베이필드를 머리에서 발끝까지 쭉 훑어보았다.

"존 더버빌 경, ─ 이게 바로 본관이지. 기사가 남작과 같다면 말이지. 사실 기사도 남작이긴 하지만. 나에 대한 얘기가 역사책에 죄다 씌어 있다고. 자네 킹즈비어 샵 그린힐이라는 델 아나?"

"네. 그린힐 장에 가본 적은 있어요."

"그래. 그곳 교회당 밑에 우리 조상님들이 주무시고 계시단 말이야."

"거긴 읍내가 아녜요. 아무튼 내가 갔을 적엔 아주 보잘것없는 조그만 고장이던데요."

"글쎄, 고장이야 크든 작든 상관할 바 아니야. 문제는 그게 아니라구. 요는 거기 교구의 교회당 밑에 내 자랑스러운 조상들이 고이 묻혀 계시거든. 쟁쟁했던 조상들이 쇠줄로 엮은 갑옷이랑, 금은보석에 뒤덮여, 묵직하고 큼직한 연관 속에 누워 계신단 말이야. 이곳 웨식스 지방이 아무리 넓다 해도 나보다 당당하고 드높으신 조상을 가진 사람은 아무도 없다구."

"네에?"

"자, 저 바구니를 들고 어서 말롯 마을로 가라구. 그리고 퓨어 드롭 주막에 들러서 지금 당장 말몰이 마차를 보내서 날 집으로 모셔가라고 말해. 그리고 작은 병에다 럼주 한 되를 채워서 마차 편으로 보내주고, 술값은 내 이름으로 달아두라고 해둬. 그 다음엔 저 바구니를 갖고 우리 집으로 가서 마누라더러 빨래 따위는 할 필요도 없으니, 내가 돌아갈 때까지 그냥 기다리라고 해. 기쁜 소식이 있다구 말이야."

영문을 몰라 어리둥절해하는 젊은이에게 더베이필드는 선뜻 주머니에서 좀처럼 만져보기 힘든 실링화 한 닢을 꺼내 내밀었다.

"자, 이건 수고비야. 이 사람아."

돈을 보자 그따위 심부름을 할까 보냐고 생각했던 젊은이의 어정쩡했던 태도가 돌변했다.

"잘 알아모시겠습니다, 존 경. 고맙습니다. 그 밖에 또 다른 심부름은 없습니까, 존 경?"

"집에 가거들랑 일러 둬. 저녁은 염소 새끼 프라이가 좋다구 말이야. 그게 없으면 소시지도 괜찮아. 그것도 안 되면 내장 요리라도 좋다구 해."

"네, 존 경."

젊은이가 바구니를 집어들고 막 떠나려는데 마을 쪽에서 악대의 주악이 들려왔다.

"저건 뭐지?" 하고 더베이필드가 물었다. "나 때문이 아닌가?"

"저건 부인회 놀이에요, 존 경. 댁의 따님도 회원이잖아요."

"그랬군. 그보다 더 엄청난 일을 생각하느라 깜빡했구먼. 자, 어서 말롯 마을로 가서 마차나 보내줘. 그러면 내가 마차로 행차를 해서 부인회를 사열할지도 모르니까."

젊은이는 곧 떠났다. 더베이필드는 저녁 햇살을 받으며 들국화가 있는 풀밭에 드러누워 기다렸다. 한참 동안이나.

그러나 사람의 그림자는 보이지 않았다. 푸른 산기슭에 둘러싸인 이곳에 들려오는 소리라곤, 희미하게 들려오는 악대 소리뿐이었다.

2

말롯은 아름다운 블레이크모어 골짜기의 동북쪽 계곡 사이에, 사방이 산으로 둘러싸인 외딴 마을이었다. 런던에서 불과 네 시간

밖에 걸리지 않는 거리였지만 유람객이나 풍경화가들의 발길이 아직은 대부분 미치지 않은, 깨끗하고 아담한 마을이었다.

여름철 가뭄 때만 아니라면 사방으로 둘러쳐진 구름 꼭대기 아무데서나 이 분지의 지세를 잘 살펴볼 수 있었다. 궂은 날씨에 안내자 없이 섣불리 이 분지 속으로 찾아든 사람은 비좁고 꾸불꾸불한 진창길에서 곤욕을 치를 수밖에 없었다.

심한 가뭄에도 들판이 누렇게 물들어본 적 없고, 또 샘이 메말라본 적 없는 이 비옥한 고장은 햄블돈 힐, 빌배로우, 네틀콤 타우트, 독베리, 하이 스토이, 버브 다운 등 여러 봉우리로 이루어진 거대한 백악질(白堊質)의 산맥과 맞닿아 있었다. 만약 해안에서부터 여행자가 있어, 숱한 구릉과 곡식밭을 넘어 이십 마일 가량 북쪽으로 터덜터덜 걸어오다가 별안간 이 같은 단애에 부닥친다면, 지금까지 지나온 마을과는 너무나도 다른 시골 풍경이 한 폭의 그림처럼 시야에 펼쳐진 걸 보고선 놀람과 기쁨을 한꺼번에 맛볼 것이다.

뒤를 돌아다보면 구름이 까마득히 피어올라 있고, 햇볕은 사방 어디도 둘러싸인 데가 없다고 할 만큼 넓은 들판 위에 사뭇 내리 쬐었다. 오솔길들은 하얗게 드러나 보였고 나뭇가지로 만든 생울타리는 나직했다. 아울러 주위의 공기는 마냥 맑기만 했다.

이곳 분지 안의 세계는 너무나 아담하고 섬세하게 꾸며져 있었다. 말이나 기를 수 있는 작은 규모의 목장 생울타리를 산꼭대기에서 내려다보면, 그 생울타리와 맞닿은 초록색 풀밭은 마치 풀밭에다 펼쳐놓은 초록색 그물 같았다.

눈 아래로 보이는 대기는 부드러운 잠에 취한 듯하고 게다가 담청색 빛깔까지 띠어서 모두가 같은 빛깔로만 보였다. 아득히 보이는 지평선의 짙은 군청색은 그래서 더욱 조화롭게 보였다. 곡식을

심을 수 있는 땅은 극히 드물었고 또한 있다 하더라도 비좁기만 했다.

사방을 크게 훑어본다면 얼마간의 예외를 제외하고는 무성하게 초목으로 뒤덮인 언덕과 골짜기들이 보다 큰 산과 골짜기의 품속에 안긴 것같이 보였다.

블레이크모어는 바로 그러한 곳이었다. 이 마을은 지형적으로도 그렇지만 역사상으로도 흥미로운 곳이었다. 헨리 3세 때의 이상한 전설 때문에 이곳은 일찍부터 '흰 사슴의 숲'이라고 불렸다.

임금님이 쫓고 몰아서 잡으려다가 오히려 살려준 아름다운 흰 수사슴을 토머스 드라린드라는 사람이 죽여버린 죄로 많은 벌금을 바쳤다는 전설이 전해진다.

그 당시뿐 아니라 최근까지도 이곳에는 수목이 울창했었다. 산 허리에 아직도 살아남은 붉은 떡갈나무 숲과 갖가지 수종이 뻗어나간 삼림 지대 그리고 많은 목장들에 이곳저곳 그늘을 드리우고 서 있는 고목 속에서 지금도 옛날의 흔적을 찾아볼 수 있다.

비록 숲은 없어졌으나 그 숲 그늘 아래서 벌어졌던 몇 가지 풍습은, 옛 모습을 잃긴 했지만 아직 남아 그 명맥을 유지하고 있다. '오월의 무도' 같은 것은 이 마을의 말대로 '부인들의 들놀이'라는 행사로, 옛 흔적을 보여준다.

이 행사에 진정한 매력을 느끼는 사람은 행사에 참가하는 사람보다는 오히려 마을의 젊은이들이다. 해마다 많은 참가자들이 행렬을 지어 걷고 춤추는 '오월의 무도'의 특색은 참가자들이 한결같이 여자들뿐이라는 사실이다. 풍년을 축하하고 노래하는 축제이기도 한 이 행사는 다른 지방에서는 이미 퇴색해버렸지만 이곳 말롯 지방에서는 일종의 종교적인 모임으로 수백 년에 걸쳐 계속돼 왔고 지금도 계속되고 있다.

이 모임의 참가자들은 한결같이 흰옷을 입는데 그것은 오래전부터 내려온 풍속이었다. 여자들은 두 사람씩 짝을 지어 교구 안을 행진했다. 모두 흰옷이었지만, 푸른 울타리와 담쟁이덩굴이 엉킨 집을 배경으로 행진하는 여자들에게 햇빛이 비치면 그 흰옷이 저마다 다른 빛깔을 나타내곤 했다. 어떤 옷은 백색에 가까웠지만 푸른빛이 도는 것도 있고 노인들이 입은 옷은 누런빛이 도는 조지 왕조 시대의 구식 옷이었다.

한결같이 흰옷을 입었다는 것 외에 부인들이나 처녀들이 오른손엔 껍질을 벗긴 버드나무 가지를 왼손엔 하얀 꽃다발 한 묶음을 든 것 또한 이색적이었다. 그 버드나무 가지의 껍질을 벗기는 일과 꽃을 고르는 일은 각자가 정성껏 했다.

모임의 참가자 중에는 중년 부인 몇 명과 늙은이도 끼어 있었는데, 나이 든 그녀들의 은빛 머리칼과 주름진 얼굴은 이와 같은 화려한 분위기엔 정말 어울리지 않았다. 대부분의 젊고 아름다운 처녀들의 이야기만 하리라. 그들의 풍성한 머리칼은 햇빛을 받아 금빛, 검은빛, 혹은 갈색으로 반짝였다. 그들 중에는 눈매가 아름다운 처녀도 있었고, 코가 잘생긴 처녀, 입술과 몸매가 잘생긴 처녀도 있었으나 이 모든 것을 다 갖춘 처녀는 극히 드물었다. 그들은 많은 사람들의 시선에 익숙지 않은 시골 처녀들이라 뭇사람들의 시선 앞에서 어쩔 줄 몰라 하며 고개도 제대로 들지 못했다. 모든 동작이 수줍음 덩어리였다.

처녀들의 머리 위에 태양이 밝게 빛나는 것처럼 그녀들의 가슴속에도 또한 태양이 반짝반짝 빛났다. 그것은 아련한 꿈, 사랑, 희망 같은 것들이었지만 가슴속의 그 태양 때문에 그들은 명랑했고,

16

아름다웠으며 그들을 보는 사람 또한 즐거웠다.

그들 행렬은 퓨어 드롭 주막의 모퉁이를 돌아나와 큰길에서 샛길로 빠져서 목장으로 발걸음을 옮겼다. 그때 한 처녀가 말했다.

"어머, 테스 더베이필드, 저기 네 아버지가 마차를 타고 오시잖아?"

행렬 속의 한 젊은 처녀가 고개를 돌렸다. 한눈으로 봐도 아름다운 처녀였다. 그렇게 아름다운 처녀는 그녀밖에 없을 것 같았다. 금방이라도 감정이 터져버릴 것 같은 함박꽃 같은 입술과 커다란 눈동자는 그녀 얼굴에 훨씬 더 강렬한 표정을 만들어주었다. 머리에 매단 빨간 리본은 흰옷의 행렬 속에서 더욱 두드러져 누가 보아도 대뜸 테스란 걸 알아낼 수 있었다.

테스가 고개를 돌렸을 때 더베이필드는 퓨어 드롭 주막집의 이륜마차를 타고 한길을 올라오고 있었다. 그 마차는 팔꿈치까지 소매를 걷어올린 억센 고수머리의 여자가 몰았다.

이 여자는 퓨어 드롭 주막집의 하녀였다. 무슨 일이라도 즐겨 하는 성미인 이 쾌활한 하녀는 때로는 말을 돌보는 일에서 마부 노릇까지도 서슴지 않았다.

더베이필드는 몸을 뒤로 젖힌 채 기분이 좋은 듯 눈을 지그시 감고 박자에 맞춰 머리 위로 손을 저으면서 시를 읊듯이 나직하게 흥얼거리고 있었다.　.

"내 조상은 오늘도 킹즈비어의 궁전 같은 묘소에 계시도다. 훌륭한 기사이셨던 조상님들이 거기 연관 속에 고이 잠드셨노라."

테스를 제외한 나머지 회원들은 그 모습을 보고 킥킥거렸다. 아버지가 뭇사람들의 비웃음거리가 되자 테스의 두 뺨은 수치심과 분노로 빨갛게 달아올랐다. 그녀는 변명하듯 조급히 말했다.

"우리 아버진 고단해서 그래, 다만 그뿐이야. 우리 말은 오늘 쉬어야 하기 때문에 마차를 빌려 타고 오시는 거야."

"테스, 넌 아무것도 모르니 다행이야. 너희 아버진 오늘 장이 파하자 얼큰하게 한잔 드신 거라구. 호호호……."

"이봐, 너희들이 아버질 계속 놀려댄다면 너희들과는 단 한 발자국도 같이 걷지 않을 테야."

테스가 외쳤다.

두 뺨뿐만 아니라 테스의 온 얼굴과 목덜미까지도 빨갛게 달아올랐다. 두 눈에는 어느새 눈물이 고였다. 테스가 너무 괴로워하자 친구들은 더는 아무 말도 하지 않았다. 행렬은 다시 질서를 되찾았다. 몹시 자존심이 상한 테스는 아버지가 무슨 뜻으로 그런 말을 했는지 알고 싶은 마음을 억눌러버리고는 일행과 함께 풀밭 울타리로 향했다. 그러는 동안 마음이 가라앉아 버들가지로 옆의 친구를 찌르기도 하고 여느 때처럼 재잘거리기도 했다.

이 무렵의 테스는 세상 물정을 전혀 모르는, 감정 대로 움직이는 철부지 아가씨였다. 마을의 학교를 다녔으나 그녀의 말투에는 얼마간의 사투리 냄새가 났다. 이 마을 사투리의 특징은 UR이라는 음절로 대충 말할 수 있는 음색으로, 모든 사람들의 언어에서 느낄 수 있는 어느 발성에 못지않게 성량이 풍부한 것이었다.

그러한 음절을 발음하는, 테스의 끝이 약간 뾰족한 주홍빛 입술은 아직은 윤곽이 뚜렷하지는 않았고 입을 다물 때마다 아랫입술이 윗입술의 중간쯤을 밀어올리는 듯한 귀여운 버릇을 가지고 있었다.

그런 테스의 얼굴에는 어릴 적의 모습이 아직도 살아 있었다. 아름다운 그 모습 속에선 이따금씩 열두 살 때의 모습이 두 뺨 위에 나타났고, 혹은 아홉 살 때의 모습이 두 눈 속에서 반짝였으며, 때로는 굴곡진 입술 위로 다섯 살 때의 모습이 나타나기도 했다. 하지만 그런 사실을 발견하는 사람은 퍽 드물었다. 그리고 그런 일을 생각해내는 사람은 더더욱 없었다. 다만 몇 사람이, 그것도 낯선 사람들이 우연히 이 마을을 지나다가 테스를 바라보면서 그 싱싱하고 해맑은 아름다움에 도취되어 두 번 다시 이런 처녀를 만나볼 수 있을까 하고 생각할 정도이며, 대부분의 사람들은 그녀를 그림처럼 아름다운 시골 처녀로 볼 뿐, 다른 것은 아무것도 없었다.

행렬은 곧 예정된 장소에 도착했다. 이어 곧 춤이 시작되었다. 그들 중에 남자는 한 사람도 없었으므로 처음에는 여자들끼리 춤을 추었으나, 저녁이 가까워오자 일을 끝낸 남자들과 다른 마을에서 여행 온 남자들이 여자들 주위에 흥미로운 표정으로 몰려들었다.

그 남자들 가운데 어깨에 조그만 배낭을 걸쳐 메고 손에는 반지르르한 지팡이를 든 상류 계급의 젊은 사내 셋이 끼어 있었다. 얼굴이 서로 비슷했고 차례진 나이 또래로 보아 그들이 형제간이란 걸 누구나 쉽게 짐작할 수 있었다. 맨 맏이인 듯한 사내는 흰 넥타이에다 목까지 닿는 조끼와 좁은 차양이 달린 모자를 쓴 부목사의 정장을 하였고, 둘째는 보통 대학생의 모습이었다. 제일 앳되 보이는 사내는 겉모습만 봐서는 어떤 인물인가 판단하기 어려웠다. 그의 눈초리나 옷차림에서 풍기는 거침없고 자유로워 보이는 인상으로 그가 아직 이렇다 할 직업이 없는, 무슨 일이건 닥치는 대로 해보는 따위의 학생 신분임을 짐작할 수 있을 뿐이었다.

이들 삼형제는 우연히 만나게 된 마을 사람들에게, 자기네는 성령 강림절 휴가를 이용하여 블레이크모어 골짜기를 도보로 여행 중이며 지금 동북쪽에 있는 샤스톤 마을을 떠나 서남쪽으로 가는 길이라고 자기들을 소개했다.

그들은 길가의 문에 기대어 서서 처녀들의 춤과 흰옷에 무슨 의미라도 있느냐고 마음 사람에게 물었다. 그들 중 나이가 든 두 형은 오래 지체할 생각이 없어 보였는데, 막내 동생만은 남자 상대자가 없이 여자들끼리만 춤을 추는 모습에 마음이 끌렸는지 서둘러 떠나려는 기색이 전혀 없었다. 이윽고 그는 메고 있던 배낭과 손에 든 지팡이를 울타리 위에 올려놓고는, 스스럼없이 울타리 문을 열고 안으로 들어섰다.

"어쩌려고 그래, 엔젤?"

"저 안에 들어가서 아가씨들과 함께 춤을 추고 싶어요. 형님들도 같이 추지 않을래요? 조금만이라도 추고 싶어요. 오래 추진 않을게요."

"안 돼. 말도 안 되는 소리 그만해." 하고 맏형이 말을 받았다. "많은 사람들 앞에서 시골 말괄량이들이랑 춤을 추다니 만일 누가 보기라도 하면 어쩌려고 그래. 자, 어서 떠나자. 꾸물거리다가는 스타워 캐슬에 닿기 전에 날이 저물 거야. 거기밖에는 머무를 데가 없어. 게다가 잠자기 전에《불가지론반박》을 한 장(章) 정도 읽어야 해. 일부러 그 책을 갖고 왔는데 말이야."

"알겠어요. 오 분 내에 형과 커스버트 형을 따라갈 테니 그냥 가세요. 꼭 따라갈게요. 펠릭스 형."

두 형은 동생이 쉽게 따라올 수 있도록 그의 배낭을 가지고 마지못해 떠났다. 셋째는 곧장 잔디밭으로 들어갔다.

"정말 안됐군요." 춤이 멈추는 듯하자 그는 곁에 가까이 있는 처녀들에게 다정하게 말을 건넸다. "여러분의 파트너들은 어디 있지요?"

"아직 일이 끝나지 않았나 봐요. 이제 곧 몰려올 거예요. 그때까지만 파트너가 돼 주시겠어요?"

"좋습니다. 하지만 나 혼자서야 어디 이렇게 많은 아가씨들을……."

"혼자라도 전혀 없는 것보다는 낫잖아요. 여자들끼리만 춤을 춘다는 건 하긴 참 멋쩍은 일이에요. 껴안지도 끌어안지도 못하잖아요. 자, 어서 파트너를 고르시죠."

"얘, 너무 버릇없이 굴지 마."

한 처녀가 수줍게 말했다.

청을 받게 된 청년은 처녀들을 두루 돌아보며 춤 상대를 골라보려 했지만 모두가 비슷해 보여 고르기가 곤란했다. 그래서 맨 먼저 손이 닿는 처녀를 택하기로 했다. 이 처녀는 자기가 뽑혔으면 하는 은근한 기대로 처음 말을 걸었던 그 처녀도 아니고, 또한 테스 더베이필드도 아니었다. 문벌도 조상들의 유골도 묘비문도 더버빌 가문 특유의 모습도 아직까지는 테스에게 별다른 도움을 주지 못하는 것 같았다. 그러한 것들은 보잘것없는 농갓집 딸들을 따돌리고 젊은 청년의 파트너로 선택될 정도의 행운조차도 테스에게 베풀어주지 않았다. 빅토리아 왕조 시대의 가난한 노르망디 혈통이란 기껏 이 정도의 가치밖엔 없었다.

친구들을 제치고 청년에게 뽑힌 처녀의 이름이 누군지 모르겠지만, 이날 저녁 맨 처음 청년과 짝을 지어 춤을 출 수 있었던 영광으로 친구들의 부러움을 한 몸에 받았다.

그런데 청년이 들어가 본보기를 보이자 그때까지 구경만 하던 마을 청년들이 용기를 얻었음인지 하나 둘씩 무리 속에 끼어들기 시작했고, 짝을 지은 젊은이들 덕분에 무도회는 마침내 활기를 띠었다. 나중에는 가장 못생긴 처녀까지도 파트너가 생겨 그들은 젊음을 만끽하며 춤을 추었다.

교회당의 시계가 울리기 바쁘게 그 청년은 떠나야겠다고 말했다. 그는 춤에 취해, 앞서 간 형들을 깜박 잊고 있었던 것이다. 그가 막 무리에서 빠져나오려고 했을 때, 그의 시선이 테스에게 멎었다. 그는 그녀의 커다란 눈망울 속에 자기를 선택해주지 않은 것을 서운해하는 빛이 어려 있음을 알아챌 수 있었다.

청년도 테스를 일찍 발견하지 못한 것이 무척이나 유감스러웠다. 그는 안타까운 마음으로 목장을 떠났다.

오래 지체했던 청년은 형들을 따라잡으려고 쏜살같이 서쪽의 좁은 길을 따라 골짜기를 지나서 다시 고개로 올라갔다. 아직 형들을 만나지 못했으나 걸음을 잠깐 멈추고 숨을 몰아쉬며 뒤를 돌아보았다. 울타리 속의 푸른 풀밭에서 흰옷의 처녀들이 아직도 여전히 춤을 추며 빙빙 돌고 있었다. 처녀들은 이미 자기 존재 따위는 잊어버린 양 유쾌하게 춤을 추었다.

그러나 오직 한 처녀만은 그렇지가 않은 것 같았다. 흰 모습의 처녀 하나가, 춤추는 무리들과는 외따로 떨어져 울타리 옆에 우두커니 서 있었다. 그녀가 서 있는 위치로 보아 자기가 무리를 떠나올 때 발견했던, 함께 춤을 추지 못했던 바로 그 처녀임을 알 수 있었다. 그녀를 미처 발견하지 못한 것은 우연이고 사소한 일이기는 하지만 그녀가 그 사실을 섭섭해한다는 사실을 그는 직감적으로 알아차릴 수 있었다. 그녀에게 춤을 청할걸, 그녀의 이름이나 알아둘걸 하는 아쉬운 마음이 들었다. 저처럼 다소곳하고 풍부한 표정의 처녀, 희고 얇은 옷에 감싸인 부드러워 보이는 처녀, 생각하면 생각할수록 미련이 남았지만 이제는 더 어쩔 수 없는 일이었다. 청년은 그러한 미련을 떨쳐버리려는 듯 총총히 걸음을 재촉했다.

3

테스 더베이필드는 그 일을 쉽게 잊을 수가 없었다. 춤을 청해온 사내들은 물론 많았으나 얼마 동안은 영 마음이 내키질 않았다. 아아! 어쩌면 시골 사내들이란 그 낯선 청년처럼 멋진 말 한마디도 할 줄 모를까. 언덕 위로 멀어져가는 낯선 청년이 노을 속으로 사라져버리자, 그녀는 비로소 가슴속에 스몄던 서운함을 떨쳐버리고 상대를 청하는 마을 남자와 춤을 추었다.

그녀는 친구들과 어두워질 때까지 어울려서 한동안 흥겹게 춤을 추었으나, 아직 사랑을 모르는 나이인 만큼 멜로디에 맞춰 춤추는 즐거움만 느낄 수 있을 뿐이었다. 가끔 사랑에 빠진 젊은 남녀가 춤추는 모습을 보기도 했지만 또한 남자들에게 사랑의 고백을 받고 그의 가슴에 안겨버린 처녀들의 가책이니, 쓰디쓴 단맛이니, 즐거운 괴로움이니 테스는 자기에게 그런 일이 일어나리라고는 생각조차 하지 않았다. 마을의 젊은이들이 서로 자기와 춤을 추려고 다투며 싸우는 것도 재미있는 구경거리일 뿐, 그들의 싸움이 지나치면 테스는 오히려 점잖게 나무라기도 했다.

테스는 좀 더 늦게까지 있을 수도 있었지만 문득 아버지의 이상한 모습과 행동이 생각나 춤추는 무리에서 빠져나와 집으로 발걸음을 옮겼다. 집 가까이 오자 귀에 익은 음률이 들려왔다. 그 소리는 집 안에서 흘러나왔다. 규칙적으로 돌바닥 위에서 세차게 요람을 흔드는 소리, 그 소리에 맞추어 경쾌한 무도곡 가락의 〈얼룩소〉라는 노래가 흘러나왔다. 어머니가 억센 목소리로 즐겨 부르는 노래였다.

나는 보았네.

저 멀리 푸른 숲 속에
누워 있는 암소를
님이여 어서 오라.
그곳으로 안내하리니……

요람 흔드는 소리와 노랫소리가 동시에 그치더니 갑자기 드높이
외치는 말소리가 들려왔다.

"하나님의 축복이 있으소서, 우리 아기의 상냥한 두 눈에. 그리
고 보드라운 두 볼에도, 버찌 같은 입에도, 큐피드 같은 다리에도,
온몸에 고루고루 축복을 내리소서."

기도가 끝나기가 무섭게 요람 소리와 더불어 〈얼룩소〉 노래가
그 뒤를 이었다. 그것은 오래 전부터 테스가 보아온 일상의 정경이
었고, 그녀가 방 안에 들어갔을 때 본 것도 바로 그러한 것이었다.

즐거운 노랫소리와는 달리 가난이 구석구석 배어 있는 방 안 분
위기는 테스의 마음을 한없이 우울하게 만들었다. 풀밭에서의 즐거
웠던 축제—새하얀 옷과 꽃다발, 버들가지와 춤, 낯선 청년에게 순
간적으로 느꼈던 애틋한 그리움, 그러한 모든 것들이 방 안을 간신
히 밝히고 있는 희미한 촛불을 보는 순간 꿈처럼 비현실적으로 느
껴졌다. 좀 더 일찍 돌아와서 어머니를 도와드릴 걸 하는 뉘우침이
그녀의 가슴을 아프게 했다.

테스가 집을 나갈 때 그랬듯이, 어머니는 여러 아이들에게 둘러
싸인 채 일주일 동안 밀린 빨래를 하려고 빨래통 앞에 서 있었다.
그녀가 지금 입고 있는 흰옷도 어머니가 그저께 빨아준 것이었다.
축축한 풀에 스친 모양인지 옷자락이 파랗게 물들어 있었고, 테스
는 좀 더 조심할 걸 하는 뉘우침으로 가슴이 아팠다.

언제나처럼 더베이필드 부인은 빨래통 곁에서 한 발로 몸의 균형을 잡고 한 발로는 갓난아이가 잠들어 있는 요람을 흔들었다. 오랜 세월 동안 여러 아이들을 잠재웠던 요람은 이제 닳을 대로 닳아 거의 편편해져 있었다. 때문에, 더베이필드 부인이 종일 일하고 노래하고, 그러고도 남은 힘으로 흔들대를 밟을 때면 요람은 세차게 요동쳤고, 요람 속의 아기는 이리저리 굴러다니곤 했다.

요람이 덜커덩덜커덩 소리를 내며 흔들렸다. 촛불은 춤추듯 흔들거렸다. 어머니의 팔꿈치에서 물이 뚝뚝 떨어졌다. 여전히 노래를 흥얼거리며 더베이필드 부인은 딸을 찬찬히 바라보았다. 젊은 시절부터 노래를 좋아했던 그녀는 바깥세상에서 블레이크모어 골짜기로 흘러들어온 새 노래의 가락을 한 주일 내에 익혀 흥얼거리곤 했다. 비록 많은 아이들을 낳아 기르느라 고생한 흔적이 역력한 얼굴이었지만 아직 젊은 시절의 싱싱함과 아름다움이 희미하게나마 남아 있었다. 테스가 자랑할 수 있는 뛰어난 용모도 기사의 혈통이나 역사와는 상관없이 어머니에게서 물려받은 것인 듯했다.

"어머니, 제가 대신 흔들게요." 테스가 상냥하게 말했다. "아니 그보다는 나들이옷을 벗고 빨래 짜는 걸 도와드릴게요. 전 벌써 다 끝난 줄 알았어요."

어머니는 오랜 시간 동안 혼자서 일했다는 사실에 대해 별로 언짢아하는 것 같지 않았다. 사실 더베이필드 부인은 그러한 일로 테스를 나무라는 일은 거의 없었다. 일이 많으면 다음 날로 미루면 그만이었으므로 테스가 도와주지 않는 것을 별로 마음에 두지 않았다. 더구나 오늘 밤 어머니는 여느 때보다 기분이 좋아 보였다. 그녀의 표정에는 꿈꾸는 듯한 황홀함마저 감돌았다.

"이제 돌아왔니?"

더베이필드 부인은 노래의 마지막 소절까지 다 부르고 난 다음 딸에게 말했다.

"네 아버지를 모시러 갔으면 싶은데…… 아니 그보다 얘기할 게 있다. 네가 알면 깜짝 놀랄 일이야. 뽐내고 싶을 거고."

더베이필드 부인은 사투리를 많이 썼다. 그리고 런던에서 교육받은 여교사 밑에서 초등학교를 졸업한 딸은 두 가지 말을 썼다. 집에서는 약간씩 사투리를 썼고 밖에서나 점잖은 사람에게는 표준어를 썼다.

"제가 나간 뒤에 생긴 일이에요?"

"그래."

"사실은 오늘 오후에 아버지를 봤어요. 마차를 타고 으스대며 가시던 걸요. 그 일하고 무슨 관계라도 있어요? 말도 되지 않는 소릴 하시면서…… 난 창피해서 쥐구멍에라도 들어가고 싶었다구요."

"그것도 다 까닭이 있는 거란다. 글쎄 우리가 이 고을에서 제일 가는 가문이란 걸 알게 됐지 뭐냐. 아무튼 우리 조상은 저 올리버 그럼불 때보다도 더 오랜, 오랑캐들이 살던 아득한 옛날부터 내려온 가문이란다. 비석, 납골당, 문장, 방패 들도 있고 말이다. 성 찰스 시대에는 기사로도 뽑혔다는구나. 애야, 근사한 일이라고 생각지 않니? 남들은 술 취한 탓이라고 하지만 말이다. 아버지가 마차를 타고 돌아온 것도 다 그런 이유 때문이라구."

"정말 기쁜 일이군요. 그런데 그렇게 되면 우리에게 무슨 좋은 일이라도 생기는 건가요?"

"그럼 있구말구. 이제 우리에게 굉장한 일들이 밀어닥칠 테니 두고 보렴. 이 소문이 퍼지기만 하면 우리와 지체가 같은 사람들이 마차를 타고 줄을 이어 우릴 찾아올 게야. 아버지는 샤스톤에서 돌아오는 길에 그 사실을 알게 되셨다는구나."

"아버진 지금 어디 계세요?"

어머니는 대답 대신 엉뚱한 사실을 알려주었다.

"아버진 오늘 샤스톤에서 진찰을 받으셨어. 폐병인 줄 알았는데 다행하게도 그건 아니고 심장 주위에 지방층이 생겼대." 더베이필드 부인은 물에 젖은 엄지손가락과 집게손가락을 굽혀 C자 모양을 만들어 보였다. "의사가 이런 말을 했다는구나. 지금 당신 심장은 여기도 막히고 저기도 막혀버렸소. 이 부분만이 아직 열려 있는데, 이것이 이렇게 맞붙어버리면······" 그 말을 하면서 더베이필드 부인은 손가락으로 완전히 동그라미를 만들었다. "그렇게 되면 당신은 이 세상에서 자취도 없이 사라져버릴 것이오. 더베이필드 씨 당신의 생명이 얼마나 남았는지는 아무도 예측할 수 없습니다. 글쎄 의사가 그렇게 말했다지 뭐냐."

테스의 큰 눈이 더 크게 떠졌다. 이렇게 갑작스럽게 훌륭해졌는데, 아버지는 그 영광을 다 누리기도 전에 세상을 떠나실는지도 모른다니······.

"그런데 아버지는 지금 어디 계시냐구요?"

테스는 다시 물었다. 어머니는 애원하는 듯한 표정을 지었다.

"얘야, 짜증을 내선 안 된다. 가엾은 그 양반은 목사님한테서 그 얘기를 듣고 흥분해서 말이다 반 시간쯤 전에 롤리버 술집으로 가셨어. 내일은 꿀벌통을 싣고 떠나야 하니까 기운을 돋우시려는 게지. 집안 지체가 아무리 높아졌다 해도 갖다줄 건 갖다줘야지, 길이 멀단다. 오늘 밤 열두 시가 넘으면 떠나셔야 한다구."

테스는 두 눈에 눈물을 글썽이며 짜증스럽게 소리쳤다.

"기운을 돋우려고 술집에 가시다니! 하나님 맙소사, 어머닌 아버지의 그런 짓을 왜 그냥 보고만 있으세요?"

그녀의 날카로운 비난과 짜증은 방 안의 세간과 촛불과 가까이서 놀고 있는 아이들과 어머니의 얼굴까지도 겁에 질리게 했다. 시무룩해진 어머니는 변명하듯 조그만 소리로 말했다.

"그런 게 아니다. 내가 좋다고 할 리가 있니. 집 볼 사람이 있어야 네 아버지를 모시러 가지. 그래서 네가 돌아오는 걸 기다렸어."

"제가 가겠어요."

"네가 가도 소용이 없다, 테스."

어머니가 왜 그러는지 그 속셈을 잘 알고 있으므로 테스는 더는 우기지 않았다. 더베이필드 부인은 옆 의자에 미리 준비해둔 윗도리를 걸쳐 입고 모자를 썼다.

"이 《운세통감》을 바깥 광에다 갖다두어라."

낡고 두꺼운 《운세통감》이 탁자 위에 놓여 있었다. 그 책은 어머니가 늘 손 가까이 두고 펼쳐보곤 했기 때문에 글자 있는 데까지 가장자리가 너덜너덜하게 닳아 있었다. 테스가 그 책을 집어드는 것을 보고 더베이필드 부인은 집을 나섰다.

주책스러운 남편을 찾아 술집으로 가는 일은 더베이필드 부인에겐 매우 즐거운 일이었다. 그것은 어쩌면, 많은 아이들과 바쁜 집안일에 시달리는 그녀에게 남은 유일한 위안인지도 몰랐다. 롤리버 술집에서 남편을 찾아내, 그 옆에 한 시간이고 두 시간이고 앉아 있으면 잡다한 집안일과 아이들 걱정이 까마득히 잊혀졌다. 세상의 갖가지 근심이라고는 도무지 모르던 유년 시절로 되돌아간 듯 마음이 평온해졌다.

저녁노을처럼 아름다운 후광이 그녀 자신의 생활 위에 곱게 드리워지는 듯한 기분마저 들기도 했다. 그러한 때, 삶의 고달픔이라든가 웬만큼 자잘한 근심 같은 것은 오히려 이해하기 어려운 관념처럼 비현실적으로 느껴져 더는 가슴을 압박하지 않았고 집에서 기다리는 어린 아이들도 귀찮은 존재가 아닌, 꼭 있어야 할 없으면 안 될 혈육으로 느껴지곤 했다. 또한 한없이 단조로운 일상생활도 그런 대로 멋이 있는 것처럼 여겨졌으며, 남편 곁에 앉아 오래 전 그가 청혼했을 때를 떠올리면, 그를 이상적인 남자로만 생각했던 처녀 시절이 떠올라 마음이 흐뭇해지기도 했다.

어린 동생들과 집에 남은 테스는 먼저 《운세통감》을 바깥 광으로 가지고 나가 이엉 밑에 쑤셔넣었다. 어머니는 우스울 정도로 그 너절한 책을 무서워해서 밤에는 절대 방 안에 두지 않았고 점을 친 후에는 반드시 제자리에 갖다놓곤 했다. 어머니의 그런 행동이 테스의 눈에는 이상하게만 비쳤는데 그것은 세대 차인지도 몰랐다. 미신과 민속, 사투리와 구전된 민요 등 소멸해가는 모든 것들에 대한 잡다한 지식을 가진 어머니와 근대적으로 개정된 교육법 아래서 의무 교육을 받은 딸 사이에는 거의 이백 년이라는 시간 차가 있었다. 그들이 같이 있으면 제임스 1세 시대와 빅토리아 여왕 시대가 나란히 존재하는 듯한 인상마저 주었다.

책을 갖다놓고 뜰의 좁은 길을 돌아오면서 테스는 어머니가 그 책으로 또 무얼 점쳐보려 했을까 궁금했다. 조상에 대한 새로운 발견과 관련된 것일 거라고 어렴풋이 짐작은 했지만 그것이 바로 자신의 일신과 관계 있으리라고는 꿈에도 생각지 못했다. 테스는 곧 그 일을 잊어버리고 잔뜩 쌓여 있는 집안일을 시작했다. 다른 동생들은 잠자리에 들었고, 아홉 살 난 남동생 아브라함과 열두 살이 넘은 여동생 리자 루가 테스의 일을 거들어주었다. 테스의 바로 아래 동생 둘은 갓난아이 때 죽었으므로 동생들과 나이 차가 많이 벌어졌고 그 때문에 테스는 언니나 누나보다는 어머니 같은 태도로 동생들을 대했다. 동생 아브라함 아래로 두 여동생과 세 살 난 사내아이, 그리고 갓난아이가 있었다. 이 모든 어린 생명들은 모두 더베이필드라는 배의 선객들이었다. 그들은 의식주와 건강, 그리고 삶 그 자체까지도 더베이필드의 두 어른에게 전적으로 의존하고 있었다. 만약에 더베이필드 부부가 고통과 불행과 굶주림과 질병과 죽음을 향하여 뱃길을 택한다면 갑판 밑에 있는 여섯 명의 어린 부속품들도 하는 수 없이 운명을 같이할 수밖에 없었다.

밤은 자꾸 깊어 가는데 아버지도 어머니도 돌아오지 않았다. 테스는 이따금 창문으로 말롯 마을을 내다보았다. 마을은 이제 잠들려 하고 있었다. 하나씩 촛불과 램프가 꺼져 갔다.

"아브라함." 테스가 남동생에게 말했다. "모자를 쓰고 롤리버 술집에 가봐. 아버지와 어머니가 왜 여태 안 오시는지 알아보고 와. 넌 어둠 같은 건 무섭지 않지? 어서 갔다 와. 응?"

소년은 선뜻 일어나 밖으로 나갔다. 다시 반 시간이 지났는데도 아무도 돌아오지 않았다. 아버지 어머니처럼 아브라함도 롤리버 술집의 덫에 치여버린 모양이었다.

"아무래도 내가 가봐야겠군."

테스가 자리에서 일어섰다. 여동생 리자 루는 벌써 깊은 잠에 빠져 있었다.

테스는 잠든 동생들만 남겨둔 채 문을 잠그고 밖으로 나왔다. 캄캄하고 어두운 길을 걸어 그녀는 롤리버 술집으로 향했다.

4

인가가 드문드문 떨어져 있는 마을 끄트머리쯤에 있는 롤리버 술집은 마을에서 단 하나밖에 없는 술집이었지만 사실은 술만 팔 수 있었지 안에서 술 마시는 것은 합법적으로 허가받지 못한 술집이었다. 그 때문에 술 마시러 오는 손님을 위한 시설은 빈약하기 짝이 없었다.

마당 울타리에 철사로 얽어맨, 선반 같은 판자가 유일하게 허락받은 시설일 뿐이었다. 낯선 길손들은 그 판자 위에 술잔을 올려놓기도 하고, 먼지가 뿌옇게 피어오르는 길바닥에 술 찌꺼기를 버리면 폴리네시아 군도(群島)와 비슷한 모양이 얼룩으로 남는 걸 보면서 가게 안에 제발 편히 쉴 자리가 있었으면 하고 바랐다.

그런 소망은 마을 단골 손님 또한 마찬가지여서, 술집 주인 롤리버 씨는 못쓰게 된 위층 침실을 단골 손님들을 위한 휴식처로 제공했다. 창문이 큼직하고 두툼한 숄로 가려진 롤리버 술집의 이층 방에는, 오늘 저녁에도 여남은 명의 술꾼들이 모여 있었다. 말롯 마을 가까이 사는 토박이인 그들은 모두 롤리버 술집의 단골손님들이었다. 마을 저쪽 끝에 허가받은 퓨어 드롭 술집이 있긴 했지만 너무 멀어 이용하기가 불편했을 뿐만 아니라, 롤리버 술집의 다락방에서 마시는 술만큼 맛이 좋지가 않아 그들은 이곳에 모이기로 의견의 일치를 보았던 것이다.

그들은 침대 위나 궤짝, 세면대, 걸상 등 각자 편한 곳에 걸터앉아 술을 마셨다. 밤이 늦은지라 모두 거나하게 취했고, 기분은 하늘 꼭대기에라도 닿을 듯 유쾌해져 있었다. 취한 그들의 눈에는 방의 초라한 세간과 창문에 드리운 숄이 왕궁의 호사스러운 가구와 화려한 커튼으로 여겨졌고, 옷장의 놋쇠 손잡이도 황금빛 노커로 보이고, 조각한 침대 다리는 솔로몬 전당의 우아한 기둥으로 보여 그들은 모두 황제처럼 기분이 느긋해져 있었다.

더베이필드 부인은 테스와 헤어진 뒤 총총걸음으로 여기까지 왔다. 앞문을 들어서서 캄캄한 아래층을 지나, 익숙한 솜씨로 문고리를 벗기고는 계단의 문을 열었다. 그녀는 휘어진 계단을 느릿느릿 올라갔다. 이윽고 맨 꼭대기에 다다라 환한 불빛을 받으며 모습을 나타내자 침실에 모인 술꾼들의 많은 시선이 그녀에게로 쏠렸다.

"부인회 들놀이도 끝나고 해서 말이죠. 오늘밤 한턱 쓰려고 몇몇 친한 사람을 초대했어요."

발자국 소리를 들은 안주인이 큰 소리로 말하면서 층계를 기웃거렸다.

"아니 이게 누구야. 더베이필드 부인이잖아! 난 또 관청에서 나온 사람인 줄 알고 얼마나 놀랬다고!"

더베이필드 부인은 그곳에 모인 여러 사람들과 눈길과 고갯짓으로 인사를 나누고는 남편에게로 다가갔다. 남편은 넋 나간 사람처럼 혼자 콧노래를 흥얼거리고 있었다.

"그 누구에게도 뒤지지 않는 내 가문! 킹즈비어 삽 그린힐에 있는 우리 가문의 납골당, 우리보다 훌륭한 뼈대의 가문이 웨식스 지방에 또 어디 있으랴!"

"여보, 사실은 그 일 때문에 말할 게 있는데요. 얼핏 생각한 거지만 대단한 계획이라고요."

더베이필드 부인은 쾌활한 음성으로 남편에게 속삭였다.

"여보, 존. 내가 안 보여요?"

그녀는 남편을 팔꿈치로 쿡쿡 찔렀다. 남편은 꿈꾸듯 몽롱한 시선으로 노래만 계속 흥얼거렸다.

"쉿! 조용히해요. 만일 관청 사람이라도 지나가는 날에는 허가장을 **빼앗기게** 된다구요."

안주인이 말했다.

더베이필드 부인은 그녀에게 물었다.

"이번에 우리 집에 일어난 일을 알고 계세요?"

"네, 댁의 남편이 얘기하더군요. 그런데, 그런 일로 돈이라도 생기는 건가요?"

더베이필드 부인은 거드름을 피우며 대답했다.

"그건 비밀이라우. 마차를 탈 신세까지는 못 되더라도 그 신분에 가까이 가는 게 나쁘지는 않을 거예요."

큰 소리로 말하던 그녀는 목소리를 낮추어 남편에게 속삭였다.

"당신한테 그 얘기를 듣고 줄곧 생각해봤어요. 저 사냥터 숲 끝의 트랜트리지라는 곳에 더버빌이라는 돈 많은 부인이 살고 있다구요."

"뭐라구?"

"더버빌 부인이요. 그 부인은 틀림없는 우리 집안이라구요. 난 테스를 그 집에 보내 우리가 친척이라는 사실을 알릴 작정이라우."

"그래. 당신 말을 들으니까 기억이 나는군. 하지만 그 부인도 우리 가문에 비하면 우습지. 아마 노르만 왕조 시절 훨씬 전에 우리 집에서 분가해 나간 집안일 게야."

그들이 이 문제를 의논하느라 정신이 없을 때 꼬마 아브라함이 들어왔다. 아들이 들어온 것도 눈치 채지 못한 채 그들 부부는 얘기를 계속했다.

"그 부인은 부자잖우. 우리 딸애를 마음에 들어 할 거예요. 얼마나 좋은 일이에요. 친척끼리 서로 왔다 갔다 하면 말이우."

"그래요. 우리 모두가 일가라고 나서야 해요."

"누나가 그 집에 가서 살게 되면 우리 모두가 가서 만나볼 수 있는 거지? 까만 나들이옷을 입고 그 아줌마 마차를 타고 말이야."

침대 아래서 아브라함이 기쁜 듯 소리쳤다.

"아니, 넌 왜 여길 왔지? 어린아이는 어른들 일에 참견하는 게 아니야. 아빠 엄마의 얘기가 끝날 때까지 계단에서 놀고 있어."

아브라함에게 주의를 주고 나서 그들은 다시 소곤거렸다.

"테스를 그 친척 집에 꼭 보내야 한다구요. 그애라면 틀림없이 마나님 눈에 들 거예요. 그렇게 된다면 그애는 지체 높은 사람과 결혼할는지도 몰라요."

"정말 그럴까?"

《운세통감》으로 그애 운수를 봤더니 그렇게 나와 있더라구요. 그애가 오늘 얼마나 예뻤는지 당신이 봤으면 좋았을 텐데 말이우. 보드라운 살결하며, 꼭 공작부인 같았어요."

"그앤 뭐라 합디까?"

"그앤 아직 그 부자 마나님이 우리 친척인 줄 몰라요. 하지만 좋은 배필을 만날 수 있는 기회를 싫다 할 리가 없죠."

"테스는 성격이 깐깐해서 말이야."

"그래도 바탕은 착한 애라구요. 그 일은 나한테 맡겨두세요."

그들끼리만의 대화였지만 주위 사람들은 그들이 중요한 이야기를 하고 있다는 것과 그들의 맏딸인 테스의 앞날에 좋은 일이 있을지도 모른다는 것을 어렴풋하게나마 눈치 채고 있었다.

"테스는 명랑하고 예쁜 아이지. 하지만 더베이필드 부인도 테스가 '마룻바닥에서 파란 엿기름의 싹이 트지 못한다'는 걸 명심해야 할 텐데……."

술꾼 가운데 한 사람이 나직한 소리로 말했다. 그것은 특별한 뜻이 담긴 이 지방 속담이었는데 아무도 새겨듣는 사람이 없었다. 다시 여러 사람들의 얘기로 방 안이 시끌시끌해졌다. 얼마 후 아랫방에서부터 계단을 밟고 올라오는 발소리가 들렸다. "친한 사람들과 부인회 놀이를 계속하려고 제가 비용 일체를 도맡기로 하고 몇 분 모셨습니다" 하고 안주인은 난데없이 나타나는 사람들 때문에 준비해둔 말을 판에 박은 듯 지껄여대다가 깜짝 놀랐다. 막 피어나려는 꽃봉오리 같은 테스의 모습이 문 앞에 나타났기 때문이었다. 그녀의 모습은 중년 남녀로 들어찬 술 냄새 풍기는 방 안 분위기와는 전혀 어울리지 않았다. 그녀가 원망의 말을 꺼내기도 전에 양친은 서둘러 일어났다. 층계를 내려가는 그들의 등 뒤에서 롤리버 부인이 소리쳤다.

"소리 내지 말고 조용히 가시우. 허가장을 뺏기고 불려가고 하는 것은 상상만 해도 싫다우. 그럼 안녕히들 가시우."

테스와 어머니는 양쪽에서 아버지를 부축하고 집으로 돌아왔다. 사실 그는 오늘 별로 술을 마시지 않았다. 늘 마시는 주량—주일날 오후 교회에 갈 때 걸음걸이가 조금도 흐트러지지 않고 동쪽을 향해 무릎을 꿇고 예배도 드릴 수 있는 주량의 4분의 1 정도를 마셨을 뿐이었지만, 고매하신 존 경은 체질이 허약한 탓으로 극히 소량의 술에도 이처럼 비틀거리는 것이었다. 그의 걸음걸이는 신선한 공기를 쐬는 순간 더 위태로워져 방향 감각을 잃은 사람처럼 동으로 서로 마구 발길을 내딛었고 더베이필드 부인과 테스도 덩달아 비틀거렸다.

그 광경은 우스꽝스러우면서도, 결코 희극적이지만은 않은 색채를 띠었다. 테스와 어머니는 이 강요된 탈선과 비틀거림의 장본인인 아버지와 아브라함은 물론 그들 자신에게도 자연스러운 것인 양 꾸미려고 무진 애를 썼다. 그들이 집 가까이 왔을 때 더베이필드는 초라한 자기 집을 보고 용기를 북돋우기나 하려는 듯 다시금 큰 소리로 중얼거렸다.

"킹즈비어에 우리 집안의 납골당이 있다네!"

"조용히 좀 하세요. 당신 집안만 옛날에 훌륭했던 게 아니라우. 우리 마을에도 남부끄럽지 않은 조상을 가진 집안이 많다는 사실을 아셔야 해요. 그네들도 지금은 당신 집안처럼 망하긴 했지만. 난 지체 높은 집안에서 태어나지 않은 덕분에 못살아도 부끄러울 게 하나 없다구요."

"이봐. 당신 집안에서도 옛날엔 왕비가 나왔을지도 몰라. 당신 성품을 보면 알 수 있지. 다만 우리 집안보다 더 형편없이 몰락해버린 것뿐이라구."

테스는 조상보다 현재의 문제에 더 신경이 쓰였다.

"아버지, 이러다가는 내일 아침 벌통을 갖고 떠나지 못하실 거예요."

"나 말이냐? 괜찮아. 한두 시간만 지나면 거뜬해질 거야."

더베이필드는 자신 있게 말했다.

집으로 돌아온 그들은 열한 시가 지나서야 잠자리에 들었는데, 토요일 장이 열리기 전에 더베이필드가 캐스터브리지의 소매상에 벌통을 배달하려면 늦어도 새벽 두 시에는 일어나 길을 떠나야만 했다. 거기까지는 이삼십 마일이나 되는 거리에다 뿐만 아니라 말도 짐마차도 제대로 움직일 수 없는 험한 길이기 때문이었다.

한 시 반이 되자 테스와 동생들이 자고 있는 널따란 침실로 더베이필드 부인이 들어왔다.

"테스, 가엾게도 그 양반은 배달을 가실 수가 없을 것 같구나."

어머니가 문을 열고 방으로 들어오는 소리에 눈을 뜬 테스는 반은 잠들고 반은 깬 상태로 부스스 몸을 일으켜 멍하니 앉았다.

"그럼 누구든 가야 하잖아요. 벌통은 이미 철이 늦었기 때문에 다음 주 장날까지 기다릴 수가 없다구요. 오늘 장에 가지 않으면 벌통을 처분하지 못하게 된다구요."

"혹시 대신 가줄 젊은 사람이 없을까? 어제 너하고 춤추고 싶어 하던 젊은이 중에서라도……."

다급해진 더베이필드 부인이 곰곰이 생각한 끝에 테스의 마음을 떠보았다.

"싫어요. 말도 안 되는 소리 마세요. 그렇게 하긴 싫다구요. 만약 그렇게 한다면 마을 사람들이 왜 아버지가 장에 못 가셨는지 다 알게 된다구요. 그런 창피한 일이 어딨어요. 아브라함이 같이 가준다면 내가 갈 수도 있어요."

테스는 의연하게 말했다. 어머니도 결국 테스의 의견에 찬성했다. 어머니가 아브라함을 깨워 옷을 입히는 동안 테스도 서둘러 외출 준비를 했다.

이윽고 테스와 아브라함은 초롱불을 들고 마구간으로 갔다.

덜컹거리는 작은 짐마차에는 이미 짐이 실려 있었다. 테스는 짐마차보다 별로 나을 것도 없는, 프린스라는 비실비실한 말을 끌어냈다.

모든 살아 있는 생물이 편히 쉬는 시간에 느닷없이 바깥으로 끌려나온 가엾은 말은 영문을 모르겠다는 듯 초롱불과 두 사람을 둘러보았다. 둘은 초롱불을 마차의 짐 위에 걸어놓은 다음 말을 몰았다. 그들은 말에 너무 부담을 주지 않으려고 말 어깨 옆에 붙어 서서 말과 함께 걸었다. 기운을 내려고 초롱불 아래서 빵을 먹기도 하고 이야기를 하기도 하면서 어둠 속을 부지런히 걸었다. 긴 언덕길을 지나 스타워 캐슬의 작은 마을을 지나 다소 지형이 높은 곳에 이르렀다. 그들이 있는 곳 왼쪽에는 높은 산이 하늘을 찌를 듯 솟아 있었다. 그들은 그곳에서부터 짐마차 앞에 올라타고 느슨하게 경사진 길을 내려갔다.

"테스 누나."

한참 동안 침묵을 지키며 무언가를 골똘히 생각하던 아브라함이 무언가를 말하려는 듯 말문을 열었다.

"왜 그러지, 아브라함?"

"우리 조상이 훌륭한 가문이라는 사실이 누나는 기쁘지 않아?"

"그렇게 기쁠 것도 없어."

"그렇지만 신사하고 결혼하게 되는 건 기분 좋은 일이잖아."

"뭐라구?"

"우리에게 굉장한 부자 친척이 있는데 그 집에서 누나를 신사한테 시집보내 줄 거래."

"나를? 굉장한 부자 친척이라니, 우리한테는 그런 친척이 없어. 어떻게 어린 네가 그런 생각을 하게 됐지?"

"롤리버 술집에 갔을 때 엄마 아빠가 하는 얘길 들었어. 트랜트리지란 마을에 우리 친척뻘 되는 부자 아주머니가 산대. 엄마 말로는 누나가 그 부자 아주머니에게 친척간이라구 나서기만 하면 그 아주머니가 누나를 신사하고 결혼시켜줄 거래."

테스는 말없이 깊은 생각에 잠겼다. 아브라함은 누나가 무얼 생각하는지 상관 않은 채 혼자서 계속 지껄여댔다. 그는 벌통에 몸을 기대고 하늘을 쳐다보며 별에 대해서 생각나는 것들을 이야기했다.

하늘에 깔린 많은 별들은 짐마차를 탄 가엾은 두 오누이에게는 그야말로 무관심한 듯 새까만 허공 한복판에서 싸늘하게 반짝였다. 아브라함은 저 반짝이는 별들이 얼마나 먼 곳에 있느냐고 묻기도 하고, 별 저쪽에는 하나님이 계시냐고도 물었다. 그러나 어린 그는 자연의 신기함보다도 그의 상상 세계에 더욱 관심이 큰 듯싶었다. 가령 테스가 신사에게로 시집을 간다면 저 별들을 네틀콤 타우트 만큼이나 가깝게 바라볼 수 있는 망원경을 살 만한 돈이 생기느냐고 묻기도 했다. 온 집안 식구들의 뇌리 속에 아로새겨진 듯싶은 이야기가 새삼스럽게 튀어나오자 테스는 도저히 더 견딜 수 없을 것 같았다.

"그런 소리 그만둬!"

테스가 역정을 내자 아브라함은 얼른 말머리를 돌렸다.

"누나, 별들도 세계가 있다고 했지?"

"응."

"그 세계도 우리가 사는 세계와 같아?"

"아마 그럴 거야. 가끔 별이 우리 집 사과나무에 달려 있는 사과처럼 느껴질 때가 있어. 별들은 사과처럼 거의가 싱싱하고 허물이 없어. 어쩌다 벌레 먹은 것도 있긴 하지만."

"우리들의 별은 어느 쪽이지? 벌레 먹은 거야, 아니면 싱싱한 쪽이야?"

"벌레 먹은 쪽이지."

"싱싱한 별이 저렇게도 많은데 하필이면 벌레 먹은 쪽이라니…… 우린 운이 나쁘구나."

"그래."

"만일 우리가 싱싱한 별을 골랐다면 우린 어떻게 되었을까?"

아브라함은 깊이 감동한 어조로 진지하게 물었다.

"아마 아버진 기침도 하지 않으실 거고, 이번처럼 장에도 못 갈 정도로 술에 취하지는 않으셨을 거야. 그리고 어머닌 늘 일에 매달려 있지 않으셔도 될 거고⋯⋯."

"누난 처음부터 부잣집 아가씨일 테니까 신사한테 시집을 가야지만 부자가 되는 일도 없을 거고."

"얘, 이제 그만둬. 그런 소린 더 듣고 싶지 않아."

혼자 생각에 잠겨 있던 아브라함이 꾸벅꾸벅 졸았다. 말을 모는 데 익숙지 못한 테스였으나 잠시 동안 혼자서 말을 몰고 동생을 재우기로 했다. 그녀는 동생이 마차에서 떨어지지 않도록 벌통 앞에 둥우리 같은 자리를 만들어준 다음 고삐를 쥐고 말을 몰았다.

말은 힘도 없고 온순했으므로 별 주의를 기울이지 않아도 되었다. 테스는 벌통에 등을 기댄 채 골똘히 생각에 잠겼다. 최근 자신의 주변에서 일어난 일들이 마음을 착잡하게 했다. 아버지가 자랑하는 가문과 어머니가 공상하는 신사 청혼자, 모두가 헛된 환상처럼 여겨졌다. 마차가 가는 길 주위의 나무와 울타리들도 이 세상의 것이 아닌 환상처럼 여겨졌고 때로 뺨을 스쳐가는 바람은 시간적인 역사 및 공간적인 우주와 서로 교감하는 슬픈 영혼의 탄식처럼 여겨졌다.

생각에 골몰한 나머지 테스는 시간이 얼마큼 흘렀는지 의식하지 못하고 있다가 깜빡 잠이 들었다. 갑자기 앉은 자리가 거센 충격으로 흔들리는 바람에 테스는 눈을 번쩍 떴다.

마차는 테스가 잠이 들었던 곳에서부터 훨씬 멀리 떨어진 곳에서 멈춰 있었다. 어디선가 여태까지 한 번도 들어본 적이 없는 나지막한 신음 소리가 들렸고 뒤이어 누군가가 "아, 이것 봐"라고 외치는 소리가 들려왔다.

마차 옆에 걸렸던 초롱불은 꺼져 있었고, 대신 그보다 훨씬 밝은 초롱불이 그녀의 얼굴을 비추었다. 마구(馬具)는 길을 막은 그 무언가에 얽혀 있었다.

무언가 엄청난 일이 일어났다는 직감이 테스의 마음을 순간적으로 스쳐갔다. 급히 마차에서 뛰어내린 그녀는 무서운 사실을 발견하고는 온몸을 부르르 떨었다. 아버지의 가엾은 말 프린스가 피를 철철 흘리며 간신히 몸을 지탱하고 서 있었다. 그 끔찍한 사고는 아침 우편 마차가 여느 때와 마찬가지로 쏜살같이 오솔길을 달려오다가 불도 없이 느릿느릿 마주 오던 테스의 짐마차에 부딪치는 바람에 일어난 것이었다. 우편 마차의 뾰족한 수레채 끝이 불쌍한 말의 가슴을 정통으로 찔러, 그 상처에서 흘러나온 붉은 피가 콸콸 소리 내며 길바닥으로 쏟아졌다.

절망에 빠진 테스는 말 앞으로 뛰쳐나가 구멍난 상처를 손으로 막아보았으나 얼굴과 옷으로 피가 튈 뿐이었다. 하는 수 없이 그녀는 넋을 잃고 우두커니 서 있기만 했다. 가까스로 몸을 버티고 서 있던 말이 마침내 땅으로 쓰러지고 말았다.

그제야 우편 마차의 마부가 테스에게로 와, 그녀와 함께 아직 온기가 남아 있는 프린스의 몸뚱이에서 마구를 풀어냈다. 그러나 말은 이미 죽어버린 다음이라 더는 손을 쓸 수도 없었다. 마부는 단념한 듯 아무런 상처도 입지 않은 자기 말에게 돌아갔다.

"아가씨가 마차를 잘못 몰았어. 난 우편물을 배달해야 하니까 아가씨가 여기서 짐을 지키고 있으라구. 가능하면 빨리 도와줄 사람을 보내주지. 곧 날이 밝을 테니까 무서워하지 않아도 돼."

그는 마차를 몰아 급히 가버렸다. 테스는 그 자리에 우뚝 선 채 기다렸다. 새벽 공기가 희끄무레해지고 새들이 재잘거리며 울타리 위로 날아올랐다.

저 멀리까지 뻗어 있는 좁은 길이 밝아오는 아침 속에서 희게 드러났다. 테스는 그 길 한편에 창백하게 질린 얼굴로 서 있었다.

해가 떠오르자 무지갯빛으로 엉켜 붙은 피 웅덩이는 햇빛에 반사되어 프리즘 같은 무수한 색채로 영롱하게 빛났다. 프린스는 눈을 반쯤 뜨고 꼿꼿해진 채 그 옆에 조용히 누워 있었다. 테스는 그 광경을 응시하며 울먹였다.

"이건 모두 내 잘못이야. 내 탓이라구…… 우린 이제 무엇으로 살아가지? 아브라함, 아브라함."

테스는 그때까지도 잠에 빠져 있는 동생을 흔들어 깨웠다. 눈을 뜨고 일어나 사태를 파악한 아브라함의 어린 얼굴에는 쉰 살이나 된 것 같은 깊은 주름살이 잡혔다.

"프린스가 죽었어. 이젠 짐을 가지고 갈 수 없게 됐다구. 어저께만 하더라도 난 춤추고 웃고 했는데…… 난 어쩌면 이렇게도 멍텅구리일까."

테스는 넋 나간 사람처럼 혼자 중얼거렸다. 아브라함도 눈물이 글썽한 눈으로 따라 중얼거렸다.

"그건 우리가 벌레 먹은 별에서 살아서 그래."

둘은 막막한 침묵 속에서 도와주러 올 사람들을 기다렸다. 그동안이 영원처럼 길고 지루하게 느껴졌다. 이윽고 말발굽 소리가 들렸다. 우편 마차의 마부가 약속했듯 그들을 도우러 스타워 캐슬 가까운 곳에 사는 한 농부가 튼튼해 보이는 작은 말을 끌고 다가왔다. 벌통을 실은 짐마차에 프린스 대신 새 말이 매어졌고 짐은 시장으로 운반되어 갔다.

그날 저녁 빈 마차가 다시 사고 현장인 그곳으로 돌아와, 아침부터 도랑 속에 누워 있던 프린스의 시체를 싣고 말롯 마을로 향했다. 프린스의 말굽은 위로 뻗쳐지고 말편자는 석양을 받아 번쩍이면서 흔들렸다.

테스는 그보다 일찍 집으로 돌아갔다. 부모님께 어떻게 그 소식을 알려야 할지 막막하기만 했다. 집에 도착하여 부모님의 얼굴을 보는 순간 그들이 이미 사실을 알고 있다는 것을 발견하고는 얼마간 마음이 놓였지만, 말을 몰면서 잠들어버린 자신의 부주의함에 대한 죄책감은 쉽사리 사라지지 않았다. 가난한 그들에게 이 사고는 치명적이었는데도 더베이필드 부부는 테스를 책망하지 않았다. 워낙 찌들려 왔고 불행에 익숙한 터라 오히려 태연할 수 있었는지도 모른다.

가죽을 취급하는 폐마상이 늙은 말이라서 프린스의 가죽값을 겨우 이삼 실링밖에 쳐줄 수 없다고 하자 더베이필드는 단호하게 말했다.

"좋아. 난 프린스를 팔지 않을 테다. 그깟 푼돈은 저희들이나 가지라고 해. 이래봬도 우리 가문은 기사의 가문이었다구! 내게 충실했던 이놈을 이제 와서 헐값에 팔아치우고 싶지가 않아."

이튿날 그들은 곡식을 위해 땅을 팔 때보다 더 열심히 땅을 팠다. 말을 밧줄로 묶어 무덤까지 끌고 갔다. 장례 행렬을 뒤따르면서 아브라함과 리자 루는 흐느껴 울었고 슬픔이 어린 호프와 모데스티의 울음소리는 마당 담벼락을 울렸다. 프린스가, 파놓은 구덩이 아래 떨어지자 모두 무덤가에 둘러선 채 말없이 내려다보았다. 그들은 이제 밥벌이 일꾼을 잃었다. 장차 어떻게 살아갈 것인가.

"프린스는 천당에 간 거야?"

아브라함이 훌쩍였다. 아버지가 삽으로 흙을 덮기 시작하자 아이들은 다시 울음을 터뜨렸다. 테스만이 울지 않았다. 자기의 잘못으로 말이 죽었다는 죄책감 때문에 그녀의 얼굴은 창백하게 질려 있었다.

5

말에 주로 의지해왔던 더베이필드 가(家)의 행상은 그날부터 당장 타격을 입었다. 그런대로 현상을 유지했던 집안에 기분 나쁜 곤경의 그림자가 드리워지기 시작했다. 이 고장에서 게으름뱅이로 소문이 나 있는 더베이필드는 일할 만한 능력을 충분히 갖고 있었으나 일거리가 필요한 때에 맞춰 생기는 것이 아닌 데다가 날품이나 일상적인 노동에 익숙지 못했기 때문에, 간혹 일거리가 생긴다 해도 끝까지 해내지를 못했고, 그래서 그들의 곤경은 더욱 심해져만 갔다.

집안의 곤경에 대해 심한 죄책감을 느끼는 테스는 부모님을 도울 방법을 혼자 곰곰이 생각했다. 그때 어머니가 자기 계획을 털어놓았다.

"사람이 살다보면 좋은 때도 있고 궂은 때도 있는 법이란다. 이런 때, 우리 혈통에 대해 알게 된 건 어쩜 불행 중 다행인지도 모르지. 지금이 바로 우리 친척을 만나볼 때야. 저쪽 숲 끝에 더버빌 부인이라는 돈 많은 부인이 살고 있어. 그분은 틀림없는 우리 친척일 게다. 네가 그 부인을 찾아가 우리가 친척뻘 된다는 사실을 밝히고 우리 사정이 어려우니 도와달라고 부탁하면 어떻겠니?"

"난 그러기 싫어요. 그런 친척이 있다면 서로 알고 지내는 걸로

족해요. 도움 같은 건 받기 싫어요."

"그 부인은 널 마음에 들어 할 거야. 도와주고 싶어 할 거야……
그뿐 아니라 예기치 못한 좋은 일이 생길지도 모르잖아."

죄책감 때문에 테스는 어머니의 의견을 따르려고 마음먹고 있기
는 했지만 어머니가 왜 그런 허황된 계획에 혼자 들떠 있는지 이해
하기가 어려웠다. 혹시 어머니는 더버빌 부인이 덕이 높고 인자한
부인이라는 사실을 남들에게서 듣고서 그런 엉뚱한 희망을 품게 되
었는지도 모른다. 그러나 테스는 자신이 부잣집 마님의 가난한 친
척 역할을 해야 한다는 사실이 은근히 자존심 상했다.

"그러느니 차라리 일자리를 찾겠어요."

"여보, 당신이 결정지으시구려. 당신이 가라면 갈 거예요."

남편을 돌아보며 더베이필드 부인이 말했다.

"난 내 자식이 낯선 친척집에 찾아가서 신세 지는 걸 원치 않아.
난 지체 높은 집안의 가장이니까 체통에 어울리게 처신해야지."

가지 않아도 좋다는 아버지의 생각이 가기 싫다는 스스로의 반
감보다도 더 괴로웠다. 테스는 슬프게 중얼거렸다.

"하긴 나 때문에 말이 죽었으니까 내가 뭐든지 해야겠다는 생각
이에요. 그분을 찾아뵙는 건 아무렇지도 않게 해낼 수 있어요. 그렇
지만 그 부인에게 도움을 청하는 건 내게 맡겨주셔야 해요. 그리고
어머니, 그분이 절 신사와 결혼시켜준다느니 하는 식의 생각은 하
지 마세요. 그건 어리석은 생각이에요."

"옳은 말이다, 테스."

아버지가 점잖게 말하자 어머니가 반문했다.

"내가 그런 생각을 한다고 누가 그러든?"

"내 짐작일 뿐이에요. 어쨌든 내일 그곳에 가보겠어요."

이튿날 테스는 아침 일찍 일어나 샤스톤이라는 언덕 위의 마을까지 걸어갔다. 그곳에서 포장마차를 탔는데, 그 마차는 소문으로만 들었던 더버빌 부인이 살고 있는 트랜트리지 마을을 지나가는 마차였다.

그날 아침 테스를 태운 마차는 그녀가 태어나고 자라난 골짜기의 동북쪽 산하를 가로질러 갔다. 테스에게 그 블레이크모어 골짜기는 전 세계나 마찬가지였다. 어린 시절 그녀는 말롯 마을 어귀에서나 높은 층층대에서 마을을 내려다보곤 했는데 그때 신비롭게 여겨졌던 광경은 지금도 마찬가지로 신비롭게 여겨졌다. 그 시절의 그녀는 날마다 자기 방 창문가에서 멀리 샤스톤 마을의 탑과 마을과 저택들을 바라보곤 했는데 집집의 창문들이 저녁 햇살을 받아 등불처럼 반짝이는 광경이 한없이 아름답게 느껴졌다. 그녀는 물론 그 마을에 가본 적이 없었고, 마을 주변의 분지와 주변조차도 자세히 알지 못했다. 어린 시절, 테스는 친구들에게 인기가 많았다. 테스가 같은 나이 또래의 친구들과 셋이서 어깨동무를 하고 학교에서 집으로 돌아가는 모습은 마을 어디에서나 볼 수 있었다. 가운데에 끼인 테스는 원 바탕이 퇴색한 엉뚱한 빛깔의 털스웨터와 바둑판무늬의 분홍색 사라사 앞치마를 두르고 무릎에 구멍이 뚫린 양말을 신은 채 늘씬한 걸음걸이로 걸어오곤 했었다. 머리칼은 흙빛에 가까웠으며 양쪽의 두 친구들이 테스의 허리에다 팔을 감으면 테스는 둘의 어깨에다 팔을 얹곤 했다. 블레이크모어 골짜기를 한 번도 떠난 적이 없이 어린 시절을 보낸 테스는 성장하면서 집안 사정을 알게 되자 헤어날 길 없는 집안의 가난이 어머니가 무책임하게 낳아 놓은 아이들 때문이라고 생각했다. 사실 그 많은 아이들을 양육하는 일은 어렵고 벅찬 일이었는데 어머니는 그 벅찬 일을 떠맡을 능력을 지니고 있지 않았다. 더베이필드 부인은 하나님의 섭리에 따라 줄줄이 태어난 가족들 가운데 하나 더 보태진 어린아이에 지나지 않았던 것이다.

자연히 테스는 어머니 역할을 대신 떠맡지 않을 수 없었다. 학교를 졸업하자마자 이웃 농가에 가서 일을 거들어준 것도 집안을 도우려는 갸륵한 마음에서였다. 날이 갈수록 집안의 무거운 짐이 테스의 가냘픈 두 어깨에 얹혀졌고, 따라서 테스가 더베이필드 집안의 대표로서 더버빌 저택으로 가는 것은 어쩌면 당연한 일인지도 몰랐다.

트랜트리지 네거리에서 마차에서 내린 테스는 언덕을 걸어올라 체이스로 향했다. 그녀가 들은 바로는 바로 이 체이스 기슭에 더버빌 부인의 영지인 '슬로우프' 저택이 있다고 했다. 그곳을 향해 천천히 걸어가는 테스의 눈에 붉은 벽돌로 된 문지기 집이 먼저 눈에 띄었다. 그 옆문을 지나 마차 길이 구부러지는 곳에 이르자 본채 건물이 모습을 드러냈다. 멀리 체이스의 연한 하늘빛 풍경을 배경으로 문지기 집과 꼭 같은 붉은 벽돌 건물이 빨간 제라늄 꽃처럼 산뜻하게 지어져 있었다. 넓은 온실이 언덕 아래 관목 숲까지 뻗쳐 있었고, 그 저택 뒤로 최신 기구를 갖춘 마구간은 교회의 분회당만큼이나 위엄 있어 보였다. 잔디밭에는 장식이 요란한 천막을 쳐놓았는데, 그 입구가 테스를 향해 열려 있었다. 영지 안의 모든 것이 잘 정돈되고 풍요로워 보였으며 갓 만들어낸 새 동전 같은 인상을 주었다.

테스는 자갈이 깔린 마찻길 한 옆에 서서 넋 나간 듯 저택을 바라보았다. 그녀는 자신이 어디까지 왔는지 의식하지 못한 채 여기까지 왔는데 와 보니 상상했던 것과는 전혀 딴판이었다.

"우리 가문은 아주 오래된 집안인데 여긴 새 집이잖아!"

테스는 순진하게 중얼거렸다. 친척임을 주장하라던 어머니의 의견에 선뜻 따르지 말고 집 근처에서 일자리를 얻을 걸 하는 후회가 마음을 스쳐갔다.

이 '슬로우프' 저택을 소유한 더버빌 집안은 처음에는 자칭 스토우크 더버빌이었지만, 사실은 보수적인 이 지방에서는 좀처럼 찾아보기 힘든 색다른 집안이었다. 늘 술에 취해 비틀거리는 존 더베이필드가 옛 더버빌 집안의 유일한 직계 자손이라는 목사의 말은 옳았다. 그때 목사가 스토우크 더버빌 집안이 존과 같이 정통 더버빌 집안이 아니라는 사실을 말해주지 않은 것은 실수인지도 몰랐다. 그들은 그들의 부에 어울리게끔 더버빌이라는 가문 이름을 갖다 붙인 것뿐이었다.

얼마 전에 죽은 시몬 스토우크 노인은 북부 영국에서 장사(고리 대금업을 했다는 말도 있다)로 재산을 모든 뒤, 이곳 남부 시골에 정착하기로 마음먹었다. 그는 장사꾼이었던 자신의 신분을 드러내지 않으면서 멋없는 본래 성보다는 덜 평범한 성을 가지고 재출발하고 싶었다. 그래서 대영박물관에 가서 이제부터 그가 영주하려는 지방의 명문 가운데서 아주 몰락해버렸거나 반쯤 몰락한 집안들을 연구한 기록 문서를 조사했다. 그 많은 가문 중에서 더버빌이라는 가문이 유달리 그의 마음에 들었고, 그의 가문은 남부 지방에 영주하자마자 곧 더버빌 가문이 되어버렸다.

이리하여 그는 자기 자신과 자기의 상속자를 위하여 본래의 이름에다 영원히 더버빌이란 이름을 덧붙였던 것이다. 그러나 그렇다고 해서 그가 완전히 엉뚱한 사람은 아니었다. 새로운 바탕 위에다 자기 집안의 족보를 이룩하려고 적당히 지체 높은 가문과 혼인 관계를 맺거나 귀족을 일가로 삼기는 하였으나 터무니없이 어울리지 않는 직위는 하나도 붙이지 않았다.

가엾은 테스와 그녀의 부모는 이런 사실을 전혀 몰랐다. 바로 그것이 그들의 불행의 원인이었는데 사실 그들은 성을 바꿀 수 있다는 것조차 몰랐던 것이다. 용모가 아름다운 것은 행운일 수 있지만 가문이란 것은 자연의 섭리대로 마련되는 것이라고 그들은 생각했다. 더버빌 저택 앞에서 테스는, 수영하려는 사람이 물에 뛰어들까 말까 망설이는 것처럼 마음을 정하지 못하고 주춤거리고만 있었다.

이때 천막에서 사람이 하나 나왔다. 키가 훌쩍 큰 그 젊은 사나이는 담배를 피워 물고 있었다. 얼굴빛은 검었고 흉해 보이는 두툼한 입술 위에 끝이 뾰족하게 말려 올라간 수염을 길렀다. 나이는 스물넷 정도로 보였는데, 대담하게 눈동자를 굴리는 모습이 어딘가 야만스러운 느낌을 주었다. 그는 길옆에 선 채 어쩔 줄 몰라 하는 테스에게로 다가와 경쾌한 음성으로 물었다.

"예쁜 아가씨, 무슨 볼일이시죠? 아, 날 그렇게 어려워할 건 없어요. 난 더버빌입니다. 혹시 날 만나러 온 건 아닌가요? 아니면 어머니를?"

그 젊은 친척은 그곳 저택과 정원이 그러했던 것처럼 테스의 상상과 어긋난 용모를 지니고 있었다. 테스는 더버빌 집안의 용모적인 특징을 모조리 갖춘 듯한 늙고 위엄 있는 얼굴의 친척, 오랜 세월에 걸친 일족의 역사와 영국의 역사가 주름진 얼굴에 상형 문자처럼 나타나 있는 그러한 친척을 상상했던 것이다.

"전 댁의 어머님을 뵈러 왔어요."

테스는 용기를 내어 말했다. 최근에 세상을 떠난 스토우크 노인의 외아들 알렉—가짜 가문의 현 주인이 호기심 어린 눈초리로 테스에게 물었다.

"어머니는 편찮으셔서 만날 수가 없어요. 어머니 대신 내가 용건을 들을 수는 없을까요? 무슨 용무죠?"

"용무가 아니고……."

"그럼 그냥……."

"아녜요, 말씀드리기가 거북할 뿐예요."

테스는 자기의 심부름이 새삼 어처구니없이 느껴졌다. 게다가 낯선 알렉이 무섭기도 하고 이곳 저택에 와 있다는 사실이 불안스럽기도 해서 자신도 모르게 장밋빛 입술을 움직여 살짝 미소 지었다. 수줍어하는 듯한 테스의 그 모습이 가무잡잡한 알렉의 마음을 끌었다.

"너무 터무니가 없어서, 말씀드릴 수가 없어요."

"괜찮아요. 난 터무니없는 것을 좋아하니까. 어서 말해봐요, 아가씨."

"어머니가 가보라고 하셨어요. 저도 그럴 생각이 있었구요. 사실 저는 댁과 우리 집이 친척이라는 말씀을 드리러 온 거예요."

"흠, 가난한 친척이란 말이지?"

"네."

"스토우크 집안?"

"아뇨, 더버빌 집안이에요. 우리 집안은 성이 변해서 더베이필드가 되었지만 우리가 더버빌 집안이라는 증거는 여러 가지가 있어요. 고고학이나 족보를 연구하시는 분도 그렇게 말씀하시구요. 그리고 아주 낡은 인장도 있답니다. 방패형의 문장(紋章) 위에 사자가 뒷발로 서 있고 그 위로 성 무늬가 새겨져 있죠. 그리고 숟갈이 국자처럼 우묵 패인 위에 성의 무늬가 아로새겨진 해묵은 은 숟갈도 있답니다. 허지만 너무 낡아서 어머닌 완두콩 수프를 젓는 데 그걸 쓰고 계시죠."

"은빛 성 무늬는 분명히 우리 집 가문(家紋)입니다. 그리고 우리 집 문장은 앞발을 들고 덤비는 사자가 틀림없구요."

"우린 더버빌 가문 중에서는 가장 오래된 집안이고, 어머닌 같은 집안끼리 알고 지내야 한다고 하셨어요. 게다가 저희는 불행한 사고로 말을 잃었거든요. 그래서……."

"그건 좋은 일이에요. 그러니까 예쁜 아가씨, 당신은 친척으로서 인사하러 온 거란 말이죠?"

알렉은 테스가 얼굴을 붉힐 정도로 빤히 그녀를 바라보며 상냥하게 말했다. 테스는 머뭇머뭇 대답했다.

"그런 셈이에요."

"그거야 해로울 것 없는 일이죠, 집이 어디죠? 아가씬 무얼 하고 있죠?"

테스는 간단하게 집안 사정을 이야기하고는, 올 때 타고 온 같은 마차 편으로 되돌아갈 거라고 덧붙여 말했다.

"그 마차가 돌아와 트랜트리지 네거리를 지나려면 한참 더 기다려야 해요. 그동안 정원을 거닐지 않을래요? 예쁜 사촌 동생?"

테스는 가능하면 빨리 방문을 마치고 집으로 돌아가고 싶었으나 젊은이가 간곡하게 권유하는 바람에 마지못해 고개를 끄덕였다. 그는 테스에게 잔디밭과 꽃밭과 화초용 온실을 구경시켜준 다음 과수원 겸 과일용 온실로 그녀를 안내했다.

"딸기 좋아해요?"

"네, 익은 딸기를 좋아해요."

"이곳 딸기는 벌써 다 익었지."

더버빌은 몸을 구부리고 여러 가지 종류의 딸기를 따서 테스에게 건네주었다. 그러다가 탐스러운 '영국 여왕' 종의 특별히 잘 익은 딸기를 따더니 꼭지를 쥐고 그녀의 입에 갖다 댔다. 테스는 얼른 그의 손과 자기 입술 사이를 손가락으로 막았다.

"싫어요. 내 손으로 먹겠어요."

"바보 같은 소리!"

그가 고집을 부렸다. 테스는 난처한 표정으로 입을 벌려 딸기를 받아먹었다.

그들은 온실 속을 거닐며 얼마 동안 시간을 보냈다. 테스는 반은 즐거운 마음으로, 반은 내키지 않는 마음으로 더버빌이 주는 딸기를 받아먹었다. 그녀가 더는 딸기를 먹을 수 없게 되자 그는 테스의 조그만 바구니에 딸기를 가득 채워주었다. 그들이 장미나무가 서 있는 곳을 지나치게 되었을 때 그는 꽃을 꺾어주면서 가슴에 꽂으라고 했다. 테스가 가슴에 더는 꽃을 꽂을 수 없게 되자 그는 꽃봉오리 한두 개를 더 따서 손수 그녀의 모자에 꽂아주고 바구니에도 장미꽃을 수북이 담아주었다. 이윽고 그가 손목시계를 들여다보며 말했다.

"이제 뭘 좀 먹고 나면 샤스톤으로 가는 마차를 탈 시간이 될 거야. 이리로 와요. 먹을 것을 가져올 테니까."

알렉은 다시 테스를 잔디밭의 천막 안으로 데리고 갔다. 그녀를 혼자 남겨 놓고 천막 바깥으로 나가더니 점심 식사를 담은 바구니를 들고 나타났다. 그는 손수 테스 앞에 차려놓았다. 테스와 단둘만의 즐거운 식사를 하인들에게 방해받고 싶지 않았음이 분명했다.

"담배를 피워도 괜찮겠죠?"

"괜찮구말구요."

그는 점심을 먹는 테스의 예쁜 모습을 천막 안에 퍼지는 담배 연기 사이로 지켜보았다. 그 담배 연기 뒤에 자기 인생의 비극이 숨겨져 있으리라고는 꿈에도 생각지 못한 테스는 천진스러운 표정으로 가슴에 꽂힌 장미꽃을 내려다보았다. 무지개처럼 다채로운 그녀의 젊은 시절 속에서 핏빛으로 뚜렷하게 흔적을 드러내게 될 그 비극은 그녀의 겉모습에서부터 잉태되고 있었다. 어머니에게 물려받은 성숙한 자태—아직 관능미를 풍길 정도는 아니지만 풍만한 모습과 무르익은 육체의 완벽한 아름다움이 바로 그 비극의 시작이었고, 알렉이 테스에게서 눈길을 떼지 못하는 것 또한 그런 이유 때문이었다. 그 아름다운 용모는 어머니에게서 물려받은 것이지만 그 용모가 연상시키는 성품만은 테스는 달랐다. 그러한 것들이 가끔 테스의 마음을 괴롭혔기 때문에 테스는 친구들에게 걱정도 했지만 그때마다 친구들은 때가 되면 자연히 고쳐질 거라고 말해주었다.

테스는 곧 점심을 끝내고 일어섰다.

"이제 집에 가야겠어요."

"그런데 아가씨의 이름은 뭐죠?"

마차가 지나다니는 길까지 그녀를 바래다주면서 알렉이 물었다.

"말롯 마을의 테스 더베이필드예요."

"그런데 집에서 부리던 말을 잃었단 말이죠?"

"제가 말을 죽인거나 마찬가지예요. 전 부모님께 어떻게 해드리면 좋을지 모르겠어요."

테스는 눈물을 글썽이며 프린스가 죽은 경위를 자세히 이야기했다.

"나도 테스를 도울 방법에 대해 생각해보겠어요. 어머니가 틀림없이 당신에게 일자리를 주실 거예요. 그런데 테스, '더버빌'에 대한 얘기는 그만 하는 게 좋겠어. '더베이필드'면 그것으로 족한 게

53

아니겠어?"

"나도 그 이상 더 바라는 게 없어요."

그녀는 더버빌 가문의 후예답게 위엄 있는 목소리로 말했다. 두 사람은 붉은 벽돌로 된 문지기의 집이 아직 보이지 않는 석남화(石南花)와 침엽수 사이의 기다란 차도의 모퉁이에 이르렀다. 그 순간 알렉은 테스에게로 얼굴을 기울이고 키스를 하려다가 아직은 안 된다 하고 마음을 고쳐먹은 듯 그녀를 그대로 보내주었다.

그것은 운명적인 사건의 시초였다. 만약 그녀가 알렉과의 만남의 의미를 깨달았다면, 어째서 자신은 그날 올바르고 성실한 남자를 만나는 대신 알렉 같은 엉뚱한 남자를 만나 비극의 굴레를 뒤집어쓰게 되도록 운명 지어졌을까 반문했으리라.

그러나 테스는 자기가 알고 있는 사람들 가운데서 바람직한 남자에게서는 거의 잊혀지게 된, 한낱 순간적인 인상밖에 주지 못했음을 깨달았다.

신중하게 세운 계획이라도 잘못된 판단으로 실행에 옮겨진다면 기대하던 성과를 얻을 수 없는 것처럼, 사랑해야 할 사람은 사랑할 수 있는 제때에는 좀체 나타나지 않게 마련인지도 모른다. 서로 사랑하는 사람들이 만나기만 하면 행복해질 수 있을 때에도 자연의 섭리는 쉽게 인간들에게 그 방향을 가르쳐주지 않으며, 또한 인간들이 질문을 던져도 역시 대답조차 해주지 않기 때문에 마침내 이와 같은 숨바꼭질이 벌어지게 되리라.

다가올 인류의 진화 과정이 그 절정에 이를 경우에도 이러한 착오가 보다 더 섬세한 직관이나 보다 더 치밀한 사회 구조의 상호 작용의 힘으로도 시정될 수 있을까가 궁금할 뿐이다.

그처럼 완전무결이란 실현이 가능하다고 예언할 수도 없으며 또 상상할 수도 없는 것이다. 지금의 경우 역시 다른 많은 경우들처럼 가장 적합한 때에 서로 만나게 된 것은 완전한 하나를 쪼갠 두 조각의 반신(半身)이 아니고, 때가 늦어질 때까지 어리석게도 기다리며 서로 헤어져 온 세상을 헤매어 다니던 길 잃은 반 조각이었다고 하면 좋을 것이다. 이처럼 서툰 등장은 근심과 실망과 타격과 큰 재화와 실로 기구한 운명을 싹트게하게 마련인 것이다.

더버빌은 천막으로 돌아가 의자에 걸터앉으며 웃음과 함께 생각에 잠겼다. 순간 그는 크게 웃음을 터뜨렸다.

"거참 희한한 일도 다 있군! 하하하…… 한데 그 계집앤 정말 너무 예쁘단 말야."

6

언덕을 걸어 내려가서 트랜트리지에 닿은 테스는 곧 샤스톤으로 가는 마차에 올라탔다. 마차가 달리자 그녀는 밖을 내다보는 일도 없이 골똘히 생각에 잠겼다. 승객 한 사람이 날카로운 말투로 그녀에게 말을 걸었다.

"당신은 마치 꽃다발 같군요. 아직 유월 초인데 장미가 벌써 활짝 피었다니!"

모자와 가슴에 장미꽃을 꽂은 테스와 그녀의 손에 들린 바구니에 가득 찬 딸기와 장미가 다른 사람의 눈에 이상하게 보이는 모양이었다. 테스는 얼굴을 붉히며 꽃들은 선물로 받은 것이라고 변명하듯 말했다. 그녀는 사람들의 눈치를 보면서 모자에 꽂은 꽃을 뽑아 바구니에 넣었다. 그녀가 다시 생각에 잠겨 고개를 수그렸을 때 가슴에 달린 장미꽃 가시가 그녀의 턱을 찔렀다. 블레이크모어 사람들이 다 그렇듯이 미신을 강하게 믿는 그녀는 가시에 찔린 것을 불길한 징조로 여겼다. 그것은 그녀가 그날 처음으로 느낀 불길한 예감이었다.

마차는 샤스톤까지밖에 안 갔다. 여기서부터 말롯 마을까지는 대여섯 마일을 걸어서 내려가야 했다. 어머니는 테스에게 만약 피곤해서 걸을 수 없을 것 같으면 이곳에 사는 친구인 농사짓는 아주머니네 집에서 묵도록 하라고 일러주었다. 테스는 어머니의 말대로 하룻밤을 머무르고 이튿날 낮에서야 집으로 돌아왔다. 집 안으로 들어선 그녀는 들떠 있는 어머니의 표정을 보고 집에 무슨 일이 있었음을 눈치 챘다.

"테스, 난 일이 이렇게 될 줄 알았다. 내가 잘 될 거라고 하지 않던."

"제가 없는 동안 무슨 일이 있었나요?"

약간 지쳐 있는 테스에게 어머니는 유쾌한 음성으로 대꾸했다.

"그 집 사람들이 너한테 홀딱 반했단 말이다."

"어머니가 그걸 어떻게 알아요?"

"편지를 받았어. 더버빌 부인은 자기가 취미 삼아 하는 조그만 양계장 일을 네가 돌봐줬으면 하더라. 그리고 널 친척으로 맞이하겠대."

"난 그 부인을 만나지 못한 걸요."

"그럼, 다른 누굴 만났느냐?"

"그 부인의 아들을 만났어요."

"그 사람이 널 친척으로 생각하든?"

"그건 잘 모르겠지만 날 보고 사촌 누이라고 불렀어요."

"내 그럴 줄 알았어. 그러니까 아들한테 얘길 듣고 네게 일을 맡기려는 모양이다."

부인은 의기양양하게 말했다.

테스는 애매하게 대꾸했다.

"그렇지만 그 일을 잘 해낼지 모르겠어요."

"시골에서 자란 네가 그 일을 못 해낸다면 누가 잘 해내겠니. 그리고 말이다, 네게 그런 일을 시키는 건 내가 미안해할까 봐 시키는 척하는 것뿐이야. 아무렴 친척인데 마구 일을 시키겠니?"

테스는 무언가를 곰곰이 생각하더니 이윽고 말했다.

"아무리 생각해도 가지 않는 게 좋겠어요. 누가 쓴 편지인지 편지를 좀 봐야겠어요."

"자, 여기 있다. 더버빌 부인이 쓴 편지다."

편지는 삼인칭으로 씌어 있었다. 더베이필드 부인 앞으로 보내 온 그 편지에는 테스가 양계장 일을 도와주면 좋겠다는 것과, 그 일을 승낙만 한다면 좋은 방도 주고 일을 잘 하면 보수도 두둑히 주겠다는 짤막한 내용이 적혀 있었다.

"어머나! 이것뿐이에요?"

"그럼 벌써부터 그 부인이 두 손을 벌리고 너를 껴안고 키스라도 해줄 줄 알았어?"

"난 그냥 아버지 어머니와 함께 집에 있고 싶어요."

테스는 창밖을 내다보며 나직하게 말했다. 더베이필드 부인이 '왜' 하고 반문했다.

"이유는 말하고 싶지 않아요. 엄마, 난 정말 가고 싶지가 않아요."

그 문제는 일단 보류되었다. 일주일이 지났다. 어느 날 저녁, 테스가 이웃집에 간단한 일거리를 찾으러 갔다가 헛걸음만 하고 돌아왔을 때, 어린 동생이 방 안을 껑충껑충 뛰면서 떠들고 있었다.

"멋진 신사가 왔다 갔다구!"

기쁨으로 입이 함지박만 해진 어머니가 서둘러 설명했다. 더버빌 부인이 테스가 양계장 일을 도와주러 올 것인지 궁금해하기 때문에 그의 아들이 말롯 마을을 지나는 길에 확답을 들으려고 들렀다는 것이다.

"지금까지 그 일을 맡았던 사람이 성실치가 못해서 그만두게 했대. 그 댁 도련님은 네 외모를 보고 착한 아가씨가 틀림없다고 믿었다는구나. 그 사람은 분명히 네가 네 몸뚱이만 한 금덩어리의 값어치는 있다고 보는 모양이야. 글쎄, 그 사람이 네게 상당한 호감을 갖고 있는 모양이더라."

자신을 보잘것없는 존재라고 생각해 온 테스는 낯선 사람이 자기를 그처럼 칭찬해준 사실에 조금은 기분이 좋았다.

"그 집에 가서 어떻게 지내게 될지 그것만 확실하게 알게 된다면 언제라도 가겠어요."

"그 사람 아주 잘생겼더라."

"내가 보기에는 그렇지도 않던데요."

테스는 차갑게 대꾸했다.

"그 집에 가든 안 가든 네 맘에 달린 거지만 말이다. 그 사람은 근사한 다이아몬드 반지를 끼고 있었어."

어머니의 말이 끝나기가 무섭게 창가에 앉아 있던 아브라함이 쾌활하게 말을 이었다.

"나도 봤어. 그 사람이 콧수염을 만질 때마다 반지가 반짝반짝 빛나던걸. 근데 엄마, 그 사람은 왜 자꾸 콧수염을 만지지?"

"다이아몬드 반지를 자랑하려고 그러는 게야."

의자에 앉아 있던 존 경이 잠꼬대하듯 중얼거렸다.

"밖에 나가 잠깐 생각해보고 오겠어요."

테스가 방을 나가자 더베이필드 부인이 남편에게 말했다.

"여보, 테스가 그 집 사람들의 마음에 꼭 들었나 봐요. 그런데 그 앤 뭘 망설이는지 모르겠어요. 이런 좋은 기회를 놓치려 하다니, 어리석기 짝이 없는 짓이라구요."

"난 그앨 보내고 싶지 않아. 내가 직계 후손인데 그들이 우릴 찾아오는 게 예의에 맞는 일이지."

"아녜요. 그앨 보내야 한다구요. 그 친척 젊은이가 말이우, 테스를 굉장히 마음에 들어 하는 눈치더라구요. 그 젊은이가 테스를 사촌 누이라고 불렀다지 않우. 어쩜 그애는 그 젊은이와 결혼해서 조상이 누리던 영화를 다시 누리게 될지도 모른다구요."

생각이 모자라는 부인의 말에 존 더베이필드도 솔깃해하는 눈치였다.

"그럴지도 모르지. 그 청년은 직계 혈통과 결혼해서 자기 가문의 혈통을 유지하려 하는 거라구. 깜찍한 테스, 한 번의 방문으로 이처럼 좋은 결과를 가져오다니!"

그 사이에 테스는 생각에 잠긴 채 뜰을 거닐다가 말의 무덤까지 가보고 왔다. 그녀가 집 안으로 들어오자 어머니가 다그쳐 물었다.

"테스, 어떡할 작정이지?"

"그 부인을 직접 만나보고 올 걸 그랬어요. 어떻게 하면 좋을지 아직도 갈피를 잡을 수가 없어요. 하지만 내가 말을 죽였으니까 부모님 뜻에 따르겠어요. 그 남자와 한집에서 사는 건 정말 싫지만……."

말이 죽은 뒤 테스가 부자 친척집에 살러가는 것을 유일한 희망으로 삼고 있던 동생들은 그녀가 가기 싫어하며 망설이자 울기 시작했고 그녀에게 비난의 말을 퍼부었다.

"누나는 그 집에 가기 싫대. 귀부인이 되는 것도 싫은가 봐. 이젠 힘센 말을 살 수도 없고 갖고 싶은 것을 살 금화도 가질 수 없게 됐잖아. 누나는 좋은 옷을 입고 싶지도 않다는 거야?"

어머니도 가난한 살림살이에 대한 넋두리를 늘어놓으며 아이들 말에 장단을 맞추었다. 아버지만이 중립적인 태도를 취했다. 버티다 못한 테스가 드디어 말했다.

"그 집에 가겠어요."

"참 잘 생각했다. 이건 정말 좋은 기회라구."

어머니의 얼굴엔 희색이 만연했다. 테스가 승낙하자 어머니는 어느새 딸의 결혼식에 관한 환상을 머리에 떠올렸다. 테스는 쓰디쓰게 웃었다.

"난 돈을 벌려고 그 집에 가는 것뿐이에요. 다른 생각은 추호도 없어요. 이런 우스꽝스러운 얘기, 이웃 사람들에게 퍼뜨리지 마세요."

그 청년이 한 말을 속이 후련하도록 떠들고 싶어 온몸이 근질근질했기 때문에 더베이필드 부인은 그러겠노라고 약속하지 않았다. 어쨌든 일은 일단 매듭지어졌다. 테스는 그쪽에서 부르기만 하면 언제든지 출발하겠다는 편지를 띄웠다.

곧 더버빌 부인에게서 답장이 왔다. 부탁을 들어주어서 고맙다는 것과, 이틀 후에 짐마차를 산마루까지 보낼 테니 준비를 하고 있으라는 내용이 남자 글씨 같은 필체로 씌어 있었다. 더베이필드 부인은 믿을 수 없다는 듯 투덜거렸다.

"짐마차라니? 친척인데 승용 마차 정도는 보내야지."

일단 태도를 결정하고 나자 테스는 마음이 편안해졌다. 자기 힘으로 일을 해서 아버지에게 말을 사 드릴 수 있다는 사실이 흐뭇하게까지 여겨져 그녀는 쾌활하게 집안일을 보살폈다. 앞으로 자신에게 어떠한 일이 닥칠 것인지 짐작조차 하지 못한 그녀는, 학교 선생이 되고 싶어 했던 자신의 소망과는 상관없이 엉뚱한 곳으로 운명이 자신을 인도하고 있다고 막연히 생각했을 뿐이었다. 어머니보다도 오히려 정신적으로 성숙한 테스는 자기의 결혼 따위에 관한 것들은 생각해본 적이 없었다. 한없이 경솔한 테스의 어머니는 자기 딸이 태어났을 때부터 마땅한 짝을 찾고 있었는지도 모른다.

7

친척집으로 출발하기로 한 아침, 테스는 동이 트기도 전에 눈을 떴다. 숲 속의 잠든 듯한 어둠이 아직 깨기 전, 예언자 같은 새 한 마리만이, 저야말로 적어도 하루의 정확한 시간쯤은 잘 안다는 듯이 맑은 소리로 지저귈 뿐, 다른 새들은 마치 그 새가 틀렸다는 듯, 침묵을 지키고 있었다. 그녀는 식사하기 전까지 이층 방에서 짐을 꾸렸다. 일요일에 입는 외출복까지 꾸려넣은 다음 테스가 입던 옷을 그대로 입은 채 아래층으로 내려오자 어머니가 말했다.

"왜 그런 옷을 입었니? 모처럼 친척집엘 가는데 그 꼴이 뭐냐?"

"그 집에 놀러가는 게 아니고 일하러 가는 건데요 뭐."

"그래도 남의 집에 갈 때는 깨끗하게 입어야지."

"알았어요. 엄마 좋은 대로 하세요."

테스는 아무래도 좋다는 듯 조용하게 말했다. 어머니는 딸의 고분고분한 태도에 흡족해하는 듯했다.

더베이필드 부인은 다른 때보다 두 배의 정성을 들여 테스의 머리를 감겨주고 곱게 땋아주었다. 딸의 머리에 보통 때 달던 리본보다 커다란 분홍빛 리본을 달아준 다음, 어머니는 지난번 들놀이 때 입었던 흰옷을 테스에게 입혔다. 흰옷에 감싸인 풍만한 육체와 탐스럽게 땋아내린 머리가 아직 나이 어린 테스를 성숙한 처녀처럼 보이게 했다.

"어머, 양말 뒤꿈치에 구멍이 났잖아."

"양말 구멍쯤은 걱정할 것 없어. 구멍이야 뭐 어때! 내가 처녀 시절엔 예쁜 모자만 쓰고 있으면 귀신이 아닌 담에야 양말 구멍을 들여다보는 사람은 없었어."

어머니는 화가가 몇 걸음 뒤로 물러서서 자기 그림을 바라보듯 감탄의 눈길로 딸의 아래위를 훑어보았다.

"얘, 네 눈으로 네 모습을 한번 봐라. 글쎄, 다른 사람 같다니까."

손거울밖에 없는 시골 사람들이 늘 그렇게 하듯, 어머니는 유리 창 밖으로 검은 천을 걸어 딸에게 큰 거울을 만들어준 다음 남편에게로 가 자랑을 늘어놓았다.

"여보, 우리 딸애가 어쩜 이렇게 예쁘죠? 그 청년이 우리 테스를 사랑하지 않고는 못 배길 거예요. 하지만 테스에게 그 젊은이 얘기는 하지 않는 게 좋아요. 성질이 별난 애라서 그 젊은이에게 반감을 품을지도 모르고, 가지 않겠다고 변덕을 부릴지도 모르니 말이에요. 어쨌든 우리가 그 집안과 친척이라는 사실을 알게 된 건 정말 다행이에요. 우리 뜻대로 된다면 그 사실을 일러주신 목사님께 꼭 인사를 치러야겠어요. 참 친절한 분이셔요."

그러나 딸의 출발 시간이 다가오자 딸에게 옷을 입힐 때의 설렘은 사라지고 뭔가 소중한 것을 잃어버리는 듯 허전한 기분이 들어 더베이필드 부인은 마차 타는 곳까지 딸을 배웅하기로 마음먹었다. 그녀는 테스의 짐을 수레에 실어 먼저 내보낸 다음 외출 모자를 썼다. 그러자 동생들이 서로 따라가겠다고 소리쳤다.

"누나를 배웅하러 저쪽 언덕까지만 갔다 올 거야. 누나는 이제 멋쟁이 사촌 신사와 결혼하게 된다구. 좋은 옷도 입게 되구……."

어머니의 말에 테스는 얼굴을 붉히며 어머니 쪽을 휙 돌아보았다.

"어머니, 왜 자꾸 그런 소리를 하세요. 그런 소리는 이제 듣기도 싫다구요."

"얘들아, 누나는 부자 친척집으로 일하러 가는 거다. 돈을 많이 벌면 튼튼한 말도 살 수 있고 말이다."

더베이필드 부인은 얼른 말을 정정했다. 테스는 꽉 잠긴 음성으로 작별 인사를 했다.

"아버지, 안녕히 계세요."

테스가 목 메인 소리로 말했다.

"그래, 잘 가거라."

존 경은 딸의 출발을 축하한다면서 아침에 지나치게 마신 술 때문에 꾸벅꾸벅 졸다가 말했다.

"나도 그 친척집 젊은이가 같은 핏줄인 너를 귀여워해주면 좋겠구나. 그 집엘 가서 테스야, 이렇게 말을 해봐! 우리 집안은 옛날의 높은 신분에서 형편없이 몰락했기 때문에 작위는 팔아주겠다구 말이야. 값도 적당하게 말이야."

"일천 파운드 아래론 안 돼요."

더베이필드 부인이 소리쳤다.

"가서 그렇게 얘기해라. 일천 파운드라면 팔겠다고. 아냐, 조금 덜 받아도 괜찮겠어. 나같이 보잘것없는 가난뱅이보다 그 젊은이가 작위를 가져야 잘 어울릴 테니까, 일천 파운드면 넘겨주겠다고 해라. 난 적은 돈 갖고 까다롭게 굴진 않아! 오십도 좋고 이십도 좋다구 해. 그래 이십 파운드…… 그 아래론 더 못 깎겠다. 가문의 체면이 있잖겠어?"

눈에 눈물이 가득 괴고 말문이 막혀 테스는 하고 싶은 말을 한마디도 못 한 채 서둘러 밖으로 나왔다. 어머니와 동생들이 따라나왔다. 동생들은 양쪽에서 테스의 팔을 하나씩 잡고, 굉장한 일을 하러 가는 사람을 보는 것처럼 누나의 얼굴을 자꾸 쳐다보면서 씩씩하게 걸었다. 그들은 오르막길이 시작되는 산기슭까지 갔다. 테스는 트랜트리지에서 마중 나오는 마차를 그 언덕 위에서 탈 예정이었는데, 말의 피로를 덜기 위해 그곳을 택한 것이었다. 그 언덕 위에는 테스의 짐을 손수레에 싣고 먼저 떠났던 청년이 혼자 앉아서 마차를 기다리고 있었다.

"여기서 잠깐만 기다리면 곧 마차가 올 거다. 아, 저기 마차가 온다!"

언덕 위로 불쑥 나타난 마차는 짐수레를 지키고 있는 청년 옆에 멎었다. 테스는 가족들에게 서둘러 작별 인사를 하고 언덕길을 오르기 시작했다. 이미 그녀의 짐을 다 실은 마차로 테스가 다가가는데 언덕 숲 속에서 또 한 대의 마차가 느닷없이 나타났다. 그 마차는 깜짝 놀라 쳐다보는 테스 옆에 가서 멎었다.

테스는 깜짝 놀라서 쳐다보았다. 그제야 더베이필드 부인은 두 번째로 나타난 마차가 먼젓번 것처럼 보잘것없는 것이 아니고 단장이 잘된 새로운 이륜마차란 걸 알았다.

말을 모는 사람은 나이 스물서넛쯤 되어 보이는 젊은이였다. 입에는 여송연을 물었고 차양 없는 멋진 모자를 썼으며 담갈색 양복과 흰 넥타이, 그리고 오뚝선 칼라와 갈색 승마용 장갑을 끼고 있는, 간단히 말하자면 두 주일 전에 테스의 회답을 들으려고 더베이필드 부인을 찾아왔던 바로 그 멋진 젊은이였다. 더베이필드 부인은 어린애처럼 손뼉을 쳤다. 잠깐 아래를 내려다보다가 다시 그 쪽으로 눈길을 돌렸다. 그것이 무엇을 뜻하는 것인지 그녀가 짐작 못할 리가 없었다.

"누나가 저 아저씨하고 결혼하는 거야?"

새로 나타난 이륜마차를 보며 어린아이처럼 기뻐하는 어머니에게 막내아들이 물었다. 더베이필드 부인은 새로 나타난 마차에 타고 있는 청년과 얘기를 나누는 딸에게 시선을 준 채 고개를 끄덕였다. 어머니의 눈에 테스가 망설이는 것처럼 보였다. 아니 망설인다기보다는 무언가 심하게 불안해하는 것 같았다. 청년이 마차에서 내려 테스에게 빨리 타라고 설득하는 듯했다. 테스의 얼굴이 언덕 아래 서 있는 가족에게로 향했다. 이윽고 그녀가 마음을 정한 듯 마차에 홀쩍 올라탔다. 자신의 잘못으로 말이 죽었다는 죄책감 때문에 얼른 마음을 정해버린 것 같았다. 청년도 테스를 따라 마차에 오르더니 그녀 옆자리에 앉아 채찍을 휘두르기 시작했다. 마차는 순식간에 짐마차를 앞지르더니 고개 너머로 사라져버렸다.

테스의 모습이 사라지자 막내가 입을 비죽거리더니 울음을 터뜨렸다.

"난 불쌍한 누나가 귀부인이 되러 가지 말았으면 했는데……."

다른 아이들도 덩달아 울음을 터뜨렸다. 집으로 돌아오는 더베이필드 부인의 눈에도 눈물이 글썽였다. 그날 밤 잠자리에 누워 한

숨을 쉬는 그녀에게 남편이 무슨 일이냐고 물었다.

"나도 잘 모르겠어요. 다만 테스를 보내지 않았으면 더 좋았을 걸 하는 생각이 들었어요."

"진작 그런 생각을 했더라면 좋았잖아."

"하지만 그건 좋은 기회였어요. 만약 그애가 다시 돌아올 수만 있다면 그때는 그 청년이 정말로 착한 사람인지, 그 집 사람들이 그애를 친절하게 대해 줄 것인지 확인하고 난 다음에 보내겠어요."

"이미 지나간 일이야."

존 더베이필드가 심드렁하니 대꾸했다. 더베이필드 부인은 스스로를 위로하려는 듯 이렇게 말했다.

"이젠 하는 수 없죠, 뭐. 그앤 뼈대 있는 가문의 애니까 자기가 가진 장점을 잘 이용할 거예요. 그렇게만 된다면 그들과도 잘 어울릴 수 있고 그 청년과도 머지않아 결혼하게 될 거예요. 그 청년이 테스한테 반한 건 틀림없는 사실이니까."

"테스의 장점이 도대체 어떤 거야? 더버빌 가문?"

"어리석은 소리 말아요. 내 처녀 시절처럼 예쁜 그애 얼굴을 말하는 거라구요."

8

테스 옆에 앉은 알렉은 테스의 짐을 실은 짐마차를 까마득하게 앞지르면서 첫 번째 산비탈로 쏜살같이 말을 몰았다. 산마루에 다가갈수록 활짝 트인 경치가 눈앞에 펼쳐졌다. 테스가 살던 마을이 뒤로 물러가면서 소문으로 듣기만 했던 잿빛 마을이 보였다. 마차가 산마루에 이르자 거기서부터 일 마일 가량이나 기다랗게 일직선으로 뻗은 내리막길이 보였다.

테스는 불안한 눈빛으로 알렉을 쳐다보았다. 천성이 용감한 그
녀였지만 사고가 있은 다음부터는 마차에 대해 겁을 먹고 있었다.
마차가 조금만 흔들려도 가슴이 두근거릴 정도인지라 그녀는 알렉
이 마차를 거칠게 모는 것이 내내 마음에 걸렸던 것이다.

"내리막길은 천천히 몰 테지요?"

테스는 아무렇지도 않은 듯 말했다. 더버빌은 그녀를 한번 쳐다
본 다음 앞니로 담배를 질끈 물고 의미심장하게 웃어 보였다.

"왜 그러지 테스? 테스는 용감한 사람인 줄 알았는데. 난 내리막
길에선 늘 전속력으로 달리지. 그건 용기를 북돋우는 아주 좋은 방
법이야."

"하지만 지금은 그럴 필요가 없지 않아요?"

알렉은 고개를 저었다.

"생각을 두 갈래로 해야 돼. 나도 나지만 이 녀석 팁이 문제라오.
성질이 워낙 괴팍하거든."

"누구라구요?"

"저 암말 말이지. 저놈이 좀 전에 아주 험상궂은 표정으로 나를
노려봤는데…… 못 봤어?"

"누굴 놀리시는 거예요?"

"누굴 놀리다니? 저 말을 다룰 수 있는 사람은 세상에 나 하나뿐
이오. 아무도 못 당해요. 만약 그럴 수 있는 사람이 있다고 하면 그
게 바로 나란 말이오."

"왜 하필 그 따위 말을 몰고 다니시죠?"

"하긴…… 팁은 사람을 죽인 일이 있어. 내가 산 다음에도 나를
죽일 뻔 했다구. 그리고 또 내가 저놈을 죽일 뻔 했고…… 저놈은

지금도 성질이 몹시 고약한 데다 성미가 급하긴 또 이를 데 없어! 그래 이놈의 뒤에 타고 있으면 목숨이 위태롭다니까."

말은 마침 내리막길을 달리기 시작했다. 말의 성질이 본래 사나워서인지 아니면 더버빌이 거칠게 몰아서인지 어쨌든 말은 미친 듯이 질주했다. 아래로 내려갈수록 속력이 점점 빨라졌다. 바퀴는 윙윙 소리를 내며 돌았고 좌석은 풍랑을 만난 배처럼 심하게 흔들렸다. 말발굽에서는 마치 부싯돌을 부딪칠 때와 같은 불꽃이 번쩍였다. 좁다란 비탈길이 커다랗게 확대되어 눈앞으로 닥쳐오고, 대나무를 쪼갠 듯한 양쪽 길 옆 둑이 두 사람의 어깨를 스치면서 뒤로 사라졌다.

바람이 테스의 흰 모슬린 옷 속으로 파고들었다. 조금 전에 감은 머리카락이 바람에 나부꼈다. 그녀는 두려움을 겉으로 드러내지 않으리라 결심했지만 자신도 모르게 더버빌의 팔에 매달렸다.

"내 팔을 잡으면 안 돼. 둘 다 바람에 날아가버린다구. 내 허리를 잡아요."

테스는 그의 허리를 잡았고, 그들은 곧 산기슭에 도착했다. 그녀의 얼굴은 불처럼 뜨겁게 달아올라 있었다.

"당신의 어리석은 짓 때문에 큰일이 날 뻔 했잖아요."

"무슨 소리야? 내가 그나마 침착하게 몰았기 때문에 아무런 사고도 없었던 거라구. 그런데 테스, 위험한 고비를 넘겼다고 해서 그렇게 매정하게 손을 놓을 것까진 없잖아."

테스는 자기가 어떤 행동을 했는지 돌이켜볼 경황이 없었다. 두려움 때문에 상대가 누구라는 것을 의식할 겨를도 없이 그의 허리를 붙잡은 것뿐이었다. 다시 제정신이 들자 테스는 그의 말에 한마디 대꾸도 없이 입을 다물고만 있었다. 잠시 후, 마차는 다시 내리

밭이 언덕길에 이르렀다.

"다시 내 허리를 잡아요."

더버빌이 말했다. 테스는 고개를 도리질했다.

"싫어요. 제발 천천히 좀 몰아주세요."

"오르막길이 있으면 당연히 내리막길이 있기 마련인데 뭘 그래."

그는 테스에게 쏘아붙이고 나서 말고삐를 죄었다. 마차는 두 번째 비탈길 아래로 쏜살같이 구르기 시작했다. 흔들리는 마차 속에서 그는 빈정대듯 말했다.

"귀여운 아가씨, 아까처럼 내 허리를 또 잡으시지."

"싫어요."

테스는 그에게서 떨어져 앉으면서 차갑게 대꾸했다.

"테스, 동백꽃처럼 예쁜 그 입술에 키스할 것을 허락해준다면 말을 천천히 몰게. 따뜻한 그 뺨에라도 괜찮아."

테스는 화들짝 놀라 몸을 움츠리며 그에게서 좀 더 떨어져 앉았다. 그러자 알렉은 더욱 난폭하게 채찍을 휘둘렀다. 테스의 몸이 심하게 흔들렸고, 그녀는 절망적인 눈초리로 야수 같은 청년을 쏘아보았다.

"이렇게까지 하지 않으면 안 되나요?"

어머니가 그녀를 아름답게 단장해준 것이 그녀에게는 도리어 화근이 된 것 같았다.

"귀여운 테스, 다른 방법이 없다구."

"난 뭐가 뭔지 모르겠어요. 마음대로 하세요."

그녀가 가쁜 숨을 몰아쉬며 처량하게 말했다. 그는 고삐를 늦추었고, 속도가 느려졌다. 그토록 갈망하던 키스를 하려고 그가 몸을 구부렸을 때, 문득 자신의 경솔함을 깨달은 테스는 몸을 살짝 옆으로 피했다.

"빌어먹을! 우리들의 목이 부러진다 해도 끝까지 해볼 테다. 그런 여우 같은 잔꾀로 약속을 어길 수 있을 줄 알아?"

마음껏 발산하려던 욕정에 제동이 걸리자 알렉은 으르렁거리며 욕설을 퍼부어댔다.

"당신이 정 그런 식으로 나온다면 나도 굽히지 않겠어요. 하지만 난 당신이 친척으로서 내게 좀 더 친절하게 대해 주리라고 믿었어요."

"친척은 무슨 얼어 죽을 친척이야. 자, 어서!"

"난 정말 아무하고도 키스 같은 건 하고 싶지 않아요."

테스의 큰 눈에 가득 고인 눈물이 뺨을 타고 흘러내렸다. 그녀는 소리 내어 울지 않으려고 입술을 바르르 떨었다. 그녀가 무슨 말을 해도 청년에게는 '쇠귀에 경 읽기'였으므로 테스는 체념한 듯 꼼짝도 않고 앉아 있었다. 이윽고 더버빌은 테스의 뺨에 승리의 키스를 했다.

"이럴 줄 알았다면 전 절대 오지 않았을 거예요."

테스의 얼굴이 수치심으로 빨갛게 물들었다. 그녀는 무의식중에 손수건을 꺼내 청년의 입술이 닿은 뺨을 닦았다. 그것이 청년의 욕정을 한층 자극했다.

"시골 여자답지 않게 까다롭군 그래."

자신의 행동이 그에게 모욕감을 느끼게 했다는 것을 전혀 눈치채지 못한 테스는 앞만 바라보고 있었다. 얼마쯤 더 가서야 테스는 자기의 행동이 더버빌의 기분을 상하게 했음을 어렴풋하게나마 눈치 챘다. 잠시 후 또 다른 내리막길에 이르자 테스는 소스라치게 놀랐다. 청년은 분이 가시지 않은 듯 거칠게 채찍을 휘둘러 말을 몰았다.

"틀림없이 후회하게 될 거야. 하지만 다시 한 번 자진해서 키스를 허락한다면, 그러고 나서 손수건으로 닦아내는 따위의 짓을 하지 않는다면 문제는 달라지겠지만."

테스는 가만히 한숨을 내쉬었다.

"좋아요. 당신 말대로 할게요. 어머, 내 모자!"

그들이 말하는 사이에 테스의 모자가 바람에 날려 저만치 뒤쪽 땅에 떨어졌다. 마차를 세운 더버빌이 모자를 집어 오려고 하자 테스가 먼저 마차에서 뛰어내렸다. 그녀는 오던 길을 되돌아가 모자를 집었다. 더버빌이 되돌아보며 소리쳤다.

"테스는 모자를 벗은 모습이 더 매력적이군. 자 빨리 와서 타요. 왜 그렇게 서 있지?"

모자를 다시 쓴 테스는 꼼짝 않고 서 있었다. 그녀의 커다란 두 눈은 승리의 기쁨으로 반짝거렸다.

"난 타지 않을 거예요."

"뭐라구? 내 옆에 앉지 않겠다는 말인가?"

"그래요. 난 걸어서 가겠어요."

"트랜트리지까지는 아직도 멀어."

"상관없어요. 뒤에 짐마차도 따라오고 있으니까 걱정할 것 없어요."

"교활한 계집애 같으니라구. 모자도 일부러 떨어뜨린 거지?"

테스의 침묵이 그의 의혹을 부채질했다. 그는 테스가 자기를 속인 데 대해 갖은 욕설을 퍼부었다. 그는 갑자기 말머리를 돌려 테스에게로 마차를 몰았다. 마차가 다가오자 테스는 길 옆 울타리에 기어올라 힘차게 소리쳤다.

"창피한 줄 아세요. 그렇게 욕지거리를 함부로 내뱉다니! 난 당신이라면 이제 지긋지긋해요. 집으로 돌아가겠어요."

화가 잔뜩 나 있던 더버빌은 그녀의 예쁜 모습에 마음이 누그러진 듯 활짝 웃었다.

"테스, 당신이 그럴수록 난 더욱 당신이 마음에 들어. 우리 화해하기로 하지. 당신이 싫어하는 짓은 두 번 다시 않겠다고 약속할게. 정말이야."

테스는 마차에 탈 생각은 전혀 없었지만, 그가 마차를 몰며 옆에서 따라오는 것을 굳이 말리지는 않았다. 마차와 테스는 느릿느릿 트랜트리지로 향했다. 더버빌은 자기의 실수 때문에 테스가 뚜벅뚜벅 걸어가게 된 것을 보고 가끔 미안한 표정을 짓기도 했다. 사실 테스도 이젠 그를 믿어도 좋았을지 모른다. 하지만 더버빌은 이미 테스에게 신용을 잃었다. 테스는 천천히 걸으면서 집으로 되돌아가는 문제에 대해 곰곰 생각했다. 알렉의 난폭한 행동을 생각하면 당장에라도 되돌아가고 싶었으나, 그녀의 마음은 이미 집으로 돌아가서는 안 된다는 쪽으로 기울고 있었다. 그런 하찮은 일 때문에 집으로 되돌아간다는 것이 멋쩍기도 하고 어린애 장난처럼 여겨지기도 했다. 게다가 이번 기회를 놓치면 언제 돈을 모아 말을 살 수 있을지 막막했다.

몇 분 후, 테스의 눈에 슬로우프 저택의 굴뚝이 비쳤고, 그 집 오른편 한구석에 잘 정돈된 양계장과 조그만 집이 보였다.

9

테스가 돌봐야 할 양계장은 사방을 돌담으로 쌓아올린 울 안에다 이엉을 올린 농가 안에 있었다. 테스는 양계장을 관리하고 닭 모이를 주기도 하고 수의사 노릇 겸 닭의 친구 역할도 하면서 그 농가에 머무르게 되었다. 온통 담쟁이로 뒤덮인 농가의 아래층은 양계장이었고, 담쟁이 넝쿨로 뒤덮인 굴뚝은 마치 황폐한 탑처럼 보였다.

아래층 방들을 독차지한 닭들은 자기네가 주인인 양 돌아다녔다. 마치 이 집을 지은 건 자기네들이지 지금은 한 줌의 흙으로 교회 묘지의 동서 편에 묻혀 있는 옛날의 지주들은 아니라고 하는 듯했다. 이 옛날 지주들의 후손들은 더버빌 집안이 이곳으로 이사 와서 집을 짓기 전까지 자기들이 몹시 좋아했고 자기네 조상들이 막대한 돈을 들여 몇 세대에 걸쳐 살아왔던 이 집이 더버빌 마나님의 손에 아무 미련도 없이 양계장이 되어버린 것을 보고 자기네 집안이 크게 모욕당한 것처럼 느끼는 것 같았다.

한때 수많은 아이들이 자라면서 떠들썩하던 방들은 이젠 햇병아리들의 모이 쪼는 소리로 요란했다. 닭장 안에서 미친 것처럼 날뛰는 암탉은 옛날 점잖은 농부들이 앉았던 의자를 차지했다. 한때 불이 이글이글 타오르던 난로 속에는 벌통이 거꾸로 가득 차 있고 거기에다 암탉들이 알을 낳았다. 사방이 담으로 둘러싸인 뜰에는 단 하나의 출입문이 있을 뿐이었다.

그 농가의 지붕 아래서 하루 저녁을 보낸 다음, 테스는 이튿날부터 일을 시작했다. 전에 집에서 닭을 키웠던 경험을 되새기며 테스가 한 시간 남짓 이것저것 손질하고 있을 때 흰 모자에 앞치마를 두른 하녀가 안채에서 심부름을 왔다.

"더버빌 부인이 여느 때와 마찬가지로 닭을 보시겠대요."

하녀는 테스가 집안 사정에 어둡다는 것을 깨닫고는 얼른 덧붙여 말했다.

"마님은 노쇠하셔서 앞을 못 보신답니다."

"앞을 못 보신다구요?"

뜻밖의 사실을 캐어물을 사이도 없이 테스는 하녀가 가르쳐주는 대로 가장 아름다운 함부르크 종 닭 두 마리를 팔에 안고 역시 닭 두 마리를 팔에 안은 하녀를 따라 안채로 들어갔다. 화려하고 웅장한 안채로 들어가면서 테스는 현관에 흩어진 닭털과 풀밭에 가져다 놓은 조그만 닭장을 주의 깊게 보았다. 그것은 이 집안의 누군가가 말 못하는 생물에게 기울이는 애정의 흔적처럼 느껴졌다.

이 저택의 소유주인 여주인이 아래층 거실의 안락의자에 해바라기처럼, 햇빛이 내리쬐는 쪽을 향해 앉아 있었다. 차양 없는 큰 모자를 쓴 부인의 머리는 은발이었고 예순 가까이 되어 보였다. 시력을 잃은 지 오래 된 사람이나 날 때부터 장님인 사람의 담담한 표정과는 달리 부인은 안타까움과 체념이 엇갈리는 표정으로 처음 듣는 테스의 발소리에 귀를 기울였다.

"오, 네가 닭을 돌보러 온 젊은 처녀냐? 우리 집사가 그 일엔 네가 적격자라고 하더구나. 닭을 잘 봐주기 바란다. 그런데 가져온 닭은 어디 있지?"

"오, 이게 스트라트구나, 오늘은 기운이 여느 때 같지 않구나. 아마 낯을 가리는 모양이군. 그리고 이건 휘이너도 역시. 그래 모두들 약간씩 놀란 모양이군. 그렇지? 하지만 곧 낯을 익힐 거야."

노부인이 이야기를 하는 동안 테스와 하녀는 부인의 손짓을 따라 그녀의 무릎 위에 닭을 갖다놓았다. 부인은 닭들의 머리에서 꽁지에 이르기까지, 부리며 볏이며 수탉의 목털과 날개, 발톱까지도 꼼꼼히 더듬어 보았다. 그녀는 만지는 것만으로 어느 닭인가를 금방 알아냈고 깃털이 하나쯤 빠졌거나 때가 묻어 있는 것까지도 대뜸 알아차리곤 했다. 멀떠구니만 만져보아도 무엇을 먹었는가, 부족하게 먹었는가, 아니면 과식했는가까지도 알아내었다. 그리고 그녀의 얼굴은 머릿속에 떠오르는 나름대로의 판단을 말없이 그려내곤 했다. 테스와 하녀가 가져왔던 닭들은 별일 없이 닭장으로 되돌아갔다. 이처럼 가져오고 가져가기를 되풀이하여 부인이 아끼는 닭들은 모조리 부인 앞에 나타났다.

함부르크, 밴텀, 코친, 브라머, 도킹 등등 당시의 유행종 닭들을 부인이 무릎 위에 올려놓고 분간을 할 때 조금도 실수 따윈 없었다.

이것은 마치 테스에게 행하는 견신례(堅信禮)의 광경과 비슷했다. 이를테면 더버빌 부인은 사교(司敎)였고, 닭들은 참례한 젊은 이들이며, 테스와 하녀는 그들을 이끄는 교구의 목사와 부목사 같았다.

이 예식이 끝날 무렵, 노부인은 얼굴 위에 물결 같은 주름을 남기며 테스에게 질문을 보냈다.

"너 휘파람 불 줄 아느냐?"

"휘파람이요, 마님?"

"그래. 휘파람으로 노래하는 것 말이다."

점잖은 사람 앞에서는 한 번도 분 적이 없지만 대부분의 시골 처녀처럼 테스도 휘파람을 불 줄 알았다. 그녀는 휘파람을 불 줄 안다고 상냥하게 대답했다.

"그러면 매일 휘파람을 연습하거라. 전에 있던 청년은 휘파람을 참 잘 불었댔어. 지금은 다른 곳으로 가버렸지만 말이다. 사실은 내게 방울새 한 마리가 있는데, 눈으로 볼 수 없으니까 노랫소리라도 들을 수 있도록 휘파람을 가르쳐야 하거든. 엘리자베스가 새장이 어디 있는지 가르쳐줄 테니까 테스는 내일부터 당장 가르치도록 해라. 그렇잖으면 우는 소리가 도로아미타불이 되어버릴걸. 요즘 며칠 동안 그냥 내버려뒀겠지?"

"오늘 아침에는 도련님이 가르치셨어요."

"그 녀석이? 기가 막혀!"

하녀의 말을 듣는 순간 부인의 얼굴이 노여움으로 찌푸려졌다. 그러나 부인은 더는 아무 말도 하지 않았고 테스는 닭장으로 돌아왔다.

이렇게 해서 더버빌 부인과 테스의 첫 대면이 끝났다. 이미 저택의 규모와 살림살이를 보고 그만한 일을 상상했던 터라 부인과의 대면에서 테스가 색다르게 느낀 것은 없었다. 부인이 친척 관계에 대해서는 한마디도 하지 않았다는 사실조차도 깨닫지 못한 그녀는 다만 부인과 아들의 사이가 좋지 못하다고 어렴풋하게 짐작했을 뿐이었는데 그것은 그릇된 추측이었다. 미워하면서도 자식이기 때문에 어쩔 수 없이 귀여워해야 하는 어머니는 비단 더버빌 부인뿐이 아니며, 흔히 있는 일이다.

불쾌한 첫날을 보낸 테스도 이튿날 그런대로 자리를 잡았기 때문에 아침 햇살이 비쳐올 무렵엔 새로운 자기의 일이 자유롭게 느껴졌으며 신기하기까지 했다. 테스는 휘파람을 잘 불 수 있을지 시험해보려고 담 옆에 있는 닭장으로 갔다. 그곳에서 부인이 분부한 휘파람을 연습하려고 입술을 오므렸지만 오랫동안 불지 않았기 때문인지 제대로 소리가 나오지 않았다. 그녀가 입술로 헛바람만 불어대고 있을 때 돌담을 덮은 덩굴가지 속에서 무언가가 움직였다.

테스가 돌담으로 시선을 돌리자 몸을 구부린 채 마당으로 뛰어내리는 알렉의 모습이 보였다. 전날 양계장 앞까지 안내받고 나서 처음 보는 그의 모습이었다.

"이봐, 사촌 누이."

사촌 누이라고 부르는 그의 입가에 비웃는 듯한 미소가 스쳐갔다.

"내가 담 너머로 누이를 지켜보고 있었는데 말이야, 자연 속에서도, 예술 속에서도 누이처럼 아름다운 여자를 여태 본 적이 없는 것 같아. 마치 기념비 위의 임페이션스 상(像)처럼 앉아서 휘파람을 불려고 그 예쁜 새빨간 입술을 뾰족이 내밀고 휘파람을 불다가 안 되니까 투덜거리는 모습이 아주 매력적이던걸."

"난 투덜대지는 않았어요."

"아, 누이가 왜 휘파람 연습을 하는지 알았어. 우리 어머니가 방울새한테 노래를 가르쳐주라고 하셨나 보군. 어머닌 염치도 없으셔. 닭을 돌보는 일도 힘든데 말이야. 나 같으면 그런 명령 같은 건 거절해버리겠어."

"하지만 내일 아침까지는 꼭 연습해두어야 한다고 하셨어요."

"그렇담 내가 가르쳐줄까?"

"싫어요."

테스는 출입문 쪽으로 뒷걸음쳤다.

"바보. 난 당신에게 손을 대려는 게 아니야. 봐, 난 철망 이쪽에 서 있고 테스는 그쪽에 서 있으니 두려워할 것 없다구. 자 내가 먼저 불어볼 테니까 따라해봐. 너무 입을 오므리지 말구……."

알렉은 몸짓을 섞어 〈가져가세요, 이 붉은 입술을〉이라는 노래의 일절을 휘파람으로 불었다. 그러나 그 뜻을 테스는 알지 못했다.

말을 하지 않으려고 얼굴이 조각처럼 굳어진 테스에게 알렉이 재촉했다. 테스는 그를 쫓아버리기 위해 하는 수 없이 그가 시키는 대로 입술을 오므렸지만 왠지 쑥스러워져 멋쩍게 웃고 말았다. 테스는 그 앞에서 웃은 것이 자존심이 상해 얼굴을 붉혔다.

"다시 해봐."

알렉이 용기를 북돋아주었다. 테스는 긴장한 채 열심히 휘파람을 불었고 뜻밖에도 부드러운 소리가 새어나왔다. 순간 테스는 성공했다는 기쁨으로 눈을 크게 뜨고 그를 보며 환히 웃었다.

"됐어. 이제부터는 아주 잘 될 거야. 사실 지금 난 어느 때보다 심한 유혹을 느끼지만 가까이 가지 않겠다고 약속했으니까 그 약속을 지키겠어. 그런데 테스, 우리 어머니를 이상하다고 생각지 않아?"

"난 아직 부인을 잘 몰라요."

"새에게 휘파람을 가르치라는 것부터가 사실 이상한 거지. 난 지금 어머니한테 미움을 받고 있지만 테스는 닭들을 잘 돌보기만 하면 귀여움을 받을 거야. 그럼 난 이제 그만 가보겠어. 만약 어려운 일이 생기면 집사에게 가지 말고 날 찾아와요."

테스가 처음 일을 맡은 날 겪은 일들은 앞으로 계속될 생활의 본보기와 같은 것이었다. 그날 이후에도 알렉은 친절한 말과 우스갯소리로 테스가 낯선 환경에서의 두려움을 극복하도록 도와주었고, 둘이만 있을 때는 익살스럽게 사촌 누이라고 불러 그녀가 자기에게 품고 있는 경계심을 없애주기도 했다. 그러나 새로운 호감이나 정다운 마음이 생기게끔 만들지는 못했다. 어쨌든 테스는 더버빌 부인에게서 아무런 도움도 받지 못했던 까닭에 알렉의 도움에 의지해야만 했고, 단순한 친구 입장을 떠나 그에게 좀 더 상냥하게 대하지 않을 수 없었다.

시간이 지날수록 테스는 옛날에 불던 휘파람 솜씨를 되찾아 더버빌 부인의 방에서 새에게 노래를 가르치는 일이 수월해졌다. 더구나 새들에게 들려줄 적당한 곡조는 음악을 즐기는 어머니에게서 많을 들어왔기 때문이다. 그녀는 뜰에서 휘파람을 연습할 때보다 매일 아침 새장 앞에서 휘파람을 부는 것이 훨씬 즐거웠다. 알렉이 옆에 있을 때도 상관하지 않고 새에게 기분 좋게 휘파람을 가르쳤다.

더버빌 부인은 무늬가 고운 묵직한 비단 커튼을 드리운 커다란 네발 침대에서 잠을 자곤 했다. 방울새도 같은 방을 차지하여 이따금 마음대로 방 안을 날아다니며 가구 위에 하얀 얼룩을 만들어놓았다.

어느 날 새장이 나란히 걸린 창가에서 테스가 여느 때와 마찬가지로 새들에게 노래를 가르치고 있을 때, 부인이 나가고 없는 침대 뒤쪽에서 인기척 소리가 들렸다. 그녀가 방 안을 휘둘러보자 커튼 밑으로 신발 끝이 보였다. 그녀의 휘파람 소리가 떨리기 시작했다. 만약 누군가가 숨어 있었다면 그녀의 휘파람 소리가 떨리는 것으로 미루어 자기가 들킨 것을 알았으리라.

그 다음부터 테스는 매일 아침 커튼 뒤를 살폈으나 그곳에 숨어 있는 사람을 발견하지는 못했다. 알렉 더버빌은 그녀를 깜짝 놀라게 하려는 엉뚱한 생각을 집어치운 모양이었다.

모든 마을은 저마다 독특한 개성과 조직과 그 나름대로의 도덕률을 지니게 마련이다. 트랜트리지의 일부 젊은 여자들의 경박한 행실은 이미 정평이 나 있었다. 그것은 아마 근처에 있는 슬로우프 장에도 그 점에 있어선 솜씨가 빼어난 사람이 있다는 것을 반증하는 것이리라.

이 마을의 지독한 단점이라면 과음을 들 수 있을 것이다. 이 근처 농장에서 오가는 얘기들은 돈을 벌어 모아봤자 무슨 소용이 있느냐는 것이었다. 이들의 얘기는 보습이나 괭이에 기대어 일평생 벌어들인 삯에서 몇 푼 저축해두는 돈보다는 교회에서 주는 구제금이 노후의 준비로서는 오히려 실속이 있다는 계산들이었다.

10

트랜트리지 마을 사람들의 가장 큰 오락은 일과를 마친 토요일 저녁 마을에서 멀리 떨어지지 않은 체이스버러의 작은 주막에서 밤늦도록 술을 마시는 일이었다. 그것은 일종의 친목회 같은 성격을 띠었는데, 테스는 오랫동안 그 모임에 참가하지 않다가 자기와 같은 나이 또래 처녀들의 권유에 못 이겨 참석하기로 했다. 한 번 가보니 생각보다 훨씬 재미가 있어 테스는 계속 모임에 갔다. 떠들썩하고 유쾌한 분위기에 젖어 주막에 앉아 있노라면 일주일 동안 쌓인 피로가 씻기는 듯한 기분이 들기도 했다.

때로 테스는 혼자서 체이스버러의 마을 모임에 가기도 했지만 밤이 늦어 트랜트리지로 돌아올 때는 언제나 친구들과 동행했다. 얌전하면서도 매력적인 여자로 성숙해가는 테스에게 엉큼한 시선을 던지는 건달들이 체이스버러에 많았기 때문에 여러 명과 동행하는 것이 안전했다.

이런 생활이 한두 달 계속된 후 장날과 축제일이 겹친 구월의 어느 토요일이었다. 그날 테스는 일 때문에 오후 늦게서야 혼자 출발했다. 해가 지기 직전의 아름다운 구월 저녁이었다. 푸른색이 뒤섞인 저녁노을 속에서 무수한 날벌레들이 춤을 추었다. 테스는 땅거미가 지려는 어슴푸레한 대기 속을 천천히 걸었다.

어둑어둑해져서 체이스버러에 도착한 그녀는 비로소 축제일과 장날이 겹친 것을 알았다. 몇 가지 물건을 산 다음 여느 때와 마찬가지로 트랜트리지에서 온 농부들을 찾아다니다가 테스는 그들이 건초를 매매하는 상인의 집에서 열린 비밀 무도회에 갔다는 사실을 알아냈다. 그녀가 그곳으로 가는 길을 찾고 있을 때 길 한 모퉁이에 서 있는 더버빌이 눈에 띄었다.

"어쩐 일이야? 이 늦은 시간에?"

테스는 길동무를 찾으러 가는 길이라고 간단하게 대꾸했다.

"다음에 또 만나."

뒷길로 들어가는 테스의 등 뒤에다 알렉이 소리쳤다. 테스가 건초 상인의 집 가까이로 다가가자 어디에선가 무도곡을 켜는 바이올린 소리가 들렸다. 테스는 열려 있는 문 안으로 들어가서 소리가 들려오는 곳을 향해 무작정 걸었다. 좁은 길을 따라 한참 걸어가자 외딴 집이 나타났다. 음악 소리는 그곳에서 흘러나왔다. 그곳은 창도 없는 창고 건물인데 문이 비스듬히 열려 있었다.

그녀는 집 가까이 다가가 안을 들여다보았다. 안에는 얼굴을 분간할 수 없을 정도로 뿌연 먼지 속에 많은 사람들이 어우러져 춤을 추고 있었다. 토탄 가루 찌꺼기가 바닥에 수북하게 깔려 있어 그들이 뛸 때마다 먼지가 구름처럼 일어났고, 그 먼지는 촛불에 반사되어 마치 자욱한 안개 같았다. 땀 냄새를 풍기며 활기 있게 춤추는 사람들에 비하면 바이올린의 저음은 너무 초라하게 느껴질 정도였다. 그들은 춤을 추다가 먼지 때문에 기침을 하고, 기침을 하고 나서는 까르르 웃어댔다.

그들은 가끔 신선한 공기를 마시려고 짝지어 문간으로 나왔다. 그럴 때 그들은 평범한 트랜트리지 마을 사람들의 모습으로 되돌아와 있었다. 바람을 쐬러 나온 사람 중에서 몇몇이 테스에게 아는 체했다. 테스는 그들에게 걱정스럽게 물었다.

"아직 집에 돌아갈 사람이 없나요?"

"곧 끝날 거야. 이번이 끝에서 두 번째 춤이거든."

그녀는 참을성 있게 기다렸다. 곡이 다 끝나고도 사람들이 돌아가려 하지 않자 춤은 또 계속되었다. 테스는 차츰 마음이 불안해졌다. 이처럼 오래 기다렸는데 새삼 혼자 갈 수도 없었다. 오늘 같은 축제일에는 밤길의 여자를 노리는 건달이 어디엔가 숨어 있을 것만 같았다. 불안해하는 테스에게 밀짚모자를 쓴 청년이 위로의 말을 했다.

"그렇게 안절부절 하지 말아요. 내일은 일요일이고 할 일도 없을 테니 마음껏 놀아도 되지 않수. 자 나와 함께 춤이나 한 번 춥시다."

춤을 싫어하는 건 아니지만 그녀는 추고 싶은 생각이 통 없었다. 시간이 흐를수록 춤은 한층 열기를 더해갔다. 그들은 상대를 바꾸는 일도 없이 계속 춤을 추었다.

그러자 문득 마당의 어둠 속에서 큰 웃음소리가 들려왔다. 테스의 등 뒤에서 들려온 그 웃음소리는 창고 안에서 흘러나오는 웃음과 잘 어울렸다. 테스가 뒤돌아보자 빨간 담뱃불이 보였다. 알렉 더버빌이 그곳에 혼자 서 있었다.

"테스, 여기서 무얼 하고 있는 거지?"

그녀는 집에서 늦도록 일한 데다가 길동무를 찾아 오래 헤매느라 너무 피곤했으므로 알렉에게 솔직하게 모든 사정을 털어놓았다.

"그들은 아직까지도 돌아갈 생각을 하지 않아요. 하지만 이제 더 기다릴 수가 없을 것 같아요."

"그렇지 더 기다릴 수가 없을 거야. 지금은 내가 타고 온 말밖에 없지만 저쪽 술집으로 오면 마차를 대절해서 집까지 바래다줄 수 있어."

테스는 그 말에 귀가 솔깃했지만 그에 대한 불신감이 아직 가시지 않은 터라 동행할 사람들을 기다리기로 마음먹었다.

"그들을 기다리겠다고 했으니까 지금쯤 날 찾고 있을 거예요."

"좋아요, 도도한 아가씨. 맘대로 해."

그가 담뱃불을 다시 붙여 물고 저쪽으로 가버리고 나서 얼마쯤 지난 뒤 트랜트리지 마을 사람들은 함께 출발하기 위해 다른 마을 사람들과 떨어져 한 곳에 모였다. 짐과 바구니를 한군데 모으고, 모든 준비를 마친 다음 삼십 분쯤 지나 교회의 종이 열한 시 십오 분을 알렸을 때 이들은 언덕으로 뻗어 있는 길을 따라 트랜트리지 마을로 향했다.

달빛을 받은 모래땅이 유난히 희게 빛났다. 마을 사람들과 어울린 테스는 이런저런 얘기를 주고받으면서 그 길을 걸었다. 술 취한 남자들은 몸을 가누지 못해 비틀거렸다. 여자 중에서도 남자 못지않게 비틀거리는 여자가 몇 명 있었다. 얼마 전까지만 해도 더버빌과 사이가 좋았던 카아 다아치,—스페이드 여왕이란 별명을 가진, 살결이 검고 욕지거리를 잘하는 여자—그녀 동생인 낸시와 몇몇 여자들의 술 취한 걸음걸이는 웃음이 터져나올 정도로 망측했다. 그들은 나름대로 흥에 취해 술주정을 하고 있었지만 아버지의 술주정을 신물이 날 정도로 경험한 테스에게는 언짢게만 느껴졌다. 모처럼 달밤의 풍경을 즐기려던 기분마저 사라져버렸다. 하지만 안전을 위해서는 그들과 같이 가는 수밖에 없었다.

그들은 큰길에서부터 삼삼오오 짝을 지어 걷다가 맨 앞에 가던 카아 다아치가 농장으로 들어가는 문을 열려고 애쓰는 사이에 다시 한군데로 몰려들었다. 스페이드 여왕이란 별명이 붙어 있는 카아 다아치는 여러 가지 물건이 담긴 크고 무거운 바구니를 머리에 이고 있었는데 그녀의 두 팔이 허리에 걸쳐져 있었기 때문에 걸음을 옮길 때마다 바구니가 심하게 흔들렸다.

"어머, 네 허리로 흘러내리는 게 뭐지, 카아 다아치?"

일행 중의 하나가 소리치자 모두가 카아를 쳐다보았다. 얇은 웃옷을 입은 그녀의 등으로 새끼줄 같은 것이 흘러내리고 있어 마치 중국 사람이 머리를 땋은 것처럼 보였다.

"머리칼이 흘러내린 거야."

누군가가 말했으나 그것은 머리채가 아니었다. 바구니 안에서 무언가 검은 것이 흘러나와 싸늘하고 고요한 달빛 속에서 뱀의 비늘처럼 미끈거리고 있었다. 눈치 빠른 아낙네 하나가 말했다.

"물엿인가 봐."

사실 그것은 물엿이었다. 카아는 물엿을 좋아하는 할머니를 위해 물엿을 사가지고 가는 길이었던 것이다. 카아가 허겁지겁 바구니를 내려다보았을 때 물엿이 담긴 그릇은 이미 깨어져 있었다.

사람들은 카아의 괴상망측한 모습을 보고 웃음을 터뜨렸다. 자존심이 상한 카아는 사태를 수습하기 위해, 막 가로질러 가려 했던 농장으로 들어가 풀 위에 드러눕더니 이리저리 뒹굴며 등에 묻은 물엿을 풀잎에 닦기 시작했다. 웃음소리는 더 커졌고, 여태까지 잠자코 보고만 있던 테스도 마침내 큰 소리로 웃음을 터뜨렸다.

테스의 이 웃음은 여러 가지 의미에서 불행한 결과를 낳았다. 술에 취하지도 않은 테스가 여러 사람들과 함께 소리 높여 웃는 것을 본 카아는 오래전부터 품어왔던 질투를 한꺼번에 폭발시키고 말았다. 그녀는 풀밭에서 벌떡 일어나 증오의 대상인 테스 앞으로 바짝 다가갔다.

"어떻게 네가 감히 날 비웃을 수가 있어, 이 몹쓸 계집애야."

"남들이 웃는 바람에 나도 참을 수가 없어서 웃은 것뿐이야."

테스는 여전히 킥킥거리며 사과했다.

"네가 그 남자의 사랑을 받는다고 으스대지만 잠깐만 기다려보라구. 내가 맛을 보여줄 테니까."

떨고 있는 테스 앞에서 살갗이 검은 스페이드 여왕이 윗옷을 벗어 젖혔다. 토실토실하게 살이 오른 카아의 풍만하고 아름다운 상체가 달빛 아래 드러났다. 건강한 시골 처녀의 탐스럽게 팽팽한 살이 달빛을 받아 마치 프락시텔레스의 조각처럼 아름답게 빛났다. 그녀가 주먹을 불끈 쥐고 덤벼들자 테스는 위엄 있게 대꾸했다.

"난 너하고 싸우지 않을 거야. 네가 이런 여자인 줄 알았으면 이 따위 행렬에 끼어들지도 않았을 거야."

여러 사람을 한데 묶어 비난하는 듯한 테스의 말에 다른 사람들까지도 덩달아 그녀에게 욕설을 퍼붓기 시작했다. 평소에 얌전하던 여자들도 춤추던 때의 흥분이 가시지 않은 탓인지 카아의 편을 들어 장단을 맞추었다. 까닭 없이 욕을 먹는 테스를 동정한 마을의 몇몇 남자들이 싸움을 말리려고 테스를 두둔하기도 했으나 그것은 오히려 사태를 악화시킬 뿐이었다.

테스는 분하기도 하고 부끄럽기도 했다. 이젠 길동무가 없다거나 하는 것은 문제가 아니었다. 자기에게 욕설을 퍼붓는 사람 중에서도 착한 사람은 내일 아침이 되기가 무섭게 후회할 것이라는 사실을 알고 있는 테스였지만, 어쨌든 지금은 그들에게서 벗어나고 싶은 마음밖에 없었다. 마을 사람들은 모두 농장의 풀밭으로 들어 갔다. 테스는 그들에게서 떨어지려고 슬금슬금 뒷걸음질을 쳤다. 그때 길 옆으로 둘러쳐진 담장 모퉁이에서 말 탄 사람 하나가 소리 도 없이 나타났다. 알렉 더버빌이었다.

"무슨 일 때문에 그러지요?"

알렉의 물음에 아무도 대답하지 않았다. 사실 그는 대답을 들으려고 물어본 것은 아니었다. 그는 조금 전까지 그 소동을 얼마 떨어지지 않은 곳에서 다 지켜보았던 것이다. 그는 일행과 떨어져 문 가까이 서 있는 테스에게로 몸을 굽히고 낮게 속삭였다.

"자, 내 뒤에 올라타라구. 눈 깜짝할 사이에 고양이 떼처럼 양양 거리는 소리에 벗어날 수 있을 테니까."

닥쳐오는 위험을 너무 절박하게 느낀 나머지 테스는 다른 것을 생각할 겨를이 없었다. 다른 경우였다면 아무리 밤길이 무서워도 청년의 호의를 거절했을 텐데 한 걸음 뛰어오르는 것으로 적에 대한 분노와 공포를 승리로 바꿀 수 있는 특수한 상황인지라 테스는 순간적인 충동에 몸을 맡긴 채 말 위로 훌쩍 뛰어올랐다. 두 사람이 쏜살같이 달려 짙은 어둠 속으로 사라져버렸을 때야 술주정꾼들은 사태가 어떻게 돌아가는지 눈치 챘다.

스페이드 여왕은 옷에 묻은 물엿도 잊었는지 테스가 사라진 어둠을 한참 바라보더니 소리 높여 웃었다.

술 취한 아낙네가 자기 남편의 팔에 몸을 내맡기며 웃어젖혔다. 카아의 어머니가 입을 쓰다듬으며 그 웃음에 맞장구를 쳤다.

"호호호…… 프라이팬에서 불 속으로 뛰어드는 꼴이군!"

마침내 일행은 밭고랑 길로 접어들었다. 그리고 걷는 그들의 머리 그림자 둘레에는 반짝이는 이슬 위에 달빛이 비치어 생긴 우윳

빛 광채가 달무리처럼 반짝였다. 걸어가는 사람들은 자기 머리 그림자의 후광(後光)밖엔 볼 수가 없었다. 이 후광은 머리의 그림자가 아무리 이상하게 흔들려도 그것을 떠나지 않았고 오히려 그 그림자에 달라붙어서 한결같이 아름답게 보였다. 마침내 그들이 내뿜는 입김도 밤안개의 일부처럼 여겨지고 그리고 사방의 풍경과 달빛과 대자연의 정기가 술의 정기와 조화를 이루어 하나가 되는 듯싶었다.

11

한동안 두 사람은 말없이 말을 달리기만 했다. 테스는 아직도 승리의 기쁨으로 청년에게 꼭 매달려 있었으나 마음 한구석으로 스며드는 불안은 어쩔 수가 없었다. 말은 언젠가 마차를 몰았던 사나운 말은 아니었지만 이따금 그녀의 몸은 좌우로 흔들리곤 했다. 테스가 말을 천천히 몰아달라고 부탁을 하자 알렉은 순순히 말을 들어주었다.

"어때, 테스? 멋지게 빠져나왔다고 생각지 않아?"

"네. 정말 뭐라고 감사를 드려야 할지 모르겠어요."

"진심인가?"

테스는 아무 대꾸도 하지 않았다.

"그런데 테스는 왜 내가 키스하는 걸 그렇게 싫어하지?"

"아마 당신을 사랑하지 않기 때문이겠죠?"

"정말 그래?"

"당신이 하는 짓이 불쾌할 때가 한두 번이 아니었어요."

"나도 그건 알고 있었지."

알렉은 테스의 말을 수긍했다. 그녀가 차갑게 입을 다물고 있는 것보다는 무슨 말이든 하는 편이 좋았기 때문이었다.

"그럼, 내가 테스를 화나게 했을 때 왜 잠자코 있었지?"

"잘 아시잖아요. 내가 여기서 마음대로 할 수 없다는 걸……."

"내가 치근거려서 당신을 곤란하게 한 적은 별로 없는 것 같은데?"

"여러 번 그러셨어요."

"몇 번이나?"

"너무 여러 번이라 기억할 수조차 없어요."

"내가 치근거릴 적마다 기분이 나빴던 모양이군."

테스는 대꾸하지 않았다. 말은 꽤 먼 길을 걸었고 초저녁부터 퍼지기 시작한 안개가 낮게 지면 가득히 퍼져 두 사람을 흠뻑 감쌌다. 이런 몽환적인 분위기와 어둠, 그리고 피로 때문에 테스는 신작로에서 트랜트리지로 향하는 갈림길을 지난 지가 꽤 오래 됐다는 것과 알렉이 그 길로 접어들지 않고 일부러 먼 길로 돌아가고 있다는 사실을 눈치 채지 못했다.

사실 테스는 말할 수 없이 피곤했다. 그 주만 해도 매일 새벽 다섯 시에 일어나서 해질 때까지 하루 종일 서서 일을 했고 아까 저녁 때에는 체이스버러까지 걸어온 데다가 저녁도 굶으면서 세 시간 동안 길동무를 기다렸었다. 또 돌아오는 길에서도 한동안 걸었고 싸움 때문에 흥분했었다. 말이 느릿느릿 걷고 있어 시간은 어느덧 새벽 한 시가 넘었고 테스는 곤한 나머지 깜박 잠이 들었다. 그녀의 머리는 저절로 청년의 등에 기대어졌다.

더버빌은 말을 멈추고 발 디딤에서 발을 뺀 다음 그녀의 몸을 받쳐주려고 몸을 옆으로 돌려 그녀의 허리에 팔을 휘감았다.

테스는 몸에 밴 방어심 탓에 순간적으로 움찔하더니 알렉을 확 뿌리쳤다. 다행히 온순한 말이라 알렉이 땅으로 굴러 떨어지지는 않았지만 그의 몸은 심하게 비틀거렸다.

"이건 너무 매정하군. 딴마음이 있어 그런 건 아니라구. 떨어지지 않게 받쳐주려던 것뿐이야."

의심스럽다는 듯 곰곰 생각하던 테스는 그의 말이 사실일는지도 모른다는 마음이 들자 부드러운 태도로 상냥하게 말했다.

"미안해요."

"당신이 내게 미안해하는 마음을 행동으로 나타내지 않는다면 용서할 수가 없어. 내 꼴이 이게 뭐냐구. 석 달이 다 되도록 남의 감정을 조롱하고 요리조리 피하면서 골탕을 먹이기가 일쑤니 이젠 더 참을 수가 없다구."

"난 내일 집에 가겠어요."

"안 돼. 내일은 못 떠나. 한 번만 더 말하겠는데, 나를 믿는다는 표시로 내게 안겨보라구. 우리 둘밖에는 아무도 없어. 테스, 내가 당신을 얼마나 사랑하는지 잘 알잖아. 난 당신이 이 세상에서 가장 예쁘다고 생각하고 있다구. 당신을 내 애인으로 생각하면 안 될까?"

테스는 몸을 도사리며 노기 찬 숨을 내쉬었다.

"모르겠어요. 대답을 하고 싶기는 하지만 내가 어떻게 좋다든가 싫다든가 말할 수가 있겠어요……."

알렉은 자기 마음대로 테스를 껴안고 옥신각신하던 다툼을 끝내 버렸다. 테스는 더는 반항하지 않았다. 얼마쯤 더 말을 타고 가던 테스는 문득 그동안 시간이 많이 흘렀다는 사실을 깨달았다. 아무리 천천히 말을 몬다 해도 트랜트리지에 닿을 시간이 지났다는 것과 지금 지나는 길이 신작로가 아닌 오솔길이라는 데에 생각이 미치자 그녀는 두려움으로 몸을 떨었다.

"어머, 여기가 어디에요?"

"숲 곁을 지나는 길이야."

"숲이라니요? 어느 숲이죠? 왜 신작로로 가지 않았죠?"

"영국에서 가장 오래된 체이스 숲이야. 이렇게 멋진 밤에 좀 천천히 간다고 해서 나쁠 건 없잖아?"

"어쩌면 당신은 그렇게도 믿을 수 없는 사람이죠?"

비난과 두려움이 뒤섞인 말투로 테스가 말했다. 그녀는 말에서 떨어질 위험을 무릅쓰면서까지 알렉의 손가락을 풀어 그에게서 벗어나려고 했다.

"아까 뿌리친 것이 미안해서 당신이 원하는 대로 이렇게 품에 안겼는데, 글쎄 이게 무슨 날벼락이죠? 내려주세요. 난 차라리 걸어가겠어요."

"이봐. 날씨가 개었다 해도 걸어가기는 힘들어. 솔직히 말하면 여기는 트랜트리지에서 멀리 떨어진 곳이라구. 게다가 안개까지 끼어 있어서 자칫하면 숲 속에서 길을 잃고 헤매게 된다구."

"그런 걱정일랑 마세요. 여기가 어디든 상관없다구요. 그냥 내려주기만 하면 돼요. 네?"

"정 그렇다면 소원대로 해주지. 그러나 조건이 있어. 내가 당신을 이렇게 외진 곳으로 데리고 왔으니 당신이 어떻게 생각하든 난 당신을 안전하게 집으로 데려다줄 책임이 있어. 이런 안개 속에서 트랜트리지로 가겠다는 건 어림도 없는 소리야. 사실 나도 여기가 어디쯤인지 자세히 모르거든. 그러니까 내가 돌아올 때까지 말 옆에서 기다리겠다고 약속해줘. 내가 이 숲 속을 살펴보고 큰길이나 인가를 찾아 여기가 어디쯤인지 확실하게 알게 되면 그땐 테스를 굳이 붙잡지 않겠어. 내가 돌아와 길을 상세하게 가르쳐줄 테니까 그때는 걸어가든지 타고 가든지 당신 마음대로 해."

테스는 알렉의 조건을 받아들이고는 강제로 키스당하지 않으려고 허겁지겁 말에서 뛰어내렸다. 청년은 테스와는 반대쪽으로 뛰어내렸다.

"말고삐를 잡고 있을까요?"

"아냐, 그럴 필요는 없어. 오늘밤엔 지쳤을 테니까 그냥 놔둬도 별일 없을 거야."

그는 숨을 거칠게 내쉬는 말을 쓰다듬고는 말머리를 수풀 쪽으로 향하게 하여 큰 나뭇가지에다 고삐를 묶었다. 그런 다음 낙엽을 긁어모아 테스가 쉴 자리를 만들어주었다.

"자, 여기 앉아. 낙엽이 아직 젖지 않아서 앉으면 포근할 거야. 앉아서 말이나 잘 봐줘."

그는 몇 발자국 걸어가다가 돌아서서 말했다.

"그런데 테스, 오늘 어떤 사람이 당신 아버지에게 조랑말을 선사했어."

"어떤 사람, 바로 당신이군요!"

더버빌은 고개를 끄덕였다. 테스는 하필 이런 경우에 그에게 감사를 해야 하는가 싶은 난처함에 어쩔 줄 몰라 하며 소리치듯 말했다.

"정말 고마워요."

"그리고 당신 동생들은 장난감을 받았어."

"아이들에게까지 그렇게 잘해주실 줄은 몰랐어요." 테스는 감동한 음성으로 속삭였다. "하지만 난 당신이 아무것도 해주지 않는 것이 더 마음 편해요. 정말, 아무것도 받지 않았다면 더 좋았을 텐데."

"왜?"

"그러면 내가 불편하거든요."

"테스, 당신은 날 조금도 사랑하지 않는군."

"선물을 주신 것은 감사하게 생각해요. 하지만……."

자신에 대한 알렉의 열정이 이런 결과를 가져왔다는 사실에 얼핏 생각이 미치자 테스의 두 눈에 눈물이 고였고, 마침내 그녀는 울음을 터뜨리고 말았다.

"울지 마 테스. 자, 여기 앉아서 내가 올 때까지 기다려요."

테스는 그가 만들어놓은 낙엽 더미에 순순히 앉아 몸을 파르르 떨었다.

"추워?"

"네, 약간."

그는 손가락으로 테스를 만져보았다. 손가락은 물속에라도 빠지는 양 그녀의 옷 속으로 미끄러져 들어갔다.

"이런, 얇은 모슬린 옷만 걸쳤군 그래. 도대체 어찌 된 일이지?"

"이게 내 옷 중에서 제일 좋은 여름옷이에요. 집에서 입고 나올 땐 따뜻했었는데…… 이렇게 늦게까지 말을 타고 돌아다니리라고는 상상도 못 했으니까요."

그는 자기가 입고 있던 외투를 벗어 그녀의 몸을 덮어주었다.

"곧 따뜻해질 거야. 여기서 잠깐만 쉬고 있어. 빨리 돌아올 테니까."

그녀의 어깨를 덮은 외투 단추를 끼워주고 알렉은 나무 사이에 너울을 두른 듯한 안개 속으로 사라졌다. 그가 바로 옆에 있는 언덕으로 올라가는지 나뭇잎이 바스락거리는 소리가 간간이 들리다가 이내 조용해졌다. 달이 기울어감에 따라 창백한 달빛은 점점 희미해져 이윽고 낙엽 위에서 잠든 테스와 숲은 어둠에 파묻혀버리고 말았다.

그 사이에 알렉 더버빌은 자기들이 있는 곳이 체이스 숲 어디쯤인지 확실히 알기 위해 비탈길을 올라가고 있었다. 사실 그는 조금이라도 더 테스와 함께 있고 싶은 욕심에서 닥치는 대로 말을 몰아 한 시간 가량 숲을 돌아다녔고, 달빛에 비친 그녀의 아름다움에 넋이 나가 길가의 도표에 신경을 쓸 여유도 없었던 것이다. 그동안 헤매어다닌 말에게도 휴식이 필요하다고 생각했으므로 그는 서둘러 방향을 확인하려 하지 않고 천천히 비탈을 올라갔다. 그는 고개를 넘어 울타리가 있는 신작로까지 와서야 비로소 자신들이 있는 위치가 어디쯤인지 짐작하고는 테스가 기다리는 곳으로 발길을 돌렸다. 그때에 달은 이미 완전히 져버리고 안개는 아직 걷히지 않아, 동이 틀 때가 가까웠는데도 사방은 어둠 속에 잠겨 있었다. 그는 장님처럼 손으로 나뭇가지를 더듬으며 온 길을 되돌아 걸었다. 테스가 잠든 곳 근처까지는 가까스로 왔으나 정확한 지점을 찾지 못해 이리저리 헤매다니고 있을 때 마침 가까이서 말이 부스럭거리며 움직이는 소리를 들었다. 그리고 뜻밖에도 자신의 외투 소매가 발에 걸렸다.

"테스!"

그는 낮게 그녀의 이름을 불렀다. 사방은 칠흑같은 어둠뿐이었고, 보이는 것이라고는 발밑의 희끄무레한 것뿐이었다. 그것은 낙엽 더미 위에 누워 있는 테스의 하얀 모슬린 옷이었다. 그는 무릎을 꿇고 테스에게로 몸을 굽혔다. 규칙적인 숨소리가 새근새근 들려왔다. 그는 그녀의 숨결을 더 가까이 느끼려고 몸을 한층 납작하게 구부렸다. 순식간에 두 사람의 뺨이 맞닿았다. 곤히 잠든 테스의 속눈썹에 눈물이 맺혀 있었다.

어둠이 깃든 사방은 쥐죽은 듯 고요했다. 그 어둠 속에서 태곳적부터 내려오는 체이스 숲의 수송나무며 떡갈나무가 하늘을 찌를 듯이 높이 솟아 있고 그 나뭇가지의 새 둥지에서는 새들이 날이 새기 전의 마지막 단꿈에 잠겨 있었다. 두 사람 가까이에서 토끼들이 살금살금 뛰어다녔다.

그러나 이런 상황에서 테스의 몸을 고이 지켜줄 수호신은 어디 있으며 그녀가 천진하게 믿는 하나님은 어디 있느냐고 묻는 사람이 있을는지도 모른다. 어쩌면 테스의 수호신은 이야기에 정신이 팔려 있었거나 여행 중이었거나 아직 잠에서 깨어나지 않은 것이 아닐까.

어째서 운명은 비단결처럼 순결한 이 처녀의 몸에 추한 낙인을 찍어야만 했을까. 세상의 일이란 왜 이렇듯 탕아가 순결한 여인을 차지하고 악한 여자가 착한 남자를 빼앗아가는 식으로 어긋나야만 하는 것일까. 이 문제를 두고 철학자들이 수천 년에 걸쳐 연구해왔으나 아직 이렇다 할 해답을 내린 사람은 없다. 어쩌면 이 비극을 인과응보라고 말하는 사람이 있을는지도 모른다. 혹 갑옷 차림으로 개선한 테스 더버빌의 조상 중에서 농가 처녀에게 이와 비슷하게, 아니 이보다 더 잔혹한 방법으로 욕망을 채운 자가 있을는지도 모른다. 그러나 어버이가 지은 죄의 대가를 자식이 치른다는 인과응보는 천국의 도덕률이 될 수 있을는지는 몰라도 인간의 도덕률이 되기에는 너무 비합리적이며, 또한 그런 생각이 테스가 당한 비극을 보상해주는 것도 아니다.

테스의 고향 사람들은 무슨 일이든지 운명의 탓으로 돌려 "그것은 그렇게 되기 마련이었다"고 얘기하곤 했는데 그들의 그런 사고 방식 때문에 테스와 같은 상황에 처한 여자가 겪는 불행은 한층 더 비극의 색채를 띠게 되는 것이다. 어쨌든 자신의 운명을 개척하려고 고향 마을을 떠나 트랜트리지 양계장으로 온 테스의 성격은 사회와 운명의 모순으로 인해 전혀 딴판으로 바뀌어버리고 말았다.

2부 정조를 잃고

12

테스 더베이필드가 트랜트리지에 온 지 넉 달쯤 지났고 체이스 숲에서 밤을 지낸 지 몇 주일쯤 지난 시월 하순 어느 일요일 아침이었다. 날이 샌 지 얼마 되지 않아 저 멀리 지평선에서 떠오른 황금빛 태양이 블레이크모어 골짜기를 향해 뻗어 있는 산봉우리를 비출 무렵, 테스는 고향으로 가려고 트랜트리지와 블레이크모어 사이에 가로 놓여 있는 고갯길을 걷고 있었다. 바구니는 무겁고 보따리는 커서 불편했지만 테스는 짐의 무게에 신경조차 쓰지 않는다는 듯 계속 걸었다. 걷다가 힘에 겨우면 길가의 문이나 울타리에 기대어 잠깐 쉬다가 다시 걷곤 했다.

이 산마루는 얼마 전까지도 테스가 다른 마을 사람으로 살아온 골짜기의 담을 이룬 곳으로, 그녀의 고향으로 가려면 어쩔 수 없이 넘어서야 할 산마루였다. 올라가는 길은 점점 더 높아졌고 사방의 경치 또한 블레이크모어 분지와는 영 딴판이었다. 철도가 굽이굽이 통해 있으므로 모든 것이 융화될 듯 보이는데도 두 마을 사람들의 성격이나 말씨는 작지만 서로가 달랐다. 그래서 트랜트리지에 머물렀던 곳에서 불과 십 마일밖에 떨어져 있지 않은 테스의 고향은 더욱 아득히 먼 것처럼 느껴졌다. 테스의 마을 농사꾼들은 북쪽이나 서쪽으로는 장사며 여행이며 결혼도 했지만 산마루 이쪽에 사는 사람들은 정력과 관심을 주로 동쪽과 남쪽으로만 기울였다.

테스가 걷는 고갯길은 지난 유월 어느 날 더버빌이 그녀를 태우고 난폭하게 마차를 몰았던 바로 그 언덕이었다. 꼭대기까지 얼마 남지 않았으므로 테스는 단숨에 고갯마루로 올라갔다. 그녀는 잠시 고갯마루에 서서 아침 안개에 가려진 정든 고향의 푸른 대지를 바라보았다. 다른 때도 한결같이 아름다운 고향 마을이었지만 오늘따라 한층 아름다워 보였다. 고향에 있을 때는 철부지 소녀였던 테스였지만 이제 그녀는 새가 아름다운 소리로 지저귀는 곳에는 독사가 숨어 있다는 삶의 쓰라린 진실을 아는 성숙한 여인으로 변해 있었다. 집에서 지낼 때의 순결했던 처녀와는 아주 다른 여인의 몸으로, 테스는 온갖 괴로움을 마음 깊숙이 간직한 채 꼼짝도 않고 서 있었다. 한동안 테스는 깊은 생각에 잠겨 그곳에 서 있다가 마음이 아파 더는 고향땅을 바라볼 수 없자 고개를 돌려 올라온 길을 돌아보았다.

그때 그녀가 힘들여 올라온 비탈길 아래서 이륜마차가 나타났다. 한 청년이 마차를 끌고 오면서 테스에게 손을 흔들어 보였다. 그녀는 아무 생각 없이 그가 다가오는 동안 기다렸다. 잠시 후 청년과 말이 테스 옆에서 멈추었다.

"왜 이렇게 도망치듯 몰래 빠져나가는 거지? 더구나 남들이 다 잠든 일요일 아침에 말이야. 나도 우연히 당신이 없어진 걸 알고 이렇게 허둥지둥 달려왔어. 저 말이 땀 흘리는 걸 보라구. 왜 이런 짓을 하는지 모르겠군. 아무도 당신이 집에 가는 걸 막지 않아. 그 무거운 짐을 들고 터벅터벅 걷다니! 당신이 정 안 돌아오겠다면 남은 길이라도 태워주려고 이렇게 허겁지겁 달려왔단 말이야."

더버빌이 숨을 헐떡거리며 나무라듯 말했다.

"난 돌아가지 않아요."

"그럴 줄 알았어. 나도 그렇게 생각은 했으니까. 좋아, 타라구. 바래다줄 테니까."

테스는 아무래도 좋다는 듯 바구니와 보따리를 마차에 실은 다음 마차에 올라 더버빌과 나란히 앉았다. 그녀는 이제 그를 두려워하지 않았는데, 그를 두려워하지 않게 된 그 무엇이 그녀를 슬프게 했다.

더버빌은 기계적으로 담배에 불을 붙여 물고 대수롭지 않은 화젯거리로 무미건조한 얘기를 하면서 말을 몰았다.

그는 지난여름 바로 이 길 반대편을 달릴 때 테스에게 키스하려고 안달하던 일 따위는 까맣게 잊은 듯했으나 테스에게는 그때의 기억이 아직도 생생했다. 그녀는 착잡한 마음을 애써 누르며 인형처럼 무표정한 얼굴로 그의 얘기에 간단히 대꾸만 했다. 한참을 더 달리자 조그만 숲이 나타나더니 숲 저편으로 말롯 마을이 보였고 내내 무표정하던 테스의 얼굴에 가벼운 흥분의 표정이 떠올랐다.

이윽고 그녀의 두 눈에서 눈물이 흘러나와 뺨을 타고 방울방울 흘러내렸다.

"왜 울지?"

"나는 저 마을에서 태어난 일을 생각했을 뿐이에요."

"사람은 어디서든 태어나기 마련이야."

"난 아무 데서도 안 태어났으면 좋을 뻔했어요."

"흥! 그런데 당신은 트랜트리지에 오고 싶어 하지 않았으면서 왜 왔지?"

테스는 대답하지 않았다.

"내가 좋아서 온 건 물론 아닐 테지만."

"그건 사실이에요. 내가 만일 당신을 사랑하려고 트랜트리지에 갔다거나 또 진심으로 사랑했다거나 지금도 사랑하고 있다면 이처럼 나 자신을 미워하거나 싫어하지 않았을 거예요. 당신 때문에 잠시 내 눈이 어두워졌던 거라고 생각하심 돼요. 그것뿐이에요."

더버빌은 어깨를 으쓱해 보였다. 테스는 말을 계속했다.

"난 당신의 속셈을 몰랐었죠. 그걸 알았을 땐 너무 늦었구요."

"모든 여자들이 그렇게 말하지."

테스는 알렉에게로 고개를 획 돌렸다.

그녀는 정기가 솟아오른 듯 이글거리는 눈으로 알렉을 쏘아보며 소리쳤다.

"어떻게 그렇게 뻔뻔스럽죠? 정말 기가 막히군요. 여자들이 늘 하는 그런 말을 진심으로 하는 여자도 있다는 걸 모르고 계셨군요. 당신 같은 사람은 마차 밖으로 내동댕이쳐 버렸으면 속이 시원하겠어요."

"알았어. 기분 상하게 한 건 내가 잘못했어. 사과하지."

그는 웃으면서 말하다가 약간 자책하는 듯한 표정으로 말을 이었다.

"언제까지나 화를 낼 필요는 없지 않을까. 내 잘못에 대해선 힘닿는 데까지 보상할 생각이었어. 당신이 원한다면 밭에서나 목장에서 힘들여 일하지 않게 해줄 수도 있고 그런 꼴 사나운 옷차림 대신 멋지게 단장해줄 수도 있다구."

천성이 너그럽고 솔직해서 좀처럼 남을 깔보는 일이 없는 테스였지만 알렉의 말에 그녀는 입술을 조금 비죽거렸다.

"아무것도 바라지 않는다고 말했잖아요. 난 받지도 않겠거니와 받을 수도 없다구요. 당신의 욕망을 채워주는 노예밖에 안 되는 그 따위 짓은 죽어도 못 해요."

"당신의 태도를 누가 본다면 틀림없는 더버빌 가문의 후손일 뿐만 아니라 공주라고도 생각할 거야. 하하, 어쨌든 당신은 귀여운 아가씨야. 사실 난 나쁜 놈이지. 난 그렇게 태어나고 그런 식으로 살아왔으니까 죽을 때도 나쁜 놈으로 죽을 테지. 하지만 테스, 하늘에 두고 맹세하겠는데 당신한테는 두 번 다시 나쁜 짓을 하지 않겠어. 만약 무슨 일이 생기면 편지로 내게 알려줘. 당신에게 필요한 건 뭐든지 부쳐줄 테니까. 난 트랜트리지에 없을지도 몰라. 얼마 동안 런던에 가 있으려고 해. 그 할머니가 못살게 굴어서 말이지. 하지만 내게 오는 편지는 내가 있을 곳으로 빠짐없이 부쳐줄 거야."

테스는 더 가지 않아도 좋으니까 내려달라고 했다. 더버빌은 늘어선 나무 아래 마차를 세우고는 마차에서 뛰어내린 다음 두 팔로 테스의 몸을 안아 내려주었다. 짐도 그녀 옆에 내려놓았다. 그녀가 약간 고개를 숙여 작별 인사를 할 때 두 사람의 눈이 마주쳤다. 테스가 얼른 몸을 돌려 짐을 들고 떠나려 하자 더버빌은 입에서 여송연을 떼고 그녀에게로 몸을 굽혀 말했다.

"설마 이렇게 섭섭하게 헤어질 생각은 아닐 테지. 자!"

"원하신다면."

테스는 냉랭하게 말하고는 청년에게로 얼굴을 내밀었다. 반은 형식적으로 반은 아쉬움으로 알렉은 테스의 뺨에 입을 맞추었다. 그녀는 청년의 행동을 거의 의식하지 않는다는 듯 대리석 조각처럼 꼼짝도 않은 채 먼 숲을 멍하니 바라보았다.

"옛 정을 생각해서 저쪽 뺨도."

그녀는 순순히 고개를 돌렸다. 알렉은 테스의 다른 뺨에도 키스를 했다. 그녀의 뺨은 길가의 버섯처럼 축축하고 미끄럽고 차가왔다.

"당신은 내게 키스해주지 않는군. 내게 스스로 키스한 적은 한 번도 없었어. 당신은 날 조금도 사랑하지 않는 모양이야."

"여러 번 말했듯이 난 당신을 사랑하지 않아요. 앞으로도 결코 사랑할 수 없을 거예요. 사실 이런 경우에는 거짓말을 하는 편이 내게 유리하겠지만 거짓말을 할 수 없는 자존심은 아직 남아 있어요. 만약 당신을 사랑한다면 그걸 고백함으로써 큰 대가를 얻을 수 있겠죠. 그러나 나는 당신을 사랑하지 않아요."

더버빌은 테스의 말에 양심의 가책이라도 받았다는 듯 긴 한숨을 내쉬었다.

"테스, 어울리지 않게 감상적이군. 솔직히 말하겠는데 가문이야 어떻든 이 지방에서 테스의 아름다움을 당할 여자는 하나도 없어. 세상을 아는 사람으로서, 테스를 아끼는 사람으로서 충고하겠는데 현명한 여자라면 그 아름다움이 시들기 전에 세상 사람들에게 자랑하려 들 거야. 지금도 늦지 않았어. 내게로 돌아오지 않겠어? 정말 이런 식으로 헤어지고 싶지 않아."

"결코 돌아가지 않겠어요. 이렇게 되기 전에 진작 결심했어야 하는 건데……. 어쨌든 난 다시는 돌아가지 않을 거예요."

"그럼 잘 가요. 넉 달 동안의 사촌 누이, 안녕!"

그는 가볍게 마차로 뛰어오르더니, 고삐를 고쳐 잡고 붉은 열매가 달린 울타리 사이로 사라졌다.

테스는 곧 몸을 돌려 구불구불한 오솔길을 따라 걸었다. 이른 아침의 태양이 산봉우리에 낮게 떠 있어, 숲으로 햇살이 비쳐들기는 했지만 따스함을 느낄 정도는 아니었다. 썰렁한 숲 근처에는 사람의 그림자조차 보이지 않았다. 서글픈 처지의 테스만이 애잔한 시월의 오솔길을 걸어가고 있을 뿐이었다.

얼마를 더 걸었을 때 테스는 등 뒤에서 들려오는 남자의 발걸음 소리를 들었다. 테스가 뒤돌아보기도 전에 남자는 빠른 걸음으로 다가와 그녀에게 "안녕하슈?"라고 인사를 건넸다. 직공 같아 보이는 그는 빨간 페인트가 든 통을 손에 들고 있었다. 그는 사무적인 태도로 짐을 들어주겠다고 말했고 테스는 그에게 바구니를 부탁했다. 두 사람은 한동안 말없이 걷다가 남자가 문득 쾌활하게 말했다.

"안식일인데 이렇게 아침 일찍 걷고 계시다니, 참 부지런하시군요."

"네."

"모두 한 주일의 일을 마치고 쉬고 있을 텐데……."

그녀는 잠자코 고개를 끄덕여 그의 말에 동의했다.

"난 다른 어느 날보다 안식일에 보람된 일을 하지요."

"그래요?"

"토요일까지는 인간의 영광을 위해 일하지만 안식일엔 신의 영광을 위해 일하죠. 그게 더 보람 있는 일 아니겠수? 아, 참. 저 난간에도 잠깐 손볼 일이 있군요."

그는 길 옆 목장으로 들어가는 입구 쪽으로 향하면서 덧붙여 말했다.

"잠깐만 기다려주세요. 곧 끝난다구요."

그가 바구니를 들고 갔기 때문에 테스는 하는 수 없이 그가 하는 양을 지켜보면서 기다렸다. 그는 목장 난간 앞에 바구니와 페인트 통을 내려놓고 붓으로 페인트를 휘저어 골고루 섞었다. 페인트 섞기가 끝나자 그는 석 장의 널빤지로 막혀진 목장 난간의 가운데 칸에 큼직하고 네모진 글자를 쓰기 시작했다.

너희 멸망은 잠자지 아니하느니라.
—《베드로 후서》2장 3절

평화스러운 풍경과 나뭇잎이 시들어가는 숲의 쓸쓸한 빛깔, 지평선 위의 새파란 대기, 그리고 이끼 낀 목장의 난간을 배경으로 주홍빛 글씨는 불붙은 듯 눈부시게 빛났다. 그 글씨는 그녀의 가슴에 파고들어 책망하는 듯한 느낌을 주었다. 전혀 모르는 사람인데도 테스는 그가 최근에 자기에게 일어난 일을 알고 있는 듯한 기분마저 느꼈다. 일을 마치고 그가 바구니를 집어들자 두 사람은 나란히 걷기 시작했다.

"당신은 당신이 쓴 그 구절을 믿으세요?"

"믿냐구요? 지금 나더러 살아 있느냐고 묻는 겁니까?"

"하지만 자기 잘못으로 저지른 죄가 아니라면 어떨까요?"

테스가 떨리는 목소리로 물었다. 그는 고개를 설레설레 저었다.

"그런 어려운 문제는 내가 대답할 수 있는 성질의 것이 아니죠. 난 지난여름, 이 근방 곳곳을 돌아다니며 담벼락과 대문과 목장 난간마다 닥치는 대로 그 계명을 써놓았죠. 그 계명을 어떻게 느끼느냐는 그걸 보는 사람의 마음에 달린 거죠."

"그 계명은 너무 잔인해요. 심장을 짓눌러 숨통을 조이는 것 같아요."

"그게 바로 그 계명이 목적하는 바요. 그런데 아가씨, 내가 항구나 빈민굴에 써붙이려고 준비해놓은 계명들을 한번 보지 않으려우? 그건 정말 무서운 거지. 보기만 해도 온몸이 뒤틀릴 거요. 아, 저기 헛간 벽에 빈자리가 있군. 저기다 한 줄 써야지. 당신 또래의 위태위태한 아가씨들이 보면 정신이 번쩍 들 게요. 내가 쓸 동안 기다려주겠소?"

"싫어요."

테스는 바구니를 들고 터벅터벅 걷다가 뒤돌아보았다. 낡은 회색 벽에는 첫 번째 것과 비슷한 내용의 글이 절반쯤 씌어 있었다. 테스는 그가 쓰려는 계명이 무엇인지 깨닫고는 수치심으로 얼굴이 붉어졌다.

너희들, 간음하지……
—《출애굽기》20장

쾌활한 페인트공은 테스가 지켜보는 것을 알고 붓을 놓고 큰 소리로 외쳤다.

"만약 아가씨가 이 귀중한 교훈에 대한 설교를 듣고 싶다면 아가씨가 가는 마을에서 오늘 저녁에 열리는 자선 예배에 참석하슈. 에민스터의 클레어라고 하는 목사님이 설교를 하시는데 정말 훌륭한 분이죠. 전엔 나도 그 분의 신도였는데 내가 아는 목사 중에서는 설교를 제일 잘 하신다구요. 이 일을 내게 시킨 사람도 바로 그 목사님이죠."

테스는 아무 대꾸도 하지 않고 두근거리는 가슴으로 땅만 내려다보며 걸었다. 달아올랐던 얼굴이 식자 그녀는 비웃듯 중얼거렸다.

"쳇, 하나님이 정말 그런 말씀을 하셨으리라고는 믿어지지 않아."

이윽고 가느다란 연기가 피어오르는 자기 집의 굴뚝이 보이자 테스는 가슴이 아팠다. 그녀가 집 안에 들어섰을 때 본 광경은 한층 그녀의 가슴을 아프게 했다. 이층에서 막 내려온 어머니는 아침 식사를 준비하기 위해 난로에다 떡갈나무 가지를 지피고 있었다. 동생들과 아버지는 일요일이라 마음 놓고 이층에서 잠을 자는 모양이었다.

"아니, 테스!"

난로 앞에서 테스를 돌아다본 어머니는 깜짝 놀라며 딸에게로 와 반가움의 키스를 했다.

"어떻게 된 거냐? 아무 연락도 없이 느닷없이 이렇게 내 앞에 나타나다니! 그래, 결혼 준비를 하러 집에 온 거냐?"

"아뇨. 그런 일 때문에 온 게 아니에요."

"그럼 휴가?"

"네. 아주 긴 휴가예요."

"뭐라구? 네 사촌이 네게 잘해주지 않았단 말이냐?"

"그는 친척도 아닐뿐더러 나하고 결혼할 생각도 없는 사람이에요."

"얘야. 사실대로 다 얘기해 봐."

어머니는 테스를 유심히 살펴보며 말했다. 테스는 어머니의 목에 얼굴을 기댄 채 자초지종을 이야기했다.

"아니, 그런 일을 당하고서도 결혼하자고 매달리지 않다니 넌 대체 어떻게 된 아이냐? 그런 일을 당하고 순순히 물러나는 여자는 너밖에 없을 거다."

"다른 여자 같으면 그랬을 테죠. 하지만 난 그럴 수가 없었어요."

"네가 결혼을 하고 돌아왔다면 오죽이나 좋았겠니."

억울한 나머지 더베이필드 부인은 당장이라도 울음을 터뜨릴 것 같았다.

"너와 그 사람에 관한 소문이 우리 마을까지 자자하게 퍼졌는데 이런 식으로 끝장이 나다니! 어째서 넌 네 생각만 하고 집안 식구 생각은 하지 않았지? 나는 날마다 노예처럼 일만 하고 아버진 몸이 약한 데다가 심장이 기름으로 꽉 막혀 있구 말이다. 난 그래도 행여나 하고 좋은 소식이 오기만을 기다렸단다. 넉 달 전에 너희가 마차를 타고 떠날 때 정말 잘 어울리는 한 쌍이라고 생각했는데…… 그 사람이 우리한테 선물한 것을 봐. 우린 그가 친척이라서 그렇게 하는 줄 알았지. 그렇지 않다면 네게 마음이 있어서 그랬을 거구. 그런데도 넌 그 사람이 너와 결혼하도록 만들지 못하다니!"

알렉 더버빌을 자기와 결혼하도록 만들다니! 그가 자신과 결혼한다니!

그는 결혼에 대해 여태까지 한마디도 하지 않았다. 만약에 그가 청혼했더라면 어떻게 되었을까? 남의 시선 때문에 당황한 나머지 청혼에 대한 대답을 하지 않을 수 없는 절박한 상황이었더라도 자신이 어떻게 처신했을지 테스는 알 수가 없었다.

딱하게도 어머니는 알렉에 대한 테스의 복잡한 감정을 이해하지 못했다. 그것은 말로 표현하기 어려운 어색하고 이상한 그런 감정이었다.

그런 감정 때문에 그녀는 집으로 돌아왔고 자기 자신까지도 싫어졌던 것이다. 그녀는 그에게 관심을 가진 적도 없었고 지금도 그것은 마찬가지였다. 다만 그녀는 그를 두려워했을 뿐이고 그녀의

106

약점을 이용하는 그의 교묘한 수단에 꺾인 것뿐이었다. 한때 그의 열렬한 태도에 잠시 눈이 어두워져 그가 하는 대로 굴복하기도 했지만 이제는 야비한 그가 싫어져 도망치듯 집으로 돌아온 것이다. 이것이 그녀가 돌아온 이유였다.

그는 증오할 가치도 없는 남자였고, 테스에게 그의 존재는 먼지나 재와 다름없었다. 그녀는 자신의 이름을 더럽히지 않기 위해 그와 결혼할 생각은 추호도 없었다.

"결혼할 생각이 없었다면 좀 더 몸가짐을 조심하지 그랬니?"

"아이 참, 어머니, 어떻게 내가 그런 일을 미리 알 수가 있었겠어요. 넉 달 전 집을 떠날 때만 해도 나는 어린애였어요. 어머니, 내게 왜 세상 남자들이 무섭다는 사실을 가르쳐주지 않았죠? 왜 내게 조심하라고 타이르지 않으셨냐구요. 부잣집 딸들은 소설이라도 읽어서 남자들이 음흉하다는 걸 알고 몸을 지키는 방법도 알지만, 난 그런 것도 배우지 못했잖아요. 게다가 어머니는 가르쳐주지도 않았구요!"

당장 심장이 터져버릴 듯 괴로워하면서 테스는 어머니에게로 몸을 돌리고 흥분된 어조로 외쳤다. 어머니는 풀이 죽어 중얼거렸다.

"그 남자가 널 좋아해서 그 결과가 어떻게 된다는 걸 미리 알려주면 네가 거만하게 굴지도 모르고, 그렇게 되면 모처럼의 기회도 놓칠 거라고 생각했기 때문에 아무 말 안 했던 게야. 이젠 엎질러진 물이니 할 수 없지 않니. 이렇게 된 것도 네 팔자고, 하나님의 뜻이란다."

더베이필드 부인은 앞치마로 눈물을 닦았다.

13

　테스 더베이필드가 엉터리 친척집에서 돌아왔다는 소문은 좁은 말롯 마을에 자자하게 퍼졌다. 그날 오후에 소꿉친구며 학교 동창들이 테스를 찾아왔다.

　풀을 빳빳하게 먹인 옷으로 단장한 그들은 테스를 가운데 놓고 방 안에 둘러앉아 호기심 가득 찬 눈으로 친구를 쳐다보았다. 그들의 생각에는 테스가 자신들로서는 흉내도 낼 수 없는 큰 성공을 거두고 돌아온 것처럼 보였다. 테스의 먼 친척뻘인 더버빌은 시골에서 보기 힘든 신사인 데다가 바람둥이고, 그가 테스와 사랑하는 사이라는 소문을 들은 그들은 테스가 가난한 집 딸이라는 점에서 그 관계를 불안하게 생각하면서도 한편으로는 테스를 부러워하고 그녀를 굉장히 매력적인 존재로 여기고 있었다. 그녀들은 어찌나 호기심이 가득 찼는지 테스가 몸을 돌리기만 하면 서로 소곤거렸다.

　"정말 예쁘지. 저 멋진 웃옷은 그이가 사준 건가 봐. 무척 비싼 옷일 거야. 좋은 옷을 입으니까 더 예뻐 보여."

　테스는 방 구석 찬장에서 찻잔을 꺼내느라고 그 말을 듣지 못했다. 만약 그녀가 그 말을 들었다면 사실대로 얘기해서 친구들의 오해를 풀어주었으리라. 그러나 어머니는 그 말을 들었다. 딸이 부잣집 청년과 결혼하리라던 희망을 잃은 대신 어머니는 그가 딸 때문에 애태웠던 것을 떠올리면서 허영심을 만족시키려 했다. 아직 결혼에 대한 희망을 완전히 버린 것이 아니기 때문에 그런 상상이 더베이필드 부인의 마음을 다소 흡족하게 해주었고, 그녀는 딸의 친구에게 차를 권하며 그들의 찬사에 보답하려 했다. 친구들의 재잘거림과 허물없는 농담, 그리고 천진한 선망에 테스의 기분도 차츰 풀어져 저녁 무렵에는 그녀도 친구들처럼 명랑해졌다. 대리석처럼 딱딱했던 얼굴도 부드러워지고 걸음걸이도 예전의 활기를 되찾아 온몸에서 청춘의 아름다움이 넘쳐났다.

이따금 테스는 마음에 꺼리면서도, 청년에게 사랑을 받은 자기의 경험이 사실은 부러워할 만한 것이라고 인정이라도 하는 듯, 우월감으로 친구들의 물음에 대답하곤 했다. 그러나 테스가 로버트 사우드의 말처럼 '흘러간 옛날을 못내 그리워한다'는 건 있을 수 없는 일이었기 때문에 그러한 환영(幻影)도 번개처럼 사라지고 이내 차가운 이성이 되살아나 어리석은 자신의 허영심을 비웃고는, 도로 침울해지는 것이었다.

이튿날 아침 그녀가 눈을 떴을 때의 절망감은 이루 형용하기 어려울 정도였다. 한가로운 일요일이 지난 월요일 아침, 입고 있던 새 옷은 헌옷으로 바뀌었고 웃고 지껄이던 친구들도 가버리고 없었다. 그녀는 전에 그랬듯이 자기 침대에서 홀로 일어나 앉았다. 옆 침대에서는 아무것도 모르는 동생들이 곤히 자고 있었다. 고향에 돌아옴으로 해서 일어났던 일시적인 소동과 들뜬 마음은 사라지고, 앞으로 그 누구의 도움이나 동정도 없이 혼자 치러가야 할 숱한 고난의 가시밭길이 눈에 보이는 듯했다. 눈앞이 캄캄해진 테스는 무덤 속으로 숨어버리고 싶은 충동마저 느꼈다.

그럭저럭 서너 주일이 지나갔다. 그동안 테스의 마음도 상당히 안정되어, 어느 일요일 아침에는 교회에 가고 싶은 생각이 들었다. 노래를 좋아하는 어머니를 닮아 그녀는 찬송가를 듣는 것과, 사람들과 함께 따라 부르는 것을 좋아했다.

테스는 청년들의 짓궂은 시선을 피하려는 생각에서 교회 종이 울리기 전에 미리 교회에 도착했다. 그녀는 아래층 헛간 가까이에 있는 노인들만 앉는 좌석 맨 뒷줄에 앉았다. 종이 울리자 두서너 사람씩 들어와 앞자리에 앉았다. 자리를 잡고 앉은 사람들은 교회 안을 한 번씩 휘둘러보곤 했다. 곧 찬송이 시작되었다. 찬송은 우연히도 테스가 좋아하는 곡이 선정되었다. 그 곡명이 무엇인지 몰랐으나 몹시 알고 싶었다. 테스는 무어라고 표현하진 않았지만 작곡가의 신통한 능력을 마음속으로 생각했다. 무덤 속에 갇힌 듯한 테스의 영혼을 빛으로 인도하는 듯한 감동적인 선율의 노래였다.

예배가 진행될 때 몇 사람이 뒤를 돌아보다가 테스를 발견하고는 서로 소곤거리기 시작했다. 그들이 무슨 얘기를 주고받는지 환히 짐작한 테스는 수치스러움과 절망을 동시에 느끼며 다시는 교회에 나오지 않으리라고 결심했다.

그날 이후, 테스는 동생들과 함께 쓰는 침실에 틀어박혀 거의 외출을 하지 않았다. 그곳은 그녀의 도피처가 되어, 그녀는 계절이 바뀌어도 바깥으로 나오지 않았다. 두어 칸 남짓한 방에서 그녀는 비와 바람과 눈과 휘황한 노을과 훤한 보름달을 여러 차례 바라보았다. 그녀가 너무 집 안에만 숨어 있어서 마을 사람들은 그녀가 어디론가 떠나버렸다고 생각할 정도였다.

그녀의 유일한 바깥 외출은 해가 진 뒤 숲 속을 거니는 것이었다. 혼자서 숲을 거닐 때는 외롭지 않았다. 그녀는 빛과 어둠이 서로 맞물려, 대낮의 긴장과 밤의 불안이 화해하는 저녁 무렵을 일 분일 초도 어김없이 정확하게 알아맞힐 수 있었다. 바로 그러한 순간에 그녀는 현실의 모든 고통이 먼 피안의 일처럼 느껴져 마음의 평정을 얻곤 했다. 그녀는 어둠이 조금도 무섭지 않았다. 그녀가 무서워하는 것은, 혼자 있으면 한없이 미약하고 한데 뭉치면 무서운 힘을 발휘하는 인간들로 이루어진 세상이었다. 그녀는 그 세상에서 도피하려고 했다.

이 쓸쓸한 골짜기와 숲을 거니는 그녀의 조용한 걸음걸이는 주위의 사물과 하나로 어우러졌다. 어둠에 싸여 남몰래 걸어가는 그녀의 모습은 주변 경치의 일부분인 것처럼 느껴졌다. 그녀의 부질없는 공상은 주위의 환경에 민감하게 반응하기 시작했다. 어쩌면 세상이란 심리적 형상에 불과한 것인지도 모른다. 겨울밤에 얼어붙은 나무싹과 가지 사이로 몰아치는 돌풍은 그녀에게 책망하는 소리로 들렸다. 비가 오는 것은 마음속에 있는 막연한 도덕이란 존재가 그녀의 나약함을 깊이 슬퍼해주는 표시 같았다. 그녀는 그 도덕이란 것이 '하나님'을 뜻하는 것인지 아니면 또 다른 무엇을 뜻하는 것인지 눈치 채지 못했다.

그러나 인습에 얽매여 테스가 제멋대로 만들어낸 이런 생각은 그녀의 그릇된 공상에서 생겨난 슬프고 비뚤어진 창조물—말하자면 그녀를 공연히 겁먹게 하는 도덕이라는 도깨비 떼였다. 현실을 도피하는 것은 테스가 아니라 바로 도덕이라는 도깨비 떼였다. 새들이 잠든 울타리 사이를 거닐거나 달빛이 넘실거리는 토끼우리에서 뛰노는 토끼를 볼 때, 또는 꿩의 둥지가 있는 나뭇가지 아래 서 있을 때, 그녀는 자신을 죄 없는 짐승의 보금자리를 침입하는 죄 많은 자로 여기곤 했다. 죄 없는 사람은 하나도 없는데도 그녀는 굳이 자신을 다른 사람과 구별하려 했다. 자신이 다른 사람과 어울릴 수 없는 존재라고 생각했지만, 사실은 누구보다도 그녀는 그 사회에 잘 어울리는 존재였다.

왜냐하면 그녀는 어쩔 수 없이 사회의 율법을 깨뜨리긴 하였지만, 그것을 죄라고 인정하고 스스로를 속박하는 사회적 통념은 깨뜨리지 못했기 때문이었다.

14

안개가 자욱한 팔월의 어느 새벽녘이었다. 밤 사이 끼었던 짙은 안개는 막 떠오르는 태양의 따뜻한 햇살을 받아 골짜기와 숲 속으로 잦아들고 있었다.

안개 속에서 떠오르는 태양은 마치 묘한 감정을 지닌 사람의 표정처럼 보여 장엄한 느낌마저 주었다. 이 순간의 태양의 표정은 사방에 인기척 하나 없는 사실과 더불어 옛날의 태양 숭배가 무엇을 의미하는가를 순식간에 일러주는 듯했다.

정녕 하늘 아래 이보다 더 확실한 종교가 있었을까 싶을 정도였다. 이 불빛을 뿜어내는 물체는 금발 머리에다 명랑하고 상냥하게 빛나는 눈매를 한 하나님 같은 존재로 청춘의 왕성한 혈기로 스스로로 가득 찬 지상을 굽어보았다. 이윽고 안개가 말끔히 걷히고 태양이 하늘 높이 떠오르자, 농가의 덧문 틈새로 스며든 햇살은 찬장이며 옷장이며 그밖의 세간 위에 빨갛게 단 부젓가락 같은 무늬를 만들어 아직도 잠자고 있는 농부들을 깨우기 시작했다.

이날 아침 붉게 빛나는 것들 가운데서 가장 빛나는 것은 말롯 마을 바로 옆에 있는 황금빛 밀밭 한 모퉁이에 세워진 두 개의 받침목이었다. 페인트를 칠한 폭이 넓은 그 받침대는 그 밑에 있는 다른 두 개의 받침대와 함께 오늘의 추수를 위해 간밤에 갖다 놓은 것이었다. 사람들은 그 받침대들로 십자가 모양의 추수 기계를 만들었고, 거기에 칠해진 페인트는 햇빛을 받아 강렬한 색채로 빛나고 있었다.

밭은 벌써 '열려' 있었다. 다시 말하면 맨 먼저 말과 기계를 들여보내기 위해서 밭 변두리 일대에서 폭 삼사 피트 가량의 밀을 손으로 베어서 길을 터놓았던 것이다.

밀밭 동편 울타리 그림자가 서편 울타리 한복판에 비쳤을 때 한 무리의 남자 일꾼과 다른 한 무리의 여자 일꾼이 오솔길을 내려왔다. 그들의 머리에는 햇빛이 비치었으나 발밑은 아직 어둑어둑했다. 그들은 길에서 가장 가까운 곳에 있는 밭 문 양쪽에 있는 두 개의 돌기둥 사이로 사라졌다.

잠시 후 귀뚜라미가 짝을 부르는 것 같은 소리를 내며 추수 기계가 세 마리 말과 함께 돌아가기 시작했다.

기계를 끄는 말 위에는 한 사람이 앉아 마부 노릇을 했고 기계 위에는 일을 돕는 사람이 타고 있었다. 수확기의 팔이 서서히 회전하며, 말과 기계가 밭의 한쪽 변두리를 따라 언덕을 내려 아주 사라져버렸다가, 잠시 후에 다른 쪽 변두리를 따라 같은 속도로 올라왔다. 맨 앞장을 선 말의 양미간에 번쩍이는 놋쇠 별이 먼저 그루터기 위로 나타나더니 뒤이어 눈부신 팔과 기계의 몸체가 온통 보였다.

밭을 둘러싼 비좁은 그루터기 길은 기계가 한 차례씩 돌 적마다 넓어지고, 낮이 가까워지자 아직 거두어들이지 않은 밀의 면적은 차차 좁아졌다. 집토끼와 들토끼며 뱀과 생쥐들은, 안전한 성 안에라도 숨으려는 듯이 밭 속으로 자꾸만 도망쳐갔으나, 자기들의 피난처가 임시라는 것은 꿈에도 몰랐고, 나중에는 어찌 될 신세인지도 모르는 모양이었다. 오후가 되면 그 피난처가 점점 형편없이 좁아져 동족이고 적이고 할 것 없이 욱실득실 한데 몰려, 나중엔 나머지 몇 야드밖에 안 되는 밀도 사정없이 수확기의 이에 넘어가고, 짐승들도 추수하는 일꾼들의 막대기며 돌에 맞아 모조리 죽어버렸다. 밀 베는 기계는 뒤에 꼭 한 단으로 묶을 만큼의 밀단들을 수북이 남겨 놓고 갔다. 뒤에서는 단을 묶을 솜씨 빠른 일꾼들이 기다렸다는 듯이 손을 댔다. 주로 여인네들이지만 사라사 셔츠를 입은 사나이

들도 섞여 있었다. 그들은 가죽 허리띠로 바지를 허리에 졸라매고 있으므로 뒤에 붙은 두 개의 단추는 소용이 없게 되어 일꾼이 움직일 적마다 햇빛에 번쩍여, 흡사 가느다란 허리에 붙은 두 눈동자가 번득이는 듯했다.

밀단을 묶는 여자들은 여느 때와 다른 매력을 풍겼다. 밭으로 나온 남자들이 한낱 밭에서 일하는 인간일 뿐인데 비해, 여자들은 밭의 일부분이 되어 자연의 정기를 온통 빨아들인 듯 신선해 보였다. 그녀들은 햇빛을 가리기 위해 펄럭이는 커다란 헝겊을 단 무명 모자를 쓰고 그루터기에 손을 베이지 않도록 장갑을 끼었다. 그 중에는 연분홍색 짧은 재킷을 입은 처녀도 있고, 크림 빛깔의 소매통이 좁은 겉옷을 입은 처녀도 있고, 밀을 베는 기계의 팔처럼 빨간 치마의 처녀도 있고, 혹은 또 갈색의 투박한 옷을 입은 나이 든 처녀도 있었다.

이러한 겉옷들은 옛날부터 밭일하는 여자들이 즐겨 입는 것으로 젊은 아가씨들은 잘 입지 않았다.

이날 아침 사람들의 시선은 유난히 부드러운 몸매와 아름다운 용모를 가진 연분홍 무명 재킷의 아가씨에게 집중되었다. 하지만 모자를 눈썹까지 푹 눌러썼기 때문에 밀단을 묶을 때도 얼굴은 보이지 않았지만 차양 밑으로 흐트러진 갈색 머리칼만 보아도 대강 짐작할 수가 있었다. 다른 여자들이 사방을 두리번거릴 때도 그녀 혼자만 주위에는 관심이 없다는 듯 일에만 몰두했기 때문에 한층 남의 시선을 끌었는지도 몰랐다.

그녀는 시계처럼 단조롭고 규칙적으로 밀단을 묶어 나갔다. 산들바람이 가끔 치마 끝을 펄럭일 때면 그녀는 손으로 살짝 치맛자락을 눌러주곤 했다. 누런 가죽 장갑과 겉옷 사이로 드러난 팔에는 그루터기에 긁힌 상처에 피가 맺혀 있었다.

그녀는 가끔 일어나 허리를 펴고, 바람에 나풀거리는 앞치마를 바로 여미고 모자를 고쳐 썼다. 그럴 때면 무엇에나 매달려 하소연이라도 할 것처럼 보이는, 길게 땋은 머리와 크고 까만 눈동자를 가진 그녀의 예쁜 얼굴이 보였다. 그녀의 파리한 뺨과 고르게 난 이, 그리고 붉은 입술은 흔히 보는 시골 처녀와 다르게 보였다.

그녀는 테스 더버빌이라고도 불리는 테스 더베이필드였다. 그녀는 어딘가 달라진 듯하면서도 예전과 같고, 예전과 같은 듯하면서도 어딘가 달라 보였다. 그것은 어쩌면 고향에 살면서도 타향에서 온 나그네처럼 사람들과 어울리지 않고 지내온 그녀의 생활 태도 때문인지도 몰랐다. 마침 추수기여서 집에서 하는 일보다 바깥에서 하는 일이 더 많고 수입도 좋았으므로 오랫동안 집 안에 틀어박혀 있던 그녀도 밭에 나와 일하기로 결심했던 것이다.

다른 여자들의 동작도 테스와 마찬가지였다. 한 단씩 묶은 밀단이 웬만큼 쌓이면 그녀들은 이 지방의 풍습대로 열 단이나 열두 단씩 무더기를 지어놓곤 했다. 그 일은 아침 식사를 하고 난 뒤에 다시 계속되었다. 열한 시가 가까웠을 때 테스는 언덕 쪽으로 힐끗힐끗 눈길을 주었다. 정각 열한 시가 되자 여섯 살에서 열네 살쯤 된 한 패의 아이들이 그루터기만 남은 언덕 위로 나타났다. 테스의 얼굴은 약간 붉어졌지만 그대로 일을 계속했다.

나타난 아이들 중에서 제일 커 보이는 계집아이가 어깨에 두른 숄을 땅바닥에 질질 끌면서 인형 같은 것을 껴안고 왔는데 사실은 인형이 아니라 긴 옷을 입은 갓난아이였다. 다른 아이는 점심을 들고 왔다. 추수꾼들은 일손을 멈추고 쌓아놓은 밀단에 기대앉아 점심을 먹기 시작했다. 남자들은 서로 술잔을 권하기도 했다.

테스 더베이필드는 맨 나중에 일손을 멈추었다. 그녀는 사람들의 시선을 피해 밀단을 쌓아놓은 끝쪽에 가 앉았다. 그녀가 편하게 자리를 잡고 앉자 토끼 가죽 모자를 쓰고 허리춤에 손수건을 꽂은 남자가 낟가리 너머로 술잔을 내밀었으나 사양했다. 테스는 점심을 펼쳐놓고 동생을 불러 아기를 받았다. 동생은 귀찮은 아이에게서 잠시 해방된 것이 기쁜 듯 저쪽 낟가리로 뛰어가 다른 아이들과 어울렸다. 테스는 무언가를 꺼리는 듯 머뭇거리다가 용기를 낸 듯 단추를 끌러 아기에게 젖을 먹이기 시작했다. 그러나 그녀는 자신의 감정을 감추지 못한 채 얼굴을 붉혔다.

그녀 가까이 있던 남자들은 눈치를 채고는 다른 곳으로 고개를 돌렸다. 어떤 남자는 담배를 피우고 또 어떤 남자는 빈 술병을 아쉬운 듯 기울였다. 테스 이외의 여자들은 하나같이 흥겨워하며 이야기를 나누기도 하고 흐트러진 머리를 매만지기도 했다.

테스는 아기가 배불리 먹고 나자 아기를 무릎 위에 곧추세우고 먼 곳에 눈을 둔 채 혐오에 가까운 표정으로 아기를 어르다가 갑자기 격렬한 입맞춤을 했다. 애정과 혐오가 복잡하게 얼크러진 어린 어머니의 입맞춤에 아기는 불에 덴 듯 울음을 터뜨렸다.

"아이를 미워하는 체하고 아기와 함께 죽어버렸으면 좋겠다고 하면서도 역시 자식은 귀여운 모양이지."

빨간 치마를 입은 여자의 말에 노란 옷을 입은 여자가 대꾸했다.

"이제 그런 말은 하지 않을 거야. 참 알 수 없는 일이야. 막상 당하고 나면 어쩔 수 없이 익숙해지니 말이야."

"웬만큼 치근거려서는 저렇게 되지 않을 거야. 작년 체이스 숲에서 한밤중에 흐느껴 우는 소리를 들은 사람이 있었대. 그럴 때 동네 사람이라도 그곳을 지났더라면 그 녀석 큰 코 다쳤을 거야."

"글쎄, 속사정이야 잘 모르지만 하고 많은 사람 중에 하필 테스가 그런 변을 당하다니 말이야. 가엾어. 하기야 예쁜 애들이 늘 그런 변을 당하지."

꽃송이 같은 입과, 크고 순한 눈을 가진 테스가 아기를 안고 앉아 있는 애절한 모습을 본다면 설사 그녀의 적이라 할지라도 그녀를 동정했을 것이다.

검지도 푸르지도 그렇다고 잿빛이나 자줏빛도 아닌, 이를테면 그러한 갖가지 빛깔과 또한 그 밖에 무수히 많은 빛깔을 뒤섞어놓은 듯한 테스의 눈동자를 들여다보면, 누구나 엿볼 수 있는 빛깔, 즉 그림자 뒤에 또 그림자가 있듯이, 한 빛깔 너머로 또 다른 빛깔이 어리는 그런 빛깔을 만나게 될 것이다. 조상으로부터 물려받은 웬만한 부주의한 성품만 없었더라도 테스는 거의 모든 여인의 본보기가 되었을 것이다.

사실 테스가 여러 달 만에 처음으로 밭에 나온 것은 갑자기 떠오른 한 가지 생각 때문이었다.

그것은 어떤 대가를 치르더라도 삶을 살기 위한 새 출발을 해야겠다는 지극히 상식적인 생각이었는데, 몇 달 동안의 후회와 괴로움 끝에 비로소 그런 생각이 떠올라 그녀의 지친 마음을 환하게 밝혀주었던 것이다. 과거는 과거일 뿐이고, 아무리 심한 상처라도 세월이 흐르면 아물기 마련이라는 사실을 그녀는 깨달았던 것이다.

그녀는 또한 그토록 두려워하던 이웃들의 이목도 실상은 별로 대수로울 것이 없다는 사실을 아울러 깨달았다. 그녀는 타인과는 상관없는 존재이고 정열이며 감각 기관이었다. 주위 사람들에게 그녀는 한낱 지나가는 화젯거리일 뿐이었다. 그녀가 밤낮으로 회한 속에서 고통스러워하더라도 사람들은 '저애는 사서 고생을 한다'

고 쉽게 말하리라. 그녀가 모든 걸 잊고 태양과 꽃과 갓난애에게서 삶의 기쁨을 찾으려 한다면 그들은 '저애는 용케도 잘 참는다'고 가볍게 말하리라. 만약 테스가 무인도에 혼자 살았다면 자기에게 일어난 일을 비참하게 여겼을지도 모르지만 별로 슬퍼하지는 않았을 것이다. 만일 그녀가 자신의 인생이 아버지 없는 아이를 키우는 것만으로 한정되어 있음을 깨닫는다 해도 그녀는 그 사실을 냉정하게 받아들이고 거기서 삶의 즐거움을 찾았으리라. 그녀의 불행은 사회의 인습에서 오는 것이지 타고난 성격에서 온 것은 아니었던 것이다.

어쨌든 그런 마음의 변화로 테스는 밭일을 하러 나올 수 있었고, 일을 하면서도 침착한 태도를 유지할 수 있었으며, 어린애를 품에 안았을 때도 사람들의 얼굴을 의연하게 쳐다볼 수 있었던 것이다.

추수꾼들은 밀낟가리에서 일어나 기지개를 켜고는 담뱃불을 껐다. 그들은 마구를 풀어 사료를 먹이던 말을 도로 빨간 기계에 매고 일할 준비를 했다. 테스는 서둘러 점심을 마치고 동생을 불러 아기를 데려가게 한 다음 옷매무새를 가다듬고 장갑을 꼈다.

오전 중에 하던 것과 똑같은 일이 저녁 무렵까지 계속되었다. 테스는 다른 추수꾼들과 함께 어두워질 때까지 일을 했다. 일이 끝나자 그들은 동쪽 지평선에 떠오른 둥근 달을 벗 삼아 큰 짐마차를 타고 집으로 돌아왔다.

테스의 여자 친구들은 숲 속으로 들어갔다가 변해서 돌아온 처녀를 비웃는 내용의 민요를 다른 노래와 뒤섞어 부르긴 했지만 그녀의 처지를 위로도 하고 함께 일하게 된 것을 기뻐하기도 했다. 인생은 잃은 것이 있으면 얻는 것도 있는 법이어서, 그 사건은 한때 마을의 경종이 되긴 했지만 그로 인해 테스는 사람들의 동정과 관심을 한 몸에 받게 되었다. 그녀는 친구들의 다정한 마음씨와 쾌활한 재잘거림 속에서 자신의 처지를 잊고 예전의 명랑함을 되찾아갔다.

그녀가 도덕적인 슬픔에서 겨우 벗어나려 할 무렵, 사회적인 법칙과는 상관없는 새로운 슬픔이 어머니 테스에게 밀어닥쳤다. 집에 돌아와 보니 아기가 낮부터 갑자기 앓기 시작했다는 놀라운 소식이 테스를 기다리고 있었다. 아기의 체질이 워낙 허약해서 병이 나리라고 짐작은 했지만 막상 당하고 보니 충격이 컸다. 아기는 테스에게 죄의 대가처럼 여겨졌으나 그녀는 가능하면 아이가 오래 세상에 살아주기를 소망했다. 그녀는 어머니로서의 예민한 육감으로 그 조그만 육체의 죄인이 해방될 시간이 얼마 남지 않았다는 사실을 깨달았다. 아기를 잃는 것도 가슴 아픈 일이었지만, 그 어린 영혼이 아직 세례를 받지 못했다는 사실이 한층 가슴 아팠다.

자기가 저지른 죄로 하여 화형(火刑)이라도 당해야 한다면 당할 수밖에 없을 것이며, 그렇게 해야만 한다는 강박 관념에 테스는 사로잡혀 있었다. 많은 마을 처녀들과 마찬가지로 그녀 역시 성경에 밝았고 아홀라와 아홀리바─불의를 저지른 자매(《에제키엘서》 23장)─의 전기(傳記)도 읽어서 그 이야기가 말해주는 결론도 잘 알고 있었다. 그러나 비슷한 문제가 아기와 연관되어 일어나고 있기 때문에 사정이 다를 수밖에 없었다. 자기의 귀여운 아기가 지금 죽음 직전에 처해 있어도 그의 영혼을 구제할 길이 없음에 안타까웠다.

식구들이 잠자리에 들 시간이라는 것도 개의치 않고 그녀는 아래층으로 뛰어내려가 목사를 불러오겠다고 말했다. 마침 일주일에 한 번씩 벌어지는 롤리버 주막의 주석에서 돌아온 아버지는 한마디로 안 된다고 잘라 말했다. 그는 술이 취한 터라 유서 깊은 가문에 대한 생각이 어느 때보다 강렬했고, 테스가 가문을 더럽혔다는 사실이 유난히 언짢았던 것이다. 아버지는 수치스러운 집안 사정을 숨겨야 할 때이므로 목사를 불러들일 수 없다고 잘라 말하고는 문을 잠근 다음 열쇠를 자기 호주머니에 집어넣어버렸다.

온 식구가 잠자리에 들었다. 테스도 가슴이 찢어지는 듯한 고통을 느끼며 자리에 들었으나 잠을 이룰 수가 없었다. 한밤중이 되자 아기의 병세는 더욱 위독해졌다. 아기는 고요히, 별 고통 없이 세상을 떠나려 하고 있었다. 그녀는 침대 위에서 안절부절 어쩔 줄 몰라 했다. 벽시계가 둔탁한 소리로 새벽 한 시를 알렸다.

그녀의 머릿속을 오락가락하던 불길한 억측이 무서운 환영으로 그녀의 눈앞에 다가왔다. 세례를 안 받았다는 것과 사생아라는 두 가지 죄목으로 지옥의 밑바닥에 떨어지는 아기의 모습이 어른거렸다. 그리고 마왕이 빵을 구울 때 화덕에서 쓰는 세 갈래 갈퀴 같은 것으로 아기를 팽개치는 상상이 머릿속에 떠올랐다. 그뿐이 아니라 그러한 상상 위에 기독교의 나라에서 젊은이들에게 교훈으로 가르치는 갖가지 망측한 고문 장면이 잇달아 떠올랐다. 모두들 깊은 잠 속에 빠져 있는 고요한 집 안에서 이처럼 끔찍스런 장면이 테스의 상상력을 얼마나 극심하게 자극했던지, 그녀의 잠옷은 땀으로 흠뻑 젖었고 격한 심장의 고동으로, 누운 침대가 흔들릴 정도였다.

아기의 숨결이 점점 가빠짐에 따라 어머니의 긴장도 팽팽해졌다. 아기를 안고 아무리 입을 맞추어도 소용이 없었다. 견딜 수 없어진 그녀는 침대에서 내려와 미친 듯이 방 안을 이리저리 거닐었다.

"자비로우신 하나님. 이 가엾은 어린아이를 동정하소서. 제겐 어떤 죄를 내리셔도 달게 받겠습니다만 제발 이 아기만은 불쌍히 여기셔서 은혜를 주시옵소서."

테스는 장롱에 기대어 한동안 두서없이 애원하듯 중얼거리다가 갑자기 몸을 일으켰다.

"그래. 이애는 어쩌면 구원을 받을 수 있을지도 몰라. 틀림없이 구원받을 방법이 있을 거야."

강렬한 희망으로 그녀의 얼굴이 어둠 속에서 촛불처럼 빛났다.

그녀는 벽 아래 침대로 다가가, 자고 있는 어린 동생들을 깨웠다.

세면대를 앞으로 끌어낸 뒤 세면대가 있던 곳에 선 그녀는 주전자의 물을 세면대에 쏟아붓고는 동생들의 손을 합장시켜 그 둘레에 무릎을 꿇게 했다. 선잠을 깬 동생들이 겁을 먹은 듯 어리둥절한 눈으로 누나의 행동을 지켜보고만 있는 동안, 그녀는 침대에서 아기를 안아 올렸다. 테스가 아기를 안고 세면대 곁에 우뚝 서자 바로 아래 여동생은 교회당에서 집사가 목사에게 하는 것처럼 기도책을 펼쳐 테스 앞에 내밀었다. 이리하여 테스는 자기 아이에게 세례를 주기 시작했다.

어른거리는 촛불이 방 안을 희미하게 비추고 있었다. 그루터기에 긁힌 상처라든가 피로해 보이는 눈동자를 환히 들추어내지 않는 은은한 촛불 빛에 감싸인 테스의 모습에는 어떤 위엄마저 엿보였다. 희고 긴 잠옷을 입고 허리께까지 까만 머리채를 곱게 땋아내린 테스의 용모에는 전날 불행의 원인이었던 성숙한 여인의 체취 대신 순결한 아름다움이 후광처럼 드리워졌다. 무릎을 꿇고 둘러앉은 동생들은 새빨개진 눈을 깜빡이면서 준비가 끝나기만을 기다렸다.

"정말 아기에게 세례를 주려고 하는 거야, 테스 누나?"

동생들 중 가장 감동한 아이가 묻자 어린 어머니는 정색을 하고 그렇다고 대답했다.

"그럼, 이름을 뭐라고 하지?"

미처 이름을 정하지 못했는데 세례 의식을 진행하는 도중 창세기 속의 한 이름이 떠올라 테스는 그 이름으로 세례를 주기로 했다.

"소로우(비애), 성부와 성자와 성신의 이름으로 나는 그대에게 세례를 주노라."

테스는 아이에게 물을 뿌렸다. 방 안은 숨소리도 멎어버린 듯 고요했다.

"자, 모두들 '아멘' 해야지."

동생들은 작은 음성으로 '아멘'이라고 순순히 합창했다. 테스는 세례 때 외는 기도문을 외우다가 "우리는 이 아기를 받아 십자가의 표지를 그리노라"라는 구절에서 세면대의 물을 손에 묻혀 아기의 머리 위에다 성호를 그었다. 이어 아기가 하나님의 충실한 종이 되어 생명이 다하는 날까지 세상의 죄악과 싸워 이길 수 있기를 기원하는 틀에 박힌 기도문이 계속되었다. 테스가 〈주기도문〉을 외우자 동생들도 나직한 소리로 따라 외우기 시작했고, 기도가 끝에 이르렀을 때는 다 같이 입을 모아 "아멘"이라고 소리쳤다.

이 세례가 효과가 있으리라고 확신을 얻은 테스는 진심으로 감사의 기도를 올렸다. 마음 깊은 곳에서 우러나온 기도는 맑고 높게 울렸으며 믿음에 도취된 그녀의 얼굴에는 밝은 빛이 감돌았다. 두 뺨은 발그레해졌고 눈동자에 거꾸로 비친 작은 촛불은 금강석처럼 반짝거렸다. 동생들은 그런 누나가 자신들과는 상관없는 거룩한 존재로 보여 존경의 눈으로 쳐다보았다.

가엾게도 세상의 죄악에 대한 불쌍한 소로우의 싸움은 보잘것없

는 것이었다. 그의 출생을 생각한다면 죽음이란 오히려 다행한 것
인지도 몰랐다. 먼동이 틀 무렵 하나님의 종이며 약한 병사인 소로
우는 마지막 숨을 거두었다. 잠에서 깨어난 동생들은 애처롭게 울
어대며 예쁜 아기를 하나만 더 낳아 달라고 졸라댔다.

세례를 주고 나면서부터 느낀 마음의 평온은 아기가 죽은 다음
에도 변함없었다.

한낮이 되었을 때, 테스는 자기가 아기의 영혼에 대해 지나치게
근심했었다는 사실을 깨달았다. 이제 그녀는 조금도 불안하지 않았
다.

아기에게 준 세례가 정당하든 정당하지 않든 간에, 자기로서는
최선을 다한 그 세례로도 아기가 천당에 갈 수 없다면 그런 천당은
가나마나한 것이라고 그녀는 생각했다.

이리하여 '달갑지 않은 소로우'는 영원히 이 세상을 떠났다.

겁 없이 뛰어든 불청객, 사회의 법도 모르는 염치없는 자연의 선
물인 사생아—며칠 동안의 삶이 온 생애였던 그 아기에게는 시골의
오두막 생활이 모든 삶의 경험이며 일주일의 기후가 온 세상의 기
후였고 젖을 빠는 본능만이 그가 가진 지혜의 전부였다.

해가 진 다음, 테스는 아기를 묻기 전에 자기가 베푼 세례의 효
력에 대해 물어보려고 마을 목사를 찾아나섰다.

이 마을로 부임해온 지 얼마 안 되는 과묵한 목사의 집 앞에 이
르러서도 테스는 집으로 들어갈 용기가 좀처럼 생기지 않았다.

그녀가 망설이다 단념하고 돌아섰을 때 마침 집으로 돌아오던
목사와 우연히 마주쳤다.

어둠 속이었으므로 테스는 마음 놓고 사정 이야기를 했다.

"목사님, 여쭤볼 게 있어요."

목사가 쾌히 승낙했으므로 테스는 아기가 병에 걸린 사실과 임시변통으로 아기에게 세례를 준 사실을 모두 이야기했다.

"그래서 말인데요. 제가 그애에게 세례를 준 것이 목사님이 하신 것과 마찬가지의 효과가 있는 것인지 알고 싶어요."

마땅히 자기에게 부탁할 일을 고객들이 멋대로 해치웠을 때 장사꾼이 느끼는 불쾌감과 같은 묘한 감정이 치밀어올라 목사는 아니라고 대답하고 싶었다. 그러나 테스의 당당한 태도와 신비스러울 만큼 부드러운 음성은 목사의 직업적인 신앙보다 인간의 감정에 호소하였다. 잠시 성직자의 양심과 인간의 감정이 목사의 마음속에서 싸움을 일으켰으나 결국 인간의 감정이 승리를 거두었다.

"그건 역시 마찬가지일 거예요."

"그렇다면 그 아이를 기독교 의식으로 묻어주실 수 있을까요?"

테스는 재빨리 물었다. 목사는 난처한 표정을 지었다. 그는 어린애가 병이 났다는 소식을 듣고 어제 저녁 해가 진 뒤에 친절을 베풀어 테스의 집으로 찾아갔다가 거절당한 사실을 기억해냈다. 자신을 문 안에 들이지 못하게 한 사람은 테스가 아니고 그녀의 아버지였다는 사실을 전혀 모르는 그는 기독교 의식으로 장례를 치러 달라는 테스의 부탁을 들어줄 수도 없었고 들어주려 하지도 않았다.

"그건 별문제입니다."

"별문제라구요? 어째서요?"

테스는 다소 흥분해서 물었다.

"글쎄요. 이게 우리 두 사람만의 문제라면 들어드릴 수도 있지만, 역시 안 되겠습니다. 사정이 있어서요."

"꼭 한 번만 부탁드릴게요."

"정말 안 됩니다."

"목사님!"

테스가 목사의 손을 잡자, 목사는 고개를 가로저으며 손을 뺐다.

"그렇다면, 목사님이 안 해주시더라도 그 아기에겐 마찬가지가 아닐까요? 네? 마찬가지겠죠? 제발 성자가 죄인에게 말하듯 말씀하지 마시고 인간적인 감정으로 절 가엾게 여겨주세요."

목사가 이런 문제에 대하여 평소에 지녀왔던 엄격한 관념과 어떻게 타협하여 대답을 했는지는 아무도 상관할 바가 아니지만 그렇게 대답한 목사를 이해할 수는 있을 것이다.

테스의 정성에 감동한 목사는 마침내 고개를 끄덕였다.

"그래요. 마찬가지일 겁니다."

그날 밤, 아기는 조그만 소나무 관에 넣어져 여자의 낡은 숄에 감싸인 채 묘지로 운반되었다. 테스는 돈 몇 푼과 맥주 한 병을 묘지기에게 치러주고 쐐기풀이 무성한 묘지 한 구석에 아기를 묻었다. 그곳에는 지옥으로 떨어졌을, 세례받지 않은 갓난아이나 이름난 주정뱅이, 그리고 자살자들의 무덤이 즐비했다. 그러한 환경이 마음에 들지 않는 테스였으나 어느 날 밤에는 용기를 내어 남몰래 아기의 무덤을 다시 찾았다.

손수 만든 자그마한 십자가에 꽃을 달아 아기의 무덤 위에 꽂았다. 그리고 똑같은 꽃다발 하나를 작은 물병에 꽂아 무덤 앞에 세웠다. 비록 그 병은 오렌지 잼이 담겨 있던 초라한 병이었지만 죽은 자식을 생각하는 어머니의 눈에는 보다 아름다운 천국이 보이는 까닭에 그러한 것은 결국 아무런 문제도 되지 않았다.

"우리는 오랜 방황의 경험을 통하여 마침내 첩경을 발견하게 된다"라고 로저 애스컴은 말했다. 그런데 이 오랜 방황이 종종 앞으로의 도정(途程)에 방해가 되는 때가 있다면 방황이란 경험이 우리에게 무슨 소용이 있을까?

테스 더베이필드의 경험도 이처럼 방해가 되는 따위의 것인지도 모른다. 테스는 이제 비로소 처신하는 방법을 깨달았으나 지금에 와서 누가 그녀의 행동을 긍정적으로 받아들일 것인가. 만약 테스가 더버빌 집안을 찾아가기 전에 널리 알려진 갖가지 경구(警句)나 속담을 좇아 엄격한 행실을 하였더라면 결코 알렉의 꾐에 넘어가진 않았을 것이다. 그러나 그러한 격언이 아직 도움이 되는 동안에 그 참뜻을 깨닫는다는 것은 테스도, 그 어느 누구도 미치지 못하는 것이다. 테스나 혹은 또 그 밖의 사람들은 성 어거스틴과 더불어 하나님께 이렇게 지껄여댔을 것이다.

"당신은 정작 걸을 수 있는 길보다도 좋은 길을 권해주셨습니다."

15

수확의 가을은 곧 지나가고 겨울이 왔다. 테스는 그 겨울 한철 내내 집 안에만 틀어박혀 닭털 뽑는 일도 하고 거위를 돌보기도 했다. 옷장 한구석에 처박아두었던 더버빌에게서 받은 좋은 옷들을 뜯어 동생들의 옷을 만들어주기도 했다. 늘 바쁘게 일하면서도 그녀는 가끔 두 손을 머리 뒤로 깍지 끼고 깊은 생각에 잠기곤 했다.

그녀가 골똘히 생각하는 것은 물론 지난 한 해 동안 자신의 신변에서 일어난 일들이었다. 컴컴한 체이스 숲을 배경으로 한 트랜트리지에서의 불행한 파멸의 밤과, 아기가 태어나던 날과 숨을 거두던 날, 자신의 생일과 그 밖의 여러 날들이 주마등처럼 뇌리를 스쳐 갔다. 그러던 그녀는 어느 날 오후 자신의 아름다운 모습을 거울에 비춰 보다가 문득 지금까지 지내온 날들보다 훨씬 더 중요한 날이 따로 정해져 있음을 깨달았다. 그것은 그녀의 아름다움이 지상에서 영원히 사라지는 죽음의 날이었다. 앞으로 언젠가 틀림없이 다가올 죽음의 날이 어느 때가 될지는 모르지만, 죽음에 대한 깨달음이 그녀의 사색에 깊이를 더했다.

도대체 그날이 언제일까? 이처럼 차가운 나날들과 해마다 한 번씩 얼굴을 맞대면서도 테스는 어찌하여 온몸이 오싹하지도 않았단 말인가? 테스는 제레미 테일러─영국의 승정─와 마찬가지로 앞으로 어느 날일지도 몰라도 자기를 아는 사람들이 "오늘이 가엾게도 테스 더베이필드가 세상을 떠난 날이야"라고 말할 때가 있을 것이라고 생각했다. 그리고 그 말 속에는 조금도 이상한 점은 없을 것이다. 그녀의 일생이 마지막을 고하게 될 운명의 그날이 대체 어느 해 어느 계절, 어느 달 어느 요일일지 테스는 알 길이 없었다.

그러한 사색으로 인해 단순한 처녀였던 테스는 복잡한 여인으로 변모했다. 깊은 사색의 흔적은 얼굴에도 나타났으며 이따금 목소리에서 서글픈 음조가 풍기기도 했다. 큰 두 눈은 더욱 커지고 표정은 한층 풍부해져 남의 눈을 끌 만한 아름다움이 온몸에서 넘쳐흘렀다. 지난 한두 해 동안 겪은 고초로 성격 또한 변해, 이제는 어떠한 시련 앞에서도 꿋꿋할 수 있는 강한 여인이 되었다. 세상 사람들의 쓸데없는 간섭과 호기심이 아니었더라면 그러한 경험이 오히려 그녀를 성숙케 하는 밑거름이 되었을는지도 몰랐다.

어쨌든 그녀가 사람들과 별로 어울리지 않았기 때문에 그녀의 불상사는 말뭇 사람들의 뇌리에서 차츰 잊혀갔다. 비록 잊혀가기는 했지만 마을 사람들은 모두 그 일을 알고 있었고, 따라서 테스는 자신이 예전처럼 평화로운 마음으로 살아가려면 마을에서 떠나야 한다는 사실을 깨달았다. 오랜 세월이 흘러 마을 사람들의 시선을 의식하지 않을 정도로 감정이 무디어지지 않는 한 마을에서 견디기가 어려울 것 같았다.

아직도 아름다운 삶에 대한 희망이 가슴속에서 용솟음치는 테스로서는 아무도 모르는 먼 마을로 가서 새로운 삶을 찾고 싶은 마음이 간절했다. 불행한 과거를 잊는 길은 그것들을 매장해버리는 것이고, 그러려면 말롯을 떠나는 수밖에 없었다.

한 번 잃으면 영원히 잃은 셈이라는 말이 정조에 관해서도 합당한 말인지 테스는 곰곰 생각하곤 했다. 지나간 일을 완벽하게 감출수만 있다면 그 말이 잘못된 것이라는 사실을 입증할 수 있을 것도 같았다. 모든 유기 물질의 공통된 특성인 재생이 유독 처녀성에만 해당되지 않는다는 것이 불합리하게 느껴지기도 했다.

봄이 왔는데도 새로운 삶을 찾을 기회는 좀처럼 찾아와 주지 않았다. 봄은 유난히 화창해 나뭇가지에서 새 생명이 움트는 소리가 들리는 듯했다. 그러한 봄의 소리는 들짐승들의 겨울잠을 깨우고 테스의 마음까지도 설레게 만들어, 그녀는 불쑥불쑥 먼 곳으로 떠나고 싶은 충동을 느꼈다. 마침내 긴 기다림이 끝날 날이 왔다. 그것은 이른 오월의 어느 날이었다. 한 번도 본 적이 없는 어머니의 옛 친구에게서 오래 전에 부친 편지에 대한 답장이 마침내 온 것이다. 답장에는 말롯에서 남쪽으로 백 리쯤 떨어진 목장에서 소젖 짜는 일에 능숙한 여자를 찾고 있는데, 그곳 주인이 여름 한철 동안 테스를 기꺼이 써주기로 했다는 내용이 씌어 있었다.

그곳은 테스가 바라던 만큼 먼 거리는 아니었으나 그녀에 대한 소문은 아주 좁은 지역 내에서만 퍼져 있었으므로 그 정도면 괜찮을 것 같았다.

그곳을 향해 떠나기 전에 테스는 한 가지 굳은 결심을 했다.

즉 앞으로는 꿈에서조차도 더버빌 식의 공중누각을 세워서는 안 된다는 결심이었다. 오직 소젖을 짜는 테스가 되면 그것으로 족했다. 어머니도 딸의 그런 심정을 알고 있는지 두 번 다시 더버빌에 대한 이야기나 기사의 가문에 대한 이야기를 하지 않았다.

그러나 인간이란 어차피 모순된 점이 있는 법이라 자신이 찾아가는 새 고장에 대해 테스가 느끼는 흥미는 그곳이 공교롭게도 조상이 차지했던 영지 가까운 곳에 있다는 사실이었다. 그녀가 가기로 된 텔보데이스 목장은 더버빌 집안의 옛 영지 근처에 있었고, 목장 부근에는 그 당시 세도가 당당했던 증조모님과 증조부님의 유골 안치소도 있어 마음만 내키면 언제라도 가볼 수 있었다.

테스는 조상의 옛 영지 가까운 데 있는 목장에 가 있는 동안 좋은 일이 생길 것만 같은 예감에 가슴이 물오르는 나무처럼 설레었다. 그것은 한때 억제되었다가 그 누구도 억누를 수 없는 영원한 청춘에서 솟아나는 희망과 기쁨이기도 했다.

3부 새로운 삶

16

트랜트리지에서 돌아온 후, 이삼 년 동안 묵묵히 새 삶을 찾기 위한 진통을 겪었던 테스는 사향초(麝香草) 향기에 싸여 새가 알을 품는 오월 어느 날 두 번째로 집을 떠났다.

그녀는 꾸려놓은 짐을 나중에 부쳐 달라고 부탁한 다음 전세 마차로 스타워 캐슬이란 작은 마을을 향해 출발했다. 이번 여행은 첫 번 여행과는 정반대 방향이었지만 스타워 캐슬은 목적지로 가는 도중에 거쳐야만 하는 마을이었다. 그녀를 태운 마차가 마을의 첫 번째 언덕 모퉁이를 돌 때, 테스는 그토록 떠나고 싶어 했던 고향 마을을 돌아보았다. 비록 자신이 멀리 떠나 동생들이 잠시 서운해하더라도 곧 누나를 잊고 예전처럼 명랑하게 뛰어놀 것이라고 생각했다. 자기가 동생들 곁에 있으면 어쩐지 좋지 못한 영향을 미칠 것 같은 자격지심 때문에 그녀는 더욱 집을 떠나려 했는지도 몰랐다.

마차는 스타워 캐슬을 그냥 지나 큰길 네거리로 향했다. 아직 철도가 부설되지 않은 때라, 네거리에서 내린 그녀는 역마차를 기다렸다. 얼마 후, 그녀가 가는 곳과 같은 방향으로 가는 마차를 모는 농부 한 사람이 나타났다. 테스의 미모에 마음이 끌린 농부는 함께 타고 가자는 호의를 베풀었고, 테스는 그가 권하는 대로 마차에 올라 나란히 앉았다.

농부는 웨더베리로 가는 길이어서 테스는 그곳에서 내려 조금만 걸어가면 되었다.

긴 시간을 마차로 달려 웨더베리에 도착한 테스는 농부가 가르쳐준 집에 가서 간단한 점심을 먹었다. 그러고 나서 목장과 웨더베리의 중간에 가로놓인, 관목이 무성한 고지를 향해 부지런히 걸었다. 처음 와 보는 지방인데도 눈에 보이는 경치가 친밀하게 느껴졌다. 얼마 걸어가지 않아 고지 왼편으로 검은 물체가 보였다. 그곳이 바로 조상들이 묻힌 교회가 있는 킹즈비어 근처라고 짐작한 그녀는 길가는 사람에게 물어보았는데 역시 짐작대로였다.

이제 테스에게 조상을 숭배하는 마음은 조금도 남아 있지 않았다. 조상 때문에 비참해진 자신의 처지를 생각하면 오히려 조상이 원망스러웠다. 그들에게서 물려받은 것이란 낡아빠진 도장과 은수저뿐이었다. 그녀는 혼자 중얼거렸다.

"흥, 나는 아버지에게서만이 아니라 어머니에게서도 피를 이어받았어. 내 아름다움은 어머니에게서 물려받은 것이고, 어머닌 소젖을 짜는 여자였지."

그녀는 예상했던 것보다 훨씬 늦게 고지에 도착했다. 아래로 널찍한 목장 마을이 내려다보였다. 그곳에서 생산되는 버터와 우유 맛은 고향 말롯의 것보다 못했으나 다량으로 생산됐고, 강의 줄기가 닿아 있어 토지가 비옥하고 푸르렀다.

불행했던 트랜트리지를 제외하고 테스가 지금까지 가 보아서 아는 단 하나뿐인 마을인 소규모 낙농지인 블레이크모어 분지와 이곳은 우선 그 모습부터가 너무나 달랐다. 모든 것이 고향과 비교도 안 될 만큼 규모가 컸다. 울타리로 둘러싸인 땅도 십 에이커 정도가 아니라 오십 에이커의 넓이나 되고 건물이 덧붙은 농장도 훨씬 넓고 소 떼도 한 가족 정도의 수효밖에 안 되던 고향에 비해 여기선 일족을 이루고 있었다. 저 멀리 동쪽에서 서쪽까지 흩어져 있는 헤아릴 수 없이 많은 암소 떼를 테스는 일찍이 한눈으로 바라본 적이 없었다. 푸른 초원에는 마치 반 알스루트나 살라에르트의 그림 속에 옹기종기 그려져 있는 서민들처럼 암소 떼는 마치 얼룩점처럼 사면으로 깔려 있었다.

붉은색과 암갈색을 한 암소의 기름진 빛깔은 저녁 햇빛을 빨아들이는 듯 보였고, 흰 암소들은 빛을 반사하여 언덕 위에 서 있는 테스까지도 그 빛에 눈이 부실 정도였다.

눈 아래 펼쳐진 경치는 고향의 경치만큼 풍요롭지는 않았으나 훨씬 상쾌하게 느껴졌다. 고향 분지와 같은 포근한 대기와 비옥한 토지, 고향처럼 향긋하지는 않지만 맑고 부드러운 공기가 마음에 들었다. 이 이름난 목장의 풀과 젖소들에게 양분을 대주는 강도 블레이크모어의 시내와는 그 흐름이 달랐다. 그곳 시냇물은 소리도 없이 느릿느릿 흐르다가 이따금 흐려지곤 했는데, 밑바닥이 개흙이라 자칫 잘못하면 빠져 목숨을 잃기도 했다. 그러나 이곳 강물은 《요한 계시록》에 나오는 '생명의 강'처럼 맑고, 물줄기는 스쳐가는 바람처럼 빠르며, 자갈이 깔린 얕은 강물은 하루 종일 하늘을 보고 재잘거렸다. 저쪽 강변에는 나리꽃이 피었는 데 비해 이곳 강변에서는 미나리아재비가 피어 있었다.

흐리터분한 공기를 마시다가 맑은 공기를 마셔서인지, 아니면 불쾌한 눈초리로 자기를 바라보는 사람이 없는 곳으로 온 때문인지 테스의 기분은 놀랄 만큼 유쾌해졌다. 그녀의 가슴속에서 움트는 새 희망은 햇빛과 하나로 어우러져 경쾌하게 걸어가는 그녀의 얼굴을 환한 빛으로 감싸주었다. 산들바람이 스쳐갈 적마다 즐거운 소리가 들렸고, 지저귀는 새소리에서는 기쁨이 넘쳐흐르는 듯했다.

요즈음 그녀의 얼굴은 감정의 변화에 따라 달라지곤 했다. 기분이 유쾌하냐 우울하냐에 따라서 예뻐지기도 하고 평범해지기도 했다. 한 점 티 없어 보일 때도 있고 파르스름하게 비통한 기색을 띠는 날도 있었다. 그녀의 얼굴이 장밋빛으로 빛나는 날은 창백한 날보다 감정의 변화가 적은 날이었다. 감정이 평온할수록 그녀의 모습은 아름다워졌고, 기분이 언짢을수록 파리해졌다. 지금 남쪽 바람을 맞으며 걷고 있는 그녀의 모습은 그 어느 때보다 아름다웠다.

빈부귀천을 막론하고 누구에게나 있는 삶의 본능적인 충동—생활 속에서 삶의 기쁨을 찾아내려는 보편적이고 자발적인 그 충동이 마침내 테스를 사로잡았다. 정신적으로나 감정적으로나 아직 성숙하지 못한 그녀가 언제까지나 비애와 회한에 잠겨 있는 것은 불가능한 일인지도 몰랐다.

그녀의 감정과 감사의 마음과 희망은 점차 고조되었다. 그녀는 여러 가지 노래를 흥얼거리다가 철없던 어린 시절 일요일 아침이면 으레 읽곤 하던 시편이 생각나 읊기 시작했다.

오, 그대들 해와 달이여…… 그대 별들이여……
그대 땅 위의 푸른 초목들이여……
그대 하늘의 새들이여……
들의 짐승과 가축들이여…… 사람의 자식들이여……
그대들 하나님을 축복하라, 하나님을 찬송하라,
영원히 하나님을 찬미하라!

테스는 문득 노래를 멈추고 중얼거렸다.

"하지만 난 아직 하나님을 모르겠어."

아마 거의 무의식중에 노래한 이 시편은 일신교(一神敎)를 배경으로 하여 배물교(拜物敎)를 표현한 것이었을지도 모른다.

주로 자연의 갖가지 형태와 힘을 벗 삼아 자라온 여자는 후세의 사람들이 배운 체계적인 종교보다도, 먼 조상들의 이교적인 공상을 그 영혼 속에 훨씬 많이 지니고 있었다.

테스는 어릴 적부터 불러온 그 옛날 찬송가 속에서 자기 감정에 가까운 표현을 발견하고는 그것으로 만족했다. 자활의 첫 걸음을 내딛는다는 사실만으로도 이처럼 큰 만족감을 느끼는 그녀의 낙천적인 면은 어쩌면 더베이필드 집안의 기질인지도 몰랐다. 사실 아무에게도 굽히는 일 없이 떳떳하게 살고 싶은 그녀와는 달리 아버지에게는 그런 의욕이 별로 없었다. 그러나 사소한 일에 만족하는 점이라든가, 그 옛날 영화를 누렸던 더버빌 집안만이 바랄 수 있는 사회적 영달을 얻으려고 애쓰지 않는 점으로 보면 그녀는 아버지를 닮아 있었다.

또한 체이스 숲에서 그 일을 겪고 난 뒤 한동안 의기소침했던 그녀의 가슴속에서 되살아난 정열과 활기는 어머니에게서 물려받은 것이었다.

성격의 그러한 특성으로 인해 얼마큼 세월이 지난 지금 테스는 삶에 대한 흥미를 되찾게 되었는지도 몰랐다.

테스 더베이필드는 삶에 대한 열정을 새삼스럽게 느끼면서 목장을 향해 이그돈의 비탈길을 내려갔다.

이그돈과 블레이크모어─양쪽 분지의 현저한 차이가 이제 그 마지막 특징을 드러냈다. 블레이크모어 분지는 높은 곳에 오르면 한 눈에 내려다볼 수 있는 데 비해 지금 눈앞에 펼쳐져 있는 이그돈 분지는 한복판으로 내려가야지만 전체를 살펴볼 수 있었다. 테스가 분지 한복판으로 내려가자 녹색 주단을 깐 듯한 넓은 평원이 동서로 한없이 펼쳐져 있는 것이 보였다. 높은 지대에서 흘러내려와 평탄한 들판의 흙이며 모래를 날라다 이 골짜기를 이루어놓은 강물은 이제는 노쇠하여 기진맥진한 흐름으로 전날 이룩해놓은 골짜기 한복판을 굽이굽이 흐르고 있었다.

테스는 어느 쪽으로 가야 할지 갈피를 잡지 못한 채, 산으로 둘러싸인 드넓은 들판에 홀로 서 있었다. 그녀의 출현이 주위 환경에 미친 영향은 전혀 없었다. 다만 그녀가 서 있는 골짜기의 가까운 곳에 내려앉은 왜가리가 놀란 것뿐이었다. 왜가리는 고개를 곧추세우고 그녀를 지켜보았다.

갑자기 골짜기 여러 곳에서 목소리를 길게 뽑아 되풀이해서 외치는 소리가 들려왔다.

"워어이! 워어이! 워어이!"

그 소리들은 동쪽 끝에서 서쪽 끝으로 아득하게 메아리쳤고 이따금 뒤이어 개 짖는 소리도 들려왔다. 그것은 이 마을에 갓 도착한 테스를 환영하는 신호는 물론 아니었다. 여느 때와 마찬가지로 젖소를 몰면서 젖을 짜는 시간인 네 시 반을 알리는 신호였다.

이 신호를 한가로이 기다리던 붉은색과 흰색의 소들은 커다란 젖통을 흔들며 뒷마당으로 떼 지어 들어갔다. 테스도 소 떼를 따라 남자들이 들어가면서 열어놓은 문을 지나 안마당으로 들어갔다. 안마당 울타리에는 이엉을 입힌 외양간이 죽 둘러 늘어서 있었고, 경사진 지붕에는 이끼가 새파랗게 앉아 있었다. 오랜 옛날부터 무수한 소들이 비비댄 기둥은 반들반들 윤이 났으나, 이제는 낡아버려

눈여겨보는 사람이 거의 없었다. 그 기둥 사이마다 젖소가 한 마리씩 매어 있었는데, 저물어가는 태양의 광선이 젖소들을 비추어 그 그림자가 안쪽 벽에 선명하게 드러났다.

이렇게 저녁때마다 태양은 이 보잘것없는 소들을 마치 궁궐 벽에 비친 궁중 미인의 옆얼굴인 양 섬세하게 그림자를 그려주곤 했다. 이를테면 옛날, 대리석 건물의 정면에 올림포스 신들의 모습이나, 알렉산더나 시저, 고대 이집트 국왕들의 모습을 그렸던 것처럼 젖소들의 그림자를 부지런히 그려주고 있었다.

외양간 안에 가둔 채 젖을 짜는 소는 성질이 거친 소들이고, 성질이 온순한 소들은 마당에서 젖을 짰다. 안마당에는 이미 온순한 젖소들이 줄을 지어 젖 짤 때를 기다리고 있었다. 그들은 하나같이 최우량종으로, 다른 지방에는 거의 없고, 이 지방에서도 보기 드문 소들이었다. 그들은 일 년 중에서도 가장 좋은 이 계절의 비옥한 초원에서 자라는 물기 많은 풀을 먹고 자란 소들이었다. 그 중에서도 흰 점박이 소는 눈부시도록 햇빛을 반사했고, 잘 닦여진 뿔 위에 붙어 있는 놋쇠 구슬은 마치 훈장처럼 보였다. 굵은 힘줄이 튀어나온 젖통은 무거운 모래주머니처럼 아래로 축 처져 있었고 젖꼭지는 집시들이 쓰는 질항아리에 달린 꼭지 같았다. 소들이 차례를 기다리는 동안에도 젖은 저절로 흘러나와 한두 방울씩 땅으로 떨어졌다.

17

목장에서 젖소 떼가 돌아오자 젖 짜는 여자와 남자들이 그들의 집과 낙농장에서 몰려나왔다. 여자들은 나막신을 신었는데, 날씨가 궂어서가 아니라 마당에 깔린 짚에 신이 파묻히지 않기 위해서였다. 세발 의자에 앉은 그녀들은 얼굴을 옆으로 돌리고 오른쪽 뺨을 젖소 옆구리에 댄 채, 가까이 다가오는 테스를 유심히 바라보았다. 남자 일꾼들은 차양이 달린 모자를 깊숙이 눌러쓰고 땅을 내려다보고 있었으므로 테스가 다가오는 것을 알지 못했다.

그들 중에서 튼튼해 보이는 중년 사나이가 눈에 띄었는데 그가 걸친 희고 긴 작업복은 다른 사람의 것보다 깨끗해 보였으며, 속에 입은 재킷은 외출복으로도 손색없을 정도로 말쑥했다. 그는 테스가 만나려 하는 목장의 주인으로 엿새 동안은 이곳에서 젖 짜기나 버터 만드는 일을 하다가 안식일에는 좋은 옷을 입고 가족과 함께 교회에 나가는 모습이 너무 대조적이라 사람들은 이런 노래를 지어 부르기도 했다.

엿새 동안은
젖 짜는 딕
안식일에는 리차드 크릭 씨

자기를 바라보고 서 있는 테스를 보고 그는 테스에게로 갔다. 젖 짜는 남자들은 대개 젖을 짤 땐 까다로워지곤 했으나, 지금은 한창 바쁜 철이라 새로 일손을 얻게 된 것이 기쁜 나머지 주인은 테스를 친절하게 맞이했다. 그는 형식적인 인사로 알지도 못하는 더베이필드 가족의 안부를 묻고 나서 이렇게 말했다.

"오래전이긴 하지만 당신네 마을에 가본 적이 있어서 그곳에 대해선 잘 알지. 그런데 이 근처에서 살다가 죽은 나이 많은 할머니가 있었는데 블레이크모어 분지에 사는 더베이필드 집안의 내력에 대해 자주 얘기하곤 했었지. 그 집안이 원래 유서 깊은 집안이었다더군. 그들의 조상이 한때는 이곳에서 부귀영화를 누리다가 몰락했고 손이 거의 끊어지다시피 했다는데 말이야. 그런 얘기는 요즘 젊은 축들이 알 턱이 없을뿐더러 나도 그런 얘기는 귀담아 듣지 않아요."

"그럼요, 그건 쓸데없는 얘기예요."

"그런데 아가씨는 소젖을 완전히 짤 줄 아나? 소젖을 다 짜주지 않으면 그 다음부터는 젖이 점점 안 나오게 된다구."

테스가 자신 있다고 대답하자 주인 남자는 테스를 아래위로 훑어보았다. 그녀는 줄곧 집 안에만 있었으므로 안색이 창백했다.

"정말 배겨낼 수 있겠수? 여기 일은 억센 사람에겐 괜찮지만, 온실의 오이나 가꾸어본 사람에겐 힘들다구."

테스는 견디어낼 수 있다고 장담했고 주인은 그녀의 결심과 성의에 만족해하는 것 같았다.

"그건 그렇고 차를 마시거나 요기를 해야지 않소? 뭐라구? 아직 괜찮다구? 그럼 좋을 대로 하구려. 내가 만약 그렇게 먼 데서 왔다면 목이 말라 마른 나뭇가지처럼 비틀어졌을 게야."

"손에 익히도록 먼저 젖을 짜보겠어요."

테스가 목을 축이려고 우유를 마시자, 우유가 마실 만한 음료라고는 한 번도 생각해본 적이 없는 주인 크릭은 깜짝 놀랐고 한편으로는 은근히 멸시하는 마음도 들었다. 그는 테스가 마시는 우유통을 받쳐주면서 냉담하게 말했다.

"그걸 마실 수 있다니 됐소. 난 몇 년째 우유를 입에 대지 않았어. 마시기만 하면 납덩어리처럼 뱃속에 가라앉을 것 같거든. 저걸 한 번 짜봐요. 그놈은 젖 짜기가 힘들어. 유난히 다루기 힘든 사람이 있듯이."

그는 옆에 있는 소를 턱으로 가리켰다. 테스는 모자를 수건으로 바꾸어 쓰고 젖소 배 아래 놓인 의자에 앉아 젖을 짜기 시작했다. 이윽고 두 주먹 사이로 우유가 흘러나와 우유통에 떨어지자, 그녀는 자신이 정말 새로운 출발을 했다는 사실을 실감했고 그와 함께 자신감으로 가슴이 뿌듯해졌다.

비로소 테스는 평소의 침착함을 되찾아 주위를 둘러볼 마음의 여유가 생겼다.

주위에서 젖을 짜는 남자와 여자들은 작은 대대 하나를 이룰 정도의 많은 숫자였다. 남자들은 젖꼭지가 단단한 젖소를, 여자들은 비교적 순한 젖소의 젖을 짰다. 이곳은 규모가 큰 낙농장이었고 크릭이 기르는 소는 거의 백 마리에 가까웠다. 집에 있을 때 그는 젖을 짜기가 힘든 대여섯 마리 젖소의 젖을 손수 짜곤 했다. 그런 소를 임시로 고용한 남자들이나 손가락 힘이 약한 여자에게 맡기면 젖을 완전히 짜내지 못할 것을 염려해서였다. 젖을 완전히 짜내지 않으면 젖이 차츰 굳어져 나중에는 숫제 한 방울도 나오지 않게 되는 것이다.

테스가 젖을 짜기 시작한 뒤부터 안마당에서는 얘기 소리 한마디 들리지 않았다. 이따금 소에게, 몸을 돌리라든가 가만히 있으라고 외치는 소리 외에는 우유통으로 젖이 흘러 떨어지는 소리만 들렸다. 움직이는 것이라고는 아래위로 오르내리는 손과 흔들거리는 소꼬리뿐이었다. 한동안 사람들은 넓은 초원을 배경으로 젖 짜는 일에만 몰두하였다.

"아무래도 오늘은 젖이 잘 나오지 않는군. 이러다가는 한여름이 지나도록 젖을 짜지 못하는 게 아닐까."

주인은 젖을 다 짠 소 곁에서 일어나 다음 소에게로 옮겨 갔다. 조나단 케일이라는 여자가 말했다.

"일손이 새로 왔기 때문에 그럴 거예요. 전에도 이런 일이 있었잖아요."

"옳아. 그럴지도 모르지. 난 미처 그 생각은 못 했어."

"그럴 적엔 젖이 뿔 속으로 올라간대요."

젖 짜는 한 여자가 말했다. 그러자 요술을 부린다 하더라도 생리적인 문제는 어쩔 수 없지 않느냐는 듯, 자못 의아스런 표정으로 주인 크릭이 말했다.

"글쎄 뿔로 올라간다는 건 아무래도…… 정말 나도 모를 소리야! 뿔이 없는 놈도 뿔이 있는 놈과 마찬가지로 젖을 안 내는 놈이 있으니까 말이야. 못 믿을 소리야. 뿔 없는 소의 수수께끼를 풀 수 있겠어? 조나단! 어떻게 뿔 없는 놈이 있는 놈보다도 한 해 동안에 내는 젖의 양이 적지?"

"제가 어떻게 그걸 알아요?"

"몇 마리 안 되니까 그렇겠지! 그런 그렇고, 이놈들이 오늘은 젖짜기를 싫어하는 것 같아. 이 친구들의 기분을 위해서 한두 곡 노랠 불러주어야겠어."

이 근처의 낙농장에서는 젖소의 젖이 잘 나오지 않을 때는 소를 어르려고 노래를 불러주곤 했다. 주인의 청에 따라 젖 짜는 패들은 노래를 불렀고, 노래는 의무적이라 흥겨운 맛은 별로 없었으나 그들의 믿음 대로 젖이 조금 많이 나오는 것 같았다.

"이렇게 구부리고 노래하다가는 숨이 끊어지겠어. 선생님의 하프를 내오셔야겠어요. 바이올린이라면 안성맞춤이겠지만."

테스는 그 말이 주인을 보고 한 말인 줄 알았으나 그렇지 않았다. "왜"라는 대답 소리가 우리에 있는 젖소의 뒤쪽에서 들렸는데, 거기에 한 남자가 앉아 있었다.

"참 그렇지. 바이올린만큼 큰 효과를 내는 건 없어."

주인이 전해 내려오는 얘기—바이올린으로 크리스마스 캐럴을 켜자 그 소리를 듣고 무릎을 꿇은 황소의 얘기를 했다.

"하기야 암소보다는 수놈이 더 노래 곡조에 마음이 동하는 모양 같지만—적어도 내 경험으로 봐서 말이야—예전에 저 건너 멜스터 크란 곳에, 윌리암 듀이라는 한 노인이 있었는데 거기서 꽤 크게 장사하던 행상인의 집안사람이었지. 조나단, 잘 듣고 있나?—나는 친동기처럼 그 노인의 얼굴을 잘 알고 있었어. 그런데 하루는 달빛이 교교한 밤에 어느 결혼식에 불려가 바이올린을 켜주고 집으로 돌아오는 길에, 가까운 길로 온답시고 거기 사십 에이커의 들판을 가로질러 건넜더니만, 때마침 나와서 풀을 뜯어먹고 있던 황소 한 마리가 윌리암을 보더니만 뿔을 땅바닥으로 수그리고 그냥 쫓아오더란 말이야. 윌리암은 걸음아 날 살리라고 냅다 달렸거든. 이날은 술도 그다지 마시지 않았지만—혼인 잔치인 데다 모인 사람들이 모두 잘 사는 사람들이었다는 점에 비해서 말일세—아무래도 울타리까지 달려가 뛰어넘어 가지고 무사하기는 글렀더란 말이야. 그래 마지막 수를 써보려고 그냥 달리면서, 바이올린을 꺼내서 황소 쪽으로 몸을 돌이키고 〈직〉 무곡을 한 곡조 켜면서 슬그머니 구석진 데로 뒷걸음질을 쳤단 말이지. 그랬더니 황소란 놈의 서슬이 풀리면서 잠자코 서서 바이올린만 자꾸 켜는 윌리암을 뚫어지게 쳐다보더니, 온 얼굴에 미소를 짓더라나. 허나 윌리암이 바이올린을 멈추고 울타리를 넘어서려고 하기가 무섭게 황소란 놈은 갑자기 웃음을 거두고 윌리암의 바지 밑으로 뿔을 겨누고 달려들더라나. 그래 윌리암은 부득이 돌아서서 마지못해 다시 켤 수밖에 없었지. 아직 새벽 세 시밖에 안 됐으니 앞으로 몇 시간 동안은 그 길로 사람의 그림자 하나 나타날 리도 없겠고, 게다가 배는 고프고 기진맥진해서 어쩔 도리가 없었단 말이야. 이럭저럭 새벽 네 시까지 내처 켜 나가다가, 이젠 정말 더는 켤 수 없었으리란 생각이 들었는지 혼잣말을 했대. '나하고 저승 사이에는 이 마지막 한 곡조가 남았을 뿐이구나. 하나님, 절 살려주세요. 그렇잖으면 전 죽습니다.' 그때에 그는 크리스마스 전날 밤이 깊어서, 소가 꿇어앉는 걸 본 생각이 문득 머리에 떠올랐대. 그래서 그날이 크리스마스 이브도 아니었지만 그놈의 황소를 꿇릴 양으로 크리스마스의 축가를 부를 때처럼 강탄 성가(降誕聖歌)를 켜기 시작했더니, 글쎄 말이야, 정작 크리스마스 이브의 그 시간이 된 줄만 알고 황소란 놈이 무릎을 꿇고 웅크리더래. 이 뿔난 친구가 무릎을 꿇기가 무섭게 윌리암은 돌아서서, 기도하는 황소가 다시 일어나서 쫓아오기 전에 날쌘 사냥개처럼 달려서 울타리를 무사히 뛰어넘었다는 얘길세. 윌리암은 늘 이런 말을 했었어. 여태까지 바보 같은 사람을 많이도 보았지만, 그놈의 황소가 믿음이 두터웠던 나머지 크리스마스 이브도 아닌데 속아 넘어가서 무릎을 꿇었다는 걸 나중에 깨달았을 그때 그놈의 낯짝처럼 바보 같은 꼴을 본 적이 없었다고…… 그래 윌리암 듀이, 그게 바로 그 노인의 이름이었어. 지금 당장이라도 멜스터크 교회당 묘지의 어디 묻혀 있는지 한 치도 틀림없이 댈 수 있지―. 바로 둘째 번 수송나무와 북쪽 골마루 중간에 있다네."

"참 신기한 이야기군요. 신앙이 살아 있던 중세기의 얘기 같군요."

"어쨌든 그 얘기는 사실이에요. 그분은 제가 잘 아는 분이에요."

"물론이죠. 저는 그 얘기를 의심하는 게 아닙니다."

다갈색 소의 뒤에 있는 사람이 말했다. 테스의 관심은 주인과 얘기하고 있는 그 남자에게로 쏠렸다.

그는 다갈색 암소의 옆구리에 꼼짝 않고 붙어 앉아 있어서 옷자락밖에 보이지 않았다. 무슨 까닭으로 주인까지도 그 남자를 선생님이라고 존대를 하는지 알 수가 없었다. 그 남자는 다른 사람이 세 마리의 젖을 짤 동안 다갈색 소 곁에 눌러앉아서 혼잣말로 무어라고 중얼대곤 했는데, 일이 마음대로 잘 되지 않는 모양이었다.

"슬슬하십시오, 선생님. 젖 짜는 건 요령으로 하는 것이지 힘으로 되는 게 아니거든요."

"저도 그런 줄 압니다. 하지만 이놈만은 그럭저럭 다 짰는데 손가락이 약간 아프군요."

남자는 그제야 일어나 두 팔을 쭉 폈고, 그때 테스는 남자의 전신을 보았다. 남자는 젖 짤 때 흔히 입는 흰 작업복을 입고 가죽 장화를 신고 있었다. 옷차림은 이 고장 사람처럼 보였지만, 그에게서는 어딘지 교양 있고, 내성적이고 예민하고 침울한—남들과 다른 인상이 풍겼다.

테스는 그를 전에 어디선가 한 번 본 듯한 생각이 들었지만 잘 기억이 나지 않았다. 한참 후에 그가 말롯 마을의 들놀이 때 끼어들었던 나그네였다는 사실이 문득 그녀의 머리에 떠올랐다. 그때 그는 불쑥 뛰어들어 다른 처녀와 춤을 추다가 무심히 자기를 지나쳐, 함께 온 일행을 따라 가버렸던 것이다.

트랜트리지에서의 사건보다 먼저 있었던 들놀이 때의 일이 되살아나자 테스의 마음은 도로 암담해졌다. 혹시 그 남자가 자기를 알아보고 그 사건까지도 알게 되면 어떡하나 하는 두려움으로 가슴이 떨렸는데 다행히 남자는 테스를 못 알아보는 것 같았다. 처음이자 마지막이었던 들놀이 날의 상봉 이후 표정이 풍부했던 그의 얼굴은 전보다 사려 깊은 표정으로 바뀌었고 콧수염과 턱수염이 보기 좋게 자라 있었다. 턱수염 맨 끝은 연한 밀짚 빛깔이었으나 끝으로 가면서 점차 갈색으로 짙어져 있었다. 린넬 턱받이 밑에는 까만 빌로드 상의와 골덴 바지, 그리고 감발, 풀 먹인 하얀 셔츠 등을 차려 입고 있었다. 젖 짤 때 입은 작업복 차림이 아니었더라면 그가 무엇을 하는 사람인지 아무도 짐작하지 못했을 것이다. 어찌 보면 괴팍한 지주 같기도 했고 점잖은 농부 같기도 했다. 테스는 그가 젖을 짜는데 허비한 시간으로 미루어 낙농장 일에 서투른 사람이라는 것을 짐작할 수 있었다.

그동안 저쪽에 있는 여러 명의 젖 짜는 여자들은 새로 온 테스를 보고 "참 예쁘지"라면서 저희들끼리 소곤거렸다. 그중에는 진정으로 아량 있게 말한 아가씨도 있고 그렇지 않은 사람도 있었으나, 어쨌든 남의 시선을 끄는 테스의 매력은 예쁘다는 표현으로는 부족한 것 같았다. 저녁이 되어 젖 짜는 일이 끝나자 모두 크릭 부인이 있는 집 안으로 몰려 들어갔다. 거만한 성격의 부인은 젖 짜러 나가지도 않고 젖 짜는 여자들과 같은 옷을 입는 것도 꺼렸다. 오늘은 날씨가 따뜻해 젖 짜는 여자들이 얇은 옷을 입었으므로 부인은 두꺼운 옷을 입고 우유통이며 그 밖의 물건을 검사했다.

테스는 이 목장에서 기거하는 사람은 자기 말고는 고작 두 서너 명의 처녀들뿐이라는 사실을 곧 알게 되었다. 다른 일꾼들은 다 집으로 돌아간 모양이었다. 전에 들놀이 때 보았던 그 점잖은 남자도 저녁 식사 때는 보이지 않았지만 테스는 남은 시간을 이용해 잠자리를 정리하느라고 바빠 그에 대해 물어볼 겨를도 없었다. 넓은 우유 창고 위층의 큰 방이 그녀의 침실이었다. 낙농장 안에 머무르면서 젖 짜는 다른 세 처녀의 침대도 한 방에 놓여 있었다. 그들은 모두 한창 피어나는 젊은 처녀들이었고 그 가운데 하나만 빼놓고 모두 테스보다 나이가 많았다. 잠자리에 눕자 지칠 대로 지친 테스는 몹시 졸렸다.

그러나 테스만큼 피곤함을 느끼지 않는 옆자리의 처녀는 테스에게 낙농장의 사정과 근래에 있었던 일들을 들려주고 싶어 했다.

어둠과 뒤섞인 그 처녀의 속삭임은 몽롱해진 테스의 귀에 마치 어둠 속에서 떠오르는 꿈결 같은 환상처럼 느껴졌다.

"젖 짜는 일도 배우고 하프도 탈 줄 아는 엔젤 클레어 씨 말이야. 그이는 목사의 아들인데 우리들과는 별로 얘기를 안 해. 혼자서 생각에만 골몰하고 여자들한테는 한눈을 팔지 않거든. 지금은 주인어른의 제자가 되어 농사짓는 일을 배우고 있어. 다른 고장에서는 양치는 일을 배웠대. 그이는 정말 좋은 사람이야. 그의 아버지는 여기서 꽤 멀리 떨어진 에민스터 지방의 목사님이시래. 클레어 목사님이라고……."

그녀의 친구가 잠자려다 말고 깨어나서 대꾸했다.

"나도 그분 이름을 들은 적이 있어. 아주 열성적인 목사님이시라지?"

"응, 그분은 웨식스 일대에서도 가장 열성적인 목사님이시래. 여기서 일하는 클레어 씨만 빼놓고 그분의 자제들 모두 목사가 되었대."

테스는 왜 클레어 씨가 다른 형제처럼 목사가 되지 않았느냐고 물어볼 만한 호기심이 없었으므로 다시 잠 속으로 빠져 들어갔다. 옆방에서 치즈 냄새가 풍겨왔고, 아래층 제수기에서 우유 방울이 규칙적으로 떨어지는 소리와 옆 자리의 친구들이 소곤거리는 소리가 그녀의 귀에 희미하게 들렸다.

18

엔젤 클레어는 윤곽이 뚜렷한, 인상적인 모습의 남자는 아니었다. 듣기 좋은 음성이라든가 방심한 듯 언제까지나 한 군데만 멍하니 바라보는 눈매라든가 가끔 아랫입술을 야무지게 다무는 것으로 미루어 보아 결단성이 있는 것처럼 여겨지기도 하지만 남자치고는 지나치게 작은 입매 때문에 과감해 보이지는 않았다. 또한 무엇엔가 열중하는 것 같기도 하고, 무관심한 것 같기도 하고, 얼빠진 사람 같기도 한 그의 태도로 보면 장래를 위한 세속적인 영달에 대해서는 그리 뚜렷한 목적이나 관심도 없는 사람처럼 보였다. 그러나 세상 사람들은 그가 마음만 먹으면 무엇이든 해낼 수 있는 능력 있는 젊은이라고 말했다.

그는 이 지방 저쪽에 사는 가난한 목사의 막내아들로 이곳저곳 돌아다니면서 농사 기술을 배우다가 낙농 기술을 배우려고 여섯 달 기한으로 이곳 텔보데이스 낙농장으로 온 것이다.

그의 목적은 농업에 관한 여러 가지 기술을 배워 사정이 허락한다면 식민지로 진출하고, 아니면 국내에서라도 농장을 경영하는 것이었다.

그가 농업이나 목축업에 손을 댄 것은 자기 자신이나 남들도 예상하지 못한 색다른 출발이었다.

그의 아버지 클레어 씨는 딸 하나만을 남기고 첫째 부인이 죽자 늘그막에 재혼했는데 뜻밖에도 그녀에게서 아들 셋을 얻었다. 그래서 아버지와 막내아들 엔젤은 부자보다도 할아버지와 손자 같은 인상을 풍겼다.

늙은 클레어 씨가 늦게 얻은 아들 중에서 막내 엔젤이 가장 총명하고 대학 교육을 받을 만한 존재로 장래가 촉망되었지만, 삼형제

가운데서 학위를 받지 못한 사람은 엔젤 하나뿐이었다.

엔젤이 말롯 마을의 들놀이에 모습을 나타내기 이삼 년 전의 어느 날이었다. 학교를 그만두고 자기 집 서재에서 그가 공부를 계속하고 있을 때, 마을 책방에서 제임스 클레어 목사 앞으로 소포 하나가 배달된 일이 있었다. 목사가 소포를 풀어보자 책 한 권이 나왔다. 그 책을 두서너 장 읽어본 목사는 자리에서 벌떡 일어나 책을 겨드랑이에 끼고 곧장 책방으로 달려갔다. 그는 책방 주인에게 책을 내밀며 준엄하게 따졌다.

"왜 이 책을 내게 보내셨소?"

"이건 댁에서 주문하신 건데요?"

"다행하게도 우리 집에서 이런 책을 주문한 사람은 아무도 없소이다."

책방 주인은 주문장을 들여다보았다.

"아, 잘못 보냈군요. 주문하신 분은 목사님이 아니고 엔젤 클레어 씨입니다."

클레어 목사는 한 대 얻어맞은 사람처럼 충격을 받았다. 그는 풀이 죽은 창백한 얼굴로 집에 돌아와 엔젤을 서재로 불렀다.

"이 책 좀 봐라. 생각나는 게 없냐?"

"제가 주문한 겁니다."

엔젤은 솔직하게 대답했다.

"뭣하려구?"

"읽으려구요."

"어째서 이런 책을 읽을 생각을 하게 됐지?"

"어째서라니요? 이건 철학책입니다. 도덕과 종교에 대한 책 중에서 이보다 나은 책은 없어요."

"그래, 도덕에 관한 책이라고는 말할 수 있지만 말이다. 이 책이 종교적이라니! 더구나 복음 전도사가 되려는 네가 감히 이런 책을 읽다니!"

엔젤은 아버지의 표정을 조심스럽게 살피며 말했다.

"아버지께서 말씀하시니까 저도 솔직하게 말씀드리고 싶습니다. 전 목사가 되고 싶지 않아요. 저는 양심상 목사가 될 수 없어요. 부모님을 사랑하는 것만큼 교회를 사랑하고, 앞으로도 계속 사랑할 겁니다. 교회의 역사만큼 제가 깊이 존경하는 것도 없지만, 그러나 받아들일 수 없는 속죄주의를 교회가 고집하는 한 저는 형들처럼 목사가 될 수 없습니다."

자기의 혈육인 아들에게서 그런 말을 들으리라고는 꿈에도 생각 못할 만큼 마음이 곧고 단순한 목사는 눈앞이 캄캄해졌다. 가슴도 답답해지고 온몸의 힘이 죄다 빠져나가는 것 같았다. 엔젤이 목사가 될 생각이 없다면 케임브리지대학에 보낸들 무슨 소용이 있으랴! 완고한 목사에게 대학 교육이란 성직을 얻기 위한 수단으로밖에 여겨지지 않았던 것이다. 그는 단순한 목사가 아니라 열렬한 경배자요, 충실한 신자였다. 이를테면 일천 팔백 년 전 옛날에 영원하시며 신성하신 분께서 정말 생각하신 바를 진정으로 지금도 생각할 수 있느니라…… 하고 생각하는 사람이었다. 그는 토론과 설득과 애원으로 아들의 마음을 돌리려 애썼다.

"안 됩니다. 다른 것은 다 그만둔다 해도 그리스도의 부활에 관한 고시문의 뜻을 그대로 받아들일 수가 없어요. 현재 상태로는 도저히 목사가 될 수 없습니다. 종교에 대한 제 소망은 그런 모순을 뜯어고치는 일이니까요. 아버지가 좋아하시는 히브리서의 말씀을 빌린다면 '진동치 아니하는 것을 영존하게 하기 위하여 진동할 것들, 곧 만든 것들의 변동될 것을 나타내심이라' 란 말씀입니다."

아버지가 너무 슬퍼하는지라 엔젤은 아버지를 똑바로 바라볼 수가 없었다.

"하나님의 명예와 영광을 위해 쓰이지 않는다면 네게 대학 공부를 시키려고 살림을 줄이고 돈을 아껴 쓴들 무슨 소용이 있겠느냐."

"하지만 아버지, 인류의 영광과 기쁨을 위해 쓰일 수도 있지 않습니까."

만일 엔젤이 끝까지 고집했더라면 형들처럼 케임브리지에 진학했을지도 몰랐다. 그러나 대학 교육이 목사가 되는 발판일 뿐이라고 생각하는 아버지의 견해는 가슴 깊이 뿌리박힌 것이었고, 또한 집안의 오랜 전통이기도 했으므로, 목사가 되지 않으면서 대학에 가겠다고 고집을 부리는 것은 마치 자신에 대한 아버지의 신뢰를 악용하는 것처럼 민감한 엔젤에게는 느껴졌다. 또한 세 아들을 성직자로 만들려는 일념에서 절약과 궁핍 속에서 살아온 부모님에게 더는 무거운 짐을 지우고 싶지가 않았다. 드디어 엔젤은 결심했다.

"전 케임브리지에 가지 않아도 괜찮아요."

이 결정적인 의논이 있은 다음 엔젤은 두서없는 연구와 계획과 명상으로 여러 해를 보냈다. 그가 사회적인 체면과 규범을 대수롭지 않게 여기고 지위나 재산 같은 물질적인 영달까지도 하찮게 여기게 된 것은 어쩌면 당연한 결과인지도 몰랐다. 한때 그는 세상 물정도 살피고 직업도 찾을 겸 런던으로 갔다가, 자신보다 훨씬 나이가 많은 여인에게 빠져 타락할 뻔하기도 했으나 다행히 별 사고 없이 빠져나왔다.

어릴 때부터 시골 생활에 익숙해온 그는 도시 생활에 강한 반발을 느꼈으므로 목사가 되지 않더라도 다른 직업으로 성공하리라는 생각은 아예 단념하지 않을 수 없었다. 그렇다고 놀고만 있을 수도 없었다. 사실 그는 그동안 너무 많은 세월을 허비했다. 그때 마침 식민지의 농업으로 성공한 친구가 있어, 엔젤도 식민지 농업에 대해 생각해보았다. 비록 식민지가 아닌 국내에서라도 충분한 지식을 습득한 다음 시작한다면 농업이야말로, 풍족한 재산보다 더 귀중한 지성의 자유를 희생시키지 않고 자립할 수 있는 최상의 직업처럼 여겨졌다.

이런 사연 때문에 스물여섯 살의 엔젤 클레어는 젖소 연구생으로 이곳 텔보데이스 낙농장으로 왔고, 근처에 마땅한 숙소를 구하지 못해 낙농장 주인의 집에 머물렀다.

그의 숙소는 낙농장 가옥 온채의 길이만큼 길게 뻗친 널따란 고미 다락방이었다. 치즈가 저장된 방에서 사다리로 올라갈 수 있게 된 그 방은 그가 오기 전까지는 오랫동안 비어 있었다. 클레어는 그 넓은 방을 혼자 차지했으며, 집안사람들이 쉬는 날이면 방 안을 왔다 갔다 하는 그의 발소리가 일꾼들의 귀에까지 종종 들리곤 했다. 방 한가운데에 커튼이 쳐 있어 한쪽은 침실로 한쪽은 간단한 가구가 있는 거실로 이용했다.

이곳에 처음 왔을 때 그는 이층 방에만 틀어박혀 골똘히 독서도 하고 경매장에서 사온 낡은 하프를 타기도 했다. 그러다 기분이 언짢아지면 하프를 타는 거리의 악사가 되어 연명하게 될지도 모른다고 중얼거리기도 했다. 그러나 얼마 안 가서 주인 내외와 젖 짜는 남녀 일꾼들과 함께 아래층에서 식사를 하면서 사람들의 성격을 관찰하는 데에 흥미를 느끼게 되었다. 이 낙농장에 머무르는 사람은 얼마 안 되지만 식사 때에는 서너 사람이 더 어울려 화기애애한 분위기를 만들곤 했다. 이곳에 오래 머물면 머물수록 클레어는 그들을 싫어하는 마음이 적어졌고, 그들과 함께 기거하는 것이 마음에 들었다.

클레어 자신도 놀라운 일이었지만, 그들과 사귀면서 그는 진심에서 우러나온 기쁨을 맛보았다. 그가 여태까지 생각해왔던 농부는 불쌍할 정도로 무식한 '시골뜨기'였는데 그들과 어울려 이삼 일 지내는 동안 그런 생각은 자취도 없이 사라지고 말았다. 가까이 사귀어보니 불쌍한 '시골뜨기'는 한 사람도 없었다. 낙농장 주인과 자리를 같이한다는 것도 애초에는 점잖지 못한 일로 여겨졌다. 그들의 사고방식이나 생활 방식, 그리고 환경조차도 퇴보적이고 무의미한 것으로 생각했었는데 그들과 함께 지내는 동안 예민한 연구자는 날이 갈수록 새로운 면을 느끼게 되었다. 눈에 보이는 구체적인 변화가 일어난 것은 아니지만 단조로움 대신 다양함이 클레어의 눈에 띄기 시작했다. 주인 내외와 그의 가족들과 남녀 일꾼들이 클레어와 친해짐에 따라 마치 화학 작용이라도 일으킨 듯 제각기 개성적인 모습을 드러낸 것이다. 이제 클레어는 파스칼이 했던 "슬기로운 사람일수록 개성적인 인간의 특징을 발견한다. 그러나 평범한 사람은 아무것도 발견하지 못한다"라는 말의 의미를 이해했다. 변화없는 전형적인 시골뜨기는 그의 눈앞에서 자취를 감추고, 대신 갖가지 개성을 가진 인간으로 변모했다. 여러 가지 마음을 지닌 사람, 무한한 변화를 가진 사람, 소수의 행복자, 다수의 냉철한 자, 극소수의 침울한 사람, 군데군데 보이는 천재 못지않게 슬기로운 사람, 우둔한 사람, 변덕스러운 사람, 침묵을 지키는 사람, 실력으로 보아 크롬웰적인 사람, 친구라도 대하듯이 상호간에 상대편에 대하여 제각기 의견을 가진 사람, 서로 찬양도 하고 비난도 하고 혹은 서로의 약점이나 죄악을 생각하며 즐거워하고 슬퍼할 수 있는 사람, 각자가 저마다의 길을 걷다가 죽어서 한 줌 흙으로 돌아갈 사람들, 이러한 뜻밖의 발견에 그는 만족스러웠다.

자신이 계획한 인생에 어떤 관계가 있느냐 하는 문제는 제쳐두고서라도, 아름다운 자연이 주는 매력과 이곳 낙농장에서 얻는 만족 때문에 클레어는 낙농장에서의 생활을 좋아했다. 그는 자신의 출신에 어울리지 않게 자비로운 신에 대한 신앙심이 줄어들었고, 아울러 지식인을 사로잡는 만성적인 우울증에서도 신기하게 벗어났다. 그가 읽고 싶어 했던 서너 권의 농업 입문서도 단숨에 읽어치웠으므로, 그는 직업을 위한 지식을 쌓는다는 생각 없이 마음 내키는 대로 독서를 즐길 수도 있게 되었다.

그는 차츰 낡은 관념에서 벗어나 낙농장에서의 생활과, 주위 사람들에게서 발견하는 인간성 속에서 새로운 무언가를 깨달아갔다. 그전에는 스쳐 지나쳤던 자연 현상들—계절의 변화와 아침과 저녁, 밤과 낮, 갖가지 기후, 나무들, 시냇물과 안개, 그늘과 정적 그리고 무생물의 여러 가지 음성들을 섬세하게 느낄 수 있었다.

이른 아침은 아직도 쌀쌀해서 그들이 아침 식사를 하는 넓은 식당에는 난롯불 생각이 날 만큼 찬 기운이 맴돌았다. 집안사람들과 함께 식사를 하기에는 너무 점잖은 사람이라는 크릭 부인의 의견에 따라 엔젤 클레어는 따로 마련된 작은 탁자에 앉아 벽난로 앞에서 식사를 했다. 그가 앉은 맞은편에 있는 큰 창문으로 환한 빛이 비치는 데다가 굴뚝을 통해 푸르스름한 빛이 스며들어 왔기 때문에 그는 마음만 내키면 그 자리에 앉아서도 넉넉히 책을 읽을 수가 있었다. 클레어와 창문 중간에 모두가 앉는 식탁이 놓여 있고 식사하는 그들의 모습이 유리창을 배경으로 뚜렷하게 보였다. 그 뒤편에 우유광으로 통하는 문이 있어 아침에 짠 젖이 가득 찬 네모꼴 우유통이 줄지어 있는 것이 보였다.

테스가 도착한 후 며칠 동안 클레어는 우편으로 막 부쳐온 책과 잡지와 악보 등을 읽는 데에 정신이 팔려 그녀가 식탁에 앉아 있는 것도 눈치 채지 못했다. 테스는 별 말이 없었고 다른 처녀들은 수다스러웠으므로 처녀들의 재잘거림 속에 색다른 목소리가 섞여 있으리라고는 생각조차 못 했다. 게다가 그에게는 전체적인 인상을 중히 여기고 개별적인 것에는 신경을 쓰지 않는 버릇이 있었던 것이다. 그러던 어느 날, 악보를 보며 머릿속으로 곡조를 떠올리고 그 곡조에 정신을 팔다가 그는 자신도 모르는 사이에 벽난로 앞에다 악보를 떨어뜨렸다. 그의 시선은 자연스럽게 벽난로 쪽으로 향했다. 마침 아침을 준비하느라 불을 피운 뒤였으므로 타다 남은 장작 끝에서 한줄기 불길이 춤추듯 너울거리고 있었다. 불꽃은 마치 그의 머릿속의 곡조에 맞추어 춤을 추는 것 같았다. 벽난로 위 시렁에 가로 질러 걸린 두 개의 난로 갈고리도 곡조에 맞춰 움직이는 것 같았고 반쯤 빈 주전자의 끓는 물조차도 가냘프게 반주하는 것 같았다. 식탁에서 재잘거리는 처녀들의 음성까지도 그의 머릿속에서 연주되는 관현악과 뒤섞였다. 처녀들의 목소리를 듣던 그는 문득 이런 생각을 했다. '저 많은 음성 중에서 어쩌면 한 사람의 음성만이 저다지도 아름다울까. 아마 새로운 사람의 목소리인가 보다.'

클레어는 다른 사람과 함께 앉아 있는 아름다운 목소리의 주인공을 돌아다보았다.

그녀는 그를 의식하지 못했다. 사실 그는 너무 오랫동안 말없이 앉아 있었으므로 다른 사람들은 그의 존재조차도 잊고 있었다. 그녀는 말을 계속했다.

"전 유령에 관한 건 몰라요. 하지만 우리가 살아 있는 동안에도 영혼이 몸 밖으로 나갈 수 있다는 건 알고 있어요."

입에 음식을 가득 담은 주인은 의아스럽다는 눈초리로 그녀를 쳐다보았다. 그는 마치 교수대를 준비라도 하는 사람처럼 커다란 나이프와 포크를 식탁 위에 곧추세우고 말했다.

"뭐라구! 정말이오? 그런 일이 요즘도 있을 수 있을까?"

주인이 물었다. 테스가 계속해서 말했다.

"아주 간단한 방법이 있어요. 밤에 풀밭에 누워 크고 환한 별을 똑바로 쳐다보면서 그 별에다 마음을 쏟는 거예요. 그러면 곧 자신의 영혼이 육체와 멀리 떨어진 것을 느끼게 되고, 육체 따위는 아무것도 아니라는 사실을 알게 된다구요."

주인은 테스에게서 눈을 돌려 아내를 쳐다봤다.

"여보, 정말 괴상한 얘기라고 생각지 않아? 난 지난 삼십 년 동안 연애도 하고 장사도 하고 의사나 간호사를 부르러 별이 총총한 밤길을 수없이 쏘다녔지만 내 영혼이 육체를 떠났다고 느낀 적이 한 번도 없었거든."

클레어는 물론, 방 안 모든 사람의 시선이 자신에게로 쏠리자 테스는 얼굴을 붉히며 그것은 자신의 공상일 뿐이라고 변명하고는 다시 식사를 했다.

클레어는 계속해서 그녀를 유심히 지켜보았다. 식사를 마친 테스는 클레어가 자신을 지켜본다는 사실을 깨닫고는 거북해져 손가락으로 잠자코 식탁에 무늬를 그렸다.

"자연의 딸인 저 처녀는 어쩌면 저렇게 청순하고 순결해 보일까."

클레어는 중얼거렸다. 천국까지도 어둡다고 생각하는 현재와는 달리 모든 것을 즐겁게 생각했던 먼 옛날로 자신을 이끌어가는 듯한 묘한 마력이 그녀에게 있는 것처럼 느껴졌다. 장소를 확실하게 기억할 수는 없지만 전에 어디선가 만난 듯한 생각이 들었다. 시골을 돌아다니다가 어디선가 우연히 만났겠지만 굳이 알아보고 싶은 마음은 없었다. 그러나 그가 누군가와 사귀고 싶은 마음이 생길 때는 다른 예쁜 처녀들을 제쳐두고 테스를 선택할 만한 가능성이 이 작은 인연 속에 충분히 내포되어 있었다.

19

젖을 짤 때는 소의 성질과 상관없이 닥치는 대로 짜는 것이 규칙으로 돼 있지만, 소가 오히려 사람을 가리는 경우가 있었다. 마음에 맞지 않은 사람이 젖을 짜려 들면 말을 잘 안 듣고 버릇없이 우유통을 걷어차버리는 성질 나쁜 소도 있었다.

낙농장 주인 크릭은 젖 짜는 사람을 끊임없이 바꿈으로써 못된 젖소들의 버릇을 고치려 들었다. 그래야만 일꾼들이 일을 그만둘 경우에도 곤란을 겪지 않기 때문이었다. 그러나 젖 짜는 처녀들의 생각은 주인과 달랐다. 다루기 쉬운 젖소들을 골라 젖을 짜면 별 힘을 들이지 않아도 젖을 짤 수 있었으므로 처녀들은 되도록이면 자기에게 길들여진 소의 젖을 짜려 했다.

테스도 친구들과 마찬가지로 자기가 젖 짜는 것을 어느 소가 좋아하는지 이내 알게 되었다. 지난 이삼 년 동안 집 안에 오래 들어앉아 있었기 때문에 부드러워진 자신의 손이 젖소들을 흡족하게 하는 것 같아 테스는 기분이 좋았다. 그녀는 아흔다섯 마리의 젖소 중에서 특히 여덟 마리의 젖소—담프링, 팬시, 로프티, 미스트, 올드 프리티, 영 프리티, 타이디, 라우드—가 일하기에 수월했다. 그 여덟 마리 중 한두 마리는 젖꼭지가 홍당무처럼 딱딱했지만, 나머지들은 손을 대기가 무섭게 젖이 쏟아져 나오곤 했다. 그러나 주인의 생각을 잘 아는 그녀는 여간해서 다루기 힘든 거친 소만 빼놓고는 닥치는 대로 젖을 짜려 노력했다.

얼마 안 있어 테스는 얼핏 보기에 우연인 젖소들의 위치와, 그 위치에 대한 자신의 희망이 묘하게 일치하고 있음을 알았고 마침내는 그것이 결코 우연만은 아니라는 사실을 깨달았다. 그 무렵 낙농장 주인의 제자 클레어는 테스가 소를 늘어세울 때 그녀를 도와주었는데 그런 일이 대여섯 번 있고 나서 테스는 소에게 기댄 채 의아스럽다는 눈초리로 쳐다보면서 그에게 말을 걸었다.

"클레어 씨, 당신이 소를 줄 세우셨죠?"

얼굴을 붉히며 나무라듯 말하는 그녀는 자신도 모르게 윗입술을 약간 움직여 미소를 지었다.

"네, 그렇지만 문제될 건 없습니다. 앞으로도 늘 이곳으로 우유를 짜러 오실 거죠?"

"글쎄요. 저도 잘 모르겠어요."

테스는 그가 자기의 말을 혹 오해하지나 않을까 하는 생각이 들어 마음이 언짢아졌다. 자신은 남의 눈에 띄기가 싫어 외딴곳에서 젖을 짜는데, 마치 그를 보려고 그곳에서 젖을 짠 듯 그에게 너무 진지하게 말을 걸었던 자신의 경솔함이 뉘우쳐졌다. 젖 짜기가 끝난 다음, 땅거미 덮인 뜰을 거닐 때도 후회스러운 마음은 여전했다.

유월의 아름다운 초저녁이었다. 맑은 기운이 대기를 가득 채우워 무생물까지도 흥겨워하는 것처럼 느껴졌다. 멀고 가까움의 구별도 없어져 조용히 귀를 기울이면 지평선 안의 모든 삼라만상이 몸 가까이 느껴졌다. 그것은 소음이 없는 정적이라기보다는 만물이 하나로 소리를 합친 화해의 정적 같았다. 그때 어디선가 들려오는 하프 타는 소리가 정적을 깨뜨렸다.

테스는 전에도 고미 다락방에서 흘러나오는 똑같은 소리를 들은 적이 있었다. 그때는 꼭 닫은 방 안에서 희미하게 새어나오는 소리를 들었으므로 지금처럼 공간을 울리는 뚜렷한 음향으로 듣기는 처음이었다. 사실 하프 타는 솜씨는 대단한 것이 아니었으나 주위의 아름다운 분위기와 어우러져 테스의 마음을 깊이 울려주었다. 그녀는 무엇에나 홀린 듯 꼼짝 않고 그 자리에 서서 듣다가, 들키지 않게끔 울타리 뒤로 몸을 숨기면서 하프 타는 사람 곁으로 다가갔다. 여러 해 동안 경작도 않고 버려두어 질척하게 습기가 차 있는 뜰에는 조금만 건드려도 꽃가루가 안개처럼 흩어지는 물기 많은 풀이며, 고약한 냄새를 풍기는 빨강, 노랑, 자주 등 갖가지 빛깔의 꽃이 만발한 키 큰 잡초가 마치 일부러 심어놓은 꽃인 양 현란하게 무성해 있었다.

테스는 마치 고양이처럼 우거진 잡초 사이를 헤쳐가며, 치맛자락에 벌레들이 내뿜는 거품 같은 것도 묻혀가며, 달팽이를 짓밟기도 하고, 엉겅퀴의 유액(乳液)이나 괄태충(括胎蟲)의 진으로 두 손을 더럽히기도 하고, 사과나무 줄기에서는 하얗게 보이지만, 피부에 닿기만 하면 빨갛게 자국을 남기는 끈적거리는 벌레를 팔에서 털어버리며 걸어갔다. 이처럼 테스는 끝까지 들키지 않고 살금살금 클레어에게 몰래 다가갔다. 테스는 시간과 공간 아무것도 의식하지 못했다. 별을 보고 영혼이 육체를 떠나는 것을 느낄 때 찾아오는 희열이 지금 그녀의 전신을 감쌌다. 그녀는 낡은 하프의 나지막한 선율에 가슴이 설렘과 동시에 감동으로 두 눈에 눈물을 글썽였다. 뜰의 잡초와 꽃들도 음률에 취해 자태를 자랑하는 듯 어둠 속에서 뿌옇게 빛났다.

아직 완전히 가시지 않은 저녁 햇살이 서쪽 구름장 사이에서 새어나왔다. 짧은 곡을 마친 클레어는, 다른 곡을 기다리는 테스의 마음은 알 바 아니라는 듯 어슬렁어슬렁 울타리 뒤를 돌아 테스의 등 뒤로 다가왔다. 그녀는 두 볼이 화끈 달아올라 살며시 그 자리를 빠져나가려 했다.

그러나 엔젤은 그녀의 엷은 여름옷을 보고는 말을 건넸다. 두 사람 사이에는 얼마간의 거리가 있었으나 그의 낮은 음성은 그녀의 귀에 또렷하게 들렸다.

"왜 그렇게 도망가려 하죠, 테스? 내가 두려운가요?"

"아뇨. 그런 게 아녜요. 집 바깥의 것들은 아무것도 무섭지 않아요. 더구나 지금은 사과꽃이 다 지고, 만물이 온통 초록색으로 물든 아름다운 유월이거든요."

"그럼 마음속에 무언가 두려운 게 있는 모양이군요."

"네."

"그게 무언데요?"

"글쎄요, 뭐라 말씀드리면 좋을지……."

"우유가 시어져서 걱정하는 건가요?"

"아뇨."

"그럼 살아가는 일 때문에?"

"네."

"아, 그 문제라면 나도 자주 생각하는 문제입니다. 그럭저럭 되는 대로 살아간다는 건 더 곤란한 문제거든요. 당신은 그렇게 생각지 않아요?"

"그렇게 말씀하니까 정말 그런 것 같군요."

"그건 그렇더라도 당신처럼 젊은 여자가 그런 생각을 하다니, 정말 뜻밖이군요. 왜 그런 생각을 하게 됐죠?"

테스는 망설이는 듯 잠자코 있었다.

"자, 테스, 나한테 터놓고 말해봐요."

사물을 어떻게 생각하느냐고 물어보는 거라고 생각한 테스는 수줍은 듯 대답했다.

"나무들은 무언가 캐물으려 하는 것처럼 보여요. 그런 눈초리를 가진 것같이 보인단 말씀이에요. 시냇물은 '왜 나를 괴롭히느냐'고 말하는 것처럼 느껴지구요. 그리고 수많은 '내일'이 내 앞에 늘어서 있는데 맨 앞의 것이 가장 크고 똑똑히 보이고 그 뒤로 가면서 점점 작아져 보이는데 모두 잔인하고 무서운 얼굴을 하고 있어요. 그들은 내게 말하죠. '자 내가 간다. 조심해. 조심하라구!' 하지만 당신은 음악으로 아름다움 꿈을 꿀 수 있으니까 그런 무서운 망상은 죄다 쫓아버릴 수가 있을 테죠."

한낱 젖 짜는 여자에 지나지 않지만 다른 젖 짜는 처녀들이 부러워할 만한 보기 드문 기질을 가진 이 젊은 여인이 그처럼 슬픈 공상을 한다는 사실이 클레어는 놀랍기만 했다. 테스는 고향 사투리로 육 년 동안 초등학교에서 배운 지식을 좀 보태서, 어쩌면 시대적 감정이라 해도 무방할 근대 사상의 번민을 표현하고 있는 셈이다. 그러나 소위 진보된 사상이란 것이 사실은 세상 사람들이 몇 세기 동안 막연히 품어온 감정을 최신 유행의 해석에 따라 정의지어, 무슨 학(學)이니 또 무슨 주의니 하는 따위의 말을 사용해서 한층 더 정확하게 표현한 것에 지나지 않는다고 생각하자, 그와 같은 놀람도 그다지 인상적인 것은 못 되었다. 그럼에도 테스의 감정은 놀라운 것으로 느껴졌다. 아니 놀랍다기보다는 적잖이 감동되었고 흥미를 느끼기도 했으며 애처롭기도 했다. 인간의 성숙은 살아온 시간의 길이보다는 살아오면서 겪은 경험에 좌우된다는 것을 아직 깨닫지 못한 클레어는 테스가 왜 그런 어두운 눈으로 사물을 바라보는지 알 수가 없었다. 잠시 동안이었지만 겉으로 드러난 테스의 그러한 고민은 그녀가 치른 경험에서 얻은 정신적인 수확이었음을 그는 몰랐던 것이다.

한편 테스로서는 목사의 집안에서 태어나 훌륭한 교육을 받고 물질적인 궁핍도 당한 적이 없는 클레어가 어째서 인생을 불행으로 여기는지 이해할 수가 없었다. 자신처럼 불행한 인생의 순례자는 당연히 그렇게 생각할 수 있는 일이었지만 훌륭하고 시적인 클레어가 어째서 굴욕의 골짜기에 떨어진 욥처럼 삶을 비판적으로 보는지 의아스러웠다. 클레어가 현재 제 계급에서 이탈하고 있음은 사실이다. 하나 그것은 어디까지나 조선소에 가 있었던 피터 대왕과 마찬가지로 알고 싶은 것을 배우고 있기 때문임을 테스는 잘 알았다. 그가 젖을 짜는 것은 꼭 젖을 짜야만 될 사정 때문이 아니라 부유하고 번영하는 낙농장의 주인이 되고, 지주가 되며, 농업가가 되고, 또 가축의 사육자가 되는 길을 배우기 위해서였다. 장차 그는 아메리카나 오스트리아에서 이스라엘 사람의 조상이었던 아브라함이 되어, 임금처럼 양의 무리나, 소 떼나, 얼룩진 소견, 무늬가 있는 소견, 또는 남녀 머슴에게 호령질하며 거느리게 될 것이다. 장차 목장을 경영하려는 목표가 있다 하더라도, 책 읽기와 음악을 좋아하고 사색을 즐기는 그가 아버지나 형들처럼 목사가 되려 하지 않고 일부러 농부가 되려 했다는 것도 테스에게는 이해 못 할 일이었다.

이리하여 그들은 상대방의 비밀을 풀 만한 실마리도 잡지 못하고 표면에 나타난 현실조차도 이해하지 못했으나 굳이 서로의 과거를 캐보려는 생각은 하지 않았다. 다만 서로의 성격이나 기질을 잘 이해하게 될 날을 기다릴 뿐이었다.

날이 가고 시간이 흐름에 따라 그는 테스의 성격을 조금씩 알게 되었고, 그녀 또한 그에 대해 조금씩 알게 되었다. 엔젤 클레어를 한 남자라기보다는 지성의 존재로 생각하는 테스는 그와 자신을 자주 비교해보았고, 그의 풍부한 지식을 발견할 때마다 자신의 초라함이 절실하게 느껴졌다. 그와 자신 사이에 있는 까마득한 거리감을 느낄 때면 테스는 풀이 죽어 미래를 위해 노력해보겠다는 욕망마저 사라졌다.

고대 그리스의 전원생활에 대한 얘기를 해주던 어느 날, 그는 테스가 풀이 죽어 있음을 눈치 챘다. 그가 이야기하는 동안 그녀는 둑에 핀 '로드 레이디'의 꽃봉오리를 따고 있었다.

"왜 갑자기 그렇게 슬픈 얼굴을 하고 있죠?"

"네. 저, 제 일을 좀 생각하느라구요."

테스는 슬픈 듯한 미소를 지어보이고 '레이디'의 껍질을 벗기면서 말을 계속했다.

"제가 운이 좋았으면 어땠을까 잠시 생각해봤죠. 난 좋은 기회를 한 번도 가져본 일 없이 세월을 허비해버린 것 같아요. 당신은 읽고 보고 생각하고 해서 아시는 게 풍부한 데 비해 난 너무 보잘것없고 초라한 걸요. 난 성경 속의 가엾은 시바 여왕이나 다름없어요."

엔젤은 정색을 하고 테스를 바라보았다.

"쓸데없는 소리! 그런 일에 신경 쓰지 말아요. 이봐요, 테스. 내가 당신을 도울 수 있다면 얼마나 기쁠까. 역사 공부라도 좋고, 당신이 하고 싶은 공부라면 뭐든지 다 돕고 싶어요."

"어머 이번에도 레이디 꽃잎이네요."

그녀는 껍질을 벗긴 '로드 레이디' 꽃봉오리를 내밀며 말을 가
로챘다.

"뭐라구요?"

"껍질을 벗겨 보면 로드보다는 레이디가 많이 나온다구요."

"로드건 레이디건 아무럼 어때요. 무엇이든 공부하고 싶지 않아
요? 예를 들면 역사 공부 같은 것……."

"역사에 관한 거라면 지금 알고 있는 것 이상으로 배우고 싶은
마음이 없어요."

"그건 왜죠?"

"나라는 인간이 기다란 행렬 중의 한 사람에 불과하다는 사실을
안다고 해서 그게 무슨 소용이 있겠어요…… 옛날 책 속에서 누군
가 나와 같은 운명의 사람을 발견하고 내 인생도 앞으로 그 사람과
똑같아지리라는 것을 알아본들 슬프기밖에 더하겠어요. 자신의 과
거의 생활이나 행실이 이미 세상을 떠난 옛 사람들과 똑같고, 자신
의 미래의 길이 많은 사람들의 경우와 똑같다는 사실은 모르는 게
오히려 나아요."

"그럼 당신은 정말 아무것도 배우고 싶지 않은 건가요?"

테스는 조금 떨리는 음성으로 대답했다.

"태양이 왜 악한 사람에게나 선한 사람에게나 똑같이 빛을 비춰
주느냐 하는 문제에 대해 가르쳐준다면 배우겠어요. 하지만 그런
것은 책에도 없잖아요."

"테스, 너무 빈정대지 말아요."

지난날 자신도 그런 의심을 가져본 적이 있는지라 그는 의무감
에서 그렇게 말했을 뿐이었다. 그는 테스의 천진한 입술을 바라보
면서 나이 어린 시골 처녀인 그녀가 남에게 들은 대로 그런 말을 하

는 것이라고 생각했다.

그녀는 여전히 '로드 레이디'의 껍질을 벗기고 있었다. 클레어
는 고개를 숙인 그녀의 보드라운 뺨 위로 내려 덮이는 속눈썹을 잠
시 바라보다가 떠나기 싫은 듯 발길을 돌리고 가버렸다.

그가 가버린 뒤에도 테스는 한동안 둑 위에 선 채 깊은 생각에
잠겨 마지막 봉오리의 껍질을 벗기다가, 문득 환상에서 깨어난 듯
여태까지 따 모은 아름다운 꽃들을 땅바닥에다 내동댕이쳤다. 그녀
는 자신의 어리석음이 못마땅했고, 마음속으로부터 심한 흥분을 느
꼈다.

그가 얼마나 자신을 어리석은 여자라고 생각할 것인가. 그에게
좋은 인상을 주고픈 마음에서, 그녀는 얼마 전까지만 해도 생각하
기조차 싫어했던 자신의 가문에 대해 새삼스럽게 생각해보았다.

비록 그 사실 때문에 테스가 불행해지기는 했지만, 자기 조상의
이름이 킹즈비어 교회 묘지의 대리석 비석에 새겨져 있다든가, 자
신은 돈이나 야심으로 이름을 산 트랜트리지의 가짜 후손과는 다른
정통 직계 후손이라는 사실을 클레어가 안다면 꽃을 가지고 어린아
이처럼 장난하던 자신을 이해하고 어쩌면 지식 있는 역사가의 입장
에서 보다 존경해줄 것 같은 생각도 들었다.

그에게 집안의 내력을 말하기 전에 테스는 토지나 재산이 하나
도 남지 않은 옛 귀족 가문의 후손에 대해 클레어가 어떻게 생각하
는지 낙농장 주인에게 물어보았다. 주인은 자신 있는 음성으로 힘
주어 말했다.

"클레어 씨는 보기 드물게 반항심이 강한 젊은이야. 집안 식구들
과는 닮은 곳이 전혀 없어. 그가 가장 싫어하는 것은 조상이라든가
가문 같은 거지. 그들이 온갖 영화를 다 누렸기 때문에 근래에 와서

몰락한 건 당연하다고 생각하지. 일찍이 빌레트 가니, 드렌가드 가니, 그레이 가니, 센트 퀸틴 가니, 하이다 가니, 고울드 가니 하는 가문들이 이곳 분지 일대의 몇 마일에 걸쳐 영지를 소유했었지만, 요즈음에는 옛날 노래 하나 값만으로도 그따위 가문쯤은 몽땅 사들일 수 있게 됐단 말이야. 왜 거 우리 레티 프리들 말야. 그 사람도 알고 보면 파리델 집안 사람이지—지금은 웨식스 백작이 소유하고 있는 킹즈 힌토크 마을 변두리의 땅을 그 백작과 그 집안네들 이름이 아직 세상에 알려지지 않았던 그때부터 꽤나 차지했던 유서 깊은 가문이었어. 그런데 클레어 씨가 이 사실을 알아가지고는 며칠 동안이나 그 색시를 경멸하듯 말을 했었대. '아! 당신은 도저히 젖 잘 짜는 색시는 못 될 거요! 당신의 솜씨는 옛날 팔레스타인에서 죄다 써버렸으니, 앞으로 일할 기운을 북돋우려면 몇 천 년이고 기다려 쉬어야 할걸!' 하고 말이야. 일전에는 애 녀석 하나가 일자릴 구하러 와서 이름이 매트라 하길래 성은 무엇이냐고 물었더니, 자기네는 성이 있단 말을 들은 적도 없다고 대답한단 말이야. 그래 웬 까닭이냐고 재차 물었더니, 자기네 집안은 뿌리를 박은 지가 얼마 되지 않기 때문일 거라는 거야. 그랬더니 '옳지! 네가 바로 내가 원하는 애로구나!' 하면서 클레어 씨는 벌떡 일어서서 그애와 악수를 나누며 이렇게 말하잖겠어. '애, 난 너에게 큰 기댈 걸고 있어.' 그러고서 그애한테 반 크라운을 주더란 말이야. 안 될 말이지. 아무튼 그분은 해묵은 가문이니 뭐니 하는 건 딱 질색이거든!"

그 말을 듣고 나서 테스는 자신이 클레어에게 끝까지 가문 얘기를 하지 않은 것을 다행스럽게 여겼다. 앞으로도 더버빌 집안의 묘소라든가 기사 작위에 관해서는 일절 말하지 않기로 결심했다.

클레어가 자신에게 관심을 가진 것은 자신의 가문이 전통과는 상관없는 새로운 가문이라고 그가 짐작했기 때문이라는 사실을 깨달았던 것이다.

20

계절이 바뀌고 삼라만상이 무르익어갔다. 해가 바뀌자 지난해에 피었던 꽃과 나뭇잎이 그 자리에 다시 피어났고, 나이팅게일과 티티새와 방울새도 다시 찾아들어 지저귀었다. 아침 햇살은 새싹들을 일깨워 기다란 줄기를 뻗게 하고 소리 없이 수액을 빨아 올려 꽃피게 하여, 보이지 않는 대기와 공기 속으로 그윽한 향기를 사방으로 뿜어내게 했다.

낙농장 주인 크릭의 집에서 일하는 남녀 식구들은 안락하고 평온하게, 또한 유쾌한 마음으로 나날을 보냈다. 그들은 이 세상 어느 누구보다도 행복했다. 그들은 예의범절 때문에 자연스러운 감정을 구속받는 일도 없었고, 쓸데없는 유행을 쫓느라 아무리 풍족해도 만족할 줄 모르는 도시 사람들과는 달랐으므로, 넉넉한 생활 속에서 그 누구보다도 만족을 느끼며 살았다.

세상을 온통 녹색으로 뒤덮을 듯하던 녹음의 계절도 지나갔다. 겉으로는 태연해 보이지만, 언제나 위험한 정열의 가장자리에서 아슬아슬하게 균형을 잡으면서 테스와 클레어는 무의식중에 서로를 관찰했다. 마치 한 골짜기를 흐르는 두 개의 물줄기처럼 그들은 불가항력의 어떤 힘에 의해 두 사람이 합쳐지는 방향으로 나아갔다.

요즘 테스는 근래에는 맛본 일도 없고, 앞으로도 두 번 다시 누리지 못할 행복한 삶을 누리고 있었다. 무엇보다도 정신과 육체가 현재의 환경에 잘 어울리고 있기 때문이었다. 애초에 박한 땅에 뿌려져 마음대로 뿌리 뻗고 자라지 못하던 나무가 비옥한 땅에 옮겨져 마음껏 뿌리 뻗고 자라는 것과 마찬가지였다.

게다가 클레어와 마찬가지로 테스도 단순히 좋아하는 것인지 아니면 사랑하는 것인지 모를 상태에 빠져 있었으므로 가끔 스스로에게 이렇게 반문하곤 했다. '이 새로운 물결은 나를 어디로 데리고 갈 것인가? 내 앞날에 무엇이 기다리고 있으며, 내 과거와는 어떤 관계가 있는 것일까.'

엔젤 클레어에게 테스의 존재는 한갓 우연으로 일어난 장밋빛의 따스한 환상에 지나지 않았다. 그는 철학자답게 남달리 고상하고 청순하고 정숙한 여자의 표본으로 테스를 생각했다.

그들은 꾸준히 만났다. 만나지 않고는 견딜 수가 없었다. 그들은 신비하고 엄숙한 시간—보랏빛과 연분홍빛으로 어슴푸레하게 물든 새벽에 만나곤 했는데, 낙농장에서는 매우 이른 새벽에 일어나야 했기 때문이었다.

소젖은 새벽에 짜기로 되어 있었고, 그전에 새벽 세 시가 조금 지나면 크림을 거둬내는 일이 시작되곤 했다. 누구든지 자명종 소리에 먼저 잠을 깨는 사람이 다른 사람을 깨워주었는데, 테스는 새로 들어온 데다가 늦잠을 자지 않았기 때문에 친구들을 깨우는 일은 그녀에게 맡겨져 있었다. 그녀는 세 시가 되어 자명종이 울리기가 무섭게 일어나 방을 나온 다음, 주인 방문 앞에서 사다리를 타고 이층으로 올라가 낮은 소리로 속삭이듯 클레어를 깨웠다. 그녀가 다시 자기 방으로 돌아와 친구들을 깨우고 몸단장을 끝낼 무렵에는 클레어도 아래층으로 내려와 공기가 축축한 바깥에 나와 있곤 했다. 그러나 친구들과 주인은 잠을 깬 후에도 늑장을 부려 십오 분가량 지난 다음에야 바깥에 나타나곤 했다.

어둠과 밝음이 뿌옇게 뒤섞인 새벽의 잿빛은 같은 잿빛일지라도 황혼 무렵의 잿빛과는 달랐다. 동이 틀 무렵에는 어둠이 사라지고 빛이 비쳐오기 때문에 잿빛은 활동적인 빛깔로 보였지만 저녁 무렵에는 어둠이 물밀듯이 밀려오는 때라 잿빛은 졸리는 빛깔처럼 여겨졌다.

우연이라고만은 할 수 없을 만큼 자주, 두 사람은 제일 먼저 일어났다. 마치 두 사람이 세상에서 가장 일찍 깨는 사람인 것 같았다. 테스는 이곳에 와서 얼마 동안은 크림 걷는 일을 하지 않았으므로 일어나자마자 이내 바깥으로 달려나가곤 했다. 엔젤은 으레 그곳에서 테스를 기다리고 있었다. 넓은 목장을 감싼 습기 머금은 희뿌연 새벽빛 속에 서면 두 사람은 마치 태초의 아담과 이브가 된 듯한 고독감을 느끼곤 했다. 하루가 시작되는 이 어슴푸레한 순간에, 클레어의 눈에 테스는 용모로나 성품으로나 흠잡을 데 없는 아름답고 위엄 있는 여왕으로 비쳤다.

그것은 아마도 여느 때와 다른 이 시간에 테스처럼 아리따운 여인이 자기의 시선이 미칠 수 있는 곳에 이처럼 나와 있을 리가 없으리라, 아니, 온 영국 땅을 찾아보더라도 별로 없으리라고 생각했기 때문이었을는지도 모른다. 아름다운 여인이란 한여름의 새벽녘에는 으레 잠들어 있기 마련인데 테스는 바로 옆에 있었다.

어깨를 나란히 한 두 사람이 젖소들이 누워 있는 곳을 향해 희미하게 밝아오는 새벽의 대기 속을 거닐 때면 클레어는 자주 예수가 부활한 시간을 생각했다. 자기 곁에 막달라 마리아가 나타나 함께 걷게 되리라고는 꿈에도 생각 못 한 일이었다. 뿌연 주위의 풍경을 배경으로 테스의 얼굴은 일광이 비친 듯 빛나는 모습으로 안개 속에서 그 윤곽이 뚜렷이 드러났다. 그 모습은 마치 영혼만을 지닌 유령 같아 보였다. 사실 그녀의 얼굴은 동북쪽에서 비쳐오는 싸늘한 빛을 받고 있었다. 자신은 잘 모르지만 클레어의 얼굴도 테스에게는 똑같은 모습으로 보였다.

그가 테스에게 가장 깊은 인상을 받는 때도 바로 이러한 때였다. 그녀는 한낱 젖 짜는 여인이 아니라, 전 여성의 표본적인 모습을 응결시킨 환상적인 요정 같은 존재였다. 그는 농담으로 그녀를 아르테미스라든가 데메테르 또는 그 밖의 이름으로 부르기도 했으나 그 뜻을 알지 못하는 테스는 그렇게 불리는 것을 싫어했다. 그녀가 살며시 흘겨보면서 테스라고 불러 달라고 하면, 그는 순순히 그녀의 말에 따르곤 했다.

주위가 차츰 밝아오면 그녀의 얼굴은 평소의 모습으로 되돌아가, 인간을 축복하는 여신의 용모에서 그 축복을 갈망하는 평범한 인간의 모습으로 바뀌었다.

아직 아무도 깨지 않은 시간인지라 그들은 물가의 물새 가까이 다가갈 수도 있었다. 두 사람이 자주 찾아가는 목장 한 모퉁이의 수풀 속 나뭇가지에서 문이나 덧문을 여는 소리처럼 요란스러운 소리를 내며 왜가리가 날아오르기도 했다. 왜가리가 이미 물가로 날아와 있을 때는 태엽을 감은 장난감처럼 머리를 옆으로 돌리면서 지나가는 두 사람을 경계하듯 쳐다보곤 했다.

그 시간이면 홑이불 두께만 한 여름 안개가 목장 곳곳으로 퍼져가는 것이 보였다. 습기 찬 잿빛 풀밭에는 밤새 젖소가 자고 간 흔적이 남아 있었다. 그 흔적은 안개의 바다 한가운데 남겨진 소의 몸집만 한 마른 섬처럼 보였다. 그 흔적이 있는 자리마다 소의 발자국이 오솔길처럼 구불구불하게 여러 갈래로 뻗어 있었는데 그것은 젖소가 자고 일어나서 풀을 뜯으러 간 발자국이었다. 그 발자국을 따라가기만 하면 젖소를 찾아낼 수가 있었다. 그들이 다가가면 소는 그들을 알아보고 코를 벌름거리며 숨결을 내뿜어, 이미 사방으로 퍼져 있는 안개보다 더 짙은 안개를 만들었다. 그들은 사정에 따라 안마당으로 소를 몰고 가거나 그 자리에 앉아서 젖을 짜거나 했다.

이따금 여름 안개가 한결 짙게 깔릴 때면 목장은 하얀 바다처럼 보였고 여기저기 서 있는 나무들은 위험한 암초처럼 보일 때도 있었다. 새들은 안개를 헤치고 맑은 하늘로 날아오르거나 유리처럼 반짝거리는 목장의 울타리 난간에 내려앉기도 했다. 축축한 안개는 조그만 금강석 구슬처럼 테스의 속눈썹에 맺혔고 머리 위에도 진주알 같은 이슬방울이 빛나고 있었다. 해가 높이 떠오름에 따라 이런 물방울들이 스러져버리면 신비롭고 섬세하던 그녀의 아름다움도 자취를 감추었다. 그녀의 얼굴과 온몸으로 햇빛이 비칠 때면 그녀는 다른 여자들과 어울려 자신의 갈 길을 헤쳐나가는, 수수한 젖 짜는 아가씨가 되곤 했다.

언제나 이맘때가 되면 집에서 다니는 일꾼들이 너무 늦게 나왔다고 나무라거나, 손을 씻지 않은 데보라 할멈을 꾸짖는 주인 크릭의 목소리가 들려왔다.

"제발 펌프에 가서 손 좀 씻고 오시오. 손도 씻지 않은 할멈의 지저분한 꼬락서니를 런던 신사들이 본다면 우유나 버터를 먹으려 들지 않을 테니, 그렇게 되면 큰일이라구요."

젖 짜는 일이 끝날 때쯤이면 크릭 부인이 부엌에서 무거운 식탁을 끌어내는 소리가 친구들과 함께 일하는 테스와 클레어의 귀에 요란스럽게 들려왔다. 그것은 끼니때마다 들려오는 전주곡이나 마찬가지였다. 식사가 끝나고 식탁을 치울 적에도 역시 그 시끄러운 소리가 들리곤 했다.

21

아침 식사가 끝난 뒤 우유 가공장에서 큰 소동이 벌어졌다. 버터 만드는 기계는 여느 때와 마찬가지로 잘 돌았는데 버터가 나오지 않았다. 이런 일이 생기면 낙농장은 마비 상태가 되고 모두들 당황해 어쩔 줄 몰라 했다. 커다란 통 속에서 우유가 출렁이며 섞이는 소리는 들렸지만 그들이 기다리는 다른 소리는 들리지 않았다.

주인 내외, 테스, 마리안, 레티 프리들, 이즈 휴에트, 그리고 마을에서 온 아낙네들과 클레어, 조나단 케일, 데보라 할멈, 그리고 다른 일꾼들 모두가 낙심하여 기계만 멍하니 바라보았다. 밖에서 말을 몰던 소년도 사정을 안다는 듯 놀란 눈을 동그랗게 떴다. 우울해 보이는 말도 마당을 한 바퀴 돌 적마다 궁금하다는 듯 창문을 기웃거리곤 했다. 주인은 쓰디쓴 어조로 내뱉었다.

"내가 이그돈에 있는 트렌들 점쟁이의 아들한테 가본 지도 꽤 오래 됐어. 그녀석 제 아버지에 비하면 형편없는 친구지. 믿을 수 없는 녀석이라고 내가 쉰 번도 더 말했을 거야. 하지만 그녀석이 살아 있다면 아무래도 가봐야겠어. 이런 사고가 계속된다면 가봐야 하구 말구."

주인이 너무 낙심했으므로 클레어도 기분이 언짢아졌다. 조나단 케일이 말문을 열었다.

"사람들이 '와이드 오'라고 부르는 캐스터브리지 맞은편에 폴이란 점쟁이가 있는데 말이죠, 내가 어렸을 땐 참 잘 맞췄다구요. 지금은 썩은 고목 같지만요."

"내 조부님은 오울스콤의 점쟁이 민턴에게 다니시곤 했는데 꽤 용했던 모양이야. 하지만 요즘엔 그런 용한 점쟁이가 없다구."

크릭 부인은 사람들의 동정을 살피며 얼른 이렇게 말했다.

"이 집안에서 연애하는 사람이 있나 봐요. 난 어릴 때부터, 집안에 연애하는 사람이 있으면 이런 일이 생긴다는 얘기를 들었다구요. 여보, 왜 그 몇 해 전에 일하던 아가씨 생각 안 나우? 그때도 버터가 나오지 않았잖아요."

"아, 생각나. 그때 정말 그랬었지. 하지만 그건 연애 때문이 아니라구. 기계가 고장이 난 거지."

주인은 클레어를 돌아보며 말했다.

"잭 돌로프라는 아비 없는 녀석이 전에 우리 집에서 젖 짜는 일을 한 적이 있었거든요. 그녀석이 예전에 하던 버릇대로 건너 마을에 사는 여자를 꾀어서 제 사람을 만든 다음 차버렸지 뭡니까요. 그때가 마치 부활 주일의 목요일이라 모든 사람들이 지금처럼 이곳에 모여 있었죠. 기계도 쉬고 있었구요. 그런데 갑자기 황소라도 때려 눕힐 정도의 놋쇠 손잡이가 달린 우산을 손에 든 그 여자의 어머니가 문 앞에 나타나더니 이렇게 소리치지 않겠어요. '잭 돌로프란 작자가 여기서 일하고 있소. 그 녀석 좀 봐야겠다구요. 정말이지 이건 예삿일이 아니라구요.' 그 어머니 뒤에는 딸이 손수건으로 눈물을 닦으면서 따라오더라구요. 창 너머로 그들을 본 잭은 급한 김에 버터 기계 속으로 들어가버렸지요. 바로 그 순간에 그녀의 어머니가 가공장 안으로 뛰어 들어왔고, 갖은 욕설을 퍼부으면서 구석구석 찾아다녔죠. 기계 통 속에 숨은 잭은 숨이 막힐 지경이고 그 불쌍한 여자는 울어서 눈이 퉁퉁 부은 채 문 밖에 서 있었죠. 참 딱한 광경이었어요. 심장이 돌로 된 사람이라도 그 모습을 보았다면 마음이 돌아섰을 거요. 헌데 그 어머니는 끝내 그녀석을 찾지 못했거든."

주인은 잠시 쉰 다음 다시 이야기를 계속했다.

"그런데 그 부인은 어떻게 알았는지 잭이 버터 기계 통 속에 숨

171

은 것을 눈치 채고는 기계의 손잡이를 잡고 빙빙 돌리기 시작했죠. 그때는 기계가 수동식이었거든. 기계를 마구 돌려대자 잭은 그 속에서 뒹굴었죠. 견딜 수 없어진 잭은 고개를 내밀고 '제발 그만 해요. 날 좀 나가게 해 달라구요. 이러다 곤죽이 되겠어요.' 하고 소리쳤죠. 바람둥이들이 으레 그렇듯 녀석도 속마음은 겁쟁이였죠. 노파는 딸을 책임지기 전에는 멈출 수 없다고 대꾸했고 잭도 독이 올라 '그만 돌리라구! 이 늙은 마귀할멈아!' 라고 대들었지요. 노파는 성이 나 기계를 더 힘차게 돌려댔고 감히 말리려는 사람도 없었으므로 잭은 마침내 책임지겠다고 약속했죠. 그래서 겨우 그날 소동이 끝났지 뭡니까."

그 얘기를 듣던 사람들이 싱글거리며 무언가 한마디씩 하려 했을 때 그들 뒤편에서 누군가가 재빠르게 움직이는 소리가 들렸다. 돌아보니 얼굴이 창백하게 질린 테스가 문으로 다가가고 있었다. 테스는 모기만 한 소리로 중얼거렸다.

"오늘은 너무 덥군요."

사실 날씨가 무척 더웠으므로 그녀의 행동을 주인의 얘기와 결부시켜 생각하는 사람은 아무도 없었다. 주인은 앞으로 가 문을 열어주며 농담조로 "웬일이야 숫처녀"라고 물었다. 주인은 애칭으로 그렇게 불렀을 뿐이지 결코 그녀의 과거를 알고 빈정거린 것은 아니었다.

"우리 목장에서 제일 예쁜 아가씨가 이쯤 더위에 맥을 못 춘대서야 말이 되나. 이러다가 정작 삼복더위 때는 테스가 없게 되어 큰 곤란을 당하겠는걸. 그렇지 않습니까, 클레어 씨?"

"현기증이 좀 나서요. 바람을 쐬면 괜찮아질 거예요."

마침 그때, 고장 났던 기계가 다행스럽게도 정상적으로 돌아가기 시작했고 크릭 부인이 "버터가 나와요!"라고 소리치는 바람에 테스를 주시하던 사람들의 시선이 전부 기계 쪽으로 쏠렸다. 테스는 곧 밖으로 빠져나왔다.

잠시 마음에 충격을 받았던 테스는 겉으로는 안정을 되찾은 것 같았으나, 그날 하루 종일 기분이 우울했다. 저녁에 젖 짜는 일이 끝나자 아무와도 어울리고 싶지가 않아 혼자 이곳저곳 돌아다녔다. 다른 사람들에게는 재미있게만 들리는 주인의 얘기를 자기 혼자만 가슴 아프게 들어야 한다는 사실이 말할 수 없이 슬펐다. 그 얘기가 그녀의 상처를 얼마나 아프게 건드렸는지를 아는 사람은 그녀 자신밖에 없었다. 저물어가는 하늘의 노을까지도 쓰리고 아픈 상처처럼 느껴져 보기조차 싫었다. 강가의 갈대밭에서 들리는 목쉰 듯한 새 울음소리만이 그녀를 반겨주었는데, 그 소리 또한, 이제는 싫증난 옛 친구의 음성처럼 느껴졌다.

해가 긴 유월 한 달 동안 일꾼과 주인 가족들 모두가 해만 지면 잠자리에 들었다. 해가 지기도 전에 잠자리에 드는 때도 있었는데, 일이 많아 고단한 데다가 아침에 일찍 일어나야 했기 때문이었다. 테스는 늘 친구들과 함께 이층으로 올라가곤 했으나 오늘밤은 먼저 공동으로 쓰는 방으로 올라갔고, 친구들이 들어왔을 때는 꾸벅꾸벅 졸고 있었다. 그녀는 저녁 놀을 온몸에 받으면서 옷을 벗는 친구들을 바라보다가 도로 꾸벅꾸벅 졸았다. 그러다 그녀는 떠드는 소리에 잠이 깨어 친구들을 물끄러미 바라보았다.

잠옷을 입은 친구들은 맨발인 채 창가에 모여 서 있었다. 붉은 저녁놀은 그들의 얼굴과 목과 주위의 벽을 따뜻하게 비춰주었다. 그들은 얼굴을 가까이 마주 대고 깊은 관심으로 정원의 누군가를 지켜보았다.

"밀지 마. 너도 잘 보일 텐데 왜 밀고 그래."

가장 나이 어린 빨간 갈색머리의 레티가 창에서 눈을 떼지 않으며 말했다. 그러자 쾌활하고 나이 들어 보이는 마리안이 익살스럽게 말했다.

"너나 나나 아무리 그 사람을 생각해봤자 소용이 없다구. 그 사람은 지금 다른 여자의 뺨을 생각하고 있다구."

레티 프리들은 여전히 창밖을 응시했고, 다른 둘은 다시 바깥을 내다보았다.

"어머, 저기 그가 또 나왔어!"

창백한 얼굴과 검은 머리에 윤곽이 뚜렷한 입술을 가진 이즈 휴에트가 말했다.

"이즈, 말 안 해도 알아. 난 네가 그 사람의 그림자에 키스하는 걸 봤어."

레티의 말에 마리안이 되물었다.

"뭘 봤다구?"

"그이가 치즈 통에서 치즈를 걷어내고 있었는데, 그의 얼굴 그림자가 뒷벽에 비쳤거든. 그때 이즈도 같은 일을 하고 있다가 그이의 입 그림자에다 자기 입술을 갖다 대지 뭐니. 그 사람은 눈치 채지 못했지만 난 봤다구."

"어쩌면, 이즈 휴에트!"

마리안이 외쳤다. 이즈 휴에트의 뺨이 장밋빛으로 물들었다. 그녀는 냉정하려 애쓰며 변명하듯 말했다.

"그이를 생각하는 마음은 너희들도 마찬가지면서 뭘 그래."

워낙 붉은 얼굴인지라 마리안의 둥근 얼굴은 더 이상 붉어지지 않았다.

"내가? 무슨 소리야! 어머, 저기 그이가 또 나왔어. 그리운 눈동자, 그리운 모습, 그리운 클레어 씨."

"마리안, 너도 이제야 실토하는구나."

"너도 사실 그랬잖아. 우린 다 마찬가지라구. 사실 남한테 고백할 것까진 없지만, 우리끼리 서로 숨길 필요는 없잖아. 난 내일 당장이라도 그이하고 결혼하고 싶다구."

마리안이 남이야 뭐라든 상관없다는 듯 솔직하게 말했다. 이즈 휴에트가 중얼거렸다.

"나도 그래, 아니 더할걸."

"나도야."

레티가 수줍게 작은 소리로 중얼거렸다. 듣고 있는 테스는 점점 마음이 달아올랐다. 이즈가 말했다.

"우리 셋이 다 그이와 결혼할 수는 없잖아."

"안 될 말이야. 우리들 중 누구와도 안 될 거야, 속상하지만. 아, 또 나왔어."

마리안이 말하자 세 사람은 똑같이 그에게 말없는 키스를 던졌다.

"왜 안 되지?"

레티의 물음에 마리안이 나직한 음성으로 대꾸했다.

"왜냐하면 그이는 테스 더베이필드를 가장 좋아하고 있다구. 난 매일 그 사람을 지켜보다가 그 사실을 알아냈어."

세 사람은 잠시 무언가를 생각하는 듯 침묵을 지켰다. 이윽고 레티가 소곤거렸다.

"하지만 테스는 그 사람을 조금도 생각지 않는 것 같던데?"

"나도 가끔 그렇게 생각했어."

갑자기 이즈 휴에트가 안타까운 듯 말했다.

"하지만 이게 다 무슨 어리석은 짓이람. 그이는 물론 우리와 결혼하지 않을 거고 테스와도 안 할 거야. 좋은 집안의 자손이고 외국에 가서 농장을 경영할 사람인걸. 우리에게는 일 년에 얼마씩 품삯을 줄 테니까 자기 농장 일을 거들어 달라고 말하는 게 고작일 거라구."

하나가 한숨을 내쉬자 또 하나가 한숨을 내쉬었고, 뚱뚱한 마리안이 가장 크게 한숨을 내쉬었다. 침대에 누운 테스 또한 한숨을 쉬었다.

이 지방에서 상당한 위치를 차지하는 파리델 가문의 마지막 꽃봉오리이며, 셋 중에서 가장 나이가 어리고 붉은 머리카락을 가진 레티 프리들의 눈에는 눈물이 괴었다.

그들은 여전히 머리를 맞댄 채, 한동안 말없이 마당을 내다보았다. 그들의 심정을 알 까닭이 없는 클레어가 안으로 들어가 버리자 더는 그를 볼 수가 없었다. 어둠이 점점 짙어졌고 그들은 잠자리에 들어갔다.

잠시 후 위층으로 올라가는 그의 발소리가 들렸다. 마리안은 곧 잠들었으나 이즈는 한동안 모든 것을 잊을 수가 없어 잠을 이룰 수가 없었다. 레티 프리들은 울다가 잠이 들었다.

누구보다도 깊은 정열을 품은 테스는 한잠도 잘 수가 없었다. 친구들이 주고받은 대화는 그날 그녀가 참고 삼켜야 할 또 하나의 쓴 약이었다. 질투의 감정은 눈곱만큼도 일지 않았는데, 그것은 그만큼 그녀가 자신이 있기 때문이었다. 어느 친구보다도 용모가 아름다웠고 더 많은 교육을 받았으며, 레티만 제외한다면 나이가 어린 편인데도 누구보다도 숙성했으므로 조금만 노력한다면 노골적인 친구들도 제쳐놓고 그의 마음을 사로잡을 자신이 있었다. 그러나 문제는 반드시 그래야 할 필요가 있을까 하는 것이었다. 사실 진정한 의미에서 생각할 때 세 처녀에게는 엔젤에게 접근할 기회조차 없었지만, 테스에게는 그의 마음속에 자기에 대한 애정을 싹트게 하고, 그가 이곳에 머무르는 동안 다정한 말을 주고받을 수 있는 기회가 눈앞에 있고, 그 전에도 있었던 것이다. 과거에도 신분이 다른 남녀의 사랑이 결혼으로 이루어진 예가 있지 않았던가. 게다가 크릭 부인은 클레어가 농담 삼아, 자기는 넓은 농장에서 가축을 기르고 농사를 지을 사람인데 귀부인과 결혼해서 무엇 하겠느냐고 얘기하는 것을 들었다고 말하지 않았던가. 그렇다면 농갓집 딸이야말로 그에게 어울리는 아내감이 아닐까. 그러나 클레어가 진심으로 그런 말을 했건 아니건 간에, 지금의 처지로서는 양심을 속이지 않는 한 그 어떤 남자와도 결혼할 수 없고 그런 유혹에 두 번 다시 빠지지 않겠다고 신앙에 가까운 굳은 결의로 결심한 테스였다. 그러한 그녀가 낙농장에 머무르는 동안만이라도 그의 사랑을 받아보려는 덧없는 행복을 위해 친구들에게서 클레어의 관심을 모두 빼앗아버릴 수는 없는 노릇이었다.

22

다음 날 아침 그들이 하품을 하면서 아래층으로 내려와 여느 때처럼 크림 걷는 일이며 젖 짜는 일을 마치고 아침을 먹으려고 집 안으로 들어갔을 때였다. 주인 크릭이 안절부절못하며 방 안을 서성였다. 그는 단골 고객에게 편지를 받았는데, 버터에서 떫은맛이 난다는 불평이 씌어 있다는 것이었다. 주인은 나무 주걱에 버터 한 덩어리를 묻혀 맛을 보고는 이렇게 말했다.

"정말 그렇구먼, 전부 맛을 좀 보라구."

대여섯 사람이 주인 곁으로 모여들었다. 먼저 클레어가 맛을 보고 테스와, 낙농장에서 기거하는 처녀들이 맛을 보고 한두 사람의 남자 일꾼과 아침 식사를 준비해놓고 기다리던 크릭 부인까지 와서 맛을 보았다. 버터에서 분명 떫은맛이 났다.

다시 한 번 찬찬히 맛을 보면서 버터 맛이 떫어진 원인이 무엇인지 알아내려고 곰곰 생각에 잠겨 있던 주인이 갑자기 외쳤다.

"이건 마늘이야. 우리 목장에는 마늘이라곤 잎사귀도 남지 않았는 줄 알았는데."

그 말을 듣자 오래된 일꾼들은 며칠 전에 젖소 서너 마리가 들어갔던 마른 목초 지대를 생각해냈다. 몇 해 전에도 젖소가 그곳에 들어가 풀을 뜯은 다음 버터 맛이 떫어진 일이 있었는데 그때 주인은 원인을 밝혀내지 못하고 버터에 귀신이 붙었다고만 했던 것이다.

"그 풀밭을 샅샅이 살펴봐야겠어. 이런 일이 계속되면 큰일이라구."

주인이 말했다. 그들은 모두 끝이 뾰족한 낡은 칼을 들고 풀밭으로 나갔다. 버터 맛을 떫게 한 독초는 눈에 띄지 않을 정도의 좁은 장소에서만 자랐으므로 눈앞에 펼쳐진 넓은 풀밭에서 독초만을 가려내기란 불가능에 가까웠다. 그러나 반드시 찾아내야만 했기 때문에 모두 도우려는 생각에서 줄을 지어 늘어섰다. 자진해서 도우려는 클레어와 함께 주인이 앞장섰고 다음으로 테스, 마리안, 이즈 휴에트, 레티, 그리고 남자 일꾼과 마을에서 온 아낙네들의 순서로 줄을 섰다.

그들은 모두 땅을 내려다보면서 들판을 천천히 가로지른 다음,

옆으로 약간 비켜서서 되돌아오곤 했으므로 일이 끝날 무렵에는 한 치의 땅까지도 다 살펴보게 되었다. 살펴야 할 땅은 한없이 넓은 데다가 발견되는 마늘은 고작 대여섯 뿌리밖에 되지 않았기 때문에 작업은 무척 지루했다. 그러나 그 독초는 여간 맵지가 않은지라 젖소 한 마리가 단 한 번 뜯어 먹기만 해도 그날 하루 생산되는 우유의 맛을 변하게 하는 것이다.

그들은 성격이나 감정이 서로 판이하게 달랐지만 하나같이 허리를 구부린 채 이상할 정도로 기계적이고 정돈된 모습으로 줄을 짓고 있었다. 독초를 찾으려고 천천히 나아가는 그들의 등으로 대낮의 햇살이 내리쬐었고, 햇살을 받지 못하는 얼굴은 미나리아재비에서 반사되는 노란 빛을 받아 흡사 달빛 어린 요정의 얼굴 같았다.

무슨 일이든 남과 똑같이 행동하려고 애쓰는 엔젤은 이따금 고개를 들고 사방을 돌아보았다. 그의 뒤에 테스가 선 것은 물론 우연한 일이 아니었다. 그가 테스에게 속삭였다.

"기분이 어떻습니까?"

"아주 좋아요. 고맙습니다."

테스는 정색을 하고 대답했다. 바로 삽십 분 전에 두 사람은 서로의 처지에 대해 이야기했으므로 새삼스럽게 인사한다는 것이 조금은 싱겁게 여겨졌다. 둘은 그 이상의 대화를 나누지 않고 천천히 앞으로 나아갔다. 이따금 그녀의 치맛자락이 그의 장화에 닿기도 하고 서로의 팔꿈치가 스치기도 했다. 그들 뒤에서 따라오던 주인은 마침내 싫증이 났는지 허리를 펴고 일어서서 불평을 터뜨렸다.

"정말이지 이렇게 줄곧 허리를 구부리고 있다가는 허리를 영 쓰지 못하게 될지도 모르겠군. 이봐요 테스, 엊그제도 몸이 불편한 것 같던데 정 피곤하면 다른 사람에게 맡기고 가서 쉬어요."

주인 크릭이 자리를 뜨고 테스도 뒤로 처졌다. 클레어도 줄에서 빠져나와 혼자 여기저기 독초를 찾으러 다녔다. 테스는 클레어가 자기 곁에 있는 것을 알았을 때, 간밤에 들었던 친구들의 얘기가 생각나 클레어에게 먼저 말을 걸었다.

"저애들 예쁘죠?"

"누구 말인가요?"

"이즈 휴에트와 레티 말이에요."

테스는 두 처녀 중 누구라도 농부의 좋은 아내가 될 수 있으리라고 생각했고, 그들을 좋게 말함으로써 자신의 불행한 아름다움은 감추어야 한다고 스스로에게 슬프게 타일렀던 것이다.

"예쁘다구요? 사실 그렇지. 예쁜 처녀들이니까. 신선하기도 하고. 난 가끔 그렇게 생각해왔어요."

"하지만 슬프게도 아름다움은 오래 가지 못하는 것 같아요."

"정말 그래요. 유감스럽게도!"

"저애들은 젖 짜는 솜씨도 훌륭해요."

"그렇지만 당신보다는 못해요."

"저보다 크림 걷는 솜씨는 더 나은 걸요."

"그래요?"

클레어는 한동안 그들을 쳐다보았는데, 그들도 몰래 클레어를 훔쳐보고 있었다. 테스는 대담하게 말을 계속했다.

"얼굴을 붉히네요."

"누가요?"

"레티 프리들 말이에요."

"그렇군요. 그런데 왜 그럴까요?"

"당신이 쳐다보니까 그렇죠."

테스는 자신이 희생해야겠다는 결심은 하고 있었지만, 한걸음 나아가 이렇게 말할 용기는 없었다. '당신이 진정으로 좋은 가문의 여자가 아닌, 젖 짜는 여자와 결혼할 생각이 있다면 저 두 처녀 중에서 선택하세요. 나하고 결혼할 생각은 부디 하지 마세요.'

그날부터 테스는 클레어를 피하려고 무척 애를 썼다. 가령 우연히 마주치는 경우일지라도 그전처럼 그와 오래 있으려 하지 않았다. 가능하면 모든 기회를 세 친구에게 양보하고 싶었던 것이다.

테스는 이제 어엿한 여인으로 성숙해 있는 친구들의 고백을 듣고 그녀들이 클레어에게 이미 마음을 모두 바치고 있음을 알았다. 또한 그녀들의 그런 단순한 마음에 상처를 주지 않으려고 스스로를 절제하는 클레어에 대해서도 한층 애정 어린 존경심을 품게 되었다.

테스는 한 남자에게서 그런 책임감을 발견할 수 있으리라고는 꿈에도 생각지 못했었다. 만약 클레어에게 그런 책임감이 없었더라면 그와 한 지붕 아래서 살고 있는 그녀들은 한평생 울며 살아가게 되었을는지도 모르는 일인 것이다.

23

어느덧 칠월의 무더위가 소리 없이 찾아들었다. 후덥지근한 공기가 낙농장을 무겁게 뒤덮었고 자주 비가 쏟아졌다. 덕분에 목초는 무성해졌지만 건초를 말리던 다른 목장에서는 애를 먹었다.

작업이 모두 끝나 집에서 다니는 일꾼들도 죄다 집으로 돌아간 어느 일요일 아침이었다. 낙농장에서 얼마쯤 떨어진 곳에 있는 교회에 가기로 친구들과 약속한 테스는 서둘러 외출 준비를 하고 있었다. 그것은 이곳 낙농장에 온 지 두 달 만에 테스가 처음 해보는 나들이였다.

어제 오후부터 밤까지 세찬 소나기가 퍼부어 건초가 강물로 떠내려가기도 했지만 날이 밝자 해는 한층 밝게 빛났고 공기도 향긋해졌다.

낙농장에서 교회가 있는 멜스톡으로 향하는 오솔길은 가장 낮은 분지를 따라 길게 뻗어 있었다. 그 길을 따라 걸어가던 테스와 세 친구는 가장 낮은 곳에 이르렀을 때 간밤의 폭우로 그쪽 길이 물에 잠겨 있는 것을 알았다. 작업복에 굽이 높은 나막신이나 장화를 신는 평일과는 달리 그들은 분홍빛 흰빛 보랏빛 웃옷을 입고 흰 양말에 굽이 낮은 신을 신었기 때문에 보통 때는 쉽게 건널 수 있는 물웅덩이가 여간 조심스러운 것이 아니었다. 작은 흙탕물이 튀기만 해도 금방 눈에 띄곤 했으므로 그들은 길옆 높은 둑으로 기어올라가 길을 건너려고 둑 위를 조심스럽게 걸어갔다. 아직 갈 길은 많이 남아 있는데 멀리서 교회 종소리가 들려오자 마리안이 말했다.

"여름철에 강물이 이렇게 넘칠 줄 누가 알았담."

낙심한 레티가 그 자리에 서면서 대꾸했다.

"이렇게 해서 건너가긴 다 틀렸다구. 발을 벗고 물을 건너든지 아니면 큰길로 돌아가든지 해야 되겠어. 하지만 돌아가면 늦을 텐데."

"늦게 들어가면 사람들이 쳐다보고, 그럼 난 창피해서 얼굴이 홍당무가 된다구. 기도가 끝날 때쯤에서야 겨우 부끄러운 마음이 가라앉지 뭐야."

그들이 둑 위에서 서성이고 있을 때였다. 길모퉁이에서 철벅거리는 물소리가 나더니 잠시 후 그들 쪽으로 걸어오는 엔젤 클레어의 모습이 보였다.

네 처녀의 심장은 한 순간에 큰 소리로 고동치기 시작했다.

그는 완고한 목사의 반항적인 아들들이 흔히 그러하듯, 안식일과는 상관없는 작업복 차림에 장화를 신고 있었다. 모자 밑에는 머리를 식히려고 양배추 잎사귀를 넣었고 손에는 풀 베는 낫까지 들고 있어, 영락없이 일하러 가는 농부의 모습이었다.

"저이는 교회에 안 가나 봐."

마리안이 말을 꺼내자 테스가 나직하게 중얼거렸다.

"그런가 봐. 저이도 같이 가면 좋을 텐데."

엔젤은 화창한 여름날에 교회에서 설교를 듣는 것보다는 자연 속을 거닐며 돌의 설교를 듣는 것이 즐거웠으므로 오늘 아침에는 간밤의 비로 건초가 얼마나 떠내려갔는지 살펴보러 나왔던 것이다. 처녀들은 물웅덩이를 건너는 일에 정신이 팔려 그가 오는 것도 눈치 채지 못했지만 그는 멀리서부터 그녀들이 둑 위에 있는 것을 보았다. 그녀들이 물웅덩이 때문에 건너지 못하고 있다는 것을 알아챈 그는 빠른 걸음으로 달려오면서 처녀들을—특히 그 중의 한 처녀를 어떻게 도와줄 것인가 곰곰 생각했다.

장밋빛 뺨에 빛나는 눈을 가진 네 처녀가 얇고 화사한 여름옷을 입고 둑 위에 서 있는 모습은 마치 지붕 위에 모여 앉은 비둘기처럼 아름답게 보였다. 가제와 같은 스커트 자락이 풀잎 위를 스쳤기 때문에 헤아릴 수 없이 많은 파리와 나비들이 놀라서 날아올랐지만 미처 도망치지 못한 것들은 마치 새장 속에 갇히기나 한 것처럼 투명한 치마 속에 갇힌 채 맴돌았다. 그는 잠시 처녀들을 쳐다보다가 맨 뒤에 서 있는 테스에게로 눈길을 돌렸다. 테스는 물웅덩이 때문에 꼼짝달싹할 수 없게 된 자신들의 처지에 웃음이 터지려는 것을 꾹 참으면서 환한 시선으로 클레어를 마주 쳐다보았다.

장화를 신은 그는 물이 과히 깊지 않은 곳까지 걸어 들어가 그녀들이 서 있는 둑 바로 아래에 섰다.

"교회에 가는 길이죠?"

그는 테스의 시선을 피하면서, 다른 두 처녀를 포함해 맨 앞의 마리안에게 말을 건넸다.

"네. 하지만 늦을 것 같아요. 전 늦으면 창피해서……."

"내가 물웅덩이를 건네 드리지요. 한 사람도 빼놓지 않고……."

네 처녀들의 심장이 하나가 되어버린 듯, 넷은 동시에 낯을 붉혔다.

"힘드실 텐데요."

마리안이 말했다. 클레어는 자신 있게 대답했다.

"여길 건너려면 그 방법밖에 없어요. 가만히들 서 있어요. 무어 그리 무겁지는 않을 테니까. 자 마리안, 팔을 내 어깨에 올려놓고 날 꽉 잡아요. 자, 됐어요."

마리안이 시키는 대로 그의 팔과 어깨에 몸을 맡기자 엔젤은 마리안을 안고 성큼성큼 물을 건너갔다. 그의 가느다란 몸은 마치 마리안이라는 커다란 꽃송이가 달린 꽃줄기 같았다. 두 사람이 길모퉁이를 돌자 마리안의 머리에 달린 리본만이 뒤에 남아 있는 처녀들의 시야에서 가물거렸다. 곧 엔젤의 모습이 길모퉁이에서 다시 나타났다. 다음 차례는 이즈 휴에트였다. 흥분으로 입술이 바짝 메마른 이즈는 속삭이듯 말했다.

"저기 와. 난 저 사람의 목에다 팔을 감고 마리안이 그랬던 것처럼 그의 얼굴을 들여다볼 테야."

"그건 별 의미가 없는 일이야."

테스가 얼른 말했다. 이즈는 테스의 말에 마음 쓰지 않는다는 듯 말을 이었다.

"무슨 일에나 때가 있는 법이야. 안을 때가 있고 안는 일을 멀리 할 때가 있어. 이제 내게 안길 때가 온 거야."

"이즈 그건 성경 구절이잖아!"

"맞아. 난 설교 때, 아름다운 구절에 늘 귀를 기울이거든."

자신의 친절의 사 분의 삼은 그저 친절에서 우러난 행동일 뿐이라고 생각하는 엔젤 클레어는 이즈에게로 다가왔다. 이즈가 조용하게 꿈꾸듯 그의 팔에 안기자 그는 기계적으로 걸어갔다. 그가 되돌아왔을 때 레티는 심장의 고동으로 몸까지 흔들리는 것처럼 보였다. 엔젤은 붉은 머리의 레티를 안으면서 테스를 흘낏 쳐다봤다. 그는 눈으로 명백하게 '이제 곧 당신과 내 차례요'라고 말하고 있었다. 테스의 얼굴에도 알아들었다는 표정이 나타났다. 둘은 서로의 마음을 이해하고 있었으므로 감정을 감출 수가 없었다.

조그맣고 가엾은 레티는 가장 가벼웠으나 클레어가 가장 골치를 앓은 짐이었다. 밀가루 부대처럼 육중한 마리안은 그를 비틀거리게 했고 이즈는 침착하고 요령 있게 안긴 반면 레티는 신경질적이어서 잠시도 가만히 있지를 않았던 것이다.

클레어는 레티를 무사히 데려다놓고 테스에게로 왔다. 길 건너 언덕 위 나무 사이에 서 있는 친구들의 모습이 테스의 눈에도 보였다. 조금 전 친구들이 클레어에게 안기면서 흥분하는 것을 보고 경멸한 테스였지만 막상 자신의 차례가 다가오자 가슴이 두근거리고 숨이 가빠지는 것을 자신도 어쩔 수가 없었다. 자신의 그런 속마음이 들킬까 두려운 나머지 그녀는 딴청을 했다.

"전 둑을 타고 건널 수 있어요. 저애들보다는 잘 올라갈 수 있거든요. 그리고 너무 지치셨어요. 클레어 씨."

"천만에, 테스."

그가 급히 말했다. 테스는 자신도 모르는 사이에 그에게 안겨 그의 어깨에 몸을 기댔다.

"한 사람을 안기 위해 세 사람을 건네준 셈이야."

그가 속삭였다. 테스는 자신의 결심을 되새기며 너그럽게 말했다.

"저애들이 저보다 훌륭한 걸요."

"난 그렇게 생각지 않아요."

그 말을 들은 테스의 얼굴이 붉어지는 것을 엔젤은 놓치지 않고 보았다. 말없이 몇 걸음을 걸은 다음 테스는 수줍게 물었다.

"제가 꽤 무겁죠?"

"전혀 무겁지 않아요. 마리안은 정말 무거웠어요. 당신은 햇볕으로 따뜻해진 출렁이는 물결 같아요. 그리고 이 모슬린 옷은 물거품 같구."

"정말 그렇게 예쁘게 보여요?"

"내가 세 사람을 건네주느라 고생한 것도 다 네 번째로 당신을 건네주기 위해서라는 걸 정말 몰랐어요?"

"몰랐어요."

"사실 오늘 이런 일이 생기리라고는 꿈에도 생각지 못했소."

"저도 그래요. 물이 너무 갑자기 불었거든요."

테스는 그가 물이 넘친 얘기를 하는 줄 알고 그렇게 대답했는데, 그의 가쁜 숨결이 그녀의 생각이 잘못되었음을 알려주었다. 그는 가만히 걸음을 멈추고는 테스의 얼굴 가까이 자신의 얼굴을 수그렸다.

"오, 테스!"

그는 격한 어조로 말했다. 테스의 뺨은 그의 숨결로 달아올랐다. 그녀는 가슴이 터질 듯한 흥분 때문에 엔젤의 눈을 똑바로 바라볼 수가 없었다. 그는 문득 자신이 우연한 기회를 지나치게 이용한 것 같은 기분이 들어 행동을 멈추었다. 아직 두 사람은 서로 사랑한다는 말을 하지 않은 상태여서, 그 정도로만 서로의 감정을 표현하는 것이 자연스러울 것 같기도 했다. 그는 좀 더 오랜 시간 그녀와 함께 있고 싶은 마음에서 천천히 걸었다. 이윽고 길모퉁이에 이르자 기다리고 있는 세 처녀의 모습이 보였다. 그는 그들이 서 있는 곳에 테스를 내려놓았다.

세 처녀는 무언가 캐내려는 듯 테스와 클레어를 유심히 바라보았다. 테스는 친구들이 자기 얘기를 했다는 것을 눈치 챘다. 엔젤은 그들에게 급히 인사하고는 물에 잠긴 길을 걸어 저만치 사라졌다.

네 처녀는 아까처럼 함께 걸었다. 얼마 안 가서 마리안이 침묵을 깨뜨리고 말문을 열었다.

"안 되겠어. 우린 테스하고는 상대가 안 된다니까."

그녀는 시무룩한 표정으로 테스를 보았다. 테스는 놀라 되물었다.

"무슨 소리야?"

"그이는 널 제일 좋아해. 우리들 중 누구보다도 말이야. 널 안고 오는 그이의 표정을 보고 짐작했지. 네가 조금이라도 눈치를 보였으면 그인 네게 키스했을 거야."

"아냐. 그렇지 않아."

낙농장을 떠날 때의 유쾌한 분위기는 사라져버린 듯싶었지만 그렇다고 그들 사이에 미움이나 시기심이 싹튼 것은 아니었다. 그들

187

은 마음이 착한 처녀들이었고, 모든 것을 팔자로 돌려버리는 한적한 시골에서 자라난지라 테스를 원망하는 마음은 털끝만치도 없었다. 설령 테스에게 좋은 기회를 빼앗긴다 할지라도 그녀들에게 그것은 피할 수 없는 운명일 뿐이었다.

테스는 마음이 아팠다. 친구들이 엔젤을 사모하고 있다는 것을 알게 되면서부터 그에게로 향한 감정이 더 절실해지는 것은 어쩔 수 없는 일이었다. 엔젤 때문에 애태우는 친구들을 애처롭게 생각하여 그에게로 향하는 자신의 마음을 꺾어보려고도 했지만 결과는 결국 이렇게 되고 말았다.

그날 밤 테스는 침대에 누워 눈물을 흘리며 레티에게 단호하게 말했다.

"난 결코 너희들을 방해하지 않겠어. 그 사람은 그럴 생각도 없겠지만, 만약에 내게 결혼을 하고자 해도 난 거절할 거야. 난 누구와도 결혼하지 않을 테니까."

"어머, 정말이니? 왜?"

의아스럽다는 눈빛으로 레티가 물었다.

"그런 일이 있을 리는 없겠지. 솔직히 말하면 나를 제쳐놓고 생각한다 하더라도 그이가 너희들 중 누구와 결혼할 것 같지는 않아."

"난 그런 걸 바란 적도 없어. 하지만 답답해. 차라리 죽어버렸음……."

레티는 절망적으로 말했다. 마침 다른 두 친구가 올라오자 걷잡을 수 없는 감정에 마음이 어지러워진 레티는 친구들을 돌아보며 말했다.

"우린 전처럼 다시 친구가 될 수 있어. 테스도 우리처럼 그이를 생각지 않기로 결심했대."

잠시 서먹서먹했던 기분은 사라지고 그들은 예전처럼 마음을 털어놓는 정다운 사이가 되었다. 마리안이 침울한 어조로 말했다.

"난 이제 내가 어떻게 되든지 상관하지 않을 거야. 사실은 나한테 두 번이나 청혼한 어떤 목장 주인과 결혼할 생각이었는데, 그 사람하고 결혼할 바에야 차라리 죽어버리는 게 낫겠다는 생각이 들어. 그런데 왜 말이 없지. 이즈?"

"그래, 나도 고백할게. 사실은 오늘 낮에 그이가 나를 안고 물을 건널 때 내게 키스해줄 줄 알았어. 그래서 얌전하게 그이에게 안겨 이제나저제나 하고 기다렸는데, 그인 끝내 키스해주지 않았어. 난 이제 이곳에 더 있고 싶지가 않아. 집으로 돌아가고 싶어."

이즈는 조그만 소리로 말했다. 침실의 공기는 그녀들의 절망적인 감정과 더불어 물결치는 것 같았다. 오늘 낮에 있었던 일이 그녀들의 정열을 부채질했고, 똑같이 타오른 그 정열로 인해 넷의 마음은 하나가 된 듯싶었다. 엔젤의 사랑을 독차지하려던 희망도 사라져버렸으므로 그들에겐 질투의 감정이란 눈곱만치도 없었다. 서로의 마음을 고백하고 서로를 가엾게 여기는 연민과, 그를 사모함으로써 느끼게 되는 황홀한 감정이 있을 뿐이었다.

그들은 좁은 침대에서 잠을 이루지 못해 이리저리 뒤척였다. 아래층의 치즈 짜는 기계에서 떨어지는 물소리만이 단조롭게 들려왔다. 반 시간쯤 지났을 때 이즈 휴에트가 테스에게 말을 건넸다.

"테스, 자니?"

테스가 아직 안 잔다고 대답하자 레티와 마리안도 이불을 걷어차며 한숨을 내쉬었다.

"우리도 안 자."

"그이의 신부감으로 정해졌다는 여자, 도대체 어떤 여자일까?"

"글쎄 말이야."

이즈가 말했다. 테스는 놀라 숨 가쁘게 물었다.

"신부감이 정해졌다구? 난 처음 듣는 소린데?"

"아냐, 정말이라구. 소문이 자자해. 가문이 비슷한 집안 딸이래. 엔젤은 그 여자를 별로 좋아하지 않는다지만 집에서 정한 일이니까 아마 그 여자와 결혼하게 될 거야."

그들은 그 얘기를 그냥 소문으로 들었을 뿐이지만 어둠 속에서 애태우며 공상해보기에는 그 정도의 얘기만으로도 충분했다. 그들은 엔젤의 결혼식 광경에서부터 축복에 넘치는 그들의 가정생활까지를 눈앞에 그리면서, 그의 뇌리에서 까맣게 잊힐 자신들의 처지를 생각하고는 울다가 잠이 들었다.

테스는 클레어와 결혼할 여자가 정해졌다는 사실을 안 다음부터는 자기에 대한 엔젤의 태도에 어떤 의미가 숨어 있다는 부질없는 생각은 하지 않기로 마음먹었다. 그가 자신의 미모에 끌려 한때의 연정으로 자신을 사랑한다고 생각하는 것은 슬픈 일이었다. 그러나 무엇보다도 슬펐던 것은 남보다 아름답고 열정적이며 지혜로운 그녀 자신이 윤리적이며 도덕적인 면에서는 그 누구보다도 그에게 어울리지 않는 상대라는 사실이었다.

24

바아 분지의 습기를 머금은 비옥한 토지에서 자라나는 나무들은 땅 속 깊이 뿌리를 내려 양분을 빨아올리며 무럭무럭 자랐다. 계절과 어우러져 사랑을 그리워하는 이 고장 젊은이들의 가슴에도 사랑이 잉태되기 시작하는 것 같았다.

칠월은 지나가고 이어 찌는 듯한 무더위가 닥쳐왔다. 봄에서 초여름까지 그처럼 맑고 상쾌하던 낙농장의 공기가 이제는 탁하고 나른했다. 그 탁한 공기는 처녀들의 머리 위에 무겁게 늘어져 있었고, 한낮의 낙농장 풍경은 마치 기절해 누워 있는 듯한 느낌을 불러일으켰다. 이글거리는 태양은 높은 경사지의 풀밭을 누렇게 태웠지만 냇물이 흐르는 곳에서는 여전히 파릇파릇한 풀이 자랐다. 클레어는 더위 때문에 괴로웠을 뿐만 아니라 상냥하고 말이 없는 테스에 대한 열정으로 바짝바짝 애를 태우고 있었다.

장마가 그친 뒤라 고원 지대는 잔뜩 메말랐고 사람들은 주로 일사병에 대한 이야기를 했다. 버터 제조나 저장은 거의 불가능한 지경이었다. 낙농장 주인 크릭은 월요일부터 토요일까지 옷소매를 걷어올리고 누구보다도 열심히 무더위 속을 뛰어다니며 일을 했다. 창문을 열어놓더라도 현관문을 열지 않으면 환기에 아무런 효과가 없었다. 낙농장 마당에서는 검정새와 개똥지빠귀가 네 발 짐승처럼 나도국수나무 덤불 속을 기어다녔다. 부엌 안의 파리는 방바닥이며 서랍 속이며 젖 짜는 처녀들의 손등 위에 기어다녔다. 일사병에 관한 얘기가 오고갔다. 그리고 버터의 제조며 저장은 아주 절망적이었다. 주인을 포함한 목장의 일꾼들 모두는 시원하고 편하게 일하기 위해 소들을 몰아넣지 않고 목장에서 그대로 젖을 짰다. 한낮에는 해가 움직임에 따라 나무의 그림자도 나무줄기의 둘레를 돌았고 젖소들도 그 그늘을 따라 움직였다. 젖을 짤 때도 소는 극성스러운 파리 떼 때문에 가만히 서 있지를 않았다.

어느 날 오후였다. 아직 젖을 짜지 않은 소 너덧 마리가 소 떼에서 벗어나 생울타리 뒤쪽에 서 있었는데, 그 중에는 테스의 손길을 유난히 좋아하는 덤플링과 올드 프리티도 끼어 있었다. 마침 소젖을 다 짠 테스가 일어서자 한동안 그녀를 지켜보고 있던 엔젤 클레어가 다음에는 덤플링과 올드 프리티의 젖을 짤 것이냐고 물었다. 테스는 고개를 끄덕이고는 걸상과 우유통을 들고 소들이 모여 있는 울타리 쪽으로 갔다. 얼마 후, 올드 프리티의 젖이 우유통으로 쏟아지는 소리가 들려왔다. 테스가 젖을 짜는 소 옆에 다루기 힘든 소 한두 마리도 서성거리고 있었으므로 엔젤은 젖을 마저 짜고 일을 끝내려는 생각으로 울타리 구석으로 다가갔다. 그도 이제는 주인 못지않게 젖 짜는 일에 익숙해져 있었던 것이다.

젖을 짤 때는 남자들이 으레 그렇듯이 몇몇 여자들은 소의 배 밑까지 머리를 수그리고 우유통을 들여다보며 짜기도 했지만 대부분의 여자들은 소 옆구리에 머리를 기댄 채 젖을 짰다. 테스도 마찬가지여서, 그녀는 소 옆구리에 관자놀이를 기대고 명상에 잠긴 듯 목장 먼 곳을 물끄러미 바라보면서 젖을 짰다. 햇빛이 그녀를 정면으로 비추고 있어 흰 모자를 쓰고 분홍색 옷을 입은 그녀의 옆모습은 마치 조각품처럼 젖소의 암갈색 옆구리를 배경으로 선명하게 드러나 보였다.

테스는 클레어가 뒤로 다가와 젖소 밑에 앉아서 자신을 지켜보고 있는 줄 눈치조차 채지 못했다. 눈은 뜨고 있었지만 꿈을 꾸고 있는 듯 그녀의 눈동자는 몽롱하게 빛났다. 이 한 폭의 풍경화 속에서 움직이는 것은 젖소의 꼬리와 테스의 분홍빛 손뿐이었다. 그녀의 손은 혈액 순환에 따라 심장이 뛰듯 어떤 반사적인 자극에 의해 규칙적으로 움직이는 것 같았다.

엔젤의 눈에 그녀의 모습은 한없이 사랑스러워 보였다. 손에 잡을 수 없는 천상의 아름다움이 아니라 바로 눈앞에 있는 움직임이고, 가까이서 느낄 수 있는 체온이며 생생하게 살아 있는 구체적인 아름다움이었다. 특히 그녀의 입이 사랑스러워 보였다. 표정이 풍부한 눈이라든가 활 모양의 눈썹, 선이 고운 턱과 목덜미는 다른 여자에게서도 발견할 수 있었지만 그녀의 입술처럼 매력적인 입술은 본 적이 없었다. 여태까지 여러 번 보아온 그녀의 입술이 선명한 빛깔과 생기를 띠고 다시 그의 눈앞에 나타났으므로 그는 순간적으로 현기증을 느꼈다. 전신에 오한이 느껴지고 가슴이 울렁거리더니 갑자기 재채기가 튀어나왔다.

그제야 테스는 엔젤이 지켜보고 있는 것을 깨달았다. 꿈꾸는 듯한 신비로운 얼굴 표정은 사라졌으나 그녀는 자신이 눈치 챘다는 것을 클레어에게 알리지 않으려고 몸을 움직이지 않았다. 그러나 그가 유심히 살펴보았다면 그녀의 얼굴에 붉은 빛이 스쳐가는 것을 볼 수 있었으리라.

클레어의 가슴속에 이미 타오르기 시작한 정열의 불은 쉽사리 꺼지지가 않았다. 결심이나 망설임, 분별심, 공포심 따위는 패잔병처럼 물러가 버리고 말았다. 그는 우유통을 아무렇게나 놓아둔 채 부리나케 테스의 곁으로 달려가 그녀 앞에 무릎을 꿇고 그녀를 두 팔로 안았다.

테스는 생각할 겨를도 없이 그의 품에 안겼다. 순간, 자기를 안은 사람이 바로 사랑하는 클레어임을 알자, 놀라움과 기쁨의 탄성이 그녀의 매혹적인 입술에서 새어나왔다. 클레어는 그 아름다운 입술에 키스하고 싶은 유혹을 느꼈으나 섬세한 양심 때문에 그 충동을 억눌렀다.

"용서해줘요. 귀여운 테스. 미리 허락을 받았어야 되는 건데. 난 내가 무슨 짓을 하고 있는지도 몰랐어. 하지만 이건 진심이야. 테스, 난 진정으로 당신을 사랑해."

엔젤이 속삭였다. 그때 올드 프리티는 어리둥절해서 사방을 둘러보았다. 여태까지 한 사람만이 있었던 자기 배 밑에 두 사람이 웅크리고 있는 것을 본 젖소는 심술궂게 뒷발을 들어올렸다.

"소가 화가 난 모양이에요. 우유통을 걷어차 버릴지도 몰라요."

그의 품에서 몸을 빼려 하는 그녀의 눈길은 젖소에게로 향하고 있었지만, 마음은 온통 엔젤과 그녀 자신에게로 쏠리고 있었다. 테스가 일어서자 그도 테스를 안은 채 함께 일어섰다. 먼 곳을 바라보던 테스의 눈에 눈물이 가득 고였다.

"왜 울지, 테스?"

"나도 잘 모르겠어요."

테스는 슬픈 듯이 중얼거렸고, 자신이 처한 상황을 분명히 깨닫게 되자, 초조해져서 뒤로 물러서려 했다. 엔젤은 자포자기하는 듯한 한숨을 내쉬었다. 그것은 그의 감정이 이성을 앞질렀다는 사실을 증명한 한숨이었다.

"결국 내 감정을 드러내고 말았군요. 내가 진정으로 당신을 사랑한다는 건 새삼스럽게 말할 필요도 없는 일이지만, 당신을 괴롭히게 될지도 모르니까 이제 그만두겠어요. 사실은 나도 내 행동에 당신만큼이나 놀랐어요. 당신이 마음놓고 있을 때를 틈타서 내가 무례한 행동을 했다고 생각하진 않겠죠? 내가 너무 경솔하고 성급했다고 생각해요?"

"아뇨. 무어라 말하면 좋을지 모르겠어요."

그는 포옹을 풀었다. 잠시 후 두 사람은 각기 제자리에서 젖을 짰다. 두 사람이 굳게 포옹했던 사실을 아는 사람은 아무도 없었다. 몇 분 후, 구석진 울타리 모퉁이에 낙농장 주인 크릭이 들렀을 때, 서로 떨어져 젖을 짜는 그들이 단순한 친구 이상의 사이라는 것을 말해줄 만한 낌새는 전혀 보이지 않았다. 그러나 그가 이곳에 들리기 전 몇 분 사이에 두 사람의 마음속에는 지진이 일어난 듯한 큰 변화가 일어났던 것이다. 만약 그 변화가 어떤 것인지 알았더라면 실제적인 크릭은 그 사실을 경멸했을지도 모르지만, 그것은 이 세상의 모든 실제적인 것보다 더 확고부동한 어떤 섭리에 뿌리박고 있는 것이었다. 이제 그들의 앞을 가리고 있던 장막은 옆으로 활짝 걷히고 그들 앞에 새로운 지평선이 펼쳐졌다. 그 지평선이 어디까지 뻗어 있는지 아무도 모르지만.

4부 결과

25

저녁 무렵이 되자 클레어는 초조한 마음을 이기지 못해 바깥으로 뛰어나왔다. 그의 마음을 온통 사로잡은 테스는 이미 자기 방으로 들어간 뒤였다.

밤은 한낮처럼 무더웠다. 해가 진 뒤에도 풀밭 위가 아니면 시원한 곳이 없었다. 난로처럼 뜨거운 큰길과 오솔길, 집 앞과 뒷마당 벽에서 끼쳐오는 더운 열기가 몽유병자 같은 클레어의 얼굴에 부딪쳐 왔다.

그는 낙농장 뒷마당의 동쪽 문으로 가서 앉았다. 자기 자신을 어떻게 판단해야 할지 알 수가 없었다. 그날은 정말 감정이 판단력을 마비시켜버린 것 같았다.

세 시간 전 갑작스러운 포옹 이후 두 사람은 내내 떨어져 있었다. 너무 놀라서 테스는 무어라 말할 수가 없었고, 클레어는 자신이 저지른 일이 솔직한 감정의 표현이기는 했으나 너무 뜻밖이었기 때문에 마음을 가라앉힐 수가 없었다. 꼼꼼하고 명상적인 그로서는 앞으로 테스와의 관계를 어떤 식으로 계속해야 할지, 다른 사람들 앞에서는 어떻게 처신해야 할지 아직도 알 수가 없었다.

사실 엔젤은 잠시 기술을 배우려는 생각으로 이곳에 왔다. 생활은 긴 일생에 비하면 지극히 짧은 것이고 바람처럼 스쳐가 쉽게 잊히리라고 생각했다.

이를테면 병풍을 친 방 한구석에서 흥겨운 바깥 세계를 조용히 내다보고, 월트 휘트먼과 더불어……

예사로이 차려 입은 남녀들이여,
그대들은 참으로 내 눈에 신기롭도다!

라고 부르면서, 새로이 그 세계로 뛰어 들어갈 계획을 작정할 수 있는 바로 그러한 장소를 찾아온 셈이었다. 한데 이것은 어찌 된 셈일까. 그 흥겨운 장면은 벌써 이곳에 자태를 나타내고 있으니, 기왕에 매력을 느꼈던 세계도 이젠 아무런 흥미도 없는 외계(外界)의 묵극이 돼 버린 반면에, 얼핏 보기에 음침하고 활기가 없는 이곳에 여태까지 어디서도 그의 일신상에 단 한 번도 일어난 적이 없는 신기한 사건이 화산처럼 터졌던 것이다.

온 집 안의 창문이 죄다 열려 있었으므로 클레어는 뜰 너머로 방 안으로 들어가는 사람들의 나직한 소리까지도 넉넉히 들을 수 있었다. 그런데 이곳에서 그는 여태까지 한 번도 겪어본 적이 없는 신기한 사건을 겪게 되었던 것이다.

그 사건으로 인해 임시로 머무는 장소로밖에 여기지 않았던 초라하고 낡은 낙농장 건물이 클레어에게는 옛 성만큼이나 근사하게 느껴졌다. 이끼 긴 벽돌집 처마가 마치 '이곳에 머무르시오'라고 속삭이고, 창문은 미소를 짓는 것 같았다. 출입문은 유혹하며 손짓하는 듯했고 담쟁이는 비밀을 알고 있다는 듯 얼굴을 붉히는 것처럼 여겨졌다. 이 집에 있는 한 사람의 영향력은 벽돌과 땅과 하늘까지도 타오르는 정열로 물들일 수 있을 만큼 컸다. 그 큰 영향력을 행사하는 사람은 다름 아닌 한 아름다운 젖 짜는 여인이었다.

이 외진 낙농장의 생활이 클레어에게 중요한 의미를 지니게 되었다는 것은 놀랄 만한 일이었다. 그 이유의 일부는 이제 싹트기 시작한 사랑이기도 했지만 그것만은 아니었다. 이곳에 온 뒤, 예민한 그는 외부 환경의 변화에서가 아니라 주관적인 경험에 의해 어떠한 환경에서든지 간에 삶 자체가 중요하다는 사실을 알게 되었고 그로 인해 이곳의 생활이 다른 어느 곳에서의 생활 못지않게 소중함을 깨달았다.

그는 이단적이고 결점도 있기는 했지만 양심적인 인간이었다. 또한 테스는 심심풀이 대상이나 되는 그런 하찮은 여인이 아니었다. 클레어가 볼 때 그녀는 어느 위인 못지않게 위대한 삶을 살아가는 여인이었다. 그녀에게 세계는 그녀의 느낌에 따라 변하는 것이고 자신이 존재함으로써 남들 또한 존재했다. 우주조차도 그녀가 태어난 그날부터 그녀를 위해 비로소 존재한 것일 뿐이었다. 그녀의 인생은 냉정한 운명이 그녀에게 베풀어준 단 한 번의 기회였고, 그만큼 소중한 것이었다. 그가 그녀에게 진정한 애정으로 대하고 그 자신 때문에 괴로워하거나 파멸하지 않도록 돌보는 것은 한 인간이 타인에게 베풀어야 하는 당연한 배려인지도 몰랐다.

오랜 생각 끝에 그는 미래에 대한 확실한 대책 없이는 그녀를 만나지 않는 것이 좋겠다고 결론 내렸다. 습관처럼 매일 만나면 이제 움트기 시작한 애정의 싹을 더욱 키우는 결과를 가져올 것이다. 가까이 지내면서 자주 만나면 감정은 더욱 격렬해지고, 그 감정의 물결이 어디로 흘러갈지는 아무도 예측할 수 없는 일이다. 아직 그녀에게 이렇다 할 상처를 준 것은 아니므로 당분간 둘이 만나는 일을 삼가는 것이 좋을 것 같았다.

그러나 그녀에게 가까이 가지 않겠다는 결심을 실천에 옮기기란 쉬운 일이 아니었다. 심장이 뛰는 순간순간마다 그의 마음은 테스에게로 달려갔기 때문이다.

그는 당면한 그 문제에 대해 친구들의 의견을 들어볼 겸 친구들을 만나보러 가야겠다고 생각했다. 앞으로 다섯 달만 지나면 견습 기간이 끝나고, 다른 농장에 가서 두어 달 더 실습한다면 농사에 관한 충분한 지식을 터득하여 자립할 수 있을 것 같았다. 농부에게는 아내가 필요한지, 필요하다면 응접실의 밀랍 인형 같은 여자가 어울릴지 아니면 일을 잘하는 농촌 여자가 어울릴지 친구들에게 물어보고 싶었다. 굳이 떠나지 않아도 스스로 답할 수 있는 문제였지만 그는 떠나기로 결심을 굳혔다.

어느 날 아침, 텔보데이스 낙농장에서 식사를 하고 있을 때 한 처녀가 아침부터 클레어가 통 보이지 않는다고 말하자 주인 크릭이 대답했다.

"클레어 씨는 가족들과 며칠 같이 지낼 작정으로 고향 에민스터에 갔어."

설레는 마음으로 아침상에 둘러앉았던 네 처녀들에게는 아침 햇살이 별안간 빛을 잃고 새들의 지저귐도 그친 듯싶었다. 그러나 처녀들은 말이나 태도로 실망의 기색을 나타내지는 않았다. 주인은 처녀들에게 어떻게 들리든지 상관없다는 듯 냉정한 투로 계속 말했다.

"그이는 나하고 같이 지낼 날이 얼마 안 남았으니까 다른 곳으로 갈 궁리를 하고 있는 모양이더군."

"여기 얼마나 더 있게 되나요?"

슬픔에 잠긴 네 처녀 중에서 침착한 목소리로 말할 수 있다고 자신한 이즈 휴에트가 물었다. 나머지 처녀들은 자신의 생명이 주인의 대답 한마디에 달려 있기나 한 듯 긴장된 표정으로 대답을 기다렸다. 레티는 멍하니 입을 벌린 채 식탁보를 물끄러미 내려다보았고 마리안의 붉은 얼굴은 더욱 상기되었으며 테스는 두근거리는 가슴으로 바깥 목장을 건너다보았다.

"글쎄 수첩을 봐야 확실한 날짜를 알 수 있지. 그 날짜도 바뀔지도 몰라. 외양간에서 소가 해산하는 걸 배우려면 좀 더 머물러야 할 거야. 아마 금년 말까지는 있게 될 거야."

클레어와 더불어 지내며 맛보는 괴로운 사랑의 기쁨―'고뇌의 띠를 두른 쾌락'의 사 개월 남짓한 세월, 그것이 지난 뒤의 형용 못할 어두운 밤.

그 시각에 클레어는 에민스터의 부친이 있는 목사관을 향해 오솔길을 따라 말을 달렸다. 그는 크릭 부인이 부모님께 전하는 까만 푸딩과 벌꿀 술병이 담긴 바구니를 조심스럽게 들고 있었다. 그의 시선은 앞으로 길게 뻗은 하얀 오솔길을 향했지만 사실은 길을 보고 있는 것이 아니라 장차의 일을 골똘하게 생각하고 있었다. 그는 테스를 사랑했다. 마땅히 그녀와 결혼을 해야 하지 않을까. 어머니와 형들은 무어라고 말할지, 결혼하고 한두 해가 지나면 자기 자신은 또 뭐라고 말할 것인지. 우선 그녀에 대한 애정의 싹이 튼튼한 토양에서 자라고 있는지, 아니면 그녀의 미모에 대한 일시적이고 감각적인 이끌림인지를 확실하게 알아야지만 그 모든 문제 대해 명쾌한 해답을 내릴 수 있을 것 같았다.

이윽고 클레어의 눈에 언덕으로 둘러싸인 아늑한 고향 마을과 벽돌로 지은 교회의 탑과 목사관 근처의 수풀이 보였다. 그는 낯익은 문이 있는 곳으로 말을 몰아 집으로 들어가려다 얼핏 교회 쪽으로 시선을 돌렸다. 교회 문 옆에 열둘에서 열여섯 살 사이의 계집아이들이 누군가를 기다리며 서 있었다. 조금 뒤 아이들이 기다리는 사람이 나타났는데, 그녀는 계집아이들보다 다소 나이가 많아 보였고 차양이 넓은 모자에 풀을 빳빳하게 먹인 흰 예배복을 입고 있었다. 손에는 책을 두어 권 들고 있었다.

클레어는 그녀를 잘 알았다. 그녀가 자신을 보았는지 못 보았는지 모르지만 못 보았으면 싶었다. 그녀는 나무랄 데 없는 여자였으나 그는 왠지 인사하기가 귀찮아져 상대방이 자신을 못 보았을 거라고 단정지어버렸다. 그 젊은 처녀 머시 찬트는 이웃에 사는 아버지 친구의 외동딸이었고, 아버지는 그가 그녀와 결혼하기를 은근히 바랐다. 신앙심이 대단히 깊은 그녀는 지금도 아이들에게 성경을 가르치러 들어가는 길이었다. 그러나 클레어의 마음은 바아 분지의 이단자들—장밋빛 뺨에 쇠똥이 얼룩진 처녀들—특히 그 중에서도 정열적인 한 처녀에게로 달려가고 있었다.

클레어는 마음 내키는 대로 고향에 왔으므로 부모님께 미리 기별을 하지는 않았다. 다만 부모님이 교구 일로 외출하기 전에 집에 도착하려고 새벽부터 바삐 말을 달려왔는데 예정보다 약간 늦어 가족들이 식사하고 있을 때 집 안으로 들어갔다. 그가 들어서자 가족은 모두 벌떡 일어나 그를 반겼다. 집 안에는 부모님과 이웃 마을 부목사로 일하다가 두 주일 휴가를 얻어 돌아온 펠릭스 형 그리고 케임브리지대학의 특별 연구원이고 학감이며 고전어 학자이기도 한 커스버트 형이 있었다. 어머니는 차양 없는 모자와 은테 안경을 끼고 있었고 아버지는 정말로 그 인품에 맞는 풍채였다.—믿음이 두터운 진실한 위인이며, 다소 수척한 편인데 나이는 예순다섯쯤 되어 보이고, 좀 창백한 얼굴에는 사색과 결의의 주름살이 잡혀 있었다. 그들 옆 벽에는 엔젤보다 여섯 살 위이고, 선교사 남편을 따라 아프리카에 간 누이의 사진이 걸려 있었다.

자신의 인품에 어울리는 경건한 풍채를 갖춘 노 클레어 목사는 최근 이십 년 동안 현대 생활에서 거의 낙오되다시피 한 사람이었다. 진실하고 믿음이 두터운 그의 생활과 사상은 개종주의 신학자들의 정통 후계자답게 순박했다. 그는 젊었을 때 심각한 문제에 대해 확고한 신념을 세우고 난 다음부터는 한 번도 신앙에 회의를 갖지 않았는데, 같은 시대 같은 학파에 속한 목사들도 그러한 그를 극단주의자라고 여겼다. 그러나 그의 철저한 지조라든가 신념을 실천하는 과정에서 의혹을 용납하지 않는 과감한 성격에 대해서는 그를 반대하는 다른 목사들까지도 탄복하지 않을 수 없었다. 그의 태도가 다 옳다고는 할 수 없을지라도 그가 성실하고 진지하다는 것은 다른 사람들도 인정하지 않을 수 없었던 것이다.

그는 타르수스의 바울을 사랑하고, 사도 요한을 좋아하고, 성 야곱을 미워하고 디모데와 디도와 빌레몬은 애증이 뒤섞인 감정으로 보았다.

《신약 성경》은 그의 생각엔 그리스도의 글이라기보다는 바울의 글이었고, 논의라기보다는 희열의 부르짖음이었다. 그의 결정론적인 신조는 악덕에 가까웠고, 부정적인 면에선 쇼펜하우어나 레오파르디의 사상과 일맥상통하는 절망의 철학이라 해도 무방했다. 그는 어떤 종교적인 규약이나 예배 규정을 업신여기고, 서른아홉 개 신조를 농락하고 어느 모로 보나 자기는 시종일관 한결같은 태도라고 생각했다. 사실 어떤 점에서는 그럴는지도 모른다. 다만 틀림없는 한 가지 사실만은 그가 진지하다는 사실 그것이었다.

그는 아들 엔젤이 바아 골짜기에서 경험한 구속 없는 생활이나 싱싱한 젊은 여성에게서 느끼는 탐미적이고 관능적이며 이단적인 즐거움을 연구나 상상력으로 충분히 이해한다 할지라도, 기질로 보아 싫어할 것이 분명했다. 언젠가 엔젤은 흥분한 나머지 종교의 근원이 팔레스타인이 아니고 그리스였다면 인류가 훨씬 행복해졌을 거라고 아버지에게 말한 적이 있었다. 그런 의견에도 얼마간의 진리가 있다는 사실을 생각조차도 못 하는 완고한 아버지의 슬픔은 대단했지만, 그는 아들에게 몇 차례 근엄한 설교만 했을 뿐 크게 나무라지는 않았다. 워낙 성품이 온화했기 때문에 무슨 일이든 오래 화를 내지 못했고, 지금도 그는 어린 아이 같은 천진한 미소로 아들을 반갑게 맞았다.

엔젤은 자리에 앉자 집에 돌아온 아늑한 기분은 느꼈으나 예전처럼 가족의 한 사람이라는 유대감은 느껴지지 않았다. 사실 그는 집에 올 때마다 어색함을 느꼈는데 오늘은 유난히 그런 느낌이 강했다. 천국과 지옥이 존재한다는 식의 초월적인 사고방식을 가진 식구들과 자신은 전혀 어울리지 않는 것 같았다. 요즈음 그가 골똘하게 생각하는 것은 인생 자체였고, 그 무엇으로도 막을 수 없는 생의 열정이 그의 가슴속에서 맥박치고 있었던 것이다.

가족들도 엔젤이 점점 달라져가고 있음을 눈치 챘다. 특히 형들이 느낀 것은 그의 차림새와 태도가 전과 다르다는 것이었다. 그는 마치 전형적인 농부 같았다. 다리를 마구 흔들어대고 얼굴은 전보다 더 생생하게 자신의 감정을 드러냈다. 학생답던 모습은 자취를 감추었고 사교적인 청년의 인상을 찾아볼래야 찾아볼 수도 없었다. 점잔 빼는 사람들이 보면 교양이 없다고 생각하고 얌전한 숙녀들이 보았다면 예의없는 남자라고 생각했을 그러한 태도는 텔보데이스 목장의 생활에서 은연중에 얻어진 것이었다.

아침 식사를 마치고 나서 그는 두 형과 함께 산책을 했다. 형들은 교양이 풍부하고 머리부터 발끝까지 흠잡을 데 없이 단정했다. 다시 말하면 조직적 교육이라는 기계에서 해마다 똑같은 모양으로 생산되는 전형적인 모범생들이었다. 다른 모범생들이 그렇듯이 그들은 안경을 쓰는 것에서 책을 읽는 것까지 유행에 따라 민감하게 반응했다.

그들은 둘 다 다소 근시여서, 줄 달린 외안경을 쓰는 것이 유행하면 그 안경을 썼고 두 알박이 코안경이 유행하면 당연히 그것으로 바꾸었고 보통 안경이 유행하면 자기들의 시력에 무슨 문제가 있든 상관없이 당장 보통 안경으로 바꿔버렸다.

워즈워스가 계관 시인(桂冠詩人)이 되면 그의 포켓판 시집을 몸에 지니고 다녔고 셸리가 천대를 받으면 그의 시집이 책장에서 먼지에 뒤덮이는 대로 버려두었다.

남들이 코레조의 성가족(聖家族)을 찬양하면 그들도 같이 보조를 맞추었고, 코레조를 업신여기고 대신 벨라스케스를 찬양하면 그들도 아무 불만 없이 순순히 보조를 맞추었다.

형들이 엔젤이 사교적으로 부적당한 인물로 변했다고 생각했듯이 엔젤도 형들의 정신력이 쇠퇴했다고 생각했다. 펠릭스는 교회의 화신으로, 커스버트는 대학의 화신처럼 보였다. 교회와 대학이 그들의 세계를 움직이는 태엽이었다. 그들은 성직자도 아니고 대학 출신도 아닌 사람들이 무수히 많다는 것을 인정하면서도 그들을 하나의 인격으로 동등하게 존중하는 생각 없이, 함께 어울릴 수 없는 다른 집단으로 취급했다. 형들은 모두 효성이 지극했으므로 정기적으로 아버지를 찾아왔다. 아버지보다 한층 새로운 종파 출신인 펠릭스는 아버지보다 희생 정신이 강하거나 청렴하지 못했다. 반대 의견에 대해서는 그 의견을 주장하는 사람에게 위험한 면이 있어도 너그럽게 용납했으나 자신의 이론을 모독하는 사람에 대해서는 아버지처럼 아량을 베풀지 못했다. 커스버트는 관대한 편이었으나 감정만 섬세할 뿐 다감하지 못했다.

산허리를 걷고 있을 때 엔젤은 비록 형들이 자신보다 유리한 위치에 있기는 하지만 인생에 대해 자신만큼 알지는 못한다는 사실을 깨달았다. 아마 일정한 환경에서만 생활해온 탓으로 인생을 경험할 기회가 많지 않았기 때문인지도 모른다. 둘 다 자신과 동료들이 몸담고 있는 맑은 흐름 바깥에서 작용하는 여러 가지 복잡한 인생사에 대해서는 이해하지 못했다. 그들은 교회나 대학에서 배운 단편적인 진리가 바깥세상의 보편적 진리와는 다르다는 사실조차도 몰랐다. 여러 가지 얘기를 주고받다가 펠릭스는 슬픈 표정으로 안경 너머 먼 들판을 바라보면서 말했다.

"넌 이제 농사꾼이 되는 수밖에 없겠다. 우리도 그게 네게 어울린다는 사실을 인정해야지 뭐. 다만 한 가지 부탁하고 싶은 것은 도덕심을 잃지 말아 달라는 거야. 농사가 힘든 일이긴 하지만 고상한 사색과 소박한 생활은 양립할 수 있으니 말이다."

"그야 물론이죠. 그건 이미 일천 구백 년 전에 입증된 사실이거든요. 그런데 형님은 어째서 내가 도덕이나 고상한 사색을 저버릴 것처럼 말씀하시는 거죠?"

"그건 내 짐작일 뿐이야. 네 편지를 봐도 그렇고, 네가 말하는 걸 들어도 그렇고 어쩐지 네 지식과 교양이 무디어지는 것 같아서 말이다. 커스버트, 넌 그렇게 느끼지 않니?"

엔젤은 큰형에게 퉁명스럽게 말했다.

"형님, 우린 사이 좋은 형제긴 하지만, 저마다 다른 길을 걷고 있어요. 지성이라는 말이 나왔으니 말인데 내가 보기엔 형님이 자기만족에 빠진 독선가처럼 여겨집니다. 제 지성에 대해선 염려 마시고 형님의 지성에 대해서나 염려하세요."

그들은 점심을 먹으려고 집으로 돌아왔다. 점심은 부모님이 교구에서 일을 마치고 돌아오면 함께 먹기로 했는데 부모님은 아직 돌아와 있지 않았다. 산책을 한 뒤라 그들은 모두 시장했고 특히 야외 노동을 하며 낙농장 크릭 부인이 해주는 소박한 음식을 양껏 먹던 엔젤은 유난히 배가 고팠다. 그들이 부모님을 기다리느라 지칠 대로 지쳤을 때에야 부모님이 돌아왔다. 그들은 병든 교구민을 간호하느라 늦은 것이었다.

곧 식탁에 가족이 모두 둘러앉았다. 다 식은 음식이 나오자 엔젤은 두리번거리며 크릭 부인이 준 까만 푸딩을 찾았다. 낙농장에서처럼 잘 구워놓으라고 일렀으므로, 풀냄새 풍기는 훌륭한 그 맛을 부모님과 함께 즐길 수 있으리라 생각했던 것이다. 아들이 두리번거리는 모습을 보고 어머니가 말했다.

"푸딩을 찾는 모양이구나. 네가 사정 얘기를 듣는다면 별로 섭섭하게 생각지는 않을 거다. 우리 교구에 정신병에 걸려 아무 일도 못하는 사람이 있는데 그 집 아이들에게 그 푸딩을 갖다주면 어떻겠느냐고 아버지께 여쭈었더니 찬성하셨어. 그래서 그 집에 갖다줬단다."

"잘하셨어요. 그런데 벌꿀은?"

"그 벌꿀은 알코올이 너무 많이 섞여 있어. 음료로 마시는 것보다는 다쳤을 때나 기절했을 때 브랜디 대신 쓰면 좋을 것 같아서 약상자 속에다 넣어두었다."

"원칙적으로 우리 집에서는 술을 안 마시기로 되어 있어."

아버지가 한마디 거들었다.

"하지만 크릭 부인에게는 뭐라고 하죠?"

"사실대로 말해야지."

"그 푸딩과 벌꿀 술을 맛있게 잘 먹었다고 얘기하고 싶었어요. 그 부인은 쾌활하고 친절한 분이라, 제가 돌아가면 당장 물어볼 겁니다."

"먹지도 않고서 맛있다고 할 수야 없지."

노 클레어 씨는 분명하게 말했다.

"물론 그렇죠. 하지만 그건 근사한 술입니다."

"뭐라구?"

커스버트와 펠릭스가 동시에 말했다. 엔젤은 얼굴을 붉히며 대답했다.

"그건, 텔보데이스 목장에서 쓰는 말이에요."

부모님에게 정서가 없는 것이 불만이었지만 실천 면에서는 그들의 처사가 옳았으므로 그는 더는 아무 말도 하지 않았다.

26

가족 예배가 끝난 저녁에야 비로소 엔젤은 가슴에 품은 몇 가지 중요한 이야기를 아버지에게 털어놓을 기회를 얻었다. 그는 예배를 드리면서도 어떻게 얘기할 것인가 하는 문제만 골똘히 생각했는데 예배가 끝나고 어머니와 형들이 물러가자 저절로 아버지와 둘만 남게 되어 말을 꺼내기가 수월했다.

그는 먼저 국내에서든 식민지에서든 농장주로서 성공해보겠다는 계획을 아버지에게 털어놓았다. 엔젤을 대학에 보내지 않았기 때문에 막내아들이 혼자만 푸대접받았다는 생각을 행여나 할세라 엔젤 몫으로 해마다 얼마씩 돈을 저축해온 아버지는 이렇게 대답했다.

"세속적인 재산으로 따진다면 넌 몇 년 안에 형들보다 훨씬 처지가 좋아지게 될 거다."

아버지의 격려에 힘을 얻은 엔젤은 보다 중요한 문제로 화제를 옮겼다. 자신의 나이도 이미 스물여섯이 되었고, 또 농장주가 되어 바깥에 나가 일하려면 집안일을 돌봐줄 사람이 필요한데 결혼하는 것이 어떻겠느냐고 아버지의 의견을 물었다. 아버지가 자신의 말을 당연하다고 여기는 것 같았으므로 엔젤은 이런 질문을 했다.

"검소하고 부지런한 농부가 되려는 사람에게는 어떤 여자가 어울릴 거라고 생각하세요?"

"언제 어디서나 널 도와주고 위로해줄 수 있는 참다운 기독교 신자면 된다. 그밖엔 문제될 게 없지. 그런 규수가 아주 없는 것도 아니야. 실은 이웃에 사는 내 절친한 친구 찬트 박사의……"

"하지만 소젖을 짤 줄 알고 좋은 버터와 치즈를 만들 줄 알아야 하지 않겠습니까? 암탉이나 칠면조도 돌볼 줄 알고 병아리도 까게 할 줄 알고 바쁠 때는 밖에 나가 일꾼들도 감독하고 말입니다. 염소나 송아지의 값을 어림짐작할 줄도 알아야 하지 않을까요?"

미처 그런 것까지 생각 못 했던 클레어 노인은 고개를 끄덕였다.

"그래, 농부의 아내가 되려면 그런 것도 알아야지. 하지만 순결하고 품위 있는 여자를 원한다면 이웃의 머시 이상 가는 신부감이 없다. 너도 전부터 마음에 들어 하는 것 같고 네 어머니나 내 마음에도 드는 처녀야."

"잘 알고 있어요. 머시는 착하고 신앙심도 두터운 여자죠. 그러나 아버지, 찬트 양과 같은 순결함과 정숙과 종교적인 교양을 갖춘 여자보다는 시골 생활에 대해 훤히 알고 있는 농갓집 처녀가 제게 더 어울릴 것 같습니다."

농부의 아내로서 해야 할 일보다 정신적인 신앙심이 더 중요하다고 믿는 아버지는 엔젤의 말에 끄덕도 하지 않았다. 성급한 엔젤은 아버지의 기분도 존중하고 자신의 마음도 털어놓을 겸 그럴듯하게 얘기를 했다. 사실은 아내가 될 만한 모든 자격을 갖춘 진실한 여자가 나타났는데, 그것은 운명이거나 하나님의 뜻일 거라고 말했다. 어느 교파에 속하는 교인인지는 잘 모르지만 그녀는 성실한 신자이므로 아버지의 종교도 받아들일 것이며, 감수성이 예민하고 총명하며 품위도 있고 여신처럼 순결할 뿐 아니라 아름답기까지 하다고 갖가지 칭찬을 늘어놓았다.

"그럼 그 여자는 너하고 결혼할 만한 가문의 처녀냐?"

두 사람이 얘기하는 동안 슬며시 방으로 들어온 어머니가 놀란 표정으로 물었다.

"흔히 말하는 명문의 딸은 아니지만 전 그 처녀가 농부의 딸이라는 사실이 오히려 자랑스러워요. 그 처녀는 명문가 딸 못지않은 성품과 교양을 지녔으니까요."

"머시 찬트는 정말 훌륭한 가문의 처녀란다."

"그깟 가문이 무슨 소용이 있습니까. 앞으로 거친 농사일을 해야 하는 저 같은 사람한테 가문이 무슨 소용이 있겠어요."

"머시는 교양을 갖추었단다. 교양은 가치가 있는 것이다."

어머니는 은테 안경 너머로 아들을 바라보았다.

"외면적인 교양 따위가 제 장래에 무슨 도움이 되겠어요? 독서에 관한 교양이라면 제가 지도해줄 수가 있어요. 그녀는 아주 훌륭한 제자가 될 거예요. 한번 만나보시면 어머니도 마음에 들어 하실 거예요. 그녀는 시정이 넘쳐 마치 현실로 나타난 시 같습니다. 게다가 나무랄 데 없는 기독교 신자구요. 아마도 어머니나 아버지께서 전도하시고 싶어 하는 그런 부류에 속하는 처녀일 겁니다."

"아니, 엔젤. 너 지금 빈정대는 거냐?"

"죄송합니다, 어머니. 하지만 그 처녀는 주일마다 빠짐없이 교회에 나가는 성실한 신자입니다. 교양이 다소 부족하더라도 그 정도의 진실한 신앙심을 가졌다면 너그럽게 봐주실 수도 있지 않을까요? 전 그 처녀보다 더 좋은 신부감은 얻을 수 없을 것 같습니다."

엔젤은 사랑하는 테스의 신앙심에 대해 열렬하게 찬양을 늘어놓았다. 클레어 씨 부부는 아들의 말을 미심쩍어하면서도 그녀가 건실한 신앙심을 가졌다는 사실을 다행스럽게 생각했고, 어쩌면 엔젤의 말대로 두 사람의 결합이 하나님의 섭리인지도 모른다고 생각했다. 마침내 부모님은 그 처녀를 직접 만나보기는 하겠지만 너무 조급하게 서두르지 말라고 아들에게 타일렀다.

엔젤은 테스에 대해 그 이상 자세히 말하지 않았다. 부모님은 순진하고 희생적이면서도 중류 계급 사람다운 얼마간의 편견을 갖고 있었기 때문에 완전한 동의를 얻으려면 약간의 요령이 필요했다. 법률상으로 엔젤은 성인이었기 때문에 마음대로 아내를 선택할 수 있고 또 결혼 후에는 부모와 떨어져 살게 될 테니 테스와 결혼한다 해도 부모님에게 별 상관이 없을 테지만, 인생의 가장 중요한 문제를 결정하는 마당에 부모의 마음을 상하게 하고 싶지 않았던 것이다.

엔젤은 테스의 신변에 일어났던 의외의 일들을 중대한 특징인 것처럼 중요하게 생각하는 자기의 모순을 발견했다. 그가 사랑하는 것은 테스 자신이며 그녀의 넋이며 마음이며 본체지 결코 젖 짜는 솜씨나, 제자로서의 능력이나, 순박하고 형식적인 신앙 고백은 아니었기 때문이다. 순진하고 야생적인 테스는 그 자체로 엔젤의 마음에 들었다. 가정의 행복을 좌우하는 정서나 충동에 교육은 그다지 영향을 미치지 못한다고 그는 생각했다. 교양이란 것도 그가 아는 한, 기껏해야 정신의 껍질에나 영향을 끼칠 뿐이라고 생각했다. 이러한 신념은 여성에 관한 경험을 통해서 더욱 굳어졌고, 이 경험이 요즘 교양 있는 중류 계급에서 농촌 사회로 확대되자 한 사회의 선량하고 현명한 여인과 다른 사회의 선량하고 현명한 여인과의 본질적인 차이는 같은 사회나 계급 안의 선량한 여인과 악한 여인, 현명한 여인과 우둔한 여인과의 차이에 비해 본다면 얼마나 적은 것인가를 그는 배웠다.

엔젤이 떠나는 날 아침이었다. 두 형은 이미 대학과 자신의 담당 교구로 떠나고 없었다. 엔젤은 형들과 함께 떠날 수도 있었지만 그보다는 낙농장으로 돌아가 사랑하는 테스를 만나는 것이 훨씬 즐거운 일이었다. 형제 중에서 가장 앞선 인도주의자이며 이상적인 종교가요, 박식한 신학자인 그는 형들과의 성격이 맞지 않는 데서 오는 거리감 때문에 설령 형들과 같이 떠났다 해도 서먹서먹함을 느꼈으리라. 그 때문에 그는 두 형에게 테스에 대한 이야기를 하지 않았는지도 몰랐다.

어머니는 떠나는 아들 엔젤에게 샌드위치를 만들어주었고 아버지는 말을 타고 큰길까지 바래다주었다. 엔젤은 자기가 마음먹었던 일이 웬만큼 진전을 보았으므로 아버지가 교구에 관해 들려주는 여러 가지 이야기를 흡족한 마음으로 듣고 있었다. 아버지는 교구 목사로서 겪는 어려움과 자신의 성경 해석이 지나치게 엄격하다 해서 다른 동료 목사들이 쌀쌀하게 대한다는 이야기를 했다.

"내 설교가 파괴적이라는구나."

아버지는 경멸하는 투로 말하고는 그들의 생각이 어리석다는 것을 뒷받침하는 경험담을 이야기했다. 가난하거나 부자거나 상관없이 비뚤어진 길을 가는 사람을 개심시켜 옳은 길로 이끈 얘기를 하는 한편 자신의 실패담도 솔직하게 털어놓았다. 그 실패의 한 예로 트랜트리지 마을에 사는 벼락부자의 아들 더버빌이라는 청년 얘기를 꺼냈을 때 엔젤이 물었다.

"킹즈비어와 그밖에 여러 지방에서 살았던 더버빌 가문 말인가요? 이상한 전설과 괴상한 내력이 있는 그 몰락한 가문 말이죠?"

"아니지. 원래 더버빌 가문은 육십 년 전쯤에 완전히 몰락해버렸어. 지금 말한 것은 그 집안의 이름만 빌려쓰는 신흥 가문이야. 난, 옛 기사의 명예를 위해서라도 그들이 가짜이기를 바란다. 그런데 네가 그런 옛 가문에 관심이 있다니 놀랍구나."

"전 정치적인 의미에서 옛 가문을 탐탁지 않게 여기지만 시적이나 연극적이나 역사적인 면에서는 그들을 퍽 아끼는 편이지요."

그와 같은 구별은 그다지 미묘한 것이 아니었는데도 노 클레어 씨에게는 이해하기가 어려웠다. 어쨌든 그는 하려던 말을 계속했다. 트랜트리지의 더버빌이라는 사람이 죽은 뒤 그 대를 이은 아들은 눈먼 어머니를 모시고 있었으므로 당연히 남보다 더 분별 있게 처신해야 할 터인데도 방탕한 생활에 빠져 있었고, 그 지방에 전도하러 갔다가 그 얘기를 들은 노 목사는 기회를 보아 그 청년에게 단단히 설교하리라고 결심했다. 비록 다른 고장의 설교단이긴 했지만 그는 그렇게 하는 것이 자신의 의무라고 생각하여 《누가복음》에 있는 "어리석은 자여, 오늘 밤 네 영혼을 도로 찾으라"라는 성구로 설교를 했다. 설교가 끝난 뒤 청년과 얼굴을 맞댈 기회가 있었는데, 자신을 비난하는 설교에 화가 머리끝까지 나 있던 청년은 노 목사의 백발에 경의를 표하기는커녕 오히려 공공연하게 모욕했다는 것이다.

엔젤은 슬픈 표정으로 아버지를 바라보았다.

"아버지, 무엇 때문에 그런 몹쓸 사람들 일에 나서서 고통을 당하십니까?"

"고통? 내게 고통이 있다면 불쌍하고 어리석은 그 청년 때문에 느끼는 고통이 있을 뿐이야. 그 청년이 홧김에 내게 모욕을 주었다거나 손을 댔다고 해서 내가 고통을 느낄 것 같으냐? '욕을 당한즉 축복하고, 핍박을 당한즉 참고, 비방을 당한즉 권면하니, 우리가 지금까지 세상의 더러운 것과 만물의 찌꺼기같이 되었도다.' 사도 바울이 고린도 사람에게 보낸 이 고귀한 말씀은 지금 이 순간에도 변함없는 진리의 말씀이야."

아버지의 주름진 얼굴은 자기희생의 열의로 빛났다.

"아버지, 설마 그 청년이 아버지께 폭행까지 한 건 아닐 테죠?"

"응, 그런 일은 없었다. 하지만 술에 취해 반미치광이가 된 사람에게 얻어맞은 적은 있었어."

"설마 그런 일이……."

"여러 번 그런 일을 당하기도 했다만 그게 무슨 상관이냐. 내가 참음으로써 육체를 죽이는 무서운 죄에서 그들을 구해주는 것이지. 그런 일이 있은 후, 그들은 잘못을 뉘우치고 내게 감사하며 하나님을 찬송했어."

"그 청년도 회개했으면 좋겠군요. 그런데 아버지 말씀대로라면 그 청년은 가망이 없을 것 같군요."

엔젤은 정색을 하고 말했다.

"그래도 난 희망을 가지고 있어. 앞으로 그 청년과 만날 기회가 다시 없을지도 모르지만 난 그를 위해 기도를 계속한다. 내가 말한 변변찮은 설교 중 한마디가 그의 가슴속에서 싹이 트고 좋은 열매를 맺을지도 모르는 일이지."

아버지는 늘 그랬듯 어린 아이처럼 낙천적이었다. 막내아들은 부모님의 독선을 받아들이지는 않았지만 아버지의 실천력과 두터운 신앙심 속에서 엿보이는 영웅적인 모습은 존경하지 않을 수 없었다. 테스에 대한 얘기를 할 때도 그녀의 가정 형편에 대해 한마디도 묻지 않은 아버지의 태도에서 어느 때보다 더 큰 존경심을 느끼게 되었는지도 모른다. 물질을 중요시하지 않는 아버지를 닮아, 엔젤은 농부의 길을 택했고 두 형들은 평생 가난한 목사의 길을 택했던 것이다. 엔젤은 아버지의 그러한 청렴한 성품을 숭배했다. 사실 이단적인 생각을 하고 있기는 했지만 인간적인 면에서는 어느 형보다도 자신이 아버지와 닮았다고 그는 가끔 느끼곤 했다.

27

쨍쨍한 대낮의 햇볕을 쬐며 산과 골짜기를 넘어 말을 달린 엔젤은 오후가 되어 낙농장이 환히 내려다보이는 어느 언덕에 다다랐다. 그 언덕에서는 물기가 풍부한 프룸 분지, 일명 바아 계곡이 환히 바라다보였다. 언덕에서 아래쪽 기름진 땅으로 내려가자 공기가 차츰 무거워졌다. 여름 과일과 안개와 건초와 꽃들의 향기가 이곳 분지에 가득 퍼져 있어, 가축과 벌과 나비들까지도 나른해 보였다. 이곳의 모든 것에 낯익은 클레어는 목장 군데군데 흩어져 있는 젖소를 먼 발치에서 보고도 그 이름을 알아맞힐 수가 있었다. 이곳에 와서 학생 시절에 몰랐던 것—인생을 내부에서 관찰하는 태도를 배웠다는 데에 생각이 미치자 그의 마음은 한층 흐뭇해졌다. 부모님을 마음 깊이 사랑하기는 하지만 고향에서 얼마간 지내다가 이곳에 다시 돌아오니 마치 거추장스러운 짐에서 해방된 듯 홀가분했다.

낙농장 바깥에는 아무도 보이지 않았다. 여름철에는 그들 모두가 새벽같이 일어나기 때문에 오후에는 반드시 낮잠을 즐기곤 했고 지금도 모두 낮잠을 자는 모양이었다. 출입문 옆에 있는 떡갈나무로 만든 우유통 걸이에는 너무 물에 씻겨서 하얗게 불은 우유통들이 마치 모자처럼 걸려 있었다. 우유통들은 저녁에 젖을 짜기 위해 물기 없이 깨끗하게 말려져 있었다. 엔젤은 집 안으로 들어가 조용한 복도를 빠져나왔다. 뒷문께로 가서 귀를 기울이자 짐수레를 두는 헛간에서 자는 남자들의 코고는 소리가 들려왔다. 좀 더 먼 곳에서는 더위에 지친 돼지들이 꿀꿀거리는 소리가 들려왔다. 잎이 넓은 대황과 양배추도 그 큰 잎사귀를 반쯤 편 우산처럼 늘어뜨리고 뜨거운 햇볕 아래 잠자코 있었다.

그가 말 안장을 풀고 말에게 먹이를 준 다음 집 안으로 다시 들어가자 시계가 세 시를 쳤다. 오후 세 시는 크림을 걷는 시간이었으므로, 시계 치는 소리와 함께 위층 마룻바닥이 삐걱거리더니 계단을 내려오는 발소리가 들렸다. 그 발소리의 임자는 테스였고, 그녀는 곧 그의 눈앞에 나타났다.

테스는 클레어가 들어오는 소리를 듣지 못했기 때문에 그가 거기에 있으리라고는 꿈에도 생각지 못했다. 그녀가 길게 하품을 하자 뱀처럼 새빨간 입 속이 들여다보였다. 그녀가 한쪽 팔을 땋아올린 머리채 위까지 쭉 뻗쳤으므로 엔젤은 그녀의 그을지 않은 뽀얀 살결을 보았다. 잠에서 막 깬 그녀의 얼굴은 붉게 상기되어 있었고 눈꺼풀은 눈동자 위로 무겁게 내리덮여 있어 넘칠 듯한 풍만함이 온몸에서 풍기는 것 같았다. 그것은 여인의 영혼이 육체로 표현되고, 육체의 아름다움 속에서 정신이 돋보이는 순간, 다시 말하면 성(性) 자체가 유난히 드러나는 순간이었다.

아직 잠 기운이 가시지 않은 무거운 눈꺼풀 속에서 그녀의 눈동자가 반짝 빛났다. 반가움과 수줍음과 놀라움이 야릇하게 뒤섞인 표정으로 테스가 소리쳤다.

"어머, 클레어 씨. 그렇게 사람을 놀라게 하세요. 정말이지 전……"

엔젤이 사랑을 고백한 뒤 그들의 관계가 달라졌다는 사실을 깨달을 만한 시간적 여유가 없었던 테스였지만, 계단 바로 밑까지 다가오는 그의 다정한 모습을 보는 순간 그녀의 얼굴에는 모든 것을 깨달은 듯한 표정이 떠올랐다. 클레어는 얼른 그녀의 허리에 팔을 감고 상기된 뺨에 입술을 갖다대며 속삭였다.

"보고 싶었소, 테스. 이제부터는 그놈의 씨자를 붙여서 날 부르지 말아요. 당신 때문에 이렇게 빨리 돌아왔잖소."

그의 열정에 대답이나 하는 듯 테스의 가슴도 두근거리며 뛰었다. 창으로 비쳐 든 햇살은, 테스를 꼭 안고 문가의 빨간 벽돌 바닥에 서 있는 클레어의 등과 옆으로 약간 기울어진 테스의 얼굴, 관자놀이께의 파르스름한 힘줄이며 드러난 팔뚝과 목덜미, 그녀의 풍성한 머리채 구석구석을 비추었다. 옷을 입은 채로 자고 나왔으므로 그녀의 몸은 햇볕을 쬔 고양이처럼 따뜻했다. 처음부터 그를 똑바로 응시하려 들지 않았던 테스는 이윽고 살며시 고개를 들었다. 검은색에서 푸른색으로, 회색에서 보라색으로, 햇빛에 반사되는 비단 같은 그녀의 눈동자를 엔젤은 물끄러미 들여다보았다. 두 번째로 잠에서 깬 이브가 아담을 쳐다보듯 테스도 클레어를 바라보았다.

"크림을 걷으러 가야 해요. 오늘은 데보라 할머니와 둘이서 일을 다 마쳐야 하거든요. 크릭 부인은 주인님과 장에 가셨고 레티는 몸이 불편해요. 나머지 일꾼들은 모두 외출 중이라 저녁때나 되어야 돌아올 거예요."

그들이 우유 창고로 들어가자 데보라 할멈이 계단 위에 나타났다. 클레어는 계단을 쳐다보며 말했다.

"데보라, 지금 막 돌아왔어요. 꽤 피곤해 보이는데, 굳이 내려오지 않아도 괜찮아요. 내가 테스를 돕겠어요."

아마 이날 오후 텔보데이스 낙농장의 크림은 제대로 걷히지 않았으리라. 테스는 꿈을 꾸는 듯한 기분이어서 평소에는 눈에 익숙하던 모든 것들이 도무지 뚜렷하게 보이지 않았다. 크림 걷는 국자를 식히려고 펌프 밑에 갖다 댈 적마다 손이 부들부들 떨렸다. 클레어의 애정이 너무나 열렬해서 그녀는 마치 뜨거운 햇볕을 쐰 식물처럼 움츠러드는 것 같았다.

클레어는 다시 테스를 자기 쪽으로 끌어당겼다. 테스가 우유통 가장자리에 졸아 붙은 크림을 떼려고 집게손가락으로 휘젓자 그는 그녀의 손가락을 빨아 깨끗하게 해주었다. 낙농장의 자유스러운 풍습이 지금의 경우에는 퍽 편리했다.

"언제고 한 번 말해야 할 일이니까 지금 말하는 게 좋을 것 같군. 지난주에 풀밭에서 만난 뒤 지금까지 줄곧 생각한 문제인데, 내겐 아주 중요한 거요. 난 멀지 않아 결혼할 생각이오. 테스도 알다시피

난 농부니까 농사일을 잘 하는 아내가 필요해요. 당신이 내 아내가 돼줄 수 없을까, 테스?"

일시적 충동이 아니라 건전한 판단 아래 그런 청혼을 한다는 것을 테스에게 알려주려고 그는 이런 식으로 얘기를 꺼낸 것이다.

테스는 당혹해하는 표정을 지었다. 어쩔 수 없이 그를 사랑하는 자신의 마음에 굴복하긴 했지만, 필연적인 결과가 이렇게 갑작스럽게 닥쳐오리라고는 꿈에도 생각하지 못했다. 클레어도 사실은 이처럼 조급하게 얘기할 생각은 없었는데 결국은 고백하고 말았던 것이다. 테스는 심장이 찢기는 듯한 고통을 느끼면서 성실한 여자로서 꼭 해야 할 답을 엄숙하게 말했다.

"저, 클레어 씨. 난 당신의 아내가 될 수 없어요. 그건 불가능한 일이에요."

자신의 결심을 밝히고 나자 가슴이 에이는 듯 아파져 테스는 고개를 떨어뜨렸다. 뜻밖의 대답에 어리둥절해진 클레어는 그녀를 한층 힘껏 포옹하면서 물었다.

"테스! 왜 거절하죠? 당신은 날 사랑하지 않소?"

"사랑해요. 사랑하구말구요. 내가 만일 결혼한다면 이 세상 누구보다도 당신의 아내가 되고 싶어요. 하지만 저는 도저히 결혼할 수 없는 걸요."

고통 중에서도 그녀는 아름다운 음성으로 성실하게 대답했다. 클레어는 두 팔을 뻗쳐 그녀를 꽉 붙잡았다.

"테스, 누구 다른 사람과 약혼이라도 한 거요?"

"천만에요. 그런 건 절대 아니에요."

"그럼 왜 거절하는 거요?"

"난 결혼하고 싶지 않아요. 결혼 같은 건 생각해본 적도 없고 할 수도 없어요. 그냥 당신을 사랑하고 싶어요."

"도대체 왜 그러지?"

무슨 말이든 해야만 했으므로 그녀는 머뭇거리며 말했다.

"당신 아버님은 목사시고, 어머님은 당신이 나 같은 여자와 결혼하는 걸 싫어하실 거예요. 어머님은 당신이 가문 좋은 집안의 딸과 결혼하기를 원하실 거예요."

"쓸데없는 소리! 벌써 부모님께 말씀드렸단 말이오. 난 부모님께 그 말씀도 드릴 겸해서 집에 갔던 거요."

"아무래도 안 되겠어요. 절대로 안 돼요."

"청혼이 너무 갑작스러워서 그러는 거요?"

"네, 너무 뜻밖이에요."

"테스, 만약 생각할 시간이 필요하다면 잠시 청혼을 보류해두겠어. 사실 집에서 돌아오자마자 이런 얘길 한 건 너무 성급한 짓이긴 해. 당분간은 아무 말도 않겠소."

테스는 펌프물에 크림 걷는 주걱을 식힌 다음 다시 일을 시작했다. 그러나 전처럼 일이 잘 진전되지가 않았다. 우유의 복판을 쑤시기도 하고 헛손질을 하기도 했다. 가슴 저 밑바닥에서 치미는 슬픔 때문에 그녀의 두 눈에 눈물이 가득 고였다. 그 슬픔의 이유를 가장 친한 친구이며 보호자인 클레어에게조차도 말할 수 없는 자신의 처지가 안타까웠다.

"크림을 못 걷겠어요. 안 되는 걸요."

고개를 옆으로 돌리면서 테스가 말했다. 사려 깊은 클레어는 더이상 테스의 마음을 어지럽히거나 일을 방해하지 않으려고 부드럽게 다른 이야기를 꺼냈다.

"테스는 내 부모님을 오해하고 있어요. 그분들은 순박하고 야심도 없는, 보기 드물게 좋은 분들이오. 그분들은 요즘 얼마 안 되는 복음주의 교인들이신데 테스, 당신은 복음주의 교인이 아니오?"

"모르겠어요."

"주일마다 교회에는 꼭 나가죠?"

"네."

"당신이 다니는 교회의 목사가 어느 종파에 속하는지 아나요?"

주일마다 설교를 들으면서도 테스는 이곳 교회 목사의 사상에 대해 별로 아는 바가 없는 것 같았다. 그녀는 어쩌면 기독교보다 범신론에 가까운 자신의 신앙에 대해 막연하게 꾸밈없이 이야기했다. 그녀의 말이 너무 소박했으므로 그녀가 어떤 교파에 속하든 아버지가 신앙 문제로 결혼을 반대하지는 않으리라는 확신이 들었다. 어느 시인이 노래했듯이 그는 그녀의 신앙심을 가지고 왈가왈부해서 그녀의 마음을 어지럽히고 싶은 생각이 추호도 없었다.

그대 방해하지 말라, 기도하는 누이를
어린 마음에 그리는 천국과 행복의 꿈을.
은근한 풍자로써 어지럽히지도 말라,
명랑한 하루하루를 보내는 그의 삶을.

클레어는 화제를 다른 곳으로 돌려 집에 갔을 때 일어났던 일들과 아버지의 생활 태도 등에 대해 이야기를 꺼냈다. 테스의 마음도 차츰 진정되어 크림을 걷을 때도 이젠 손이 떨리지 않았다. 그녀가 크림을 떠내면 클레어는 그 뒤에서 마개를 뽑아 우유가 흘러나가도록 했다.

"아까 들어오실 때 보니까 어쩐지 우울해 보였어요."

테스는 자신과 관련된 화제에서 벗어나려고 이렇게 말했다.

"응, 실은 아버지한테서 그동안 있었던 여러 가지 얘기를 들은 것 때문에 그랬소. 아버지는 워낙 열성적인 분이라 자신과 사고방식이 다른 사람들에게 푸대접을 받고 모욕을 당하기도 하시거든. 그런 얘기를 들으면 마음이 우울해져요. 더구나 최근에 당하신 일은 아주 불쾌하기 짝이 없는 일이라서 말이오."

클레어는 아버지에게서 들은 트랜트리지의 더버빌 이야기를 자세히 들려주었다.

"여기서 사십 마일 가량 떨어진 트랜트리지란 고장 근처로 어떤 전도 단체의 대리로 설교를 하러 가셨다가, 그 근처에서 만난 젊은 난봉꾼에게 직무상 충고를 하셨다나 봐요. 그 젊은 녀석은, 그 고을의 아무개라는 지주의 아들이라는데, 눈먼 어머니가 있다나 봐. 그런데 아버지가 이 젊은 녀석한테 면박을 주자 한바탕 소동이 났대. 사실 아버지가 그래 봤자 아무 소용이 없다는 걸 잘 아시면서도, 생판 모르는 사람에게 미련하게도 충고를 하셨다는 것부터가 난 어리석은 일이라고 봐요. 아버진 당신의 의무라고 생각하면 때를 가리지 않고 꼭 하고야 마는 성미거든. 그래서 아버진 아주 악한 사람들 사이에서뿐만 아니라 귀찮게 구는 걸 싫어하는 게으른 사람들 사이에서도 많은 원수를 만들고 계셔. 아버진 욕을 당하시고도 영광이라 하시고, 그것이 간접적으로나마 무슨 도움이 될 거라고 말씀하시거든요. 하지만, 아버지도 나날이 노쇠해가는 몸이시니까 이젠 그따위 일로 몸을 해치지 않았음 좋겠어. 그까짓 돼지만도 못한 녀석들은 그냥 내버려뒀으면 좋겠단 말입니다."

이야기를 듣는 동안 테스의 표정은 차츰 굳어지고 생기도 사라졌다. 빨간 입술도 괴로운 듯 일그러졌으나 떨지는 않았다. 클레어는 아버지 생각에 골몰하느라 그녀의 변화를 눈치 챌 마음의 여유가 없었다. 그들은 줄지어 늘어선 네모난 우유통을 따라 내려가며 크림을 걷고 우유통을 비웠다. 그들이 작업을 마쳤을 때 다른 처녀들이 와서 빈 우유통을 가져가고 데보라 할멈도 새 우유를 담을 수 있게끔 우유통을 씻으려고 내려왔다. 테스가 젖소가 있는 목장으로 나가려 하자 클레어가 조용히 말을 건넸다.

"내 청혼에 대한 답은?"

알렉 더버빌 이야기가 나오는 바람에 지난 과거의 어두운 기억이 되살아난 테스는 절망에 사로잡혀 소리쳤다.

"안 돼요, 그건 정말 안 돼요."

그녀는 답답한 마음을 자연 속에서 씻어내려는 듯 친구들이 있는 목장으로 뛰어가 그녀들 사이에 섞였다. 처녀들은 파도에 몸을 맡기며 헤엄치는 사람처럼 대기에 몸을 맡긴 채 들짐승처럼 도도한 자태로 젖소들이 풀을 뜯는 먼 목장으로 걸어갔다.

28

테스의 거절이 뜻밖이었지만 클레어는 낙심하지 않았다. 여자에 대한 그의 경험은 거절이 자주 승낙의 전주곡이 된다는 사실을 알고 있을 정도로 풍부했으나, 테스의 거절에는 수줍음만이 아닌 다른 어떤 사정이 있다는 사실을 알아챌 정도로 풍부하지는 못했다. 그는 체면이나 소문을 두려워하는 지방에서는 처녀들이 사랑보다는 결혼 자체를 원하는 것과는 달리 이곳 낙농장에서는 사랑을 고백하면 사랑 자체를 위해서 그 사랑이 받아들여진다는 사실을 깨닫지 못했으므로 테스가 자신의 사랑을 받아들인 것이 하나의 확증이라고 생각했다.

며칠 뒤 그는 테스에게 물었다.

"테스, 당신은 왜 그렇게 매정하게 딱 잘라서 안 된다고 했소?"

테스는 흠칫 놀랐다.

"그건 묻지 마세요. 그 이유도 어느 정도 말씀드렸잖아요. 난 좋은 여자도 못되고 그럴 만한 자격도 없는 여자예요."

"왜? 좋은 가문의 딸이 아니라서 그렇단 말이오?"

"네. 말하자면 그래요. 당신 가족들은 날 업신여길 거예요."

"테스, 그건 오해요. 당신은 내 부모님을 오해하고 있어. 내 형님들은 하나도 상관할 게 없어요."

그는 테스가 피하지 못하도록 그녀의 등 뒤에서 두 손을 깍지 껴 잡았다.

"자 말해봐요. 진심으로 그러는 건 아니지? 난 그렇게 믿고 싶어. 당신 때문에 초조해서 아무것도 할 수가 없어. 책을 읽을 수도 없고 하프를 탈 수도 없어. 난 서두르는 게 아니오. 다만 당신이 언젠가는 내 아내가 돼주겠다는 말을 당신의 따뜻한 입으로 말하는 것을 듣고 싶을 뿐이오. 언제라도 괜찮소. 내 아내가 되어줄 수 있지요?"

테스는 고개를 저으며 엔젤을 외면했다. 그는 테스를 유심히 들여다보며 마치 상형 문자라도 읽듯 그녀의 표정을 찬찬히 살폈다. 그녀의 거절은 진정인 것 같았다.

"그렇다면 당신을 이렇게 안고 있어서는 안 되지. 그렇지 않소? 당신이 어디에 있든 찾아다닐 권리도 없고 같이 산책할 권리도 내겐 없단 말이오. 솔직히 말해봐요. 다른 남자를 사랑하는 게 아니오?"

"어쩜 그런 말씀을 하세요?"

테스는 가까스로 감정을 억누르며 호소하듯 말했다.

"그렇지 않은 줄은 나도 알아요. 하지만 당신은 날 거절하지 않았소?"

"난 거절하지 않았어요. 오히려 당신이 날 사랑한다는 말을 해주기를 바라고 있어요. 나하고 함께 걸을 때는 언제든지 그렇게 말해도 괜찮아요. 난 조금도 언짢게 생각지 않아요."

"그러나 날 남편으로 받아들일 수는 없단 말이지."

"네. 하지만 그것도 당신을 위해서예요. 정말이에요. 제발 내 말을 믿어주세요. 나 혼자 행복해지려고 당신의 아내가 될 수는 없어요. 난 그런 짓을 할 수가 없어요."

"당신은 날 행복하게 해줄 수가 있어."

"물론 그렇게 생각하시겠지만, 당신은 아무것도 모르잖아요."

이런 달콤한 입씨름이 있고 나서 그녀는 멀리 있는 젖소에게로 가거나, 좀 한가한 시간이면 방으로 들어가 그의 진심을 냉정하게 거절해야 하는 자신의 처지를 슬퍼했다.

마음의 갈등이 가혹할 정도로 극심했다. 마음이 클레어에게 온통 기울어 있었기 때문에 가련한 양심 하나로 불타오르는 두 개의 심장과 싸우지 않으면 안 되었다. 그녀는 이곳 낙농장으로 올 때의 굳은 결심을 깨뜨리고 싶지 않았다. 아무것도 모른 채 자신에게 청혼한 그에게 훗날 슬픔을 안겨주게 될 일을 시작하고 싶지가 않았다. 의식이 명료했을 때 양심이 결정해준 일을 지금에 와서 뒤집을 수도 없는 노릇이었다. 그녀는 괴로움에 못 이겨 혼자 중얼거렸다.

"나에 관한 얘기를 그이에게 들려줄 사람이 왜 하나도 없을까. 내 소문이 이 고장까지 퍼지지 않았다니 이상한 일이야. 그 일을 아는 사람이 있음직도 한데……."

그러나 그 일을 아는 사람은 하나도 없었고 클레어에게 그 얘기를 해주는 사람도 물론 없었다.

그런 말다툼이 있고 나서 이삼 일 동안 두 사람은 아무 말도 하지 않고 지냈다. 그녀는 같은 방의 친구들이 클레어와 자신의 사이를 알고 있다는 것을 그들의 슬픈 표정으로 알 수 있었다. 그녀들은 또한 테스가 클레어의 마음을 받아들이지 않고 있다는 것도 알았다.

테스는 자신의 생이 요즘처럼 격렬한 기쁨과 지독한 고통의 두 가지 실로 엮어진 때를 겪어본 적이 없었다. 테스가 엔젤과 다시 둘이서만 남게 된 것은 치즈를 만들 때였다. 처음에는 낙농장 주인도 같이 일을 거들고 있었다. 그의 부인과 마찬가지로 크릭도 요즘엔 두 사람 사이에 싹튼 애정을 눈치 챈 듯했다. 그러나 두 사람이 워낙 조심스럽게 행동했기 때문에 막연한 느낌으로 알 뿐이었고, 그는 곧 그 자리에서 떠났다.

그들은 통에 넣을 수 있도록 굳은 우유 덩어리를 잘게 부수었다. 흡사 커다란 빵 덩어리를 부수는 것과 같았다. 흰 우유 덩어리를 만지는 테스의 손은 분홍 장밋빛이었다. 굳은 우유 덩어리를 큰 통에 담던 엔젤은 별안간 일손을 멈추고 그녀의 손 위에 자신의 손을 얹었다. 테스는 소매를 팔꿈치까지 걷어올리고 일하고 있었으므로 그는 몸을 굽혀 부드러운 그녀의 팔 안쪽에다 입을 맞추었다.

구월 초순의 날씨는 아직 무더웠지만 굳은 우유 덩어리 속에 잠긴 테스의 팔은 갓 따온 버섯처럼 축축하고 차가웠으며 우유 맛이 났다. 감각이 예민한 그녀는 그의 입술이 팔에 닿자 심장의 고동이 빨라지고 팔이 화끈 달아오름을 느꼈다. 그녀는 호소하는 듯한 눈을 크게 뜨고 방긋 웃으며 엔젤을 바라보았다.

"내가 왜 당신 팔에 키스했는지 알겠소, 테스?"

"날 무척 사랑하니까 그런 거죠?"

"맞았소. 그리고 다시 청혼을 하려는 준비이기도 하오."

"제발 그만하세요."

자신의 굳은 결심이 마음속의 욕망 앞에 굴복할 것이 두려워진 그녀는 난처한 표정을 지었다. 클레어는 말을 계속했다.

"테스, 당신이 무엇 때문에 날 이렇게 애태우는지 알 수가 없어. 왜 날 실망시키는 거요? 당신은 바람기가 있는 것 같아. 읍내에서도 손꼽히는 바람둥이 같다니까! 남자를 마음대로 조종하는 변덕스러운 바람둥이…… 이런 시골구석에서 그런 바람둥이를 만나리라고는……."

자신의 말이 테스의 비위를 거스르게 했다는 것을 알자 그는 재빨리 덧붙여 말했다.

"하지만 테스. 난 당신이 이 세상에서 누구보다도 정직하고 티없는 여자라고 생각하오. 그런 내가 어떻게 당신을 바람둥이라고 생각하겠소. 테스, 당신이 왜 내 아내가 되는 걸 싫어하는지 알 수가 없어."

"싫다고 말하지는 않았어요. 난 당신을 진정으로 사랑하기 때문에 그런 말을 할 수가 없어요."

괴로움을 더는 견딜 수가 없어진 그녀가 입술을 파르르 떨었다. 그녀는 벌떡 일어나 그에게서 달아나려 했다. 엔젤 역시 큰 괴로움을 느끼며 그녀를 뒤쫓아가 복도에서 그녀를 붙잡았다. 그는 손이 우유투성이가 된 것도 잊고는 미친 듯이 그녀를 부둥켜안았다.

"말해줘. 약속해줘요. 나 말고는 그 누구의 아내도 되지 않겠다고 말해달란 말이오."

"말할게요. 지금 날 놓아주시면 속 시원하게 모든 걸 다 말할게요. 내 과거, 내가 겪은 일 모두를 얘기하죠."

"당신의 과거? 좋아요, 얼마든지 해봐요. 나의 테스는 오늘 아침에 갓 피어난 나팔꽃만큼이나 많은 경험을 가지고 있을 거야. 무슨얘기를 해도 괜찮지만 내 아내가 될 자격이 없다는 말은 부디 하지 말아요."

그는 테스의 얼굴을 들여다보며 애정 어린 말로 비꼬듯 말했다.

"네. 이제 그런 소리는 하지 않도록 조심할게요. 그런데 내 사정 얘기는 내일이나 다음주쯤 말할게요."

"그럼 일요일이면 어떻겠소?"

"네. 일요일에 하죠."

마침내 그 자리를 벗어난 그녀는 목장의 나지막한 곳에 있는 버드나무 숲에 이를 때까지 멈추지 않고 걸었다. 그곳에는 갈대가 무성하게 자라 있었고 그녀는 바스락거리는 갈대밭에 몸을 내던지고 끊임없이 밀려오는 괴로움에 몸을 떨었다. 그러나 한편으로 솟아오르는 억누를 수 없는 기쁨이 앞으로의 결과가 어떻게 될까 하는 두려움을 억눌러버리기도 했다.

사실 그녀의 마음은 클레어의 청혼을 받아들이는 쪽으로 기울고 있었다. 그녀의 숨결과 붉은 피와 고동치는 심장은 양심에 얽매여 주저하는 그녀에게 저항하는 것 같았다. 어렵게 생각할 것 없이 그의 청혼을 받아들이고 과거 따위는 고백할 필요 없이 결혼식을 올려라. 그가 알게 되는 건 운명에 맡기고 고통의 이빨에 물어뜯기기 전에 무르익은 행복을 양손에 움켜쥐어라. '사랑'은 그녀에게 이렇게 가르쳐주었다. 그의 청혼으로 감당하기 힘든 환희에 사로잡힌 테스는 지난 몇 달 동안 외롭게 자책해왔고, 앞으로도 혼자서 살아가겠다고 노력하고 고민하고 생각하고 계획도 세워보겠지만 결국 자신은 사랑의 속삭임에 굴복하고 말리라는 사실을 깨달았다.

오후의 시간은 자꾸만 흘러갔다. 테스는 여전히 꼼짝도 않고 버드나무 숲 갈대밭에 앉아 있었다. 통걸이에 걸린 우유통 벗기는 소리와 젖소들을 모아들이는 "워이 워이" 소리가 들려와도 그녀는 젖을 짜러 가지 않았다. 지금 섣불리 나갔다가는 모두들 자신의 들뜬 마음을 눈치 챌 것이며 낙농장 주인은 그녀의 그런 태도가 사랑 때문이라고 지레짐작하고 호인답게 놀려댈 것이 뻔했다. 테스는 그런 놀림을 아무렇지 않게 받아넘길 자신이 없었다.

테스를 찾거나 부르지 않는 것으로 보아 그녀의 기분을 짐작한 엔젤이 적당히 변명해준 모양이었다. 여섯 시 반이 되자 해는 하늘에 걸린 용광로 같은 모양으로 지평선 아래로 가라앉고 호박처럼 둥근 달이 떠올랐다. 가지를 쳐낸 버드나무들은 달빛을 받아 머리를 산발한 괴물처럼 보였다. 그녀는 집 안으로 들어와 불도 켜지 않은 채 이층으로 올라갔다.

그날은 바로 수요일이었다. 목요일이 되자 엔젤은 생각에 잠긴 표정으로 멀리서 테스를 지켜볼 뿐 가까이 다가오지는 않았다. 침실에서 친구들이 테스에게 말을 건네지 않는 것을 보면 그녀들도 테스와 엔젤 사이에 결정적인 얘기가 오갔다는 것을 아는 모양이었다. 금요일도 지나고 토요일이 왔다. 그녀가 확실한 대답을 해야만 하는 일요일이 내일로 닥쳐온 것이다. 그녀는 생각했다. '난 지고 말 거야. 네, 라고 대답할 테지. 그이와 결혼하게 될 거야. 내 힘으로는 어쩔 수가 없어.'

그날 밤 옆에서 자는 한 처녀가 잠결에 한숨을 쉬면서 클레어의 이름을 부르는 것을 듣고 테스는 질투심으로 화끈 달아오른 두 뺨을 베개에 묻으며 중얼거렸다.

"나 말고 다른 사람에게 그이를 맡길 수는 없어. 하지만 내가 그이와 결혼하면 그이를 망치게 될 거야. 만약 그이가 과거를 알게 되면 괴로운 나머지 죽어버릴는지도 몰라. 아, 어쩌면 좋아. 이 괴로운 마음…… 아!"

29

이튿날 아침이었다. 부지런히 음식을 먹고 있는 일꾼들을 수수께끼를 낼 때와 같은 눈초리로 둘러보며 주인 크릭이 말문을 열었다.

"내가 오늘 아침에 누구의 소문을 들었는데 자 그게 누구일 것 같아?"

이미 사실을 알고 있는 크릭 부인을 제외한 다른 사람들이 모두 한마디씩 했다.

"그건 말이야. 건달 잭 돌로프 얘기야. 그녀석이 얼마 전부터 과부하고 살림을 차렸다는군."

"설마 잭 돌로프가? 거 고약한 놈인데요."

젖 짜는 남자 하나가 말했다. 테스는 금방 그가 누군인지 기억이 났다. 순진한 처녀를 망쳐놓고 나중에 그 어머니한테 쫓겨 버터 기계 속에 숨었다가 봉변을 당한 남자였다.

"그럼 그 남자는 씩씩한 마나님의 딸하고 약속대로 결혼을 하지 않았던가요?"

점잖은 신분이라 해서 크릭 부인이 따로 차려주는 외딴 식탁에 앉은 엔젤이 신문을 뒤적이며 무심히 물었다.

"글쎄, 약속을 안 지켰지 뭡니까. 그녀석은 처음부터 그럴 생각이 없었다구요. 그녀석은 어느 과부하고 결혼했죠. 그 여자는 과부라 연금을 받았는데, 녀석은 그걸 노린 거죠. 두 사람은 서둘러 결혼식을 올렸는데 과부는 녀석에게 이제부터는 남편이 생겨서 연금을 못 받게 되었다고 얘기했다는군요. 그 순간부터 그들은 개와 고양이처럼 아옹다옹하게 됐죠. 녀석이야 그래도 싸지만 그 여자는 가엾게 됐지요."

"정말 그 여자도 어리석어요. 죽은 전남편 귀신이 못 살게 굴 거라고 진작 말해줬어야 하는 건데."

크릭 부인의 말에 크릭은 우물우물 동의했다.

"그렇지만 그 여자는 어떻게든 가정을 갖고 싶었고, 그래서 그 기회를 놓치지 않으려 한 거지. 어떤가, 처녀들은 그렇게 생각지 않아요?"

"둘이 결혼식을 올리러 교회에 가기 전에 과부가 남자에게 그런 말을 미리 했으면 좋을 뻔했어요. 그땐 남자도 어쩔 수 없을 테니까요."

마리안이 의견을 말하자 이즈가 맞장구를 쳤다.

"그래. 네 말이 맞아."

"그 남자의 꿍꿍이속을 몰랐을 리가 없다구요. 그렇다면 처음부터 청혼을 받아들이지 말았어야 했어요."

레티가 발칵 성을 내며 외쳤다. 주인이 테스에게 물었다.

"아가씨는 어떻게 생각하지?"

"그런 사정을 여자 쪽에서 미리 얘기하든지 아니면 청혼을 거절하든지 둘 중 하나라고 생각해요. 전 잘 모르지만."

버터 바른 빵이 목에 걸린 듯한 목소리로 테스가 대답했다. 잔일을 도우러 이웃 농가에서 온 벡 닙스라는 부인이 한마디 거들었다.

"난 죽어도 그따위 짓은 안 해. 사랑과 전쟁에선 수단과 방법을 가리지 않는 거예요. 나 같으면 그 여자처럼 결혼하겠어요. 그래서 하기 싫은 전남편 얘기를 미리 하지 않았다고 투덜대면 국수방망이로 잔뜩 때려주지 뭐. 그까짓 말라깽이 녀석쯤이야 어떤 여자라도 해치울 수 있다구요."

그녀의 농담에 모두 웃음을 터뜨렸으나 테스는 마지못해 씁쓸한 미소를 지었다. 남들이 재미있어 하는 얘기가 그녀에겐 슬프게만 느껴졌고, 그들이 즐거워하는 모습을 견디기 어려웠다. 그녀는 식탁에서 일어나 클레어가 으레 뒤따라오려니 생각하며 바깥으로 나왔다. 꼬불꼬불한 오솔길을 따라 여러 개의 도랑을 건너 한참 만에 바아 강가에 이르렀다. 강 상류에서 남자들이 물풀을 베고 있었고, 그 물풀이 커다란 풀 더미를 이루어 강 아래로 둥실 떠내려가고 있었다. 움직이는 섬 같은 미나리아재비 풀 더미는 사람이 올라탈 수 있을 만큼 컸다. 긴 머리채 같은 그 풀 더미는 소들이 강을 건너지 못하도록 박아놓은 말뚝에 가서 걸리곤 했다.

과거를 얘기하는 것이 그녀에게는 무거운 고뇌의 십자가를 지는 일인데 다른 사람에게는 한갓 흥미거리에 지나지 않았다. 그 사실이 무엇보다도 큰 고통이었다. 그것은 사람들의 비웃음을 받는 순교자의 고통이었다.

"테스!"

뒤에서 부르는 소리가 들리더니 클레어가 도랑을 뛰어넘어 테스 옆으로 내려섰다.

"미래의 내 아내!"

"안 돼요. 절대로 안 돼요. 당신을 위해서예요. 당신을 위해서 거절하는 거예요."

"테스!"

"아무래도 안 되겠어요."

테스는 되풀이해 말했다. 거절당하리라고는 생각지 못하고 테스의 허리에 팔을 감고 있던 클레어는 잠시 당황했다. 테스가 "네"라고 대답했으면 키스했을 테지만, 그녀의 단호한 거절이 마음 약한 그의 행동을 막았다. 그는 포옹을 풀고는 그녀에게 키스하는 대신 난처한 표정으로 말없이 가버렸다. 이번에 테스가 거절할 용기를 얻은 것은 주인 크릭이 과부 얘기를 했기 때문이었다. 그것은 물론 극복할 수도 있는 일이었지만, 약간의 시간이 필요했는지도 모른다.

두 사람은 전에 비해서 만나는 횟수가 줄어들었지만 그래도 매일 빠짐없이 만났다. 그러는 사이에 삼 주가 지나갔고, 구월 하순으로 접어들었다. 테스는 클레어가 다시 청혼하려 한다는 것을 그의 눈빛으로 알았다.

자신의 청혼이 너무 뜻밖이어서 젊은 그녀가 거절한 것이라고 짐작한 클레어는 다른 방법으로 청혼하기로 마음먹었다. 결혼 얘기가 나올 때마다 피하려 하는 그녀의 태도가 그의 생각을 뒷받침해 주어 그는 전처럼 포옹하거나 하는 행동을 삼가고 다정한 말로써 그녀를 설득시키려 노력했다.

이리하여 클레어는 끊임없이 졸졸 흘러나오는 우유처럼 나직한 목소리로 테스에게 사랑을 속삭였다. 때로는 암소 곁에서, 때로는 크림을 걷으면서, 혹은 버터나 치즈를 만들 때, 때로는 알을 품은 암탉이나 새끼를 낳는 돼지 옆에서 그는 열렬하게 구혼했다. 낙농장 안에서 일하는 처녀들 중에서 이처럼 절실한 사랑의 고백을 들은 사람은 없을 것이다.

테스는 언젠가는 자신이 꺾이고 말리라는 사실을 알았다. 알렉 더버빌과의 과거에서 느끼는 도덕적 책임감이나 클레어에게 상처를 주고 싶지 않다는 양심의 욕구도 그에게로 향한 사랑 앞에서는 무력하기만 했다. 그녀는 그를 신처럼 우러러볼 정도로 열렬하게 사랑했다. 비록 훌륭한 교육은 받지 못했으나 아름다운 성품을 타고난 그녀는 클레어가 보호자처럼 자신을 감싸주기를 간절하게 바랐다. 그녀는 여전히 자신이 그의 아내가 될 자격이 없다고 뇌까렸지만 그것은 약해지려는 자신에게 억지로 타이르는 것일 뿐 별 소용이 없는 말이었다. 클레어의 끈질긴 구혼의 속삭임은 무서울 정도의 희열을 안겨주어 그녀는 자신이 은근히 두려워하는 그 말을 그가 언제까지나 되풀이해주기를 바랐다.

다른 남자들은 어떤지 모르지만 클레어만큼은 환경의 변화나 남의 이목에 상관없이 자신이 어떤 비밀을 고백하더라도 여전히 사랑하고 동정하며 보호해줄 것 같은 생각이 들었으므로 테스는 그를 만나기만 하면 우울했던 마음이 가벼워지고 유쾌해졌다. 계절은 어느덧 가을로 접어들어 날씨는 청명했으나 해는 무척 짧아졌다. 낙농장에서는 날이 밝을 때까지 촛불을 켜놓고 작업을 해야만 했고 어느 날 새벽 클레어는 다시 청혼을 되풀이하였다.

그날 새벽에도 테스는 잠옷 바람으로 이층에 올라가 클레어를 깨운 다음 방으로 돌아와 옷을 갈아입고 친구들을 깨웠다. 잠시 후 그녀가 한 손에 촛불을 들고 아래층으로 내려가려는데 마침 셔츠 바람으로 내려오던 클레어가 두 팔을 벌리고 길을 막았다.

"자, 바람둥이 아가씨. 이젠 본심을 말해줘야겠어. 내가 그 말을 꺼낸 지도 벌써 두 주가 지났소. 난 이제 더는 참을 수가 없어. 만약 대답하지 않는다면 난 여기를 떠나는 수밖에 없어. 난 방문이 열린 틈으로 당신을 지켜봤는데 말이오. 당신의 몸을 안전하게 지켜주기 위해서라도 내가 이곳을 떠나야 한단 말이오. 당신은 내 마음을 모를 거요. 자, 이젠 정말 '네'라고 말해주지 않겠소?"

테스는 입술을 뾰로통하게 내밀고 대답했다.

"클레어 씨. 난 이제 막 일어났어요. 잠도 덜 깬 사람에게 그런 말은 너무 일러요. 날보고 바람둥이라는 건 당치도 않은 말이에요. 제발 조금만 더 기다려주세요. 그 문제에 대해 진지하게 생각해보겠어요. 그만 길 좀 비켜주세요."

클레어가 진심으로 한 말을 미소로 슬쩍 회피하면서 촛불을 들고 계단에 서 있는 테스의 모습은 아닌 게 아니라 바람둥이처럼 보이기도 했다.

"그럼 날 클레어 씨라고 부르지 말고 엔젤이라고 불러봐요."

"엔젤."

"사랑하는 엔젤이라고 불러봐요."

"그렇게 부르면 청혼을 받아들이는 셈이 되잖아요."

"그건 당신이 날 사랑한다는 뜻이 될 뿐이야. 비록 청혼은 거절하지만 날 사랑한다고 오래 전에 말했잖아."

"좋아요, '사랑하는 엔젤.' 반드시 그렇게 불러야 한다면."

테스는 촛불에 시선을 주며 속삭이듯 말했다. 불안해하면서도 그녀의 입가에 귀여운 미소가 번졌다. 결혼 승낙을 얻을 때까지는 키스하지 않으리라 결심한 클레어였으나 소매를 걷어올린 작업복에다 미처 손질하지 않은 머리를 아무렇게나 똏아올린 테스의 예쁜 모습을 보자 자신도 모르게 결심이 허물어져 그는 테스의 뺨에 살짝 입을 맞추었다. 테스는 빠른 걸음으로 말없이 계단을 내려갔다. 다른 처녀들이 내려와 있었으므로 그 얘기는 거기서 중단되었다. 아침을 알리는 싸늘한 햇살과 대조를 이루는 노란 촛불 빛에 감싸여 마리안을 제외한 다른 처녀들은 모두 부러운 듯 두 사람을 유심히 쳐다보았다.

가을이 다가옴에 따라 젖 짜는 양이 줄고 따라서 크림 걷는 일도 줄어들었으므로 일이 끝나자 레티와 다른 처녀들은 바깥으로 나갔다. 테스와 엔젤도 그들의 뒤를 따랐다.

"우리들의 가슴 설레는 생활과 저 처녀들의 생활과는 전혀 딴판인 것 같소. 그렇게 생각지 않소?"

동이 터오는 아침의 싸늘한 공기 속을 앞서서 걷는 세 처녀를 바라보며 클레어는 깊은 생각에 잠긴 어조로 말했다.

"뭐 그다지 다르지는 않다고 생각해요."

"어째서?"

"마음 설레며 살지 않는 여자는 없어요. 당신이 알지 못하는 것이 저들의 가슴속에 있으니까요."

"그게 뭘까?"

"저 세 처녀는 모두 저보다 훌륭한 아내가 될 수 있어요. 그리고 저애들은 나 못지않게 당신을 사랑하고 있어요."

"오, 테스."

그녀는 너그러운 마음으로 사랑을 다른 처녀에게 양보하기로 결심은 했으나 클레어가 안타깝게 외치는 소리를 듣고는 적이 마음이 놓였다. 이제 그녀는 그들에게 한번 양보를 했으므로 두 번 다시 자신을 희생할 필요는 없어진 셈이었다. 그때 농가에서 온 일꾼 하나가 두 사람 사이에 끼었으므로 둘은 더는 자신들의 얘기를 하지 못

했지만 테스는 오늘 안으로 이 문제가 결정 나리라는 것을 예감했다.

그날 오후 주인 가족과 일을 돕는 일꾼 몇 사람이 여느 때와 마찬가지로 집에서 멀리 떨어진 목장으로 갔다. 그곳에서는 많은 젖소를 풀어둔 그대로 젖을 짰다. 새끼를 밴 어미 소의 해산달이 가까워진 무렵이라 우유 생산량이 많이 줄었고, 목초가 무성할 때 고용했던 임시 일꾼들은 모두 집으로 돌아갔기 때문에 정규 일꾼들만 단출하게 목장으로 가서 작업을 하곤 했다.

일은 천천히 진행되었다. 우유통에 젖이 가득 차면 낙농장에서 온 짐마차의 큰 통에다 옮겨 부었다. 젖을 다 짠 젖소들은 어슬렁거리며 돌아갔다.

낮게 드리워진 희뿌연 하늘 아래서 다른 일꾼들과 함께 일하던 주인 크릭은 갑자기 회중시계를 꺼내 들여다보더니 이렇게 말했다.

"허어. 이렇게 시간이 오래 걸릴 줄은 몰랐어. 꾸물거리다가는 기차 시간까지 우유를 운반하지 못하겠는걸. 집에 들러서 남아 있는 우유와 함께 보낼 시간도 없을 것 같군. 여기서 곧장 역으로 보내야겠어. 누가 가겠나?"

자신이 할 일은 아니지만 클레어는 자신이 하겠다고 자청하면서 테스에게 함께 가자고 권했다. 해가 져도 저녁 날씨는 꽤 무더웠으므로 테스는 머리에 젖 짜는 수건을 썼을 뿐 재킷도 걸치지 않은 차림새였고, 그런 차림새로 마차를 타고 역까지 다녀오기가 꺼려졌다. 테스가 망설이자 클레어는 다정하게 재촉했다. 하는 수 없이 그녀는 자신의 우유통과 의자를 주인에게 부탁하고 마차에 올라 클레어 옆자리에 앉았다.

30

그들은 초원을 가로지른 평탄한 길을 말을 몰아 저물어가는 황혼 속을 달렸다. 초원 저편에는 이그돈 히드의 험한 산봉우리가 우뚝 솟아 있었고 산꼭대기에 늘어선 전나무 숲은 높은 벼랑 위의 감시탑처럼 보였다.

그들은 서로 가까이 앉아 있다는 설렘 때문에 한동안은 아무도 말을 꺼내지 않았다. 마차 뒤에 실은 큰 통 속에서 우유가 출렁거리는 소리만이 들려왔다. 그들이 달리는 곳은 개암이 완전히 영글어 절로 떨어지고 딸기는 송이채로 늘어져 있을 정도로 인적이 드문 곳이었다. 엔젤은 이따금 채찍 끈으로 딸기를 따 테스에게 주었다.

잔뜩 찌푸렸던 하늘에서 빗방울이 듣기 시작했다. 후덥지근하던 대기는 변덕스러운 산들바람이 되어 그들의 얼굴을 간질이며 지나갔다. 강이나 늪에 어리었던 수은 빛깔이 사라지자 마치 번쩍이던 거울이 광택 없이 우툴두툴한 납덩어리로 변한 것 같았다. 테스는 주위의 이러한 변화와 상관없다는 듯 깊은 생각에만 몰두해 있었다. 햇빛에 그을은 그녀의 연한 갈색 얼굴은 비에 젖어 그 빛깔이 한층 선명해졌다. 일을 하느라고 모자 밖으로 흘러내린 머리칼은 비에 젖어 마치 해초처럼 보였다. 그녀는 하늘을 쳐다보며 중얼거렸다.

"오지 말 걸 그랬나 봐요."

"비가 와서 안됐어. 하지만 당신이 옆에 있어 난 얼마나 기쁜지 모르겠어."

멀리 보이던 이그돈 봉우리는 비에 가려 이제는 보이지 않았다. 어둠이 짙어가는 데다가 밭으로 들어가는 문이 군데군데 길을 가로막고 있어 보통 속도보다 빨리 말을 몬다는 것은 불가능했다. 공기는 싸늘했다.

"웃도리를 걸치지 않아서 당신이 감기에 걸릴까 봐 걱정이오. 내게로 바짝 다가앉아요. 그럼 비를 덜 맞을 테니까."

테스가 살며시 그에게로 다가앉았다. 엔젤은 햇빛을 가리기 위해 큰 우유통을 가끔 덮는 무명천으로 두 사람의 몸을 감쌌다. 고삐를 잡고 있는 클레어를 위해 테스는 천이 흘러내리지 않도록 꼭 잡고 있었다.

"자, 이젠 됐어. 이크 아직도 내 목으로 빗방울이 떨어지는군. 당신 쪽으로는 더 떨어지겠는걸. 옳지, 이젠 됐어. 테스, 당신 팔은 젖은 대리석 같군. 그 천으로 닦아요. 이대로 움직이지만 않으면 비가 새지 않을 거야. 그런데 테스, 내 문제 얘기인데, 오래 끌어오던 그 문제……."

잠시 동안 축축한 길을 밟는 말발굽 소리와 큰 통 속에서 출렁거리는 우유 소리만이 엔젤의 귀에 들렸다.

"당신이 한 말을 기억하지?"

"알고 있어요."

"그럼 집에 돌아가기 전에 대답해줘요. 알았죠?"

"그렇게 해볼게요."

그는 더는 그 문제에 대해 얘기하지 않았다. 얼마쯤 더 앞으로 나아갔을 때 옛 왕조 시대의 낡은 장원이 나타났다가 금세 마차 뒤로 사라져버렸다. 테스를 즐겁게 해주려고 클레어가 말했다.

"저것은 아주 흥미 있는 고적이죠. 옛날 유명했던 어떤 가문에서 지니고 있었던 많은 저택 가운데 하나지. 더버빌이라는 가문인데 이 지방에선 상당한 위치를 차지했었거든. 난 그들의 저택 앞을 지날 때마다 그 집안을 생각하지. 그들이 과거에 난폭했고, 자신들의 권력을 남용했다 하더라도 명문의 몰락이란 비참해."

"정말 그래요."

그들은 사방을 뒤덮은 어둠의 장막 저편에서 희뿌옇게 빛나는 불빛을 향해 말을 달렸다. 그곳은 낮이면 짙은 초록색 배경 앞에서 이따금 난데없이 한줄기 하얀 증기가 하늘에 너울거림으로써 이 동 떨어진 세계와 현대 생활을 연결시키는 단속적인 순간을 보여주는 장소였다. 현대 생활은 하루에 서너 차례 이곳으로, 증기의 촉각으로 이 고장의 생활과 접촉했다가 마치 접촉한 것이 못마땅한 것처럼 다시 총총히 그 촉각을 거두어 물러갔다. 이윽고 그들은 그을음이 잔뜩 낀 등잔이 희미하게 비추는 작은 역에 도착했다. 엔젤이 비를 맞으며 실어온 우유를 내려놓는 동안 테스는 가까이 있는 사철나무 밑에서 비를 피했다.

잠시 후 증기를 내뿜는 기차가 비에 젖은 철로 위를 조용히 미끄러져 역에 도착하자 우유통은 재빨리 화물차에 실렸다. 기관차의 불빛이 사철나무 밑에 서 있는 테스의 모습을 잠시 비췄다. 통통하게 드러난 팔과 비에 젖은 머리칼과 얼굴, 구식 사라사 옷과 눈썹 아래까지 처진 옥양목 모자—그것은 문명의 때가 묻지 않은 순진한 시골 처녀의 모습이었다.

그녀는 클레어가 시키는 대로 다시 마차에 올라탔다. 둘은 온몸을 무명천으로 감싸고 깜깜한 어둠 속을 다시 말을 몰아 달렸다.

"런던 사람들이 내일 아침에는 우유를 마실 테죠? 우리가 알지도 못하는 낯선 사람들이 말이죠."

처음 본 기차의 모습을 머릿속에 떠올리며 테스가 물었다.

"아마 그럴 거요. 물론 우리가 보낸 걸 그대로 마시지는 않고 물에 타서 연하게 해서 마실 거요."

"젖소는 구경도 못 한 점잖은 귀족, 외교관, 숙녀, 상점 안주인, 그리고 어린 아이들이 마실 테죠. 그 사람들은 물론 우릴 모를 거고 우유가 어디서 오는 건지도 모를 거예요. 우리가 기차 시간에 맞추려고 비를 맞으며 달린 건 더더욱 생각지도 못할 거예요."

"우리가 뭐 그들을 위해서만 마차를 몬 것은 아니지 않소? 다소는 우리를 위해, 아직 해결하지 못한 우리 문제를 해결하려고 마차를 몰았다고도 할 수 있으니까. 테스, 당신은 이미 내 사람이 아니오? 이렇게 말해도 괜찮겠지. 그건 당신 마음이 이미 내 것이란 뜻이오. 그렇지 않소?"

"잘 아시잖아요. 정말 그래요."

"그렇다면 왜 내 아내가 되기를 거절하는 거요?"

"그건 당신을 생각해서예요. 그럴 만한 사정이 있어서요. 당신한테 할 얘기가 있어요."

"그 얘기가 내 행복과 내 삶에 도움이 되는 건가?"

"정말 내 얘기가 당신을 행복하게 해주고 당신에게 도움이 되었으면 좋겠군요. 어쨌든 이곳으로 오기 전의 과거에 대한 이야기를 하고 싶어요."

"물론 그건 내 행복과 앞으로의 내 생활에 크게 도움이 될 거요. 내가 만약 영국이든 식민지에든 농장을 마련한다면 당신은 그 어떤 여자보다도 내게 훌륭한 아내가 될 거요. 그러니 당신이 내 행복에 방해가 된다는 생각일랑 집어 치워줬음 고맙겠어."

"하지만 내 과거 얘기를 들어주세요. 얘기를 듣고 나면 마음이 달라질 거예요."

"정 하고 싶다면 해봐요. 어느 때 어느 곳에서 태어났다는 식의 얘기 말이오."

클레어의 농 섞인 말을 이어 테스가 이야기를 시작했다.

"난 말롯 마을에서 태어나서 그곳에서 자랐어요. 그곳에서 초등학교를 마쳤는데 사람들은 내가 재주가 있어서 선생이 될 거라고 했죠. 나도 그럴 생각이었는데 집안에 사고가 생겼죠. 아버지는 게으른 데다가 술까지 좋아하시고."

클레어는 그녀를 자기 옆으로 더욱 끌어당겨 꼭 안으면서 말했다.

"그랬소? 가엾게도! 뭐 흔히 있는 일이긴 하지만."

"그런데 뜻밖의 일이 일어났어요. 내가 관계되는 일인데 나는……."

테스의 숨이 가빠졌다.

"그래서? 상관없으니 어서 말해봐요."

"난 더베이필드가 아니고 사실은 더버빌이에요. 우리가 지나왔던 그 저택을 갖고 있던 가문의 후손이에요. 지금은 다 몰락했지만."

"더버빌 가문. 아, 그래 그게 걱정이었단 말이오?"

"네."

테스는 힘없이 나직하게 대답했다.

"그런데 그 사실 때문에 내가 당신을 덜 사랑할까 봐 걱정한 거요?"

"당신이 오래된 가문을 싫어한다는 얘기를 주인한테서 들은 적이 있어요."

클레어는 유쾌하게 웃었다.

"어떤 의미에서 그게 사실이기는 해요. 난 세습적인 귀족을 싫어해요. 덕이 높고 현명한 정신적인 귀족을 좋아하지. 어쨌든 당신 애기는 무척 재미있었어. 내가 그런 이야기에 얼마나 큰 흥미를 느끼는지 당신은 상상도 못 할 거야. 그래 당신은 자기가 저 유명한 집안의 한 사람이라는 사실에 대해 아무런 흥미도 느끼지 않는단 말이오?"

"네. 전 오히려 슬프게만 생각돼요. 눈에 보이는 언덕이며 밭이 한때는 우리 조상의 차지였다는 걸 알게 된 후로는 더욱 슬프게 느꼈어요. 하긴 언덕과 밭 가운에는 레티네 조상 것도 있었고, 마리안네 조상 것도 있었는지 모르니까. 그걸 그다지 소중하게 여길 필요 없잖아요."

"옳은 말이오. 지금 저 땅덩이를 경작하고 사는 사람들 대부분이 그전엔 땅 임자였다는 사실을 알고 보면 참 놀랄 일이죠. 어떻게 해서 일부의 정치인들이 이런 사정을 이용하지 않는지 난 가끔씩 이상하게 생각해요. 아마 그들은 그걸 모르는 모양이야……. 그건 그렇고 왜 난 여태까지 그 사실을 알아채지 못했을까. 더버빌이 변해서 더베이필드가 되었다는 걸 추측할 수도 있었을 텐데……. 당신이 망설이던 비밀이 바로 그것이었소?"

그녀는 끝내 고백하지 못하고 말았다. 마지막 순간에 이르러 용기가 꺾이고 만 것이다. 왜 진작 말하지 않았느냐고 책망을 받을까 봐 겁이 났고 자신을 보호하려는 욕망이 고백하려는 본능보다 강했다.

"물론 테스가 남의 희생 위에 군림해온 귀족의 후손이기보다는 오랜 수난을 겪으면서도 끈기 있게 버텨온 평민의 딸이었다면 더 좋았겠지만 난 이미 당신의 사랑의 포로요."

그 말을 하면서 클레어는 웃었다.

"사실 너무 내 위주로 생각하는 것 같지만 난 당신의 혈통이 기뼈. 세상 사람들이 너무 형식적인 것을 찾으니 말이오. 당신이 내게 조금만 더 배운다면 혈통 덕분에 사람들은 당신이 내게 더 어울리는 아내감이라고 생각할 거요. 사실 내 어머니부터 훨씬 당신을 좋게 볼 거요. 테스, 오늘부터 정확하게 더버빌이라는 성을 쓰도록 해요."

"난 이대로가 더 좋아요."

"아니오. 꼭 그 성을 써야 해. 놀라운 일이잖아. 많은 벼락부자들이 그런 이름을 가지려고 난리들이거든. 아, 그래. 그 성을 가진 가짜 귀족이 있었어. 체이스 숲 근처라고 했지 아마? 우리 아버지하고 다툰 바로 그 작자 말이오. 참 우연한 일치군."

"엔젤, 난 그 성을 쓰고 싶지가 않아요. 왜 그런지 불길한 느낌이 들어요."

테스는 흥분으로 얼굴이 상기되었다.

"그럼 내가 테레사 더버빌이라고 새로 이름을 지어주지. 내가 준 성을 쓰면 당신네 성을 안 써도 되잖소. 이젠 그 비밀이란 것도 다 밝혀졌는데 왜 끝까지 나를 거절하려는 것인지 모르겠어."

"만약 나를 아내로 맞아 당신이 행복해진다면, 또한 진정으로 당신이 나와 결혼하고 싶다면……."

"물론 그렇구말구."

"내 말은 당신이 꼭 나와 결혼하기를 원하고, 가령 내게 어떤 허물이 있더라도 나 없이 살 수 없다고 한다면 승낙할 수밖에 없다는 뜻이에요."

"그럼 이젠 승낙하는 거지? 영원히 내 곁에 있어주는 거지?"

그는 그녀를 꼭 안고 그녀에게 입 맞추었다.

"네. 승낙하겠어요."

대답을 마친 테스는 목멘 울음을 터뜨렸다. 가슴이 메어지는 듯 마구 흐느끼는 그녀를 보고 클레어는 몹시 놀랐다. 그녀의 그런 신경질적인 모습은 처음 보았기 때문이었다.

"테스, 왜 그래?"

"나도 잘 모르겠어요. 다만 당신의 아내가 되는 것이, 당신을 행복하게 해드리는 것이 너무 기뻐서……."

"하지만 그다지 기쁜 것 같지는 않은걸."

"난 내 맹세를 깨뜨린 것 때문에 울었어요. 난 죽을 때까지 결혼하지 않기로 맹세했거든요."

"하지만 날 사랑한다면, 결혼하는 것이 기쁠 것 아니오?"

"정말 그래요. 그런데도 난 가끔 세상에 태어나지 않았더라면 좋았을 걸 하는 생각을 해요."

"이봐요, 테스. 지금 당신이 흥분해 있고 당신이 세상 경험이 별로 없다는 걸 아니까 이해는 하겠는데 사실 그 말은 별로 달갑지가 않아요. 당신이 날 진정으로 사랑한다면 어떻게 그런 생각을 할 수가 있지? 당신은 정말 날 사랑하는 거요? 어떤 방법으로든 그 증거를 보여주었으면 좋겠어."

"벌써 보여드렸잖아요. 이 이상 어떻게 더 보여드릴 수가 있어요. 자, 이렇게 하면 될까요?"

다른 때보다 한층 격렬한 애정을 느낀 테스는 클레어의 목에 매달려 열렬하게 키스했다. 클레어는 정열적인 여자가 마음과 영혼을 다 바쳐 사랑하는 남자에게 퍼붓는 키스가 어떤 것인가를 비로소 알았다.

"이젠 날 믿으시겠어요?"

"믿구말구. 당신을 믿지 못한 적은 한 번도 없었어. 한 번도!"

두 사람은 마차 안에서 서로 꼭 껴안고 하나가 되어 어둠 속을 달렸다. 말은 마구 달리고 비는 두 사람에게로 몰아쳤다. 그녀는 마침내 승낙했다. 아니 처음부터 승낙하는 편이 좋았을는지도 모른다. 거센 물결이 잡초를 휘몰아가듯 만물에게 공통되는 생명력인 '기쁨을 갈구하는 욕망'을 사회적 규약에 대한 어렴풋한 관념으로 억제할 수는 없는 노릇이었다.

"어머니한테 편지를 쓰고 싶어요. 괜찮죠?"

"물론 괜찮소, 나의 귀여운 아이. 이런 일은 당연히 집에 알려야 하고, 내가 그걸 반대한다는 건 말도 안 되는 소리야. 근데 어머니는 어디 계시지?"

"말롯 마을, 블레이크모어 분지 끝에 있는 마을이에요."

"아, 그래. 지난해 여름에 그곳에 가서 당신을 본 기억이 나."

"네, 그때 풀밭의 무도회 때 말이죠. 그때 당신은 나하고 춤추려 하지 않았어요. 그 일이 우리 사이의 나쁜 전조가 되지 않기를 바라요."

31

바로 그 다음 날 테스는 정이 담뿍 어린 속달 편지를 어머니에게 부쳤다. 그 주말에 테스는 서투른 옛 필적으로 두서없이 쓴 어머니의 답장을 받았다.

사랑하는 테스 보아라.

하나님 덕택에 우리 모두는 무사하다. 너도 별일 없기를 바라며 네가 머지않아 결혼한다는 소식에 집안 식구들은 기뻐서 어쩔 줄 모른단다. 네가 물었으니 답하는 것이다만, 너와 나만 아는 그 애기는 어떤 일이 있어도 그이한테 얘기하면 안 된다. 네 아버지는 가문을 가지고 큰소리치고 계시는 양반이라 아직 네 얘기는 하지 않았지만 네 신랑 될 사람도 물론 좋은 가문의 남자이리라 생각한다. 테스야 집안이 좋건 나쁘건 많은 여자들이 젊었을 때 사고를 내고서두 그걸 숨기면서 잘도 살아간다는 사실을 명심해라. 다른 여자들은 시치미를 떼고 있는데 너만 바보같이 얘기할 필요가 없어. 이미 지나간 일이고 네 잘못도 아니니 말이다. 네가 쉰 번을 물어도 똑같은 대답을 할 거다..어린애처럼 넌 마음속을 너무 쉽게 털어놓아서 걱정이 된다. 네 행복을 위해서 그 일은 말이나 행동은 물론 아예 내색도 해서는 안 된다고 이 어미가 타이른 것을 결코 잊지 말아라. 어린애 같은 네 아버지가 사방으로 돌아다니면서 퍼뜨릴까 봐 네가 편지한 것하고 결혼 얘기는 아직 알리지도 않았다.

사랑하는 테스야. 기운을 내라. 그리고 결혼 선물로 능금술 한 통을 보내마. 그곳은 능금술이 귀하고 또 맛도 시다고 하더라. 그럼 이만 쓰겠다. 네 신랑에게도 안부 전해라.

네 사랑하는 어머니
존 더베이필드

"아, 어머니……."

편지를 읽고 난 테스는 낮은 소리로 중얼거렸다. 자신에게는 엄청난 고통이었던 그 문제가 융통성 있는 어머니에게는 사소한 문제일 뿐이었다. 어머니는 테스처럼 인생을 심각하게 생각하지 않았다. 마음을 아프게 하는 지난날의 그 일도 어머니가 볼 때는 한낱 흘러간 일일 뿐이었다. 과거야 어찌 됐건 이제부터 그녀는 어머니의 생각을 따라야만 하리라. 자신이 사랑하는 남자의 행복을 위해서라도 침묵이 가장 바람직한 방법인 것 같았다. 아니 마땅히 그래야만 할 것 같았다.

어머니의 그런 충고 덕분에 테스는 마음을 가다듬고 침착해질 수 있었다. 마음의 부담을 덜어버리자 테스는 몇 주일 만에 처음으로 기분이 홀가분해졌다. 그의 청혼을 승낙한 뒤로 그녀는 여태까지 인생에서 느껴본 적이 없는 황홀한 심정으로 시월의 늦가을 날들을 보내고 있었다.

클레어에 대한 테스의 애정 속에는 세속적인 냄새가 조금도 풍기질 않았다. 진심으로 믿는 테스의 두 눈에는 클레어가 선량성(善良性)의 극치로 보였고, 또한 지도자나 철인이나 벗이 응당 알아야 할 것은 빠짐없이 알고 있는 존재로 비쳤다. 클레어의 몸뚱이를 이룬 곡선 하나하나는 남성미의 극치였고, 그의 영혼은 성인의 영혼이요, 그의 지성은 예언자의 지성이라고 생각했다. 클레어에 대한 테스의 애정이 지닌 예지는 하나의 애정을 자아내어 테스에게 위엄을 갖추게 했다. 그는 머리에 왕관을 얹은 사람인 양 보였다. 테스를 측은히 여기는 클레어의 애정은, 테스가 그것을 느낄 적마다 사나이에 대한 순정을 북돋아주었다. 클레어는 무엇인가 숭배하는 듯한 테스의 큼직한 두 눈과 이따금 마주쳤다. 그 눈은 눈앞에 무슨 불멸의 존재라도 바라보는 양 헤아릴 수 없이 깊은 눈 속에서부터 클레어를 응시했다.

그녀는 이제 과거를 버렸다. 마치 연기를 피우며 타오르는 위험한 석탄불을 발로 밟아 끄는 것과 같았다.

사나이가 여자를 사랑할 때, 클레어처럼 욕심 없이 강한 의협심으로 여자를 보호할 수 있으리라고 테스는 미처 몰랐었다. 엔젤 클레어는 이 점에서 테스가 생각했던 사람하고는 아주 딴판이었다. 정말 놀랄 정도로 달랐다. 그는 참말로 동물적이라기보다는 정신적이었고, 자기 자신의 욕망도 제법 억제할 줄 알았다. 그리고 이상하리만큼 야비스런 티 하나 엿보이지 않았다. 본시 냉정한 성미는 아니었으나, 열광적이라기보다는 명랑한 편이었다. 이를테면 바이런보다도 셸리에 가까운 편이었다. 생명을 내거는 열렬한 사랑도 하려면 할 수 있었으나, 어딘지 환상적이고 가공적인 사랑에 쏠리는 편이었다. 워낙 감정이 깔끔한 편이어서, 사랑하는 애인을 자기 자신의 욕망의 손아귀에서 까딱없이 지켜줄 수도 있었다. 여태까지의 대수롭지 않은 경험이 모두 불행하기만 했던 테스는 클레어의 그러한 성품을 보고 놀라기도 하고 미칠 듯이 기뻐도 했다. 남성에 대한 노여움의 반동으로 테스는 클레어를 상식 이상으로 존경했다.

사랑에 빠진 그들은 서로 간절하게 함께 있고 싶어 했다. 테스는 그를 절대적으로 믿었으므로 그의 곁에 있고 싶은 마음을 숨기지 않았다. 시골에서는 약혼한 사이라면 아무 거리낌 없이 바깥에서 교제할 수 있었고, 그래서 그들은 시월 한 달 동안 자유롭게 만났다. 일이 끝난 오후면 다정하게 목장 이곳저곳을 돌아다녔다. 흐르는 시냇물을 따라 뻗어 있는 좁은 오솔길을 걷기도 하고 때로는 작은 나무다리를 건너 목장 저편으로 갔다가 되돌아오면서 풀밭 이곳저곳을 거닐었다. 두 사람이 거니는 곳 어디서나 소용돌이치며 흐르는 시냇물 소리가 들렸고, 재잘거리는 그 물소리는 그들의 속삭임에 맞추어 반주하는 것 같았다. 먼 초원의 지평선과 평행을 이룬 햇살은 사방 풍경에다 빛의 꽃가루를 뿌려놓은 것 같았다. 햇살 아래 나무와 생울타리 그늘에는 파르스름한 안개가 끼곤 했다. 오후

248

의 햇살을 받은 두 사람의 그림자가 초원 위에 길게 뻗쳐 있어 마치 아득히 먼 곳을 가리키는 두 개의 손가락처럼 보였다.

일꾼들은 사방에 흩어져서 일에 열중했다. 지금이야말로 목장을 '다듬는' 때여서 이를테면 겨울철의 관개(灌漑)를 위하여 조그만 수로 밑을 깨끗이 파헤치고 젖소들한테 짓밟힌 둑을 가꾸는 때였다. 한 삽 두 삽 가득히 퍼내는 흑옥같이 새까만 기름진 진흙은 분지 일대에 강물이 넘쳐흐르던 때에 그 강물을 타고 이곳까지 휩쓸려 온 것처럼, 흙 가운데서도 손꼽는 좋은 흙이었고 예로부터 빻고 부숴서 가루같이 만들어진 옥토였다. 그리고 물에 적셔서 다루어지고, 가루처럼 부서졌기 때문에 보기 드문 비옥한 땅이 되었고, 이로 말미암아 목초도 무성하고 그 목초를 뜯어 먹는 젖소들도 잘 자랐다.

클레어는 수로에서 일하는 일꾼들이 보는 데서도 버젓이 테스의 허리에 팔을 감았다. 그러나 사실은 이따금씩 곁눈질로 그들의 눈치를 살피는 테스 못지않게 겸연쩍어 했다.

"당신은 남들이 보는 앞에서 나와 함께 거니는 것을 부끄러워하지 않는군요."

테스는 기쁜 표정으로 말했다.

"별말을 다 하는군."

"하지만 당신이 나처럼 하찮은 젖 짜는 여자와 같이 다닌다는 걸 에민스터에 있는 가족들이 알게 되면⋯⋯."

"이 세상에서 가장 아름다운 젖 짜는 아가씨라고 말할 테지."

"그분들은 체면이 깎인다고 생각하실 거예요."

"사랑스러운 테스. 더버빌의 후손이 클레어 가문의 체면을 깎는단 말이지? 당신이 그런 가문 출신이라는 사실이 내겐 큰 힘이 되오. 우리가 결혼한 다음에 당신 가문을 밝혀서 사람들을 깜짝 놀라게 해줄 생각이오. 그건 그렇고 내 장래는 우리 가족과 상관이 없어. 우린 아마도 영국 땅을 떠나서 살게 될 텐데 다른 사람들이 우릴 어떻게 생각하든 그게 무슨 상관이오. 당신 나하고 떠나는 걸 싫다고는 하지 않겠지?"

클레어의 정다운 벗이 되어 그와 함께 이 세상을 살아갈 생각을 하자 테스는 기쁨으로 가슴이 벅차올라 그렇게 하겠다는 대답도 가까스로 할 수 있을 정도였다. 그녀의 심장의 고동은 파도 소리처럼 귀를 울렸고, 벅찬 기쁨으로 눈에는 눈물이 고였다. 두 사람은 손을 꼭 잡고 계속 걸어 강가에 이르렀다. 햇빛을 받아 일렁이는 수면이 눈부셨다. 그들은 걸음을 멈추었다. 작은 물새의 머리가 조용한 수면 위로 불쑥 솟았다가 강가에 서 있는 두 사람을 보고는 물속으로 다시 들어가버렸다. 그들 주위에 철 이른 저녁 안개가 내리기 시작했다. 테스의 속눈썹과 이마와 머리카락에도 이슬이 맺혔다. 그들은 그렇게 밤이 늦도록 강가를 거닐곤 했다.

일요일이 되면 그들은 날이 완전히 어두워져서야 산책을 했다. 두 사람이 약혼을 하고 첫 번째로 맞는 일요일 저녁에 밖에 나와 있던 몇몇 낙농장 사람들은 흥분한 나머지 띄엄띄엄 끊어지는 테스의 격정적인 목소리를 들었다. 물론 멀리 떨어져 있어 자세히 들을 수는 없었지만 클레어와 걷다가 숨이 찰 때 발걸음을 멈추고 내쉬는 숨소리라든가, 영혼에서 우러나온 듯한 유쾌한 웃음소리, 여러 사랑의 경쟁자를 물리치고 당당하게 사랑에 승리한 여자만이 낼 수 있는 독특한 웃음소리들이 들려오곤 했다. 새가 땅에 내려앉을 때의 파닥거림처럼 들뜬 그녀의 발소리도 들려오곤 했다.

클레어에 대한 사랑은 이제 테스의 호흡이요 생명이나 마찬가지였다. 그 사랑의 빛은 그녀를 둘러싼 과거의 온갖 기분 나쁜 유령들을 물리치고, 과거의 슬픔을 잊게 했다. 그녀에게는 정신적인 망각과 지적인 기억이 공존하고 있어 그녀가 사랑의 빛 속을 걷고 있을 때도 등 뒤에서는 어둠의 그림자가 따라오고 있었다. 그 그림자는 어느 때는 멀리 사라지는 듯하다가도 어느 때는 다시 가까이 다가오곤 했다.

어느 날 저녁 다른 사람들은 모두 바깥에 나가고 테스와 클레어 두 사람이 집을 보고 있었다. 서로 이야기를 나누다 테스가 생각에 잠긴 눈초리로 그를 보았을 때 그 또한 사랑이 담뿍 어린 시선으로 그녀를 보고 있었다.

"난 자격이 없어요. 당신에게 어울리지 않는다구요."

호의에 가득 찬 클레어의 눈길과 마주치자 테스는 갑자기 의자에서 벌떡 일어나며 외쳤다. 그녀가 보다 큰 이유로 이처럼 흥분한다고 생각한 클레어는 타이르듯 말했다.

"그런 말은 제발 좀 안 했으면 좋겠어, 테스. 남보다 훌륭한 사람은, 가문 따위의 돼먹잖은 인습을 요령껏 이용하는 사람이 아니라 당신처럼 성실하고 정직하고 공정하고 순결하고 사랑스러운 사람이란 말이오."

그녀는 복받쳐오르는 오열을 삼키느라 애썼다. 지난 몇 해 동안 교회에서 그와 같은 미덕에 대한 설교를 들을 때마다 얼마나 괴로웠던가. 그런데 지금 클레어가 똑같은 말을 한다는 것은 참으로 얄궂은 일이었다.

"왜 그때 내 곁에 머무르면서 날 사랑해주지 않았어요? 내가 동생들과 함께 살던 열여섯 살 때, 당신이 풀밭에서 춤을 추었던 바로 그때 말이에요. 왜 그렇게 못 했냐구요!"

테스는 두 손을 쥐어짜면서 말했다. 클레어는 테스를 진정시키려 애쓰면서 감정이 변하기 쉬운 그녀를 결혼한 뒤에는 잘 돌봐주어야겠다고 진지하게 결심했다.

"정말 그래. 왜 그때 당신 곁에 머무르지 않았을까. 그때 알기만 했더라도. 하지만 그렇게까지 가슴 아파할 건 없잖아?"

무언가 감추려는 본능으로 그녀는 재빨리 말문을 돌렸다.

"그랬더라면 사 년이라는 세월을 헛되이 보내지 않았을 테니까요. 그만큼 더 당신과 함께, 당신의 사랑 속에서 행복을 누렸을 테니까요."

테스의 괴로움은 산전수전 다 겪은 성숙한 여인의 괴로움이 아니라 한때 무서운 덫에 치였던 순결한 처녀의 괴로움이었다. 그녀는 마음을 가라앉히려고 의자에서 일어났다. 밖으로 나가는 그녀의 치맛자락에 걸려 의자가 쓰러졌다.

클레어는 장작불이 활활 타오르는 벽난로 앞에 그냥 앉아 있었다. 장작은 기분 좋은 소리를 내며 타올랐다. 잠시 후 침착해진 그녀가 되돌아왔다.

"테스, 당신은 자신이 변덕스럽다고 생각한 적이 없소?"

테스를 위해 의자 위에 방석을 펴주고 자신은 그 옆 긴 의자에 앉으면서 클레어가 조심스럽게 말했다.

"네. 그럴는지도 몰라요. 하지만 원래 타고난 성격이 그런 건 아니에요."

그녀는 옆에 앉은 클레어에게로 바싹 다가앉아 그의 팔 위에 손을 올려놓고는 조그맣게 말했다. 그러고는 자신의 말을 납득시키려는 듯 그의 어깨에 가만히 머리를 기대었다.

"사실은 당신에게 뭘 물어보려 했는데 당신이 그만 나가버렸지

뭐요."

"그게 뭔데요? 뭐든지 다 대답할게요."

"당신이 날 사랑하고 내 청혼을 받아들였으니 이젠 결혼 날짜를 정하는 일만 남았잖소."

"난 이대로가 좋아요."

"그렇지만 난 내년 봄에 사업을 시작해야 하오. 사업으로 바빠지기 전에 결혼식을 올렸으면 좋겠소."

"하지만 사업이 안정된 다음에 결혼하는 게 더 낫지 않을까요? 당신 혼자 가버리고 나 혼자 남는다면 견디기 힘들겠지만."

테스는 겁먹은 사람처럼 조심스럽게 말했다.

"물론 그래서는 안 되지. 그건 좋은 방법도 아니고 말이오. 정말 이지 사업을 시작하려면 당신의 도움이 필요해. 언제로 하면 좋겠소? 지금부터 두 주일 뒤에 하면 어떨까?"

"안 돼요. 생각할 게 많아요."

"그렇지만 테스……."

클레어는 다정하게 테스를 안았다. 사실 결혼 문제가 눈앞에 닥치면 누구든지 당황하기 마련인데, 두 사람이 마음을 가다듬어 차분하게 얘기할 사이도 없이 크릭 부부와 젖 짜는 아가씨 둘이 방으로 들어왔다. 테스는 탄력 있는 공처럼 벌떡 일어났다. 그녀의 얼굴은 붉게 물들었고 장작불이 어린 두 눈은 반짝거렸다. 그녀는 속상한 듯 변명했다.

"저이 옆에 앉아 있다가 이런 일이 생길 줄 알았어요. 사실 사람들에게 들킬 줄 알았어요. 저이 무릎 위에 앉은 것처럼 보였겠지만 사실은 그런 게 아녜요."

결혼 문제에 당면한 여자의 예민한 감정을 전혀 이해 못 하는 크릭은 무관심한 표정으로 아내에게 말했다.

"아가씨가 그런 말을 안 했으면 난 두 사람이 여기 앉아 있다는 것조차 몰랐을 거요. 크리스티나, 이걸 보더라도 남들 때문에 미리 겁을 먹을 필요는 없어. 사실 난 어두워서 누가 어디에 앉아 있는지도 생각조차 안 했거든."

클레어는 어색함을 감추며 짐짓 침착하게 말했다.

"우린 곧 결혼할 작정입니다."

"아, 정말 반가운 소식이군. 벌써부터 그러려니 짐작은 했지만 말이지요. 테스는 이런 데서 일하기엔 아까운 아가씨죠. 난 첫눈에 그걸 알아봤죠. 남자라면 누구나 신부로 얻고 싶어 할 거예요. 더구나 농부의 아내로는 안성맞춤이죠. 관리인이 잔꾀를 못 부릴 거라구요."

어느 사이엔지 테스는 사라지고 없었다. 주인의 노골적인 칭찬에 부끄러웠지만, 그보다는 주인과 함께 들어온 젖 짜는 처녀들의 표정에 가슴이 뜨끔했기 때문이었다.

저녁 식사를 마친 뒤 테스가 침실에 들어가자 친구들이 한자리에 모여 있었다. 그들은 흰 잠옷을 입고 테스를 기다리고 있었다. 등불에 비친 그들의 모습은 마치 복수를 하려고 늘어앉은 유령처럼 보였으나 그들의 표정에 악의가 없다는 것을 테스는 금세 알아챌 수 있었다. 솔직히 그들은 꿈도 못 꾸던 일이었으므로 서운해하는 기색도 별로 보이지 않았다. 다만 그들은 객관적이고 사려 깊은 태도를 보일 뿐이었다.

"그이가 테스하고 결혼한대. 테스 얼굴에 그렇게 씌어 있어."

테스를 빤히 바라보며 레티가 중얼거렸다. 마리안이 물었다.

"너 그이하고 결혼할 거니?"

"응."

"언제?"

"언제든지."

그들은 그녀가 대답을 피하려고 건성으로 하는 말로 생각했다.

"그래. 그이와 결혼한단 말이지. 그 신사하고……."

이즈 휴에트가 뇌까렸다. 그들은 무엇에라도 홀린 듯 맨발로 침대에서 내려와 테스 주위에 둘러섰다. 기적이 일어난 친구의 몸을 살펴보기라도 하려는 듯 레티는 테스의 어깨에 두 팔을 얹고 다른 두 처녀는 테스의 허리를 팔로 감았다. 그들은 테스의 얼굴을 들여다보았다.

"기분이 어떠니? 난 상상도 할 수가 없어."

이즈 휴에트가 말했다. 마리안은 테스에게 키스했다.

"테스가 좋아서 한 거니? 아니면 다른 사람의 입술이 거기에 닿아서 그런 거니?"

이즈가 쌀쌀하게 물었다. 마리안은 담담하게 대꾸했다.

"난 그런 건 생각도 안 했어. 다른 사람을 다 제쳐놓고 테스가 그이와 결혼하는 게 신기해서 그러는 거야. 난 조금도 언짢게 생각지 않아. 우린 그이를 좋아했지만 결혼 같은 건 꿈에도 생각지 않았으니까. 다만 귀족의 딸도 아니고 갑부의 딸도 아니고, 우리하고 똑같이 젖 짜는 처녀인 테스가 그이하고 결혼한다는 사실이 신기할 뿐이야."

"그 때문에 날 싫어하지는 않겠지?"

테스가 나직하게 물었다. 처녀들은 그 대답을 테스의 표정 속에서 찾기라도 하려는 듯 테스에게로 바짝 다가섰다.

"난 잘 모르겠어. 글쎄 널 미워하고 싶은데 미워할 수가 없어."

레티가 중얼거리자 이즈와 마리안도 맞장구를 쳤다.

"나도 그래. 어찌 된 셈인지 미워할 수가 없어."

"그이가 너희들 중 누구와 결혼을 해야 하는 건데……."

테스가 소곤거렸다.

"왜?"

"너희들은 모두 나보다 훌륭해."

처녀들은 나직하고 느린 말로 속삭였다.

"우리들이 너보다 훌륭하다구? 테스, 그렇지가 않아!"

"아냐. 사실이야, 그건!"

테스는 성급하게 말을 가로채면서 자신을 잡고 있는 친구들의 팔을 뿌리치고는 울음을 터뜨렸다. 그녀는 옷장에 기대어 미친 듯이 외쳤다.

"정말이야. 너희들이 더 훌륭해."

그녀의 울음은 좀처럼 그칠 줄 몰랐다.

"그이는 너희들 가운데 누구를 아내로 택했어야 했어. 지금이라도 그이더러 그렇게 하라고 말해야 하는 건데! 너희들이 그이한테 더 좋은 아내가 될 수 있어. 내가 무슨 말을 하는지 나도 잘 모르겠어. 아……."

그들은 테스에게로 다가가 테스를 부둥켜안았다. 그녀는 여전히 몸부림치며 흐느껴 울었다.

"누구 물 좀 가져와. 애는 우리 때문에 흥분했어. 가엾게도!"

그녀들은 조용히 테스를 침대 곁으로 데리고 가 다정하게 입을 맞추었다.

"그이한테는 네가 제일 잘 어울려. 넌 우리보다 교양이 있고 배운 것도 많잖아. 더구나 그이한테 많은 것을 배우고 난 뒤 넌 전보다 훨씬 나아진 것 같아. 뽐낼 만도 하지 뭐니."

"고마워. 내가 너무 법석을 떨어 미안해."

테스는 가까스로 마음을 진정하고 자리에 누웠다. 그들이 다 자리에 눕고 불이 꺼지자 마리안이 테스에게 속삭였다.

"테스, 그이와 결혼하더라도 우릴 기억해줘. 우리가 그일 그처럼 사모한 걸 너한테 다 털어놓은 거라든가 널 미워하지 않으려 했고 또 미워할 수도 없었다는 것, 우리가 그이의 아내로 뽑힐 수 있으리라고는 생각조차 안 했다는 것, 그 모든 것을 기억해줘."

테스가 그 말을 들으면서 눈물로 베개를 적셨다는 걸 친구들은 알지 못했다. 자신이 비밀을 덮어둠으로써 친구들을 괴롭히고 클레어를 배반하는 것보다는 어머니에게서 어리석다는 소리를 듣더라도 그에게 비밀을 고백하는 것이 현명한 처사라고 그녀는 생각했다. 가슴이 메는 듯한 괴로움 속에서 테스가 그런 결심을 한 것을 친구들은 아무도 눈치 채지 못했다.

32

후회하는 마음 때문에 테스는 결혼 날짜를 선뜻 정할 수가 없었다. 클레어는 기회가 있을 때마다 여러 번 말을 꺼냈지만 십일월이 되어도 날짜는 여전히 정해지지 않았다. 테스는 영원히 약혼 상태이기를 바라는 것처럼 보였다.

목장의 풍경도 많이 바뀌었다. 그러나 젖 짜기 전의 오후 햇살은 산책을 할 수 있을 정도로 따스했고, 또 일 년 중 비교적 일이 적은 때이므로 햇빛이 가지런히 내리 쬐이는 쪽의 축축한 잔디밭을 바라보노라면 잔물결 같은 거미줄들이 마치 바다에 비친 달빛처럼 햇빛

속에 반짝이는 게 보였다. 자기들의 행복이 한순간에 지나지 않는 다는 사실을 모르고 있는 등에는 마치 몸뚱이 속에 빛이라도 감추고 있는 듯이 휘황한 모습으로 햇빛 쏟아지는 오솔길을 넘어 날아가더니, 자취도 없이 사라져버렸다. 그런 광경을 바라보며 클레어는 아직 결혼 날짜가 정해지지 않았음을 테스에게 깨우쳐주곤 했다.

이따금 크릭 부인이 클레어에게 기회를 주려고 일부러 심부름을 시키면 그는 그녀와 동행하면서 결혼 날짜에 대해 재촉하곤 했다. 크릭 부인의 심부름은 골짜기 위쪽 농가에 옮겨다놓은 암소의 상태를 알아보고 오는 것이었다. 암소가 새끼를 낳을 때면 으레 산 위 농가에 보냈다가, 새끼를 낳고 새끼가 걸을 수 있게 되면 송아지와 함께 데려왔다.

송아지가 팔릴 때까지 한동안은 물론 젖 짜는 일도 별로 없었으니, 송아지를 떼어놓기가 무섭게 젖 짜는 여자들은 여느 때와 같이 일을 시작해야 했다.

어느 캄캄한 밤에 두 사람은 산 위의 농가에서 볼일을 보고 집으로 돌아가고 있었다. 그들은 자갈이 깔린 넓은 벼랑에 이르렀을 때 발걸음을 멈추고 귀를 기울였다. 때마침 강물이 불어날 때라 물 흐르는 소리가 유난히 크게 들렸다.

"오늘 주인이 겨울철에는 일손이 많이 필요하지 않다는 말을 하지 않았소?"

"아뇨?"

"젖소들의 젖이 점점 줄어들거든."

"사실 어제도 여남은 마리 소를 농가로 옮겼어요. 그저께도 세 마리를 보냈구요. 그곳에 옮긴 소는 스무 마리나 돼요. 그런데 송아지를 낳는 일을 돕는 데 내가 필요 없다는 얘긴가요? 난 이제 여기서 할 일이 없어진 셈이군요. 그런 줄도 모르고 난……."

"주인이 당신이 필요 없다고 잘라 말한 건 아니오. 그러나 그는 우리 사이를 알기 때문에 크리스마스 때 내가 이곳을 떠날 때 당신도 함께 데려갈 거라고 생각하고 있소. 그래서 테스 없이 어떻게 일을 꾸려나갈 거냐고 물었더니 겨울철에는 일이 많지 않아서 그럭저럭 꾸려나갈 수 있다고 하더군. 나쁜 생각인지도 모르지만 난 주인이 그렇게 해서 당신이 어쩔 수 없이 결혼을 승낙하도록 해준 것이 오히려 기쁘다구."

"기뻐할 일만은 아니에요. 비록 이쪽에서 편리한 경우라고 하더라도 그만두라는 소릴 듣는 건 슬픈 걸요."

"물론 우리 편에서 편리한 경우이지. 당신도 그걸 인정하는군."

그는 손가락으로 테스의 뺨을 어루만지며 계속 말했다.

"속마음이 들켜서 얼굴이 화끈 달아올랐군. 내가 너무 실없이 군 것 같소. 이제 실없는 소리는 그만하기로 하지. 인생은 심각한 것이니까."

"그건 당신보다 내가 먼저 안 사실이에요."

바로 그 순간에도 테스는 인생의 심각함 때문에 괴로움을 맛보고 있었다. 어젯밤의 기분대로 결혼을 단념하고 낙농장을 떠난다는 것은 다른 낯선 곳으로 간다는 것을 의미했다. 이제 송아지 낳는 시기가 오면 젖 짜는 처녀가 필요 없게 되기 때문이었다. 클레어처럼 좋은 사람을 만나볼 길 없는 낯선 농장으로 간다는 건 생각만 해도 싫었고 고향으로 가기는 더더욱 싫었다.

"그러니까 진지하게 말하려는 거요, 테스. 크리스마스 때는 당신도 이곳을 떠나야 할 판이니 내 아내가 되어 나와 함께 떠나는 것이

가장 현명할 것 같소. 그리고 당신이 바보가 아닌 이상 우리가 이대로 질질 끌 수 없다는 건 당신도 알 텐데."

"난 이대로가 좋아요. 지난여름과 가을처럼 당신이 변함없이 날 사랑하고 날 아껴주셨음 좋겠어요."

"난 변치 않아."

불현듯 그에 대한 뜨거운 신뢰가 솟구쳐올라 그녀는 외치듯 말했다.

"당신이 변치 않으리라는 걸 잘 알고 있어요! 엔젤, 난 영원히 당신의 아내가 되기 위해 곧 날짜를 정하겠어요."

사방에서 들려오는 물소리를 들으며 집으로 돌아오는 길에 그들은 마침내 결혼 날짜를 정했다.

목장에 돌아온 그들은 크릭 부부에게 그 사실을 알렸다. 조용히 결혼식을 올리고 싶은 마음에서 아무에게도 알리지 말라는 부탁도 했다. 크릭은 곧 보낼 생각을 하고 있던 테스가 막상 떠난다고 하니까 뒷일이 걱정되는지 근심스러운 표정을 지었고 크릭 부인은 오랫동안 질질 끌던 일이 해결된 것을 축하하면서 테스에 대한 칭찬을 입에 침이 마르도록 늘어놓았다.

크림 걷는 일은 어떻게 해야 할지? 앵글베리나 샌드본의 귀부인들에게 보낼 장식용 버터는 누가 만들 것인지? 테스를 처음 보았을 때 보잘것없는 들판의 노동자가 아닌 훌륭한 사람의 눈에 들어 뽑히게 될 것을 미리 짐작했었다는 거며, 낙농장에 도착하던 날 오후에 뜰 안을 거닐던 테스의 모습이 유달리 훌륭했었다는 거며, 테스가 점잖은 집안의 태생이라는 걸 자기는 장담할 수 있었다는 것을 장황히 늘어놓았다. 사실 크릭 부인은 그날 테스가 가까이 걸어오는 걸 보고, 유달리 아담하고 예쁘다고 생각했던 것만은 기억하고 있으나, 남달리 훌륭해 보였다는 것은 나중에 여러 가지 일을 알고서 마구 상상을 뻗친 결과였음이 뻔했다.

테스는 이제 아무 저항 없이 시간의 날개에 의해 앞으로 나아갔다. 그의 청혼을 받아들였고 결혼 날짜도 이미 정해졌다. 영리한 테스는 그 즈음 인생에는 어떤 숙명이 있다는 것을 깨달았고 그런 깨달음으로 인해 그녀는 순종적인 태도를 지니게 되었다. 특히 클레어의 말이라면 무엇이든 순순히 따랐다.

테스는 겉으로 보기에는 결혼 날짜를 알리는 것 같지만 사실은 어머니의 의견을 한 번 더 물어보려고 편지를 썼다. 그녀는, 어머니는 상상도 못 한 일이겠지만 자신과 결혼할 남자는 점잖은 가문의 신사이며, 결혼 후에 고백을 하면 그 사람보다 단순한 사람이면 용서해줄지도 모르나 그는 그런 기분으로 용납해줄 것 같지 않다는 내용의 편지를 썼다. 그러나 그 편지에 대한 더베이필드 부인의 답장은 끝내 오지 않았다.

그들이 빨리 결혼해야 할 필요성을 클레어는 테스에게 그럴듯하게 설명했지만 나중에 밝혀진 바로는 서두른 감이 없지 않았다. 그는 테스가 자신을 사랑하는 만큼 정열적으로 그녀를 사랑하지는 않았지만, 다분히 이상적이고 환상적인 감정으로 그녀를 깊이 사랑했다.

그는 본래의 생각대로 무지한 전원생활을 시작했을 때, 전원시에나 나올 성싶은 처녀에게서 얻을 수 있을 매력이 이런 생활 속에서 발견되리라고는 꿈에도 생각 못 했었다. 순결이란 한낱 화젯거리에 지나지 않는다고 생각했는데, 그것이 실제 생활에서 얼마나 사람의 마음을 감동케 하는가를 그는 이곳에 와서 비로소 알게 되었다. 그러나 그가 장차 더듬어야 할 길을 뚜렷이 내다본다는 건 아직도 요원한 일이었다. 세상 생활의 첫걸음이나마 옮겨놓았다고 하려면 아직도 한두 해는 지나야 할 것이다. 집안사람들의 편견 때문에, 진정 더듬어야 할 운명의 길을 잃어버리고 말았다는 생각 때문에, 그의 경력이나 성격에 싹튼 물불을 가리지 않는 기질의 정도에 따라 모든 것은 결정될 것이다.

"당신이 중부 지방의 농장에 정착할 때까지 기다리는 게 좋지 않을까요?"

테스가 언젠가 물었을 때 그는 이렇게 대답했다.

"테스, 난 내 보호와 동정의 품에서 당신을 떼놓고 싶지가 않아."

사실 이유는 그것만이 아니었다. 여태까지 자신의 영향을 받아 완전히 자신과 호흡이 맞는 그녀를 낙농장에 놓아두고 간다면 그녀가 옛날로 되돌아가 자신과 어울리지 못할까 걱정이 되었고 또 함께 살지는 않더라도 부모님이 일단 테스를 한번 보고 싶어 하기 때문이었다. 부모님이 뭐라고 하던 자신의 결심을 바꿀 그는 아니었지만, 유리한 농장을 찾는 동안 둘이서 하숙을 하면서 이웃과의 사교 생활을 어느 정도 해나간다면 어머니를 만날 때도 테스가 두려움 없이 대면할 수 있으리라 생각했던 것이다.

그런데 클레어는 밀농사와 방앗간을 겸할 작정이었으므로 방앗간의 작업 과정을 봐두려고 마음먹고 있었다. 그는 웰브리지의 어느 방앗간 주인을 알고 있었으므로, 어느 날 자세한 내용을 알기 위해 그곳 물방앗간에 갔다가 저녁 때 텔보데이스의 낙농장으로 돌아왔다. 그곳에 갔다가 그는 옛날 더버빌 가문이 저택으로 썼던 농가에서 하숙할 수 있다는 우연한 사실을 알았고, 그래서 결혼식을 마친 다음에는 마을이나 여관으로 가는 대신 곧 그곳으로 가서 두 주일 가량 머물기로 결정했다.

그는 늘 그렇게 당면한 문제와는 상관없는 감정만으로 일을 처리하곤 했다.

"그러고 나서 우리가 소문으로만 들었던 런던 교외에 있는 농장을 찾아가 봅시다. 그리고 삼월이나 사월쯤에는 부모님을 뵈러 가고 말이지."

그러는 동안 테스가 클레어와 결혼하기로 한 섣달 그믐날이 눈앞에 닥쳐왔다. 그녀는 실감이 나지 않아 "내가 정말 그이의 아내가 되는 걸까?"라고 혼자 중얼거려 보기도 했다.

어느 일요일 아침, 교회에서 돌아온 이즈 휴에트가 테스에게 넌지시 말을 건넸다.

"오늘 아침 네 결혼 예고를 안 하던데?"

"뭐?"

이즈는 조용히 테스를 쳐다보며 말했다.

"오늘은 첫 번째 예고일이야. 섣달 그믐날이 네가 결혼하는 날이지?"

테스는 얼른 고개를 끄덕였다.

"결혼식 전에 세 번 예고를 해야 하는데 주일은 두 번밖에 안 남았잖아."

테스의 얼굴에서 핏기가 사라졌다. 이즈의 말은 옳았다. 결혼식 전에 세 번 예고를 해야만 했다. 어쩌면 클레어는 그 사실을 잊고 있었는지도 모른다. 만약 그렇다면 결혼식을 일주일 연기해야 하는 게 아닐까. 그러나 결혼식을 연기한다는 것은 어쩐지 불길하게 느껴졌다. 그에게 귀띔할 수는 없을까. 그녀는 여태까지 소극적이었으나 소중한 보물을 놓쳐서는 안 된다는 생각에 갑자기 초조해지고 가슴이 불안스럽게 뛰었다.

그러나 우연한 일이 그녀의 근심을 해결해주었다. 이즈가 그 사실을 크릭 부인에게 알리자 크릭 부인은 기혼 부인의 특권으로 클레어에게 자연스럽게 그 얘기를 꺼냈다.

"클레어 씨, 결혼 예고를 잊으셨나요?"

"아뇨. 잊어버리다니요!"

단둘이 만났을 때 클레어는 테스에게 이렇게 말해 그녀를 안심시켰다.

"결혼 예고 때문에 괴로워할 건 없어요. 예고 절차 없이 결혼 허가장을 받는 것이 간단한 것 같아서 당신한테 의논도 하지 않고 결정했어. 그래서 일요일 교회에 가도 당신 이름이 불리지 않았던 거요."

"뭐, 내 이름을 꼭 듣고 싶어서 걱정했던 건 아니었어요."

누군가가 결혼 예고를 듣고 자신의 과거를 들추어내어 결혼을 방해할까 두려워하던 그녀인지라 그것은 오히려 잘된 일이었다. 모든 일이 순조롭게 진행되는 것 같았다.

"그래도 난 아직도 안심할 수 없어. 어느 날 갑자기 불행이 닥쳐 이 모든 행복을 앗아갈 것만 같은 생각이 들어. 하나님이 하시는 일은 늘 그렇거든. 차라리 남들이 하는 대로 결혼 예고를 할 걸 그랬나 봐."

그녀의 그런 염려와는 달리 매사는 순조롭게 진행되었다. 며칠 뒤 테스가 결혼식 때 자신이 갖고 있는 옷 중에서 가장 좋은 흰옷을 입을지 아니면 새 옷을 사면 좋을지 몰라 갈피를 못 잡고 있을 때, 몇 개의 큰 꾸러미가 배달되어 왔다. 클레어의 배려로 배달되어 온 그 꾸러미 속에는 그들의 간소한 결혼식에 어울리는 물건들―결혼

예복과 모자와 구두 등 모든 것이 들어 있었다.

소포가 배달되고 나서 조금 뒤에 집으로 돌아온 클레어는 이층에서 테스가 짐을 푸는 소리를 들었다. 잠시 후 눈물이 글썽해져 계단을 내려온 테스는 클레어의 어깨에 얼굴을 파묻으며 속삭였다.

"어쩜 그렇게도 생각이 깊으세요? 장갑과 손수건까지 다 마련해주시고! 당신은 정말 착하고 다정한 분이에요!"

"아냐. 런던의 양장점에 주문했을 뿐인 걸 뭐."

그녀가 너무 고마워하자 멋쩍어진 그는 그녀에게 이층으로 올라가 옷을 입어보고 맞지 않으면 마을의 재봉사에게 부탁해서 고쳐 입으라고 말했다.

테스는 이층으로 올라가 옷을 입어보았다. 비단옷을 입은 거울 속 자신의 모습을 물끄러미 들여다보던 그녀는 어머니가 즐겨 부르던 신비로운 의상에 대한 노래를 기억해냈다.

한번 실수한 여자에게는
영원히 어울리지 않는 신비한 옷

그 노래는 테스가 어렸을 때 어머니가 곡조에 맞춰 요람을 흔들며 부르던 노래였다. 만약에 옛날 기니비어 왕비의 옷이 왕비의 비밀을 밝힌 것처럼 지금 테스가 걸친 이 옷의 빛깔이 변해서 테스의 과거를 드러낸다면……. 그것은 또한 그녀가 낙농장에 온 이후에 한 번도 떠올려본 적이 없는 노래이기도 했다.

33

엔젤은 결혼식을 올리기 전에 테스와 함께 낙농장에서 멀리 떨어진 곳으로 가 하루를 즐기고 싶은 생각이 들었다. 그것은 붙잡아 둘 수 없는 아름다운 연애 시절을 기념하는 낭만적인 나들이이기도 했다. 벌써 한 주일 전에 그녀에게 함께 물건을 사러가자고 귀띔해 주었으므로 그들은 마침내 날을 잡아 낙농장을 출발했다. 낙농장에서 은둔자처럼 별로 외출을 않고 지내온 클레어인지라 자신의 마차가 없었고, 그래서 그들은 주인 크릭의 마차를 빌려 타고 낙농장을 나섰다.

그들은 세상에 태어나서 처음으로 둘이 정답게 의논해가며 물건을 샀다. 마침 크리스마스 전날 밤이라 장식용 사철나무와 겨우살이가 산처럼 쌓였고 읍내는 성탄 전야를 위해 각지에서 모여든 나그네들로 발 디딜 틈 없이 붐볐다. 아름다운 테스는 클레어와 팔짱을 끼고 행복한 미소를 지으며 사람들 사이를 돌아다닌 대가로 뭇 사람들의 짓궂은 시선을 피할 수가 없었다.

저녁때가 되어 그들은 예약해두었던 여관으로 되돌아왔다. 클레어가 문 앞으로 끌어들이는 말과 마차를 살피러 간 사이에 테스는 문가에서 기다리고 있었다. 큰 휴게실은 손님들로 가득 찼으며 그들은 쉴 새 없이 들락거렸다. 손님들이 문을 열고 들락거릴 때마다 휴게실 안의 등불이 테스의 얼굴을 비춰주었다. 그때 두 남자가 지나가다가 한 남자가 놀란 얼굴로 테스의 아래위를 훑어보았다. 테스는 혹시 트랜트리지에서 온 사람이 아닌가 하는 놀라움으로 가슴이 덜컥 내려앉았다. 트랜트리지는 이곳에서 멀리 떨어져 있기 때문에 그곳에서 이곳으로 찾아오는 사람은 드물었지만.

"거 멋진 처녀군."

"정말 아름다운 아가씨군. 내가 잘못 본 것이 아니라면……."

그 남자는 이내 말끝을 흐렸다.

마침 마구간에서 돌아온 클레어는 그들이 말하는 것을 들었다. 테스의 겁먹은 표정을 본 그는 그녀가 모욕을 당했다고 판단하고는 깊이 생각할 것도 없이 남자의 턱을 후려갈겼다. 남자는 비틀거리며 뒷걸음질쳤다. 그가 몸을 바로잡고 덤비려는 기세를 보이자 클레어도 문 밖으로 나가 싸울 자세를 취했다. 그러나 상대는 생각을 달리한 모양인지 테스를 한 번 더 쳐다보고는 클레어에게 말했다.

"미안합니다. 사람을 잘못 봤어요. 난 이곳에서 멀리 떨어진 마을에 살고 있는 다른 여자인 줄 알았습니다."

클레어도 자신이 너무 성급했고, 여관 복도에 테스를 세워둔 것이 사실은 자신의 잘못이란 생각이 들자 그런 경우에 으레 하는 사죄로 그 남자에게 약값을 지불했다. 그들은 기분 좋게 인사를 나누고 헤어졌다. 클레어가 마부에게서 고삐를 받아들고 테스와 함께 말을 몰아 출발한 다음 그들도 반대 방향으로 말을 몰았다.

"정말 자네가 사람을 잘못 본 건가."

"천만에. 하지만 난 그 사람의 감정을 상하게 하고 싶지가 않았어."

한편 두 연인은 계속해서 말을 달렸다. 테스는 맥없는 소리로 말했다.

"결혼식을 좀 연기할 수는 없을까요. 만약 우리들이 원한다면."

"테스, 진정해요. 내가 그 작자를 때렸대서 고소라도 당할까 봐 걱정돼서 그러는 거요?"

영문을 모르는 그는 유쾌하게 말했다.

"아녜요. 내 말은 피치 못할 사정 때문에 연기해야 된다면 마땅히 그래야 하지 않을까 하는 뜻이에요."

그는 테스가 한 말의 의미를 정확하게 알아듣지 못했으므로 쓸데없는 공상은 하지 말라고 타일렀다. 테스는 순순히 그 말에 따랐으나 기분은 한없이 우울했다. 집으로 돌아가면서도 내내 수심에 잠긴 그녀는 이런 생각을 하고 있었다. '우리 아주 먼 고장으로 떠나버려요. 그러면 다시는 그런 일이 없을 테고 과거의 유령도 거기까지는 따라오지 못할 테니까.'

그날 밤 두 사람은 계단에서 서로 다정하게 밤 인사를 나눈 후 클레어는 자기 방으로 올라갔다. 테스가 자기 방에서 며칠 남지 않은 결혼식을 위해 이것저것 챙기고 있을 때 머리 위 클레어의 방에서 쿵쿵거리는 요란한 소리가 들려왔다. 마룻바닥을 요란스럽게 차는 소리에 놀란 테스는 클레어가 혹시 병이라도 난 것이 아닌가 싶어 이층으로 뛰어 올라갔다. 클레어의 방문을 두드리며 왜 그러느냐고 묻자 이런 대답이 들려왔다.

"아냐 테스. 놀라게 해서 미안해. 그런데 그 이유는 재미있어. 아까 당신을 모욕한 그 작자가 또 꿈에 나타났지 뭐야. 그래서 한바탕 싸움을 했지. 당신이 들은 소리는 짐을 싸려고 내놓은 여행 가방을 마구 두들겨대는 소리였어. 난 이따금 자다가 이런 짓을 곧잘 하거든. 너무 걱정하지 말고 가서 자요."

클레어의 그 말은 갈팡질팡하는 그녀에게 저울추와 같은 역할을 했다. 그를 대면하고 직접 다 말할 수는 없지만 다른 방법으로 고백하는 쪽으로 마음이 기울었다. 그녀는 삼사 년 전에 있었던 일을 넉 장의 편지지에다 간추려 썼다. 편지를 봉투에 넣고 클레어 이름을 적은 다음 마음이 변하기 전에 맨발로 이층으로 살며시 올라가 방문 밑으로 편지를 밀어넣었다.

그날 밤 테스는 뜬 눈으로 밤을 새웠다. 새벽에 이층에서 들려오는 소리에 다른 날보다 더 예민하게 귀를 기울였다. 소리는 여느 때와 마찬가지로 들려왔고 클레어도 평소와 다름없이 아래로 내려왔다. 테스가 아래층으로 내려가자 그는 변함없는 뜨거운 키스를 퍼부었다.

클레어는 불안하고 피곤해보였지만 둘이 있을 때도 그녀의 고백에 대해서는 한마디도 말하지 않았다. 그가 말을 꺼내지 않았으므로 그녀도 아무 말도 할 수 없었다. 그날은 별일 없이 그냥 지나갔다. 클레어는 테스의 비밀을 혼자 간직하려는 것인지도 몰랐다. 그의 태도는 여전히 솔직하고 다정했다. 그녀의 의심은 부질없는 것이었을까? 그는 그녀를 용서하는 것일까? 그는 그녀의 과실을 알고서도 감싸주며, 그녀의 악몽을 지워주기라도 하려는 듯 미소로 대해주는 것일까? 그는 정말 그 편지를 받아본 것일까? 그녀는 그의 방을 살펴보았으나 편지 같은 것은 그림자도 찾아볼 수가 없었다. 어쩌면 그는 그녀를 용서해주기로 결심했는지도 모른다. 그녀는 문득, 설령 그가 편지를 읽지 못했더라도 자신을 용서해주리라는 강한 신뢰를 갖게 되었다.

그의 태도가 변함없는 가운데 날이 가고 마침내 섣달 그믐날, 그들의 결혼식 날이 밝았다.

낙농장에서 마지막으로 머무르는 지난 한 주 동안 그들은 마치 손님과 같은 융숭한 대접을 받았고 테스는 독방까지 쓰게 되었으므로 그날 새벽 그들은 젖 짜는 시간에 맞추어 일찌감치 일어나지 않아도 되었다. 그들이 아침 식사를 하려고 식당으로 내려왔을 때 그들은 자신들을 축하하려고 전날과 달리 깨끗하게 단장된 식당을 보고 깜짝 놀랐다. 새벽 일찍부터 주인은 벽난로가 있는 벽을 희게 칠하고 벽돌 아궁이는 붉게 칠했으며 바람구멍을 장식했던 검푸른 색 무명 바람막이를 떼고 눈부신 금빛 비단막을 그 위에 걸었다. 방의 포인트인 벽난로를 이처럼 장식하니까 음산한 겨울인데도 온 방 안에 봄의 미소가 퍼진 듯 화사한 분위기를 풍겼다.

"오늘의 경사를 축하하려고 뭔가 해본 겁니다. 옛날 하던 식으로 비올라나 바이올린으로 한바탕 떠들썩하게 할까 하다가 너무 번거로울 것 같아서 이렇게 조용한 방법으로 축복하기로 했죠."

테스의 집은 너무 멀었기 때문에 말롯 마을에는 초청장을 내지 않았다. 엔젤의 집에는 결혼 날짜와 시간을 알리고 누구 한 사람이라도 와주면 좋겠다는 편지를 띄웠는데 형들에게서는 답장이 없었고 부모님에게서는 아들의 경솔한 행동을 탓하면서 젖 짜는 처녀를 며느리로 삼을 생각은 없었지만 엔젤이 옳은 판단을 할 수 있는 나이이므로 모든 것을 아들에게 맡기겠다는 내용의 편지가 왔다.

클레어는 머지않아 부모님을 놀라게 해줄 수 있는 테스의 유리한 혈통이 있었으므로 그 냉정한 편지에도 크게 낙심하지 않았다. 사실 낙농장에서 갓 나온 테스를 더버빌의 후손이니 숙녀니 하고 내세우는 것은 무모한 짓이었다. 그는 지금부터 몇 달 동안 그녀가 자기와 함께 여행도 하고 책도 읽어 사회생활에 익숙해진 다음 부모님을 찾아가서 명문의 후손으로 조금도 손색이 없는 여자라고 자랑스럽게 소개할 작정이었다. 그때까지는 그녀의 혈통을 숨겨두고 싶었다. 그것은 사랑하는 사람에 대한 아름다운 꿈이었고, 테스의 혈통은 그에게는 다른 어떤 명문보다 값지게 느껴졌다.

테스는 편지를 직접 전했는데도 클레어의 태도가 변함없는 것이 미심쩍은 생각이 들어 그가 식사를 끝내기 전에 먼저 식탁에서 일어나 급히 이층으로 올라갔다. 방이라기보다는 둥지에 가까운 클레어의 침실을 한번 살펴봐야겠다는 생각이 들었던 것이다. 그녀는 사다리를 기어올라 열려 있는 클레어의 방문 앞에서 곰곰 생각에 잠긴 채 서 있었다. 그러다 사나흘 전에 편지를 밀어넣었던 문지방으로 허리를 굽혔다. 문지방 가까이까지 깔려 있는 융단 끝에 클레어에게 보낸 편지 봉투의 한 끝이 어렴풋이 보였다. 바로 문 밑에 넣는다는 것이 너무 급히 서두른 나머지 융단 밑으로 넣었기 때문에 클레어가 미처 못 본 것이 분명했다.

그녀는 흠칫 놀라며 편지를 꺼냈다. 편지는 봉한 그대로였다. 앞길을 가로막고 있는 난관은 해결되지 않았다. 이제 잔치 준비로 법석인데 새삼스럽게 클레어에게 편지를 줄 수도 없었다. 그녀는 자기 방으로 돌아가 편지를 조각조각 찢고 말았다.

그들이 다시 만났을 때 클레어는 그녀의 안색이 창백한 것을 염려해주었다. 그녀는 편지를 잘못 넣은 사실을 알고는 완전히 풀이 죽었다. 이제는 때가 너무 늦었다. 집 안은 잔치 준비로 술렁였다. 사람들은 쉴 새 없이 드나들었고 크릭 내외는 들러리를 서려고 바삐 옷을 갈아입었다. 그런 경황 중에서 조용히 생각한다거나 신중하게 이야기를 주고받는 시간을 갖는다는 것은 불가능했다. 그들이 단둘이 얘기할 수 있었던 것은 층계에서 잠시 마주쳤을 때뿐이었다. 테스는 일부러 명랑한 표정으로 말했다.

"당신에게 꼭 말하고 싶은 게 있어요. 내 잘못과 실수를 모두 고백하고 싶어요."

"안 돼. 지금은 잘못을 얘기하고 있을 시간이 없어. 오늘 하루 동안만큼은 당신도 실수 없는 완전한 사람이 되어야 하는 거라구. 우리들의 잘못은 나중에 실컷 얘기할 시간이 있을 테니 그때 서로 고백하기로 합시다."

271

"하지만 난 지금 고백하는 게 좋을 거 같아요. 그래야지만 나중에 당신이……."

"좋아, 테스. 정 그렇다면 우리가 하숙에 가서 자리 잡은 다음에 다 말해요. 그땐 내 잘못도 얘기하지. 하지만 오늘 같은 날은 그런 얘기로 마음 상하고 싶지가 않아. 그런 얘기는 시간이 많을 때 해야 어울리는 거요."

"그럼 당신은 내 얘기를 듣고 싶지 않아요?"

"테스. 정말 듣고 싶지 않아."

서둘러 옷을 갈아입고 떠나야 했으므로 더 길게 이야기할 시간이 없었다. 클레어의 말에 그녀는 마음이 훨씬 가벼워졌고 곧 다가올 결정적인 두 시간에 대한 설레임과 흥분 때문에 다른 것을 생각할 여유가 없었다. 그녀가 오랫동안 억눌러 온 단 하나의 소망―그의 아내가 되려는 소망, 목숨이라도 바쳐 이루고 싶은 그 간절한 소망이 막 이루어지려는 순간이었으므로 옷을 갈아입는 그녀의 마음은 오색찬란한 환상의 구름 속을 헤매고 있었다. 찬란하게 빛나는 그 환상의 구름은 온갖 불길한 것들을 덮어버렸다.

교회가 멀었고 또 겨울철이라 그들은 길가 여관에서 빌려온 승용마차를 타고 출발했다. 늙은 마부가 모는 삐걱거리는 마차 안에는 신랑 신부와 들러리를 서는 크릭 내외, 모두 네 사람이 탔다. 엔젤은 형들 중 한 사람이라도 들러리로 참석해주기를 바랐고 실제로 편지에 그런 바람을 비쳤는데도 형들이 오지 않은 걸 보면 그들은 아마 오고 싶은 생각이 없는 모양이었다. 본시, 형들은 이 결혼을 찬성하지 않았으므로 와서 축하해줄 리가 만무했고 오히려 그편이 잘된 것인지도 몰랐다. 이번 결혼에 대한 그들의 견해는 별도로 치더라도 편협한 그들이 낙농장 사람들과 어울리는 일을 불쾌하게 생각할 게 뻔했기 때문이었다.

테스는 시간의 흐름에만 정신이 팔려 있어 그런 사정에는 조금
도 개의치 않았다. 그녀의 눈에는 아무것도 보이지 않았고 교회로
가는 길이 어디인지도 잘 몰랐다. 그녀가 확실하게 아는 것은 엔젤
이 곁에 있다는 것뿐이었고 다른 모든 것은 안개에 싸인 듯 어렴풋
했다. 이를테면 테스는 시(詩)의 세계에서만 사는 하늘나라 사람들
과 흡사했다. 둘이 같이 거닐 적에 클레어가 입버릇처럼 이야기해
주던 고전 속의 하나의 신과도 같았다.

결혼 허가장만 받으면 되는 결혼식이어서 참석한 사람은 열두
어 명 정도였다. 그러나 천 명이 모였다 하더라도 테스에게는 마찬
가지였을 것이다. 지금의 테스에게 그들은 별세계만큼이나 먼 존재
였다. 그녀가 클레어에게 정절을 맹세하는 모습은 너무나 엄숙해
흔해빠진 성적인 감각 따위는 경박하고 하찮게 느껴질 정도였다.
그들이 함께 무릎을 꿇고 있을 때 식이 잠깐 멈추었는데 그녀는 자
신도 모르게 그에게로 몸을 기울였다. 자신의 어깨가 클레어의 팔
에 닿자 그녀는 그가 옆에 있다는 사실을 확인하고는 그가 성실하
기만 하다면 앞으로 어떤 일이 있어도 두려울 것 없다는 신뢰를 한
층 굳혔다.

클레어는 테스가 자신을 사랑한다는 것을 잘 알았다. 그녀의 육
체의 곡선 하나하나가 그것을 여실히 드러내고 있었다. 그러나 그
는 그녀의 열정과 일편단심과 부드러운 마음씨가 얼마큼 깊이가 있
는지 헤아리지 못했으며, 또한 그 사랑이 얼마나 큰 고뇌와 정직과
인내와 진실을 밑바탕으로 하는지도 몰랐다.

그들이 교회 밖으로 나오자 종지기가 종각에 있는 종을 힘껏 쳤
다. 세 박자의 종소리가 사방으로 울려퍼졌다. 그것은 그녀가 느끼

는 감동이나 정신적 긴장과 어울리는 소리였다. 교회의 종소리가 사라지고 결혼식의 감동이 가라앉자 테스는 비로소 주위의 사물을 똑똑히 볼 수가 있었다. 크릭 부부는 다른 마차로 집으로 돌아가고 조금 전에 타고 온 마차는 젊은 부부에게 맡겼으므로 테스는 그제야 마차의 구조나 특징을 자세히 살펴보았다. 마차 안에 앉아 한참 동안 마차를 살펴보는데 클레어가 물었다.

"테스, 기분이 언짢아 보이는군."

테스는 이마에 손을 갖다 대며 대답했다.

"네. 아직 얼떨떨해서 그래요. 엔젤, 모든 것이 신기해요. 더구나 이 마차는 전에 본 일이 있는 것 같아요. 참 이상하죠? 마치 꿈속에서 본 것만 같고……."

"아, 당신은 더버빌 집안의 마차에 관한 전설을 들은 적이 있나 보군. 당신네 가문이 이 지방에서 당당한 권세를 누리고 있을 때 파다하게 퍼진 전설이지. 마차를 보니까 그 전설이 생각난 모양이군."

"난 그런 얘기를 들은 적이 없어요. 전설이라니, 그게 뭐죠?"

"글쎄, 지금은 얘기하고 싶지 않지만 십육칠 세기경에 더버빌 집안사람 중 하나가 자기 집 전용 마차 안에서 무서운 범죄를 저질렀다는 거야. 그런 일이 있은 다음부터 집안사람들이 낡아빠진 마차를 보거나 마차 소리를 듣거나 하면—그 다음 얘긴 나중에 하겠소. 너무 어두운 얘기거든. 아마 이 낡은 마차를 본 순간 그 얘기가 희미하게 기억난 모양이군."

"그런 얘긴 처음이에요. 그런데 엔젤, 우리 가족이 마차를 보게 되는 것은 죽을 때인가요. 아니면 죄를 지을 땐가요?"

"테스, 이제 그만해요."

클레어는 키스로 그녀의 말을 막았다.

그들이 낙농장으로 돌아왔을 때 테스는 깊은 후회의 감정에 사로잡혀 있었다. 이제 자신은 엔젤 클레어 부인이었다. 그러나 그 이름에 어울릴 정도로 도덕적인 자격이 있는 것일까. 알렉 더버빌 부인이라고 불리는 것이 오히려 어울리는 게 아닐까. 올바른 사람이라면 말도 안 된다고 생각할 죄의 눈가림을 굳센 사랑만으로 정당화할 수 있는 것인지. 테스는 이런 경우 여자로서 어떻게 처신해야 하는지 몰랐고 또 그것을 의논할 상대도 없었다.

잠시 방에 혼자 있게 되자 그녀는 무릎을 꿇고 기도드렸다. 그녀는 하나님에게보다 자신의 남편 엔젤을 향해 호소의 기도를 했다. 남편에 대한 숭배는 우상화에 가까운 정도인지라 그것이 어떤 흉조처럼 느껴져 그녀는 두려운 생각마저 들었다.

불현듯 로렌스—《로미오와 줄리엣》에 나오는 수도승—의 말이 떠올랐다.

"이처럼 불길 같은 기쁨은 불길처럼 사라지느니라."

인간에게, 이것은 너무나 심하며, 지독하며, 무모하며, 그리고 치명적인 것인지도 모른다.

"아, 사랑하는 엔젤, 저는 왜 이토록 당신을 사랑할까요?"

테스는 혼잣말로 중얼거렸다.

"당신이 사랑하는 여자는 진정한 제가 아니라 저의 허물을 감싸고 있는 여자랍니다. 지난날의 저의 모습일지도 모를 여자란 말예요."

곧 오후가 되고 떠날 시간이 되었다. 그들은 웰브리지 방앗간 근처의 농가에서 며칠 묵기로 한 계획을 실행하기로 했다. 그는 그곳에 머무르면서 제분 과정을 실습할 작정이었다. 오후 두 시에 그들은 모든 준비를 끝내고 출발을 앞두고 있었다. 낙농장 일꾼들 모두가 그들을 배웅하려고 빨간 벽돌로 된 입구에 서 있었고 크릭 부부도 문간까지 따라나왔다. 함께 지내던 세 친구도 바람벽에 가지런히 기대선 채 슬픈 듯 고개를 숙이고 있었다.

테스는 친구들이 배웅하러 나올 것인지 궁금했었는데 그녀들은 슬픔을 참고 그 자리에 나와 침착하게 서 있었다. 어째서 우아한 레티가 그처럼 창백해 보이고 이즈가 한없이 슬퍼 보이며 마리안이 넋 나간 것처럼 보이는지 그 이유를 잘 아는 테스는 자신을 끈질기게 따라다니는 어두운 과거의 그림자를 잠시 잊은 채 클레어에게 이렇게 속삭였다.

"가엾은 저애들에게 처음이자 마지막으로 이별의 키스를 해주시지 않겠어요?"

클레어에게는 그것이 한낱 형식일 뿐이었으므로 그는 처녀들에게 차례로 입을 맞추며 잘 있으라는 이별의 인사를 했다. 문 앞에 다다른 테스는 이별 키스의 효과가 어떤지 알고 싶은 여자다운 호기심에서 뒤돌아보았는데 그녀의 눈 속에 승리의 빛 같은 것은 추호도 없었다. 설령 그런 기색이 있었다 해도 흥분한 친구들을 본 순간 사라지고 말았으리라. 그녀가 베푼 호의는 역효과를 가져와 그의 입맞춤이 애써 억누르려던 세 처녀의 감정을 흥분시킨 결과를 빚었던 것이다.

클레어는 이런 일들을 조금도 눈치 채지 못했다. 그는 작은 곁문을 나서면서 주인 내외와 악수를 나누고 그들의 호의에 감사했다. 인사가 끝나고 잠시 침묵이 흘렀다. 그때 닭 우는 소리가 침묵을 깨뜨렸다. 붉은 볏에다 온몸이 흰 수탉이 그들로부터 몇 걸음 떨어진 울타리 위에 올라 앉아 있었다. 수탉의 날카로운 울음소리는 그들의 귀를 쩡쩡 울리고는 먼 산골짜기로 메아리쳐 갔다.

"아니 대낮에 닭이 울다니!"

크릭 부인이 말했다. 뜰의 문 옆에서 문을 열고 기다리던 남자 중 한 사람이 다른 동료에게 하는 말이 엔젤이 서 있는 곳까지 들려왔다.

"이건 좋지 않은 징조인걸."

수탉이 클레어를 똑바로 쳐다보며 다시 울었다. 주인이 고개를 갸웃거렸다.

"이상한데?"

"난 저 소리가 듣기 싫어요."

테스가 남편에게 말했다. 그녀는 서둘러 주인 내외에게 인사하고는 마부에게 빨리 말을 몰아달라고 부탁했다. 마차는 떠나고 수탉은 또 울었다.

"쉿! 저리 가. 빌어먹을 수탉 같으니. 안 가면 모가지를 비틀어 버릴 테다."

주인은 짜증스럽게 닭을 쫓았다. 그는 집으로 들어가면서 아내에게 말했다.

"하필 오늘 같은 날 닭이 울다니! 저놈의 수탉이 대낮에 우는 건 오늘 처음 들어본다니까."

"그럴 리가 있어요? 그냥 날씨가 바뀌려고 그러는 거라구요."

크릭 부인이 대답했다.

34

그들은 골짜기를 따라 길게 뻗은 길을 말을 달려 웰브리지에 도착했다. 마을에서 왼쪽으로 돌아 옛 왕조 시대의 양식을 본뜬 다리를 건너자 그들이 머무를 집이 보였다. 프룸 분지를 지나는 여행자에게는 친숙한 그 집은 한때 더버빌 저택이었으나 그 일부가 파손된 뒤에는 농가가 되고 말았다.

"조상께서 쓰시던 저택에 드디어 도착하셨습니다."

마차에서 내리는 테스의 손을 잡아주며 그렇게 말하던 클레어는 '아차' 하고 뉘우쳤다. 자신의 말이 마치 빈정거리는 것처럼 들렸기 때문이다.

집 안에 들어간 두 사람은 주인이 그들이 머무를 동안을 틈타서 친구들에게 새해 인사를 하러 이미 집을 떠났고 그들을 도와줄 이웃 농가 여자 하나가 집에 와 있다는 사실을 알았다. 그들은 집을 독차지하게 된 것과 단둘이 한 지붕 아래서 새로운 삶의 첫발을 내딛는다는 사실이 기뻤다.

그러나 클레어는 이 낡은 집이 신부를 우울하게 만든다는 사실을 깨달았다. 마차는 돌아갔고 그들은 손을 씻으려고 하녀를 따라 올라갔다. 그때 계단 한가운데에서 테스는 흠칫 놀라며 걸음을 멈추었다. 클레어가 물었다.

"왜 그러지, 테스?"

"저 무서운 여자들을 보세요. 깜짝 놀랐어요."

테스가 방긋 웃으며 대답했다. 클레어는 위를 쳐다보았다. 돌 벽에 끼운 화판 위에 실물과 똑같은 크기의 초상화가 그려져 있었다. 이 저택을 방문하는 사람이면 누구나 보게 되는 그 그림은 이백 년 전에 그린 것인데 한번만 보아도 오랫동안 잊혀지지 않을 두 여인이 그려져 있었다. 한 부인은 갸름한 얼굴과 가느다란 눈에 선웃음 치는 모습이었는데 어딘지 싸늘하고 앙칼진 느낌을 주었으며, 매부리코에 큰 이와 부리부리한 눈의 다른 부인은 흉할 정도로 거만해

보였다. 꿈에 나타날 정도로 사나운 인상이었다. 엔젤이 하녀에게 물었다.

"저건 누구의 초상화요?"

"이 집의 옛 주인이던 더버빌 귀부인이라는 얘길 들었어요. 벽에 다 짜넣은 그림이라 떼어버릴 수도 없답니다."

초상화가 테스를 놀라게 한 것 외에 또 하나 불쾌한 일은 과장되게 그려진 초상화의 얼굴 속에서 테스의 아름다운 모습을 찾아볼 수 있다는 사실이었다. 클레어는 아무 말도 안 했지만 속으로는 하필 이집을 첫날밤을 보내는 집으로 택한 것을 후회했다. 두 사람은 옆방으로 들어가 손을 씻었다. 급히 준비한 탓이라 대야가 하나밖에 없었고, 둘이 한 대야에서 손을 씻을 때 손가락이 마주 닿았다. 그는 얼굴을 들어 테스를 보면서 말했다.

"어느 게 내 손가락이고 어느 게 당신 건지 헷갈려서 잘 모르겠어."

"모두 당신 거예요."

테스는 재치 있게 말하고는 명랑해지려 애썼다. 이런 경우에 테스가 깊은 생각에 잠겨 있는 것을 클레어는 불쾌하게 생각지 않았다. 감정이 섬세한 여자는 으레 그러기 마련이기 때문이었다. 그러나 테스는 가능하면 자신의 우울한 기분을 털어버리려 애를 썼다.

섣달 그믐날 오후의 짧은 햇살이 다 스러져가고 있었다. 창틈으로 새어든 그 마지막 햇살은 황금빛 줄무늬처럼 테스의 치맛자락에 어른거렸다. 두 사람은 차를 마시려고 고대풍의 응접실에 들어갔다. 비로소 두 사람만의 오붓한 시간을 갖게 된 클레어는 어린 아이처럼 즐거워했다. 한 접시에 담긴 음식을 둘이 나누어 먹으면서 그녀의 입술에 붙은 빵부스러기를 자신의 입술로 닦아주기도 했다.

그는 테스가 자신처럼 즐거워하거나 부질없는 장난을 함께 즐기려 하지 않는 것이 조금 의아스럽기도 했다.

클레어는 한동안 테스를 묵묵히 바라보면서 새삼 결혼에 대한 책임을 실감했다. 사랑스럽고 아름다운 테스를 끝까지 잘 돌보아야겠다고 남편다운 갸륵한 결심을 했다.

"이 귀여운 여인은 좋든 나쁘든 나의 신앙과 운명에 얼마나 철두철미하게 의존하려는 여인인가를 과연 나는 진지하게 인식하고 있는가? 아니다. 내 자신이 여인이 아닌 이상 그것은 불가능하다고 생각한다. 이 여인이 지금의 나나 마찬가지다. 내가 되는 대로 이여인도 될 것이 틀림없다. 내가 되지 못하는 건 이 여인도 될 수가 없다. 그리고 나는 이 여인을 소홀히 하거나 감정을 상하게 하거나 심지어는 돌보아주지 않거나 할 수가 있을까? 제발 그런 죄만은 저지르지 않게 해주옵소서 하나님!"

그들은 탁자 앞에 앉아 낙농장 주인이 해가 지기 전에 보내주겠다고 약속한 짐을 기다렸다. 그러나 해질 무렵이 되어도 짐은 도착하지 않았다. 그들은 빈손으로 왔기 때문에 입은 옷밖에는 아무것도 없었다. 해가 지자 날씨가 변덕을 부렸다. 창밖에서 비단을 스치는 듯한 소리가 들려왔다. 가을에 다 져버린 낙엽들이 바람에 흩날려 덧문에 날아와 부딪치곤 했다. 이윽고 비가 내리기 시작했다.

"그놈의 수탉이 날씨가 변할 걸 미리 알고 있었던 모양이오."

클레어가 말했다. 농가에서 일을 도우러 온 여자가 식탁에다 초를 갖다놓고 집으로 돌아가자 그들은 초에 불을 붙였다. 촛불은 벽난로 쪽으로 흔들거렸다. 흘러내리는 촛농을 바라보며 클레어가 말을 이었다.

"옛날 집이라 낡은 틈새로 바람이 심하게 스며드는군. 짐마차는

280

어디쯤 오고 있을까. 솔도 빗도 아무것도 없으니 말이오."

"글쎄요."

그녀는 멍하니 답했다.

"테스, 당신은 오늘 조금도 즐거워 보이지가 않아. 다른 때는 명랑하더니. 이층에 있는 흉측한 초상화가 당신 마음을 어지럽게 했나 보군. 미안하오. 이런 데로 당신을 데리고 와서. 그런데 당신은 정말 나를 사랑하오?"

클레어도 테스가 자신을 사랑한다는 걸 잘 알았으므로 심각한 의미로 말한 것은 아니었는데 그녀는 스스로의 감정에 복받쳐 상처 입은 짐승처럼 몸을 움츠렸다. 그녀는 아무리 참으려고 애를 써도 흐르는 눈물을 막을 수가 없었다.

"진담으로 그렇게 말한 건 아니야. 짐이 안 와서 걱정이 돼서 말한 거지. 왜 조나단 영감이 짐을 안 가져오는지 알 수가 없어. 벌써 일곱 시가 넘었는데, 아 지금 온 모양이야."

문 두드리는 소리가 들리자 클레어가 밖으로 나가 조그만 꾸러미를 들고 방으로 들어왔다.

"조나단 영감이 아니야."

"참 큰일이네요."

테스가 말했다.

그 꾸러미는 에민스터에서 보낸 심부름꾼이 가지고 온 것이었다. 신혼부부가 낙농장을 출발한 뒤에 그곳에 도착한 심부름꾼은 직접 본인에게 전하라는 부탁 때문에 이곳까지 뒤쫓아온 것이다. 클레어는 소포를 촛불 아래로 가지고 왔다. 길이 삼십 센티미터 가량의 소포는 천막 천으로 싸여 있었고 겉에 '엔젤 클레어 부인 앞'이라고 아버지의 친필로 쓰여 있었다.

"테스, 부모님이 당신한테 보내는 결혼 선물이야. 정말 생각이 깊으신 분들이야."

클레어는 테스에게 소포를 내어주며 말했다. 어리둥절한 표정으로 꾸러미를 받은 테스는 도로 클레어에게로 내밀었다.

"당신이 풀어주세요. 너무 어마어마해서 뜯고 싶지가 않아요."

클레어가 소포를 풀자 모로코가죽으로 만든 상자가 나왔다. 상자 위에는 편지 한 장과 열쇠 하나가 놓여 있었다. 클레어 앞으로 보내온 그 편지에는 이렇게 쓰여 있었다.

사랑하는 아들아,

네가 어렸을 때 세상을 떠난 대모 피트니 부인을 기억하는지 모르겠다. 사치스러우나 친절했던 그분은 너와 장래 네 아내가 될 사람에게 애정의 표시로 보석을 내게 맡기셨고, 네가 결혼하게 되면 네 아내에게 그 보석을 전해주라는 유언을 내게 남기셨단다. 나는 부탁받은 그 다이아몬드를 거래하는 은행에 맡겨두었단다. 이번 네 결혼이 다소 마음에 차지 않는 점이 있긴 하지만 너도 알다시피 네 아내는 그 보석을 평생 사용할 권리가 있으므로 나는 이 보석을 즉시 네게 보내는 것이다. 이 보석은 네 대모의 유언에 따라 대대로 물려주는 상속 재산이 되어야 할 것이다. 자세한 유언장을 함께 동봉한다.

"이제야 생각나는군 그래. 까맣게 잊고 있었는데."

클레어가 말했다. 상자를 열어보니 목걸이와 팔찌, 귀걸이, 그리고 몇 가지 장신구가 그 안에 들어 있었다. 테스는 처음엔 보석을 만져보는 것도 두려워하는 것 같았으나 클레어가 보석을 한데 펼쳐놓자 그녀의 눈도 보석처럼 반짝거렸다. 그녀는 믿을 수 없다는 듯 중얼거렸다.

"이게 모두 내 것인가요?"

"당신 거야, 틀림없는."

클레어는 난로의 불을 물끄러미 들여다보았다. 문득 생각나는 것은 열다섯 살 되던 해 대모였던 지주의 아내—난생 처음으로 사귀어본 부자였다—는 자기의 성공을 믿고 놀라운 출세를 예언하였던 사람이었다. 이렇게 화려한 장신구를 자기의 아내와 후손들의 아내들을 위하여 간직해둔다는 것은, 그와 같은 추측적인 출세와 조금도 상극되는 행동은 아니었다. 눈앞의 보석은 지금 어딘지 모르게 빈정대는 빛을 뿜고 있었다. '그건 뭣 때문이지?' 하고 클레어는 자기 자신에게 물어보았다. 두말할 것 없이 이것은 철두철미 허영의 문제에 지나지 않았다. 만일에 허영을 부부라는 방정식의 한편에 허용할 수 있다면 다른 한편에도 허용해야 할 것이 아닌가? 자기의 아내는 더버빌 집안의 후손이다. 내 아내 이상으로 이 장신구가 잘 어울릴 사람이 어디 있으랴?

클레어는 갑자기 힘을 주어 말했다.

"테스. 그걸 좀 껴봐요."

클레어가 테스를 거들어주려고 불 앞에서 몸을 일으켰을 때, 테스는 마치 마술에라도 걸린 듯 목걸이, 귀걸이, 팔찌 등 장신구를 모두 걸고 있었다.

"헌데 테스, 그 가운이 안 맞는군. 다이아몬드 목걸이에는 가슴이 파진 야회복이 어울리거든."

"그래요?"

"그럼."

그는 가운을 야회복으로 고치려면 어떻게 하면 되는지 가르쳐주었고 테스는 그가 가르쳐준 대로 윗도리의 깃을 안쪽으로 집어넣었다. 목걸이에 달린 장식이 희게 드러난 목덜미에 제대로 드리워지자 클레어는 몇 걸음 뒤로 물러서서 찬탄의 눈길로 테스를 바라보았다.

"훌륭해. 정말 눈부시도록 아름답군."

흔한 말이지만 옷이 날개임에는 틀림없었다. 평범한 얼굴에 평범한 옷차림을 하고 있으면 한낱 시골 처녀일 뿐이지만 인공적으로 가꾸고 꾸민다면 사교계의 부인 못지않은 미인으로 바뀔 수 있는 것이다. 그러나 아무리 아름다운 미녀라도 허술한 옷을 입고 흐린 날 무밭에 서 있다면 처량하게밖에 보이지 않을 것이다. 클레어는 테스의 자태가 이처럼 빼어나게 아름다우리라고는 상상조차 못했다.

"당신이 그런 모습으로 무도회에 나간다면! 아니지, 테스. 난 당신이 차양달린 모자와 수수한 작업복을 입은 모습이 제일 좋아. 이 옷을 입은 것보다 그런 옷차림의 당신이 더 보기가 좋은걸. 이 옷을 입었다고 해서 품위가 떨어지는 건 물론 아니지만."

테스는 훌륭한 치장에 잠시 마음이 설레었지만 행복감을 느낄 수는 없었다.

"조나단이 보면 웃을 거예요. 이젠 그만 풀어놓겠어요. 이런 건 내게 어울리지 않아요. 모두 팔아버리는 게 좋겠어요."

"조금만 더 그대로 있어요. 팔아버린다는 건 말도 안 돼요. 그건 남의 호의를 배반하는 거라구."

그녀는 마음을 고쳐먹고는 그가 시키는 대로 했다. 마침 그에게 중요한 얘기를 하려던 참이었는데 이런 차림으로 있는 것이 더 좋을지도 몰랐다. 두 사람은 다시 조나단 노인이 어디쯤 오고 있을까 생각에 잠겼다. 노인이 오면 주려고 따라놓았던 맥주는 오래 전에 김이 다 빠져버렸다.

조금 뒤에 그들은 식탁에 마련해놓은 저녁을 먹었다. 식사가 끝날 무렵 벽난로의 연기가 확 솟아오르더니 방 안 가득 연기가 퍼졌다. 바깥문이 열린 탓에 바람이 불어왔기 때문이었다. 복도에서 무거운 발걸음 소리가 들려오자 엔젤이 일어났다.

"아무리 두드려도 대답이 없어서 제가 문을 열고 들어왔습죠. 게다가 바깥에는 비바람이 몰아치고 있어서 말이죠. 여기 짐을 가지고 왔습죠."

복도에 나타난 조나단이 엔젤에게 말했다.

"무사히 도착해서 반갑소. 그런데 너무 늦었구료."

"예, 그런 일이 좀 있어서."

조나단의 말투에는 무언가 말하기 어려운 듯 언짢은 기색이 엿보였다. 그의 이마에는 근심스러운 주름살이 깊이 패었다. 그는 말을 계속했다.

"서방님과 아씨께서―이젠 결혼했으니까 아씨라고 부르겠습니다.―오늘 낮에 떠나신 뒤에 낙농장에서 엄청난 불상사가 생길 뻔했지 뭡니까요. 저희는 아주 혼이 났어요. 서방님께서도 대낮에 수탉이 운 걸 기억하시죠?"

"대체 무슨 일인데요?"

"글쎄 그걸 가지고 무슨 징조니 하면서 말이 많았는데 말입니다. 그런데 가엾게도 레티 프리들이 물에 빠져 죽으려 했지 뭡니까."

"설마 그럴 리가. 다른 사람들과 함께 우리에게 작별 인사까지 했는데……."

"네 그랬죠. 그런데 서방님과 아씨가 떠난 다음에 레티와 마리안은 모자를 쓰고 바깥으로 나갔습죠. 연말이라 할 일도 별로 없었고 모두 거나하게 취해 있어서 아무도 별다른 주의를 기울이지 않았죠. 그들은 마을 술집에서 한 잔씩 마셨고, 레티는 집으로 가는 척하면서 목장을 가로질러 다른 곳으로 갔고 마리안은 이웃 술집으로 갔나 봐요. 그 뒤로 레티의 소식은 아무도 몰랐는데 어느 뱃사공이 집으로 돌아가는 길에 물웅덩이 옆에서 이상한 것을 발견했습죠. 뱃사공이 가까이 가보니 그건 바로 레티의 모자와 숄이 똘똘 뭉쳐진 것이었고, 마침내 물속에서 그녀를 찾아냈어요. 그 뱃사공은 다른 사람의 도움을 얻어 그녀를 집에 데리고 왔는데, 이제 겨우 되살아났습니다요."

엔젤이 테스가 그 우울한 얘기를 들을까 염려되어 그녀가 있는 방과 복도 사이의 문을 닫으러 갔을 때 테스는 이미 방문 앞에서 노인이 가져온 짐을 내려다보며 그의 얘기에 귀를 기울이고 있었다.

"게다가 또 마리안은 말입니다. 술도 잘 마시지 못하면서 엉망으로 취해 쓰러져 있는 걸 버들 숲 근처에서 사람들이 찾아냈거든요. 처녀들이 모두 제정신이 아닌 것 같았습니다."

"이즈는 어떻게 됐나요?"

테스가 물었다.

"이즈는 보통 때와 다름없이 집에 있었는데 왜 그런 일들이 생겼는지 안다고 하더군요. 그애도 기분이 좋지 않은 것 같았어요. 마침 아씨의 잠옷이며 화장품들을 마차에 싣고 있을 때 그런 일이 생겨서 이렇게 늦었습니다요."

"그래요 조나단. 짐들을 이층으로 올려다놓고 맥주나 한잔 하신 다음 어서 가보세요. 그쪽에 또 무슨 일이 있을지도 모르니까."

테스는 이층 방으로 돌아와 괴로운 듯 물끄러미 난롯불을 바라보았다. 조나단이 이층을 오르내리며 짐을 나르는 소리와 클레어가 대접한 맥주와 사례금에 대해 조나단이 인사하는 소리가 들려왔다. 이윽고 조나단의 발소리가 문 쪽으로 멀어지고 이어 짐마차가 떠나는 소리가 들렸다.

엔젤은 문을 잠그고 테스가 있는 방으로 들어왔다. 그처럼 기다리던 짐이 왔는데도 테스는 명랑하게 일어나서 화장품을 꺼내보기는커녕 꼼짝도 않고 앉아 있었으므로 클레어는 테스 옆에 가서 앉았다. 식탁 위의 촛불은 거의 다 타버려 희미했고 난로 불빛이 환하게 두 사람을 비춰주었다.

"당신에게까지 그 우울한 얘기가 들리게 해서 미안하오. 하지만 그런 일로 마음 쓸 건 없어요. 당신도 알다시피 레티는 천성이 병적이었잖아."

"그럴 만한 이유도 없는데 왜들 그러는지 모르겠어요. 실지로 그럴 만한 이유가 있는 사람은 가만히 있는데……."

그 사건은 테스의 마음에 심한 풍파를 일으켰다. 하나같이 소박하고 순진한 그녀들이 이룰 수 없는 사랑의 불행을 맛보았고, 운명의 따돌림을 받아 마땅한 자신이 오히려 호의를 입어 그와 결혼하는 행복을 누리게 되었다. 대가를 치르지 않고 그 행복을 차지한다는 것은 죄스러운 일처럼 느껴졌다. 테스는 지금 이 자리에서 과거를 다 고백해서 그 대가를 말끔히 치르고 싶었다. 클레어에게 손을 잡힌 채 난롯불을 들여다보며 마지막으로 굳게 결심하는 그녀의 모습은 난로 불빛을 받아 따스한 빛을 반사했다. 그녀의 몸에 달린 보석은 불빛에 한층 눈부시게 빛났고 그녀의 심장이 뛸 때마다 보석들이 여러 가지 색깔로 바뀌면서 반짝거렸다.

꼼짝 않고 앉아 있는 그녀에게 클레어가 갑자기 말했다.

"오늘 아침에 우리가 서로의 허물을 고백하자고 했던 거 기억하오? 당신은 대수롭지 않게 그런 말을 했는지 모르지만 난 진정으로 한 말이었어. 난 당신한테 고백할 것이 있소. 테스."

그가 먼저 말을 꺼낸 것이 테스에게는 마치 하나님의 은총처럼 느껴졌다. 테스는 기쁨과 안도의 빛을 띠며 이내 물었다.

"내게 고백할 것이 있다구요?"

"뜻밖일 테지? 당신은 날 너무 과대평가했어. 자, 내 얘길 들어요. 내게 머리를 기대구. 난 당신의 용서를 받고 싶어."

얼마나 신기한 일인가! 그도 그녀와 똑같은 처지일는지 모른다. 그녀는 침묵을 지켰고 그가 말을 계속했다.

"내가 지금까지 고백을 하지 않은 것은 당신을 잃고 싶지 않아서였소. 당신은 신이 내게 주신 최고의 행운이니까. 한 달 전에 당신이 내 청혼을 받아들였을 때 그 얘기를 하려 했는데 당신이 어디론가 멀리 가버릴 것 같아 차마 말을 못 했어. 어제 얘기를 해서 당신에게 다시 선택할 기회를 주려 했는데 차마 말할 수가 없더군. 오늘 아침 낙농장에서 당신이 서로의 허물을 고백하자고 했을 때도 난 차마 말할 용기가 없었소. 그런데 당신이 거기 엄숙하게 앉아 있는 모습을 보니까 말하지 않고는 못 배길 것 같소. 테스, 당신은 날 용서하겠지?"

"물론 용서하구말구요."

"그래 주었음 좋겠군. 하지만 내 얘기를 다 들어봐요. 처음부터 얘기할 테니까. 아버진 날 잃어버린 양으로 생각하시지만 난 테스 못지않게 도덕을 존중해. 난 결함 없는 사람을 숭배하고 비열한 인간을 미워해. 지금도 그 마음은 마찬가지지만, 나는 사도 바울이 말

288

한 것처럼 '말과 행실과 사랑과 믿음과 정절이 믿는 자들의 본이 되도록' 올바른 삶을 살고 싶었소. 그런데 세상살이란 생각과 행동을 일치하기가 참 어렵단 말이오. 누군가를 위해 훌륭한 일을 하겠다는 자신의 소망과는 달리 어쩔 수 없이 타락했을 때 느끼는 후회가 얼마나 큰지 당신은 이해해줄 거요."

그리고 나서 그는 런던에서 한때 회의와 번민에 시달려 물 위에 떠다니는 코르크 병마개와 같이 방황하다가 낯선 여자와 함께 이틀 동안 방탕한 생활에 빠졌던 것을 테스에게 고백했다.

"다행스럽게도 나는 곧 내 어리석음을 뉘우치고 집으로 돌아왔어. 그 뒤 그런 실수는 두 번 다시 없었지만 난 솔직하게 깨끗한 마음으로 당신을 맞이하고 싶었고 그러려면 고백하지 않을 수가 없었소. 날 용서하겠소?"

테스는 대답 대신 클레어의 손을 꼭 쥐었다.

"그럼 이제 이 얘기는 영원히 잊기로 합시다. 오늘처럼 좋은 날 이런 얘기는 너무 괴로운 얘기였어. 이젠 좀 더 명랑한 이야기를 하면 좋겠소."

"오, 엔젤. 난 정말 기뻐요. 당신도 내 잘못을 용서해주실 테니 말이에요. 난 아직 내 허물을 고백하지 않았어요. 나도 고백할 것이 있어요. 기억하시죠? 전에 그렇게 말했던 것을."

"아, 그래. 어서 말해봐요. 심술쟁이 아가씨!"

"당신은 웃고 계시지만, 당신 못지않은, 어쩌면 당신보다 더한 고백인지도 몰라요."

"테스, 그보다 더 심한 일은 설마 아니겠지?"

"네. 정말 그렇지는 않을 거예요. 그보다 더할 까닭이 없죠. 당신과 마찬가지 경우니까요. 이제 말씀드리겠어요."

그들은 난로 앞에서 손을 마주 잡았다. 사그라져가는 난로의 새빨간 불꽃은 마치 심판의 날의 무시무시한 불꽃처럼 보였다. 테스의 큰 그림자가 뒤쪽 벽과 천장에 떠올랐다. 그녀가 몸을 앞으로 구부리자 목에 건 다이아몬드 알이 마치 두꺼비가 눈을 껌벅이듯 불길하게 번쩍였다. 테스는 엔젤의 관자놀이에 자신의 이마를 대고 알렉 더버빌을 알게 된 경위와 그 결과에 대해 이야기했다. 눈을 내리깐 채 두려움 없이 그녀는 이야기를 해나갔다.

5부 여인의 대가

35

테스의 이야기가 끝났다. 처음 시작할 때와 마찬가지 음성으로 그녀는 차분히 설명을 덧붙이기도 하고 반복하기도 하면서 이야기를 끝마쳤다. 그녀는 울지도 않았고 변명은 단 한마디도 하지 않았다.

하지만 테스의 이야기가 계속됨에 따라 그들을 둘러싼 주위의 사물들이 이상하게 음산한 표정을 띠는 것처럼 느껴졌다. 난로의 불길은 그녀가 당한 곤경은 아랑곳없다는 듯 마치 악마처럼 웃는 것 같이 보였고 벽난로 둘레도 역시 자기는 아무 상관도 없다는 듯이 이를 드러내고 쌀쌀하게 웃는 것 같았다. 물병에서 반사하는 빛은 오직 제 빛을 보이는 데만 골몰할 따름이었다. 모든 사물이 자신들이 그 일과는 아무 상관이 없음을 굳이 강조하는 것처럼 느껴졌다. 사실 클레어가 테스에게 키스한 순간부터 지금까지 달라진 것은 아무것도 없었지만 사물의 본질은 천천히 변해가고 있었다.

테스의 이야기가 끝나기 바쁘게 여태까지 그들 사이에 충만했던 사랑스런 속삭임이 어디론가 흔적도 없이 사라져버린 듯한 느낌이 들었다. 그것은 또 어리석기 짝이 없는 장님과도 같은 지난날로부터 아득히 울려오는 메아리처럼 들려왔다. 클레어는 애꿎은 불만 뒤적였다. 그는 처음에는 테스가 무슨 말을 하는지 이해할 수가 없었다. 타다 남은 불을 뒤적이다 그가 벌떡 일어났다. 테스의 고백이 비로소 그의 마음을 때리기 시작하는 것 같았다. 그는 핏기가 사라진 얼굴로 마루 위를 서성거렸다. 그는 생각을 가다듬으려 했으나 온갖 괴로운 혼란만이 가중될 뿐이었다. 이윽고 그는 여태까지의 정감어린 목소리와는 전혀 다른 평범하면서도 어색한 음성으로 테스를 불렀다.

"테스!"

"네."

"내가 그 얘기를 믿어야 한단 말이야? 당신의 태도로 보면 사실인 것도 같고…… 설마 당신이 미친 건 아니겠지. 미치지 않고서야 어떻게 그럴 수가! 여보, 사랑하는 테스, 그런 엉터리 이야기를 뒷받침할 만한 증거는 아무 데도 없지 않소?"

"난 맑은 정신으로 얘기한 거예요."

그는 얼빠진 사람처럼 테스를 물끄러미 쳐다보았다.

"왜 당신은 좀 더 일찍 얘기하지 않았지? 아, 참 그렇지. 언젠가 당신이 얘기하려고 했을 때 내가 막았었지. 나도 기억해."

조금 전이나 지금의 클레어가 한 말은 그 속은 움직이지 않고, 수면만 잔물결을 이루며 흐르는 물줄기와 마찬가지였다. 그는 돌아서서 저쪽으로 가더니 의자에 쓰러지듯 주저앉았다. 테스는 방 한가운데 있는 그에게로 다가가 눈물조차 흐르지 않는 눈으로 그를 응시하다가 무너지듯 그의 발아래 무릎을 꿇었다.

"우리의 사랑을 생각해서라도 용서해주세요. 난 이미 당신을 용서했잖아요!"

테스는 메마른 음성으로 속삭였다. 클레어가 대답을 하지 않았으므로 테스는 다시 한 번 애원했다.

"내가 당신을 용서했듯 날 용서해주세요. 당신은 용서받았잖아요. 엔젤."

"그래. 당신은 날 용서했어."

"그런데 당신은 날 용서할 수가 없나요?"

"테스, 당신은 경우가 달라. 당신은 용서받을 수가 없어. 지금의 당신은 이미 예전의 당신이 아니오. 어떻게 용서라는 말이 그따위 괴상망측한 요술에 적용될 수가 있겠소."

그는 말을 멈추고 요술이란 말의 뜻을 곰곰 생각하더니 마치 지옥에서 울려나오는 듯한 이상하고 음산한 웃음을 터뜨렸다.

"제발, 제발 그만하세요. 전 죽을 것만 같아요. 아, 날 불쌍히 여겨주세요."

그래도 클레어가 대답이 없자 테스는 창백한 얼굴로 벌떡 일어났다.

"엔젤, 어째서 그런 웃음을 웃으세요? 그 웃음소리가 내 마음을 얼마나 괴롭히는지 생각 좀 해주세요."

그는 고개를 설레설레 저었다.

"난 여태까지 당신을 행복하게 해드리고 싶다는 소망으로 살아왔어요. 당신의 행복을 위해 기도하면서, 당신을 행복하게 해드리지 못한다면 한낱 어리석은 아내가 될 뿐이라고 생각해왔어요. 엔젤."

"그건 나도 알고 있소."

"난 당신이 바로 이 자리에 있는 지금의 나를 사랑해주시는 줄 알았어요. 당신이 지금의 나를 사랑하신다면 어떻게 그런 무서운 표정으로 그렇게 말할 수가 있어요? 난 당신을 사랑한 이상 어떤 변화가 있건 어떤 굴욕을 당하건 변함없이 당신을 사랑해요. 난 이 이상 바라지를 않아요. 그런데 당신은, 틀림없는 내 남편인 당신은 왜 날 사랑하지 않는 거죠?"

"다시 한 번 말하겠는데 여태까지 내가 사랑했던 여자는 당신이 아니었어."

"그럼 누구예요?"

"당신의 허울을 쓴 다른 여자였어."

그 말을 듣는 순간 테스는 전부터 두려워하던 예감이 들어맞는 것을 느꼈다. 클레어는 자신을 순진한 가면을 쓴 죄 많은 여자로, 사기꾼으로 보는 것이다. 그녀의 창백한 얼굴에는 공포감마저 어렸다. 두 뺨은 힘없이 처지고 반쯤 벌린 입술은 동그랗고 조그만 구멍 같아 보였다. 사랑하는 남편이 자신을 그런 여자로 본다는 생각이 들자 그녀는 절망감으로 비틀거렸다. 그가 그녀에게로 다가가 부드럽게 말했다.

"앉아요, 테스. 현기증이 나는 모양이군. 허긴 그럴 만도 하지만."

테스는 정신없이 아무 의자에나 주저앉았다. 그녀의 얼굴은 긴장으로 굳어졌고 두 눈은 클레어를 오싹하게 할 정도로 무서워 보였다. 그녀는 절망적으로 부르짖었다.

"엔젤, 그럼 이제 난 당신과는 상관이 없다는 말인가요?"

그가 사랑한 사람은 자신을 닮은 다른 여자라는 환상이 떠오르자 테스는 푸대접이라도 받았을 때처럼 자신이 처량하게 느껴졌다. 지금 그녀가 처한 신세를 또렷이 깨닫자 그녀의 두 눈에 눈물이 괴었고 그녀는 뒤로 돌아앉아 자기 연민의 눈물을 쏟으며 흐느껴 울었다.

그녀의 이런 변화에 엔젤은 마음이 다소 진정되었다. 현재의 사태는 그녀의 고백 자체에 비하면 극히 작은 두통거리일 뿐이었다. 클레어는 그녀의 격렬한 울음이 잔잔한 흐느낌으로 바뀔 때까지 끈기 있게 기다렸다. 이윽고 테스는 마음을 가라앉히고 여느 때와 같은 목소리로 문득 말했다.

"엔젤, 난 당신과 함께 지낼 자격이 없는 여자인 모양이죠?"

"나도 어떻게 하면 좋을지 갈피를 잡을 수가 없소."

"굳이 당신과 함께 살게 해달라는 말은 하지 않겠어요. 그럴 자격이 없으니까. 사실 어머니와 동생들에겐 아직 우리의 결혼을 알리지 않았어요. 언젠가는 알리겠다구 했었지만 이젠 자격이 없으니까 당신의 아내 행세는 하지 않겠어요."

"그럼 아무것도 하지 않겠다는 말이오?"

"네, 당신이 시키지 않는 한 아무것도 하지 않겠어요. 당신이 내 곁에서 떠난다 해도 따라가지 않겠어요. 당신이 내게 아무 말을 안 해도 당신이 물어보라고 하기 전에는 그 이유를 묻지 않겠어요."

"내가 당신더러 무얼 하라고 시키면 어떻게 하겠소?"

"당신이 쓰러져 죽으라고 한데도 난 불쌍한 노예처럼 복종하겠어요."

"거참 갸륵하군. 그러나 현재의 당신의 희생정신과 과거에 당신이 자신을 지키려던 감정과는 잘 조화가 되지 않는 것 같군."

그것은 클레어가 테스에게 처음으로 던진 빈정거림이었지만, 그녀는 그 뜻을 이해하지 못한 채 노기와 분노에서 한 말로만 받아들였다. 테스는 남편이 자신에 대한 애정을 억제하고 있는 줄 몰랐으므로 잠자코 있기만 했다. 클레어의 뺨으로 보일듯 말듯 가느다란 눈물이 흘렀지만 마음속으로 그가 통곡하는 것을 그녀는 알지 못했다.

그러는 동안에 클레어는 점차 테스의 고백과, 그 고백으로 자신의 세계에 무언가 변화가 생겼다는 것을 선명하게 느끼기 시작했다. 그는 자신에게 닥친 새로운 사태를 극복해야만 했다. 그러려면 적극적인 노력이 필요했으나 아직까지 무엇을 어떻게 하면 좋을지 알 수가 없었다. 그는 애써 부드럽게 말했다.

"테스, 여기선 잠시도 더 있을 수가 없어. 밖에서 산책이나 좀 해야겠어."

그는 조용히 밖으로 나갔다. 두 사람을 위해 따라놓은 두 잔의 술은 입도 대지 않은 채 식탁에 놓여 있었다. 기다리고 기다렸던 사랑의 만찬은 그렇게 끝이 나 버렸다. 두세 시간 전에 차를 마실 때는 한 찻잔으로 둘이서 장난스럽게 마시기도 했었는데.

클레어가 바깥으로 나가면서 조심스럽게 현관문을 닫는 소리가 들려오자 그녀는 정신을 차리고 벌떡 일어났다. 그가 나가고 없는 방에 혼자 있기는 싫었다. 그녀는 급히 외투를 걸치고 다시는 돌아오지 않을 사람처럼 촛불을 끄고는 그를 뒤쫓아 나갔다. 비는 그치고 밤하늘은 맑게 개어 있었다.

클레어는 목적도 없이 발길 닿는 대로 천천히 걸었으므로 테스는 곧 그를 따라갈 수 있었다. 연한 회색으로 보이는 그녀 앞에 있는 클레어의 검은 모습은 가까이 다가갈 수 없는 음흉한 괴물처럼 보였다. 잠시 자랑스러웠던 보석의 감촉이 이제는 그녀 자신을 비웃는 것처럼 생각되었다. 그녀의 발소리를 듣고 클레어가 뒤돌아보았으나 얼굴에는 아무 표정이 떠오르지 않았다. 그는 집 앞에 있는 큰 다리를 성큼성큼 건넜다.

소와 말의 발굽으로 패인 길바닥에는 빗물이 그득 괴어 있었다. 비는 그 발자국을 채울 만큼 왔으나, 그것을 씻어내릴 정도로 온 것은 아니었다. 테스가 그 물웅덩이를 지날 때 뭇별들이 그곳에 반사돼 반짝거렸다. 사방이 활짝 틔어 있었으므로 테스는 클레어를 놓치지 않고 뒤쫓아갈 수 있었다. 집에서 거리가 멀어지자 길은 초원 사이로 꼬불꼬불 뻗어나갔다. 테스는 그의 관심을 끌거나 그의 뒤를 바짝 따르려는 생각 없이 충실하게 뒤를 따랐다.

얼마를 더 걷자 저절로 그녀는 그의 옆에 서게 되었으나 클레어는 끝내 한마디도 하지 않았다. 속았다는 생각이 들면 사람의 마음이란 한층 매정해지기 마련이고 그의 마음 또한 그런 상태였다. 그는 바깥의 차가운 공기에 의식이 맑아져 예전처럼 감정대로 행동할 수가 없었다. 테스는 클레어가 가식 없는 적나라한 시선으로 자신을 보고 있음을 깨달았다. 또한 '시간의 신'이 자신에게 빈정거림의 송가를 불러주고 있다는 것도 알았다.

보라, 그대의 가면이 벗겨질 때 애인은 그대를 미워하리.
그대의 운명이 기울어질 때 아름다운 모습도 시들어지리.
이는 그대의 삶이 나뭇잎처럼 떨어지고 빗방울처럼 흩뿌려지고.
그대 머리에 쓴 베일은 슬픔이 되고 머리에 얹은 관은 괴로움이 되기 때문이니라.

클레어는 여전히 깊은 생각에 잠겨 있어 테스가 비집고 들어갈 틈이 없었다. 그녀의 존재란 지금 클레어에게 한낱 미물과 다름없었다. 테스는 더는 잠자코 있을 수가 없었다.

"내가 무슨 짓을 했다구. 엔젤, 도대체 내가 어쨌다는 거예요. 난 당신에 대한 내 사랑을 배반하거나 방해하는 짓은 한 적이 없어요. 내가 일부러 당신을 괴롭히려고 그런 말을 했다고는 생각지 않으시겠죠? 엔젤, 당신이 성을 내는 것은 당신 자신의 마음 때문이에요. 나 때문은 아니에요. 난 당신이 생각하는 것처럼 남을 속이거나 하는 여자는 결코 아니에요."

"흠, 그럴 테지. 그럴 여자가 아니지. 그러나 예전과 똑같은 여자는 아니야. 이제 난 당신을 나무라지는 않겠어. 그러지 않기로 결심했단 말이오."

테스는 하지 않아도 좋을 말까지 하면서 결사적으로 변명을 했다.

"엔젤! 엔젤! 난 어린 아이였어요. 그 일이 있었을 때 난 어린 아이였단 말이에요. 남자가 어떤 것인지 전혀 몰랐어요."

"당신이 죄를 저지르지 않고 억울하게 죄를 뒤집어썼다는 건 나도 알아."

"그렇다면 용서해주셔도 되잖아요."

"용서야 하겠지만, 용서로 일이 해결되는 건 아니오."

"그럼 전처럼 날 사랑해주겠어요?"

그는 아무 대꾸도 하지 않았다.

"엔젤! 이런 일은 흔히 있는 일이라고 어머니는 말했어요. 어머닌 내 경우보다 더 심한 경우를 알고 있었는데 그 여자의 남편들은 크게 문제 삼지도 않고 그냥 용서해주었대요. 그 여자들은 내가 당신을 사랑하는 것만큼 남편을 사랑하는 것도 아닌데 말이에요."

"그만둬요, 테스. 여러 말 듣고 싶지 않아. 사회가 다르면 풍습도 다른 법이오. 당신은 마치 사회의 윤리나 도덕을 전혀 모르는 무식한 시골여자처럼 말하는군. 당신은 지금 자신이 무슨 말을 하는지도 모르고 있어!"

"난 시골여자지만 근본 태생은 그렇지 않아요!"

테스는 순간적으로 노기를 띠고 말했는데 그 응답이 즉각 되돌아왔다.

"그러니까 더 나쁘다지 않소. 당신 집안의 족보를 들추어낸 목사가 애초부터 입을 다물고 있었더라면 좋을 뻔했소. 난 당신 집안의 몰락과 당신의 의지박약을 결부시켜서 생각할 수밖에 없소. 노쇠한 집안은 으레 노쇠한 의지로 노쇠한 행실을 하기 마련이니까. 당신은 무엇 때문에 그따위 족보를 들추어 내게서 더 경멸을 받으려 하는 거지? 난 당신이 새로 싹튼 대자연의 딸이라고 생각했는데 결국 몰락한 가문의 때늦은 묘목일 뿐이었어."

"그런 점에서 나와 비슷한 집이 얼마든지 있어요. 레티와 낙농장의 빌레트의 집안도 한때는 큰 지주였어요. 짐마차를 끄는 데비하우스의 집도 옛날에는 드베이유 가문이었어요. 그런 예는 많다구요. 그건 이 고장 특징이에요. 나로서도 어쩔 수 없는 일이에요."

"그만큼 이 고장도 나쁘다는 거요."

테스는 그의 비난의 자세한 뜻을 새겨듣지 않았다. 그녀는 이제 그가 예전처럼 자신을 사랑하지 않는다는 사실에만 온통 마음을 쏟았다.

"내가 왜 당신의 일생을 불행하고 비참하게 만들어야 하는지 모르겠어요. 차라리 저 아래 강물에 빠져 죽고 싶어요. 죽음은 조금도 두렵지 않아요."

"여태까지 저지른 내 어리석은 실수에다 살인까지 보태고 싶지는 않소."

"내 과실 때문에 스스로 목숨을 끊었다는 증거를 남기면 아무도 당신을 탓하지 않을 거예요."

"그런 바보 같은 소리는 듣고 싶지도 않아. 이런 경우에 그런 생각을 하다니 어리석기 짝이 없는 짓이야. 이 일이 세상에 알려지면 비웃음거리밖에 더 되겠소? 그러니까 내 말을 듣고 집에 가서 잠이나 자요."

"그렇게 하겠어요."

테스는 순순히 대답했다. 집에 돌아와 보니 모든 것은 집을 나갈 때와 마찬가지였다. 난롯불도 마찬가지로 타고 있었다. 테스는 아래층엔 일 분도 머무르지 않고 곧 짐짝을 가져다놓은 위층 자기 방으로 올라갔다.

클레어의 마음이 누그러질 기세는 보이지 않았으므로 더는 두려워하거나 희망을 가지려고 애쓸 필요가 없어진 그녀는 힘없이 자리에 누웠다. 슬픔 속에서 온갖 생각을 하다 지치면 으레 잠이 찾아오기 마련이었다. 세상에는 행복한 설렘 때문에 잠 못 이루는 경우가 많지만, 슬픔은 쉽게 잠을 부르곤 한다. 몇 분 지나지 않아 테스는 과거에 첫날밤을 치른 신부의 방이었을지도 모르는 그 방의 향긋한 고요 속에 묻혀 잠이 들었다.

클레어는 그날 밤이 이슥해서야 집으로 돌아왔다. 미리 순서를 생각해둔 사람처럼 그는 응접실로 들어가 불을 켜고 낡은 말가죽 소파에다 담요를 깔아 엉성하나마 잠자리를 만들었다. 자리에 눕기 전에 그는 맨발로 이층에 올라가 침실 앞에서 귀를 기울였다. 고른 숨소리가 그녀가 깊이 잠들었음을 말해주었다.

"잘됐군."

클레어는 중얼거렸다. 그러나 사실이야 어떻든 간에 그녀가 인생의 무거운 짐을 자신의 두 어깨에 떠맡기고 편히 잠들었다는 데에 생각이 미치자 그는 가슴이 찢어지는 듯한 고통을 느꼈다. 그가 아래층으로 내려가려 하다가 다시 한 번 침실을 뒤돌아보았을 때 침실 문 바로 위에 걸린 더버빌 부인의 초상화가 눈에 띄었다. 촛불에 비친 초상화는 불쾌할 정도를 넘어 있었다. 음흉한 계략을 꾸미고 있는 듯한 귀부인의 얼굴이 엔젤에게는 남자에 대한 원한으로 사무쳐 있는 것처럼 느껴졌다. 초상화의 귀부인은 앞이 패인 옷을 입고 있었는데, 목걸이를 걸기 위해 웃옷 깃을 안으로 집어넣었을 때의 테스 모습과 흡사했다. 그는 테스와 초상화의 귀부인이 비슷하다는 괴로운 생각을 다시 한 번 하지 않을 수 없었다.

그 생각 덕분에 그는 아래층으로 걸음을 재촉할 수 있었다. 그의 태도는 침착하고 냉정했다. 굳게 다문 작은 입은 자제력을 나타냈고 고백을 들을 때부터 그의 얼굴에 어린 쌀쌀함은 아직도 가시지 않은 채 남아 있었다. 그 표정은 정욕에 사로잡힌 노예의 표정은 아니었으나 아직 그런 상태에서 완전히 벗어나지 못한 인간의 고뇌가 어려 있었다. 그는 인간의 일이 얼마나 쓰라린 우연을 경험하고 얼마나 뜻하지 않은 일에 부딪치게 되는가 곰곰 생각했다. 테스를 사랑한 지난 시간 내내, 아니 한 시간 전까지만 해도 이 세상에서 테스만큼 깨끗하고 사랑스럽고 순결한 여자는 없다고 생각한 그였다.

그러나 이제 작은 흠 하나로 모든 것이 달라져버렸다.

클레어는 그녀의 천진난만한 얼굴에 그녀의 진심이 나타나 있지 않다고 혼자 중얼거렸다. 물론 그러한 생각은 잘못된 것이었으나 테스에게는 그 생각을 바로잡아 줄 만한 변호인이 없었다. 그는 계속 생각해보았다. 이야기할 때 전혀 거짓말을 하지 않는 그녀의 눈 속에 또 하나의 다른 세계가 숨어 있다고 상상하는 것은 정당한 일일까.

이윽고 그는 긴 의자에 누워 불을 껐다. 밤은 냉담하고 무심하게 방 안으로 스며들었다. 이미 클레어의 행복을 삼켜버린 밤은 무심히 그것을 소화하고 있었으며, 아무렇지도 않은 듯 태연하게 또 다른 사람들의 행복을 집어삼키려 하고 있었다.

36

클레어는, 나쁜 짓이라도 몰래 하려는 듯 슬며시 기어드는 새벽의 회뿌연 햇살을 받으며 자리에서 일어났다. 난로는 불이 다 타 재만 남았고 식탁에는 김이 빠져버린 두 잔의 포도주가 입도 대지 않은 그대로 놓여 있었다. 텅 빈 테스의 자리와 자신이 앉았던 자리, 그리고 방의 세간들도 우리는 어떡하면 좋겠느냐는 듯 변함없이 그 자리에 놓여 있었다. 위층에서는 아무 소리도 들려오지 않았다. 잠시 뒤 문 두드리는 소리가 들렸다. 집안일을 도와주러 온 이웃집 여자인 모양이었다.

지금 형편에서 집 안에 제삼자가 나타난다는 것은 매우 어색한 일이었다. 클레어는 이미 옷을 갈아입고 있었으므로 창문을 열고 오늘은 자신들끼리 그럭저럭 지내겠다고 말했다. 여자가 들고 온 우유통을 문 밖에 놓고 돌아가자 그는 뒤꼍에서 장작을 가져와 불을 지폈다. 선반에 달걀이며 버터, 빵이 가득 있어 그는 낙농장에서 익힌 익숙한 솜씨로 이내 아침 식사를 준비했다. 타오르는 장작의 연기가 굴뚝으로 피어올랐다. 그 집 앞을 지나는 마을 사람들은 굴뚝에서 피어오르는 연기를 보며 신혼부부의 행복을 부러워했으리라.

준비가 끝나자 그는 계단 아래로 가 평소와 다름없는 목소리로 소리쳤다.

"아침 식사가 다 준비되었소."

그는 현관문을 열고 바깥에 나가 몇 걸음 산책을 했다. 그가 돌아왔을 때 테스는 이미 내려와 기계적으로 아침상을 다시 차리고 있었다. 머리를 틀어 올리고 목둘레에 흰 주름이 잡힌, 새로 맞춘 연하늘색 옷을 입은 그녀의 손과 얼굴은 차갑게 보였다. 아마 옷을 갈아입은 다음 불기 없는 방에서 오래 앉아 있어 그런 모양이었다. 클레어를 본 테스는 멈칫했다. 조금 전에 침실에서 클레어의 음성을 들었을 때 그의 음성이 무척 부드러워 새로운 희망에 가슴이 설레었는데 그를 보는 순간 그녀는 그 희망이 물거품처럼 사라지는 것을 느꼈다.

지금 두 사람은 활활 타오르던 불이 꺼지고 난 뒤의 재와 같은 상태였다. 그 누구도 두 사람의 정열을 다시 불붙게 할 수가 없을 것 같았다.

클레어가 테스에게 다정하게 말을 건네자 테스는 그에게로 다가와 윤곽이 뚜렷한 남편의 얼굴을 들여다보았다.

"엔젤."

한때 애인이었던 남자가 그곳에 앉아 있다는 사실이 믿어지지 않는 듯 그녀는 손가락으로 산들바람처럼 가볍게 그를 만져보았다. 그녀의 두 눈은 빛났고 창백한 두 뺨에는 반쯤 마른 눈물 자국이 번쩍였다. 탐스러운 붉은 입술도 뺨처럼 창백해보였다. 심장은 아직도 뛰었으나 심한 슬픔에 큰 타격을 받은지라 조금만 더 슬픔이 격해지면 정말 병이라도 일으켜 쓰러져버릴 것 같았다.

그녀는 변함없이 순결해 보였다. 자연이 변덕스러운 장난으로 그녀의 용모에 순결한 처녀다움을 듬뿍 부여했기 때문에 클레어는 넋 나간 사람처럼 그녀를 쳐다보았다.

"테스, 그건 다 거짓말이라고 말해줘요. 그건 사실이 아닐 거
야."

"그건 다 사실이에요."

"한마디도 남김없이 다 사실이란 말이오?"

"네. 모두가 사실이에요."

그는 마치 애원하듯 테스를 바라보았다. 뻔히 알면서도 그는 그
녀 입이 거짓말을 해주기를 바랐으나, 그리하여 무슨 수를 써서라
도 그것을 확실한 근거가 있는 부정의 말로 바꿔버리고 싶었지만
테스는 같은 소리만 되풀이했다.

"그건 사실이에요."

"그애는 지금도 살아 있소?"

"아이는 죽었어요."

"그 남자는?"

"살아 있어요."

마지막 절망의 그림자가 그의 얼굴을 스치고 지나갔다.

"영국 땅에 살고 있소?"

"네."

그는 초조한 듯 몇 걸음 거닐다가 불쑥 말을 꺼냈다.

"내 사정은 이렇소. 어느 남자든 마찬가지겠지만 사회적 지위나
학식이나 재산이 있는 아내를 얻겠다는 야심을 버리면 분홍빛 뺨을
가진 순진한 시골처녀를 아내로 얻으려니 생각했었소. 그런데……
물론 난 당신을 책망할 자격도 없고 또 그럴 생각도 없소."

테스는 그의 처지를 잘 알고 있어서 그 다음 말을 들을 필요도
없었다. 그가 무엇 때문에 괴로워하는지도 알았고 그가 모든 것을

잃어버렸다는 것도 그녀는 알았다.

"엔젤, 최악의 경우에 당신이 도피할 마지막 길이 있다는 걸 몰랐다면 난 결혼하지 않았을 거예요. 어떤 일이 있어도 당신만은……."

테스의 목소리는 차츰 쉰 목소리로 변해갔다.

"도피할 마지막 길이라니?"

"나를 버리면 되잖아요. 당신은 날 버릴 수가 있어요."

"어떻게?"

"나와 이혼하면 되잖아요."

"바보 같은 소리. 당신은 왜 그렇게 단순하지? 내가 어떻게 이혼을 한단 말이오?"

"이혼 못 하신다구요? 다 고백했는데두요? 내 고백이 당신에겐 이혼할 충분한 이유가 된다고 생각했어요."

"이봐요, 테스. 당신은 꼭 철부지 같군. 어린아이 같단 말이야. 난 당신이 어떻게 된 사람인지 도무지 알 수가 없어. 당신은 법률이라는 걸 모르는 모양이야. 정말 당신은 법률이 어떤지 모르는 건가?"

"그럼, 이혼할 수가 없나요?"

"할 수가 없지."

그 순간 테스의 얼굴에는 괴로움과 부끄러움이 뒤섞인 표정이 떠올랐다. 그녀는 나직한 소리로 말했다.

"난 할 수 있는 줄 알았어요. 아, 당신 눈에는 내가 얼마나 뻔뻔스러운 거짓말쟁이로 보일까. 날 믿어주세요. 정말이지 당신이 이혼할 수 있다고 생각했어요. 하기야 난 당신이 그러지 않기를 바랐지만. 그래도 난 당신이 날 조금이라도 사랑하지 않게 된다면 나와 이혼할 수 있다고 믿었어요."

"당신이 잘못 생각한 거요."

"아, 그럴 줄 알았으면 간밤에 해버릴 걸 그랬어요. 어젯밤에…… 그러나 차마 그럴 용기가 안 났어요. 난 언제나 그 모양이에요."

"무슨 용기 말이오?"

테스가 대답을 않자 클레어는 그녀의 손을 잡았다.

"도대체 무슨 짓을 하려 했소?"

"자살하려구 했어요."

"언제?"

꼬치꼬치 묻는 클레어의 태도에 테스는 괴로워 어쩔 줄 몰라 했다.

"어젯밤에요."

"어디서?"

"이층 침실에서요."

"저런! 그래, 어떻게 하려 했소?"

그는 준엄하게 따져 물었다.

"화내지 않으시면 말씀드릴게요. 내 옷상자를 묶었던 끈으로 목을 매려 했었는데 결국 할 수가 없었어요. 당신께 누가 될 것 같아서요."

스스로 하고 싶어서가 아니라 추궁에 못 이겨 테스가 한 이 고백은 너무 뜻밖이어서 클레어는 몸을 떨었다. 테스의 손을 그냥 잡은 채 그는 눈길을 아래로 떨구고 떨리는 음성으로 말했다.

"내 말을 똑똑히 들어요. 그런 끔찍한 생각 두 번 다시 하면 안돼. 어떻게 그럴 수가 있단 말이오. 다시는 그런 짓을 않겠다고 내게 약속해요."

"약속할게요. 그게 얼마나 나쁜 짓인지 깨달았으니까요."

"나쁘고말고. 정말 당신한테는 당치도 않은 엉뚱한 생각이야."

테스는 눈을 크게 뜨고 침착하고 담담하게 그를 보며 변명했다.

"하지만 엔젤. 난 당신을 생각해서 그렇게 하려고 마음먹었던 거예요. 내 생각으로 우리가 틀림없이 이혼하게 될 거고 그렇게 되면 당신이 수치를 당하게 되잖아요. 그래서 당신이 수치를 당하는 일 없이 당신을 자유롭게 해드리고 싶었어요. 그렇지만 내 손으로 목숨을 끊는다는 건 내게 너무 분에 넘쳐요. 나 때문에 피해를 입은 당신이 내게 그런 벌을 내리셔야 해요. 당신이 그렇게 해주실 수 있다면 난 당신을 한층 더 사랑할 거예요. 그래야지만 당신이 빠져나갈 수 있잖아요. 이제 내 자신이 아주 보잘것없는 인간이 된 것 같아요. 난 당신의 장래만 방해하고 있어요."

"그만!"

"네. 그만두라고 하신다면 더는 말씀드리지 않겠어요. 당신의 기분을 상하게 하고 싶지 않아요."

클레어는 그녀의 말이 사실이라는 것을 알았다. 간밤에 절망에 사로잡힌 뒤부터 그녀는 기진맥진한 상태였으므로 또다시 무모한 짓을 저지를 것 같지는 않았다.

테스는 다시 서둘러 아침 식사를 준비했다. 이윽고 준비가 끝나자 그들은 서로 눈길이 마주치지 않게 식탁 같은 편에 나란히 앉았다. 서로가 먹고 마시는 소리를 듣는다는 것은 어색한 노릇이었으나 어쩔 수가 없었다. 먹는 둥 마는 둥 식사를 끝내고 클레어는 점심 때 몇 시쯤 돌아오겠다는 말을 남기고는 방앗간 견습을 하러 나가버렸다.

그가 밖으로 나가자 테스는 창가에 서서 방앗간으로 가는 돌다리를 건너는 그의 모습을 내다봤다. 그는 돌다리를 건너고 철길을 건너 멀리 사라졌다. 테스는 차분한 마음으로 식탁을 치우고 방을 정리했다.

잠시 뒤 이웃 농가 여자가 일을 도우러 왔다. 그녀와 함께 있는 것이 처음에는 거북했으나 나중에는 위로가 되었다. 열두 시 반쯤에 그녀를 부엌에 혼자 남겨 두고 방으로 들어와 남편의 모습이 다리 건너편에 나타나기를 기다렸다.

한 시쯤 돼서 그의 모습이 다리 건너편에 다시 나타났다. 멀리 떨어져 있는데도 그의 모습을 본 순간 테스의 얼굴은 빨갛게 달아올랐다. 때맞춰 점심을 차려놓으려고 그녀는 부엌으로 달려갔다. 클레어가 어제 둘이서 손을 씻었던 방에 들렀다가 거실로 들어와 식탁에 앉자마자 테스가 얼른 식탁보를 벗겼다. 마치 엔젤이 자신의 손으로 식탁보를 벗긴 듯 정확했다.

"정말 정확하군."

"네. 당신이 다리를 건너오시는 걸 보았어요."

식사할 때 엔젤은 방앗간에서 보고 들은 것에 대해서만 이야기했다. 한 시간쯤 집에 머물다가 다시 방앗간에 다녀온 그는 저녁 내내 계속해서 서류만 뒤적였다. 이웃 농가 여자가 돌아간 다음에도 테스는 그의 일을 방해하지 않으려고 부엌으로 들어가 한 시간이 넘도록 부지런히 일을 했다.

"그렇게 힘들게 일하지 마오. 당신은 내 아내지 종은 아니니까."

어느새 부엌에 나타난 클레어가 말했다. 테스는 한 가닥 희망어린 얼굴로 그를 바라보면서 농담 비슷하게 애처롭게 말했다.

"내가 그렇게 생각해도 괜찮겠죠? 명색만의 아내라 해도 상관없어요. 난 더는 바라지 않아요!"

"테스, 그렇게 생각해도 괜찮겠느냐구? 그게 무슨 뜻이지?"

그녀는 목멘 소리로 다시 말했다.

"모르겠어요. 난 자신이 변변치 못한 여자라고 생각했을 뿐이에요. 오래 전에 당신에게 그런 말을 했잖아요. 사실 그래서 난 당신과 결혼할 생각이 조금도 없었어요. 다만 당신이 자꾸 졸라댔기 때문에……."

테스는 울음을 터뜨리며 돌아섰다. 그 모습을 본다면 어느 남자라도 마음을 돌이켰을 테지만 엔젤만은 그렇지 못했다. 그의 성격은 부드럽고 다정한 편이었으나 그 밑바닥에는 마치 부드러운 옥토 속에 광맥이 있는 것처럼 딱딱한 논리의 광맥이 숨어 있어 아무리 날카로운 칼날도 그 광맥을 뚫지 못하고 날이 무디어져버리고 말았다. 그의 이러한 성미가 교회의 논리도 받아들이지 못하게 하고 테스의 잘못도 용서하지 못하게 하는 것이다. 그의 애정도 뜨겁게 타오르는 불이라기보다는 일종의 눈부신 광채였고, 이성에 대한 그의 태도는 여자를 믿을 수 없게 되면 교제도 끊어버리는 정도로 결벽증이 심했다. 지성적으로는 경멸하면서도 감정이나 관능에 빠져버리는 감수성 예민한 다른 청년과는 전혀 딴판이었다. 그는 테스의 흐느낌이 그치기를 기다렸다.

"영국 여자의 절반만이라도 당신만큼 훌륭하다면 오죽 좋겠소. 그건 훌륭하고 못하고의 문제가 아니라 원칙 문제야."

그는 여성 전체에 대해 격분을 금치 못하겠다는 듯 신랄한 비난의 말투로 말했다. 마음이 곧은 사람이 무언가에 배반당했다는 기분에 사로잡히면 다른 사람보다 더 적개심에 불타게 되는 까닭에 그런 신랄한 비난을 예사로 하게 되는 것이다. 그러나 그의 마음에는 아직도 동정이라는 조수가 흐르고 있었으므로 세상 이치에 밝은 여자라면 남자의 그런 약점을 이용해 마음을 돌이키게 할 수도 있었을 텐데 순진한 테스는 그러지를 못했다. 모든 것을 잘못에 대한 대가로 생각해 말없이 묵묵히 받아들일 뿐이었다. 클레어에 대한 사랑의 마음은 실로 애처로울 정도였다. 본래 성격이 급한 편인 테스였지만 이제는 그가 뭐라고 하든 흥분하지 않았고 자기주장을 내세울 줄도 몰랐다. 그녀는 자기 본위로만 사는 현대 생활에서 되살아난 헌신적인 사랑의 사도 같았다.

그날 저녁도 밤도 다음 날 아침도 전날과 똑같이 되풀이되었다. 며칠 전까지만 해도 자기주장대로 살았던 테스가 그에게 단 한 번 말을 걸어보려 했던 것은 아침 식사가 끝나고 그가 세 번째로 물방앗간에 가려 할 때였다. 그가 식탁에서 일어나면서 다녀오겠다는 말을 했을 때 그녀도 다녀오라는 인사를 하고는 그에게로 입술을 돌렸다. 클레어는 그녀가 청한 키스를 무시한 채 "그 시간에 돌아오겠소"라고만 말했다.

테스는 세게 얻어맞기라도 한듯 몸을 움찔했다. 여태까지 그는 그녀에게 승낙도 받지 않고 제멋대로 키스하려 하지 않았던가. 그녀의 입과 숨결에서 버터와 달걀과 우유 맛이 난다느니, 자신도 그녀의 숨결과 입술에서 자양분을 섭취하는 것이라느니, 농담을 하면서 마음대로 키스하던 그가 지금은 스스로 청하는 그녀의 키스를 거들떠보지도 않았다. 풀이 죽은 그녀에게 그는 부드럽게 말했다.

"테스, 난 앞으로 취할 길을 생각해야겠소. 우리가 당장 헤어진다면 세상 사람들은 누구보다 당신을 욕할 테니, 그것을 막기 위해서라도 얼마 동안은 같이 있을 수밖에 없소. 그러나 함께 지낸다는 것은 어디까지나 형식일 뿐이라는 사실을 당신도 알아야 하오."

"네."

테스는 넋 나간 듯 멍하게 대답했다.

그는 밖으로 나가 물방앗간으로 가다 잠시 걸음을 멈추고, 좀 더 친절하게 대해줄걸, 적어도 한 번쯤은 다정하게 입맞춤이라도 해줄 걸 하고 생각했다.

그들은 한 지붕 아래서 절망적인 상태로 이틀을 보냈고, 그래서 그들의 사이는 처음 만났을 때보다 더 서먹서먹해졌다. 클레어가 앞으로의 대책을 곰곰 생각하는 중이라는 것을 그녀도 그의 표정으로 알았다. 얼핏 보아 유순하고 부드럽기만한 클레어에게 그런 차가운 면이 숨어 있다는 사실이 두렵기까지 했다. 한결같은 그의 태도는 사실상 잔인할 정도였다. 용서를 바랄 수도 없는 이 상태에서 벗어나기 위해 그가 방앗간에 간 사이에 달아나 버릴까 하는 생각도 했지만, 이 사실이 알려지면 클레어에게 도움이 되기는커녕 도리어 지장을 주고 모욕을 주게 될까 봐 그렇게 할 수도 없었다.

한편 클레어는 정말 심각하게 생각에 잠기곤 했다. 너무 골똘히 생각한 나머지 병에 걸릴 정도였다. 건강은 말이 아닐 정도가 되고 매사에 의욕을 잃어 즐겁고 행복한 가정생활에 대한 지난날의 꿈은 무참하게 부서진 듯한 느낌마저 들었다.

어느 날 테스는 그가 걸어가면서 "어떡하면 좋을까? 어떻게 해야 될까"라고 중얼거리는 것을 우연히 엿들었다. 여태까지 장래 문제에 대해 입을 다물고 있던 그녀는 마침내 용기를 내어 말했다.

"엔젤, 우리가 같이 있을 날도 이제 얼마 남지 않았죠?"

잔뜩 오므린 그녀의 입 모습은 그녀의 얼굴에서 풍기는 부드럽고 의젓한 표정이 순전히 기계적인 것임을 말해주고 있었다.

"물론 함께 살 수 없어. 날 모욕하거나 당신을 모욕하지 않고서,

일반적인 평범한 의미에서 난 당신과 함께 살 수가 없어. 지금 난 당신을 경멸하지는 않소. 좀 더 솔직히 말하겠어. 그래야 당신이 날 이해할 테니까. 그 남자가 살아 있는 한 우린 함께 살 수가 없지 않을까. 이치대로 따진다면 당신 남편은 내가 아니라 그 남자니까. 그 남자가 죽었다면 문제는 다를 테지만, 게다가 문제는 그것만이 아니오. 우리에게 아이가 생길 경우를 생각해보란 말이오. 아이가 자라 이 비밀을 알게 되면—세상에 숨길 수 있는 비밀이란 없으니까—우리의 핏줄을 타고난 불쌍한 아이들이 남의 조소를 받으며 자라게 될 거란 말이오. 나이가 들수록 그 아이들의 괴로움은 커질 테고, 그들이 부모인 우리에 대해 얼마나 실망하겠소. 이런 걸 알면서도 어떻게 같이 살 수가 있겠소. 또 다른 불행을 키우느니 차라리 우리 둘이서 그 불행을 감당하는 것이 낫지 않겠느냔 말이오."

근심으로 눈을 아래로 내리깐 채 그녀는 힘없이 대답했다.

"같이 살자고 말하지는 않겠어요. 그렇게 말할 수도 없구요. 그렇게까지 생각해본 적도 없어요."

솔직히 말해 테스의 여자다운 욕심으로는 두 사람이 함께 살다 보면 오해가 저절로 풀어져 클레어의 냉정한 판단에는 어긋나는 한이 있어도 그의 마음이 돌아서지 않을까 하는 희망을 버릴 수가 없었다. 그러나 지금 막 클레어는 마지막 의사 표시를 했고 그것은 그야말로 새로운 견해였다. 사실 그녀는 그렇게까지 생각해본 적은 없었다. 클레어가 장차 어린애가 생길 경우 그들이 그녀를 책망할지도 모른다는 사실을 생생하게 말해주었기 때문에 비로소 그 문제까지 생각하게 된 것뿐이었다.

테스는 클레어에 대한 사랑에 눈이 어두운 나머지, 그 사랑의 결과로 자식을 낳으면 자식에까지 슬픔이 형벌처럼 옮아간다는 사실을 깨닫지 못했던 것이다.

그런 이유로 인해 테스는 클레어의 말에 반대할 수가 없었다. 테스가 자신의 뛰어난 육체적인 조건을 이용하거나 "오스트레일리아나 텍사스 고원으로 간다면 누가 지나간 일로 나를 책망할 수 있겠어요"라고 반문할까 봐 두려워하던 클레어는 그녀의 그러한 태도에 마음이 놓였다. 어쩌면 테스는 다른 여자들처럼 일시적인 암시를 피할 수 없는 일로 받아들인 것인지도 모른다. 아니 그녀의 생각이 옳았는지도 모른다. 여자의 직감으로 그녀는 남편의 슬픔을 자신의 슬픔으로 생각했고, 남들이 남편이나 자식에게 비난을 퍼붓지 않는다 해도 남편의 민감한 두뇌가 자식들에게 그 말을 전하게 될는지도 모른다고 생각했던 것이다.

그들이 사이가 벌어진 생활을 한 지 사흘째 되는 날이었다. 클레어가 본능적인 욕망에 좀 더 강했다면 사태가 나아졌을지도 모르는데 불행하게도 그의 사랑은 결점이라고 할 수 있을 정도로 탈속적이었고 비현실적이라 할 만큼 공상적이었다. 그와 같은 성격의 사람에게는 육체가 눈앞에 있을 때보다 없을 때 더 매력을 느끼기 마련인데 그것은 보이지 않을 때 실물의 결점을 감춘 이상적인 모습을 상상할 수 있기 때문이었다. 테스는 자신의 외모의 매력이 생각한 만큼 자신에게 도움이 되지 않는다는 사실을 깨달았다. 그가 말했듯이 현재의 그녀는 한때 엔젤의 욕정을 자극했던 여자와는 다른 여자인 모양이었다.

"당신이 한 말을 곰곰 생각해봤어요. 당신이 한 말은 다 옳아요. 그렇게 되어야겠죠. 당신은 내 곁을 떠나셔야만 해요."

한 손으로 식탁보를 만지작거리고, 두 사람을 비웃는 듯한 반짝이는 반지를 낀 다른 손으로 이마를 받치면서 테스가 말했다.

"당신은 어떻게 할 셈이오?"

"집으로 가면 돼요."

클레어는 거기까지는 미처 생각지 못했었다.

"정말이오?"

"정말이구말구요. 헤어져야 할 바에는 깨끗이 끝장내는 게 좋아요. 언젠가 당신이 내게 말했죠? 난 남자들의 이성을 어지럽힐 염려가 있는 여자라구. 만약 내가 당신 눈앞에 있다면 당신의 계획과 희망을 나 때문에 망치게 될 거예요. 그렇게 되면 나중에 가서 제 슬픔과 당신의 뉘우침은 말할 수 없이 클 거예요."

"그래서 당신은 집으로 가고 싶단 말이지?"

"난 당신과 헤어져 집으로 가겠어요."

"그럼 그렇게 합시다."

그녀는 클레어를 쳐다보지는 않았지만 그의 대답에 깜짝 놀랐다. 그녀는 제안한 것과 약속한 것 사이에 차이가 있다는 것을 재빨리 느꼈다. 그녀는 얼굴빛을 애써 진정시키며 나직하게 중얼거렸다.

"우리 사이가 이렇게 될까 봐 걱정했어요. 하지만 엔젤, 난 불평은 안 해요. 헤어지는 것이 상책이에요. 당신이 한 말 다 이해해요. 사실 그래요. 우리가 같이 산다고 해서 책망할 사람은 없겠지만 살다 보면 대수롭지 않은 일로 화를 낼 때도 있을 거고 그땐 또 잊어버린 내 과거가 생각나 날 나무라겠죠. 그러다 우리 아이들이 듣게 될지도 모르죠. 만약에 그렇게 된다면 지금은 불쾌할 정도인 그 일이 그땐 목숨을 앗아갈 정도의 고통이 될 테죠. 난 가겠어요. 내일 당장!"

"나도 이곳에 머무르지는 않을 거요. 이런 말을 하고 싶지는 않지만 헤어지는 것이 가장 좋을 것 같소. 적어도 내 마음이 진정되어 당신에게 편지를 쓸 수 있을 때까지만이라도."

테스는 남편을 흘끗 쳐다보았다.

그는 테스의 표정을 살핀 후 비꼬듯 말했다.

"난 멀리 떨어져 있는 사람을 더 정답게 생각하곤 해. 수많은 사람들처럼 우리도 갖은 풍파를 겪고 난 다음에 다시 만나게 될 거요."

그날로 클레어는 짐을 꾸렸다. 그녀도 이층에 올라가 짐을 꾸렸다.

상상하기조차 괴로운 일이었으므로 두 사람은 이것이 마지막이라는 억측을 하지 않으려 애쓰면서도 둘은 똑같이 내일 아침 헤어지면 영원히 이별하게 될지도 모른다는 생각을 했다. 서로 사랑했던 감정의 여운이 남아 헤어진 뒤 며칠 동안은 애타게 그리워할지 몰라도 시간이 흐르면 그런 감정조차 사그라지리라는 것을 두 사람 다 알고 있었다. 뿐만 아니라 두 사람이 한 번 헤어지게 되면 그들 사이의 빈자리를 새로운 무언가가 메우게 될 것이며 뜻밖의 일이 일어나 애초의 의도를 방해받게 되고 그러다 보면 본시의 계획은 까맣게 잊혀버릴 것이다.

37

밤은 소리 없이 찾아와 고요히 깊어갔다. 새벽 한 시가 지났을 때 한때 더버빌 저택이었던 캄캄한 농가에서 삐걱거리는 소리가 조그맣게 들렸다. 이층 침실에서 자던 테스는 그 소리에 잠을 깼다. 그 소리는 못이 느슨하게 박힌 계단 한구석에서 들려왔다. 그러자 방문이 열리더니 셔츠와 바지만을 걸친 엔젤이 이상스러울 만큼 조심스러운 걸음걸이로 안으로 들어왔다. 순간 테스는 기쁨을 느꼈으나 그의 눈이 부자연스럽게 허공을 응시하는 것을 보고는 얼핏 느낀 그 기쁨이 사라져버렸다. 그는 방 한가운데 오더니 멈춰 서서 무어라 형용하기 어려운 슬픈 음성으로 중얼거렸다.

"죽었구나! 죽었어. 죽었어!"

그는 심한 괴로움에 시달릴 때면 이따금 몽유병 증세를 나타냈다. 결혼 전날 시장에서 돌아왔을 때도 테스를 모욕한 남자와 싸웠던 것을 잠자리에서 그대로 되풀이했었다. 테스는 잇단 정신적인 고통 때문에 남편이 다시금 그와 같은 몽유 상태에 빠졌음을 짐작했다.

남편에 대한 신뢰가 깊었으므로 테스는 남편이 자고 있거나 깨어 있거나 간에 신변에 위협을 느낀 적이 한 번도 없었다. 설령 그가 손에 권총을 들고 들어왔다 할지라도 남편이 자신을 지켜줄 것이라는 믿음은 변함이 없었을 것이다. 클레어는 침대로 가까이 다가와 그녀에게로 몸을 굽히고 중얼거렸다.

"죽었구나, 죽었어!"

헤아릴 수 없는 깊은 슬픔에 잠긴 눈으로 테스를 들여다보던 그는 한층 몸을 구부려 두 팔로 그녀를 안았다. 마치 수의로 감싸듯 홑이불로 그녀를 감싼 다음 시체를 대하듯 경건한 태도로 그녀를 팔에 안고는 방안을 왔다 갔다 하면서 중얼거렸다.

"가엾고 불쌍한 테스, 누구보다 귀엽고 사랑스러운 나의 테스, 그토록 착하고 성실하던 테스!"

깨어 있을 때 매정하게 억제되었던 사랑의 속삭임이 버림받아 사랑에 주린 테스의 귀에는 더할 나위 없이 달콤하게 들렸다. 설사 그것이 생명을 구하는 방법이었다 해도 그녀는 몸을 움직이거나 해서 그 순간을 깨뜨리고 싶지 않았다. 그녀는 숨소리마저 죽인 듯한 고요한 상태에서 남편이 자신을 어떻게 할 것인가 의아해하며 층계 한가운데로 내려갈 때까지 꼼짝도 않고 남편에게 몸을 맡겼다.

"내 아내는 죽었어. 죽었다구!"

그는 이렇게 뇌까리더니 잠시 난간에 기댔다. 그가 자신을 난간 아래로 던져버릴지 모르는데도 테스는 불안하기보다는 즐거운 마음으로 그에게 안겨 있었다. 내일이면 이별할 것이라는 사실을 알고 있었으므로 차라리 이대로 둘이 함께 굴러떨어져 산산조각이 났으면 싶었다.

그러나 그는 테스를 내동댕이치는 대신, 난간 받침대를 이용해서 낮에는 업신여겼던 그녀의 입술에 키스를 했다. 그는 다시 그녀를 힘주어 안고 계단 아래로 내려갔다. 삐걱거리는 계단 소리에도 잠이 깨지 않는 모양이었다. 아래층에서 그는 테스를 안은 한쪽 손을 잠시 풀어 빗장문을 열었다. 밖으로 나갈 때 그의 발이 문 모서리에 부딪쳤는데도 아무렇지도 않은 모양이었다. 바깥에 나온 그는 걷기 쉽게 테스를 어깨에 걸머지고 강 쪽을 향해 걷더니 다리 가까이에 이르자 다리를 건너지 않고 같은 방향에 있는 물방앗간 쪽으로 몇 걸음 걸어가다가 드디어 강가에 발을 멈추어 섰다.

강물은 근처 몇 마일에 걸친 목장 지대를 유유히 흐르는 동안에 도처에서 줄기가 갈라져서 제멋대로 굽이돌아 이름도 없는 작은 섬들을 감싸 돌고 흐르다가, 다시 되돌아가 급기야는 넓은 원줄기와 합류하였다. 클레어가 테스를 안고 온 맞은편은 이런 물줄기들이 합류하는 곳이어서 상당히 넓고 깊었다. 보행자를 위한 좁은 다리가 있긴 했으나 가을철 홍수에 난간이 떠내려가 발판만 남아 있었고, 그 다리 바로 아래로 쏜살같은 급류가 흘러 멀쩡한 사람도 현기증이 날 정도로 위태로운 길이었다. 어쨌든 그는 발판만 남은 다리 위에 올라서서 성큼성큼 걷기 시작했다.

그는 테스를 물에 빠뜨리려는 것일까. 그럴는지도 모른다. 외딴 곳이었고 강물이 깊고 넓어서 그런 뜻을 이루기에 적합한 곳이었다. 내일 헤어져 서로 떨어져 사느니보다 차라리 죽는 것이 나을는지도 몰랐다. 쏜살같은 물줄기가 둘의 발밑에서 소용돌이치며 흘렀다. 물 위의 달그림자는 이지러졌고 갈 길이 막힌 잡초는 다리말뚝 뒤에서 너울대고 있었다. 두 사람이 지금 급류 속에 빠진다면 도저히 살아날 수는 없을 것 같았다. 그리하여 두 사람은 별 고통 없이 이 세상을 하직하게 될 것이고, 그 누구에게서도 결혼한 사실에 대한 비난을 듣지 않게 되리라. 클레어와 함께 죽음으로 향하는 마지막 반 시간은 죽은 뒤에도 그리운 시간이 될는지 모르나 만약 죽지 않고 살아서 그가 곧 꿈에서 깨게 된다면 낮과 같은 증오가 되살아나 지금 이 시간도 한낱 덧없는 꿈이 되고 말리라.

테스는 함께 물 아래로 떨어지도록 몸을 움직여볼까 하는 순간적인 충동에 사로잡혔으나 차마 그럴 수가 없었다. 자신의 목숨쯤은 이미 버리려 했던 것이니 상관없었지만 클레어의 생명까지 간섭할 권리는 그녀에게 없었다. 그녀는 클레어가 강을 다 건널 때까지 꼼짝 않고 그대로 안겨 있었다.

강을 건넌 클레어는 테스를 안고 수도원 앞뜰에 들어섰다. 거기서 그녀를 고쳐 업고 서너 걸음 더 나아가 수도원 안의 황폐한 성가대석에 다다랐다. 성가대석 북쪽 벽에는 짓궂은 여행자들이 흔히 그 속에 드러누워보기도 하는 수도원장의 빈 석관(石棺)이 놓여 있었다.

그는 테스를 그 빈 관에 눕혔다. 다시 한 번 테스에게 입 맞추고 마치 갈망하던 소망이라도 이룬 사람처럼 안도의 숨을 내쉬었다. 이윽고 그는 석관과 나란히 땅에 눕더니 곧 깊은 잠에 빠져 통나무처럼 꼼짝도 하지 않았다. 여태까지 그의 행동을 뒷받침한 마음의 흥분이 가라앉아 지쳐버린 모양이었다.

테스는 관 속에서 일어나 앉았다. 겨울철치고는 따뜻하고 건조한 밤이었지만 옷도 제대로 입지 않고 오래 있다가는 병이 날 정도로 차가운 밤이기도 했다. 클레어를 이대로 둔다면 아침까지 잠을 깨지 않을 것 같았고 마침내는 얼어 죽어버릴 것 같았다. 그녀는 몽유병자가 밖에서 쓰러져 자다가 죽었다는 애기를 가끔 들은 적이 있었다. 그를 깨우면 그가 자신의 어리석은 행동을 알고 괴로워할 것이므로 어떻게 하면 좋을지 막연했다. 잠시 생각한 끝에 그녀는 관에서 나와 클레어를 가만히 흔들어 보았으나 그는 깊이 잠들어 있어 몹시 흔들지 않고서는 깨울 수가 없을 것 같았다. 이제 그녀도 추위에 몸이 떨려왔다. 아무래도 무슨 방도를 써야만 할 것 같았다. 조금 전까지는 흥분 때문에 훈훈했으나, 그 황홀감이 사라진 지금은 시트 하나만으로는 너무 추웠다.

문득 테스의 머리에 그를 말로 설득해야겠다는 생각이 떠올랐다. 테스는 결심을 단단히 하고 그의 귀에다 속삭였다.

"여보, 이제 걸어봐요."

말과 동시에 그녀는 그의 팔을 잡아 행동을 암시했다. 그가 순순히 복종했으므로 안심이 되었다. 테스의 말로 그가 다시 몽유 상태에 들어갔음이 확실했다. 꿈은 이제 새로운 꿈으로 바뀌어 테스의 영혼이 자신을 천국으로 인도하는 것으로 착각하는 모양이었다. 그녀는 클레어의 팔을 잡고 돌다리를 건너 집 앞까지 왔다. 클레어는 털양말을 신고 있어 아무렇지도 않은 모양이었지만 맨발인 테스는 돌에 발을 다쳤을 뿐만 아니라 추위로 인해 뼛속까지 얼어 있었다.

그러나 어려운 일을 넘겼다는 안도감으로 그녀는 기쁘기만 했다. 그녀는 클레어를 그의 침대에 눕히고 이불을 덮어준 다음 장작불을 피워 그의 젖은 몸이 마르도록 했다. 그녀는 장작불을 피우느라 부스럭거리는 소리가 그의 잠을 깨우지 않을까 염려하면서도 한편으로는 그가 깨어나기를 바랐다. 그러나 몸과 마음이 지칠 대로 지친 그는 곤한 잠에 빠져 꼼짝도 하지 않았다.

아침이 되었다. 간밤에 잠자리가 편치 않았던 것을 클레어가 어느 정도 눈치 챘을지도 모르지만 그의 몽유병적인 행동에 테스가 관련되었다는 것은 조금도 눈치 채지 못했다는 것을 테스는 그를 만난 순간 알 수 있었다. 사실 그는 죽음과 같은 깊은 잠에서 깨어났고, 깨어나서 몇 분 동안 지난밤의 이상한 일들이 얼핏 머리를 스쳤으나 당장 처리해야 할 눈앞의 문제가 떠올라 곧 잊고 말았다.

그는 자신의 마음을 확인하려고 잠시 기다렸다. 간밤에 결심한 것이 아침 햇살에 빛바래지 않는다면 비록 그것이 일시적인 감정에서 나왔다 하더라도 순수한 이성이 뒷받침되었다는 것을 믿을 수 있기 때문이었다. 슬프게도 그의 마음은 아침 햇살 속에서도 지난밤과 마찬가지였고, 마침내 그는 파르스름한 아침 햇살 속에서 그녀와 헤어지려는 결심을 굳혔다. 분노에 뜨겁게 불타는 본능이 아니라, 그 본능을 새까맣게 불태워버리는 정열의 불길을 몽땅 빼앗겨 고작 해골만이 남은 꼬락서니나, 그래도 그것만으로 엄연히 존재하는 본능이라고 여겼다. 클레어는 더는 망설이지 않았다.

아침 식사 때에도, 얼마 남지 않은 짐을 꾸리면서도 클레어가 간밤의 일로 인한 피로감을 역력히 드러냈으므로 테스는 간밤의 일을 털어놓고 싶은 충동을 느꼈다. 그러나 자기 상식이 인정하지 않는 그녀에 대한 애정을 본능적으로 나타냈다는 것과 이성이 잠자는 동안 감정이 체면을 손상시켰다는 것을 알게 되면 그가 노하고 슬퍼하고 부끄러워할 것 같아서 그녀는 입을 다물었다. 그것은 마치 취중에 한 행동을 술이 깬 다음에 비웃는 것과 같은 짓으로 여겨졌다. 어쩌면 클레어는 그가 간밤에 나타낸 변덕스러운 애정을 어렴풋이 기억할는지도 모른다. 그러나 그것을 기화로 테스가 다시 매달리지 않을까 하는 두려움 때문에 그가 일부러 말하지 않은지도 모른다는 생각이 그녀의 머리를 스쳐갔다.

아침 식사가 끝나자 클레어가 편지로 부탁했던 마차가 이웃 마을에서 왔다. 이별의 순간이 다가왔다. 간밤에 그의 애정을 확인했으므로 일시적이 되는지도 모르지만 어쨌든 이별의 순간은 다가온 셈이었다. 짐이 마차 지붕에 실렸다. 그들을 태운 마차가 출발했다. 그들의 갑작스러운 출발에 의아해하는 방앗간 주인과 일을 도와준 이웃집 여자에게 클레어는 방앗간 시설이 자기가 연구하려는 현대식 시설과 거리가 멀기 때문이라고 변명했다. 사실 그의 말은 옳았다. 그밖에 그들이 결혼에 실패했다든가, 함께 친구를 방문하러 가는 것이 아니라는 사실을 눈치 챌 만한 것이라고는 아무것도 없었다.

그들은 불과 며칠 전만 해도 크나큰 기쁨을 안고 달렸던 낙농장 근처의 길을 달렸다. 클레어는 낙농장 주인과의 뒷일을 깨끗하게 정리하고 싶었고 또 테스로서는 자신들의 불행한 사건을 크릭 부인에게 알리고 싶지 않았기 때문에 함께 낙농장을 방문하기로 했다.

그들은 되도록이면 남의 눈에 띄지 않으려고 큰길에서 낙농장으로 통하는 작은 문에서 마차에서 내려 나란히 오솔길을 걸었다. 버드나무는 잘리어 없어졌고 그 그루터기 너머로 클레어가 테스를 쫓아다니며 결혼해 달라고 졸라대던 장소가 보였다. 그 왼쪽에는 클레어의 하프 소리에 이끌려 들어갔던 생울타리가, 그리고 외양간 뒤 저편으로 둘이 처음 포옹하던 목장이 보였다. 황금빛 여름 풍경은 이제 잿빛으로 변하여 을씨년스러워 보였고 기름진 땅은 진흙으로 변하고 강물은 차가워졌다. 안마당 문 너머로 그들을 본 낙농장 주인은 신혼부부가 나타났을 때 텔보데이스 근방 사람들이 흔히 보이곤 하는 짓궂은 웃음을 지으며 두 사람을 마중하러 나왔다. 크릭 부인과 대여섯 명의 낯익은 친구들도 몰려나왔으나 마리안과 레티는 보이지 않았다.

테스는 그들의 익살맞은 공격과 허물없는 농담을 잘 받아넘기는 것처럼 보였다. 사실 그러한 농담들은 그들이 상상도 못 할 정도로 그녀의 마음을 아프게 했으나 둘의 결혼에 파탄이 왔다는 것을 숨겨야 한다는 데 두 사람의 마음이 은연중에 일치했기 때문에 그들은 보통 때와 다름없이 태연하게 행동했다. 테스는 그들이 마리안과 레티 얘기만큼은 하지 말기를 바랐으나 어쩔 수 없이 그들의 얘기를 듣게 되었다. 레티는 아버지에게 돌아갔고 마리안은 다른 곳으로 일자리를 찾으러 갔는데 그래 봤자 별 뾰족한 수가 없을 거라고 그들은 말했다.

그 이야기에서 얻은 슬픔을 씻으려고 테스는 정든 젖소들을 일일이 쓰다듬어주며 작별을 고했다. 이윽고 두 사람이 혼연일체가 된 듯 나란히 서서 마지막 작별 인사를 할 때 두 사람을 눈여겨본 사람이 있다면 아마도 두 사람의 얼굴에 어린 묘한 슬픔을 발견했을 것이다. 겉으로 보기에 두 몸에 깃든 하나의 생명처럼 보이는 두 사람은 서로 팔짱을 끼고 낙농장 사람들에게 '우리'라는 말을 사용하면서 나란히 인사했지만 실상은 남극과 북극처럼 갈라져 있었다. 어쩌면 사람들은 둘의 태도에서 신혼부부한테서 흔히 볼 수 있는 자연스러운 수줍음과 다른, 어색하고 초조한 빛이라든가 억지로 사이 좋게 보이려 하는 태도에서 무언가 이상한 점을 발견했을지도 모른다. 왜냐하면 그들이 떠난 뒤에 크릭 부인이 남편에게 이렇게 말했기 때문이었다.

"신부의 표정이 왜 그렇게 어색해 보일까요? 두 사람 모두 밀랍 인형처럼 우두커니 서서 꼭 잠꼬대하는 것처럼 횡설수설하지 않았수. 당신은 그런 것 못 느꼈어요? 테스는 성질이 좀 별나긴 하지만 훌륭한 남자의 신부다운 긍지가 보이지 않더라구요."

그들은 마차를 타고 신작로를 달려 나즐베리에 다다랐다. 클레어는 마차와 마부를 돌려보내고 그곳에서 잠시 쉰 다음 그들 사이를 모르는 낯선 마부에게 테스의 고향 쪽으로 마차를 몰게 했다. 얼마쯤 가다 갈림길에 이르자 클레어는 마차를 세운 다음 테스가 고향으로 갈 작정이라면 자신은 이곳에서 내리겠다고 말했다. 마부가 듣는 데서 자세한 얘기를 할 수가 없어 클레어가 근처 오솔길을 걷자고 얘기하자 테스는 고개를 끄덕였다. 마부에게 몇 분 동안만 기다리라고 한 다음 두 사람은 걷기 시작했다. 클레어가 부드럽게 말을 꺼냈다.

"우선 서로를 이해해야 하오. 지금 나로선 참을 수 없는 일이긴 하지만, 그렇다고 서로에게 노여워할 것까지는 없소. 나도 참도록 노력해보겠소. 내가 자리를 잡으면 당신에게 주소를 알려주겠소. 그리고 그 참을 수 없는 일을 참을 수 있게 되면 그땐 당신에게로 돌아가겠소. 하지만 내가 당신을 찾기 전에 당신이 날 찾아오지 않는 것이 서로에게 좋을 것 같소."

그의 가혹한 선고는 테스에게 치명적이었다. 클레어가 자신을 어떻게 보는지 테스는 분명하게 알아차렸다. 그는 자신을 속인 여자로만 그녀를 대하는 것이다. 그러나 아무리 실수를 저질렀다 해도 이처럼 매정한 대접을 받아야만 하는가. 테스는 그 문제에 대해 클레어와 다투고 싶은 마음이 없었는지라 그가 한 말을 애처롭게 되풀이할 뿐이었다.

"당신이 돌아올 때까지 난 당신을 찾아가면 안 되겠군요."

"그렇소."

"편지는 보내도 괜찮을는지요?"

"그건 괜찮소. 당신이 아프다거나 뭐 원하는 게 있으면 말이오. 하기야 그런 일이 없기를 바라지만. 그렇지만 아마도 내가 먼저 당신에게 편지를 쓰게 될 거요."

"당신의 말에 반대하지는 않겠어요. 엔젤, 내가 어떤 벌을 받아야 하는가는 당신이 더 잘 알겠지만 다만 내가 견딜 수 없을 정도로 가혹한 벌을 주지는 마세요."

그것이 그 문제에 대해 테스가 한 말 전부였다. 만약에 테스가 수단이 좋은 여자라서 한적한 이 길에서 연극을 꾸며 신경질적으로 울어대고 기절하기라도 했다면 아무리 클레어의 결벽증이 뿌리 깊은 것이라 해도 그녀를 당해내지는 못했을 것이다. 가엾게도 테스는 오랫동안의 괴로움으로 지쳐 있었기 때문에 클레어로서는 일이 순조로웠다. 사실 그녀 자신만이 클레어에게 둘도 없는 변호인이 될 수 있었는데 자존심마저도 굴종 속에 파묻혀버리고 말았다. 그런 성질은 그때그때의 운명에 따라 모든 것을 맡겨버리는 더버빌 특유의 자포자기적인 태도였는지도 모른다. 그 때문에 테스는 몇마디 하소연만으로도 사태를 호전시킬 수 있는 절호의 기회를 놓치고 말았다.

그 다음에 그들은 헤어지고 난 뒤의 실제적인 문제에 관해 얘기를 나누었다. 클레어는 은행에서 미리 찾아놓은 상당한 액수의 돈이 든 꾸러미를 그녀에게 주었다. 대모의 유언에 따르면 보석에 관한 권한은 테스의 일생 동안만으로 한정되어 있었으므로 그는 안전을 위해 자신이 은행에 맡기겠다고 했다. 테스는 기꺼이 동의했다.

이 문제의 합의가 다 끝나자 그는 테스와 함께 마차로 돌아가 그녀가 마차에 오르는 것을 부축해주었다. 마부에게 마차 삯을 지불하고 그녀가 내리는 곳도 가르쳐주었다. 그리고 자신의 가방과 우산을 들고 그곳에서 마지막 작별 인사를 나누었다.

마차는 천천히 움직여 언덕길을 올라갔다. 클레어는 마차를 바라보며 테스가 잠깐만이라도 마차 밖으로 얼굴을 내밀었으면 하는 부질없는 생각에 잠겼다. 그러나 테스는 실신한 사람처럼 의자에 누워 있었기 때문에 그런 생각조차도 할 수가 없었고 또 그럴 기력도 없었다. 클레어는 멀어져가는 마차를 바라보다가 답답한 나머지 어느 시인의 시 한 구절을 마음대로 고쳐 읊조렸다.

하나님은 천국에 계시지 않고
세상은 모두 잘못투성이로다!

테스를 태운 마차가 언덕 너머 멀리 사라지자 그는 자신이 갈 곳으로 발걸음을 옮겼으나 자신이 아직도 테스를 사랑하고 있다는 사실을 끝내 깨닫지 못했다.

38

블레이크모어 골짜기로 마차가 들어서면서 어렸을 때부터 눈에 익은 풍경이 펼쳐지자 테스는 정신을 가다듬었다. 그녀의 머리에 맨 먼저 떠오른 것은 어떻게 부모를 대할 것인가 하는 염려였다.

마을 어귀에 있는 통행세 징수문 앞에 마차가 이르렀다. 몇 해 동안 이곳에서 문지기 노릇을 해 테스와 낯이 익은 문지기 노인이 아닌 전연 낯선 사람이 문을 열어주었다. 근래에는 집에서 아무런 소식도 받지 못했으므로 그녀는 문지기에게 마을 소식을 물었다.

"네, 아가씨. 별다른 소식은 없습죠. 말롯 마을은 여전하죠 뭐. 아무개가 죽었다느니 하는 소식뿐이죠. 그리고 존 더베이필드네가 이번 주일에 어떤 점잖은 농부에게 딸을 시집보냈답니다. 존의 집안에서 신랑을 고른 건 아니지만, 이 고장이 아닌 다른 고장에서 잔치를 치렀나 봅니다. 신랑이 워낙 지체가 높아 존의 집안이 잔치에 참석할 정도로 넉넉지 못한 집안이라고 생각한 모양이에요. 존의 집안이 유서 깊은 귀족 가문이고 가산은 이미 탕진했지만 아직도 조상의 묘지와 납골당이 있는 줄을 몰랐던 모양이에요. 하지만 존 경—요즘엔 이렇게들 부르지요—은 딸의 결혼식 날 마을 사람들에게 한턱 단단히 썼죠. 존의 마누라도 밤 열한 시가 넘도록 퓨어 드룹 주막에서 노래를 불렀죠."

문지기의 얘기에 테스는 마음이 어지러워져 짐과 소지품을 들고 집으로 버젓이 들어갈 용기가 나지 않았다. 그래서 문지기에게 잠시 짐을 보관해 달라고 부탁했다. 문지기는 쾌히 승낙했고 테스는 마차를 돌려보낸 다음 뒷길을 따라서 마을로 들어갔다.

저만치 집의 굴뚝이 보이자 도대체 무슨 면목으로 들어갈 것인가라고 그녀는 스스로에게 물어보았다. 집에서는 부모 형제들이 테스가 그녀를 호강시켜줄 남편과 함께 신혼여행을 떠났다고 달콤한 상상을 하고 있으리라. 그러나 그녀는 지금 이 세상에서 갈 곳은 여기밖에 없다는 듯 정든 고향집 문을 향해 쓸쓸히 다가갔다.

테스는 집에 채 닿기 전에 남의 눈에 띄게 되었다. 마당 울타리 옆에서 학교 다닐 때 친했던 한 처녀와 마주친 것이다. 친구는 어떻게 돌아왔느냐고 몇 마디 묻다가 테스의 슬픈 표정도 눈치 채지 못하고 이렇게 물었다.

"그런데 네 남편은 어디 갔니, 테스?"

당황한 테스는 남편이 사업 때문에 딴 곳에 갔다고 말하고는 친구와 헤어져 울타리를 지나 마당으로 들어갔다.

마당의 좁은 길을 따라 안채로 걸어 들어가자 뒷문에서 어머니의 노랫소리가 들려왔고 곧 문턱에서 홑이불을 짜고 있는 어머니의 모습이 보였다. 어머니는 테스가 온 것도 못 본 채 집 안으로 들어가버렸다. 테스도 따라 들어갔다.

빨래통은 예전과 다름없는 장소에 놓여 있었고, 홑이불을 옆으로 던져놓은 어머니는 다시 빨래통에 손을 담그려 했다.

"아니, 테스가 아니냐? 난 네가 결혼한 줄 알았는데! 이번에야말로 네가 틀림없이 결혼하는 줄 알고 능금술을 보냈는데……."

"네. 어머니 난 결혼했어요."

"앞으로 하겠다는 거냐?"

"아뇨, 벌써 결혼했어요."

"결혼했다구! 그럼 네 남편은 어디 있니?"

"그이는 잠시 다른 곳으로 갔어요."

"갔다구? 그럼 언제 식을 올렸니? 네가 말한 그날 했냐?"

"네, 화요일에 했어요. 어머니."

"오늘이 토요일인데 네 남편이 벌써 갔다구?"

"네, 그이는 가버렸어요."

"그게 무슨 소리냐? 아무 때라도 얻을 수 있는 그따위 남편이라면 차라리 지옥으로나 가라구 해!"

테스는 어머니에게로 달려가 가슴에 얼굴을 파묻고 흐느껴 울기 시작했다.

"어머니, 어머니 난 어떻게 말하면 좋을지 모르겠어요. 어머니는 그이에게 아무 말도 하지 말라고 편지하셨지만 난 그 사실을 그이에게 고백하고 말았어요. 그렇게밖에는 할 수가 없었어요. 그랬더니 그이는 가버렸어요."

"아이구 이 바보 같은 것아, 이 바보야. 나 참 기가 막혀서! 너한테 나쁜 말을 하지 않으려 했지만 한마디 더해야겠다. 이 바보 같은 것아!"

흥분한 나머지 더베이필드 부인은 테스와 자신에게 침을 튀기며 한껏 소리를 질렀다. 여러 날 동안의 긴장이 한꺼번에 풀리는 바람에 테스는 몸부림치며 흐느껴 울었다.

"알아요, 어머니. 나도 내가 바보인 줄 알고 있어요. 하지만 다른 도리가 없었어요. 그이가 너무 선량하기 때문에 그이에게 과거를 숨기는 건 차마 못할 야비한 짓처럼 느껴졌어요. 만약 기회가 다시 한 번 더 온다 해도 난 역시 고백하고 말 거예요. 그이한테 차마 죄를 지을 수가 없었어요!"

"하지만 그 사람하고 결혼한 것부터가 애당초 죄를 지은 게 아니냐!"

"그래요. 내가 불행하게 된 것도 바로 그 때문이에요. 하지만 그이가 날 용서하지 않는다면 법률대로 나와 이혼할 수 있으리라고 생각했어요. 아, 어머니, 내가 그이를 얼마나 사랑하고, 그이와 결혼하고 싶어 얼마나 애태웠는지 어머니가 알아주셨음 해요! 그이에 대한 사랑과 그이를 속이지 않으려는 양심 사이에서 얼마나 괴로워했는지 어머니가 알아주신다면!"

테스는 흥분한 나머지 몸을 가누지 못하고 의자 위에 털썩 쓰러지고 말았다.

"알았다, 알았어. 이왕 엎질러진 물 별 수 없는 일이니 말이다. 참, 넌 남의 집 애들처럼 영리하지 못하고 왜 그렇게 멍텅구리인지 모르겠다. 남편이 알게 되더라도 이젠 때가 늦었구나 하고 단념할 때까지 숨기면 될 일을 제 입으로 떠벌리다니! 네 아버지가 뭐라구 하실지 모르겠다. 아버진 날마다 롤리버 주막으로 퓨어 드롭으로 다니면서 네 결혼을 자랑하셨지 뭐냐. 네 덕분에 우리 집안도 옛날처럼 지체 높은 가문이 된다고 좋아하셨는데, 주책없는 그 양반이 말이다. 그런데 네가 그 일을 모두 망쳐놓고 말았으니 이 일을 어쩌면 좋단 말이냐!"

더베이필드 부인은 자신이야말로 팔자가 험한 사람이라는 듯 눈물을 흘렸다. 공교롭게도 바로 그때 아버지가 돌아왔다. 아버지가 곧장 집 안으로 들어오지 않았으므로 어머니는 자기가 아버지에게 얘기할 테니 아버지 눈에 띄지 않는 곳에 가 있으라고 테스에게 일렀다. 어머니는 처음에는 딸의 얘기에 실망했으나 첫 번째와 마찬가지로 이번에도 하나의 액운에 지나지 않는다고 생각했다. 일요일에 비가 오거나 감자 농사가 신통치 않은 경우와 마찬가지의 재난 정도로 생각한 어머니는 이번에 테스가 당한 불행도 그것이 정당한 대가이건 어리석은 잘못이건 누구나 겪을 수 있는 스쳐가는 재난일 뿐이라고만 생각했다. 그녀는 그 일에서 인생에 대한 어떤 교훈을 깨닫지는 못했던 것이다.

테스는 이층으로 올라갔다. 침대 놓인 자리가 바뀐 것이 얼핏 눈에 띄었다. 전에 자신이 쓰던 침대를 동생들이 차지해버려 그녀는 잠자리마저 없었다.

아래층 방은 천장에 널빤지를 대지 않았으므로 그곳에서 하는 얘기를 대강 들을 수 있었다. 곧 아버지가 들어오는 소리가 들렸는데 아버지는 암탉 한 마리를 들고 있는 것 같았다. 사실 아버지는 두 번째 말도 팔아버리지 않을 수 없는 형편이었으므로 요즘은 바구니를 팔에 걸치고 다니면서 행상을 하는 형편이었다. 그는 마을 사람들에게 일하는 시늉을 보이려고 걸핏하면 닭을 안고 다녔으나 오늘 아침에도 닭은 거의 한 시간 동안이나 롤리버 술집 탁자 다리에 묶여 있었다.

"이제 막 얘기하고 오는 길인데……."

존은 테스가 목사 집안에 며느리로 들어갔다는 얘기가 실마리가 되어, 목사에 관해 주막에서 주고받은 이야기를 자세하게 들려주었다.

"요즘은 그저 목사라고 불리지만 옛날에는 그 집안도 우리처럼 '경'이라고 불렸다는군 그래."

테스가 너무 사방팔방에 알리지 말라고 했기 때문에 자세한 얘기는 하지 않았다면서 그는 아무쪼록 이제는 마음대로 얘기할 수 있게 테스가 너무 신경 쓰지 말았으면 좋겠다고 말했다. 이어 그는 더버빌이라는 성이 남편 성보다 훌륭하니까 그 성을 쓰는 것이 나을 거라고 떠벌리고 나서 딸에게 편지가 오지 않았느냐고 물었다. 그러자 더베이필드 부인은 편지 대신 불행하게도 테스가 돌아와 있는 것을 알려주었다.

딸의 불행한 이야기가 끝나자 더베이필드의 얼굴에는 평소의 그답지 않은 침울하고 괴로운 기색이 떠올랐다. 거나한 술기운도 가신 듯 그는 다른 사람의 이목에 대해 걱정하기 시작했다.

"아니 그럼 이걸로 끝장이란 말인가. 우리 가문, 킹즈비어에 큰 납골당을 가진 우리 가문이 이게 무슨 꼴이지? 롤리버나 퓨어 드롭 술집에 모인 친구들이 힐끔힐끔 곁눈질하면서 손가락질할 걸 생각해보라구. 그치들은 이렇게 떠들어댈 거야. '그것 참 굉장한 혼인이군. 덕분에 자네도 옛날의 지위와 체통을 되찾게 될 걸세.' 여보, 이건 너무 창피한 일이라구. 가문이고 뭐고 다 집어치우고 죽어버렸음 좋겠소. 이젠 더 참을 수가 없는걸. 헌데 결혼을 했으니 언제까지나 여편네로 데리고는 있겠지?"

"그야 물론이지요. 그런데 그애는 그럴 생각이 없나봅디다."

"여보, 그애가 정말 결혼을 한 것 같습디까? 그렇지 않으면 요전번 모양이 된 거나 아닌지 몰라."

가엾게도 테스는 더는 부모의 말을 들을 수가 없었다. 자기의 말이 부모에게까지 의심을 받는다고 생각하자 여태껏 느껴본 적이 없는 분노가 끓어올랐다. 이 얼마나 기막힌 운명의 화살일까. 아버지마저도 그녀를 의심하는데 하물며 이웃과 친구들은 오죽할 것인가. 그녀는 자신이 이 집에도 오래 머무르지 못할 처지임을 깨달았다.

테스는 사흘 동안만 집에 머무르리라고 결심했다. 사흘이 지났을 때 마침 클레어에게서 짤막한 편지가 왔다. 북부 지방으로 농장을 보러간다는 간단한 내용이었다. 클레어의 아내로서의 참다운 위치가 그리웠고, 또 두 사람 사이의 엄청난 틈바구니를 부모에게 알리고 싶지 않은 마음도 있어서 그녀는 그 편지를 구실로 집을 떠나겠다는 말을 쉽게 할 수가 있었다. 남편을 만나러 가는 듯한 인상을 식구들에게 줄 수 있기 때문이었다. 또한 테스는 남편이 자신에게 불친절하다는 비난을 막으려고 클레어에게서 받은 돈의 절반을 가족에게 떼어주며 지난 몇 해 동안 부모에게 끼친 근심에 대한 약소한 보답이라고 말했다. 이렇게 해서 테스는 자신의 위신을 세운 다음 가족들과 작별했다. 한동안 더베이필드 집안은 테스가 주고 간 선물 덕분에 얼마 동안 활기를 띠었다. 더베이필드 부인은 젊은 부부 사이에서 생긴 불화가 헤어져서는 살 수 없는 둘 사이의 지극한 애정으로 무마되었노라고 사람들에게 얘기했고, 실제로 그녀는 그렇게 믿었다.

39

결혼식을 올린 지 삼 주 뒤 클레어는 아버지의 목사관으로 이르는 낯익은 언덕길을 내려가고 있었다. 아래쪽에 보이는 교회 탑은 마치 클레어에게 왜 돌아왔느냐고 묻기라도 하는 듯 저녁 하늘에 우뚝 솟아 있었다. 노을이 깃든 길에서 그를 알아보는 사람은 하나도 없었고, 그가 올 것을 알고 기다리는 사람은 더구나 없었다. 그는 유령처럼 살며시 걸어갔는데 자신의 발소리조차 없애버리고 싶은 충동을 느낄 정도였다.

지난 몇 주 동안 그의 인생에는 큰 변화가 일어났다. 이전에는 사색을 통해서만 인생을 알았던 그였으나 이제는 실제로 깨닫고 있었다. 어쩌면 아직까지도 잘 모를지도 모르지만 이제 그의 눈앞에 보이는 인생은 아름답기만 한 것이 아니라 괴롭고 견디기 힘든 무서운 것이었다. 그런 모든 슬픔과 괴로움도 결국은 테스가 더버빌 가문의 후손이라는 우연한 사실 때문에 시작된 것이라는 깨달음이 그를 한층 괴롭게 했다. 테스가 몰락한 낡은 가문의 후손이고 자신이 바라던 새로운 집안의 딸이 아니라는 사실을 발견했을 때 왜 진작 자기가 주장했던 대로 테스를 저버리지 않았던가. 그것은 자신이 변절했기 때문이고, 그러므로 고통을 당하는 건 당연한 일인지도 몰랐다.

고통으로 지치고 불안해서 날로 근심만 더해갔다. 그녀에게 너무 가혹하게 대하지 않았나 걱정이 되었다. 그는 무엇을 먹는지도 모르고 음식을 먹었고 맛도 모르면서 술을 마셨다. 시간이 흐름에 따라, 지나간 그리운 날들이 하나하나 되살아났다. 자신이 얼마나 테스를 사랑하고 그녀를 소유하고 싶어 했는지 확실하게 깨달았다.

고통을 잊으려고 이곳저곳 떠돌아다니다가 그는 어느 조그만 마을 어귀에 붙여 놓은 울긋불긋한 광고를 보았다. 그것은 브라질 제국이 이민해오는 농업가에게 유리한 활동 무대를 제공해준다는 것으로써 그곳에서는 엄청나게 넓은 땅을 유리한 조건으로 나누어준다는 것이었다. 클레어에게 브라질은 새로운 희망으로 다가왔다. 풍토와 사상과 습관과 법률이 다른 그곳에서 테스와 함께 살아간다면 아무런 방해도 받지 않을 것 같았다. 출발 날짜가 눈앞에 다가와 있었으므로 그는 브라질 이민에 마음이 끌렸다.

이러한 계획을 부모님께 알리고, 동시에 테스를 함께 데려오지 않은 이유를 별거를 알리지 않는 범위 내에서 적당히 설명할 작정으로 그는 에민스터로 돌아오는 길이었다. 집에 도착했을 때 달빛이 그의 얼굴을 밝게 비추었다. 그것은 그가 아내를 안고 강을 건너 수도원 묘지로 갈 때 그를 비춰주던 달빛과 같았는데 그의 얼굴은 그때보다 훨씬 여위어 있었다.

클레어가 아무 소식 없이 방문했기 때문에 마치 물총새가 고요한 웅덩이에 뛰어들어 잔물결을 일으키듯 그의 갑작스러운 방문은 목사관의 고요한 공기를 온통 뒤흔들어 놓았다. 부모님은 마침 응접실에 계셨으나 형들은 집에 없었다. 엔젤이 응접실로 들어가 조용히 문을 닫자 어머니가 소리쳤다.

"엔젤! 네 처는 어디 있니? 어쩌면 이렇게 사람을 놀라게 하느냐?"

"그 사람은 잠시 친정에 다니러 갔어요. 브라질로 떠날 작정으로 황급히 돌아온 겁니다."

"브라질이라니! 그곳 사람들은 모두 천주교를 믿을 텐데."

"그래요? 그것까지는 미처 몰랐어요."

그러나 아들이 브라질로 가는 데 대한 호기심이나 불안보다는 아들의 결혼에 대한 이야기가 부모는 더 궁금했다.

"삼 주 전에 네가 결혼했다는 짤막한 편지를 받고서 네 아버지는 네 대모가 맡겨둔 선물을 보내신 거란다. 우리가 결혼식에 참석하지 않은 것은 잘한 일 같다. 네 처의 친정이 어디인지는 모르지만 그 집에서가 아니라 낙농장에서 네가 식을 올리고 싶어 했으니까 우리가 갔더라면 너도 당황했을 테고 우리도 유쾌하지 않았을 테니 말이다. 네 형들도 그 점을 꺼리는 모양이더라. 다 지난 일이니 우린 더는 불만이 없다. 게다가 네가 목사가 되지 않고 농장 일을 하는 데 그 여자가 안성맞춤이라니 말이다. 하지만 나는 미리 그 여자의 선도 보고 가정환경도 알아보고 싶었단다. 그애가 무얼 좋아할지 몰라서 따로 선물을 보내지는 않았지만 그저 조금 늦어지는 거라고만 생각해다오. 나나 네 아버지는 네 결혼에 대해 별다른 감정이 없으니 말이다. 다만 네 처를 볼 때까지는 그애에게 별다른 호감을 가지지 않으려 했을 뿐이란다. 그런데 왜 네 처를 데리고 오지 않았지? 무슨 일이라도 있었느냐?"

"사실은 어머니 마음에 들게 될 때까지 집에 데리고 오지 않는 게 좋겠다고 생각했어요. 그런데 브라질로 가는 문제는 최근에 갑자기 정한 것이라, 이번 첫출발에 아내를 데리고 가기가 벅찰 것 같아서요. 제가 돌아올 때까지 그 사람은 친정에 있기로 했습니다."

"그럼 네가 떠나기 전에도 난 며느리를 볼 수 없단 말이냐?"

아마 그렇게 될 거라고 클레어는 대답했다. 그의 당초 계획은 부모님의 편견이나 감정을 건드리지 않기 위해 당분간 테스를 대면시키지 않겠다는 것이었고 또 그 밖에 다른 사정도 있어 그는 그 생각을 고집하기로 했다. 그는 자신이 곧 출발하더라도 일 년 내에 돌아올 것이므로 두 번째로 아내와 함께 브라질로 떠나기 전에는 꼭 인사를 드리겠다고 말했다.

급히 차린 저녁이 들어왔고 클레어는 자신의 계획을 보다 자세하게 설명했다. 어머니는 며느리를 만나지 못한 것이 못내 섭섭한 모양이었다. 클레어의 결혼에 반대하기는 했지만, 결혼할 무렵 아들이 테스에 대해 열정적으로 칭찬했으므로 어머니는 나사렛의 작은 마을에서 예수가 나듯 텔보데이스 낙농장에서도 아름다운 여자가 있을 수 있으리라고 어머니다운 동정심으로 생각했던 것이다. 어머니는 식사하는 아들을 유심히 보다가 말했다.

"그애가 어떻게 생겼는지 설명 좀 해주겠니? 물론 상당히 예쁘겠지, 엔젤?"

클레어는 괴로운 심정을 얼버무리듯 열성적으로 대답했다.

"그야 물론이지요."

"그리고 말할 것도 없이 순결하고 정숙하겠지?"

"네. 순결하고 정숙합니다."

"그애 모습이 눈앞에 선하구나. 언젠가 네가 이렇게 말한 적이 있었지. 몸매가 아름답고 입술은 큐피드의 활처럼 빨갛고 속눈썹과 눈썹은 까맣다고. 그리고 배의 굵은 닻줄처럼 탐스러운 머리단과 푸른빛과 보랏빛이 도는 검은 눈을 갖고 있다고 했었지."

"네, 그랬어요. 어머니."

"그애 모습이 눈에 훤하구나. 그렇게 외딴 마을에서 살고 있으니 널 만나기 전까지는 다른 남자를 만날 기회도 없었겠구나."

"물론 없었죠."

"그럼 네가 그애의 첫사랑이겠구나."

"네."

"세상에는 그런 소박하고 건강한 시골 아가씨보다 못한 여자들이 얼마든지 있단다. 내가 이렇게 바라는 것도 당연한 일인지도 몰라. 사실 아들이 농업가가 되려 하니까 며느리가 농사일을 잘 알아야 하는 건 당연한 일이야."

아버지는 별로 캐묻지는 않았으나 저녁 기도에 앞서 성경을 낭독할 시간이 되자 어머니에게 말했다.

"오늘은 엔젤이 왔으니까 계속해서 읽던 구절은 그만두고 잠언 삼십일장을 읽기로 합시다."

"네, 그게 좋겠어요. 레무엘 왕의 말씀 말이죠."

남편 못지않게 성경을 인용하는 실력이 훌륭한 목사 부인이 말했다.

"애야, 아버지께서 잠언에 있는 정숙한 여인을 찬양한 대목을 읽어주시겠단다. 그건 이 자리에 없는 네 처에게 안성맞춤인 구절이란다. 주여, 무슨 일에서나 그애를 지켜주시옵소서."

클레어는 가슴이 뭉클해졌다. 방구석에 있는 작은 설교대를 난로가 있는 방 가운데로 옮겨다 놓고 두 사람의 늙은 하인이 들어와 앉자 아버지는 잠언 31장 10절을 읽기 시작했다.

"누가 현숙한 여인을 찾아 얻겠느냐? 그 값은 진주보다 더하니라. 밤이 새기 전에 일어나서 그 집 사람에게 양식을 나누어주며, 허리띠를 졸라매고 그 팔의 힘을 강하게 하며 자기의 무역하는 것이 이로운 줄 깨닫고 밤에 등불을 끄지 아니하느니라. 그 자식들은 일어나 사례하며 그 남편은 칭찬하기를, 덕행 있는 여자가 많으나 그대는 여러 여자보다 뛰어나다 하느니라."

기도가 끝난 다음 어머니가 말했다.

"네 아버지가 읽으신 구절들이 꼭 네 아내를 두고 한 얘기 같구나. 완전한 여자란 게으른 여자도 아름다운 여자도 아닌 부지런한 여자를 일컫는 말이거든. 자신의 머리와 손으로 남을 돕는 여자 말이다. '그 자식들은 일어나 사례하며 그 남편은 칭찬하기를, 덕행 있는 여자가 많으나 그대는 여러 여자보다 뛰어나다 하느니라.' 글쎄 네 처를 보고 싶구나. 순결하고 정숙하다니 난 그걸로 만족이다."

클레어는 더는 참을 수 없었다. 그의 두 눈에 납방울 같은 눈물이 괴었다. 그는 진심으로 사랑하는 선량한 부모님에게 인사를 하고 방에서 물러나왔다. 그들은 속된 세상도 욕정도, 자신들의 마음속에 숨어 있는 악마까지도 모르고 있었다. 그런 것들은 그들에게 희미하고 막연한, 생소한 존재일 따름이었다. 그는 얼른 자기 방으로 돌아왔다.

어머니가 뒤따라와 방문을 두드렸다. 엔젤이 문을 열자 근심스런 표정의 어머니가 문 앞에 서 있었다.

"엔젤, 무슨 기분 나쁜 일이라도 있니? 그렇게 빨리 자리를 뜨다니 말이다. 아무래도 네가 여느 때와는 다른 것 같구나."

"아니에요, 어머니. 아무 일도 없어요."

"네 처 때문에 그러지? 난 다 알고 있다. 네 처 때문이라는 걸 말이다. 삼 주도 안 됐는데 벌써 다투기라도 했단 말이냐?"

"다툰 일은 없어요. 다만 의견이 맞지 않아서요."

"엔젤, 그애한테 과거가 있다든가 하는 건 아니겠지?"

어머니의 직감으로 클레어 노부인은 아들의 고민의 급소를 찔렀다.

"그 사람은 깨끗해요."

엔젤이 대답했다. 그 거짓말로 말미암아 그 자리에서 지옥에 떨어진다 할지라도 그는 끝까지 거짓말을 되풀이했을 것이다.

"그렇다면 다른 건 걱정할 게 없다. 이 세상에 때 묻지 않은 시골 처녀보다 깨끗한 사람은 없으니 말이다. 교양이라든가 학식 같은 것 때문에 다소 네 처의 행동이 비위에 거슬리더라도 같이 살면서 가르쳐준다면 차차 나아질 거다."

어머니의 관대한 말을 듣는 순간 자신이 완전히 파멸했다는 생각이 그의 뇌리에 떠올랐다. 그것은 테스가 고백할 때도 느끼지 못했던 사실이었다. 사실 그는 주위 사람들의 이목에 크게 신경을 쓰는 편이 아니었지만 부모와 형들을 위해 최소한의 체면을 지켜야겠다는 생각이 들었다. 어른거리는 촛불까지도 자신은 분별 있는 사람을 비추는 것이지 속아 넘어가는 사람이나 패배자는 비추기 싫다고 무언중에 말하는 것 같아 괴로웠다.

어머니가 방으로 돌아간 다음 흥분이 가라앉자 부모에게까지 거짓말을 하게 만든 아내가 괘씸하게 생각되었다. 그녀가 마치 곁에 있기라도 하는 듯 화를 내는 그의 귀에 속삭이는 듯한 그녀의 음성이 들렸다. 어둠 속에서 그녀의 부드러운 입술이 자신의 이마를 스쳐가는 듯한 기분이 들었다. 그녀의 따뜻한 숨결까지도 방 안에 가득 차는 것 같았다.

그날 밤 엔젤이 원망하는 테스는 자신의 남편이 얼마나 착하고 훌륭한 사람인가 새삼스럽게 생각했다. 그러나 이 두 사람의 머리 위에는 엔젤 클레어가 느끼는 것보다 더 짙은 그림자가 드리워져 있었다. 그것은 뿌리 깊은 습관과 인습에 그가 사로잡히고 말았다는 점이었다. 모든 것을 훌륭한 의지와 독자적인 판단으로 처리하면서 진보적으로 살아나가려 했던 그도 일단 실질적인 어려움에 부딪히자 고집을 꺾고 어린 시절의 단순한 생각으로 돌아가고 만 것이다. 사실 도덕의 가치는 행위 자체에 있는 것이 아니라 정신에 있기 때문에 죄악을 싫어하는 다른 여자와 마찬가지로 테스도 레무엘 왕의 찬사를 받을 값어치가 있는 여자라는 것을 테스에게 가르쳐준 학자도 없었고 그 자신이 그것을 깨닫지도 못했다. 게다가 이런 경우 좋은 면보다는 나쁜 면이 더 확실하게 느껴지는 까닭에, 그는 자신이 테스의 결점만 너무 생각한 나머지 그녀의 참모습을 놓치고, 흠 있는 것이 완전한 것을 능가할 수도 있다는 생의 진리마저 놓치고 있다는 사실을 깨닫지 못했다.

40

아침 식탁에는 브라질이 화제에 올랐다. 그곳에 이민 갔다가 일 년이 채 못 돼 돌아온 농부들의 비관적인 소문이 들리긴 했으나 엔젤의 계획을 모두 애써 희망적인 것으로 보려고 노력했다. 식사 뒤 클레어는 마을에서 자신과 관계되는 사소한 일들을 모두 정리하고 은행에 예금했던 돈을 모두 찾아가지고 오는 길에 교회 옆에서 머시 찬트를 만났다. 교회 벽에서 홀연히 나타난 듯한 그녀는 자기가 가르치는 학생들에게 나누어줄 성경책을 한아름 안고 있었다. 엔젤이 영국을 떠난다는 사실을 아는 머시는 훌륭하고 희망적인 일이라고 말했다.

"네, 상업적인 면에서 본다면 좋은 사업이죠. 하지만 머시, 그것은 삶의 연속성이 끊어지는 것이나 마찬가지랍니다. 차라리 수도원이 나을는지도 모르죠."

"수도원이라구요. 아이, 엔젤 클레어 씨."

"왜요?"

"수도원을 택한다는 건 수도사를 뜻하는 것이잖아요. 수도사는 로마 가톨릭이 아니에요?"

"그렇다면 로마 가톨릭은 죄악이고, 죄악은 벌을 의미하니, 엔젤 클레어여 그대는 위험한 지경에 이르렀도다. 지금 그런 뜻으로 말한 겁니까?"

"나는 신교를 자랑스럽게 생각해요."

머시는 딱 잘라서 퉁명스럽게 말했다. 자신의 불행으로, 모든 것을 비웃고 싶은 악마 같은 감정에 사로잡혀 있는 가엾은 엔젤은 머시를 가까이 불러 그녀의 귀에다 모든 이단적인 이론들을 악마처럼 속삭였다. 아름다운 머시의 얼굴에 나타난 공포의 표정을 보고 그는 웃음을 터뜨렸으나 자신의 일에 생각이 미치자 도로 웃음을 거두었다.

"머시, 용서하시오. 난 미쳐버릴 것만 같소."

머시도 그런가 보다고 생각하는 모양이었다. 이렇게 둘의 우연한 상봉이 끝나자 클레어는 목사관으로 돌아왔다. 그는 앞으로 다가올지도 모르는 행복한 그날을 위해 보석을 은행에 맡겼으며 테스가 필요하면 찾아 쓰게 하려고 얼마간의 돈을 예금한 사실을 블레이크모어에 있는 그녀에게 편지로 알렸다. 그 예금과 그녀에게 준 돈을 합치면 당분간은 걱정 없이 살아가리라 생각했고, 또 급한 일이 생길 때는 아버지에게 연락하도록 일러놓았다.

그는 테스와 부모님이 편지 연락을 하지 않는 것이 좋으리라 생각해서 부모에게 테스의 주소를 알리지 않았다. 또한 부모님도 아들이 며느리와 사이가 벌어진 이유를 잘 모르기 때문에 굳이 주소를 알려고 하지 않았다. 매듭지을 일은 빨리 마무리 짓는 것이 좋다고 생각한 그는 그날 목사관을 떠났다.

클레어는 영국을 떠나기 전에 테스와 사흘 동안의 신혼 생활을 보낸 웰브리지 농가를 찾아보아야만 했다. 약간의 방세도 치르고 열쇠도 돌려주어야 했으며, 그곳에 남겨두고 온 몇 가지 사소한 물건도 가져와야 했기 때문이었다. 그곳은 클레어의 생애에 가장 어두운 그림자를 던져준 어두운 기억의 장소이기도 했다. 그러나 그가 그곳에 도착해 응접실 안을 들여다봤을 때 그의 머리에 맨 처음 떠오른 것은 결혼식을 마친 오후에 이곳에 도착해서 느꼈던 행복감이었다. 한 지붕 아래 처음으로 같이 살게 되었다는 신선한 기분과 처음으로 함께 나눈 식사와, 난롯가에서 손을 마주잡고 속삭이던 일들도 뒤이어 뇌리에 떠올랐다.

클레어가 도착했을 때 주인 농부 내외는 밭에 나가고 없었다. 얼마 동안 혼자 방을 둘러보던 그는 전혀 예기치 않았던 새로운 감정이 솟구쳐올라 자신도 모르게 테스가 썼던 이층 침실로 올라갔다. 침대는 테스가 떠나던 날 손질해 둔 대로 깨끗하게 정돈되어 있었다. 그는 테스가 침실에서 혼자 죽으려 했다는 사실을 기억해내고는 비로소 이번에 자신이 취한 태도가 현명한 것이었는지 아니면 너그러운 것이었는지를 생각해보았다. 자신이 지나치게 무자비했던 것은 아닐까. 갈피를 잡을 수 없는 여러 가지 복잡한 감정이 가슴을 메우자 그는 눈물을 흘리며 침대 옆에 무릎을 꿇었다.

"테스, 당신이 좀 더 일찍 말했더라면 난 당신을 용서했을 텐데."

그는 탄식했다. 그때 아래층에서 발소리가 들려 클레어는 일어나서 층계 쪽으로 갔다. 층계 아래서 파리하게 여윈 여자가 고개를 들었다. 그 여자는 까만 눈동자의 이즈 휴에트였다.

"클레어 선생님, 전 선생님과 부인을 만나 인사나 드리려고 왔어요. 혹시 다시 돌아오시지 않나 해서요."

클레어는 그녀 마음의 비밀을 대강 알고 있었으나 그녀는 아직 그의 사정을 모르고 있었다. 그녀는 클레어를 진심으로 사랑했고, 테스만큼이나 훌륭하게 농부의 아내 노릇을 할 수 있는 여자였다.

"난 지금 혼자 와 있소. 우리는 이제 여기 살지 않아요."

그는 이곳에 왜 왔는지 간단하게 설명하고는 집이 어느 쪽이냐고 물었다.

"전 지금 텔보데이스 낙농장에 있지 않아요."

"그건 왜?"

이즈는 고개를 숙였다.

"거긴 너무 쓸쓸해서 떠났어요. 지금은 이 근처에 와 있어요."

그녀는 낙농장과 정반대 방향을 가리켰다. 그 길은 바로 클레어가 가려는 방향이었다.

"그럼 그쪽으로 가는 거요? 괜찮다면 태워다주지."

올리브 빛깔의 이즈의 얼굴이 상기되었다.

"고맙습니다."

클레어는 농부를 만나 방세를 지불하고, 급히 떠나느라 해결 못했던 일도 다 마무리지었다. 그가 마차로 돌아오자 이즈는 마차에 뛰어올라 그의 옆에 앉았다.

"난 영국을 떠나게 돼요, 이즈. 브라질로 갈 작정이오."

"부인도 그 계획에 찬성인가요?"

"그 사람은 이번에 함께 가지 않아. 난 일 년 가량 살피러 가는 거니까."

그들은 동쪽으로 꽤 먼 거리를 달렸다. 이즈는 아무 말도 하지 않았다. 클레어가 물었다.

"다른 처녀들은 잘 지내고 있소? 레티는 어떻게 지내지?"

"요전에 제가 만났을 땐 신경쇠약 같았어요. 광대뼈가 드러날 정도로 여위어서 꼭 폐병 환자 같았어요. 그애를 좋아하는 남자는 이제 없을 거예요."

이즈는 기운 없이 말했다.

"마리안은?"

이즈는 갑자기 말소리를 낮추었다.

"마리안은 술을 마셔요."

"저런!"

"그 때문에 낙농장에서 쫓겨났어요."

"그럼 당신은?"

"전 술도 안 마시고 다 죽어가지도 않아요. 하지만 이제는 아침 식사 전에 노래를 부르지 않아요."

"왜 그렇게 됐지? 아침에 우유를 짤 때 당신은 멋지게 노래를 부르곤 했는데."

"그래요. 선생님이 처음 오셨을 때는 그랬죠. 하지만 좀 지난 다음부터는 부를 수가 없었어요."

"어째서?"

대답 대신 그녀의 까만 눈이 클레어를 쳐다보며 반짝거렸다.

"이즈는 왜 그렇게 마음이 약해. 나 같은 사람 때문에 말이야. 만약 내가 당신한테 청혼한다면 어떻게 할 작정이었지?"

무언가 곰곰 생각하고 난 뒤에 클레어가 물었다.

"만약에 그랬다면 '네'라고 대답했을 거예요. 그러면 선생님도 선생님을 사랑하는 여자와 결혼하셨을 테구요."

"정말이오?"

"정말이다 뿐이겠어요. 아니 여태 그걸 짐작도 못 하셨어요?"

이즈는 힘주어 속삭였다. 마차는 계속 달려 어느 마을로 통하는 갈림길에 이르렀다. 클레어에게 사랑을 고백한 뒤로 아무 말도 않던 이즈가 불쑥 말했다.

"여기서 내리겠어요. 전 저기에 살아요."

클레어는 말의 속도를 늦추었다. 그는 지금 사회 규범에 심한 반감을 품고 있었고 자신의 운명을 저주했다. 사회 규범 때문에 막다른 궁지에 몰렸다고 생각한 그는 선생의 회초리 같은 사회적 관습에 얽매이기보다는 아무렇게나 가정생활을 해버림으로써 사회에 복수하고픈 욕망이 문득 솟구쳤다.

"이즈, 난 혼자서 브라질로 가는 거요. 단순히 브라질로 가는 것 때문이 아니라 일신상의 문제로 우린 헤어졌어. 난 결코 그녀와 함께 살 수는 없을 거요. 나는 당신을 사랑할 수 없을는지도 모르지만, 이즈, 테스 대신 나하고 함께 가지 않겠소?"

"진정으로 하시는 말씀이에요?"

"물론이오. 난 그동안 너무 지쳤기 때문에 이젠 편안히 살고 싶소. 그리고 당신은 이해관계를 떠나서 날 사랑해주니까."

"좋아요. 따라가겠어요."

잠시 생각하다가 이즈가 대답했다.

"따라가겠다구? 내가 한 말이 무슨 뜻인지 알고나 있소, 이즈?"

"알아요. 그곳에 머무는 동안만 함께 산다는 거. 그것만으로도 전 만족해요."

"한 가지 명심할 게 있어요. 난 도덕적인 면에서 믿을 만한 사람이 못 되오. 문명인의 눈에서 본다면 말이오. 즉 서구 문명인의 눈으로 본다면 당신과 함께 떠나는 내 행동은 죄악이란 말이오."

"전 그런 것에 관심 없어요. 여자가 사랑 때문에 극도의 괴로움에 이르면 누구든 그런 길을 택하게 돼요."

"그럼 내리지 말고 그대로 앉아 있어요."

클레어는 갈림길을 지나 한참 더 달렸다. 아무런 애정 표시도 하지 않은 채 사뭇 마차만 달리던 그가 문득 물었다.

"진정 날 사랑하오, 이즈?"

"네. 아까도 말씀드렸듯이 전 선생님을 사랑했어요. 낙농장에 있을 때부터 내내 선생님을 사랑했어요."

"테스보다 더?"

이즈는 고개를 좌우로 흔들고는 조그만 목소리로 중얼거렸다.

"아뇨, 테스만큼은 사랑하지 못했어요."

"어째서?"

"아무도 테스가 사랑한 만큼 선생님을 사랑하지는 못해요. 테스는 당신을 위해서라면 목숨도 버릴 거예요. 전 도저히 그렇게까지는 할 수가 없어요."

이즈 휴에트는 심술궂은 말을 할 수도 있었지만 테스의 매력적인 성격이 털털하고 거친 이즈의 성격에도 감화를 주었으므로 그녀를 칭찬하지 않을 수 없었다.

클레어는 아무 말도 할 수가 없었다. 천만 뜻밖에 나무랄 수도 없는 사람에게서 그런 솔직한 말을 듣자 그의 가슴은 콱 메고 말았다. 복받치던 울음이 목에 걸려 굳어져버린 듯한 기분이었다. 이즈가 한 말이 자꾸 귓가에서 맴돌았다. '테스는 당신을 위해서라면 목숨도 버릴 거예요. 전 도저히 그렇게까지 할 수가 없어요.'

그는 갑자기 말 머리를 돌리면서 이렇게 말했다.

"이즈, 우리가 얘기했던 실없는 소리들은 다 잊어버려요. 도대체 내가 무슨 말을 했는지 모르겠어. 당신 마을 길목까지 데려다주겠소."

자신의 경솔한 행동을 깨달은 이즈는 민망해져 두 손으로 이마를 치며 울음을 터뜨렸다.

"모든 것을 거짓 없이 말했는데 이렇게 되다니…… 어떻게 참으란 말이에요?"

"이즈, 이 자리에 없는 사람을 위해 베푼 선행을 뉘우치는 건 아니겠지? 후회로 착한 일에 흠이 가게 하지 말아요."

이즈가 차츰 진정했다.

"잘 알겠어요. 저 역시 제가 무슨 말을 하는지 몰랐나 봐요. 전 어림도 없는 일을 꿈꾸고 있었으니까요."

"내겐 이미 사랑하는 아내가 있소."

"네, 그렇죠. 선생님에게는 아내가 있죠."

그들은 반 시간 전에 지나쳤던 갈림길에 되돌아왔다. 이즈는 마차에서 뛰어내렸다.

"이즈, 부디 나의 순간적인 경솔함을 잊어주오. 내가 잠시 분별이 없어져 어리석은 말을 했었소."

"잊어버리라구요. 아, 저는 결코 경솔한 짓이 아니었어요."

상심한 그녀의 부르짖음 속에 담긴 비난을 얼마든지 받아 마땅하다고 클레어는 생각했다. 그는 무어라 형용할 수 없는 슬픔이 울컥 치받쳐올라 마차에서 훌쩍 뛰어내렸다. 이즈의 손을 잡고 그는 간곡하게 말했다.

"그렇지만 이즈, 아무튼 웃는 낯으로 헤어지고 싶어. 내가 지금 얼마나 심한 가책을 받고 있는지 당신은 모를 거요."

이즈는 마음이 너그러운 처녀였으므로 더 이상 심하게 굴어 두 사람의 작별을 망치고 싶지 않았다.

"모든 걸 용서하겠어요. 클레어 선생님."

클레어는 본심은 아니지만 교훈자의 입장을 자신에게 강요하면서 이즈에게 말했다.

"이즈, 마리안을 만나면 쓸데없는 짓은 그만하고 착한 여자가 돼 달라고 좀 전해줘요. 그리고 레티에게는 세상에 나보다 훌륭한 남자가 많으니까 나를 생각해서라도 어질고 착한 여자가 돼 달라고 하더라고 전해줘요. 두 번 다시 그들을 만날 수 없을지도 모르지만 죽어가는 사람이 죽어가는 사람에게 부탁하는 기분으로 이 말을 하더라고 전해줘요. 그리고 이즈는 아내에 대해 정직하게 말해줌으로써 나를 어리석고 성실치 못한 배반에서 구해주었소. 그런 경우에는 남자들도 그렇게 말하기가 힘든데 말이오. 그 일 하나만으로도 난 결코 당신을 잊지 못할 거요, 이즈. 당신도 여태까지 그랬듯이 성실하고 착하게 살아가기를 바라오. 그리고 내가 이즈의 애인은 될 수 없지만, 나를 성실한 친구로 생각해주기를 바라오. 자, 약속해주겠지?"

이즈는 약속했다.

"하나님이 당신을 축복하고 보호해주시기를 기도하겠어요. 선생님, 안녕히 가세요."

그는 마차를 몰고 멀리 사라졌다. 사라지는 마차를 지켜보던 이즈는 지독한 괴로움을 이기지 못해 둑 위에 몸을 던졌다. 그날 밤 어머니가 사는 농가로 돌아온 이즈의 얼굴은 피로에 지쳐 이상하게 보였다. 그녀가 엔젤 클레어와 헤어진 뒤 집으로 돌아올 때까지의 몇 시간을 어떻게 보냈는지 아는 사람은 하나도 없었다.

클레어도 이즈와 헤어진 뒤 고통 때문에 입술을 떨었다. 그러나 그의 괴로움은 물론 이즈 때문이 아니었다.

그날 저녁 그는 순간적인 변덕으로 가장 가까운 정거장으로 말을 모는 대신 테스의 집과 자신 사이에 가로 놓여 있는 남부 웨식스의 높은 산등성이로 말을 몰아갈 뻔했다. 그러나 그가 테스의 집을 향해 끝내 마차를 몰지 못한 것은 테스를 경멸한다든가 그녀의 마음 상태를 짐작해서가 아니었다.

이즈의 말대로 테스가 자신을 사랑하는 건 사실이지만 그것으로 그녀의 과실이 사라지는 것은 아니라는 생각을 했기 때문이었다.

자신의 처음 판단이 옳았다면 이제 와서 그것을 뒤집을 수는 없었다.

테스를 용서할 수 없다는 그의 굳은 결심은 오늘 오후에 들은 이즈의 말보다 더 크고 지속적이고 감동적인 그 어떤 힘이 아니고서는 바뀔 수 없는 것이었다.

정말 그 이상의 감동적인 사건이 있었다면 그는 당장이라도 테스에게로 돌아갔으리라.

그날 밤 그는 런던행 열차에 몸을 실었다.

그리고 닷새 후, 그는 브라질로 가는 배가 떠나는 항구에서 두 형과 작별의 악수를 나누었다.

41

테스와 클레어가 헤어진 지 여덟 달 남짓 지난 시월 어느 날이었다. 그 사이 테스의 환경은 완전히 달라져 그녀는 짐이나 상자를 일꾼에게 시켜 나르게 하는 신부가 아니라 자기 손으로 보따리와 바구니를 들고 걸어가는, 결혼하기 전과 마찬가지의 외로운 여자로 돌아가 있었다. 그동안 쓰라고 남편이 준 돈도 다 떨어져 지갑은 점점 가벼워져 갔다.

그녀는 고향을 다시 등진 뒤로 봄철과 여름철의 대부분을 포트 브레디 근방의 낙농장에서 날품팔이로 그날그날을 보냈다. 그곳은 블레이크모어 분지 서쪽에 있는 낙농장으로 고향과 텔보데이스에서 멀리 떨어진 곳이었다. 테스는 그곳의 날품팔이 생활이 클레어가 준 돈에만 기대는 것보다는 훨씬 마음 편했다. 그녀의 정신 상태는 여전히 불안했고, 그녀가 맡아 하는 기계적인 일은 그런 불안을 막아주기는커녕 더욱 부채질했다. 그녀는 일을 하면서도 마음은 클레어와 함께 거닐던 목장으로 달려가곤 했다.

텔보데이스처럼 정식 일자리를 얻을 수 없어 임시직으로 일했으므로 그곳의 낙농장 일은 젖이 나올 동안만 계속됐다. 그러나 추수기가 시작되려는 무렵이어서 밭에만 나가면 추수기가 끝날 때까지는 일을 얻을 수 있었다. 그녀는 부모에게 주고서도 절반은 남아 있는 클레어가 준 돈을 쓰지 않으려 했으나 요즘 굳은 날씨가 계속되는 바람에 그 돈을 쓰지 않을 수 없었다.

테스는 그 돈을 쓰는 것이 안타까웠다. 테스를 위해 엔젤이 은행에서 찾아준 돈, 그것은 클레어의 손에 닿아 깨끗해진 돈이었고 자신과 클레어의 경험이 이룩한 산 역사를 지닌 듯한 돈이었으므로 그것을 쓴다는 것은 그의 유물을 내버리는 것과 마찬가지로 생각되었다. 그러나 어쩔 수 없는 사정으로 테스는 자기의 거처를 부모에게 수시로 알리고 있었으나 자신의 형편만은 알리지 않았다. 수중에 돈이 다 떨어져갈 때쯤 해서 어머니에게서 편지가 왔다. 사연인즉 가을비에 지붕 이엉이 새서 몽땅 갈아야겠는데 지난번 수리 비용도 갚지 못해 손도 못 대고 있다는 것이었다. 이층의 천장과 서까래를 새로 하려면 지난번 금액과 합쳐 상당한 액수의 돈이 필요하고 지금쯤 돈 많은 남편이 돌아왔을 테니 그 돈을 마련해서 보내줄 수 없겠느냐는 내용이었다.

테스는 엔젤의 거래 은행에서 송금해온 얼마간의 돈을 가지고 있었으므로 집안의 딱한 사정을 생각해서 요구대로 돈을 부쳐주었다. 나머지 돈으로 겨울옷을 장만했기 때문에 당장 닥칠 장마철을 대비할 수 있는 돈은 거의 없었다. 마지막 한푼마저 떨어졌을 때, 그녀는 돈이 필요할 때 시아버지에게 부탁하라던 엔젤의 말을 생각해내고는 어떻게 할 것인가 망설였다.

그러나 그 방법은 아무리 생각해도 마음이 내키지가 않았다. 별거 상태가 길어지는 것을 친정에 알리지 않는 것과 마찬가지의 이유에서였다. 이를테면, 섬세한 감정, 자존심, 부끄러워하지 않아도 될 것을 부끄러워하는 마음씨—결국 한마디로 말하면 클레어를 생각하는 마음 때문이었다. 그가 넉넉한 돈을 주고 갔는데도 궁색하다고 해서 시아버지에게 편지를 낸다면 구걸하는 듯한 인상마저 줄 것 같았다. 가뜩이나 며느리를 마땅치 않게 생각하는 시부모님인지라 그렇게 되면 한층 멸시를 받을 것 같은 생각이 들었다. 마침내 테스는 목사 가정의 며느리가 시아버지에게 궁색한 말을 할 수는 없다는 결론을 내렸다.

시부모와 편지 왕래를 하고 싶지 않다는 테스의 그 마음은 시간이 흐름에 따라 차츰 사라졌으나, 자신의 부모에 대해서는 오히려 그 반대였다. 결혼 직후 고향에 잠시 들렀다가 떠날 때 부모는 테스가 결국 남편과 함께 살리라고 믿는 눈치였다. 테스는 부모의 그런 기대에 실망을 주지 않으려 노력했으므로, 부모님은 클레어가 곧 테스를 데리러 오거나 브라질로 오라는 편지를 할 것이고 머지않아 딸 내외가 가족과 친지 앞에 버젓이 나타나리라 믿었다. 그들은 테스가 마음 편하게 남편을 기다리는 줄 알았다. 사실 테스도 남편이 어느 땐가는 돌아오리라는 희망을 버릴 수가 없었다. 그 희망이 날이 감에 따라 차츰 사라져갔지만 어쨌든 그런 이유들 때문에 그녀는 친정에 편지하는 것이 꺼려졌고, 가능하면 혼자서 문제를 해결하려 했다.

한편 남편의 생활도 그리 편안한 것만은 아니었다. 그 무렵 클레어는 브라질의 어느 진흙 땅에서 폭우를 흠뻑 맞고 갖가지 고생 끝에 열병을 얻어 앓아누워 있었다. 당시의 브라질 정부가 약속한 조건과, 영국의 고지대에서 온갖 기후 변화와 곤란을 겪어가면서 농업에 종사한 체질이라면 브라질의 어떤 기후와 조건에서도 능히 이겨나가리라는 허망한 억측에 속은 모든 영국인 농부들처럼 클레어도 갖은 시련을 겪었다.

그 무렵 테스는 수중의 마지막 금화까지 다 써버렸고, 계절 탓으로 일자리를 구하기 어려운 지경이었으므로 참으로 막막한 형편이었다. 자신이 지닌 지혜와 정열, 건강과 일에 대한 의욕만으로도 충분히 집 안에서 일하는 일자리를 얻을 수 있었는데도 테스는 그럴 생각조차 안 했다. 도회지나 큰 저택, 재산이 있는 사교적인 사람들이나 순진한 맛이 없는 약은 사람들이 두려웠기 때문이었다. 그녀의 불행은 바로 그런 계층에 발을 잘못 디딤으로써 시작되었기 때문이다. 그녀가 불행한 경험을 통해 알고 있는 것은 어쩌면 일부분일 뿐이고 그 사회에도 보다 좋은 면이 있을는지도 모르지만 그녀는 그런 사실을 믿을 수가 없었다. 또한 현재 나쁜 환경에 처해 있는 그녀로서는 그런 인간들에게 접근하는 것조차 싫었다.

봄과 여름 동안 임시로 일했던 포트 브레디 주변의 낙농장에서는 이제 일손이 필요치 않았다. 텔보데이스에 가서 사정이라도 한다면 그들은 동정심에서 일자리를 줄는지도 모르지만 테스는 아무리 편한 생활을 하게 되더라도 그곳으로 돌아가고 싶지는 않았다. 자신의 초라한 꼴을 보이고 싶지 않았거니와 사람들이 혹 클레어를 비난할까 봐 그것이 무엇보다도 두려웠다. 그들의 동정이라든가, 그녀의 묘한 처지에 대해 쑥덕대는 말을 참지 못할 것 같았다.

때마침 옛 친구 마리안에게서 날아온 편지가 테스의 걱정을 다소 덜어주었다. 이즈 휴에트에게서 우연히 테스가 별거한다는 얘기를 들은 마음씨 좋은 마리안은 옛 친구가 곤경에 처해 있으리라 짐작하고 급히 편지를 띄운 것이다. 그녀는 텔보데이스에서 나와 지금은 어느 고원 농장에서 일하고 있는데, 테스가 전처럼 일을 시작한 것이 사실이라면 자신이 있는 농장에 일자리가 있으니 한번 만나고 싶다고 편지에 썼다. 여러 곳을 떠돌다가 겨우 자신에게 배달된 그 편지를 읽고 테스는 십일월 어느 날 오후 마리안이 있는 고원 농장을 향해 출발했다.

그녀가 오르는 오솔길은 끝없이 길게 뻗어 있었고 울퉁불퉁했다. 짧은 해는 어느덧 기울어 그녀와 오솔길에 황혼이 깃들기 시작했다. 이윽고 그녀가 언덕 위에 이르자 아래로 저만치 뻗어 있는 오솔길이 내려다보였다. 그때 뒤에서 발소리가 들리더니 얼마 뒤 한 남자가 뒤따라왔다.

"안녕하십니까, 아가씨?"

남자는 그녀와 나란히 발걸음을 맞추어 걸으면서 인사를 했다. 테스도 공손히 인사했다. 주위는 어둑해졌으나 하늘에 아직 남아 있는 빛이 그녀의 얼굴을 비춰주었다. 남자는 고개를 돌려 테스를 유심히 쳐다보았다.

"틀림없군. 한동안 트랜트리지에 살았던 젊은 아가씨, 더버빌 도련님이 좋아하던 그 아가씨가 틀림없어. 난 지금 그곳에 살진 않지만 그때는 그곳에서 살았었지."

그 남자는 테스에게 무례하게 굴었다 해서 여관에서 엔젤에게 얻어맞았던 돈 많은 농부였다. 그녀는 감전이라도 된 듯한 고통을 느끼며 아무 대꾸도 하지 않았다.

"그때 내가 한 말은 사실이라고 대답하시오. 아가씨 애인은 그때 굉장히 화를 냈지만, 어때 이 앙큼한 아가씨야! 따지고 보면 그 친구가 날 때린 데 대해 당신이 사과해야 한다구."

테스는 아무 대답도 하지 않았다. 궁지에 몰린 영혼에겐 도망치는 것만이 유일한 방법이므로 그녀는 뒤도 돌아보지 않고 바람처럼 달려 숲으로 곧장 통하는 길가의 문 앞에 이르렀다. 그녀는 안으로 뛰어 들어가 남의 눈에 띄지 않는 무성한 곳에 몸을 숨겼다.

발밑의 낙엽은 메말라 바스락거렸다. 그녀는 낙엽을 한 움큼 긁어모아 그 복판에 잠자리를 만들고 그 안에 기어 들어갔다. 그날 밤 그녀는 쉽사리 잠을 이룰 수가 없었다. 무슨 소리가 들리면 소스라치게 놀라며 바람 소리라고 스스로에게 타일렀다. 엔젤 클레어의 아내는 이마에 손을 대고 이마의 곡선과 부드러운 살결 밑으로 그것이려니 느껴지는 눈 언저리를 더듬으며, 이 뼈가 언제고 앙상히 드러나는 날이 오겠거니 생각하며 혼잣말로 중얼거렸다.

"언젠가는 뼈만 앙상하게 남게 되겠지. 차라리 지금 그렇게 되었으면 좋겠어."

이런 부질없는 생각에 잠겨 있을 때 나뭇잎 사이에서 다시 이상한 소리가 들렸다. 바람 소리 같았으나 바람은 한 점도 없었다. 그 소리는 때로는 퍼덕이는 소리처럼 들렸고 어떤 때는 숨 가쁜 소리 같았으며 물이 흐르는 소리 같기도 했다. 잠시 뒤 무언가 나뭇가지에서 툭 떨어지는 소리가 들렸을 때 테스는 그것이 들짐승 소리임을 짐작했다. 그러나 그녀는 죽음이라는 문제를 생각하던 터였으므로 그런 소리쯤은 조금도 두렵지 않았다.

마침내 동이 트고 밝은 해가 하늘 높이 떠올랐다. 아침 햇살이 사방에 퍼져 주위가 환해지자 그녀는 잠자리에서 기어나왔다. 비로소 그녀는 간밤에 잠을 방해한 소리의 정체가 무엇인지 알게 되었다. 그것은 사냥꾼의 총에 맞은 꿩들이었다. 그녀 주위의 나무 아래 총에 맞은 여러 마리의 꿩들이 고통에 몸부림치고 있었다. 기진해 죽어버린 몇 마리만 빼놓고 나머지 꿩들은 가쁘게 심장을 할딱거리고 몸을 비틀고 날개를 파닥이며 고통스러워하였다.

테스는 꿩들이 어제 사냥꾼에게 쫓겨서 이곳까지 왔다는 것을 이내 깨달았다. 총에 맞아 죽거나 어둡기 전에 죽은 꿩들은 사냥꾼이 가져가고, 상처만 입은 꿩들은 도망가기도 하고 울창한 나뭇가지에 숨기도 했다가 너무 피를 흘려 기진해지자 차례차례 땅에 떨어진 것이었다. 어젯밤 테스가 들은 소리는 바로 그 꿩들이 땅에 떨어지는 소리였다.

똑같이 고통을 당하는 생물의 처지에서 테스가 먼저 생각한 것은 아직 살아 있는 그들의 고통을 덜어주어야겠다는 것이었다. 테스는 눈에 띄는 대로 꿩을 찾아내어 고통이 빨리 끝나도록 모조리 숨을 눌러 죽였다.

"가엾어라. 세상에 너희처럼 비참한 존재가 있는데도 난 내가 세상에서 가장 불쌍하다고 생각했단다."

그들이 애처로운 나머지 테스는 꿩들을 죽이면서 눈물을 흘렸다.

"나는 조금도 몸이 아프지는 않아. 찢어지지도 않고 피 흘리지도 않으며 먹고 입고 살 수 있는 두 손도 있지 않은가."

테스는 지난밤에 우울하고 부질없는 생각에 잠겼던 자신이 부끄러워졌다. 사실 그녀는 자연과 관계없이 인간이 멋대로 만든 사회 규범 때문에 비난받고 있다는 생각으로 괴로웠던 것이지 그밖에 그녀가 우울해야 할 이유는 없었던 것이다.

42

날이 환히 밝자 테스는 조심조심 큰길로 내려갔다. 근방에는 사람의 그림자조차 보이지 않았으므로 그녀는 꿋꿋하게 걸었다. 슬픔은 상대적인 것이라, 그녀는 꿩들의 고통을 보고 남들이 뭐라던 용기를 내고 살아야겠다는 교훈을 얻었지만 클레어가 세상 사람들과 똑같은 생각을 품고 있는 것만큼은 무시해버릴 수가 없었다.

테스는 초크 뉴튼에 도착하여 그곳 여인숙에서 아침 식사를 했다. 그 자리에 있던 몇몇 젊은 남자들이 귀찮을 정도로 그녀의 아름다움을 칭찬했다. 어쩌면 남편의 입에서도 언젠가는 그런 칭찬이 나올는지 모른다는 생각이 들자 테스의 마음은 희망으로 부풀어올랐다. 그때를 위해서라도 자신의 몸을 잘 간수하고 치근거리는 남자들을 피해야겠다는 생각이 아울러 들었다. 남자들이 치근거리는 것도 다 자신의 용모 때문이라고 생각한 그녀는 마을을 벗어나자 숲으로 들어가 바구니에서 낡은 작업복을 꺼내 갈아입었다. 그 옷은 말롯 마을에서 처음 들일을 나갈 때 입었을 뿐 낙농장에서도 입지 않았던 옷이었다. 그 옷을 입은 뒤 문득 좋은 생각이 떠올라 테스는 꾸러미에서 손수건을 꺼내 이앓이하는 사람처럼 모자 밑으로 머리와 뺨과 턱을 반쯤 가리게 얼굴을 감싸고 그 위에 모자를 썼다. 그러고는 손거울을 보면서 조그만 가위로 눈썹을 사정없이 잘라버렸다. 엉큼한 남자들의 찬사를 피하기 위한 준비가 끝나자 그녀는 울퉁불퉁한 길을 계속 걸었다. 얼마쯤 갔을 때 길목에서 만난 남자 하나가 동행자에게 이렇게 말했다.

"거참 우스꽝스러운 여자군."

그 말을 듣고 테스는 자신이 가엾어져 눈물을 글썽거렸다.

"하지만 상관없어. 상관없구말구. 엔젤도 여기 없고 날 보아 줄 사람도 없을 텐데 이제부터 난 늘 이런 꼴로 다닐 테야. 남편은 아주 가버렸고 다시는 날 사랑해주지 않을 테지만 난 지금도 변함없이 그이를 사랑해. 다른 남자는 정말 보기도 싫어. 날 비웃으려거든 비웃어보라지."

그녀는 중얼거리며 계속 걸었다. 이제 그녀의 모습은 사방 경치와 한덩어리로 어우러져 회색 윗도리, 빨간 털실 목도리와 색이 다 바랜 갈색천의 작업복에 가린 보잘것없는 치마─남루한 겨울 옷차림의 그녀는 소박하고 순진한 시골 여자일 뿐이었다. 그녀에게서 젊은 여자의 정열이란 찾아볼 수가 없었다.

아가씨의 입술은 싸늘하고
……
소박하게 빗어 올린
무거운 머리.

겉으로는 그렇게 보일지도 모르지만 그녀의 내부에는 나이에 어울리지 않을 정도의 인생에 대한 깊은 성찰이 아로새겨져 있었다. 그것은 뜬구름 같은 인생의 허무함과 정욕의 잔인함, 사랑의 나약함을 뼈저리게 깨달음으로써 얻은 생생한 생명의 기록이기도 했다.

다음 날은 날씨가 나빴으나 그녀는 개의치 않고 계속 앞으로 나아갔다. 그녀의 목적은 겨울 동안 머물러 일할 일터와 숙소를 구하는 데 있었으므로 한시라도 지체할 수가 없었다. 임시 고용이 별로 유익한 일자리가 아니라는 것을 경험한 그녀는 그런 일자리는 다시 갖지 않기로 마음먹었다. 그 때문에 마리안이 편지로 알려준 농장을 향해 여러 농장을 지나쳐 갔다. 들리는 소문으로는 그곳의 일이 몹시 고되다 해서 처음에는 별로 내키지 않았으나 일자리를 구하지 못한 터라 마침내 거친 밭일을 하러 그곳까지 찾아가는 것이었다.

이틀째 되는 날 저녁에 그녀는 반원형 무덤이 여기저기 흩어져 있는, 마치 유방의 여신 시빌리가 반듯이 누워 있는 것 같은 기복이 심한 흰 모래로 덮인 고원에 이르렀다. 이 고원은 테스가 태어난 블레이크모어 분지와 그녀의 남편 클레어가 자라난 마을 중간에 자리 잡고 있었다.

이곳은 기후가 건조하고 차가워서 비가 온 뒤 서너 시간만 지나도 길게 뻗은 마차 길에는 뿌옇게 먼지가 일었다. 나무는 거의 없다고 할 정도로 드물었고 그나마 울타리 안에서 자라야 할 나무와 풀조차도 소작인이 함부로 울타리와 함께 베어버려 자라나지 못했다. 그녀가 가는 길 저 멀리에 낯익은 산봉우리 두 개가 보였다. 어릴 때 블레이크모어 골짜기에서 그 산봉우리들을 보았을 때는 하늘로 우뚝 솟은 성채처럼 보였으나 지금 이곳 고원에서 바라보니 나직하고 겸손해 보였다. 남쪽으로는 프랑스 쪽에 가까운 영국 해협의 해면이 닦아놓은 강철 표면처럼 아득히 보였다.

그녀의 눈앞에 어느 마을 모퉁이가 나타났다. 이제야 그녀는 마리안이 머무르는 플린트콤 애쉬에 도착한 것이다. 이곳으로 오는 수밖에 별 도리가 없었고, 또 그렇게 운명 지어졌는지 모른다. 사방의 거친 땅만 보아도 테스는 이곳의 일이 얼마나 힘들지 짐작할 수 있었다. 그러나 새삼 다른 곳으로 갈 형편도 못 되었으므로 이곳에 머무르기로 작정했다. 하늘에서 비가 뿌리기 시작했으므로 그녀는 마을 입구 농가 추녀 밑에서 비를 피하면서 마을에 어둠이 덮이는 모습을 지켜보았다.

"내가 한때 엔젤 클레어 부인이었다고 누가 생각할까."

그녀는 혼자 중얼거렸다. 그녀가 어깨와 등을 기댄 벽이 따뜻했는데, 벽 안쪽에 벽난로가 있기 때문이었다. 그녀는 벽에다 손을 녹이고 빗방울을 맞아 불그스름하게 젖은 뺨도 갖다 댔다. 그 바람벽만이 유일한 친구처럼 느껴져 그녀는 밤새도록 이 자리에 머물러 있고 싶어졌다.

그렇게 서 있는 테스의 귀에 하루 일을 마치고 모여 앉아 도란도란 얘기하는 말소리와 저녁 식사를 하는 소리가 들렸다. 길에는 사람의 인적이 끊겨져 사방은 적막했다. 그 적막은 잠시 후 들려온 여자의 발소리로 깨어졌다. 여자는 저녁 바람이 차가운데도 여름옷에다 햇볕을 가리는 모자를 쓰고 있었다. 테스는 본능적으로 그녀가 마리안일는지도 모른다고 생각했다. 여자가 어둠 속에서도 얼굴을 분간할 수 있을 만큼 가까이 다가왔다. 틀림없는 마리안이었다. 그녀는 전보다 건강해 보이고 혈색도 좋아 보였으나 옷차림은 전보다 한층 초라해 보였다. 예전 같으면 테스는 지금과 같은 형편으로 친구를 만나고 싶지 않았겠지만 너무 쓸쓸했던 터라 마리안의 인사에 기다렸다는 듯이 대답했다.

마리안은 무척 조심스럽게 물었고 테스의 별거 소식에 대해서는 어렴풋이 들었지만 옛날보다 사정이 별로 나아지지 않은 것을 알자 퍽 동정하는 눈치였다.

"테스, 클레어 부인, 그이의 귀여운 아내! 그런데 이렇게 딱한 처지가 되다니. 얼굴은 왜 그렇게 싸매고 있지? 누가 때렸어? 설마 그이가 때린 건 아니겠지?"

"아냐, 그럴 리가! 남자들이 치근거리는 게 싫어서 그랬을 뿐이야."

그처럼 터무니없는 생각을 하게 한 손수건이 갑자기 싫어져 그녀는 얼굴을 싸맨 손수건을 풀었다. 마리안은 낙농장에 있을 때 테스가 흰 칼라를 달곤 하던 것을 기억해내고는 이렇게 물었다.

"칼라도 안 보이네."

"그래, 마리안."

"도중에서 잃어버렸니?"

"아니. 사실은 몸단장 같은 데 관심이 없어져서 일부러 안 달았어."

"그런데 결혼반지는 왜 안 끼었지?"

"아냐, 사실은 리본에 달아 목에 걸고 있어. 난 결혼해서 이런 처지가 되었다는 것은 물론 결혼한 사실조차도 남에게 알리고 싶지 않았어. 지금은 남들에게 알려지면 거북하니까."

마리안은 잠시 말이 없었다.

"하지만 넌 점잖은 분의 아내잖아. 이런 생활을 한다는 건 아무래도 당치 않은 짓이야."

"아냐. 아주 당연한 일이야. 불행한 일이긴 하지만."

"아이 기가 막혀라. 그이와 결혼했는데 불행하다니!"

"아내라는 건 때때로 불행할 때가 있어. 남편의 잘못 때문이 아니라 자신의 허물 때문에 말이지."

"너한테는 잘못이 없다고 내가 장담할 수 있어. 그이도 마찬가지일 테고. 그렇다면 너희 두 사람의 잘못이 아닌 남의 잘못 때문에 그러는 모양이구나."

"마리안, 그런 건 그만 캐묻고 날 좀 도와주지 않겠니? 그인 외국에 갔고, 난 그이가 주고 간 돈을 다 써버렸기 때문에 얼마 동안은 다시 일을 해야만 해. 이젠 날 클레어 부인이라고 부르지 말고 그전처럼 테스라고 불러줘. 그런데 여기 일자리가 있을까."

"그럼 있구말구. 여기서 일하려는 사람이 적어서 늘 일손이 모자라. 땅이 거칠어서 밀하고 순무밖에 심지 못해. 그래도 난 여기서 견뎌내지만 넌 힘에 겨워서 어려울 거야."

"그렇지만 우린 이전에 착실한 젖 짜는 아가씨였잖아."

"하긴 그래. 하지만 술을 입에 댄 다음부터는 그 일을 집어치웠지. 지금은 술만이 낙이야. 네가 일자릴 얻게 되면 나처럼 순무 캐는 일을 하게 될 거야. 넌 곧 싫증을 낼 텐데……."

"무슨 일이라도 괜찮아. 네가 좀 부탁해주겠니?"

"네가 직접 말하는 게 나을 거야."

"알았어. 그런데 마리안, 내가 여기서 일하게 되더라도 그이 이름을 입 밖에 내지 말아줘. 그이의 이름을 욕되게 하고 싶지 않아."

테스보다 성질이 거칠긴 했지만 믿을 수 있는 처녀인 마리안은 테스의 말대로 하겠노라고 약속했다.

"오늘이 품삯을 타는 날이야. 날 따라오면 곧 사정을 알게 돼. 네가 불행하다니 나도 마음이 언짢다. 하지만 그이가 없으니까 그렇지 뭐, 그이만 돌아오면 불행할 건 하나도 없을 거야. 설사 돈을 안 주거나 노예처럼 부려먹는다 해도 말이야."

"정말이야. 그래도 그이만 곁에 있으면 난 행복할 거야."

둘은 함께 걸었다. 얼마 뒤 그들은 을씨년스러운 농가에 이르렀다. 사방에는 나무 한 그루 눈에 띄지 않았고, 한결같이 단조롭게 구부려 만든 울타리를 두른 넓은 들판에는 푸른 풀밭은 전혀 없고 황무지와 순무밭이 있을 뿐이었다.

테스는 다른 사람들이 품삯을 받는 동안 문밖에서 기다렸다. 일꾼들이 다 돌아간 뒤에 마리안이 테스를 소개하자 농장 주인을 대신해서 일꾼에게 품삯을 준 그의 아내가 성신 강림절까지 있겠다는 테스의 동의를 받고 고용하기로 결정했다. 요즘은 여자가 밭일을 하겠다는 경우가 드물었고 또 남자보다 품삯이 싼 편이어서 여자를 고용하는 편이 훨씬 유리했던 것이다.

계약서에 서명을 마친 테스는 아까 몸을 녹이던 마을 어귀의 농가에 숙소를 정했다. 그녀가 얻은 일자리는 별로 신통찮은 것이었지만 어쨌든 겨울을 지낼 거처는 마련한 셈이었다.

그날 밤 테스는 남편의 편지가 말롯 마을에 올지도 모른다는 생각에서 집에다 자신의 거처를 알리는 편지를 썼다. 그러나 부모가 혹시 남편을 책망이라도 하지 않을까 하는 염려에서 자신의 딱한 처지는 알리지 않았다.

43

마리안의 말대로 플린트콤 애쉬 농장은 메마른 곳이었다. 이 고장에서 기름진 것은 마리안 하나뿐이었는데 그나마 그녀는 타관 사람이었다. 어쨌든 테스는 이 메마른 고장에서의 일을 시작했다. 육체적인 수줍음과 정신적 용기가 뒤섞인 인내력은 이제 클레어 부인의 단순한 특징이 아니라 그녀를 지탱해주는 원동력이었다.

테스가 마리안과 함께 작업하는 순무밭은 돌이 많고 비탈진 이 농장에서도 가장 높은 지대에 있는 드넓은 땅이었다. 구근같이 둥글고 끝이 뾰족한 혹은 음경 모양의 차돌이 여기저기 솟아나 있는 그 밭에서 두 여자는 가축들이 잎을 죄다 갉아먹어 버린 순무를 뿌리까지 캐내어 나머지 부분도 먹을 수 있도록 해커라고 일컫는 갈고리 달린 막대기로 뽑아내는 일을 했다. 잎을 모조리 뜯기운 순무밭은 온통 을씨년스러운 황갈색 천지였고, 그것은 마치 턱에서 이마까지 별 굴곡이 없는 살가죽만 덮인 얼굴처럼 보였다. 빛깔은 달랐지만 하늘도 아무런 윤곽이나 표정 없는 얼굴처럼 희뿌옇고 공허해 보였다. 그 하늘과 땅은 종일토록 서로 마주보고 있었다. 희멀건 얼굴이 황갈색 얼굴을 내려다보고 황갈색 얼굴이 희멀건 얼굴을 쳐다보는 두 얼굴 사이에는 파리처럼 기어가고 있는 두 여자 외에는 아무것도 없었다.

아무도 그들 가까이 접근하지 않았다. 볕을 가리는 헝겊이 달린

362

머릿수건은 수그린 머리에 너무나 쓸쓸한 인상을 주어 보는 사람들로 하여금 어느 초기 이탈리아 화가가 그렸던 두 사람의 마리아를 방불케 했다.

그들은 사방의 풍경 속에서 자신들이 한 폭의 쓸쓸한 그림이 되었다는 사실도 깨닫지 못하고, 자신들의 운명이 공평한 것인지 아닌지 따지려 들지도 않은 채 묵묵히 일에 몰두했다. 어느 날 오후에는 비가 내렸다. 그들은 품삯 때문에 비를 맞으면서도 일을 계속했다. 그들이 일하는 밭이 높은 지대에 있는지라 빗방울은 곧바로 떨어지지 않고 휘몰아치는 바람과 함께 옆으로 비스듬히 떨어졌다. 비는 마치 유리 파편처럼 대지에 선 그들의 몸으로 파고들었다. 처음에는 발과 어깨가 다음에는 머리와 허리, 등과 가슴과 옆구리가 빗물에 젖어들었다.

그들은 비에 젖는 것도 상관하지 않고 일을 계속하면서 두 사람이 함께 일하고 함께 한 사람을 사랑했던 텔보데이스의 여름을, 풍요롭고 아름다웠던 그 시절을 이야기했다. 사실 테스는 실제로는 부부가 아니지만 법률상의 남편인 클레어에 대한 이야기를 마리안과 나누고 싶지 않았지만 화제 자체의 억제할 수 없는 매력에 이끌려 저절로 이야기를 주고받게끔 되었다. 그래서 그들은 그날 오후, 비에 젖은 모자의 차양이 귀찮게 얼굴에 철썩거리고 겉옷이 몸에 착 달라붙어 불편하긴 했지만 푸르고 화창한 꿈으로 가슴 부풀었던 텔보데이스의 추억에 잠겨 마음이 흐뭇했다.

"날씨가 갠 날은 프룸 분지에서 가까운 산이 희미하게 보여."

마리안의 말에 테스는 이 고장의 새로운 가치나 발견한 듯 좋아했다.

"어머, 정말?"

이곳에서도 다른 어느 곳과 마찬가지로 인생을 향락하려는 의지와 향락을 방해하려는 환경의 의지라는 두 가지 힘이 서로 긴밀하게 작용하고 있었다. 오후의 햇살이 기울어가면 마리안은 작은 술병을 호주머니에서 꺼내 술을 한 모금 마심으로써 기운을 돋우고 인생을 향락하려 했다. 그날도 마리안은 술을 마신 뒤 테스에게도 권했다. 그러나 테스의 상상력은 술기운을 빌지 않아도 아름다운 세계를 꿈꾸기에 충분했으므로 입에 대기만 하고 마시지는 않았다. 마리안은 도로 술병을 받아 보기 좋게 죽 들이켰다.

"이젠 버릇이 돼서 끊을래야 끊을 수가 없어. 낙이라곤 이것뿐이야. 난 그이를 잃었거든. 하지만 넌 그렇지 않으니까 술 없이도 살 수 있을 거야."

테스는 자신의 처지 역시 마리안과 다를 바 없다고 생각했으나 그래도 명색이나마 엔젤의 아내라는 생각에 힘입어 마리안의 말을 그대로 받아들였다.

이런 환경 속에서 테스는 아침 서리와 저녁 비를 맞으며 노예처럼 일했다. 순무 캐는 일을 하지 않을 때는 순무를 다듬었는데 그것은 순무를 저장하기 위해 순무에 붙은 흙과 잔털을 호미로 긁어내는 일이었다. 그 일을 할 때 비가 오면 울타리 밑에서 비를 피하며 할 수도 있었으나 된서리가 심하게 내린 아침 얼어붙은 순무를 다듬을 땐 두꺼운 가죽 장갑을 꼈는데도 손가락이 얼어터지는 것 같았다. 이런 고생을 하면서도 테스는 희망을 버리지 않았다. 테스가 아는 한 클레어는 너그러운 사람이었으므로 언젠가는 자신에게로 돌아오리라 확신했다.

마리안과 테스는 일을 하다 말고 가끔 프룸 분지가 가로놓여 있을지도 모르는 아득한 곳에 시선을 둔 채 즐거웠던 그날의 추억에 잠기기도 했다.

"아, 옛 친구들이 한두 사람만 더 이곳으로 온다면 얼마나 좋을까. 텔보데이스를 이곳에 옮겨 놓고 그이 얘기도 하고 옛 추억을 되새기기도 하면서 즐겁게 지낸다면 모든 것을 되찾을 수도 있을 텐데."

겨울이 가까워진 어느 날 마리안이 말했다. 지난날에 대한 회상으로 그녀의 눈에는 눈물이 고였고 음성도 흐려졌다. 그녀는 문득 좋은 생각이 났다는 듯 이렇게 말했다.

"이즈 휴에트에게 편지를 해야겠어. 이즈는 지금 집에서 놀고 있으니까 우리들이 여기 같이 있다는 걸 얘기하고 여기 오라고 해야겠어. 그리고 레티도 이젠 건강해졌대."

테스는 마리안의 의견에 반대하지 않았다. 테스가 그 얘기를 다시 들은 것은 이삼 일 뒤였는데 그때 마리안은 이즈에게서 가능하면 이곳에 오겠다는 내용의 답장이 왔다는 것을 테스에게 알려주었다.

곧 겨울이 장기 두는 사람의 동작처럼 슬며시 다가왔다. 몇 그루 안 되는 나무와 생울타리가 꽁꽁 얼어붙었고 사방에 있는 덤불숲과 나무는 잔뜩 흐린 하늘과 지평선의 음산한 회색을 배경으로 한 폭의 그림처럼 보였다. 여태까지 눈에 보이지 않던 거미줄이 하얗게 얼어 헛간이나 벽면에 그 모습이 드러났으며 기둥이나 문 따위에 흰 털실 뭉치처럼 매달려 있기도 했다.

그러던 어느 날 너르게 트인 이 고장 대기 속에 이상한 것이 스며왔다. 비를 머금지도 않은 습기와 서리를 내리게 할 정도도 아닌 냉기가 내습했다. 그것은 두 여자의 눈알을 맵도록 시리게 하고, 이마가 쑤시도록 뼛속까지 파고들고, 몸뚱이의 피부 안 더 깊숙한 곳으로 쑤시고 들었다.

그들은 그것이 눈이 올 징조임을 알았다. 정말 그날 밤부터 눈이 내렸다. 그날 밤 테스는 지붕이 덜컹거리는 소리에 놀라 눈을 떴다. 지붕은 바람의 놀이터가 된 듯 요란스럽게 덜컹거렸다. 새벽에 테스가 일어났을 때도 눈은 계속 내리고 있었다. 눈은 굴뚝으로 날아들어 구두 밑창에 묻을 정도로 방바닥에 쌓여 있어 테스가 걸을 때마다 발자국이 났다. 밖에서 휘몰아치는 눈보라로 부엌 안은 뿌옇게 서리가 낄 정도였고 밖은 아직 캄캄하여 앞을 분간할 수가 없었다.

테스가 순무밭 작업이 불가능하리라고 생각하면서 작은 등불 아래서 아침 식사를 마쳤을 때, 마리안이 와서 눈보라가 그칠 때까지는 다른 여자들과 함께 헛간에서 밀을 훑는 작업을 하게 되었다고 알려주었다. 둘은 가장 두꺼운 겉옷을 입고 털목도리를 목에 둘러 가슴을 여민 다음 등불을 끄고 바깥으로 나왔다. 캄캄하던 바깥은 희끄무레한 잿빛으로 변해가고 있었다. 그들은 되도록 눈보라를 피하려고 몸을 웅크린 채 생울타리를 방패 삼아 얼어붙은 땅을 밟고 가려 했으나 생울타리는 바람을 걸러줄 뿐 바람을 막는 병풍 역할은 하지 못했다. 난무하는 눈보라로 하늘은 하얗게 질린 듯했고 만물은 무색 혼돈의 세계에 잠겨버린 듯했다. 그러나 두 사람의 마음은 매우 유쾌했다. 건조한 고원 지대에서 이런 날씨를 맞는다는 것이 결코 우울한 일만은 아니었던 것이다.

"테스, 네 남편은 지금 더운 곳에 있겠지? 그이가 네 아름다운 모습을 본다면! 넌 이런 날씨에도 상관없이 예뻐지기만 하는구나."

"마리안, 그이 얘기는 내 앞에서 하지 말았음 좋겠어."

"하지만 속으로는 은근히 염려가 되지? 안 그래?"

대답 대신 테스는 눈물이 글썽해져 어렴풋이 짐작되는 남미 쪽으로 급히 얼굴을 돌렸다. 그러고는 입술을 뾰족이 내밀어 브라질의 남편에게로 보내는 키스를 눈보라에 실어 보냈다.

"그래. 네 심정도 알 만해. 하지만 너흰 아무리 생각해도 이상한 부부야. 이젠 아무 말도 않을게. 그건 그렇고 날씨가 왜 이 모양이지? 밀 헛간에 들어가 있으면 추위쯤이야 참을 수 있겠지만 밀 훑는 일은 순무 캐는 일보다 더 힘들거든. 나야 몸이 튼튼하니까 견뎌내겠지만 몸이 약한 넌 힘들 거야. 주인이 왜 너한테까지 이런 일을 시키는지 모르겠어."

그들은 헛간에 이르러 안으로 들어갔다. 기다란 헛간 한쪽 구석에는 곡식이 쌓여 있었고, 가운데 작업 장소에는 오늘 안에 해치워야 하는 분량의 밀단이 기계 앞에 쌓여 있었다.

"어머나, 이즈!"

마리안이 외쳤다. 틀림없는 이즈가 그들 앞으로 다가왔다. 그녀는 어제 오후 집에서 출발해서 줄곧 걸어왔는데 예상 외로 길이 멀어 저녁 늦게 도착했었다. 그래도 눈보라가 치기 전에 도착했기 때문에 지난 밤은 주막에서 지내고 이제 막 이곳으로 온 것이다. 농장 주인은 어제 이즈의 어머니를 장터에서 만났을 때 그녀가 그날 저녁까지 도착한다면 고용하겠노라고 약속했으므로, 이즈는 늦어서 해약이 되지 않을까 걱정했다.

테스, 마리안, 그리고 이즈 외에 이웃 마을에서 온 여자 둘이 더 있었다. 남자 못지않게 괄괄한 그들이 스페이드 여왕이라던 카아와 다이아몬드 여왕이라고 불리던 그녀의 여동생임을 알고 테스는 깜짝 놀랐다. 그들은 트랜트리지에서 테스에게 시비를 걸었던 바로 그 여자들이었다. 그러나 그들은 테스를 기억하지 못했다. 얼굴도 생각이 안 나는 모양이었다. 그도 그럴 것이 그때 두 사람은 술에 취해 있었고 지금처럼 그곳에 잠깐 머물렀기 때문이었다. 그들은 남자가 하는 일—이를테면 우물을 판다든가 울타리를 두르거나 도랑 파는 일도 척척 해치울 수 있는 여자들이었다. 밀 훑는 솜씨도 능숙했으므로 그들은 우쭐한 태도로 세 사람을 둘러보았다.

모두 장갑을 끼고 밀 이삭을 훑어내는 기계 앞에 서서 일을 시작했다. 햇살이 점점 밝아졌다. 헛간 문으로 들어오는 빛은 마당에 쌓인 눈에 반사되어 밑에서부터 위로 비쳐들었으므로 한층 환했다. 세 친구는 밀단을 한아름씩 잇달아 훑곤 했는데 추잡한 이야기를 지껄여대는 다른 두 여자 때문에 하고 싶은 옛날 이야기를 마음껏 할 수가 없었다. 이윽고 바삭바삭 눈을 밟는 소리가 들리더니 말을 탄 농부 한 사람이 헛간 문 앞에 다가왔다. 농부는 말에서 내려 헛간 안에 있는 테스에게로 다가오더니 그녀의 옆모습을 뚫어지게 들여다보았다. 테스는 처음에는 그에게 신경을 쓰지 않다가 그가 너무 유심히 들여다보는 바람에 돌아보았다. 그녀를 고용한 농장 주인은 바로 큰길에서 과거를 들추어내어 그녀를 도망치게 한, 언젠가 엔젤에게 맞은 적이 있는 바로 그 농부였다.

테스가 다 훑은 밀단을 바깥 짚 더미로 날라갈 때까지 기다리던 주인이 마침내 그녀에게 말을 건넸다.

"아가씨가 바로 내 친절을 버릇없이 받아들인 그 젊은 여자구먼. 젊은 여자가 고용되었다는 얘길 듣고 직감적으로 너일 거라고 짐작했어. 이봐, 넌 애인과 함께 여관에서 날 골탕 먹였고 길에서 만났을 때도 도망쳐서 날 골탕 먹였다고 생각할는지도 모르지만 이번엔 내가 버릇을 톡톡히 가르쳐야겠어."

그는 냉소하듯 소리 내어 웃으며 말을 마쳤다. 왈가닥 자매와 주인 사이에 끼어 마치 그물에 걸린 새처럼 된 테스는 아무 대꾸도 않고 부지런히 일만 계속했다. 세상 경험을 통해 사람들의 성격을 제법 판단할 수 있게 된 그녀인지라 주인의 괄괄한 성격이 겁나지는 않았다. 다만 클레어에게 당한 분풀이를 자신에게 할 것 같아 두려웠다. 그녀는 이제 남자들이 자신에게 다정하게 대하는 것보다 차라리 미워해주는 것이 마음 편했고, 그만 한 것쯤은 참아낼 용기도 있었다.

"아마 넌 내가 너한테 반했다고 생각할지도 모르는데 말이다. 세상에는 남자들이 슬쩍 쳐다보기만 해도 자기에게 반했다고 생각하는 어리석은 여자들이 많거든. 그런 어리석은 여자들에겐 겨우내 밭일을 시키는 게 좋다구. 너도 성신 강림절까지 일하기로 계약서에 서명한 이상 내게 용서를 비는 게 좋을걸."

"용서는 당신이 빌어야 해요."

"좋아. 좋도록 하라구. 하지만 이 집에서 누가 주인인지 곧 알게 될 거야. 그래, 네가 오늘 턴 밀단은 겨우 저것뿐인가?"

"네."

"형편없군. 저기 저 여자들이 해놓은 걸 보란 말이야. 다른 여자들도 너보다 많이 했어."

그는 왈가닥 자매를 가리키며 말했다.

"저 사람들은 손에 익은 일이지만 난 처음 해보는 일이에요. 하지만 당신한텐 별 지장이 없다고 생각하는데요. 저마다 맡은 몫이 있고, 또 일한 만큼 품삯을 받으니까요."

"지장이 없긴 왜 없어? 난 헛간을 빨리 치우고 싶다구."

"다른 사람이 두 시에 일을 그만두어도 난 해질 때까지 일하겠어요."

주인은 기분 나쁜 표정으로 그녀를 한참 쳐다보다가 가버렸다. 어디에 간다 해도 이곳보다는 더 나을 거라는 생각이 들었지만 아무튼 테스는 남자들이 치근대는 것보다는 이편이 오히려 나을지도 모른다고 생각했다. 두 시가 되자 솜씨가 좋은 두 여자는 일을 모두 끝마치고 밖으로 나갔다. 마리안과 이즈도 자기 몫의 일을 다 끝냈지만 테스를 도와주려고 밖으로 나가지 않고 헛간에 계속 남았다.

"이제야 겨우 우리끼리 남았어!"

여전히 휘몰아치는 눈보라를 보면서 마리안이 기쁜 듯 말했다. 그들은 꿈 많던 낙농장 시절의 추억에 대해 이야기하기 시작했고, 자연 엔젤 클레어에게로 화제가 쏠려 그를 사모하던 갖가지 추억들이 쏟아져나왔다. 명색뿐이긴 했지만 그래도 엔젤 클레어의 부인이라는 사실에 긍지를 느끼며 테스가 말했다.

"이즈, 그리고 마리안. 난 옛날과 같은 기분으로 너희들과 함께 그이 얘기를 할 수는 없어. 먼 곳에 있긴 하지만 그이는 내 남편이니까."

클레어를 사랑하던 네 처녀 중에서도 이즈는 가장 당돌하고 빈정대기 잘하는 편이었다.

"그인 애인으로서는 정말 멋진 남자였어. 하지만 남편으로서는 과히 정답지 못한가 봐. 널 두고 가버린 걸 보면."

"그인 피치 못할 사정으로 간 거야. 농장을 물색해야 했으니까."

테스는 변명했다.

"하지만 네가 겨울을 날 수 있도록 해주고 가도 좋았을 텐데."

"아, 그건 사소한 사정 때문이야. 서로 약간씩 오해가 있었으니까. 난 그이를 위해 변명해야 할 게 많아. 그이가 나한테 알리지도 않고 가버린 건 아니야. 그러니까 난 그이가 어디에 있는지 알고 있단 말이야."

테스는 울음 섞인 음성으로 말했다. 그들은 다시 입을 다물고 일을 했다. 헛간에는 밀 이삭 훑는 소리와 밀 이삭 자르는 소리만이 들렸다. 그러다가 갑자기 테스가 밀 이삭 더미 위에 주저앉았다.

"네가 배겨내지 못할 줄 알았어. 이 일은 나처럼 몸이 튼튼해야 한다니까."

마리안이 외쳤다. 그때 농장 주인이 헛간으로 들어왔다. 그는 테스에게 빈정댔다.

"흥, 내가 없으니 당장 이 모양이군."

"하지만 내가 손해를 볼 따름이에요. 당신이 손해날 건 없잖아요?"

"난 빨리 끝내고 싶다구."

주인은 헛간을 가로질러 맞은편 문으로 나가면서 퉁명스럽게 말했다.

"주인 말에 신경 쓰지 마. 난 예전에도 여기서 일한 경험이 있거든. 저쪽에 가서 누워 있어. 이즈와 내가 네 몫을 다 해줄 테니까."

"미안해서 어떡하지? 키는 그래도 내가 제일 큰데……."

테스는 너무 지쳤으므로 마리안의 말대로 잠시 누워 쉬기로 했다. 그녀는 알곡을 털어내고 난 밀단을 한무더기 쌓아둔 구석으로 가 그 위에 누웠다. 그녀가 지쳐 떨어진 것은 피로한 탓도 있지만 남편과의 이별이 화젯거리가 되는 바람에 흥분했기 때문이기도 했다. 아무 생각 없이 멍하게 누워 있는 그녀의 귀에 두 친구가 훑는 밀짚이 스치는 소리와 이삭을 베는 소리가 유달리 크게, 날카롭게 몸에 울려오는 듯했다. 그뿐만 아니라 두 친구가 소곤거리는 소리가 들려왔다. 아까부터 하던 이야기를 계속하는 모양인데 목소리가 너무 낮아 잘 들리지가 않았다. 그럴수록 테스는 그들이 무슨 얘기를 하는지 궁금해 견딜 수가 없었으므로 억지로 일어나 피로가 회복된 듯 다시 일을 시작했다.

잠시 뒤에는 이즈 휴에트가 쓰러졌다. 어젯밤 먼 길을 걸어온 데다가 밤중에 겨우 잠자리에 들었고 또 새벽에 일찍 일어난 탓으로 견디기가 힘든 모양이었다. 마리안만이 타고난 체질과 술병 덕분으로 끄떡없었다. 테스는 이제 피로가 회복되어 혼자서 넉넉히 할 수 있으니까 가서 쉬라고 이즈에게 말했다.

이즈는 테스의 말을 기꺼이 받아들여 자기 숙소로 돌아갔다. 오후 이맘때면 으레 술을 마시고 달콤한 기분에 빠지곤 하는 마리안이 꿈꾸듯 말했다.

"그이가 그럴 줄은 정말 몰랐어. 난 정말 그이를 사모했지만 말이야. 그이가 너하고 결혼한 건 괜찮지만, 이즈한테는 정말 너무했어."

테스는 그 말에 너무 놀라 하마터면 낮에 손가락을 베일 뻔했다. 테스는 더듬거리며 물었다.

"내 남편…… 말이니?"

"응. 이즈가 너한테는 말하지 말라고 부탁했지만 난 말 않고는 못 배길 것 같아. 그이가 이즈에게 뭐라고 했는지 아니? 글쎄 브라질로 같이 가자고 했다는 거야."

테스의 얼굴은 바깥 풍경처럼 하얗게 질렸고 부드럽던 표정도 굳어졌다.

"그래서 이즈가 그걸 거절했대?"

"글쎄 그건 잘 모르겠는데 어쨌든 그이 마음이 변했대나 봐."

"그렇담 처음부터 그런 뜻으로 말한 건 아니겠지. 남자들이 흔히 하는 농담이었을 거야."

"아냐. 그이가 진지하게 말했대. 더구나 둘이서 마차를 타고 정거장으로 한참 달렸대."

"그래도 이즈를 데려간 건 아니잖아."

둘은 다시 아무 말없이 일을 했다. 갑자기 테스가 울음을 터뜨렸다.

"내가 괜히 그 말을 했나 봐."

"아냐, 말해줘서 고마워. 내가 여태까지 그이에게 너무 소홀했던 모양이야. 부지런히 편지라도 보냈어야 했는데. 더는 망설이면 안 되겠어. 모든 걸 그이에게만 맡기고 그이에게 무관심했던 건 내 잘못이야. 그이는 날 데리고 가진 못하지만 편지하지 말라는 말은 하지 않았어. 그게 내 잘못이었어. 내가 너무 소홀했어!"

헛간 안이 점점 어두워졌으므로 그들은 일을 더 계속할 수가 없었다. 그날 밤 테스는 숙소에 돌아와 자기 방에 혼자 있게 되자 클레어에게 열심히 편지를 썼다. 그러다 문득 의혹이 생겨 끝까지 쓸 수가 없었다. 잠시 뒤 그녀는 리본에 달아 목에 소중하게 걸고 다니던 반지를 빼어 밤새 손에 끼고 있었다. 그것은 헤어진 지 얼마 안 되어 이즈에게 마음을 둘 정도로 믿기 어려운 남편이지만 그래도 자신이 틀림없는 엔젤 클레어의 부인이라는 것을 스스로에게 다짐하려는 행동처럼 보였다. 그러나 그런 사실을 이미 다 알아버린 그녀로서는 남편에게 애원하거나 애정을 고백하는 편지를 새삼스럽게 쓸 수는 없었다.

44

헛간에서 마리안이 들려준 얘기에 자극을 받았음인지 요즘 테스의 마음은 멀리 떨어진 에민스터 목사관으로 자주 쏠리곤 했다. 남편은 어려운 일이 있을 때 목사관에 편지하거나 연락하라고 테스에게 일렀지만, 자신에게 그럴 권리가 없다고 생각한 그녀는 그런 충동을 애써 눌러왔다. 독립심이 강한 그녀는 자격도 없으면서 사랑과 동정에 의지해 무언가 받으려 한다는 것은 나쁜 일이라 생각했으므로 죽든 살든 모든 것을 혼자 힘으로 해결하려 애써왔던 것이다. 클레어의 일시적인 충동으로 결혼식을 올리고, 그것으로 남편의 식구들과도 한 가족이 되었다는 사실로 순전히 명목만의 권리를 주장하는 것을 애초부터 포기하려고 결심했던 그녀였다.

그러나 이즈의 얘기를 듣고 고통으로 가슴 태우는 테스는 이제 아무것도 참을 수가 없었다. 왜 남편은 편지조차도 하지 않는 것일까. 적어도 여행하는 지방만은 알려주겠노라고 하지 않았던가. 그런데 그는 한 번도 주소를 알려준 적이 없었다. 그는 정말 테스를 잊은 것인지, 아니라면 병이라도 난 것인지. 자신이 먼저 남편에게 편지했어야 옳지 않았을까. 테스는 근심하다가 마침내 용기를 내어 목사관을 찾아가기로 결심했다. 그들을 방문하여 남편의 소식을 묻고 남편에게서 아무런 소식도 받지 못하는 슬픔을 하소연하고 싶었다. 소문대로 남편의 부친이 선량한 분이라면 자신의 고독한 심정을 이해해줄 것도 같았다. 생활의 궁색함을 드러내지 않고 그들을 만난다면 떳떳치 못할 것도 없다는 생각이 들었다.

평상시에는 농장에서 나갈 기회가 없었으므로 기회는 일요일뿐이었다. 게다가 플린트콤 애쉬는 아직 철도가 놓이지 않아서 걸어가야 했고, 가는 길만도 십오 마일이나 되었기 때문에 하루 사이에

갔다오려면 새벽 일찍 일어나 출발해야 했다.

두 주 뒤 눈이 다 녹고 된서리가 내려 길이 단단해지자 테스는 마침내 길을 떠날 채비를 차렸다.

마리안과 이즈는 테스의 이번 여행이 남편과 관계가 있음을 알고 큰 흥미를 느꼈으므로 테스의 숙소에 와 출발을 도와주었다. 테스는 시아버지가 믿는 엄격한 장로교 교회를 알고 있었기 때문에 복장에는 신경을 쓰지 않으려 했으나 두 친구는 시부모님의 마음에 들려면 가장 예쁜 옷을 입고 가야 한다고 우겼다. 할 수 없이 테스는 결혼식 때 마련했던 옷가지 중에서 그녀의 분홍빛 얼굴과 흰 목덜미를 잘 드러나게 해주는 주름 잡힌 흰 칼라가 달린 회색 모직 외투와 까만 빌로드 재킷을 골라 입었다.

"네 남편이 네 예쁜 모습을 못 보는 것이 유감이다. 정말 아름다워."

단장을 하고 모자를 쓴 테스를 노란 촛불 빛으로 눈여겨보며 이즈 휴에트가 말했다. 테스가 같은 여자에게 미치는 영향은 유달리 따스하고 꿋꿋한 힘을 지니고 있어, 이상하게도 자기보다 보잘것없는 여자들의 적의라든가 경쟁심을 무산시켜버렸다.

친구들은 이곳저곳 마지막 손질을 하고 솔로 먼지도 털어준 다음 테스를 떠나게 해주었다. 이윽고 테스는 먼동이 트기 전의 진주빛 대기 속으로 사라졌다. 굳은 길바닥을 성큼성큼 걸어가는 테스의 발소리가 친구들의 귀에도 들려왔다. 이즈는 테스의 소원이 이루어지기를 빌었다. 자신의 덕행을 새삼 대견스럽게 여기는 건 아니지만 그래도 순간적으로 클레어의 유혹을 받았을 때 친구를 배반하지 않았던 스스로가 자랑스러웠다.

테스는 내일이면 결혼한 지 꼭 일 년이 된다는 사실을 깨달았다.

사흘만 지나면 클레어와 헤어진 지도 꼭 일 년째가 되는 셈이었다. 그녀는 길고 길었던 별거를 이제는 끝내야겠다고 마음먹었다. 시어머니의 마음에 들 수만 있다면, 그리하여 시부모님께 모든 과거를 얘기하고 용서받을 수만 있다면 남편의 사랑을 되찾는 일도 수월할 것 같았다. 오늘처럼 건조하고 해맑은 겨울 아침에 그런 희망을 가지고 메마른 고원 지대의 산등성이를 가벼운 걸음으로 떠나는 것은 결코 기분 나쁜 일이 아니었다.

얼마 후 그녀는 넓게 뻗어 있는 가파른 내리막길에 이르렀다. 발 아래에는 블레이크모어 분지의 기름진 땅이 안개에 덮인 새벽 속에 고요히 누워 있었다. 고원의 대기는 무색투명했으나 발아래 대기는 푸른빛으로 가득 찼고 수없이 깔려 있는 작은 밭들이 마치 그물처럼 펼쳐져 있었다. 프룸 분지처럼 발아래 경치도 언제나 푸른빛이었지만 이제 그녀는 옛날처럼 고향을 사랑하지 않았다. 그 분지야말로 그녀에게 슬픔을 잉태케 한 장소였기 때문이다. 그녀에게 있어서 아름다움은 사람들이 느끼듯 물체의 외형에 있는 것이 아니라 그 물체가 상징하는 것에 있었다.

테스는 블레이크모어 분지를 오른편에 끼고 서쪽을 향해 앞으로 계속 나아갔다. 목적지의 중간쯤 되는 작은 마을에서 간단한 요기를 한 다음 다시 발걸음을 재촉했다.

남은 길은 지나온 길보다 평탄했다. 그러나 목적지가 차츰 가까워지자 그녀의 용기도 점점 줄어들었고, 자신이 과연 목적을 달성할 수 있을지 의아스러워졌다. 자신의 목적은 너무 어마어마해 보이고 반면 길은 너무 희미하게 보이는 바람에 길을 잃을 뻔하기도 했다. 그녀는 오정 때쯤 되어서 에민스터 목사관이 있는 분지의 한쪽 문 앞에서 걸음을 멈추었다.

목사관의 네모난 탑—그 탑 아래서 목사와 교인들이 모여 예배를 드리고 있으리라 생각하자 그 탑이 엄숙해 보였다. 테스는 어떻게든 주일 아닌 다른 날에 올 걸 하는 생각이 들었다. 신앙이 두터운 목사가 테스의 딱한 처지를 짐작 못 하고 하필 주일에 찾아왔다는 사실에 편견을 가질지도 모른다는 생각이 들어서였다. 그러나지금은 들어가 볼 수밖에 없었다. 그녀는 여태까지 신고 온 투박한 장화를 벗고 예쁜 에나멜 가죽구두를 신었다. 장화는 나중에 찾기 쉽도록 문기둥 옆 울타리 사이에 끼워놓은 다음 언덕길을 내려갔다. 목사관에 가까워짐에 따라 신선한 바깥 공기에 발그레해졌던 그녀의 장밋빛 뺨이 차츰 혈색을 잃고 파리해졌다.

테스는 자신에게 도움이 될 만한 우연이 생기기를 바랐으나 아무 일도 생기지 않았다. 목사관 정원의 나무들은 차가운 바람에 불쾌한 소리를 냈다. 그녀는 정장을 하고 예의를 갖춰 이곳까지 오기는 했지만 이곳이 그리운 시집이라는 느낌이 아무리 상상력을 발휘해도 절실하게 느껴지지 않았다. 그러나 성질이니 감정이니 하는 점에서 테스와 그들 사이를 구별 짓는 본질적인 것은 아무것도 없었다. 고통과 즐거움과 생각과 태어남과 죽음과, 죽은 뒤의 경우까지도 사실은 그들과 마찬가지였다.

그녀는 마음을 가다듬고 안으로 들어가 현관의 초인종을 눌렀다. 이제는 물러날 수도 없었다. 가슴을 두근거리며 안에서 기척 소리가 나기를 기다렸다. 먼 길을 걸어오느라 피곤한 데다가 정신적 긴장까지 겹쳤으므로 테스는 잠시 쉬려고 현관 벽에 팔꿈치를 대고 몸을 의지했다. 차가운 바람에 시들어 잿빛으로 변한 담쟁이 잎은 바람이 불 때마다 잎사귀가 서로 얽히어 신경을 자극했다. 쇠고기를 쌌던 피 묻은 종이가 어느 집 쓰레기통에서 나와 바람에 흩날려

다니고 있었다.

아무리 기다려도 안에서 기척이 없었으므로 테스는 다시 한 번 초인종을 눌렀다. 두 번째 누른 초인종은 첫 번째보다 훨씬 크게 울렸지만 여전히 아무런 기척이 없었다. 테스는 현관을 나와 대문을 열고 밖으로 나왔다. 다시 눌러볼까 망설이기도 했지만 밖으로 나온 순간 그녀는 안도의 한숨을 내쉬었다. 자신이 누군지 미리 알고 집 안에 들이지 않으려고 문을 열어주지 않은 것 같은 생각이 자꾸 들었다. 그럴 리가 없는데도 그 생각이 그녀의 뇌리에서 떠나지 않았다.

테스는 집 모퉁이까지 걸어갔다. 그러나 불안한 현실에서 도피하여 장래에 더 큰 불행을 가져오고 싶지는 않았으므로 발길을 돌려 목사관으로 다가가 창문으로 안을 들여다보았다.

비로소 그녀는 아무도 나오지 않은 이유를 알았다. 그 집 식구는 한 사람도 빠짐없이 모두 교회에 간 것이다. 테스는 언젠가 남편이, 아버지는 하인까지도 예배에 참석하기를 고집하시기 때문에 일요일에는 집에 돌아오면 식은 음식을 먹기가 일쑤였다고 말했던 것을 기억해냈다. 시집 식구들을 만나려면 예배가 끝날 때까지 기다려야 한다는 사실을 깨달은 테스는 그곳에서 서성이다 남의 눈에 띌까 두려워 교회 뒤쪽 오솔길에 숨어 있으려고 발걸음을 옮겼다. 마침 교회 마당에 이르렀을 때 예배가 끝나 신도들이 쏟아져 나오는 바람에 테스는 그들 틈에 휩쓸리고 말았다. 교인들은 길에서 우연히 마주친 낯선 사람을 쳐다보듯 테스를 무심히 대수롭지 않게 쳐다보았다. 그녀는 오던 길을 되돌아 빠른 걸음으로 비탈길을 올라갔다. 목사 가족들이 점심을 끝마칠 때까지 잠시 산 위에 숨어 있다가 만나는 것이 서로에게 편할 것 같았다. 그녀는 곧 교인들과 떨어졌는데 팔짱을 낀 젊은 남자 둘이 그녀의 뒤에서 바삐 걸어오고 있었다.

그들이 가까워지자 진지하게 이야기에 열중해 있는 그들의 음성이 귀에 들렸다. 그녀와 같은 처지의 여자들만이 가지는 예민한 육감으로 그녀는 남편의 음성과 비슷한 그들의 음성에 귀 기울였고 즉각 그들이 남편의 형들임을 알아차렸다. 아직 그들을 만날 마음의 준비도 갖추지 않은 터라 테스는 자신의 계획을 생각할 겨를도 없이 우선 당황하기만 했다. 그들이 자신을 알아볼 리야 만무하지만 테스는 본능적으로 그들이 낯선 자신을 유심히 살펴볼 것이 꺼려졌다. 그들의 걸음이 빨라질수록 테스의 걸음도 빨라졌다. 그들은 오랜 시간 예배를 보느라 차가워진 팔다리를 녹이려고 점심을 먹기 전에 잠시 가벼운 산책을 나선 것이었다.

언덕을 올라가는 테스 앞에는 젊은 숙녀가 걷고 있었다. 어딘지 좀 부자연스러워 보일 정도로 새침하게 얌전을 빼고 있었으나 상냥해 보이는 젊은 여자였다. 테스가 그녀를 거의 뒤따라갔을 때 남편의 형들도 바로 테스 뒤까지 따라왔으므로 그들의 얘기가 똑똑하게 들렸다. 형들 중 하나가 앞에 가는 젊은 숙녀를 보았는지 이렇게 말했다.

"저기 머시 찬트가 있어. 우리 따라가 보자."

테스도 그 이름을 알고 있었다. 엔젤의 부모가 며느리감으로 정해 놓았던 여자로, 테스만 아니었다면 그의 아내가 됐을지도 모르는 여자였다. 설사 테스가 그런 내용을 몰랐다 해도 곧 알게 되었으리라. 왜냐하면 형들 중 하나가 이런 말을 했기 때문이었다.

"아, 가엾은 엔젤! 난 저 예쁜 아가씨를 볼 때마다 젖 짜는 처녀인지 뭔지 하는 여자에게 쉽사리 반해버린 그 녀석의 경솔한 행동이 원망스러워진단 말이야. 아무리 생각해도 이해할 수가 없어. 그 여자가 엔젤과 다시 만났는지 그건 잘 모르지만 몇 달 전에 편지가 왔을 때만 하더라도 별거하고 있는 것 같았어."

"나도 잘 모르겠어. 요즘은 나한테도 소식이 없으니까 그앤 유별난 의견 때문에 애초에 나하고 사이가 벌어졌는데 이번에 그애가 분별없는 결혼을 하는 바람에 불화가 더 심해진 것 같아."

테스는 더 빨리 걸으려다 그러면 한층 그들의 시선을 끌게 될까 봐 묵묵히 걸었다. 이윽고 그들이 테스를 앞질렀고, 앞서 가던 젊은 숙녀가 발소리를 듣고 뒤돌아보았다. 세 사람은 서로 인사도 하고 악수도 한 다음 한데 어울려 걸었다.

얼마 뒤 언덕 꼭대기에 이른 그들은 그곳이 산책의 마지막 지점이기나 한 듯 걸음을 늦추고는 조금 전에 테스가 멈추어 서서 마을을 내려다보던 문 쪽으로 발걸음을 옮겼다. 서로 이야기를 주고받다가 엔젤의 형들 중 하나가 우산으로 생울타리를 조심스럽게 뒤적이더니 무언가를 밝은 곳으로 끄집어냈다.

"이거 봐. 낡은 장화가 한 켤레 있어. 거지나 떠돌이가 버린 모양이야."

"어쩌면 맨발로 마을에 들어와 사람들의 동정을 얻으려는 사기꾼의 짓인지도 몰라요. 그래요, 틀림없어요. 아직도 말짱한 여행 구두인 걸요. 이런 구두를 버리다니 정말 나쁜 짓이에요. 가난한 사람에게나 갖다줘야겠어요."

머시 찬트가 말하자 장화를 발견한 커스버트 클레어가 구부러진 지팡이 끝으로 장화를 걸어올려 그녀에게 주었다. 이리하여 테스의 장화는 남의 물건이 되어버렸다.

그들의 얘기를 듣고 있던 테스가 털실로 짠 베일로 얼굴을 가리고 그들 곁을 지나쳐 내려가다 뒤돌아보았을 때 그들은 장화를 든 채 언덕길을 내려가고 있었다.

테스는 다시 걷기 시작했다. 눈물이 자꾸만 흘러내려 뿌옇게 앞을 가렸다. 조금 전의 장면이 자신에 대한 벌이라고 생각하는 것은 감상적이고 근거 없는 과민한 생각일 뿐이라는 사실을 잘 알면서도 그런 생각을 떨쳐버릴 수가 없었다. 마음이 강하지 못한 그녀인지라 그것을 불행의 징조로밖에는 생각할 수가 없었고, 그래서 시집을 다시 방문한다는 것이 불가능하게 생각되었다. 엔젤의 아내는 자신이 생각하기에 대단한 존재인 그 목사들에게서 쫓겨난 듯한 기분이 들었다. 물론 그들은 아무 생각 없이 한 일이지만 테스가 남편의 아버지 대신 형들을 만나게 된 것은 불행한 일이었다. 그의 아버지는 편협하기는 했으나 까다롭지 않고 옹졸하지도 않았으며 자비로운 사람이었기 때문이다. 테스의 생각이 장화에 다시 미치자 그것이 세 사람의 조롱거리가 되었다는 사실이 서글펐고, 그 신발 주인의 인생이 얼마나 절망적인가를 뼈저리게 느끼지 않을 수 없었다. 그녀는 자기 연민에 사로잡혀 새삼 한숨을 내쉬며 중얼거렸다.

"아, 그이가 사준 예쁜 구두를 아끼려고 험한 길을 그 장화를 신고 왔다는 사실을 그들은 모를 테지. 어림도 없어. 알 리가 없지. 이 아름다운 옷을 그이가 골라주었다는 사실도 모를 거야. 물론 알 수조차 없을 테지. 알았다 해도 거들떠보지도 않았을걸. 그들은 이제 엔젤을 사랑하지 않으니까. 가엾게도……."

테스는 사랑하는 남편을 위해 슬퍼했다. 낡은 인습에 젖은 남편의 고루한 생각이 그녀에게 슬픔을 준 것은 사실이지만 그녀가 아들들을 척도로 시아버지의 성품을 판단하고 마지막 순간에 용기를 잃고 발걸음을 돌려버린 것은 그녀 인생에서 최대의 불행이었다. 테스의 지금 형편이야말로 늙은 시부모의 동정을 사기에 충분한 것이었다. 독단적인 그들은 '학자'나 '위선자'들의 고민에 대해서는 냉정했지만 '세리'나 '죄 많은 사람'에 대해서는 아낌없는 동정을 베풀었으므로 그러한 그들의 성격이 테스에게는 오히려 유리할는지도 몰랐다. '돌아온 탕자'를 용서하는 아버지와 같은 너그러움으로 그들은 분명 테스의 허물을 용서해주었으리라.

그녀는 조금 전의 일이 자신에 대한 벌이며 불행의 징조라고 생각하는 마음이 아직 가시지 않았기 때문에 이곳에 올 때 희망에 부풀었던 것과는 반대로 어떤 위기가 닥쳐오는 듯한 예감을 느끼며 터벅터벅 되돌아갔다. 이제 시부모님을 만나려는 용기가 새로 솟아날 때까지는 고원 지대의 메마른 밭에서 일을 계속하는 수밖에 없으리라.

고원 지대의 농장으로 되돌아가는 테스는 걷는 것이 아니라 헤매고 있는 것 같았다. 목적도 없이 그저 타성으로 발걸음을 옮기는 것 같았다. 길은 멀고 지루해 이내 피로가 몰려왔다. 아침에 잠시 요기를 했던 작은 마을에 이르렀을 때 그녀는 교회 옆의 작은 농가에 들러 피곤한 몸을 쉬었다. 주인 아낙네가 부엌으로 우유를 가지러 갔을 때 테스는 거리를 내다봤다. 길에는 사람 하나 보이지 않았다.

"다들 낮 예배에 갔나 보죠?"

"아니야, 아가씨. 예배 시간은 아직 멀었어. 종도 울리지 않았는걸. 사람들은 저쪽 헛간에서 설교를 듣고 있을 거야. 어떤 전도사가 예배 시간이 없는 틈을 타서 전도하는 건데 훌륭하고 열성적인 신자래. 하지만 난 듣고 싶지가 않아. 교회에서 듣는 설교만으로도 충분한걸."

얼마 뒤 테스는 마을 안으로 걸어 들어갔다. 쥐 죽은 듯 고요한 마을의 정적을 그녀의 발소리가 깨뜨렸다. 마을 한복판에 이르렀을 때 또 하나의 소리가 울려왔고 그 울림에 섞여 다른 소리도 들려왔다. 저 멀리에 있는 헛간을 본 그녀는 그것이 전도사가 설교하는 소리임을 알았다.

전도사의 음성은 고요하고 깨끗한 대기 속에 울려퍼져, 칸이 막힌 헛간 밖에 있는 테스도 그 소리를 분명하게 들을 수 있었다. 그것은 신앙전능주의식 설교로서 사도 바울의 신학에 설명된 것처럼 '믿으면 죄가 없다'는 내용이었다.

그런 상투적인 설교를 열광적으로 설명하는 것으로 미루어보아 전도사는 변론가로서의 재능은 없는 것 같았다. 테스는 처음부터 듣진 않았지만 전도사가 같은 성경 구절을 되풀이해서 인용했기 때문에 내용을 짐작할 수가 있었다.

"어리석도다 갈라디아 사람들아, 예수 그리스도께서 십자가에 못 박히신 것이 너희 눈앞에 보이거늘, 누가 너희를 꾀더냐."(《갈라디아서》3장 1절)

설교를 듣던 테스는 전도사의 설교가 엔젤 아버지의 주장을 한층 강력하게 표현한 것임을 알고 흥미를 느꼈다.

그 전도사가 자신이 어떻게 해서 그런 견해를 갖게 되었는지 자신의 경험담을 이야기하기 시작했을 때 그녀의 흥미는 더욱 커졌다. 그는 많은 사람을 우롱하고 방탕한 생활을 하던 건달이었는데 어느 날 갑자기 회개하게 되었다. 그것은 어느 목사의 감화 때문이었는데 처음에는 그 목사를 모욕했다. 그러나 목사가 떠날 때 남긴 마지막 말 한마디가 가슴에 못 박혀 잊혀지지 않았고, 마침내 하나님의 은총으로 그 말이 그를 움직여 오늘의 전도사로 만들었다. 전도사의 그 얘기는 테스에게 큰 놀라움을 안겨주었다.

그러나 더 놀라운 것은 그의 설교가 아니라 그의 음성이었다. 도저히 있을 수 없는 일 같았지만 그것은 알렉 더버빌의 음성이었다. 테스의 얼굴에 심한 불안의 빛이 어렸다. 그녀는 헛간 앞으로 가서 그 앞을 지나가 보았다. 겨울 햇살이 열려진 한쪽 문으로 들어와 전도사와 청중들을 비춰주고 있었다. 청중들은 모두 마을 사람들이었고, 그들 가운데는 테스가 언젠가 만났던 빨간 페인트 통을 들고 다니던 남자도 앉아 있었다.

그러나 테스의 시선은 곡식 포대 위에 서서 청중을 향해 설교하는 전도사에게로 쏠렸다. 오후 세 시의 햇살이 그를 정면으로 비추었다. 그의 음성을 들으면서 그녀가 줄곧 느꼈던 불길한 예감—자신을 유혹한 자가 눈 앞에 있다는 그 불길한 확신이 기어이 거짓 없는 사실로 나타나고 만 것이다.

6부 알렉의 개심

45

트랜트리지를 떠난 뒤 오늘까지 테스는 더버빌을 만난 적도 없고 그의 소식을 들은 적도 없었다. 그와의 뜻밖의 만남은 그녀가 조그만 자극에도 민감하게 반응하는 고통스러운 순간에 찾아왔다. 기억력이란 짓궂은 것이어서 알렉이 과거의 잘못을 뉘우치고 개심자로서 마을 사람들 앞에 당당하게 서 있는데도 테스는 지난날과 같은 공포감에 사로잡혀 꼼짝도 할 수가 없었다.

그의 풍채는 여전히 훌륭했으나 테스는 다시금 불쾌감이 앞섰다. 그는 새까만 콧수염 대신 지금은 구식 턱수염을 길렀고 완전히 목사 같은 복장을 하였다. 그러한 복장 때문인지 표정도 달라져 보였다. 예전의 멋쟁이 티가 얼굴에서 흔적도 없이 사라져버릴 정도로 표정이 변한 것 같아 테스는 한동안 그가 정말 옛날의 더버빌인지 의아해했다.

그러한 그의 입에서 엄숙한 성경 구절이 쏟아져 나온다는 사실이 테스에게는 소름 끼칠 정도로 오싹하게 느껴졌고 모순으로밖에는 여겨지지 않았다. 그녀는 사 년 전 귀에 익었던 그 방탕한 음성이 지금은 정반대의 목적을 위해 말을 하고 있다는 사실에 욕지기를 느꼈다.

그것은 개심이라기보다는 오히려 변모였다. 정욕적이었던 얼굴 윤곽은 신앙적인 열성의 곡선으로 바뀌고, 유혹을 일삼던 입술은 이제 신에 대한 기원을 나타내고 있었다. 지난날 난봉기로 보였던 뺨의 광채도 이제는 경건함을 나타내는 빛으로 승화되어 있었다. 육욕은 광신으로 이단주의는 사도주의 변했으며 지난날 테스 앞에서 자신만만하게 번뜩이던 부리부리한 눈은 광신의 정력으로 사납게 빛났다. 자기의 욕망이 방해받을 때 나타나곤 하던 심술궂은 표정은 다시금 타락 속에 빠지려 하는 배교자의 모습으로 그 얼굴에 나타나 있었다.

그러한 인상을 주는 그의 용모에는 어떤 불만이 감추어져 있는 것 같았고 어딘가 어울리지 않는 부자연스러운 느낌을 주었다. 방탕한 그가 승화된 듯한 느낌을 주는 것부터가 잘못인 것 같았고 회개하려는 노력 자체가 위선으로만 느껴졌다.

이런 일이 정말 가능한 일일까. 테스는 그에게 더는 편견을 갖지 말아야겠다고 마음먹었다. 타락한 생활에서 신앙으로 자신의 영혼을 구한 사람은 더버빌 말고도 많았다. 구태여 그의 경우만을 부자연스럽게 생각할 필요는 없을 것 같았다. 그가 예전의 그 음성으로 복음을 말하는 것을 들었을 때 거부 반응을 느낀 것은 어쩌면 선입관 때문인지도 몰랐다. 죄가 많은 자가 더 거룩한 자가 된 실례를 기독교 역사에서 얼마든지 찾아볼 수 있지 않은가.

이러한 생각들이 테스에게 다소 마음의 여유를 주었다. 뜻밖의 사실에 얼이 빠졌다가 제정신으로 돌아오자 그녀는 그의 눈 앞에서 사라져버리고 싶은 충동을 느꼈다. 그녀가 햇살을 등지고 서 있었기 때문에 그는 아직 그녀를 알아채지 못했다.

그러나 테스가 몸을 움직인 순간 그녀는 알렉의 눈에 띄고 말았다. 그녀가 옛 애인에게 준 충격은 그녀가 받은 충격보다 훨씬 커서 그는 마치 감전이라도 된 듯 소스라치게 놀랐다. 열정적으로 내뱉던 설교도 어디론가 사라져버렸다. 그는 무슨 말이든 하려고 안간힘을 썼으나 그녀가 눈 앞에 있는 한 아무 소리도 나오지 않을 것 같았다. 그는 테스를 한번 힐끗 본 다음 당황한 듯 다른 곳으로 시선을 돌렸으나 시선은 이내 그녀에게로 되돌아왔다. 그러나 이런 마비 상태가 오래 가지는 않았다. 침착을 되찾은 테스가 서둘러 헛간을 나가버렸기 때문이었다.

그녀는 사태를 돌이켜볼 여유가 생기자 서로간의 변화에 깜짝 놀랐다. 자신에게 재앙을 준 사람은 영적으로 새사람이 됐지만 자신은 여전히 죄 많은 사람인 듯싶었다. 성령의 불 속에서 새로이 태어나려는 알렉 앞에 자신이 다시 나타나 그 불을 꺼버린 듯한 생각마저 들었다.

그녀는 뒤돌아보지 않고 계속 걸었다. 누군가가 자신의 뒷모습을 지켜보고 있지나 않을까 하는 두려움 때문에 그녀는 등에, 심지어는 옷에도 눈이 달린 듯 신경이 예민해졌다. 이곳까지 걸어오는 동안에도 걷잡을 수 없는 슬픔에 빠져 있었는데 이제 가슴속의 번민은 그 성질이 달라졌다. 오랫동안 억눌러왔던 애정에 대한 갈망은 잠시 자취를 감추고 여태까지 가슴속에서 떠날 줄 모르던 무자비한 과거가 마음을 어지럽혔다. 그 어느 때보다 과거에 대한 후회가 밀려와 그녀는 완전히 절망에 빠지고 말았다. 현재와 과거의 끈이 완전히 끊어지기를 간절히 소망했는데 그 사슬은 쉽게 끊어지지 않을 것 같았다. 어쩌면 그녀가 이 세상에서 영원히 사라지지 않는 한 과거로부터 벗어나기란 어려울 것 같았다.

그녀가 언덕을 향해 천천히 걸어 올라가고 있을 때 뒤에서 다급한 발소리가 들렸다. 뒤돌아보았더니 감리교 신자답게 괴상한 복장을 한 눈에 익은 모습의 남자가 다가오고 있었다. 이 세상에서 두 번 다시 만나고 싶지 않았던 그 남자였다.

그러나 생각해볼 겨를도 몸을 피할 시간도 없었으므로 테스는 침착해지려 애쓰면서 그가 따라오도록 내버려두었다. 그는 급하게 걸어온 것보다도 그녀를 만난 사실 때문에 더 흥분해 있었다.

"테스!"

테스는 걸음을 늦추었으나 뒤돌아보지는 않았다. 그가 다시 말을 걸었다.

"테스, 나야. 알렉 더버빌이오."

테스는 그제야 뒤돌아보았고 알렉이 그녀 가까이 다가왔다. 그녀는 쌀쌀하게 대답했다.

"알아요."

"인사가 그것뿐이오? 하긴 내가 더 바랄 자격은 없지. 내가 이런 옷차림을 한 것이 당신 눈에는 우습게 보일 테지? 하지만 난 이런 생활을 참아내야 해. 당신이 아무도 모르는 곳으로 가버렸다는 얘길 들었지. 테스, 당신은 내가 뒤따라온 걸 이상하게 생각하오?"

"네. 난 당신이 쫓아오지 않기를 바랐어요."

"그럴 테지."

테스와 나란히 걸으며 그가 침울하게 말했다. 테스는 마지못해 그와 나란히 걸었다.

"하지만 날 오해하지는 말아줘요. 당신이 나타났을 때 내가 당황하는 걸 보고 당신이 오해했을까 봐 이런 소리를 하는 거요. 그건 어디까지나 순간적으로 당황한 거고, 지난 일을 생각하면 당연한 건지도 몰라. 하지만 난 의지의 힘으로 그걸 극복했어. 이런 말을 하면 비웃겠지만 난 곧 이런 생각을 했소. '하나님의 심판이 임하기 전에 모든 사람을 구원해야 한다.' 그 중에서도 내가 몹쓸 잘못을 저지른 당신이야말로 구원해야 할 사람이라고 생각했소. 그런 이유 때문에 당신을 따라온 거요. 정말이요."

"당신 자신은 구원하셨나요? 자선은 맨 먼저 자신을 위해 베풀어야 하잖아요."

테스는 다소 경멸하는 투로 말했다.

그가 천연덕스럽게 대꾸했다.

"나 자신을 위해서는 아무것도 하지 않았소. 아까도 여러 신도들 앞에서 말했듯이 하나님이 모든 일을 하신 거요. 당신은 에민스터에 사는 목사의 이름을 들은 적이 있는지?—물론 들었을 거야.—클레어란 노(老)목사의 이름을 말이오. 그분이 어떤 전도회를 위해서 이삼 년 전에 트랜트리지로 설교를 하러 온 일이 있었지. 그때만 해도 나는 참으로 형편없는 놈이라, 그분이 아무런 사감도 없이 나에게 도리를 논해주고, 올바른 길을 가르쳐주려 했는데도 나는 도리어 그분에게 모욕으로써 보복을 했소. 그러나 그분은 나의 행패를 조금도 노여워하지 않을뿐더러, 언젠가는 당신도 성령의 첫 이삭을 받게 되리다—조롱하러 온 사람도 때로는 머물러 기도할 때가 있으리라, 하고 말할 따름이었소. 그분의 말씀 가운데 참으로 신기한 매력이라도 숨어 있는 듯이 그분의 말씀이 나의 가슴속 깊이 파고들었소. 하기야 그 당시에는 나도 그런 줄 몰랐고 그분도 몰랐었지. 헌데 실은 어머니를 여읜 것이야말로 나에겐 큰 타격이었소. 그래서 나도 차차 밝은 햇빛을 우러러보게끔 되었고, 그 이후론 이 올바른 가르침을 다른 사람들에게 전하고 싶다는 것뿐만이 나의 유일한 소원이었소. 그래서 오늘도 그것을 실행하던 참이었다오. 하긴 이 고장에서 설교를 하게 된 것은 최근의 일이지만, 내가 전도를 시작한 지 몇 달 동안은 북부 잉글랜드 지방에서 생면부지의 사람들 속에 끼어서 하였는데, 그 지방을 선택한 이유는 우선 그곳에서 초기의 서투른 연습을 하여 용기를 얻은 다음, 친지들이나 내가 방탕하던 시절의 많은 친구들에게 설교를 해보겠다는 가장 엄숙한 시련을 스스로 받으려 했기 때문이오. 테스, 만약 당신이 제 손으로 제 볼을 몹시 때리는 기쁨을 이해할 수만 있다면 나는 반드시……."

"그런 얘긴 그만하세요. 그따위 엉뚱한 얘기는 믿을 수가 없어요. 당신이 내게 그런 얘기를 하다니, 난 분해서 견딜 수가 없어요. 당신이 날 어떻게 망쳐놓았는지 당신 자신이 더 잘 알 거예요. 당신같은 사람들은 나 같은 여자를 마음대로 망쳐놓고서도 실컷 이 세상의 쾌락을 즐길 수 있는 사람들이에요. 그러다가 싫증이 나면 회개했느니 새사람이 되었느니 하면서 뻔뻔스럽게 천국의 낙을 누려보려고 신자가 되고 말이에요. 정말 훌륭하시군요. 난 당신을 믿을 수가 없어요. 정말 지긋지긋하다구요. 당신이란 사람은!"

테스는 그에게서 물러나 길가의 난간에 기댄 채 노여움에 가득찬 음성으로 소리쳤다. 알렉도 굽히지 않았다.

"테스, 너무 심하군 그래. 회개한다는 것이 내겐 새로운 희망이었단 말이오. 당신은 날 믿지 않는 모양인데, 도대체 무얼 못 믿겠다는 거요?"

"당신이 회개했다는 거 말이에요. 당신이 종교로 구원받았다는 사실 말이에요."

"왜?"

"당신보다 더 훌륭한 사람도 그걸 믿지 않으니까요."

그녀는 나직하게 말했다.

"여자들이란 참! 더 훌륭한 그 사람이 대체 누구지?"

"말할 수 없어요."

"좋아, 하나님 앞에서 내가 감히 착한 인간이라고 말할 수는 없지. 내가 그런 말을 한 적도 없고 난 선이 무엇인지 이제 겨우 깨닫기 시작했을 뿐이오. 하지만 늦게 깨달은 자가 더 많이 깨달을 수도 있어."

그는 금방이라도 가슴속의 울화를 터뜨리려는 사람처럼 말했다. 테스는 슬프게 대답했다.

"네. 그건 사실이에요. 하지만 당신이 회개하고 새사람이 되었다는 사실은 믿을 수가 없어요. 당신이 느낀 희망 따위는 오래 가지 못할 거예요."

난간에 기대 있던 테스는 돌아서서 더버빌을 쳐다보았다. 더버빌도 눈에 익은 테스의 얼굴과 몸매를 유심히 바라보았다. 그의 비열한 성품이 지금은 그의 몸 속에 얌전히 숨어 있었지만 그렇다고 그것이 뿌리째 뽑힌 것도 완전히 사라진 것도 아니었다.

"나로선 당신 얼굴을 자주 안 보는 것이 좋을 것 같소. 무슨 위험한 일이 또 생길지도 모르니 말이오."

"듣기 싫어요."

테스가 쏘아붙였다.

"지금까지 여자의 얼굴이 큰 힘으로 날 지배해왔기 때문에 그게 무섭다는 거요. 하긴 전도사는 여자 얼굴과 아무 상관이 없겠지만, 자꾸 잊으려는 과거가 되살아나서 말이오."

이런 얘기가 끝난 다음 대화가 끊어졌다. 둘은 생각난 듯 가끔 몇 마디씩 주고받을 뿐이었다. 테스는 그가 어디까지 따라올 것인지 궁금했지만 그렇다고 딱 잘라서 가라고 말하기도 난처했다. 문이나 목장의 난간을 지날 때마다 거기는 붉은색 푸른색 페인트로 성경 구절이 씌어 있었다. 테스가, 수고를 아끼지 않고 저런 일을 하고 다니는 사람이 누군지 아느냐고 묻자 알렉은 자신과 자신의 동료들이 고용한 사람들이 썩어빠진 정신을 가진 세상 사람들을 깨우쳐주려고 그런 경구를 쓰고 있다고 대답했다.

그들은 크로스 인 핸드라는 곳에 이르렀다. 이곳은 거칠고 삭막한 고장에서도 유난히 을씨년스러운 곳이었다. 관광객들이나 화가들이 즐겨 찾는 풍요로운 고장과는 다른 성격의 아름다움이 이 을씨년스러운 곳에 스며 있었는데 그것은 어떤 비장감마저 서린 처량한 아름다움이었다. 이곳 지명은 이곳에 있는 돌기둥에서 연유한 것인데, 험한 지층에서 캐어낸 괴상한 돌로 만들어진 그 돌기둥에는 서투른 솜씨로 사람의 손이 새겨져 있었다. 그 돌기둥의 내력이나 그것이 세워진 목적에 대해 구구한 이야기가 많았다. 처음엔 십자가 형태를 갖춘 돌기둥이었는데 지금은 받침돌만 남았다는 말도 있고, 경계선이나 회합 장소를 알리려고 원래부터 그 형태대로 세워져 있었다고 말하는 사람도 있었다. 내력이야 어떻든 간에 들판 한가운데 돌기둥이 우뚝 서 있는 풍경은 보는 사람의 기분에 따라 불길하게도 느껴지고 엄숙하게도 느껴졌다. 아무리 둔감한 길손이라도 깊은 인상을 받지 않을 수 없었다.

"난 여기서 돌아가겠소. 저녁 여섯 시에 저쪽 마을에서 집회가 있기 때문이오. 테스, 당신 때문에 내 마음이 몹시 산란해진 듯하오. 무엇 때문인지 말할 수도 없고 또 말하고 싶지도 않지만 말이오. 난 가서 좀 쉬고 다시 힘을 얻어야…… 그런데, 당신 말이 무척 유창해졌는데, 누구한테서 배웠소?"

"고생하는 동안 배운 거예요."

테스는 대답을 회피했다.

"무슨 고생?"

그녀는 맨 처음에 겪은 고생, 즉 그와 관계 있는 일만을 이야기했다. 더버빌은 잠자코 있다가 우물우물 말했다.

"난 그런 사정을 통 몰랐어. 왜 내게 연락하지 않았지?"

그녀가 아무 말도 하지 않자 알렉이 침묵을 깨뜨렸다.

"자, 그럼 다시 만나지."

"안 돼요. 다시는 내 앞에 나타나지 마세요."

"생각해보겠소. 그런데 헤어지기 전에 잠깐 이 돌기둥 있는 곳으로 와봐요. 이건 옛날에 거룩한 십자가였소. 유적 같은 건 내 교리와 상관없지만 난 가끔 당신이 무서울 때가 있어. 당신이 날 두려워하는 것과는 비교도 안 될 정도로 난 당신이 두려워진단 말이오. 그러니 당신이 이 돌기둥의 손자국에 손을 대고 당신의 매력과 행동으로 결코 날 유혹하지 않겠다고 맹세하란 말이오."

"정말 기가 막히군요. 무엇 때문에 그런 쓸데없는 짓을 하죠? 난 꿈에도 그런 생각을 하지 않는데!"

"그야 그렇지만 맹세해 달란 말이오."

테스는 그가 두렵기도 하고 해서 그의 추근추근한 부탁대로 돌에 손을 얹고 맹세했다.

"당신이 신자가 아닌 것이 유감이군. 믿지 않는 사람이 당신을 유혹해 당신 마음을 흔들어놓을 수도 있으니까. 하지만 다른 얘기는 하지 않겠소. 집에서라면 당신을 위해 기도를 올릴 수도 있겠지. 꼭 기도하겠소. 무슨 일이 또 일어날지 누가 알겠소? 난 가겠소. 잘가오!"

그는 울타리를 훌쩍 뛰어넘어 뒤도 돌아보지 않고 저만치 사라졌다. 비틀거리는 걸음걸이가 그의 마음이 어지럽다는 것을 드러내 주었다. 그는 문득 무슨 생각이 났는지 호주머니에서 작은 수첩 하나를 꺼냈다. 수첩의 갈피에는 낡고 때 묻은 편지 한통이 끼워져 있었다. 그는 편지를 꺼내 펼쳐보았다. 거기에는 오륙 개월 전의 날짜가 적혀 있었고 클레어 목사의 이름이 씌어 있었다.

그 편지는 더버빌의 개심에 목사가 진정으로 기뻐한다는 것과 그런 사실을 알려주어 고맙다는 내용으로 시작되었다. 이어 목사는 지난날 더버빌의 무례한 행동을 기꺼이 용서하고 그의 장래 계획에 큰 관심을 가지며, 만일 자신이 여러 해 동안 일을 보던 교회에서 함께 일하겠다면 신학대학의 입학을 도와주겠다고 썼다. 그러나 오랜 기간이 필요한 일이므로 더버빌이 원하지 않는다면 굳이 강요하지는 않겠고, 모든 사람은 자기 힘껏 일해야 하며 성령이 가르치는 방법에 따라야 한다는 말로써 편지는 끝이 났다.

더버빌은 그 편지를 몇 번이고 되풀이해 읽으면서 자기 자신을 비웃었다. 그러다가 수첩에 적어놓은 성경 구절을 읽고 나자 마음이 차차 가라앉았고 테스의 환상도 더는 그의 마음을 괴롭히지 않았다.

한편 알렉과 헤어진 테스는 자기 숙소로 가는 지름길이 가로놓여 있는 언덕 끝받이를 따라 내려가다가 일 마일도 채 못 가서 목동을 만났다. 그녀는 목동에게 물었다.

"조금 전에 돌기둥 하나를 지나쳐왔는데 그게 뭐죠? 옛날에는 십자가였다면서요?"

"십자가라니요! 아니에요. 그건 아주 불길한 돌이라구요. 그건 기둥에 묶여 손바닥에 못이 박히고 나중에는 교수형을 당한 어떤 죄인을 위해 그 친척이 거기 세운 거예요. 죄인의 뼈가 그 밑에 묻혀 있대요. 그 죄인이 악마에게 영혼을 팔았기 때문에 가끔 귀신이 되어 그곳을 돌아다닌대요."

테스는 뜻밖의 얘기에 아찔한 현기증을 느끼면서 목동을 뒤에 남겨놓고 다시 발걸음을 재촉했다. 그녀가 플린트콤 애쉬에 이르렀을 때는 사방에 황혼이 깃들 무렵이었다. 마을 어귀에 들어서자 젊은 남녀가 나란히 앉아 그녀가 가까이 다가오는 것도 모르는 채 정답게 얘기하는 모습이 눈에 띄었다. 남자의 다정한 음성에 대답하는 여자의 맑은 음성이 대기 속에 부드럽게 메아리쳤다. 클레어와 처음 사랑을 속삭이던 때가 생각나 테스의 마음도 잠시 상쾌해졌다. 그녀가 가까이 다가가자 처녀는 침착하게 돌아보았고 남자는 겸연쩍은 듯 다른 곳으로 가버렸다. 처녀는 이즈 휴에트였는데 테스의 여행에 대해 품었던 관심이 새삼 떠올라 조금 전까지 자신의 행동은 까맣게 잊은 듯 여행의 결과에 대해 물었다. 테스는 별로 좋지가 않았다고 간단하게 대꾸했다. 그러자 눈치 빠른 이즈는 조금 전에 테스가 목격했던 그 남자에게로 화제를 돌렸다.

"그이는 앰비 시들링이라는 사람인데 텔보데이스에 있을 때 일을 도우러오던 사람이야. 그이는 사방에 수소문해서 내가 여기까지 온 걸 알아내고는 찾아왔지 뭐니. 지난 이 년 동안 날 사랑했었대. 그렇지만 난 아직 그이에게 아무 대답도 안 했어!"

46

보람 없는 여행에서 돌아온 뒤로 며칠이 지난 어느 날이었다. 그 날 테스는 밭에서 일을 하고 있었다. 건조한 겨울바람이 여전히 매섭게 불어왔지만 병풍처럼 둘러쳐진 짚단 울타리가 바람을 막아주었다. 울타리 옆에는 새로 파랗게 칠한 순무 써는 기계가 주위의 음산한 풍경과 좋은 대조를 이루며 놓여 있었다. 맞은편에는 초겨울부터 순무를 저장하는 길쭉한 무덤 모양의 움이 있었다. 테스는 울타리 끝에서 순무를 말끔하게 다듬은 다음 기계 속으로 던지곤 했다. 한 남자가 기계의 손잡이를 돌리면 통에서는 갓 자른 무우채가 쏟아져 나오고, 그 무우채에서 풍기는 싱싱한 향기는 윙윙거리는 바람 소리와 기계에서 순무가 썰어지는 소리와 가죽장갑을 낀 테스가 순무 다듬는 소리와 어우러져 대기 속으로 퍼져나갔다.

순무를 모조리 뽑아버려 황갈색으로 변한 넓은 밭에서는 두 필의 말이 끄는 쟁기로 한 남자가 밭고랑을 일구고 있었다. 황갈색 밭에는 그보다 더 짙은 갈색 이랑이 생겨났고, 점차 넓어지는 이랑은 겹겹이 감은 리본처럼 보였다.

아무런 재미없는 단조롭고 지루한 이 풍경은 몇 시간 동안 그대로 계속되다가 마침내 밭 가는 사람 저편에 나타난 하나의 까만 점 때문에 깨뜨려졌다. 그 점은 울타리를 빠져나와 비탈길을 따라서 순무 자르는 사람들 쪽으로 다가왔다. 처음에 점처럼 작아 보이던 그것은 가까이 옴에 따라 차츰 커지더니 이윽고 까만 옷을 입은 남자의 모습이 나타났다. 순무 써는 기계를 돌리는 남자는 손만 놀리면 되는 까닭에 가까이 오는 남자에게로만 시선을 주고 있었으나 테스는 일에 골몰해서 동료들이 알려줄 때까지 그가 다가오는 것을 몰랐다.

그는 성질이 까다로운 농장 주인 그로비가 아니라 한때 방탕했던 알렉 더버빌이 목사 차림으로 변한 모습이었다. 지난번 설교할 때와는 달리 그의 얼굴에는 별로 열정적인 모습이 보이지 않았고,

또 기계 돌리는 남자가 눈앞에 있어서 그런지 어쩐지 쑥스러워하는 것 같았다. 벌써 창백하게 질린 테스의 얼굴에는 고통스런 표정이 떠올랐다. 그녀는 모자를 깊숙이 눌러 썼다. 그가 조용히 다가와 말했다.

"테스, 얘기할 게 있어서 왔소."

"다시는 오지 말라고 부탁드렸는데 그 부탁마저 기어이 어기셨군요."

"그렇게 됐소. 하지만 그럴 만한 이유가 있어서."

"그래요? 그럼 말해보세요."

"당신이 짐작하는 것보다는 훨씬 심각한 문제요."

누가 엿듣기라도 하는 듯 그는 사방을 두리번거렸다. 다른 사람들은 기계를 돌리는 남자에게서 상당히 떨어졌고, 또 기계 소리 때문에 무슨 소리를 해도 남들에게 들릴 염려는 없는 것 같았다. 알렉은 테스가 일꾼들 눈에 띄지 않도록 등을 그쪽으로 돌리고 그녀 앞에 막아선 다음 뉘우치는 듯한 기색으로 말을 꺼냈다.

"사실 지난번에 만났을 때 우리들의 영혼 문제에만 골몰한 나머지 당신이 어떻게 지내고 있는지 묻지 못했소. 당신이 좋은 옷을 입고 있어서 미처 거기까지는 생각 못 한 거지. 그런데 난 이제 겨우 알았소. 당신의 생활이 트랜트리지에서 만났을 때보다 더 어렵다는 것을 말이오. 당신 정말 고생이 심하군. 그것도 다 나 때문이지만."

그녀는 아무 대꾸 없이 머릿수건으로 완전히 가린 얼굴을 아래로 수그리고 순무 다듬는 일에만 열중했다. 알렉은 의아한 표정으로 그녀를 지켜보았다. 그녀는 그렇게 함으로써 그가 어떤 말을 해도 마음이 흔들리지 않게끔 자신을 방어하는 것 같았다. 알렉은 불만스럽게 한숨을 내쉬며 다시 말했다.

"테스. 당신의 경우가 내가 저지른 과오 중에서 가장 큰 과오였소. 사실 나도 결과가 이렇게 되리라고는 꿈에도 생각지 못했소. 당신처럼 순진한 사람을 망쳐놓다니…… 난 정말 몹쓸 놈이오. 다 내 잘못이오. 트랜트리지에서 저지른 잘못은 다 내 탓이란 말이오. 당신도 어리석었지. 당신이야말로 어엿한 더버빌 후손이고 난 천한 가짜에 불과했는데 어쩌면 그렇게 앞날을 내다보지 못했는지 모르겠군. 하긴 이유야 어쨌든 간에 위험한 세상에 딸자식을 그냥 내버려두는 부모에게도 문제가 있지."

테스는 기계적으로 순무를 다듬고 던지고 하면서 그의 말을 듣고만 있었다. 그런 그녀의 모습은 시름에 잠긴 농갓집 아낙네 같았다.

"하지만 그런 얘길 하려고 이곳에 온 건 아니오. 내 형편을 얘기하자면 당신이 트랜트리지를 떠나고 난 뒤 어머니가 돌아가시고 그곳이 내 소유가 됐소. 난 그 집을 팔아치우고 아프리카에 가서 전도사업을 할 작정인데, 당신에게 한 가지 부탁할 것이 있소. 그건, 당신에게 보상해야만 하는 내 의무를 충실히 지키도록 도와달라는 거요. 당신을 농락한 장난에 대하여 나로서 할 수 있는 오직 하나의 죄 갚음을 내 힘으로 치르게 해주길 바라오. 다시 말해서 내 아내가 되어 나와 같이 떠나 달라는 거요. 난 벌써 귀중한 서류까지 얻어놓았소. 그건 또한 어머니의 마지막 소망이기도 했소."

그는 약간 머뭇거리더니 주머니에서 양피지 한 장을 꺼내 테스 앞에 내어놓았다.

"그게 뭐죠?"

"결혼 허가장이요."

"천만에요. 그건 안 돼요."

그녀는 깜짝 놀라 뒤로 물러서면서 황급히 말했다.

"안 된다구? 어째서?"

이렇게 되묻는 알렉의 얼굴에는 자신의 잘못을 보상하지 못하는 것에 대한 실망이 아닌, 다른 실망의 빛이 스쳤다. 그것은 테스에 대한 지난날의 욕망이 되살아난 징조였다. 의무와 욕망이 서로 손을 맞잡고 줄달음치는 것이다.

"틀림없이……"

그는 뜻대로 되지 않아 초조한 듯 다시 말을 꺼내려다가 얼핏 기계를 돌리고 있는 일꾼을 돌아다보았다.

테스는 그의 이야기가 쉽게 끝날 것 같지 않다는 생각이 들었으므로 그 일꾼에게 손님이 찾아와서 잠시 거닐겠다고 말한 다음 앞장서서 걸었다. 새로 갈아놓은 밭에 이르렀을 때 알렉이 그녀를 건네주려고 손을 내밀었으나 그녀는 못 본 체하고 밭이랑을 건넜다. 밭이랑을 건너자마자 알렉이 다시 같은 말을 되풀이했다.

"나하고 정말 결혼하지 않겠다는 건가? 나더러 평생 후회 속에서 살란 말이지?"

"네. 결혼할 수가 없어요."

"왜?"

"잘 아시잖아요. 난 당신에게 조금도 애정을 느끼지 않아요."

"하지만 당신이 날 진정으로 용서한다면 저절로 애정을 느끼게 되지 않겠소?"

"그런 일은 결코 없을 거예요."

"어째서 그렇게 단정 지어서 말하지?"

"난 다른 분을 사랑하고 있으니까요."

이 말에 알렉은 깜짝 놀라는 것 같았다.

"그래? 다른 남자를? 하지만 당신은 도덕적으로 어느 것이 옳고 어느 것이 그른지 판단할 능력이 없단 말이오?"

"없어요. 조금도 없다구요. 그런 말은 아예 입 밖에도 내지 마세요."

"그렇다면 그 남자에 대한 당신의 사랑도 일시적인 감정에 지나지 않을 테고, 언젠가는 극복할 수……."

"아니에요, 결코 그렇지 않아요."

"뭐가 그렇지 않단 말이오?"

"이유는 말할 수가 없어요."

"난 꼭 들어야만 하겠소."

"그럼 말하겠어요. 난 그이와 결혼했어요."

"뭐라구!"

더버빌은 탄성을 내뱉더니 문득 걸음을 멈추고 얼빠진 사람처럼 멍하니 테스를 쳐다보았다. 테스는 애원하듯 말했다.

"그런 얘기는 하고 싶지 않아요. 할 생각도 없었구요. 여기선 아무도 그 사실을 몰라요. 안다 해도 어렴풋이 짐작할 뿐이죠. 그러니 이젠 내게 아무것도 묻지 마세요. 그리고 우린 지금 아무 관계도 없다는 걸 아셔야 해요."

"아무 관계가 없다구? 우리가 남남이란 말이지?"

순간 그의 얼굴에 옛날의 짓궂은 표정이 번뜩였으나 그는 곧 그러한 표정을 지워버렸다. 그는 기계 돌리는 남자를 손으로 가리키며 기계적인 말투로 물었다.

"저 남자가 당신 남편이오?"

"저 남자요? 천만에요."

그녀는 자랑스럽게 말했다.

"그럼 누구란 말이오?"

"말하고 싶지 않으니 자꾸 캐묻지 마세요."

그녀의 얼굴과 눈에는 간절하게 애원하는 기색이 역력했다. 당황한 더버빌은 흥분한 음성으로 대꾸했다.

"당신을 생각해서 물어본 거요. 하늘을 두고 맹세하는데 난 당신을 위하는 마음에서 이곳까지 온 거란 말이오. 테스, 그런 눈으로 날 쳐다보지 말아요. 난 그런 눈길을 견딜 수가 없어. 난 이성을 잃어가고 있단 말이오. 안 돼. 그래서는 안 된다구. 솔직히 말하겠는데 당신을 보는 순간 당신에 대한 애정이 되살아났소. 그렇지만 우리가 결혼한다면 우리 둘 다 정결해지리라고 생각했소. 왜 성경 구절에도 있지 않소? '믿지 아니하는 남편이 아내로 인해서 거룩하게 되고 믿지 아니하는 아내가 남편으로 인해서 거룩하게 되느니라.' (《고린도전서》 7장 14절) 그런데 내 계획은 수포로 돌아가고 난 실망에 잠겨야 하다니."

그는 침울한 표정으로 땅바닥을 내려다보다가 결혼 허가증을 찢어 주머니에 넣으면서 침착하게 말했다.

"결혼이 수포로 돌아간 바에야 난 당신과 당신 남편에게 좋은 일을 해서라도 내 잘못을 보상하고 싶소. 당신 남편이 어떤 사람인지는 모르지만 당신이 말하기 싫어한다면 굳이 묻지 않겠소. 내가 당신 남편이 누구인지만 알아도 쉽게 당신을 도울 수 있을 것 같소. 남편은 이 농장 안에 있소?"

"아니에요. 먼 곳에 갔어요."

"먼 곳에 갔다니? 당신을 남겨두고? 어떻게 된 남편이길래?"

"그이를 비난하는 말을 하지 마세요. 모두 당신 때문이에요. 그이는 내 과거를 알고 나서……."

"아, 그래? 그건 안됐군, 테스."

"그래요."

"아무리 그래도 당신을 내버려두고 가버리다니! 당신이 이렇게 고생하도록 내버려두다니!"

테스는 눈앞에 없는 남편을 진심으로 변호하며 소리쳤다.

"고생하라고 내버려둔 게 아니에요. 그인 이런 사실을 몰라요. 내가 하고 싶어서 이렇게 하는 것뿐이에요."

"그럼 편지는 오나?"

"그건 말할 수 없어요. 우리들 사이에는 남에게 말 못 할 사정이 있으니까요."

"물론 그 말은 편지도 없다는 뜻이겠지. 가여운 테스. 당신은 버림받은 거요."

그는 충동을 이기지 못하고 갑자기 돌아서더니 테스의 손을 덥석 잡았다. 그녀가 물소가죽 장갑을 끼고 있었으므로 그는 따뜻하고 부드러운 손대신 거친 가죽 손가락을 잡았을 뿐이었다. 테스는 겁에 질려 재빨리 손을 뺐다. 장갑만이 알렉의 손에 덩그러니 남았다.

"안 돼요. 안 돼! 제발 가주세요. 나와 내 남편을 생각해서라도 제발 가주세요. 당신이 믿는 기독교의 이름으로 부탁하는 거예요."

"알았소, 난 이제 가겠소."

그는 테스에게 장갑을 돌려주고 돌아서 가려다가 다시 몸을 돌이켜 이렇게 말했다.

"테스, 하나님께서 잘 판단하시겠지만 당신을 유혹하려고 손을 잡은 건 아니오."

그들은 여태까지 얘기에 열중하느라 멀리서부터 달려온 말발굽 소리를 듣지 못했다. 말발굽 소리는 그들 뒤에서 멈추었고 이어 주인 그로비의 목소리가 들렸다.

"대체 지금이 몇 신데 일을 내동댕이치고 여기서 이러고 있는 거야?"

주인은 멀리서 그들을 보고 대체 그들이 무엇을 하는지 알아보려고 달려온 것이다.

"이 여자에게 그따위로 말하지 마시오."

더버빌은 기독교인답지 않게 어두운 표정으로 말했다.

"딴은 그렇군요, 나리! 그런데 감리교 목사님께서 이 여자에게 무슨 볼일이라도 있으십니까?"

"대관절 이 작자는 누구요?"

더버빌이 테스 쪽을 돌아보며 물었다. 테스는 더버빌 옆으로 다가갔다.

"돌아가세요. 제발 부탁이에요."

"뭐라구! 당신을 저런 난폭한 작자에게 맡기고 가란 말이오? 얼굴만 봐도 얼마나 야비한 작자인지 알 수가 있소."

"날 해치지는 않아요. 내게 치근치근하게 굴지도 않구요. 난 성신 강림절이면 이곳을 떠날 거예요."

"알았소. 하라는 대로 하겠소. 내겐 아무런 권한도 없으니까. 하지만…… 좋소. 잘 있으시오."

자신을 나무라는 그로비보다 훨씬 더 무서운 알렉이 마지못해 가버린 뒤에도 테스는 농장 주인 그로비에게 책망을 들었으나 애정 문제와는 관련 없는 책망이었으므로 냉정하게 들어넘길 수 있었다. 마음만 먹는다면 자신을 능히 때릴 수도 있는 목석 같은 남자가 주인이라는 사실이 테스에게는 오히려 다행스러웠다. 그녀는 말없이 아까 작업하던 곳으로 되돌아왔다.

"성신 강림절까지 일하기로 했으니 어디 두고 보자구. 네까짓 게 해낼지 두고 보자구. 여자들이란 정말 골칫거리야. 이랬다저랬다 말이 많거든. 하지만 나도 이제는 더 참지 않겠어."

주인이 다른 여자들에겐 심하게 굴지 않지만 자신에게는 한 번 무안을 당한 앙갚음으로 심하게 구는 것을 알고 있는 테스는 돈 많은 알렉이 아내가 돼 달라고 했을 때 받아들일 수 있는 처지였다면 어떻게 됐을까 하고 잠시 생각해봤다. 만약 그랬다면 가혹하게 구는 주인에게서 뿐만 아니라 자신을 경멸하는 듯한 세상에 대한 굴종에서도 완전히 벗어날 수 있었으리라.

"하지만 그건 말도 안 되는 소리야. 난 그 남자와 결코 결혼할 수가 없어. 그 남자는 왜 그렇게 싫은지 모르겠어."

테스는 숨 가쁘게 중얼거렸다.

그날 밤 그녀는 자신의 괴로운 사정을 숨긴 채 클레어에게 자신의 변함없는 애정을 맹세하는 애절한 편지를 썼다. 누구든 글귀 속에 담긴 참뜻을 짐작하는 사람이라면 테스의 깊은 애정 뒤에 꼭 무슨 일이 일어날 듯한 불길한 두려움이, 거의 절망에 가까운 그런 두려움이 숨어 있다는 것을 눈치 챘으리라. 그러나 그녀는 끝내 괴로운 심정을 속 시원히 쓰지 않았다. 엔젤이 언젠가 이즈에게 함께 가자고 한 것을 알고 있었으므로 어쩜 남편이 자신을 잊었을는지도 모른다는 생각이 들었기 때문이었다. 그녀는 이 편지가 엔젤의 손에 들어갈 날이 있을까 의아해하면서 상자 속에 넣어두었다.

이런 일이 있은 뒤에 테스의 일과는 나날이 고되어졌고 마침내 농부들에게 극히 중요한 성촉절 장날이 다가왔다. 곧 닥쳐올 성신 강림절 다음 날부터 시작되는 일 년간의 계약이 이 장날 맺어지기 때문에 일자리를 바꾸려는 농부들은 기회를 놓칠세라 지체 없이 장이 서는 마을로 찾아갔다. 플린트콤 애쉬 농장의 농부들 대부분도 일자리를 옮기려 했으므로, 그들은 장이 서는 마을을 향해 아침 일찍 출발했다. 테스를 포함한 몇 사람만이 농장에 그대로 남아 있었다. 테스는 삼월에는 물론 농장을 떠날 작정이었지만 그때쯤이면 굳이 일을 하지 않아도 되는 좋은 일이 생기지나 않을까 하는 기대감 때문에 장터에 따라나가지 않았다.

겨울이 다 지나갔다고 해도 좋을 정도로 포근하고 화창한 이월 초하룻날이었다. 이날 테스는 혼자 농가를 지키고 있었는데 그녀가 막 점심을 끝냈을 무렵, 하숙집 창문에 더버빌의 그림자가 나타났다.

테스는 벌떡 일어났다. 그러나 방문객이 이미 문을 두드리고 있어서 도망가기란 불가능했다. 테스는 그가 노크하는 것이나 방문으로 다가오는 발소리에서 전과는 다른 수줍음 같은 것을 느낄 수 있었다. 문을 열어주지 않을까 생각도 했으나 어쩐지 분별없는 짓 같아 문고리를 벗겨주고 얼른 뒤로 물러섰다. 그는 방으로 들어와 그녀를 흘끗 보더니 의자에 털썩 주저앉았다. 그의 얼굴은 흥분으로 붉게 상기되어 있었다. 그는 상기된 얼굴을 쓰다듬더니 절망적으로 말했다.

"테스, 오지 않고는 배길 수 없었소. 적어도 당신의 안부나마 물으러 와야겠다고 생각했소. 정말 지난 일요일에 당신을 보기 전까지는 전혀 당신 생각을 하지 않았소. 그런데 이젠 아무리 잊으려고 애써도 당신이 눈앞에서 사라지지 않는단 말이오. 착한 여자가 악한 남자를 괴롭히다니 당치도 않은 말이지만 당신은 지금 날 괴롭히고 있소. 테스, 당신이 날 위해 기도만이라도 해준다면!"

405

애처로울 정도로 알렉은 불만을 억누르고 있었으나 테스는 그가 가엾다는 생각이 조금도 들지 않았다.

"난 당신을 위해 기도할 수가 없어요. 이 세상을 움직이는 위대한 '힘' 같은 것 때문에 자신의 계획을 바꾸리라고는 전혀 믿지 않기 때문이죠."

"정말 그렇게 생각하오?"

"네. 예전엔 나도 내 힘으로 무언가 할 수 있다고 믿었지만, 그 생각을 고쳐준 사람이 있어요."

"고쳐준 사람? 그가 누구지?"

"굳이 알고 싶다면 말씀드리죠. 내 남편이에요."

"아, 당신 남편이, 당신 남편 말이지! 이상한 일이군. 언젠가 당신은 이와 비슷한 말을 하지 않았소? 테스, 당신은 이 문제에 대해서 어떻게 생각하고 있는 거지? 당신은 종교를 믿지 않는 모양인데…… 하기야 그것도 내 탓이겠지만."

"그렇지 않아요. 내게도 믿음이 있어요. 초자연적인 것은 물론 믿지 않지만."

더버빌은 의아스러운 눈으로 테스를 쳐다보았다.

"그렇다면 내 신앙이 그릇됐단 말이오?"

"대개는 그래요."

"흠. 하지만 난 확실하게 믿지."

더버빌은 불안한 듯 말했다.

"산상수훈의 정신만큼은 나도 믿고 사랑하는 내 남편도 믿어요. 하지만."

"여자들이란 으레 사랑하는 남편이 믿는 것이면 뭐든지 믿고 남편이 반대하는 것은 따라서 반대하기 마련이지만 당신이 자신의 입장을 생각지 않고 의문도 품지 않으면서 무조건 남편의 말만 듣는다면 당신은 그의 노예나 다름없소."

"그래도 좋아요. 그인 모르는 게 없으니까요."

테스는 엔젤 클레어에 대한 절대적인 신뢰를 감추지 않고 자랑스럽게 말했다.

"그럴 테지. 하지만 남의 부정론을 그대로 받아들여서는 안 돼요. 당신에게 회의적인 생각을 불어넣다니 그 친구도 어지간하군."

"그분이 내게 강요한 적은 한 번도 없어요. 그 문제에 대해 다툰 적도 없으니까요. 하지만 난 이렇게 판단했어요. 교리를 깊이 연구한 사람의 생각은 교리를 전혀 생각해본 적이 없는 나 같은 사람의 생각보다 옳을 거라구요."

"그의 주장은 어떤 거요? 평소에 늘 하던 말이 있을 텐데."

그녀는 돌이켜 생각해보았다. 비록 남편이 평소에 한 말의 뜻을 다 이해하지는 못했지만, 그가 한 말은 다 기억하는 테스는 그가 즐겨 쓰는 냉혹한 삼단논법을 그대로 옮겼다. 경건하고 충실하게 엔젤의 말투와 손짓까지 그대로 따라하면서.

"아하, 어떻게 그런 말들을 다 외고 있소?"

"그이가 원치 않았지만 그이가 믿는 것이면 나도 다 믿고 싶었어요. 그래서 그의 생각을 가르쳐 달라고 졸랐죠. 그의 생각을 다 이해하지는 못하지만 그게 옳다는 것은 알죠."

"흠, 이해도 못 하는 생각을 내게 설명해줄 수 있다니!"

더버빌은 깊은 생각에 잠겼다. 테스가 말을 계속했다.

"그래서 난 그이와 정신적 운명을 같이하기로 했어요. 우리의 정신이 서로 어긋나기를 원치 않았어요. 그이에게 좋은 건 내게도 좋은 거니까요."

"그 사람은 당신이 자신처럼 하나님을 안 믿는 불신자라는 사실을 알고 있소?"

"난 하나님을 믿느니 안 믿느니 하는 얘기는 한 적이 없어요."

"딴은 그래. 어쨌든 지금은 당신이 나보다 훨씬 행복한 사람이오. 테스, 당신은 나처럼 교리를 설교해야 할 의무가 없으니까 설교하지 않는다고 양심의 고통을 느끼진 않을 테니까. 하지만 난 마땅히 그걸 설교해야 한다오. 그렇지만 난 두려움에 떨고 있다오. 왜냐하면 난 설교를 하다가도 갑자기 그만두고 당신에 대한 그리움 때문에 미칠 지경이니까 말이오."

"어째서요?"

"난 당신을 만나려고 먼 길을 걸어 이곳까지 왔소. 그러나 집에서 떠날 때는 캐스터브리지의 장에 가서 설교하려던 계획이었소. 두 시 반에. 지금 이 순간에도 교인들이 날 기다리고 있을 거요. 자 이게 그 광고요."

더버빌은 무뚝뚝하게 말하며 안주머니에서 포스터를 꺼냈다. 거기에는 더버빌이 설교할 날짜와 시간과 장소가 적혀 있었다. 테스는 시계를 보았다.

"어떻게 시간에 맞춰가려고 하세요?"

"이젠 못 가는 거요."

"설교하기로 약속하셨잖아요."

"약속은 했지만 가지 않겠소. 내가 한때 모욕했던 여자를 보고 싶은 간절한 욕망 때문에 갈 수 없단 말이오. 아냐, 당신을 무시한 적은 한번도 없었어. 한번이라도 당신을 무시한 적이 있다면 지금 이처럼 사랑할 순 없을 테니까. 내가 당신을 무시하지 않은 것은 당신의 순결함 때문이오. 당신은 자기의 처지를 깨달았을 때 결단력 있게 내 곁에서 떠났소. 내 마음대로 움직여주지 않았단 말이오. 내가 무시하지 못하는 단 한 사람의 여자가 바로 당신이오. 날 경멸해도 좋소. 난 내가 산 위에서 기도를 올리고 있는 줄 알았는데 아직도 숲에서 우상을 섬기고 있었어. 하하."

"알렉 더버빌! 그게 무슨 뜻이죠? 내가 뭘 어쨌다는 거예요?"

그는 비웃는 투로 말했다.

"뭘 어쨌느냐구? 고의는 아니었지만 당신은 나의 타락을 부채질했어. 난 정말 더러움을 피한 후에 다시 그 죄에 얽매이고 굴복하면 처음보다 더 나쁘다는 '멸망의 종' 가운데 하나가 아닐까. 내 자신이 그런 생각이 든단 말이오."

알렉은 테스의 어깨에 손을 얹고 그녀의 어깨를 호들갑스럽게 흔들며 말했다.

"테스, 당신은, 당신의 그 눈과 입을 보기 전까지만 해도 난 의지가 꿋꿋한 사람이었단 말이오. 그런데 그때 왜 날 유혹한 거요? 당신을 만나기 전까지만 해도 내 의지는 꿋꿋했단 말이오. 그런데 이제! 당신의 그 입술, 이브를 빼놓는다면 당신처럼 유혹적인 입을 가진 여자는 없을 거요. 마녀, 아름답고 요염한 바빌론의 요부, 당신을 본 순간부터 난 당신의 포로가 되고 말았소."

그의 음성은 나직해지고 까만 두 눈에는 정욕의 빛이 번득였다. 테스는 뒷걸음쳤다.

"당신이 날 만난 건 나로서도 피할 수 없는 일이었어요."

"나도 알고 있어. 당신을 나무라는 게 아니오. 다만 사실이 그렇다는 것뿐이오. 지난번에 농장에서 당신이 푸대접받는 것을 보았을 때 내게 당신을 보호할 법적인 권리도 없고, 또 가질 수도 없다고 생각하니 정말 미칠 것 같았소."

"그이를 모욕하지 마세요. 여기 계시지도 않는 분을! 그이를 신사답게 대하세요. 그이가 당신에게 나쁘게 한 것도 없잖아요. 제발 그이의 체면을 더럽히는 추잡한 소문이 나기 전에 어서 돌아가세요."

테스가 흥분해서 소리치자 알렉은 문득 악몽에서 깬 듯 중얼거렸다.

"가지. 돌아가겠소. 장터에서 가엾은 주정뱅이에게 설교한다는 약속을 지키지 못하고 말았군. 이런 장난 같은 짓을 하다니. 한 달 전만 해도 이런 짓은 생각만 해도 소름이 끼쳤을 거요. 이제 정말 가겠소. 그러나 내가 정말 당신을 멀리할 수가 있을까. 테스, 한 번만 안아보고 싶소. 옛정을 생각해서 한 번만!"

"그만두세요 알렉! 저로선 지금 어쩔 도리는 없지만 난 남편의 명예를 지키고 있어요. 제발 좀 부끄러워할 줄 아세요."

"좋소. 알았다구. 알았어!"

알렉은 자신의 약한 의지에 굴욕감을 느끼며 지그시 입술을 깨물었다. 그의 눈에 어렸던 세속적인 신념이나 종교적인 신앙의 빛도 이제는 사라져버렸다. 그가 개심한 뒤 얼굴의 주름 속에 잠자고 있던 과거의 정욕이 부활이라도 한 듯 일시에 되살아 난 듯 보였다. 그는 자신 없는 태도로 방을 나갔다.

오늘 설교 약속을 어긴 것은 신자의 일시적인 타락에 불과하다고 더버빌은 스스로 변명했지만 테스가 들려준 엔젤 클레어의 이단적인 사상은 그에게도 커다란 감동을 주어 테스와 헤어진 뒤에도 그 감동의 여운이 좀처럼 사라지지 않았다.

꿈에도 생각 못 한 일이지만 자신의 열렬한 신앙도 언젠가는 깨어질 불안한 것일 뿐이라는 생각이 들자 온몸의 맥이 풀려 그는 터벅터벅 걸었다. 원래 그의 개심은 이성의 판단이 아닌 즉흥적인 감정에서였다. 그것은 새로운 자극을 찾아헤매던 인간의 장난에 지나지 않았고, 또한 모친의 사망으로 인한 충격의 결과였던 것이다.

그의 열광적인 신앙의 바다에 테스가 떨어뜨린 두서너 방울 논리의 물방울은 들끓는 거품을 식히는 역할을 했다. 그는 테스가 들려준 말을 돌이켜 생각하며 이렇게 중얼거렸다.

"그 영리한 친구도 자신이 테스에게 그런 말을 가르쳐줌으로써 내가 그녀에게 되돌아가는 길을 터놓아 주게 되리라고는 꿈에도 생각 못 했을걸!"

47

플린트콤 애쉬 농장의 마지막 남은 밀을 타작하는 날이 다가왔다. 삼월의 새벽인데도 하늘이 유난히 흐려 있어 동쪽 지평선이 어딘지 분간하기 어려울 정도였다. 겨우내 비바람에 시달리며 쓸쓸히 서 있었던 사다리꼴의 밀낟가리가 새벽의 어스름 속에서 그 모습을 드러냈다.

테스와 이즈 휴에트가 타작마당에 도착했을 때 벌써 누가 와 있는지 바스락거리는 소리가 들렸다. 날이 밝자 낟가리 위에 두 남자의 그림자가 희미하게 나타났다. 그들은 '짚가리 벗기기', 다시 말하면 밀단을 던져 내리기 전에 그것을 덮은 이엉을 벗기고 있었다. 그들이 그 일을 하는 동안 테스와 이즈는 추위에 떨면서 다른 여자들과 함께 서 있었다. 농장 주인은 해가 지기 전에 일을 끝낼 작정으로 그들을 새벽부터 일터로 끌어냈다. 낟가리 옆에는 나무로 틀을 짜고 가죽 띠와 바퀴가 달린 탈곡기가 놓여 있는 것이 희미하게 보였다. 탈곡기는 그녀들의 근육과 신경의 인내를 요구했으므로 그녀들이 섬겨야 할 폭군과 같은 존재였다.

조금 떨어진 곳에 또 다른 기계 한 대가 희미하게 보였다. 씩씩 소리 나는 까만색 물체는 상당한 힘을 지닌 것 같았다. 발동기 기계 옆에는 그을음과 때에 찌든 까맣고 키 큰 기관수가 석탄 더미와 함께 나란히 서 있었다. 농촌에 와 있기는 하지만 농부가 아닌 그는 이 고장 사람들과도 꼭 필요한 교제만 했을 뿐이었다. 기계의 회전축과 탈곡기를 연결하는 커다란 피대만이 농사와 그를 잇는 단 하나의 줄이었다. 그는 일꾼들이 낟가리 이엉을 벗기는 동안 동력기 옆에 무심하게 서 있었다. 그는 타작을 준비하는 일에는 아무 관심이 없어 보였다. 뜨겁게 단 까만 기계 주위에서 아침 공기가 가늘게 떨었다.

날이 환히 밝았을 때 밀낟가리 위의 이엉이 다 벗겨졌다. 남자들이 맡은 자리에 서고 여자들이 낟가리 위로 올라가자 일이 시작되었다. 농장 주인, 일꾼들이 그녀석이라고 부르는 그로비는 일찌감치 나와 작업을 지켜보고 있었다. 주인의 명령대로 테스는 탈곡기 발판에 선 남자 바로 옆에 자리 잡았다. 낟가리 위에서 이즈가 내려주는 밀단을 푸는 것이 그녀의 일이었다. 그것을 옆의 일꾼에게 넘겨주면 그는 탈곡기에 밀단을 대고 순식간에 밀알을 털어버렸다.

기계는 처음에 한두 번 고장이 나 평소에 기계를 미워하던 사람이 은근히 좋아했으나 이윽고 순조롭게 돌았다. 일은 끊임없이 계속되었고, 아침을 먹는 삼십 분 가량만 쉬었을 뿐이었다. 식사 뒤 다시 기계가 돌기 시작하자 일손이 모조리 짚단 쌓는 데 동원되어 짚단은 점점 높이 쌓였다. 바퀴는 지칠 줄 모르는 듯 힘차게 돌아갔고 귀청을 찢는 듯한 탈곡기 소리에 곁에서 일하는 사람들은 귀가

412

멍멍해질 지경이었다.

높아지는 짚단 위에서 노인들은 지난 시절을 이야기했고 낟가리 위의 사람들도 이따금씩 잡담을 했다. 그러나 테스와 탈곡기에서 땀 흘리는 일꾼들은 숨 돌릴 틈 없이 바빴다. 일이 너무 힘들어서 테스는 이곳에 온 것이 후회스러웠다. 낟가리 위에 있는 여자들은, 특히 마리안은 이따금 일손을 멈추고 맥주나 시원한 차를 마시기도 하고 잡담도 하고 땀을 닦거나 옷에 붙은 지푸라기를 떼기도 했는데 테스에게는 조금도 쉴 틈이 없었다. 왜냐하면 기계가 쉴 새 없이 돌았으므로 그 앞에서 일하는 일꾼도 쉴 수가 없었고 따라서 그에게 밀단을 넘겨주는 테스도 쉴 수가 없었던 것이다. 그러나 주인의 반대를 무릅쓰고 마리안이 가끔 삼십 분 가량 테스의 일을 대신해 주었기 때문에 그나마 잠깐씩 쉴 수가 있었다.

점심시간이 가까워졌을 때 어떤 남자가 농장 문으로 들어왔다. 누구보다도 바쁜 테스와 밀 터는 남자는 일에 몰두하느라 그가 들어오는 것도 눈치 채지 못했다. 그 남자는 낟가리 밑에 서서 테스가 일하는 모습을 유심히 지켜보았다. 그는 최신식 양복에다 화려한 단장을 휘두르고 있었다.

"저 사람은 누구지?"

이즈 휴에트가 마리안에게 물었다. 처음에는 테스에게 물었는데 테스에게는 그 말이 안 들렸던 것이다.

"누군가의 애인이겠지."

마리안이 간단하게 대꾸했다.

"돈을 걸고 내기해도 좋아. 틀림없이 테스를 따라온 남자야."

"아냐. 그렇지 않아. 요새 테스를 따라다니는 사람은 엉터리 목사야. 저런 멋쟁이가 아니라구."

"글쎄, 저 사람이 바로 그 사람이라니까!"

"그 목사가 바로 저 사람이라구! 아냐 전혀 딴사람인걸."

"까만 양복과 흰 타이를 벗고 수염도 깎았지만 틀림없는 그 사람이야."

"정말이니? 그럼 테스에게 알려야지."

마리안이 말하자 이즈가 말렸다.

"그만둬. 곧 알게 될 텐데 뭐."

"그런데 전도한다는 사람이 유부녀 뒤나 따라다닌다는 건 옳지 못해. 남편이 외국에 가서 과부 신세나 다름없지만 말이야."

"하지만 저 남자가 테스에게 나쁜 짓은 못할 거야. 그애 마음은 깊은 수렁에 빠진 짐수레처럼 남편에게 온통 빠져 있으니까. 달콤한 말로 꾀거나 설교를 한다거나 해도 테스의 마음을 돌이킬 수는 없을 거야. 설령 그것이 테스에게 좋은 일이라 하더라도."

점심시간이 되자 기계가 멎었다. 테스도 자리에서 물러났는데, 기계의 진동으로 무릎을 몹시 떨었던 까닭에 걸음을 제대로 걸을 수가 없었다. 마리안이 말했다.

"나처럼 한잔 들이키면 안색이 좀 나아질 텐데. 정말이지 네 안색이 너무 나빠."

피로에 지친 테스를 본 마음씨 고운 마리안은 테스가 그 남자를 보면 언짢아져 식욕을 잃을지도 모른다는 생각이 문득 들었다. 그래서 테스를 낟가리 반대편 사다리로 내려오도록 할까 생각하고 있는데 그 남자가 낟가리 있는 곳까지 와서 테스를 쳐다보았다. 그를 본 테스는 "어머" 하고 외마디 소리를 지르더니 재빨리 말했다.

"난 여기 낟가리 위에서 먹을 테야."

농가에서 멀리 떨어진 곳에서 일할 때는 가끔 낟가리 위에서 식사를 하기도 했지만 오늘은 바람이 심하게 불어서 마리안과 다른 일꾼들은 아래로 내려가 짚단 아래 자리를 잡았다.

복장과 모습은 바뀌었지만 새로운 방문객은 전날의 전도사 알렉 더버빌이었다. 테스를 찬미했던 첫 번째 남자였던 그는 그녀의 사촌오빠로 행세하던 지난 시절과 다름없는 화려하고 대담한 옷차림으로 다시 나타났다. 천성인 '세속적인 정욕'이 다시 되살아난 듯 보이는 그는 나이만 몇 살 더 먹었다 뿐이지 옛날과 달라진 것이 하나도 없는 것 같았다. 테스는 낟가리 위에서 점심을 먹을 결심을 하고는 땅에서 보이지 않도록 낟가리 한가운데 앉아 식사를 했다. 잠시 후 사다리를 올라오는 발소리에 이어 알렉이 낟가리 위에 나타났다. 그는 평평한 밀단 위를 성큼성큼 걸어와 테스 맞은편에 앉았다. 테스는 잠자코 집에서 가져온 팬케이크를 먹었다.

"보다시피 다시 찾아왔소."

더버빌이 말하자 테스는 원망이 가득한 음성으로 소리쳤다.

"왜 이토록 날 괴롭히는 거예요?"

"당신을 괴롭힌다구? 그건 내가 할 소리요. 당신이야말로 날 괴롭히고 있소."

"난 한 번도 당신을 괴롭힌 적이 없어요."

"괴롭힌 적이 없다구? 지금도 날 괴롭히고 있지 않소? 당신이 내 머리에서 떠나지가 않아. 조금 전에 날 노려보던 당신의 그 무서운 눈초리가 밤낮 내게 달라붙어서 떨어지지 않는단 말이오. 테스, 지난번에 당신과 얘기한 다음부터 하나님을 향해 흐르던 감정의 물결이 온통 당신 쪽을 향해 흐르기 시작했소. 그때부터 종교로 통하던 운하는 바짝 말라버렸지. 모두 당신 때문이오."

테스는 어이가 없어 입을 벌린 채 멍하니 쳐다보다가 그에게 물었다.

"그럼 설교를 아예 집어치웠다는 말인가요?"

"그렇소. 캐스터브리지 장터에서 주정뱅이들에게 설교하기로 했던 그날 오후부터 난 모든 약속을 깨버렸소. 교우들이 날 어떻게 생각하든 관심 없소. 테스, 당신이 내게 멋지게 복수한 거요. 사 년 전에 난 순진무구한 당신을 속였는데, 이제 개심하고 열렬한 신자가 된 나를 발견한 당신이 날 파멸할지도 모르는 길로 몰아가고 있어. 날 완전히 사로잡아서 말이오. 하지만 테스, 내 사촌 누이. 그렇게 두려워할 건 없어. 난 원래 이런 놈이니까. 당신에게 죄가 있다면 예쁜 얼굴과 날씬한 몸매를 지녔다는 것뿐이겠지. 사실 난 아까부터 당신을 지켜봤는데 몸에 꼭 맞는 앞치마 때문에 당신의 몸매가 유난히 눈에 띄었거든. 그 모자도 그래. 위험한 일을 당하지 않으려면 좀 더 자신을 감추어야 할 거야."

그는 잠시 테스를 훑어보더니 비웃는 듯한 태도로 말을 계속했다.

"아마 독신이었던 사도 바울도 당신처럼 아름다운 여자를 봤더라면 반드시 유혹에 빠져 나처럼 신앙을 버렸을 거요. 난 물론 한때 바울의 대변자 노릇을 하긴 했지만."

테스는 무슨 말이든 하려고 생각했으나 다른 때와는 달리 말문이 막혀 아무 말도 할 수가 없었다.

더버빌은 모르는 척하고 다시 말을 이었다.

"글쎄, 당신이 나에게 베풀어준 이 낙원도 필시 다른 어떤 낙원 못지않게 훌륭한 것이지. 그러나 테스, 진정으로 말한다면……."

그는 테스의 그런 마음에는 아랑곳없다는 듯 일어나 가까이 오더니 짚단에 비스듬히 기대고 팔베개를 했다.

"지난번 당신과 헤어지고 나서 당신이 한 얘기를 곰곰 생각해봤지. 당신이 이름을 가르쳐주지는 않았지만 어쨌든 난 당신 남편의 사상 덕분에 내 정신으로 되돌아갔어. 난 이제 신앙과는 거리가 멀어. 어쩌다 내가 가엾은 클레어 목사의 말에 귀가 솔깃했었는지 모르겠어. 아무래도 좋아요. 테스, 난 옛날 그대로야."

"옛날과 같지 않아요. 결코 그래서는 안 돼요. 난 처음부터 당신을 좋아하지 않았어요. 왜 신앙을 버렸죠? 내게 이렇게 치근거리려고 그랬어요?"

테스는 애원하듯 말했다.

"당신이 내 신앙을 쫓아버렸소. 죄는 당신에게 있는 거요. 당신 남편은 당신에게 가르친 그 사상 때문에 자신이 도리어 화를 입으리라고는 상상도 못 할 거요. 하지만 테스, 난 당신이 날 변절자로 만들어준 것이 오히려 기쁘단 말이오. 테스, 난 어느 때보다도 지금 당신에게 더욱 마음이 끌리고, 또한 당신을 깊이 동정하오. 난 당신의 딱한 처지를 알고 있소. 남편에게 버림받은 처지라는 걸 말이오. 당신은 끝내 숨기려 했지만."

입술이 바짝 마르고 당장이라도 숨이 막혀버릴 것만 같아 테스는 음식을 삼킬 수가 없었다. 낟가리 밑에서 먹고 마시는 일꾼들의 웃음소리가 먼 곳의 일처럼 아득하게 들려왔다.

"너무 잔인한 말이군요. 조금이라도 날 생각한다면 어떻게 그런 말을 할 수가 있죠?"

알렉은 다소 주춤했다.

"하긴 그렇군. 그렇지만 난 내 잘못을 당신에게 뒤집어씌우려고 이곳에 온 건 아니오. 당신을 생각해서, 당신이 고생하는 것을 버려둘 수가 없어서 왔단 말이오. 당신은 나 말고 다른 남편이 있다고 했지만 난 그를 한 번도 본 적이 없고 또 이름도 몰라. 어쩌면 신화 속에 나오는 인물인지도 모르지. 난 그보다는 내가 당신에게 더 가까운 존재라고 생각해. 난 당신의 고생을 덜어주려고 애쓰지만 그는 그렇지가 못해. 테스, 당신은 그의 것이 아니야. 내 귀여운 연인이지. 더 말 안 해도 알 테지만."

그 말을 들은 테스의 얼굴은 분노로 빨갛게 달아올랐다. 그러나 그녀는 아무 대꾸도 하지 않았다. 그는 테스의 허리 쪽으로 두 팔을 뻗치면서 말했다.

"당신이 날 타락하게 만들었어. 당신은 응당 그 책임을 져야 해. 그리고 당신이 남편이라고 부르는 그 고집쟁이와는 헤어지는 게 좋을 거야."

식사를 하는 동안 벗어놓은 가죽 장갑이 무릎 위에 놓여 있었으므로 테스는 재빨리 장갑을 들어 그의 얼굴을 후려쳤다. 싸움하는 전사들에게나 어울릴 무겁고 두터운 그 장갑은 더버빌의 입을 정통으로 후려쳤다. 비스듬히 누웠던 알렉은 벌떡 일어났다. 얻어맞은 입에서 새빨간 피가 흐르더니 순식간에 낟가리 위로 뚝뚝 떨어졌다. 그러나 알렉은 마음을 가다듬고 침착하게 주머니에서 손수건을 꺼내 입술의 피를 닦았다. 테스도 벌떡 일어났다가 도로 주저앉았다. 그녀는 목이 비틀리기 직전의 참새 같은 절망적인 눈초리로 더버빌을 노려보면서 소리쳤다.

"날 마음대로 벌주세요. 맘껏 때려도 상관없어요. 아무리 심하게 맞는다 해도 소리치지는 않을 테니까 낟가리 아래 있는 사람들에게 신경 쓸 필요는 없어요. 한 번 희생당한 인간은 늘상 그러기 마련인가 봐요."

더버빌은 부드럽게 말했다.

"아냐, 테스. 이번 일은 깨끗이 용서하겠어. 다만 한 가지 기억해야 할 것은 당신이 그처럼 날 싫어하지 않았다면 난 당신과 결혼했을 거라는 그 사실이요. 내가 당신에게 아내가 돼 달라고 간청한 적이 있었는지 없었는지 어서 얘기해봐요."

"있었어요."

"그런데도 안 되겠단 말이지. 자, 똑똑히 들어둬요."

테스에게 청혼하려던 자신의 진심이 그녀에게 조금도 고맙게 받아들여지지 않는다는 것을 깨달은 그는 화가 치밀어올라 음성이 거칠어졌다. 그는 테스에게로 바싹 다가가 그녀의 어깨를 움켜잡았다. 그녀는 어깨를 붙잡힌 채 몸을 떨고만 있었다.

"난 꼭 당신의 주인이 되고 말 거요. 한때 난 당신의 주인이었지. 설령 당신이 누구의 아내라 해도 당신은 내 것이오."

아래에서는 다시 탈곡기가 움직이기 시작했다. 더버빌은 테스를 놓아주며 말했다.

"자, 이제 싸움을 끝냅시다. 지금은 돌아가지만 오후에 대답을 들으러 다시 오겠소. 당신은 아직 나를 잘 모르지만 난 당신을 잘 알아."

테스는 넋 나간 사람처럼 아무 말없이 그 자리에 우두커니 서 있었다.

더버빌은 낟가리를 지나 사다리를 타고 아래로 내려갔다.

때마침 아래에 있던 일꾼들은 일어나서 기지개를 켜며 들이킨 맥주를 몸을 흔들어 내려가게들 했다. 이윽고 탈곡기가 또다시 돌아갔다.

윙윙거리는 탈곡기 옆 자기 자리로 돌아온 테스는 꿈꾸는 사람처럼 멍하니 서서 밀단을 한 단 한 단 풀어나갔다.

48

오후가 되자 농장 주인은 오늘은 달이 있어 늦게까지 일할 수 있고 또 내일이면 기관수도 다른 농장으로 일하러 가야 하니 오늘밤 안으로 타작을 끝내야겠다고 말했다. 그 순간부터 털털거리고 윙윙거리며 부스럭거리는 소음이 한층 크게 들렸다.

중간 휴식 시간인 오후 세 시가 되었을 때 테스는 잠시 고개를 들어 사방을 둘러보았다. 농장문 곁에 알렉 더버빌이 돌아와 앉아 있는 것이 보였으나 그녀는 별로 놀라지 않았다. 그는 고개를 든 그녀에게 점잖게 손을 흔들더니 키스를 보냈다. 그것은 둘 사이의 싸움이 끝났다는 신호와 같았다. 테스는 다시 땅을 내려다보면서 그가 있는 쪽에 신경 쓰지 않으려 노력했다.

그날 오후는 지루하도록 천천히 지나갔다. 밀낟가리가 점점 낮아지는 대신 짚단 더미는 높아졌으며 알곡 자루는 수레에 실려갔다. 오후 여섯 시가 되자 낟가리는 어깨 높이 정도가 되었다. 그러나 기계와 사람이 어울려 그토록 열심히 일했는데도 아직 상당한 양의 밀단이 손대지 않은 채 놓여 있었다. 아침에 흐리던 날씨가 오후가 되자 개기 시작하여 해질 무렵에는 서쪽 하늘에서 태양이 찬란하게 빛났다. 저녁 햇살을 받아 일꾼들의 얼굴은 구릿빛으로 물들었고, 여인들의 옷자락도 새빨간 불꽃처럼 보였다.

낟가리 근처에서 고통에 차 헐떡이는 소리가 들려왔다. 밀단을 터는 남자도 지친 것 같았다. 그의 새빨간 목덜미에는 먼지와 겨가 잔뜩 끼어 있었다. 테스의 불그레한 얼굴도 땀과 밀짚단에서 이는 먼지로 흠뻑 젖어 있었고, 하얀 모자도 갈색으로 변해 있었다. 그녀 혼자서만 기계 옆에서 일하고 있는 데다가 낟가리가 낮아짐에 따라 이즈와 마리안과의 거리도 점점 멀어져 이제는 교대해주는 사람도 없었다. 기계의 진동 때문에 온몸의 세포가 끊임없이 흔들리는 까닭에 테스는 몽롱하고 무감각한 상태에서 기계적으로 손만 놀렸다. 자신이 어디 있는지도 의식하지 못했고 이즈 휴에트가 머리가 흐트러졌다고 알려주는 것도 듣지 못했다.

테스는 어디인지는 알 수 없지만 알렉 더버빌이 근처 어디에선가 자기를 지켜본다는 것을 알았다. 그가 이곳을 떠나지 않는 좋은 구실이 있었다. 타작이 끝날 무렵에는 쥐 사냥을 하는데, 타작에 관계없는 사람들도 재미 삼아 참가하기 때문이었다. 대부분 갖가지 오락을 즐기는 사람들이어서 괴상한 파이프를 물고 테리어종 사냥개를 끌고 나오는 신사가 있는가 하면, 막대기나 돌멩이를 손에 쥔 우악스러운 건달도 있었다.

그러나 쥐 사냥을 할 정도로 낟가리를 들어내려면 아직도 한 시간 가량 더 일을 해야만 했다.

이윽고 해가 저물고 달이 떠올랐다. 이 마지막 한두 시간 동안 마리안은 테스가 걱정되었으나 가까이 가서 말을 건넬 수는 없었다. 다른 여자들은 술을 마시고 버텼지만 어릴 때부터 술의 뒤끝이 무섭다는 것을 눈으로 똑똑히 보면서 자라온 테스는 한 모금도 마시지 않았다는 것을 알고 있기 때문이었다. 어쨌든 테스는 그런대로 꿋꿋이 견디었다. 맡은 일을 다 하지 않으면 일자리를 잃게 될지도 모른다는 두려움 때문에 버틸 수 있었는지도 몰랐다. 두 달 전이라면 실직 따위는 조금도 두려워하지 않았을 테지만 더버빌이 자신의 곁에서 맴도는 지금 일자리를 잃는다는 것은 왠지 두려웠다.

밀단을 던지는 사람과 터는 사람이 한숨 돌리고 이야기를 나눌 정도로 낟가리가 낮아졌을 때 놀랍게도 농장 주인 그로비가 테스에게로 다가오더니 친구를 만나고 싶으면 대신 다른 사람을 시키겠으니 일을 그만 해도 좋다고 말해서 테스는 깜짝 놀랐다. 테스는 그 친구란 것이 더버빌임을 알았고 농장 주인의 선심 또한 친구인지 적인지 잘 모르는 알렉의 부탁 때문이라는 것을 알았으므로 고개를 가로젓고 하던 일을 계속했다.

마침내 낟가리의 바닥이 드러났고 쥐 사냥이 시작되었다. 낟가리가 줄어듦에 따라 밑바닥에 몰려 숨어 있던 쥐들이 마지막 밀단을 들추자 들판 사방으로 흩어졌다. 이때 반쯤 취한 마리안이 쥐가 자기에게로 덤벼들었다고 찢어지는 듯한 소리를 내며 법석을 피웠다. 그 소리를 들은 다른 여자들은 치마를 걷어올리고 피해 다니느라 야단이었다. 쥐들은 이제 다 내쫓기고 본격적인 사냥이 시작되었다. 개 짖는 소리, 남자들의 고함 소리, 욕지거리, 여자들의 비명 소리, 발을 구르는 소리가 뒤섞여 수라장을 이루었다. 테스는 그 혼잡 속에서 마지막 짚단을 풀었다. 바퀴의 회전이 느려지더니 윙윙 소리도 드디어 그쳤다. 비로소 그녀는 땅바닥에 내려섰고 쥐 사냥을 구경하던 알렉이 재빨리 그녀에게 다가왔다.

"왜 또 왔어요? 내가 그렇게 모욕을 주었는데."

테스는 작은 소리로 그를 책망했다. 지칠 대로 지쳐서 큰 소리로 말할 기운도 없었다. 알렉은 트랜트리지에서처럼 유혹적인 목소리로 속삭였다.

"난 당신이 하는 말이나 행동에 일일이 화를 낼 만큼 어리석은 사람은 아니야. 귀여운 몸을 그처럼 떨고 있다니! 당신은 갓난 송아지처럼 연약하단 말이오. 그렇지? 테스. 그런 힘든 일은 어울리지 않아. 내가 왔을 때부터 일하지 않아도 괜찮았는데 왜 그처럼 고집을 부렸지? 난 기계 타작 일을 여자에게 맡기는 건 불법이라고 농장 주인에게 말했지. 다른 농장에선 벌써 그런 일을 여자에게 시키

지 않는다구. 그 작자도 그건 알고 있더군. 내가 집까지 바래다주
지."

그녀는 지친 다리를 끌면서 대답했다.

"좋아요. 원한다면 그렇게 하세요. 난 당신이 내 입장도 모르고
나와 결혼하러 온 걸 잘 알고 있어요. 당신은 어쩌면 내가 생각했던
것보다 친절하고 좋은 분인지도 모르겠어요. 뭐든지 친절한 마음에
서 우러나온 것이라면 고맙게 생각하겠어요. 하지만 다른 생각에서
그렇게 하는 거라면 나도 가만 있지 않을 거예요. 난 당신의 행동을
이해하지 못할 때가 가끔 있어요."

"우리들의 지난 관계를 결혼으로 정당하게 만들지 못한다 하더
라도 당신을 도울 수는 있소. 예전처럼 내 멋대로 돕겠다는 게 아니
고 당신의 의사를 존중하면서 돕고 싶어. 종교적 광신자의 생활은
이제 끝났지만 내게도 한 가닥 양심이 남아 있어. 테스, 남녀 사이
의 부드럽고도 강한 모든 힘에 맹세하여 한 번만 더 날 믿어줘. 난
당신과 당신의 가족을 경제적 고통에서 구할 수 있는 힘을, 아니 그
이상의 능력을 가지고 있어. 당신이 날 믿어주기만 한다면 집안 식
구 모두가 편안하게 살 수 있도록 해주겠어."

알렉이 애원하듯 말했다. 테스가 재빨리 물었다.

"요즘 우리 가족들을 만난 적이 있어요?"

"응. 그런데 그들은 당신이 어디 있는지도 모르더군. 내가 이곳
에서 당신을 만난 건 정말 놀라운 우연이야."

그들은 테스가 머무르는 농가 문 밖에 이르렀다. 차디찬 달빛이
정원의 생울타리 가지 사이로 테스의 피곤한 얼굴을 비스듬히 비춰
주었다. 더버빌은 테스 옆에서 발걸음을 멈추었다.

"어린 동생들 얘기는 다시 꺼내지 마세요. 내 결심이 흔들리지

않도록 도와주세요. 당신이 정말 가난한 우리 집 식구들을 돕고 싶다면 내겐 아무 말도 말고 도와주세요. 하지만 싫어요. 그들을 위해서도 나 자신을 위해서도 난 당신에게 아무 도움도 받고 싶지 않아요."

테스가 그 집 사람들과 함께 살고 있었으므로 더버빌은 더는 따라 들어가지 않았다. 그녀는 혼자 집으로 들어가 깊은 생각에 잠겼다. 이윽고 그녀는 벽 아래 놓인 책상으로 다가가 작은 등불을 벗 삼아 격정적인 감정으로 편지를 썼다.

그리운 남편에게
당신을 남편이라고 부르는 것을 용서해주세요. 변변찮은 아내이긴 하지만 저는 괴로운 심정을 당신께 호소하지 않고는 견딜 수가 없군요. 아무도 의지할 사람이 없으니까요. 저는 지금 무서운 유혹을 받고 있습니다. 엔젤, 그 유혹자가 누구인지 말하기도 싫고 그 내용을 말하기도 싫어요. 하지만 전 당신이 상상조차 할 수 없는 절박한 심정으로 당신에게 매달리고 있는 거예요. 제게 무서운 일이 닥치기 전에 돌아오실 수는 없나요? 물론 당신이 먼 곳에 계시니까 지금 제게 오실 수 없다는 건 잘 알지만 만약 당신이 곧 돌아오시든지 저더러 그곳으로 오라고 하지 않으면 전 죽을 수밖에 없을 거예요. 당신이 내린 벌은 당연한 것이고 제게 화를 내는 것도 다 이해할 수 있어요. 하지만 엔젤, 제가 자격 없는 여자일지라도 조금만 따뜻하게 대해주세요. 제게 돌아와주세요. 돌아와주시기만 한다면 당신 품에 안겨 죽어도 좋아요. 제 잘못을 용서해주신다면 전 만족한 마음으로 죽을 수 있어요.

엔젤, 전 당신만을 위해 살고 있어요. 당신을 너무나 사랑하기 때문에 당신이 떠난 것을 한번도 원망해본 적이 없어요. 농장을 구해야 한다는 것도 알아요. 부디 제 말을 원망의 말로 듣지 마시고 돌아와주세요. 당신이 안 계시면 전 외로워 견딜 수가 없어요. 아, 그리운 당신. 정말 이토록 큰 외로움을 어떻게 견딘단 말이에요? 일을 해야 한다는 것쯤은 아무렇지도 않아요. 그러나 당신이 '속히 돌아가겠소'라고만 적어 보내주셔도 모든 걸 참고 기다리겠어요. 기쁜 마음으로 참고 기다리겠어요.

엔젤, 결혼한 뒤부터 전 모든 생각과 행동에서 당신의 충실한 아내가 되고자 노력해왔습니다. 그래서 전 모르는 남자에게 칭찬을 받은 것조차 당신에게 미안하게 생각하곤 했어요. 낙농장에서 지내던 일을 조금이라도 기억하시나요? 기억하신다면 어떻게 절 이렇게 내버려둘 수가 있으세요? 전 당신이 사랑하던 여자, 바로 그 여자예요. 당신이 싫어하거나 본 적도 없는 그런 여자가 아니에요. 당신을 만난 순간부터 제 과거는 죽었고 매장되었어요. 당신이 주신 새 생명으로 전 다른 여자가 된 거예요. 제가 어떻게 과거의 그 여자로 돌아갈 수가 있겠어요? 왜 당신은 그걸 모르시죠? 그리운 엔젤, 좀 더 당신이 자부심이 강하고 저를 이토록 생판 다른 여자로 만들 수 있는 굉장한 힘을 지니고 계시다는 걸 스스로 깨달을 만큼 당신 자신을 믿으신다면 당신은 제게로 돌아오셔야 해요. 제발 당신의 가엾은 아내에게로 돌아와주세요.

언제까지나 변함없이 당신이 절 사랑해주시리라 믿고 행복에 도취했던 제가 얼마나 어리석었던지요. 그런 행복은 제게 어울리지 않는다는 것을 진작 깨달았어야 했어요! 그러나 전 지금 지난 일 때문이 아니라 지금 눈앞에 닥친 일 때문에 고통을 받고 있습니다. 생각해보세요. 언제까지나 당신을 만나지 못한다면 제 가슴이 얼마나 아프겠나를. 아, 이 끊임없는 고통을 당신이 하루만이라도 느낄 수 있다면 당신도 외로운 제 심정을 이해하실 거예요.

세상 사람들은 아직도 제게 대단히 아름답다고 칭찬해요. 그들이 말하는 건 사실일는지도 몰라요. 하지만 얼굴 같은 건 아무래도 좋아요. 다만 전 당신의 마음에 들고 싶어 그런 얘기를 하는 것뿐이에요. 제 아름다움은 어디까지나 당신 것이니까요. 그런 생각이었기 때문에 남의 눈길을 피하려고 붕대로 얼굴을 싸매고 다닌 적도 있었어요. 엔젤, 자랑하려고 그런 말을 하는 건 아니에요. 당신을 돌아오게 하고픈 마음뿐이에요.

당신이 정말 오실 수가 없다면 제가 당신에게 가도록 허락해주세요. 전 지금 마음에도 없는 일을 강요당하고 있는 형편이라 몹시 고통스러워요. 물론 그 강요를 받아들일 생각은 추호도 없지만 뜻밖의 일이 생길지 몰라 두려워요. 더구나 지난날의 허물 때문에 저 자신을 끝까지 지켜나가지 못하게 될지도 몰라요. 이 일에 대해선 더 말씀 못 드리겠어요. 가슴이 갈기갈기 찢어질 것만 같아서요. 하지만 제가 이번에도 덫에 걸리게 된다면 지난번과는 비교도 안 될 정도로 불행해질 것 같은 무서운 예감이 듭니다. 오, 하나님! 그런 끔찍한 일은 상상도 할 수가 없군요. 저를 어서 그이에게 보내주시든지, 아니면 그이를 제게 보내주세요.

당신의 아내로 함께 살 수 없다면 당신의 종이라도 되고 싶어요. 그렇게 된다면 당신 곁에 있을 수 있고 당신을 바라볼 수 있을 테니, 전 행복할 수가 있을 거예요.

당신이 안 계신 곳에서는 태양도 절 비춰주지 않고 들에 있는 갈까마귀나 찌르레기도 보기가 싫어요. 당신과 함께 그것들을 바라보던 추억이 떠오르고 가슴에 슬픔이 사무쳐오기 때문에 차마 바라볼 수가 없어요. 하늘에서나 땅 위에서나 지옥에서라도 당신을 만나고 싶은 것이 저의 단 하나 남은 소망입니다. 부디 돌아와주세요. 돌아오셔서 이 무서운 유혹에서 절 건져주세요.

슬픔에 잠긴 당신의 충실한 아내
테스 올림

49

테스의 애절한 편지는 지체 없이 서쪽에 있는 고요한 목사관의 아침 식탁에 배달되었다. 엔젤 클레어가 아버지를 통해서 서신 연락을 하도록 당부한 것은 편지가 안전하게 배달되게 하려는 의도였고, 또한 그는 주소가 바뀔 때마다 아버지에게 꼬박꼬박 연락을 하였다.

"그애가 예정대로 이달 말경에 리우를 떠나 이곳으로 돌아온다면, 이 편지가 그애 귀국 날짜를 앞당기게 할지도 모르겠군. 이건 틀림없이 그애 처가 보내온 편지일 거요."

겉봉을 훑어본 클레어 목사가 말했다. 그는 테스를 생각하며 긴 한숨을 내쉬고는 그 편지가 엔젤에게 발송되도록 주소를 고쳐 썼다. 클레어 부인이 중얼거렸다.

"아무쪼록 무사히 돌아왔으면 좋겠어요. 그애한테 잘해주지 못한 것이 죽는 순간까지 마음에 걸릴 것 같아요. 비록 그애 믿음이 부족하더라도 그앨 대학에 보내 형들처럼 기회를 주었더라면 좋았을 텐데. 그렇게 했으면 좋은 영향을 받아 평소의 생각을 버리고 성직자가 되었을지도 모르죠. 목사가 되건 안 되건 대학에 보냈어야 하는 건데……."

이 말은 클레어 부인이 자식 일로 남편의 마음을 어지럽힌 단 하나의 넋두리였다. 여태까지 부인은 그런 불평을 한마디도 입 밖에 내지 않았었다. 그것은 부인이 신앙심이 두터운 만큼 분별이 있고, 엔젤에 대한 처사로 남편도 괴로워한다는 사실을 알기 때문이었다. 깊은 밤에 남편이 일어나 엔젤을 위해 숨 죽여가며 기도하는 소리를 종종 들었다. 그러나 평생 자신의 믿음을 꿋꿋하게 지켜온 목사는 지금도 목사가 될 가능성이 없는 엔젤에게 두 형과 똑같은 대학 교육의 기회를 주는 것은 정당치 못한 일이라 생각했다. 한 손으로 신앙심이 두터운 두 아들의 발판을 마련해주고, 다른 손으로 신앙심 없는 또 한 아들을 같은 방법으로 높은 위치에 올려준다는 것은 자신의 신념이나 지위나 희망에 어긋나는 일이라 생각했다. 하지만 그는 엔젤(천사)이란 얼토당토않은 이름을 잘못 지어준 이 막내아들을 사랑했다. 불행한 아들 이삭을 데리고 산에 오르는 아브라함이 속으로 슬퍼한 것처럼 클레어 목사는 엔젤에 대한 처사를 남몰래 괴로워했고, 목사의 그런 말없는 후회는 부인의 넋두리보다 훨씬 뼈아픈 것이었다.

아들의 불행한 결혼에 대해서도 목사 내외는 오히려 자신들을 책망했다. 엔젤이 농부의 길을 택하지만 않았더라도 시골 처녀와 결혼하지는 않았을 것이기 때문이다. 그들은 아들 내외가 왜 헤어졌는지, 언제부터 헤어졌는지조차 몰랐다. 처음에는 마음이 맞지 않아 그러는 것이려니 짐작했고, 최근의 편지에서 아들이 아내를 데리고 돌아오겠다고 쓴 것으로 미루어보아 그들의 별거가 절망적인 상태가 아니라는 것만 짐작했을 뿐이었다. 엔젤은 아내가 친정에 가 있다고만 했고, 목사 부부는 사정을 잘 알지 못했으므로 간섭하지 않고 내버려두었던 것이다.

지금 목사관에서 테스의 편지를 읽고 있어야 할 엔젤은 남미 대륙에서 노새를 타고 해안으로 향하면서 광막한 대평원을 바라보고 있었다. 낯선 이국땅에서 그가 경험한 것은 비참함뿐이었다. 도착한 직후 걸린 중병은 아직 낫지 않아서 이곳에서 농장을 경영하려던 계획은 단념해야 할 것 같았으나 부모에게는 그 사실을 알리지 않았다. 이곳에 머물러 있을 때까지는 희망을 완전히 포기하고 싶지 않았기 때문이었다.

엔젤처럼, 자립할 수 있다는 선전에 현혹되어 이곳으로 건너온 많은 농업 노동자들은 병에 걸리기도 하고 죽기도 해서 그 수가 많이 줄었다. 그는 종종 영국인 어머니가 열병으로 죽은 아이의 시체를 안고 농장에서 힘없이 걸어나오는 광경을 목격하였다. 아이 어머니는 맨손으로 푸석푸석한 땅을 파 아이를 매장한 다음 눈물 젖은 얼굴로 힘없이 되돌아갔다.

엔젤의 본래 목적은 브라질 이민이 아니라 영국 본토의 북부나 남부에서 농장을 경영하는 것이었는데 일시적인 절망을 이기지 못해 이민을 택했던 것이다. 당시 영국 농민들 사이에 대단했던 이민 열풍과 과거에서 도피하려는 그의 욕망이 우연히 일치했던 것뿐이었다.

고국을 떠나 있는 동안 그는 정신적으로 열 살은 더 나이를 먹었다. 지금 그가 느끼는 인생의 가치는 눈에 보이는 아름다움이 아니라 내면에 숨어 있는 비애였다. 오랫동안 신비주의의 낡은 사상을 불신해 왔던 그는 이제 낡아빠진 도덕적 가치 평가를 의심하게 되었다. 낡은 도덕적 관념은 의당 고쳐져야 한다고 생각했다. 도덕적 인간이란 도대체 어떤 인간을 말하는 것일까. 좀 더 구체적으로 표현하자면 도덕적인 여자란 도대체 누구를 가리키는 것인가. 성품의 아름다움과 추함은 행실 자체에만 좌우되는 것이 아니라 목적이나 동기와도 관계가 있다. 성격의 진실한 역사는 과거에 있는 것이 아니고 앞으로 어떤 마음가짐으로 살아나가느냐에 달린 것이다.

그렇다면 테스의 경우는 어떠한가?

이런 관점에서 테스를 다시 생각해볼 때마다 그는 자신의 성급한 판단에 대한 후회로 마음이 억눌린 듯 무거웠다. 그녀를 배척한 것은 일시적인 것인가, 아니면 영원한 것인가. 영원히 배척했다고 말할 수는 없었다. 그렇게 말하지 못한다는 것은 그녀를 마음으로부터 용서한다는 의미이기도 했다.

그의 마음속에 마침내 테스에 대한 그리움이 싹트기 시작한 것은 그녀가 플린트콤 애쉬에서 일할 무렵이었다. 그때 테스는 자신의 슬픈 처지나 감정을 알려 남편의 마음을 어지럽히지 말아야겠다고 생각했고, 그런 사정을 모르는 엔젤은 몹시 당황했다. 당황한 나머지 편지가 없는 이유조차 따져보려 하지 않았다. 테스의 온순한 성격이 오히려 그의 오해를 산 것이다. 테스의 침묵을 그가 이해했더라면 그녀의 진심을 알 수 있었으리라. 먼저 편지를 써서는 안 된다고 했던 말을 자신은 잊었지만 테스가 아직까지도 충실하게 지키고 있다는 사실을 그는 몰랐다. 대담한 천성에도 불구하고 자신의 권리를 주장하지 않으며 엔젤의 판단만이 옳다고 믿는 테스의 눈물 겨운 순종조차도 까맣게 몰랐던 것이다.

지금 노새로 내륙을 횡단하는 엔젤 옆에는 길동무가 한 사람 있었다. 고향은 다르지만 엔젤과 같은 희망으로 이곳에 온 영국인이었다. 그들은 침울한 기분으로 고국 이야기를 했다. 낯선 타향을 같이 여행하는 길동무 사이에 흔히 있는 일이지만 절친한 친구에게도 털어놓지 않는 이야기까지도 다 말해버리고 싶은 그런 기분에서 엔젤은 자신의 슬픈 결혼 생활을 그에게 이야기했다.

엔젤보다 더 많은 지방을 돌아다니고 더 많은 사람을 겪은 그 낯선 나그네는 세계주의자다운 넓은 마음으로 전혀 다른 각도에서 그 문제를 관찰했다. 그는 테스의 과거란 그녀의 미래에 비하면 아무것도 아니라고 하면서 그녀를 버린 것은 클레어의 잘못이라고 솔직하게 말했다.

이튿날은 번개가 치고 비가 억수같이 쏟아졌다. 그들은 비에 흠뻑 젖었고 엔젤의 길동무는 열병에 쓰러져 그주 말에 숨을 거두었다. 엔젤은 그를 매장한 다음 다시 길을 떠났다.

극히 평범한 이름밖에는 아무것도 모르는 마음 넓은 나그네가 무심코 한 말은 그의 죽음으로 한층 숭고해지고 철학자들의 어떤 윤리보다 클레어를 감동시켰다. 그는 자신의 옹졸한 마음이 부끄러워졌다. 그녀를 용서하지 못했다는 자책이 그를 괴롭혔다. 문득 이즈 휴에트가 했던 말이 다시금 마음에 떠올랐다. 자신을 사랑하느냐고 물었을 때 이즈는 그렇다고 대답했고, 테스보다 더 사랑하느냐고 물었을 때는 아니라고 대답했다. 테스는 엔젤을 위해 목숨이라도 버릴 여자지만 자신은 그렇지가 못하다고 이즈는 말하지 않았던가.

결혼식 날의 테스의 모습도 떠올랐다. 자신에게서 떨어질 줄 모르던 테스의 눈길. 자신의 말을 마치 하나님의 말인 양 절대적으로 믿던 테스. 그리고 난로 옆에서 지낸 무서웠던 그날 밤, 단순한 마음에서 과거를 고백하면서 남편의 사랑과 보호가 순식간에 자신에

431

게서 사라지리라고는 상상도 못 하던 테스의 얼굴, 불빛에 비친 그 녀의 얼굴은 얼마나 측은했던가.

엔젤의 마음은 그녀를 비판만 하던 것에서 차츰 감싸주는 쪽으로 바뀌어갔다. 테스의 얼굴을 몇 번이나 머릿속에 그려보는 동안 조상의 귀부인들에게 우아스런 품위를 지니게 하였던 그 위엄의 빛이 테스의 얼굴에도 엿보이는 듯했다. 두 눈에 가득 찬 위엄 있는 그 모습은 그가 전에 느꼈고, 또 느낀 뒤에는 으레 불쾌감을 주던 일종의 영감을 그의 혈관 속에 스며들게 했다. 비록 과거의 허물은 있을망정, 테스의 정신과 마음속에는 같은 나이 또래의 처녀들의 순결을 무색케 할 만한 무엇이 간직되어 있는 것이다. 아브라임의 끝물 포도가 아비에셀의 만물 포도보다 낫지 않았던가?

이렇듯 가슴속에서 되살아난 정열로 인해 그는 아버지가 부쳐준 테스의 애정 어린 편지를 받아들일 마음의 준비를 갖추고 있었다. 테스의 편지는 이때 마침 엔젤의 아버지로부터 그에게로 전해지는 중이었다. 그러나 그가 내륙에 있는 까닭에 그의 손에 편지가 닿으려면 아직도 많은 시간이 필요했다.

한편 남편이 자신의 호소를 받아들여 돌아오리라는 테스의 기대는 때로는 강해지기도 하고 때로는 약해지기도 했다. 기대가 약해지는 것은 그들이 헤어져야만 했던 근본적인 이유인 과거가 아직도 존재할 뿐 아니라 영원히 존재한다는 사실 때문이었다. 그들이 함께 있을 때도 해결되지 않았던 그 문제가 헤어져 있는 동안 해결되었으리라고는 상상하기 어려웠다. 그러면서도 테스는 만약 그가 돌아오면 어떤 방법으로 그를 기쁘게 해줄까 하는 즐거운 공상에 잠기기도 했다. 그가 하프로 타던 곡을 귀담아들을 걸 하는 생각도 들었고 그가 가장 좋아하는 노래가 뭔지 묻지 않았던 것이 후회스럽기도 했다. 텔보데이스에서 이즈 휴에트를 따라온 남자 앰비 시들링에게 넌지시 물어봤더니 마침 그는 엔젤이 좋아하는 노래를 알고 있었다. 낙농장에서 젖이 잘 나오라고 젖소에게 불러주던 여러 노래 중에서 클레어가 좋아했던 노래는 〈큐피드의 동산〉과 〈내게는 사냥터도 사냥개도 있다네〉와 〈먼동이 틀 무렵〉 등이었고, 〈재봉사의 바지〉라든가 〈나는 예쁜 미인이 되었네〉 같은 것은 좋은 민요였지만 그는 별로 좋아하지 않았다는 것이다. 테스의 소원은 그가 좋아하는 노래를 멋지게 부르는 것이었고 여가를 틈타, 〈먼동이 틀 무렵〉을 남몰래 연습했다.

일어나요, 일어나요, 어서 일어나세요!
정원의 예쁜 꽃 한데 엮어서
님께 바치리라, 사랑의 꽃다발을.
산비둘기, 참새들도 짝지어
가지마다 보금자리를 찾네.
이른 봄날
먼동이 틀 무렵에!

춥고 건조한 계절에 다른 처녀들과 떨어져 일할 때마다 테스가 부르는 이 노래를 듣는다면 돌 같은 심장을 가진 사람이라도 돌아서고야 말았으리라. 엔젤이 노래를 들으러 돌아오지 않을는지도 모른다는 생각이 들면 그녀는 노래를 부르다가도 하염없이 눈물을 흘리며 울곤 했다. 그리고 그토록 천진한 노래가사는 노래를 부르는 아픈 그녀의 마음을 한층 쓰라리게 만들었다.

테스는 이런 공상에 빠져 있었기 때문에 시간이 어떻게 흘러가는지도 몰랐다. 해는 조금씩 길어지고, 성신 강림절도 눈앞으로 다가왔으며, 곧이어 계약이 끝나는 날이 다가온다는 것을 그녀는 모르는 듯했다.

그런데 봄철 상반기의 품삯을 받는 날이 채 못 된 어느 날 테스에게 뜻밖의 일이 일어났다. 그날 저녁에도 그녀는 아래층 방에서 하숙집 가족들과 함께 앉아 있었는데 누군가가 문을 두드리면서 테스를 부르는 소리가 들렸다. 테스가 나가 보니 키는 어른 같았으나 몸매는 어린아이처럼 야위고 초라한 여자가 기울어가는 해를 등지고 서 있었다. 그녀가 "테스 언니" 하고 다시 부를 때까지 테스는 저녁 어스름 속의 그녀가 누구인지 분간할 수가 없었다.

"아니, 너 리자 루냐?"

테스가 놀란 음성으로 물었다. 일 년 전만 해도 어린애 같았던 동생은 어른처럼 부쩍 키가 자라 있었다. 지난해만 해도 길었던 원피스는 짧아져 그 아래로 삐쩍 마른 두 다리가 드러나 있었으며 어떻게 가누면 좋을지 몰라 하는 긴 두 팔은 루의 젊음과 순결함을 그대로 말해주는 듯했다. 루는 흥분한 기색도 없이 차분하게 말했다.

"응, 나야. 하루 종일 걸었어. 언니를 찾느라 기진맥진했어."

"집에 무슨 일이 있니?"

"엄마가 위독하셔. 의사는 곧 돌아가실 거라고 했어. 아버지도 몸이 많이 약해지셨어. 게다가 아버지는 훌륭한 가문의 자손은 천한 노동을 할 수 없다고 늘 말씀하시거든. 우린 어떻게 하면 좋을지 모르겠어."

테스는 한동안 멍하니 서 있다가 가까스로 마음을 가다듬고 동생을 불러들여 쉬게 했다. 동생이 차를 마시는 동안 그녀는 고향으로 돌아갈 결심을 했다. 계약이 끝나는 날은 사월 육일—구력 성모 마리아의 날이었지만, 며칠 남지 않았으므로 망설일 것 없이 곧 떠나기로 마음을 정했다. 그날 밤 안으로 떠나면 열두 시간을 앞당겨 고향에 닿을 수 있었지만 먼 길을 걸어오느라 지친 동생이 내일 아침까지 계속 걸을 수 있을 것 같지 않았다. 테스는 이즈와 마리안의 숙소로 달려가 내일 아침 주인에게 잘 말해달라고 부탁한 다음 다시 하숙하는 농가로 달려와 루에게 저녁을 차려주었다. 루가 식사를 마치자 테스는 동생을 자기 침대에서 쉬게 하고는 대강 짐을 꾸렸다. 동생에게는 내일 아침 뒤따라오라고 이르고 그녀는 고향을 향해 길을 떠났다.

50

시계가 열 시를 치는 소리를 들으며 집을 나선 테스는 푸른 별빛을 받으며 어둠 속을 총총 걸어갔다. 쓸쓸한 지방을 혼자 여행하는 길손에게 밤은 위험하다기보다 오히려 다정한 보호자가 된다는 것을 잘 아는 테스는 낮 같으면 두려워할 샛길을 따라 가장 가까운 지름길로 접어들었다. 이 시간은 도둑이 나올 리도 없는 시간이었고, 또 어머니의 병에 대한 염려 때문에 유령 따위를 무서워할 경황이 없었다. 그녀는 비탈길을 오르내리며 걸음을 재촉하여 자정이 가까웠을 때 벌배로우의 높은 언덕에 이르렀다. 그 언덕에서 깊은 어둠에 잠긴 골짜기를 잠시 내려다보았다. 꼬불꼬불한 내리받이를 내려감에 따라 발밑의 흙이 푸른 별빛에 어렴풋이 보였다. 그녀는 발에 밟히는 흙의 감촉과 흙냄새로 조금 전의 고원 지대와는 전혀 다른 땅을 걷고 있다는 사실을 알았다. 그 땅은 진흙으로 이루어진 블레이크모어 분지의 끄트머리 땅이었고 한 번도 통행세를 내는 신작로가 뚫린 적이 없어 여러 가지 미신이 오래 남아 있는 곳이었다. 한 때 울창한 숲이었던 그곳은 캄캄한 밤이면 원근 경치가 하나로 어우러지고 나무와 울타리들이 저마다의 무시무시한 모습을 아낌없이 드러내어 그 옛날의 모습이 그대로 재현되는 것 같았다.

테스가 너틀베리 마을 주막 앞을 지날 때 주막의 간판이 그녀의 발소리에 응답하듯 삐걱거렸으나 그 소리를 들은 사람은 테스밖에 없었다. 그 이엉지붕 밑에서 포근한 이불을 덮은 일꾼들이 내일 아침 해가 뜨기가 무섭게 일터로 나갈 수 있게끔 깊은 잠에 빠져 휴식을 취하는 모습이 테스의 눈에 선하게 떠올랐다.

세 시쯤에 그녀는 지금까지 걸어온 꼬불꼬불한 길모퉁이를 돌아 말롯 마을 어귀에 다다랐다. 지난날 들놀이 때 클레어를 처음 만났던 들판을 지났다. 그때 클레어가 자기와 함께 춤을 추지 않았을 때 느꼈던 아쉬움은 아직도 그녀의 가슴에 가시지 않은 채 남아 있다. 테스의 눈에 집이 있는 쪽에서 깜박이는 불빛이 보였다. 침실에서 새어나오는 그 불빛은 창 앞의 나뭇가지에 가려져 가지가 흔들릴 때마다 그녀에게 깜박깜박 눈짓을 했다. 자신이 보내준 돈으로 새로 이어놓은 이엉을 보자 테스의 가슴은 새삼스러운 감회로 벅차올랐다. 옛날 모습 그대로인 집이 자기 몸의 일부분처럼 느껴졌다. 비스듬히 기울어진 지붕 창문과 굴뚝 위에 드문드문 이어붙인 빨간 벽돌—그 모든 것이 테스의 성격과 비슷한 데가 있는 것 같았다. 그러한 집이 일종의 마비 상태에 빠진 것처럼 보이는 것은 어머니의 병환 때문이라고 그녀는 생각했다.

테스는 집안사람들이 깨지 않게 살며시 문을 열고 안으로 들어갔다. 아래층에는 아무도 없었고 어머니를 간호하던 이웃집 부인이 층계 위에 나타나 더베이필드 부인은 마침 잠이 들었는데 병세가 여전히 좋지 않다고 얘기했다. 테스는 아침을 준비한 다음 어머니 방에서 병시중을 들기로 했다.

아침이 되어 동생들을 보니 모두 놀랄 정도로 자라 있었다. 그녀가 집을 비운 일 년 사이에 동생들은 부쩍 자란 모양이었다. 몸과 마음을 다해 그들의 뒷바라지를 해야겠다는 절실한 생각 때문에 그녀는 잠시 자신의 근심을 잊었다.

아버지의 건강도 지난날과 마찬가지로 나쁜 상태였다. 그는 언제나처럼 의자에 앉아 있었으나 테스가 도착한 이튿날은 유난히 기분이 좋아 보였다. 아버지가 앞으로의 생계를 유지할 좋은 방법이 있다고 말했으므로 테스는 그것이 무엇이냐고 물어보았다.

"영국에 있는 모든 고고학자에게 내 생계 유지를 위한 기부금을 내라는 회람을 돌릴 작정이야. 그들은 틀림없이 내 요구에 찬성하면서 낭만적이고 멋지며 지극히 당연한 처사라고 말할 테지. 그들은 고적을 간수한다거나 썩은 유물을 파낸다거나 하는 따위에 돈을 물 쓰듯 쓰는 사람들이고, 난 살아 있는 고적인 셈이니까 내 처지를 알기만 한다면 내게 큰 관심을 기울일 거라구. 아무라도 좋으니 그들을 찾아다니면서 살아 있는 고적이 이 고장에 있다는 사실을 깨우쳐줬으면 좋겠어. 우리 가문을 발견한 그 목사만 살아 있어도 분명 이 일을 맡아 할 텐데."

테스는 자신이 돈을 보냈어도 조금도 나아진 것 같지 않은 집안에 닥친 급한 일들을 해결할 때까지는 아버지의 거창한 계획에 대해서 자신의 의견을 말하지 않기로 마음먹고는 집안을 대충 치우기 시작했다. 그 다음 바깥일로 주의를 돌렸다. 지금은 모내기와 파종철이어서 마을 사람들은 채소밭과 소작지 밭의 밭갈이를 이미 끝냈는데도 더베이필드 집안은 밭일에 손도 대지 않은 채였다. 식구들이 씨를 뿌릴 감자까지 다 먹어치웠기 때문에 그렇게 되었다는 사실을 안 테스는 어이가 없어 말이 나오지 않았다. 그것은 앞일을 생각지 않는 사람이 저지르는 마지막 실수였고, 되는 대로 살아가는 사람도 이보다는 더할 수 없을 듯싶었다. 그녀는 서둘러 씨감자를 얻었다. 며칠 뒤에는 아버지도 딸의 설득에 못 이겨 채소밭을 돌볼 용기를 냈다. 테스는 마을에서 얼마쯤 떨어진 곳의 소작지를 빌려 농사를 시작했다.

테스는 한동안 어머니 병시중을 드느라고 방에만 갇혀 지냈기 때문에 밭일을 하는 것이 즐거웠다. 어머니의 병세도 상당히 호전되어 그녀가 곁에 없어도 괜찮을 정도였다. 테스는 심한 육체노동이 오히려 마음 편했다. 그녀가 소작하는 땅은 건조하고 높은 지대의 넓은 울타리로 에워싸인 밭이었는데 그 밭 안에 비슷한 소작지가 수십 개 몰려 있었다. 이곳 일은 하루의 품일이 끝날 무렵이 가장 부산하고 활기를 띠었다. 일은 아침 여섯 시경에 시작되었지만 끝나는 시간은 일정치 않아 달이 뜰 때까지 계속되는 때도 있었다. 건조한 날씨가 모닥불을 놓기에 알맞아서 소작밭 여기저기에서는 마른 잡초나 쓰레기를 태우는 모닥불이 타오르곤 했다.

화창한 어느 날 테스와 리자 루는 이웃 사람들과 같이 저녁노을이 소작지의 흰 경계 말뚝에 비칠 때까지 일을 계속하고 있었다. 해가 지고 저녁놀이 덮이자 개밀과 양배추 뿌리를 태우는 불길이 제멋대로 밭을 비춰 연기가 바람에 너울거릴 때마다 밭의 윤곽이 드러났다 사라졌다 했다.

날이 어두워지자 일을 그만두고 집으로 돌아가는 사람도 더러 있었으나 대부분의 소작인들은 남은 파종을 끝내려고 그대로 남았다. 테스도 동생만 돌려보내고 그들과 함께 남아 쇠스랑으로 밭을 일구었다. 여기저기서 개밀이 타고 있었고 쇠스랑은 돌과 마른 흙에 부딪혀 작은 소리를 냈다. 그녀의 모습은 연기에 휩싸여 이따금 안 보이기도 했고 어떤 때는 불꽃에 환히 드러나 보이기도 했다. 오늘밤 좀 색다른 옷을 입은 그녀는 유난히 눈에 띄었다. 여러 차례 빨아서 뿌옇게 바랜 겉옷 위에다 까만 재킷을 걸쳐 입고 있어서 전체의 인상은 장례식 손님과 결혼식 손님을 하나로 섞은 듯한 느낌을 주었다. 그녀 뒤쪽에서 흰 앞치마를 두르고 일하는 다른 여자들은 이따금 불꽃이 그들을 비춰줄 때를 제외하면 어둠 속에서 희끄무레하게 드러나 보일 따름이었다.

서쪽에는 나직한 잿빛 하늘을 배경으로 둘러쳐져 있는 가시나무 울타리가 보였다. 하늘엔 활짝 핀 노란 수선화 같은 목성이 떠 있었고 조그만 별들이 두서넛 나타났다. 먼 데서 개 짖는 소리가 들렸다. 이따금 짐수레가 덜커덕거리며 마른 땅을 지나갔다.

아직 시간이 그다지 늦지 않은 편이라 쇠스랑이 연방 쩽쩽거리는 소리를 냈다. 저녁 공기는 차가웠으나 그 속에는 일하는 사람의 기운을 북돋우는 봄의 속삭임이 스며 있었다. 이 장소, 이 시간, 탁탁 튀면서 타오르는 모닥불, 빛과 그림자―이 모든 것에는 일하는 사람들의 마음을 기쁘게 해주는 무언가가 있었다. 찬 서리가 내리는 겨울에는 마귀처럼, 무더운 여름에는 다정한 애인처럼 느껴지는 황혼이 이삼월에는 마음을 포근하게 해주는 어머니의 품처럼 느껴지는 것이었다.

모두 일에 골몰하여 곁눈질을 하는 사람은 아무도 없었다. 그들은 파헤친 흙바닥이 모닥불 불빛에 환히 드러날 때마다 그곳으로만 쏠렸다. 땅을 일구면서 테스는 클레어를 위해 연습하곤 했던 그 노래를 불렀다. 언젠가 클레어가 노래를 들어주겠지 하는 희망도 사라졌지만, 그녀는 노래에 열중해 바로 가까이서 웬 남자가 일하고 있는 것도 몰랐다. 이윽고 기다란 작업복을 입은 그 남자를 보았을 때 테스는 아버지가 일을 거들라고 보낸 사람이려니 하고 단순하게 생각했다. 남자가 땅을 파면서 자신에게 점점 다가왔으므로 그녀는 그에게 신경이 쓰였다. 이따금 연기가 두 사람을 갈라놓을 때도 있었으나 연기가 비스듬히 방향을 바꾸면 둘은 다른 사람과 분리되어 둘이만 서로 얼굴을 마주보는 때도 있었다.

테스는 일을 거드는 남자에게 말을 건네지 않았고 그 역시 아무 말도 하지 않았다. 낮에 일을 할 때도 본 적이 없고 마을 사람도 아니어서 테스는 그가 의심스러웠지만 그 사이 오랫동안 마을을 떠나 있었으므로 혹 새로 온 사람일지도 모른다고 생각하고 그에게 더는 신경쓰지 않았다. 둘 사이가 가까워지자 그들의 쇠스랑이 불빛에 번쩍거리어 반사되었다. 테스가 불 곁에 다가가 마른 풀 한 줌을 던졌을 때 남자도 마침 똑같은 행동을 하고 있었다. 불이 활짝 피어올랐다. 순간 테스는 더버빌의 얼굴을 보았다.

생각지도 않은 그의 출현과, 요즘에는 아무도 입지 않는 주름 잡힌 작업복을 걸친 그의 괴상한 모습은 소름 끼칠 정도로 우스꽝스러워서 그의 밭 가는 모습과 마찬가지로 그녀를 오싹하게 했다. 그는 나직한 음성으로 킬킬거리며 웃었다.

"내가 만약 농담을 한다면 이렇게 하겠어. '천국이 바로 여기군!' 하고 말이오."

그는 테스의 얼굴을 들여다보며 실없는 소리를 했다. 테스는 맥이 빠져 힘없이 물었다.

"뭐라구요?"

"농담을 잘하는 사람이면 마치 천국에 있는 기분이라고 말할 거라고 했어. 당신이 이브라면 난 천한 짐승의 탈을 쓰고 당신을 유혹하러 온 교활한 악마지. 내가 신학에 빠져 있을 때, 난 밀턴이 쓴 《실낙원》 가운데서 나오는 그 장면을 곧잘 외었지. 그 중에 이런 구절이 있어.

여왕이여, 길은 마련되고 멀지 않나니
소나무 줄지은 저쪽에……
…… 그대 내 인도 받아들이시면
곧 그곳으로 그대 모시오리다.
'그럼 인도해 주세요' 하고 이브는 말했노라.

이런 대목이지. 테스, 귀여운 나의 테스. 당신이 날 엉뚱하게 생각하고 엉뚱한 말을 할 것 같아서 일부러 이런 말을 한 거요. 당신은 날 나쁘게만 생각하니까."

"난 당신을 악마라고 말한 적도 없고 그렇게 생각한 적도 없어요. 당신이 나를 모욕하지 않는 한 당신에 대한 내 감정은 냉정함뿐이에요. 그런데 당신이 땅을 파러 이곳에 온 것은 나 때문인가요?"

"그렇소. 당신을 만나려는 것 외에 다른 목적은 없소. 이 작업복은 여기 오는 도중에 사 입었소. 남의 눈에 띄지 않으려고 말이오. 난 당신이 이런 노동을 하는 걸 말리러 온 거요."

"난 일하는 게 좋아요. 아버지를 위해서 일하는 거니까."

"저쪽 농장의 계약은 끝났소?"

"네."

"다음엔 어디로 갈 작정이오? 그리운 남편을 만나러 갈 거요?"

테스는 그의 모욕적인 말투를 참을 수가 없어 쓰디쓰게 말했다.

"난 몰라요. 내겐 남편이 없어요."

"그건 맞는 말이오, 테스. 하지만 당신에겐 친구가 있어. 당신이 싫어하더라도 난 당신을 편하게 해줄 작정이오. 집에 돌아가면 내가 당신을 위해 무얼 했는지 알게 될 거요."

"오, 알렉. 아무것도 받지 않겠다고 말했잖아요. 정말 받고 싶지 않아요. 그건 옳지 못한 일이에요."

그는 자신 있게 외쳤다.

"그건 옳은 일이오. 내가 사랑하는 여자가 고생하는 걸 보고만 있을 수는 없단 말이오."

"하지만 난 조금도 고생이라고 생각지 않아요. 내가 걱정하는 건 생계 따위가 아니란 말이에요."

그녀는 돌아서서 자포자기한 듯 다시 땅을 일궜다. 눈물이 쇠스랑 자루와 흙덩이 위에 후드득 떨어졌다. 알렉이 말을 계속했다.

"애들 때문이겠지. 당신 동생들 말이오. 나도 애들을 걱정하고 있었소."

그가 테스의 약점을 건드렸으므로 그녀는 가슴이 떨렸다. 그는 테스의 가장 큰 근심을 알아차린 것이다. 집에 돌아온 후 테스는 열정에 가까운 애정을 동생들에게 쏟았다.

"당신 어머니의 병이 완전히 낫지 않는다면 누군가가 애들을 돌봐줘야만 해. 당신 아버지는 별로 힘이 될 것 같지도 않고 말이야."

"내가 도우면 아버지도 일할 수 있어요. 아버진 일을 하셔야 해요."

"나도 같이 거들지."

"천만에요. 당치도 않아요!"

"정말 어리석군. 당신 아버지는 날 같은 일가라고 생각하실 테니

442

무척 기뻐하실 거요."

더버빌이 버럭 소리를 질렀다.

"그럴 리가 없어요. 아버지의 그릇된 생각을 내가 깨우쳐드렸으니까요."

"그렇다면 더 어리석군."

화가 잔뜩 난 더버빌은 생울타리 쪽으로 물러가더니 입고 있던 기다란 작업복을 벗어 모닥불 속에 내동댕이치고는 가버렸다.

테스는 불안하고 겁이 나 일을 계속할 수가 없었다. 알렉이 아버지에게로 간 것이 아닌가 하는 걱정이 들어 테스는 쇠스랑을 들고 집으로 향했다. 집 가까이 이르렀을 때 마침 자기를 데리러 오는 어린 동생과 마주쳤다.

"언니, 큰일 났어. 리자 루 언니는 울고, 집에 사람들이 잔뜩 모였어. 엄마는 괜찮은데 아버지가 돌아가셨대."

동생은 그것이 중대한 소식이라는 것은 알지만 슬픈 소식이라는 것은 모르는 듯싶었다. 눈을 휘둥그레 뜨고 테스를 바라보던 동생은 테스의 표정이 달라지자 이렇게 말했다.

"테스 언니, 우린 이제 아버지하고 얘기할 수 없게 되는 거야?"

"아버지는 조금 편찮으셨을 뿐인데!"

테스가 절망적으로 부르짖었다. 때마침 리자 루가 달려나왔다.

"아버지는 지금 막 돌아가셨어. 어머니를 왕진하러 왔던 의사가 그러는데, 심장이 오므라들어서 살 가망이 없대."

사실 그대로 더베이필드 내외는 운명이 뒤바뀌었다. 죽어가던 아내는 소생했고, 별로 대단치 않은 정도였던 남편이 숨을 거두었다. 이 슬픈 소식에는 단순한 죽음 이상의 뜻이 내포되어 있었다. 그의 생명에는 그가 몸소 이룬 개인적인 업적과는 관계없는 가치가 있었다. 그렇지도 못했더라면 그의 죽음은 대수로울 것도 없는 죽음이었으리라. 더베이필드 집안의 토지차용 계약은 삼대로 한정된 것이었고, 차용 기한이 끝나는 마지막 삼대손이 테스의 아버지였던 것이다. 그런데 장기로 일꾼을 둔 소작농들은 일꾼들이 거처할 집이 모자라는 까닭에 늘 더베이필드의 집을 탐내고 있었다. 더구나 마을 사람들이 소지주만큼이나 싫어하는 종신 임대자는 거만했기 때문에 일단 기한이 끝나면 좀처럼 계약을 변경할 수가 없었다.

이리하여 한때 권력을 휘두르며 땅 없는 사람에게 가혹하게 굴었던 더버빌 집안의 후손인 더베이필드 집안은 조상들과 처지가 뒤바뀌어 이제는 그 가혹한 처사를 감수하지 않으면 안 되는 처지에 놓이게 되었다. 이처럼 조수의 간만—이를테면 변화무쌍한 우주의 리듬과 같은 현상은 삼라만상 속에서 끊임없이 되풀이되는 것이다.

51

더베이필드네 집안(그 혈통은 아무도 믿어주질 않았지만)은 마을의 풍기를 생각해서라도 토지차용 기한이 끝나면 마땅히 마을을 떠나야 한다고, 마을 사람들은 입 밖에 내서 말하지는 않았지만 은근히들 생각하는 눈치였다. 사실 말이지 이 집안은 금주나 절주나 절개나 그 어느 것 하나에도 본보기가 되기엔 너무나 먼 존재였다. 아버지는 제쳐두더라도, 심지어는 어머니도 이따금 술을 마셨고, 어린것들은 교회에 좀처럼 다니지 않았고, 맏딸은 맏딸대로 사내하고 빈번히 망측한 관계를 맺곤 했다. 어떻게 해서라도 마을은 풍기를 깨끗이 지켜야 했다. 그래서 고지절 첫날에 더베이필드네 식구들은 마을에서 쫓겨나게 되었고, 그 집이 넓대서 식구들이 많은 마차꾼이 들기로 되었다. 이리하여 과부 존과 그 딸 테스하고 리자 루와 아들 아브라함과 어린것들은 다른 고장으로 떠나갈 수밖에 없었다.

그들이 떠나기로 한 전날 밤, 하늘은 잔뜩 흐리고 이슬비가 내려 어느 때보다 빨리 어두워졌다. 자신들이 태어난 마을에서 지내는 것도 오늘 밤으로써 마지막이었기 때문에 어머니와 리자 루와 아브라함은 친지에게 작별 인사를 하러 갔고 테스 혼자서 그들이 돌아올 때까지 집을 지키고 있었다.

그녀는 창문에 얼굴을 바싹 대고 창가의 의자에 무릎을 꿇고 앉아 있었다. 그녀의 눈길은 오래 전에 굶어죽은 거미에게 멎어 있었다. 파리 한 마리 걸려들지 않는 곳에 잘못 쳐진 거미줄은 창틈으로 스며든 약한 바람에도 하늘거렸다. 테스는 가족들의 난처한 처지가 자기 때문이라는 것을 알았기 때문에 몹시 가슴이 아팠다. 그녀가 돌아오지 않았으면 어머니와 동생들은 일주일마다 사글세를 내는 셋방살이라도 할 수 있었으리라. 마을에 돌아오자마자 성격이 까다롭고, 유력한 지위에 있는 사람들의 눈에 그녀가 띈 것은 불행한 일이었다. 그들은 흔적도 없어지다시피 한 아기의 무덤을 흙손으로 가다듬고 있는 테스를 보았고 그녀가 마을에 돌아왔다는 사실은 모두에게 알려졌다. 마을 사람들이 그 사실에 대해 어머니 존을 비난하자, 존은 발끈해서 되받아넘기고는 당장 마을을 떠나겠다고 말해 버렸던 것이다. 그 결과는 곧 이런 식으로 나타났다.

테스는 혼자 쓸쓸하게 중얼거렸다.

"돌아오지 말았어야 했는데……."

이런 생각에 골몰한 테스는 하얀 비옷을 입은 남자가 말을 타고 오는 것을 보고도 처음에는 별로 관심을 두지 않았다. 그녀가 창에 얼굴을 바싹 대고 있었으므로 남자는 그녀를 이내 알아보고 현관 앞까지 바싹 다가와 말을 세웠다. 그가 말채찍으로 창을 두드리자 그녀는 비로소 그를 알아보았다. 비는 거의 그쳤다. 알렉의 손짓에 따라 테스는 창문을 열었다. 더버빌이 물었다.

"날 못 봤소?"

"딴생각을 하고 있었어요. 무슨 소리가 들리긴 했는데, 여러 필의 말이 끄는 마차 소리 같았어요. 아마 꿈을 꾸고 있었나 봐요."

"아, 그래! 아마 저 '더버빌 가의 마차 소리'를 들은 모양이군. 당신도 그 전설을 알고 있겠지?"

"아뇨. 내, 아니 어떤 사람이 그 얘길 해주려다 그만둔 일은 있지만요."

"만일 당신이 진짜 더버빌 집안이라면 나도 얘기 않는 게 좋겠어. 나야 가짜니까 상관없지만. 무시무시한 얘기야. 사실은 눈에 보이지도 않는 마차 소리는 더버빌 가문의 후손에게만 들린다고 하는데 그 소리를 들은 사람에게는 불행한 일이 생긴다는 거야. 그건 몇백 년 전에 그 집안사람이 저지른 살인 사건과 관계되는 거요."

"이왕 말이 나왔으니 끝까지 얘기해주세요."

"좋아, 그럼 말하지. 그 집안의 어떤 남자가 어느 아름다운 여자를 납치해서 마차로 데리고 가는 도중에 여자가 도망치려 했다는 군. 그래서 둘이 옥신각신 싸움이 벌어졌고, 마침내는 남자가 여자를 죽였다던가, 아니 여자가 남자를 죽였다던가 어느 쪽인지 확실치 않지만 하여튼 그런 얘기요…… 그런데 양동이와 대야를 싸놓았는데, 내일 이사 가는 건가?"

"네, 내일 구력 성모 마리아의 날에."

"소문은 들었지만 너무 갑작스러워서 믿어지지가 않았소. 도대체 어떻게 된 일이오?"

"아버지 대까지만 이 집에 살기로 돼 있었거든요. 아버지가 돌아 가셨으니 이젠 여기서 눌러 살 권리가 없어진 셈이죠. 그래도 나만 아니었다면 주일마다 사글세를 내는 셋방살이를 할 수 있었을 거예 요."

"당신이 어째서?"

"난…… 올바른 여자가 아니니까요."

더버빌의 얼굴이 붉어졌다. 그는 노여움에 차 흥분한 음성으로 빈정대듯 말했다.

"빌어먹을! 그래, 그따위 처사가 세상에 어디 있어! 돼먹지 못하 게 점잖만 빼는 녀석들, 그따위 더러운 정신머리는 불에나 던져버 리라고 해! 그래서 떠난다는 거요? 쫓겨난단 말이지?"

"쫓겨가는 건 아니지만 빨리 비워 달라니까, 계약이 끝난 일꾼들 이 떠나는 지금 떠나는 게 좋을 것 같아요. 무슨 좋은 일이 있을지 도 모르니까요."

"어디로 갈 작정이오?"

"킹즈비어에요. 거기다 방을 얻어 놓았어요. 어머넌 어리석게도 아버지의 가문 얘길 곧이들으셔서 그곳에 가고 싶어 하세요."

"하지만 그처럼 많은 가족을 거느리고 셋방살이를 하기가 어려 울 거야. 더구나 그처럼 좁은 마을에서는 더 어렵지. 그러지 말고 트랜트리지의 우리 집 아래채로 오면 어떨까? 어머니가 돌아가신 뒤 닭장은 치워버렸지. 하지만 집과 뜰은 그대로 있으니까 하루 동 안 칠을 다시 하면 새 집처럼 돼. 그곳이라면 당신 어머니도 마음 편히 지낼 수 있어. 동생들은 좋은 학교에 보내주겠어. 난 정말 당 신을 위해 무언가 해야 할 의무가 있단 말이오."

알렉의 애원에 테스는 딱 잘라 말했다.

"하지만 킹즈비어에 벌써 방을 얻어 놓았어요. 거기서 기다리기만 하면……."

"기다리다니, 무엇을 기다린단 말이오? 아, 그 훌륭한 남편을 기다린단 말이지? 이봐요, 테스. 난 남자가 어떤지 잘 알아. 당신들이 헤어진 이유를 생각하면 그 사람이 절대로 화해하지 않으리라는 걸 장담할 수 있어. 난 옛날엔 당신의 원수였을지 모르지만 지금은 당신 친구요. 당신은 믿지 않겠지만 말이오. 그러니 내 집에 와서 정식으로 양계를 해보는 것이 어떨까? 그러면 당신 어머니도 닭들을 잘 돌볼 거고, 아이들은 학교에 다닐 수 있게 될 테고."

더버빌의 간곡한 말에 테스는 숨결이 가빠졌다. 잠시 후 그녀는 말했다.

"당신을 믿을 수가 없어요. 당신이 정말 그렇게 해줄는지도 의문이고 그러다가 당신 마음이라도 변하는 날에는…… 우린 다시 집 없는 신세가 되고 말아요."

"천만에. 그런 일은 결코 없을 거요. 필요하다면 각서라도 쓰겠어. 잘 생각해봐요."

테스는 고개를 흔들었으나 더버빌은 계속 우겨댔다. 테스는 여태까지 그가 그토록 굳게 결심한 것을 한 번도 본 적이 없었다. 그는 기어이 동의를 얻으려는 듯 힘주어 말했다.

"제발 어머님에게라도 말해봐요. 이건 어머님이 판단할 일이지 당신이 판단할 문제가 아니니까. 난 내일 아침에 그 집을 말끔히 청소하고 칠도 새로 하고 불도 피워놓으라고 하겠소. 그러면 저녁까지는 다 마를 테고, 당신네들이 그리로 곧장 와도 될 거요. 알겠소? 그럼 난 기다리고 있겠소."

테스는 여전히 고개를 저었다. 불현듯 착잡한 여러 가지 감정이 치밀어올라 목이 메었다. 그녀는 더버빌을 쳐다볼 수가 없었다.

"난 당신에게 저지른 죄를 다 보상하고 싶소. 그리고 신앙에 미친 나를 고쳐준 사람도 당신이니까 난 기꺼이 당신을……."

"난 당신이 신앙에 미친 그대로인 편이 훨씬 나아요. 그랬으면 당신은 설교를 계속했을 테니까요."

"난 조금이라도 내 죄를 보상할 수 있는 기회가 온 것이 기쁘오. 내일, 당신이 내 집으로 와 이삿짐을 푸는 소리를 들을 수 있으리라 믿소. 자, 그런 뜻에서 악수해줘, 사랑스런 테스!"

말을 마친 더버빌은 갑자기 음성을 낮춰 뭐라고 중얼거리더니 열린 창문으로 한 손을 내밀었다. 테스는 노여움이 가득 찬 눈초리로 더버빌을 쏘아보면서 재빨리 창문 쇠고리를 잡아당겼다. 그 바람에 그의 팔이 창문과 돌쩌귀가 달린 문턱 사이에 끼어버렸다. 그는 팔을 빼면서 투덜거렸다.

"빌어먹을! 이건 정말 너무한데! 아냐, 괜찮아. 당신이 일부러 그러지 않은 걸 아니까. 어쨌든 당신을 기다리겠어. 당신이 안 온다면 당신 어머니와 동생들이라도 기다리겠소."

"난 가지 않아요. 내겐 돈이 넉넉히 있으니까요!"

테스가 외쳤다.

"어디에?"

"시아버지한테 있어요. 부탁만 하면 돼요."

"부탁만 하면 된단 말이지? 하지만 테스, 난 당신을 잘 알아. 당신은 그런 부탁을 하지 않을 거요. 차라리 굶어죽을지언정 그런 부탁을 할 여자가 아니야."

말을 마친 더버빌은 말을 몰고 가버렸다. 길모퉁이에서 마침 그는 페인트 통을 든 남자를 만났다.

교우들을 저버릴 셈이냐고 그 남자가 묻자 그는 이렇게 대꾸했다.

"악마한테나 찾아가보게."

테스는 꼼짝 않고 그 자리에 앉아 있다가 문득 자신이 부당한 대접을 받고 있다는 반항심이 치밀어 두 눈에 눈물이 가득 괴었다. 남편인 클레어마저 남들과 마찬가지로 그녀를 괴롭혔다. 그렇다. 그건 분명 괴롭힌 것이었다. 여태껏 이런 생각은 한 번도 해본 적이 없지만 사실 남편은 잔인할 정도로 매정했다. 자신이 살아오는 동안 한 번도 남을 해치려 한 적이 없다고 그녀는 맹세할 수 있었다. 그런데 어째서 이처럼 가혹한 형벌을 받는 것인지 알 수가 없었다. 설령 자신이 죄를 지었다 해도 그건 결코 고의가 아니었으며 다만 부주의해서 생긴 결과일 뿐인데 어째서 이토록 끊임없이 벌을 받아야 하는지 알 수가 없었다.

테스는 닥치는 대로 종이 한 장을 홱 집어들고는 다음과 같은 사연을 갈겨썼다.

아, 엔젤. 당신은 왜 이다지도 저를 부당하게 대하시는지요. 엔젤, 전 이런 대접을 받을 만큼 나쁜 짓은 하지 않았어요. 모든 일을 다시 곰곰 생각해봤는데 전 도저히 당신을 이해할 수가 없군요. 저는 도저히 당신을 용서할 수가 없어요. 당신을 욕되게 할 생각이 제게 조금도 없다는 걸 당신이 더 잘 아시면서 어쩌면 이처럼 가혹하게 절 괴롭히시나요. 당신은 너무 매정해요. 정말 인정이 없는 분이에요.

전 이제부터 당신을 잊으려 노력하겠어요. 제가 당신에게 받은 대접은 너무나 부당해요!

　　　　　　　　　　　　　　　　　　　　　　　　　— T

　쓰기를 마친 테스는 멍하니 밖을 내다보다가 우체부가 지나가는 것을 보고는 달려나가 편지를 전했다. 그러고는 다시 창가로 돌아와 맥이 풀린 듯 우두커니 앉아 있었다. 편지를 이렇게 쓰거나 다정하게 쓰거나 별 차이가 없었다. 원망하는 편지를 쓴다고 해서 엔젤의 마음이 돌아설 것 같지는 않았다. 달라진 것은 아무것도 없었고 그의 마음을 움직일 만한 새로운 사건도 물론 없었다.

　어둠이 차차 짙어지자 난로의 불빛이 방 안을 환히 비추었다. 큰 아이 둘은 어머니를 따라갔고, 네 살부터 열한 살까지의 네 아이들은 까만 옷을 입은 채 난롯가에 모여 앉아 두서없는 이야기를 지껄였다. 테스는 촛불을 켜지 않은 채 아이들 틈에 끼어 앉아 말했다.

　"얘들아, 우리들이 태어난 이 집에서 자는 것도 오늘밤이 마지막이야. 그걸 잘 생각해야 해. 그렇지 않니?"

　아이들이 모두 잠잠해졌다. 새 집으로 이사 간다는 바람에 온종일 기뻐 날뛰던 아이들이었지만, 모두 눈치 빠르고 예민한 나이들인지라 마지막이라는 말에 금방 울음이라도 터뜨릴 것 같은 표정을 지었다. 테스는 얼른 화제를 바꾸었다.

　"노래를 들려주지 않으련?"

　"무슨 노래를 할까?"

　"너희들이 아는 노래를 하려무나. 아무 노래라도 괜찮아."

　잠시 침묵이 흐른 다음 한 아이가 낮은 음성으로 노래를 시작했다. 그러자 하나 둘 노래에 합세하더니 마침내 그들은 목소리를 합해 주일 학교에서 배운 노래를 불렀다.

이 세상에서 우리는 슬픔과 고통을 겪고
이 세상에서 우리 만나면 이별이 온다네.
그러나 천국에서는 영원히 이별이 없다네.

가사에 나타난 문제 따위는 이미 오래전에 해결된 것이므로 굳이 생각할 필요도 없다는 사람들처럼 무심하고 냉담한 태도로 네 아이는 노래를 계속 불렀다. 그들은 한 구절 한 구절 똑똑히 부르려고 긴장된 표정으로 타오르는 난롯불을 바라보았다. 다른 아이들의 노래가 끝난 뒤에도 막내의 노랫소리는 여전히 방 안에 길게 메아리쳤다.

테스는 자리에서 일어나 다시 창가로 갔다. 흐르는 눈물을 감추려고 마치 어둠 속을 살펴보려는 사람처럼 유리창에 얼굴을 바싹 갖다댔다. 만약 동생들이 부른 노래의 내용대로 믿을 수 있다면, 그 가사에 확신을 가질 수 있다면 만사가 달라질 수 있지 않을까. 그럴 수만 있다면 마음 놓고 어린 동생들을 하나님의 섭리와 내세의 천국에 맡길 수 있을 것 같았다. 그러나 그것이 불가능한 까닭에 그녀는 무엇이든 해서 어린 동생들에게 하나님 대신이 되어주는 수밖에 없었다.

얼마 후 비에 젖은 어두운 길을 걸어 어머니와 키 큰 리자 루와 아브라함이 함께 돌아오는 모습이 보였다. 더베이필드 부인의 나막신 소리가 현관 앞에서 들려오자 테스가 문을 열었다.

"창밖에 말발굽 자국이 있던데 누가 왔다 갔니?"

어머니의 물음에 테스는 얼른 대답했다.

"아뇨."

난로 옆에 있던 꼬마들이 정색을 하고 테스를 바라보더니 그 중

한 아이가 말했다.

"테스 누나, 아까 말 탄 신사가 왔었잖아!"

"그 사람은 찾아온 게 아니야. 그냥 지나가다 내게 말을 건넸을 뿐이야."

"그 신사가 누구냐? 네 남편이냐?"

어머니가 물었다. 테스는 절망적인 말투로 대답했다.

"아녜요. 그이는 결코 돌아오지 않아요."

"그럼 누구란 말이니?"

"아실 필요도 없는 사람이에요. 제발 더는 묻지 마세요. 어머니도 나도 전에 한번 본 일이 있는 사람일 뿐이에요."

"그래, 그 사람이 뭐라더냐?"

어머니는 자못 궁금한 모양이었다.

"내일 킹즈비어에 이사한 다음 말씀드릴게요. 무엇이든 빠짐없이……."

남편이 아니라고 테스는 대답했으나 육체적으로는 오직 알렉만이 자신의 남편이라는 생각이 그녀의 마음을 무겁게 압박해왔다.

52

이튿날 새벽, 농가에 사는 마을 사람들은 이따금씩 들려오는 시끄러운 소리에 잠을 제대로 이루지 못했다. 날이 훤히 샐 때까지 들린 그 소리는 해마다 사월 첫 주간이면 으레 들리는 소리로, 이사할 사람들의 짐을 실으러 가는 빈 짐마차 소리였다.

아침이 되자 바람이 불고 날씨는 흐렸으나 다행히 비는 오지 않았다. 창밖을 내다본 테스는 비가 오지 않고, 또 마차가 제 시간에 닿아 있는 것을 보고 마음이 놓였다. 사실 비 오는 성모마리아의 날에 이사한다는 것은 불길한 일이었다. 비에 젖은 가구며 이부자리, 옷가지들을 보기만 해도 마치 유령이라도 본 듯 섬뜩한 기분이 들 뿐만 아니라 갖가지 병까지 생기기 때문이었다.

어머니와 리자 루, 그리고 아브라함은 깼지만 어린 동생들은 아직 자고 있었다. 네 식구는 희미한 불빛 아래서 아침 식사를 마치고 이삿짐을 꾸렸다.

친절한 이웃 사람 두어 명이 와서 거들어주어 일은 손쉽게 진행되었다. 그들은 큼직한 세간을 요령 있게 실어 놓은 다음 더베이필드 부인과 아이들이 앉아서 갈 수 있도록 침대와 이부자리로 둥근 자리를 마련해주었다. 오후 두 시경에야 마차는 움직였다. 냄비는 마차 굴대에 매달려 제멋대로 흔들리고, 더베이필드 부인과 가족들은 짐 꼭대기에 앉아 있었다. 부인은 벽시계가 망가지지 않도록 무릎 위에 소중히 보관했지만 마차가 흔들릴 때마다 시계는 짓눌린 듯한 소리로 한 시를 치기도 하고 한 시 반을 치기도 했다. 테스와 리자 루는 짐마차가 마을을 벗어날 때까지 마차와 나란히 걸었다.

그들은 어제저녁과 오늘 아침에 몇몇 이웃들에게 작별 인사를 했으므로 출발할 때 몇 사람이 그들을 배웅하러 왔다. 이웃들은 한결같이 테스 가족의 행운을 빌었으나 속으로는 비록 남에게 폐를 끼친 것은 없다 하더라도 더베이필드 같은 가족에게 정말 행운이 있으리라고는 전혀 생각지 않았다. 이윽고 짐마차는 비탈길을 오르기 시작했다. 땅의 높이와 토질의 변화에 따라 바람은 더욱 차가워졌다.

이날이 바로 사월 초엿새, 일꾼들의 이삿날이라 그들은 짐 위에 여러 명의 가족이 타고 있는 다른 짐마차 여러 대를 만났다. 많은 이사 가족 중에는 명랑해 보이는 가족도 있었고 슬픔에 잠긴 가족도 있었다. 한길가 주막집 문 앞에다 마차를 멈춰 놓고 쉬는 가족도 있었다. 테스 가족도 말에 먹이도 주고 쉬기도 할 겸 어느 주막집 앞에 마차를 세웠다.

그들이 쉬는 동안 테스의 눈은 조금 떨어진 짐마차 위에서 술을 마시는 여자들에게로 쏠렸다. 술병을 쥔 여자는 테스가 잘 아는 여자였다. 테스는 그 마차로 다가가 외쳤다.

"마리안! 이즈!"

그들은 하숙하고 있던 집이 이사 가는 바람에 함께 따라가는 마리안과 이즈였다. 테스가 그들에게 오늘 이사하는 거냐고 묻자 그들은 플린트콤 애쉬에서의 생활이 너무 고생스러워 농장 주인 그로비에게 알리지도 않고 따라나선 것이라고 했다. 그로비가 고소해도 걱정 없다면서 그들은 테스에게 자신들의 목적지를 알렸고 테스도 그들에게 킹즈비어로 간다는 것을 알려주었다. 그런 뒤에 마리안이 짐 위에서 테스에게로 몸을 굽혀 작은 소리로 말했다.

"테스, 널 귀찮게 쫓아다니던 그 남자 말이야. 누군지 짐작하겠지만 그 남자가 네가 떠난 뒤에 플린트콤 애쉬에 왔댔어. 널 찾아서 말이야. 우린 네가 그 남자를 싫어하는 걸 알기 때문에 너 있는 곳을 가르쳐주지 않았어."

"그래? 그 사람은 벌써 내가 있는 곳을 알아내고 날 찾아왔어."

"그럼 네가 가는 곳도 알겠구나?"

"알고 있을 거야."

"남편은 돌아왔니?"

"아니."

마침 양쪽 마부가 주막에서 나왔으므로 테스는 친구들과 작별 인사를 했다. 두 짐마차는 각기 반대 방향으로 길을 떠났다. 마리안과 이즈가 탄 짐마차는 페인트칠도 산뜻했고 번쩍이는 놋쇠 장식을 마구에 단 튼튼한 세 마리의 말이 이끄는 새 마차인데 반해 테스가 탄 짐마차는 두 마리의 늙은 말이 끌고 있었고 낡고 삐걱거리는 짐마차여서, 번창하는 농장주를 따라가는 사람과 고용주도 없이 스스로 살길을 찾아가는 사람과의 차이를 뚜렷이 드러내고 있었다.

갈 길은 아직도 까마득했다. 하루 여행길로서는 너무 먼 길이라 말들도 지친 것 같았다. 그들이 그린힐 고원의 일부를 이루는 산허리에 도착했을 때는 꽤 늦은 오후였다. 그곳에서 말들이 오줌도 누고 잠시 휴식을 취하는 동안 테스는 그 근처 일대를 둘러보았다. 바로 눈앞 언덕 아래에 그들의 목적지인 작은 마을 킹즈비어가 죽은 듯이 가로놓여 있었다. 바로 그곳에 아버지가 입버릇처럼 이야기하고 노래하던 조상들이 묻혀 있었다. 또한 그곳은 더버빌 가문이 오백 년 이상 산 곳이어서 다른 어느 곳보다 더버빌 가문의 고향이라 할 수 있는 곳이었다.

그때 한 남자가 마을 어귀에서 그들을 향해 걸어오는 모습이 보였다. 그는 짐마차를 발견하고는 빠른 걸음으로 다가왔다. 마침 남은 길을 걸어가기 위해 마차에서 내린 더베이필드 부인에게 그 남자가 말을 건넸다.

"더베이필드 부인이신가요?"

그녀는 고개를 끄덕였다.

"정식으로 말하면, 최근에 돌아가신 가난한 귀족 존 더버빌 경의 미망인으로 지금 조상들의 영지로 돌아가는 길입니다."

"네, 그러세요? 그 얘긴 금시초문인데, 어쨌든 더베이필드 부인이라니 말씀드리겠습니다. 실은 댁에서 빌린 셋방에 딴 사람이 들었다는 소식을 전해달라는 부탁을 받았습죠. 오늘 아침 편지를 받고 나서 댁이 이리로 오신다는 걸 알았지만 이미 때가 늦었죠. 그래도 어딘가에 빈 방이 있을 겁니다."

이 말을 듣고 테스의 얼굴은 파랗게 질렸다. 어머니는 어이가 없는 듯 어리둥절한 표정으로 테스에게 물었다.

"테스, 이제 어떡하면 좋지? 조상들의 땅에 와서 이런 푸대접을 받다니! 아무튼 좀 더 가보자."

그들은 마을로 들어가 셋방을 알아보러 다녔다. 어머니와 리자루가 방을 얻으러 다니는 동안 테스는 마차에서 어린 동생들을 돌봤다. 한 시간쯤 뒤에 허탕만 친 어머니가 돌아오자 마부는 말이 녹초가 된 데다가 오늘밤 안으로 조금이라도 온 길을 되돌아가야 하기 때문에 짐을 내려줘야겠다고 말했다. 더베이필드 부인은 앞뒤 생각 없이 말해버렸다.

"좋아요, 여기다 내려놓아요. 어디 하룻밤 묵을 데가 없을라구."

마부는 남의 눈에 띄지 않는 교회 묘지 담장 밑에 마차를 몰고 가 잘됐다는 듯 초라한 세간들을 그곳에 내려놓았다. 짐을 다 내리고 마차 삯을 치르고 나니 동전 한 푼만 테스의 수중에 남았다. 마부는 이런 가족과 거래를 끝내 후련하다는 듯, 그들을 남겨두고 얼른 떠나버렸다. 날씨가 좋으니 하룻밤 이슬을 맞아도 괜찮으리라고 마부는 생각했다.

테스는 절망적인 눈으로 세간들을 바라보았다. 쌀쌀한 봄철의 저녁 햇살은 항아리와 주전자, 산들바람에 흔들리는 약초 다발, 놋쇠로 만든 찬장 손잡이, 애들이 자랄 때 태우고 흔들어주던 버드나무로 만든 낡은 요람, 둘레가 반질반질하게 닳은 벽시계—그 모든 세간들을 골고루 비춰주었다. 세간들은 마치 자신들이 길바닥에 내동댕이쳐진 것이 억울하다는 듯 저녁 햇빛을 반사했다.

그들이 서 있는 곳 일대는 예전에는 언덕과 비탈로 이루어진 공원이었는데 이제는 말을 길들이는 목초지로 바뀌어 곳곳에 작은 울타리가 쳐져 있었다. 한때 더버빌 저택이 서 있던 자리를 표시하는 주춧돌은 무성한 풀에 덮여 사방에 널려 있었다. 또한 조상의 영지에 속했던 이그돈 황야가 그곳에서 시작되어 멀리까지 뻗쳐 있었고 그들 바로 곁에는 더버빌 회랑이라고 불리는 교회 회랑이 의젓하게 사방을 굽어보고 있었다. 어머니는 교회와 묘지를 둘러보고 와서 이렇게 말했다.

"가족 묘지는 우리의 부동산이나 마찬가지야. 누가 뭐래도 그건 틀림없는 사실이거든. 그러니까 우린 집을 구할 때까지 임시로 이곳에 머물러도 괜찮아. 자, 테스. 리자, 아브라함, 모두들 와서 좀 도와다오. 우선 애들 잠자리부터 만들어주고 나서 우리는 한 바퀴 둘러보자꾸나."

테스는 내키지 않는 마음으로 어머니를 도왔다. 이삿짐에서 낡은 네발 침대를 꺼내 교회 남쪽 벽 밑에다 세웠다. 어머니는 침대 둘레에 커튼을 쳐서 그럴듯한 천막을 만들어 아이들을 그 안에 들여보냈다.

"정 방을 구하지 못하면 여기서 하룻밤을 자야겠다. 하지만 좀 더 찾아봐야지. 애들 먹을 것도 구해야 할 테니 말이다. 얘, 테스! 네가 신사와 결혼했는데도 아무 소용이 없구나. 우릴 이렇게 내버려두니……."

어머니는 리자 루와 아브라함을 데리고 교회와 마을을 연결하는 좁은 비탈길을 따라 올라갔다. 그들이 막 마을에 들어갔을 때 말을 탄 한 남자가 눈에 띄었다. 남자는 사방을 두리번거리다가 그들을 보고는 말을 몰아 가까이 다가왔다.

"당신들을 찾고 있었어요. 이건 정말 역사적인 땅에서 가족끼리 모였군요. 테스는 어디 있습니까?"

남자는 알렉 더버빌이었다. 알렉을 싫어하는 더베이필드 부인은 무뚝뚝하게 교회가 있는 쪽을 가리키고는 가던 길을 계속 갔다. 더버빌은 방을 얻지 못했다는 얘기를 방금 들었는데 만약 끝내 방을 구하지 못하면 그때 다시 뵙겠다고 그들의 등 뒤에다 소리쳤다. 그들이 사라지자 더버빌은 말을 몰고 여관으로 돌아갔다가 조금 뒤에는 말을 타지 않은 채 밖으로 걸어나왔다.

테스는 어린 동생들과 이야기를 주고받다가 더 이상 아이들을 즐겁게 해줄 수 없다는 것을 깨닫고는 밖으로 나와 황혼이 깃들어 어둑해진 교회 묘지 근처를 거닐었다. 마침 교회 묘지 문이 열려 있어 테스는 난생 처음으로 그 안에 들어가 보았다.

테스 가족이 침대로 만든 천막을 세워놓은 곳 바로 위 창문 안에 몇 세기에 걸친 조상들의 무덤이 있었다. 모두 천장으로 덮여 있는 무덤은 제단 모양으로 간소하게 지어져 있었다. 무덤을 장식한 조각은 닳고 파손된 것이 많았고, 묘비명을 새긴 놋쇠 판은 박아넣었던 곳에서 벗겨졌으며, 큰 못 구멍 자국은 사암 절벽에 있는 족제비 구멍처럼 남아 있었다. 자신의 가문이 몰락했다는 사실을 깨우쳐주는 일들을 과거에 여러 번 겪었지만 이 황폐한 묘지만큼 충격적인 것은 여태껏 없었다.

그녀는 다음과 같은 글이 새겨진 검은 돌 앞으로 다가갔다.

Ostium Sepulchri antiquae Familiae D'Urberville
(더버빌 집안 묘지 입구)

테스는 교회에서 쓰는 라틴어를 잘 몰랐지만 이것이 조상들의 묘지 문이고, 이 안에 아버지가 술에 취해 노상 흥얼거리던 건장한 기사들이 잠들어 있다는 사실을 알 수 있었다.

깊은 생각에 잠긴 테스가 동생들에게 돌아갈 작정으로 오래된 제단 모양의 한 무덤 곁을 지날 때였다. 무덤 위에서 무언가가 움직였다. 교회 안이 컴컴해서 그 위에 무언가가 있다는 사실조차 깨닫지 못했던 그녀는 이상한 생각이 들어 가까이 가보았다. 놀랍게도 그것은 살아 있는 사람 알렉 더버빌이었다. 여태까지 이곳에 자기 혼자만 있었던 것이 아니라는 사실에 소스라치게 놀란 데다가, 그게 바로 알렉 더버빌이라는 사실을 확인하자 그녀는 충격으로 기절할 듯 비틀거렸다. 알렉이 돌판에서 뛰어내려 그녀를 붙들어주었다. 그는 빙글빙글 웃으며 말했다.

"아까 당신이 들어오는 걸 봤어. 당신의 명상을 방해하지 않으려고 저 위에 올라가 있었지. 우리는 이제 처음으로 우리 발밑에 있는 조상님과 상면한 셈이군 그래. 자, 이 소릴 들어보라구!"

그는 발뒤꿈치로 바닥을 힘껏 찼다. 그러자 발밑에서 속이 텅 빈 듯한 소리가 울려나왔다. 그는 말을 계속했다.

"이 소리에 조상님들도 조금은 놀라셨을 거야. 당신은 조금 전에 날 조상의 석상 가운데 하나라고 생각했겠지만 사실은 그게 아니거든. 세상은 변화무쌍하게 뒤바뀌고 있어. 땅속에 묻힌 조상들의 손가락을 전부 합친 것보다는 가짜 더버빌의 손가락 하나가 지금 당신을 위해 좋은 일을 할 수가 있소. 자, 내게 명령만 해주오. 무얼 해드릴까요?"

"돌아가 주세요."

"가지. 가서 당신 어머니를 찾아봐야지. 하지만 잘 들어둬요. 머

460

지않아 당신도 내게 상냥해질 테니까."

그가 돌아간 뒤 테스는 납골당 입구에 몸을 구부리고 앉아 혼자 중얼거렸다.

"난 왜 이 문 바깥에 있어야 하나."

한편 마리안과 이즈는 하숙집 농가의 가족들과 함께 딴에는 '가나안 땅'을 향해 여행을 하고 있었다. 하지만 이 두 처녀는 자기들이 가는 곳 따위에는 별 관심이 없었고 엔젤 클레어와 테스, 그리고 그녀를 귀찮게 따라다니는 남자에 대해 이야기를 주고받았다. 그들은 테스가 과거에 그 남자와 어떤 관계가 있었다는 것을 반은 소문으로 반은 추측으로 이미 알았다. 마리안이 말했다.

"아무래도 테스는 그 남자를 전혀 몰랐던 게 아닌 것 같아. 그 남자가 과거에 그애를 손에 넣은 적이 있다면 문제는 아주 달라질 거야. 만약 그 남자가 테스를 다시 데려간다면 일은 그야말로 돌이킬 수 없게 돼. 사실 우린 클레어 씨에게 아무것도 아니었어, 이즈. 그러니 테스에게 그이를 빼앗기는 것이 아깝다고 생각할 것이 아니라 두 사람이 다시 합치도록 도와주는 게 옳을 것 같아. 테스가 고생하고 있다는 것과 어떤 남자가 그애를 따라다닌다는 것을 클레어 씨가 알기만 한다면 테스를 돌보려고 돌아올지도 몰라."

"그런데 클레어 씨에게 어떻게 알리지?"

그들은 목적지에 닿을 때가지 내내 그 생각에 잠겨 있었으나, 새 농장에 도착한 뒤로는 그곳에 자리 잡는 일에 정신이 팔려 다른 것은 생각할 여유가 없었다. 한 달쯤 지나 완전히 자리가 잡혔을 때 그들은 머지않아 클레어가 돌아온다는 소문을 들었다. 그 소식에 그들은 새삼스럽게 가슴이 설레었지만 지금은 아무 소식조차 없는 테스에게 부끄러운 짓을 할 수 없다는 생각이 들어 클레어에게 보내는 편지를 쓰기로 했다. 마리안은 이즈와 함께 쓰는 값싼 잉크 뚜껑을 열고 이즈와 상의해 짤막한 글을 몇 줄 적었다.

존경하는 선생님
선생님의 부인이 선생님을 사랑하는 것만큼 선생님도 부인을 사랑하신다면 부디 부인을 돌봐주세요. 부인은 지금 친구의 탈을 쓴 원수에게 시달림을 받고 있습니다. 부인 곁에 얼씬거려서도 안 되는 사람이 도리어 부인을 치근거리며 따라다니고 있어요. 여자에게 자기 힘으로 견딜 수 없을 만큼 큰 시련을 주어서는 안 됩니다. 아무리 단단한 돌, 아니 금강석이라도 물방울이 끊임없이 떨어지게 되면 닳아지기 마련이니까요.
행복을 비는 두 친구 올림

엔젤 클레어 앞이라고 겉봉을 쓴 이 편지는 그들이 엔젤과 관계 있다고 들은 유일한 주소인 에민스터 목사관으로 부쳐졌다. 그 뒤 그들은 친구를 위해 너그러운 일을 했다는 흥분이 오랫동안 가시지를 않아 불현듯 노래를 부르기도 하고 함께 눈물을 흘리기도 했다.

7부 인과응보

53

에민스터 목사관에 노을이 깃들었다. 목사의 서재에는 여느 때처럼 초록색 갓 아래 두 개의 촛불이 켜져 있었으나 목사는 방에 앉아 있지 않았다. 목사는 이따금 방 안에 들어와서 포근해져가는 봄날씨에 알맞은 소량의 난롯불을 뒤적이고 다시 밖으로 나가 현관에 우두커니 서 있기도 하고, 응접실과 현관 사이를 왔다 갔다 하기도 했다.

집 안엔 어둠이 깃들었지만 서향인 현관은 아직 사물을 분간할 수 있을 만큼 밝았다. 여태까지 응접실에 앉아 있던 부인도 목사의 뒤를 따라 현관으로 나왔다. 목사가 말했다.

"아직 시간이 많이 남았어. 기차가 제 시간에 도착한다 하더라도 여섯 시 전에 초크 뉴튼 역에 도착하지는 못할 거요. 게다가 거기서 우리 집 늙은 말을 타고 이곳까지 오려면 꽤 시간이 걸릴 거요."

"그렇지만 그 말이 전에 우릴 태우고 한 시간 만에 온 적도 있잖아요."

"그건 벌써 몇 해 전 얘기야."

그들이 해야 할 한 가지 중요한 일은 기다리는 것뿐이어서 그들은 같은 이야기를 되풀이하며 지루한 시간을 보냈다.

이윽고 오솔길에서 나직한 소리가 들리더니 울타리 밖에 조그만 망아지가 끄는 마차가 나타났다. 그 마차에서 한 사람이 내리자 목사 부부는 알아보는 듯한 태도를 지었지만, 오기로 한 사람이 약속한 시간에 마차에서 내렸으니 망정이지 그렇지 않고 길에서 만났다면 누군지 모르고 지나쳐버렸으리라. 목사 부인은 캄캄한 복도를 따라 현관으로 달려나가고 목사는 천천히 그녀의 뒤를 따라나갔다.

이제 막 문으로 들어선 남자는 현관 앞에서 근심스러운 표정으로 자신을 기다리는 목사 부부와 그들의 안경이 반사하는 저녁 빛을 보았다. 그러나 노부부는 빛을 등지고 있어 아들의 전체 윤곽만을 보았다.

"오, 내 아들, 드디어 돌아왔구나."

클레어 부인이 외쳤다. 그 순간 부모와 자식 사이를 멀게 했던 이단적인 허물은 그의 옷에 묻은 먼지와 마찬가지로 그들 사이에 아무런 영향도 끼치지 않았다. 실제로 자식을 사랑하는 것만큼 깊이 하나님의 약속과 위협을 믿는 여자는 드물 것이다. 어느 여인이라도 하나님의 말씀이 자식의 행복에 방해가 된다면 결국에는 신앙을 버리지 않을 수 없으리라.

세 사람은 촛불이 켜진 방으로 들어갔다. 부인은 이내 아들의 얼굴을 유심히 들여다보다가 아들에게서 물러서면서 슬픈 듯이 소리쳤다.

"오오, 엔젤이 아니야. 내 아들이 아니야. 집을 떠날 때의 엔젤과 달라요!"

아버지도 그의 모습을 보고 깜짝 놀랐다. 고국에서 겪은 불쾌한 사건에 대한 반발심으로 무작정 찾아간 낯선 땅에서 겪은 온갖 고초와 풍상으로 그는 부모가 몰라볼 정도로 변해 있었다. 쇠약해진 얼굴에서는 해골이 연상되었고, 그 해골 뒤에서 망령의 모습을 볼 수 있을 정도로 달라진 모습이었다. 마치 크리벨리―15세기 이탈리아 화가―가 그린 죽은 그리스도의 모습처럼 두 눈은 움푹 패인 병적인 빛을 띠었고 눈빛은 생기를 잃었다. 그의 조상들의 형편없이 여윈 주름투성이 모습이 이십 년이나 빨리 얼굴에 나타나 있었다.

"전 그곳에서 병에 걸렸댔어요. 이젠 다 나았지만."

엔젤은 자신의 말이 거짓이 아니라는 걸 증명이라도 하려는 듯 비틀거렸으나 그것은 그날의 지루한 여행과 집에 도착하여 생긴 흥분 때문에 생긴 가벼운 현기증일 뿐이었다. 그는 쓰러지지 않으려고 얼른 의자에 기대앉았다.

"요즘 제게 온 편지는 없었습니까? 지난번에 마지막 주신 편지는 제가 내륙에 있을 때 받았기 때문에 상당한 시일이 지난 다음에야 겨우 받아봤어요. 그렇지 않았으면 더 빨리 돌아왔을 겁니다."

"그 마지막 편지란 네 아내에게서 온 거지 아마?"

"네."

최근에 엔젤 앞으로 한 통의 편지가 와 있었으나 그가 곧 돌아온다는 걸 알고 있었으므로 부치지는 않았다. 그는 부모가 내주는 그 편지를 재빨리 뜯어보았다. 테스가 마지막으로 급히 쓴 그 편지에서 그는 테스의 절망적인 감정을 충분히 느낄 수 있었고 또 이해할수가 있었다. 그녀가 편지에 쓴 것처럼 자신은 그녀에게 부당한 대우를 했던 것이다.

"사실이야. 내가 내린 판단은 온당치 못했어. 이제 테스는 나와 화해하려 하지 않을 거야."

편지를 내던지며 중얼거리는 엔젤에게 어머니가 말했다.

"얘, 엔젤. 고작 흙에서 태어난 시골 여자 때문에 그렇게까지 상심할 건 없다."

"흙에서 태어났다구요! 네, 우린 다 흙에서 태어났죠. 저도 그 여자가 어머니가 말씀하신 의미의 흙에서 난 시골 여자이기를 바랐는데 사실은 가장 오래된 노르만 가문의 후손입니다. 하긴 우리 마을에도 혈통 있는 집안의 자손이면서도 남몰래 농사를 짓기 때문에 흙에서 태어난 아들이라고 불리는 농사꾼들이 많이 있지만요."

그는 곧 자리에 들었다. 이튿날 아침에도 여전히 몸이 찌뿌드드해 클레어는 자기 방에서 꼼짝도 않고 곰곰 생각에 잠겼다. 자신이 내버려둔 동안 테스의 처지가 얼마나 곤란했는지 짐작조차 못 하는 그는 적도 지방에서 테스의 애절한 편지를 받았을 때 자기가 용서할 마음만 내키면 그녀에게 달려갈 수 있으리라고 생각했었는데 막상 와보니 문제가 생각한 것만큼 쉽게 해결될 것 같지가 않았다. 어제 읽은 편지로 미루어, 정열적인 그녀가 돌변했다는 것을 짐작할 수 있었다.

자신이 너무 지체한 것도 사실이고, 어쩌면 당연할지도 모르는 그녀의 변화를 슬프지만 인정하지 않을 수가 없었다. 별거 생활의 마지막 몇 주 동안 그녀의 열렬한 애정이 미움으로 변한 것이 사실이라면 예고도 없이 그녀를 만나러 간다는 것이 현명치 못한 일로 느껴졌다. 마음의 준비 없이 갑작스럽게 대면하게 되면 피차 씁쓸한 얘기만 나누게 될지도 모르기 때문이었다.

그래서 클레어는 테스와 그녀의 가족에게 자신의 귀국을 알리는 편지를 썼다. 테스가 아직도 친정에 있으리라고 믿는다는 내용을 덧붙여 쓴 뒤 말롯 마을로 부쳤다. 일주일 뒤 더베이필드 부인에게서 짤막한 답장이 왔다. 뜻밖에도 그 답장은 말롯 마을에서 온 것이 아니고 주소조차 없었으므로 그는 한층 궁금한 생각이 들었다.

지금 테스는 집에 없고, 또 언제 돌아올지 확실한 날짜도 모릅니다. 만약 그애가 돌아오면 그 즉시 알려드리겠습니다. 내 딸이 지금 어디 있는지 나로서는 말하기가 곤란합니다. 그리고 우리 가족이 말롯 마을을 떠난 지도 꽤 오래 되었습니다.

J · 더베이필드

엔젤은 테스가 무사하다는 소식을 들은 것만으로도 기뻐 어머니가 딸이 있는 곳을 명확히 밝히지 않은 사실에 대해 별로 근심하지 않았다. 부인이 테스가 돌아오면 곧 연락한다고 했기 때문에 그때까지 기다리기로 마음먹었다. 사실 그 이상을 바랄 자격도 없었다. 그는 자신의 사랑이야말로 '다른 대상을 찾으면 변하는 사랑'이 아닌가 하고 스스로 반성해보기도 했다.

그리고 테스가 지내온 과거보다도 그녀 내부에 간직된 본질로, 또한 그녀의 행위보다는 의지로 테스를 판단하지 못한 자신의 어리석음을 거듭 후회했다.

더베이필드 부인의 두 번째 편지가 오기를 기다리고, 건강이 회복되기를 기다리면서 아버지 집에 머무르는 사이에 이삼 일이 지나갔다. 건강은 차츰 회복되었으나 더베이필드 부인에게서는 아무 소식도 없었다. 답답해진 클레어는 플린트콤 애쉬에서 테스가 보낸 편지를 찾아 다시 읽어보았다. 종으로라도 남편의 곁에 있고 싶다고 썼던 테스의 열렬한 사랑이 담긴 그 편지는 처음 읽을 때와 마찬가지의 감동으로 그의 가슴을 아프게 했다.

편지를 다시 읽어보니 최근에 테스가 보낸 원망의 편지로 그녀가 변했다고 판단한 것이 근거 없는 일로 생각되었다. 그는 곧 테스를 찾아가기로 결심하고는 자신이 없는 사이에 그녀가 아버지에게 돈을 요청한 일이 없었느냐고 물었다. 그런 일이 없었다는 아버지의 대답에 엔젤은 비로소 테스가 자존심 때문에 돈을 요청하지 못했다는 사실을 알았고, 그동안 그녀가 얼마나 궁핍했을 것인가 하는 데에도 생각이 미쳤다.

아들의 얘기를 들은 부모도 그때야 비로소 아들이 왜 별거했는지 그 이유를 알았고 한번도 본 적이 없는 테스에게 깊은 동정을 느꼈다. 그녀의 유서 깊은 혈통이나 소박한 성품이나 가난 같은 것에는 아무런 동정심을 타나내지 않았던 목사 부부였지만, 신앙심 깊은 모든 사람이 그러하듯 그녀의 죄에 대해서는 따뜻한 자비심을 베풀지 않을 수 없었던 것이다.

엔젤은 급히 여행 준비를 하면서 최근에 마리안과 이즈에게서 온 편지를 다시 한 번 훑어보았다.

'존경하는 선생님'으로 시작되는 그 편지는 '행복을 비는 두 친구 올림'이라는 글귀로 끝을 맺고 있었다.

54

십오 분 뒤에 클레어는 집을 나섰다. 집에서도 말이 필요하다는 것을 알고 있어 아버지의 늙은 암말을 타지 않고 주막으로 가 마차를 세낸 그는 말을 마차에 매는 동안에도 초조한 표정을 감추지 못했다. 몇 분 뒤 엔젤은 몇 달 전에 테스가 그렇게도 부푼 가슴을 안고 찾아왔다가 깊은 실망을 안고 돌아갔던 그 언덕길을 향해 올라갔다.

그의 눈앞에 생울타리와 새싹이 돋아난 나무들을 품에 안은 넓은 평원이 펼쳐졌다. 그러나 그는 깊은 생각에 골몰하느라 주위 경치를 살펴볼 마음의 여유가 없었다. 이따금 길을 잘못 들지 않으려고 주위를 살펴볼 뿐이었다. 한 시간 반쯤 지난 뒤 힌토크의 왕실 소유 영지의 남쪽을 굽이돌아 괴상한 '크로스 인 핸드' 돌기둥이 외로이 서 있는 비탈길로 접어들었다. 그곳에 있는 돌기둥 앞에서 테스는 한때 변덕으로 개심했던 더버빌에게 다시는 그를 유혹하지 않겠다는 괴상망측한 맹세를 강요당했었다.

그곳에서 오른편으로 꺾어져, 엔젤은 플린트콤 애쉬를 향해 달렸다. 이윽고 기운을 북돋아주는 듯한 상쾌한 공기로 가득 찬 플린트콤 애쉬에 이르렀다. 테스가 그에게 보낸 편지 중 한 통을 부친 그곳을 돌아다니며 그는 테스를 찾아다녔다. 물론 테스는 그곳에 없었다. 그런데 테스라는 본명은 모두 잘 알고 있으나 '클레어 부인'이란 이름은 마을 사람들이나 농장 주인이 전혀 들어본 적이 없다는 사실을 알게 되자 그의 낙심은 더욱 커졌다. 별거하는 동안 그녀가 클레어라는 성을 한 번도 쓰지 않은 것이 분명했다. 남편에게 기대지 않겠다는 그녀의 자존심이 얼마나 꿋꿋한 것인지는 시아버지에게 돈을 달라고 하지 않고 갖은 고생을 혼자 겪은 사실만으로도 충분히 짐작할 수 있었으나, 그에 못지않게 클레어란 성을 쓰지 않은 사실로도 능히 알 수 있었다.

농장 사람들은 테스가 아무 말도 없이 블레이크모어의 고향에 돌아갔다는 사실을 클레어에게 알려주었다. 클레어는 아무래도 더베이필드 부인을 만나야겠다고 생각했다. 테스의 가족이 말롯 마을에 살고 있지 않다는 사실을 알기는 했지만 더베이필드 부인이 다른 곳의 주소를 가르쳐주지 않았으므로 말롯 마을에 가보는 수밖에 없었다. 테스에게 거칠게 대했던 농장 주인이 클레어에게는 지극히 친절해 말롯 마을까지 타고 갈 마차를 마부까지 붙여서 빌려주었다. 클레어가 타고 온 마차는 그 말이 하루에 감낭할 수 있는 거리를 다 달렸기 때문에 에민스터로 돌려보내야만 했다.

농장 주인의 마차를 타고 블레이크모어 분지의 기슭까지 온 엔젤은 그곳에서 내려 마차를 돌려보냈다. 그날 밤은 여인숙에서 보내고, 이튿날 아침, 그리운 테스의 고향으로 걸어 들어갔다. 아직 이른 봄이라 채소밭이나 나뭇잎은 짙은 녹색 빛깔로 물들지 않았다. 봄이긴 했지만 이름만의 봄이어서, 연둣빛 웃옷을 걸친 겨울이나 마찬가지였다. 엔젤이 가슴에 품은 기대 역시 그처럼 덧없고 희미한 것이었다.

테스가 어린 시절을 보낸 집에는 그녀를 알지도 못하는 사람들이 살고 있었다. 새로운 거주자들은 한때 이집에 살던 사람들이 그 옛날 영화를 누렸던 명문의 후손이라는 사실은 전혀 알 바 아니라는 듯 일에만 몰두했다. 그들의 머리 위에서는 봄새가 아무것도 달라진 것이 없다는 듯 지저귀었다.

클레어는 먼저 살던 사람들의 이름조차 기억하지 못하는 순박한 새 거주자들의 얘기로 존 더베이필드가 죽었다는 사실과 그의 아내와 아이들이 킹즈비어로 이사갔으나 계획이 바뀌어 다른 곳에 살고 있다는 사실을 알았다. 얘기를 다 듣고 나자 테스가 없는 그 집이 몸서리치도록 싫어져 클레어는 뒤 한번 돌아보지 않고 그곳을 떠났다.

얼마 걷지 않아 그는 맨 처음 테스를 만났던 야외 무도장을 지나치게 되었다. 그곳 역시 그녀의 옛집만큼이나 보기가 싫어 급히 교회 묘지로 걸어 들어갔다. 묘지에는 몇 개의 새 비석이 여기저기 들어서 있었는데 그 중에서 하나가 유난히 눈에 띄었다. 그 비석에는 이런 묘비명이 새겨져 있었다.

존 더베이필드, 정확히는 더버빌, 한때 유력한 세도가였던 명문의 후손이며 정복왕 윌리엄 1세 휘하의 기사 페이건 더버빌 경의 찬란한 혈통을 이어받은 직계 후손을 기념하기 위해. 18xx년 3월 10일 세상을 떠나다.
오오라 용사는 마침내 쓰러졌도다.
　　　　　　　　　　　　　　　　　—《사무엘하》1장 19절

묘지기 같아 보이는 남자가 클레어를 보자 가까이 다가왔다.
　"아, 선생님. 그 사람은 이곳에 묻히는 걸 싫어하고, 자기 조상들이 묻힌 킹즈비어에 묻히고 싶다고 늘 말했습죠."
　"왜 그의 원대로 해주지 않았을까요?"
　"그야 돈이 없기 때문이죠. 기막힌 얘기죠. 하긴 저도 이런 말을 함부로 하고 싶진 않습니다만, 비석에 이처럼 거창하게 씌어 있어도 아직 비석 값도 치르지 못했습죠."
　"그래요? 그런데 비석은 누가 세웠습니까?"
　묘지기는 마을 석수의 이름을 대주었다. 묘지를 나온 클레어는 석수를 찾아가 묘지기의 말이 사실임을 확인하고는 비석 값을 치러주었다. 이사한 사람들을 찾아 그는 다시 발걸음을 옮겼다.
　걸어가기에는 너무 먼 거리였지만 혼자 있고 싶은 생각이 간절해 기차로 갈 방법이 있는데도 그냥 걸었다. 샤스톤에 이르렀을 때는 길이 나빠 마차를 세내어 타지 않을 수 없었다. 저녁 일곱 시가 되어서야 그는 겨우 더베이필드 부인이 사는 마을에 도착했다. 말롯 마을을 떠나 이십 마일 남짓 되는 길을 더듬어온 셈이었다.

마을은 무척 작아 더베이필드 부인의 셋집을 쉽게 찾을 수 있었다. 한길에서 멀리 떨어져 있는 그 십은 사방이 담으로 둘러싸인 뜰 안에 있었는데, 그곳에다 더베이필드 부인은 낡아빠진 세간을 잔뜩 쌓아두고 있었다. 어떤 이유에서인지는 몰라도 자신이 찾아온 것을 부인이 달가워하지 않는다는 것을 눈치 챈 엔젤은 못 올 데를 온 듯한 서먹서먹한 기분을 느꼈다. 그녀는 문 앞에 나와 서 있었고 저녁 햇살이 그녀의 얼굴을 비추었다.

장모를 만나는 것이 처음이었지만 클레어는 자기 생각에만 골몰해 있어 부인이 남부끄럽지 않게 과부다운 옷차림을 한 것과 나이보다 젊어 보인다는 인상 외에는 아무것도 알아차리지 못했다. 그는 자신이 테스의 남편이며 무슨 목적으로 찾아왔는가를 어색하게 설명한 다음 덧붙여 말했다.

"전 지금 테스를 만나고 싶습니다. 장모님이 다시 편지하겠다고 하셨는데 전 아무 소식도 못 받았습니다. 그래서……."

"그애가 아직 돌아오지 않아서……."

"잘 지내고 있는지요?"

"난 몰라요. 당신이 나보다 더 잘 알 텐데."

"네. 면목 없습니다. 지금 어디 있을까요?"

엔젤을 봤을 때부터 그녀는 줄곧 손을 한쪽 뺨에 댄 채 당황해하고 있었다.

"난 그애가 어디 있는지 잘 몰라요. 그전엔……."

"그전엔 어디 있었습니까?"

"지금은 그곳에 없을 거요."

사실을 숨기려고 장모는 다시 입을 다물었다. 그때 마침 막내둥이가 문으로 살그머니 다가와 엄마의 치맛자락을 잡아당기며 나직한 소리로 물었다.

"이 사람이 테스 언니하고 결혼하는 신사야?"

어머니 역시 나직한 소리로 대답했다.

"벌써 결혼한 사람이야. 안에 들어가 있어."

클레어는 장모가 무언가 애써 숨기려 한다는 것을 눈치 챘다.

"테스는 제가 애써 찾아가기를 원할까요? 만약 아니라면 저도……."

"아마 원하지 않을 거요."

"정말 그럴까요?"

"틀림없이 그럴 거요."

돌아서서 나오려는 그의 뇌리에 테스의 애틋한 편지가 떠올랐다.

"아닙니다. 테스는 제가 찾아가면 틀림없이 기뻐할 겁니다. 장모님보다 제가 테스를 더 잘 압니다!"

그가 흥분해서 외쳤다.

"그럴지도 모르지. 난 여태까지도 그애 속을 잘 모른다오."

"장모님, 제발 테스가 있는 곳을 가르쳐주십시오. 외롭고 불쌍한 저를 살려주시는 셈치고……."

클레어가 괴로워하는 것을 본 테스의 어머니는 불안스럽게 손바닥으로 뺨을 문지르다가 이윽고 나직한 소리로 말했다.

"그애는 샌드본에 있어요."

"그래요? 거기가 어디쯤이죠? 그곳은 요즘 꽤 큰 도시가 됐다던데?"

"샌드본이란 것만 알지 어디라는 건 몰라요. 그곳엔 나도 가본 적이 없으니까."

부인이 숨김없이 얘기해준 것 같아 클레어는 더는 캐묻지 않았다.

"혹시 아쉬운 건 없으신지요?"

클레어는 부드럽게 물었다.

"아뇨, 우린 그런대로 풍족하게 지내는 편이라오."

클레어는 집 안에 들어가지도 않고 되돌아섰다. 정거장은 더 가야 했는데, 그는 마차를 돌려보내고 정거장까지 걸었다. 샌드본으로 향하는 막차는 얼마 후 출발했고, 그는 그 막차에 몸을 싣고 있었다.

55

밤 열한 시에 여관에 숙소를 정한 엔젤은 아버지에게 전보를 쳐 자기 주소를 알린 다음 샌드본 거리를 산책했다. 테스를 찾으러 다니기에는 너무 늦은 시간이라 부득이 내일 아침으로 미룰 수밖에 없었지만 아직 잠자리에 들고 싶지 않았다.

동쪽과 서쪽에 있는 기차 정거장을 위시하여 선창과 소나무 숲 산책길과 옥상 정원 등이 골고루 갖추어져 있는 이 새로운 해수욕장은 클레어에게 마치 마술사가 마술 지팡이를 휘둘러 순식간에 생긴 낙원—먼지가 약간 낀 낙원처럼 느껴졌다. 광활한 이그돈 황야의 동쪽 끄트머리와 맞닿아 있는 이 도시는 황무지 한 끝에서 솟아난 찬란하고 새로운 유흥 도시였다.

엔젤은 한밤중의 가로등을 벗 삼아 원시 세계 속에 있는 신세계의 구불구불한 길을 따라 이곳저곳 돌아다니며 가로수 사이의 별들을 우러러보기도 하고 도시 곳곳에 즐비하게 늘어선 우아한 주택의 높은 지붕과 굴뚝과 노대와 탑들을 눈여겨보기도 했다. 이 도시는 영국해협을 바로 눈앞에 바라보는 지중해식 유원지로서 외딴곳에 드문드문 지어진 별장들로 이루어진 도시이기도 했다. 한밤중에 보는 도시는 실제보다 훨씬 웅장해 보였다.

바다는 바로 가까이 있었으나 파도 소리가 요란스럽지 않고 마치 속삭임처럼 가냘파서 엔젤은 처음 소나무를 스치는 바람 소리인 줄 알았다. 소나무를 스치는 바람 소리 역시 파도 소리처럼 들려 착각을 일으킬 정도였다.

이렇듯 부와 유행이 물결치는 도시에 시골 아가씨며 자신의 젊은 아내이기도 한 테스가 무엇 하러 와 있는지 엔젤은 이해할 수가 없었다. 이곳에는 젖을 짤 만한 젖소도 없고 경작할 밭도 없는데, 그렇다면 그녀는 이 많은 저택의 어딘가에 고용되어 있음이 틀림없었다. 그는 모든 집의 창문에서 하나씩 둘씩 꺼져가는 불빛을 살펴보면서 어느 집에 그녀의 방이 있을까 생각해보았다.

열두 시가 지나 여관에 돌아온 그는 잠자리에서 다시 한 번 테스의 정열적인 편지를 읽어보았다. 이토록 그녀 가까이 와 있으면서도 한없이 먼 듯한 기분을 느껴야 하다니!

잠도 오지 않아 그는 끊임없이 커튼을 여닫으며 건너편 저택을 바라보았다. 그 저택 어느 곳에선가 테스가 쉬고 있을 것 같은 생각이 자꾸 들었다.

뜬눈으로 밤을 지새우다시피 한 엔젤은 아침 일곱 시에 일어나 중앙 우체국으로 향했다. 우체국 문 앞에서 그는 아침 우편물을 배달하러 나가는 똑똑해 보이는 우편배달부를 만났다.

"클레어 부인의 주소를 아십니까?"

엔젤의 물음에 배달부는 고개를 저었다. 테스가 혹 결혼하기 전의 이름을 사용하고 있을지도 모른다는 생각이 들자 그는 다시 물었다.

"그럼 더베이필드 양의 주소는?"

그 역시 배달부에게는 낯선 이름이었다.

"아시다시피 이곳을 드나드는 사람이 많아서요. 집 주소를 모르면 사람 찾기가 아주 어렵죠."

그때 다른 배달부가 나왔다. 엔젤은 그 배달부에게도 똑같은 질문을 되풀이했다.

"더베이필드라는 이름은 모르지만 백로관에 더버빌이라는 사람은 있습니다."

두 번째 배달부가 말했다.

"바로 그 사람입니다!"

테스가 본래의 성을 쓰는 것이라 생각한 클레어는 기쁜 나머지 크게 소리치고는 다시 물었다.

"그런데 백로관이란 어떤 곳입니까?"

"아주 멋진 하숙집입니다. 사실 이곳에 있는 집들은 모조리 하숙집이지만."

백로관으로 가는 길을 물어 총총히 그곳을 찾아간 클레어는 우유 배달부와 동시에 그집 앞에 이르렀다. 백로관은 여느 별장과 다름없는 하숙집이었지만 외따로 떨어져 있어서 매우 한적해 보였다. 만약 테스가 짐작대로 그집에서 하녀로 일하고 있다면 우유 배달부의 우유를 받으러 뒷문으로 나올 거라는 생각이 들어 그는 우유 배달부를 따라 뒷문으로 가려다가, 문득 그것도 확실한 것이 아니라는 생각이 들어 현관으로 갔다. 벨을 누르자 시간이 너무 이른 탓인지 그 집 안주인이 직접 문을 열어주었다. 클레어는 테레사 더버빌이나, 혹은 더베이필드라는 여자가 있느냐고 물었다.

"더버빌 부인 말씀이세요?"

"네."

비록 자신의 성을 쓰지는 않지만 테스가 기혼 부인으로 행세하는 것이 클레어는 기뻤다.

"죄송합니다만, 친척 되는 사람이 꼭 만나고 싶어 한다고 전해주시지 않겠습니까?"

"시간이 좀 일러서…… 헌데 성함을 누구시라고 전할까요?"

"엔젤이라고 합니다."

"엔젤 씨란 말이죠!"

"아뇨, 그냥 엔젤입니다. 제 세례명이죠."

"일어나셨는지 가보고 오겠어요."

그는 현관 앞에 있는 식당으로 안내되었다. 식당 창밖으로 좁은 잔디밭과 석남화와 그밖의 관목이 보였다. 염려했던 것만큼 테스의 형편이 나쁘지는 않은 것 같아 마음이 놓였다. 어쩌면 테스가 이런 생활을 위해 은행에 맡겨둔 보석을 판 것이 아닐까 하는 생각이 불현듯 스쳤으나 설령 그랬다 해도 그녀를 나무라고 싶지는 않았다. 얼마 뒤 계단을 밟는 소리가 엔젤의 귀에 들렸다. 그는 심장이 쿵쿵 소리 내며 뛰는 바람에 가까스로 몸을 지탱하고 서 있었다.

"아, 이렇게 변해버린 나를 보고 테스는 어떻게 생각할까?"

그가 혼자 중얼거리고 있을 때 마침 문이 열렸다. 테스가 문간에 나타났다. 그가 상상하던 것과는 딴판인 모습, 어리둥절할 정도로 변한 모습으로 그녀는 거기 서 있었다. 그녀의 타고난 아름다움은 그대로였지만 옷차림 때문에 한층 두드러지게 눈에 띄었다. 아직도 상중임을 나타내는 검은색 실로 수놓은 연한 잿빛 캐시미어 화장복을 느슨하게 걸쳐 입고, 같은 빛깔의 슬리퍼를 신은 그녀의 목은 솜털로 장식된 깃 위로 드러나 보였고, 기억에도 생생한 짙은 갈색 머리칼은 절반쯤만 위로 틀어 올려져 있었다. 나머지 머리칼은 아래로 흘러내렸는데 너무 급하게 서두르느라 그리 된 모양이었다.

클레어는 두 팔을 벌렸으나, 곧 기운 없이 도로 내리고 말았다. 왜냐하면 테스가 문간에 우두커니 서 있을 뿐 달려오지 않았기 때문이었다. 이제는 누런 빛깔의 해골 같은 모습으로 변한 자신과 한층 아름다워진 테스가 묘한 대조를 이룬다는 사실을 깨달은 클레어는 자신의 변해버린 몰골 때문에 테스가 놀라는 것이라고 생각했다. 그는 잔뜩 쉬어버린 음성으로 말했다.

"테스, 당신을 두고 간 나를 용서해주겠소? 내게 돌아올 수는 없겠소? 당신은 어떻게 해서 이런 생활을 하고 있소?"

"너무 늦었어요!"

그녀의 말소리는 온 방에 날카롭게 울려퍼졌고 눈은 이상스럽게 반짝였다.

"난 당신을 정당하게 대우하지 못했어. 당신의 참모습을 깨닫지도 못한 거지. 나중에야 겨우 당신의 참모습을 깨달았소, 테스!"

심한 괴로움으로 인해 한순간을 한 시간처럼 길게 느끼는 사람처럼 그녀는 초조하게 팔을 저으며 말했다.

"너무 늦었어요! 늦었어요! 엔젤, 가까이 오지 마세요! 안 돼요. 가까이 오시면 안 돼요! 물러나세요!"

"그럼 당신은 내가 병으로 이런 몰골이 되었다고 해서 더는 날 사랑하지 않는단 말이오? 당신은 그런 변덕스러운 사람이 아니었는데…… 난 당신이 그리워 이렇게 찾아왔소. 이젠 내 아버지와 어머니도 당신을 기꺼이 환영할 거요."

"네, 물론 그러실 테죠. 하지만 늦었어요. 정말이지 너무 늦었단 말이에요."

"아직 늦지 않았소."

"당신은 아무것도 몰라요. 정말 당신은 모르세요? 모르신다면 어떻게 이곳에 찾아오셨죠?"

"여기저기 수소문해서 찾았소."

"전 당신을 기다리고 또 기다렸어요."

말을 하는 동안 그녀의 음성은 차츰 피리 소리 같았던 지난날의 애조 어린 음성으로 되돌아갔다.

"하지만 당신은 돌아오지 않았어요. 그래서 난 당신에게 편지를 보냈지만 그래도 당신은 돌아오지 않았어요! 그 사람은 당신이 절대 돌아오지 않을 거라고 하면서 기다리는 내가 어리석은 여자라고 말하곤 했어요. 그 사람은 아버지가 돌아가신 뒤부터 어머니와 식구들에게 무척 친절하게 해주었어요. 그 사람은……."

"난 도대체 무슨 말인지 모르겠소."

"그 사람이 날 다시 찾아왔어요."

클레어는 테스를 뚫어지게 바라보다가 그녀의 말뜻을 알아차리자 무거운 병에라도 걸린 사람처럼 풀이 죽었다. 그의 시선은 한때 장밋빛을 띠었으나 지금은 한결 부드럽고 화사해진 테스의 손에 멎었다. 그녀는 말을 계속했다.

"그 사람은 지금 이층에 있어요. 이젠 그 사람이 미워 견딜 수가 없어요. 그 사람이 내게 거짓말을 했기 때문이에요. 당신이 결코 돌아오지 않을 거라고 내게 거짓말을 했으니까요. 그런데 당신은 이렇게 되돌아왔어요! 이 옷도 그 사람이 해주었죠. 난 그 사람이 하

고 싶은 대로 하게 그냥 내버려뒀었죠. 하지만, 엔젤. 제발 부탁이
니 돌아가 주세요. 이젠 다시 날 찾아오지 마세요."

둘은 꼼짝도 않고 서 있었다. 사랑에 실패한 두 사람의 절망적인
심정이 그들의 눈 속에 역력히 드러났다. 그들은 자신들을 현실에
서 도피시켜줄 그 무언가를 간절히 바라는 것 같았다. 마침내 클레
어가 부르짖었다.

"모두 다 내 잘못이오!"

그는 더 말을 계속할 수가 없었다. 이제 그에게 언어는 아무것도
표현하지 못하는 침묵과 같았다.

다만 그는 그 순간 어떤 한 가지를 어렴풋하게 의식하고 있었다.

그것은 테스가 자신의 육체를 정신적으로는 자기 것이라고 생각
지 않고 마치 물 위에 뜬 시체처럼 여겨 자신의 의지와 상관없는 곳
으로 흘러가도록 내버려두고 있다는 사실이었다.

얼마쯤 지나 그가 정신을 가다듬어 다시 문간을 바라보았을 때
테스는 이미 그곳에 없었다. 그의 얼굴은 싸늘해져 한층 비참해 보
였다.

잠시 후 그는 혼자 정처 없이 길거리를 헤매고 있었다.

56

백로관의 여주인이자 모든 으리으리한 가구의 주인이기도 한 브
룩스 부인은 남달리 호기심이 강한 여자는 아니었다. 가엾게도 너
무나 오랜 세월 동안 이득과 손실이라는 숫자의 마귀에 사로잡혀
온 탓으로 물질에 대한 욕망만이 끝없이 강한 그녀는 손님들의 호
주머니와 상관없는 일에는 아예 호기심을 가지려 들지 않았다. 그

러나 돈 잘 내는 하숙인인 더버빌 내외를 엔젤 클레어가 찾아온 사실은, 그 시간이나 태도로 보아 영업에 관계가 없는 한 불필요한 것이라고 억누르고 있던 그녀의 여자다운 호기심을 돋우기에 충분했다.

테스가 식당 안에 들어가지 않고 문턱에서 엔젤과 이야기를 주고받는 동안 그녀는 반만 문을 닫게 돼 있는 자기 방에서 두 사람의 비참한 운명에 관한 이야기를 단편적으로 엿들었다. 그녀는 테스가 이층으로 올라가는 소리를 들었고, 이어, 엔젤이 나가면서 현관문 닫는 소리도 들었다. 그런 다음 이층에서 방문 닫히는 소리가 들려왔으므로 브룩스 부인은 테스가 자기 방에 들어갔음을 알았다. 그녀는 젊은 부인이 아직 옷을 갈아입지 않았으니까 얼마 동안은 방 밖으로 나오지 않으리라는 것을 알고 있었다.

그래서 살며시 이층으로 올라가 응접실 문 앞에 섰다. 이 방은 흔히 볼 수 있는 구조로 두 짝의 문으로 칸막이가 되어 있는, 침실 바로 옆에 있는 응접실이었다. 백로관에서 가장 좋은 방이 있는 이 층은 더버빌 내외가 매주 삯을 내고 빌리고 있었다. 침실은 고요했으나 응접실에서는 소리가 들려왔다.

맨 처음 브룩스 부인이 들은 소리는 마치 수레에 깔린 사람이 내는 듯한 나직한 신음 소리와 '아아, 아아' 하는 외마디 소리였다. 잠시 침묵이 흐르다가 그 소리는 다시 이어졌다.

안주인은 열쇠 구멍으로 방 안을 들여다보았다. 방 안은 극히 일부분만 보였는데, 벌써 조반을 차려놓은 식탁 한 귀퉁이와 그 옆에 있는 의자가 시야에 들어왔다. 그 의자 앞에 테스가 꿇어앉아 의자에 얼굴을 파묻은 채 엎드려 있었다. 그녀는 두 손으로 머리를 움켜쥐고 있었고 화장복의 옷깃과 수놓은 잠옷 자락이 방바닥에 길게 드리워졌으며 슬리퍼가 벗겨진 맨발은 양탄자 위로 비죽 나와 있었다. 그녀의 입에서는 무어라 형용하기 어려운 절망적인 넋두리가 새어나왔다. 그러자 옆 침실에서 남자의 음성이 들렸다.

"왜 그래?"

테스는 대답도 하지 않고, 외침이라기보다는 독백을, 독백이라기보다는 장송곡 가락 같은 넋두리를 계속했다. 브룩스 부인에게는 그 소리가 띄엄띄엄 들릴 뿐이었다.

"그런데 그리운 내 남편이 돌아왔어요…… 그런데 난 그것도 모르고…… 당신이 악착스럽게 날 졸라대서…… 진절머리 나도록 쉬지 않고…… 조금의 여유도 주지 않고…… 동생과 어머니가 가엾어서 내 마음도 돌아서고 말았어요…… 당신은 내 남편이 돌아오지 않는다고, 결코 돌아오지 않는다고 했어요. 날 바보라고 남편을 기다리는 건 바로 같은 짓이라고…… 난 마침내 당신 말을 곧이듣고 당신한테 모든 걸 맡겨버렸는데, 그이가 돌아왔어요! 그런데 이제 또 가버렸어요. 영영 가버린 거라구요…… 이젠 그이도 날 다시는 사랑해주지 않을 거예요. 날 미워할 거예요…… 모두가 당신 때문이에요."

그녀가 오열을 터뜨리며 문 쪽으로 얼굴을 돌리는 바람에 브룩스 부인은 고통의 빛이 뚜렷한 그녀의 얼굴과 깨물어서 피가 흐르는 입술과 눈을 감고 있는 그녀의 기다란 속눈썹이 눈물에 젖어 있는 것을 보았다. 테스의 중얼거림은 계속 이어졌다.

"그이는 죽을 것만 같아요. 죽어가는 사람처럼 보였어요. 내 죄가 나를 죽이지 않고 도리어 그이를 죽이게 될 거예요…… 아아 당신은 내 인생을 산산조각나도록 망쳐놓았어…… 두 번 다시 이런 꼴을 만들지 말아달라고 그토록 애원했는데…… 당신은 날 또 망쳐놓았어!⋯⋯ 사랑하는 내 남편은 절대로 내게로 돌아오지 않아요! 아아 하나님, 난 도저히 참을 수가 없어요, 이젠 아무것도 참을 수가 없어요⋯⋯."

그러자 남자가 무어라고 날카롭게 소리쳤고 그 소리에 그녀가 벌떡 일어나는 바람에 옷자락 스치는 소리가 들렸다. 브룩스 부인은 테스가 문으로 달려오는 줄 알고 급히 계단을 내려갔다.

그러나 응접실의 문은 열리지 않았고, 이 이상 엿듣는 것은 현명치 못하다고 생각한 브룩스 부인은 아래층 자기 방으로 들어갔다.

그녀는 혹 자기 방 천장—위층 방의 방바닥—을 통해 혹 무슨 소리가 들리지 않을까 해서 귀 기울였으나 아무 소리도 들리지 않았다. 그래서 부엌으로 가 먹다 만 아침 식사를 마치고 다시 방에 돌아와 이층에서 아침상을 물리라는 초인종이 울리기만을 기다렸다. 초인종이 울리면 자기가 직접 올라가 무슨 일이 생겼는지 알아볼 셈이었다. 바느질을 하면서 초인종 소리를 기다리고 있노라니까, 누군가가 거니는 듯 위층 마룻바닥이 삐걱거리는 소리가 들려왔다. 잠시 후에는 계단 난간에 옷자락이 스치는 소리가 들렸고 현관문을 열고 닫는 소리가 들리더니 거리로 나가는 테스의 모습이 창으로 보였다. 그제야 브룩스 부인은 조금 전에 삐걱거리던 소리는 테스가 위층 방에서 거닐던 발걸음 소리였음을 알았다. 테스는 이 집에 처음 나타났을 때와 마찬가지로 부유한 젊은 귀부인다운 외출복을 입고 있었으며 베일을 드리운 검은 모자를 쓴 것만이 그때와 달랐다.

브룩스 부인은, 일시적이든 형식적이든 간에 젊은 부인이 나가면서 남편과 작별 인사하는 소리를 듣지 못했기 때문에 그들이 다투었거나 아니면 더버빌이 아직 자는 모양이라고 생각했다. 더버빌은 늦잠 자는 버릇이 있었던 것이다.

브룩스 부인은 자기 방으로 들어가 바느질을 계속했다. 시간이 아무리 지나도 외출한 젊은 부인은 돌아올 줄 몰랐고, 그 남편도 초 인종을 누르지 않았다. 그녀는 도대체 어떻게 된 셈일까 생각하는 동시에 아침 일찍 찾아왔던 남자와 이층 부부와 어떤 관계가 있을 까 곰곰 생각하면서 의자에 비스듬히 등을 기댔다.

그러자 그녀의 눈이 저절로 천장을 향했고 흰 천장 한복판에 여 태껏 알아차리지 못했던 얼룩무늬에 시선이 멎었다. 처음에는 동그 란 과자만 하던 그 얼룩은 순식간에 그녀의 손바닥만 한 넓이로 번 졌다. 그 얼룩이 붉은색임을 깨달은 브룩스 부인은 묘한 불안을 느 끼고는 몸을 움츠렸다. 그녀는 곧 일어나 테이블 위에 올라서서 손 가락으로 천장의 얼룩을 만져보았다. 손가락에 끈적끈적하게 묻어 난 얼룩은 아무래도 피 같았다.

그녀는 테이블에서 내려와 이층 침실로 가보려고 계단을 올라갔 으나 두려움 때문에 방문 손잡이를 돌릴 수가 없었다. 대신 그녀는 방문에다 귀를 갖다 댔다. 방 안은 쥐죽은 듯 고요했으나 무엇인가 가 규칙적으로 떨어지는 소리가 그 정적을 깨뜨리고 있었다.

뚝, 뚝, 뚝.

브룩스 부인은 황급히 계단을 내려가 현관문을 열고 거리로 뛰 쳐나왔다. 때마침 이웃 별장에 고용된 아는 일꾼 하나가 지나가는 것을 보고, 이층에 든 하숙인에게 무슨 변이 생긴 것 같으니 함께 올라가 봐 달라고 부탁했다. 그 남자는 부인의 뒤를 따라 이층으로 올라갔다.

부인은 이층 응접실 문을 열어젖히고 뒤로 물러서서 남자를 먼 저 들여보낸 다음 자기도 뒤따라 들어갔다. 응접실은 텅 비어 있었다. 아침에 갖다놓은 식사는 손도 대지 않은 채 그대로 식탁 위에 놓여 있었는데 다만 고기를 자르는 칼만 보이지 않았다. 그녀는 남자에게 옆방으로 들어가 봐 달라고 부탁했다.

남자는 문을 열고 침실 안으로 서너 걸음 들어가더니 금방 굳어진 얼굴로 되돌아 나왔다.

"아이구 맙소사! 큰일 났어요. 침대에서 사람이 죽었어요. 칼에 찔려 죽은 것 같았어요. 방바닥에 피가 흥건하게 괴었어요!"

그 놀라운 사건은 곧 알려졌다. 조금 전까지만 해도 조용했던 이 집 안은 여러 사람의 말소리와 발소리로 시끄러워졌다. 그 중에는 외과 의사도 끼어 있었다. 상처는 대수롭지 않으나 칼끝이 피해자의 심장을 찌른 모양이었다.

피해자는 단 한번 찔린 즉시 숨이 멎은 듯 창백한 얼굴로 침대에 반듯하게 누워 있었다. 십오 분쯤 뒤에는 이곳에 놀러온 한 신사가 침대에서 칼에 찔려 죽었다는 소문이 이 이름난 해수욕장의 거리마다 별장마다 두루 퍼져나갔다.

57

한편 엔젤 클레어는 왔던 길을 기계적으로 걸어서 여관으로 되돌아갔다. 아침상을 받고서도 멍하니 허공만 쳐다보다가 얼빠진 사람처럼 아침을 먹던 그는 문득 계산서를 가져오라고 말했다. 숙박비를 치른 다음, 가져왔던 유일한 소지품인 작은 가방을 들고 여관을 나왔다.

그가 막 떠나려 할 때 어머니가 보낸 짤막한 전보가 도착했는데, 그의 주소를 알고 가족 모두가 기뻐했다는 것과 커스버트 형이 머시 찬트에게 구혼하여 승낙을 받았다는 내용이었다.

클레어는 전보 용지를 구겨버리고는 역으로 향했다. 역에 도착해 보니 한 시간 내로 떠나는 기차가 없어 십오 분 가량 기다렸으나 나중에는 더 견딜 수가 없었다. 가슴이 찢어질 듯한 고통으로 감각마저 마비된 그에게 급히 서둘러야 할 일이 있을 리가 없었지만, 그런 쓰라린 경험을 겪은 이 고장에서 한시라도 빨리 벗어나고 싶은 마음뿐이었다. 그는 다음 역까지 걸어가 거기서 기차를 타기로 마음먹고는 그쪽으로 발걸음을 옮겼다.

넓게 트인 길을 따라 얼마 걸어가자 길은 나지막한 골짜기로 바뀌면서 저쪽 끝으로 뻗어나가고 있었다. 움푹한 골짜기를 가로질러 서쪽 비탈길을 오르다가 쉬려고 걸음을 멈춘 그는 문득 뒤돌아보았다. 왜 그랬는지는 자신도 알 수 없으나 어떤 알 수 없는 힘에 의해 그리 된 것 같았다. 테이프처럼 보이는 길은 눈길이 미치는 한 뒤쪽으로 길게 뻗어 있었다. 그가 길을 바라보았을 때 흰 빛깔의 원경 속으로 움직이는 점 하나가 들어왔다.

그것은 달려오는 사람의 모습이었다. 클레어는 누군가가 자신을 뒤쫓아오는 것이라 짐작하고는 조용히 그 자리에 선 채 기다렸다.

비탈길을 내려오는 사람은 여자였는데 클레어는 자기 아내가 뒤따라오리라고는 상상도 못 했으므로 그녀가 가까이 다가왔을 때도 예전과는 전혀 다른 옷차림을 한 그녀가 테스라고는 생각지 않았다. 그녀가 아주 가까이 다가왔을 때야 비로소 그는 아내를 알아봤다.

"내가 역에 막 도착하려 할 때 당신이 역에서 나오는 걸 봤어요. 그래서 줄곧 뒤쫓아왔어요."

그녀는 창백한 얼굴로 가쁜 숨을 몰아쉬며 온몸을 떨고 있었으므로 그는 아무것도 묻지 않고 그녀의 손을 잡아 겨드랑이 밑에 넣고는 함께 걸었다. 길 가는 사람들 눈에 띄지 않는 것이 좋겠다고 생각한 그는 큰길을 벗어나 전나무가 늘어선 오솔길로 접어들었다. 바람결에 나뭇가지가 윙윙거리는 오솔길 깊숙이 들어섰을 때 엔젤은 발길을 멈추고 의아하다는 눈으로 테스를 쳐다보았다. 테스는 기다리기라도 했다는 듯 말문을 열었다.

"엔젤, 왜 내가 당신을 뒤따라왔는지 아시겠어요? 그 남자를 죽였다는 사실을 알리러 온 거예요."

이 말을 하는 그녀의 얼굴에는 애처롭고 쓸쓸한 미소가 어렸다.

"뭐라구?"

테스의 태도가 심상치 않았으므로 그는 그녀가 일시적인 정신착란증에 걸린 것이 아닐까 생각했다.

"난 기어이 일을 저질렀어요. 어떻게 그렇게 했는지는 잘 모르겠지만요. 하지만 그래야만 했어요. 당신과 나, 우리를 위해서요. 언젠가 장갑으로 그 사람의 입을 때리고 난 다음부터 그런 생각을 했어요. 철없는 날 유혹해 망쳐놓고도 모자라 또다시 내 앞에 나타나 우리 사이를 방해하는 그 남자를 언젠가는 죽이게 될지도 모른다는 생각 말이에요. 그 남자는 난데없이 나타나 우리 사이를 망쳐버렸지만 이제 두 번 다시 그따위 짓은 못 해요. 엔젤, 난 당신을 사랑하듯 그 남자를 사랑해본 적은 한 번도 없어요. 그건 당신도 아시죠? 정말 당신도 그건 믿어주시겠죠? 당신이 돌아오지 않았기 때문에 할 수 없이 그에게 간 것뿐이에요. 왜 당신은 내 곁에서 떠나셨죠? 내가 그토록 당신을 사랑했는데 당신이 왜 떠나버렸는지 이해할 수가 없어요. 하지만 당신을 원망하는 건 아니에요. 엔젤, 이제 그 사람을 죽여버렸으니 내 잘못을 용서해주시겠어요? 그를 죽였으니까 이제는 당신이 날 반드시 용서해주리라고 생각했어요. 그렇게 해서라도 당신을 되찾아야겠다는 생각이 번개처럼 내 머리에 떠올랐던 거예요. 난 이제 당신 없이는 한순간도 살지 못해요. 당신의 사랑을 받지 못하는 것이 얼마나 괴로운 일인지 당신은 잘 모르실 거예요. 여보, 한마디만 말해주세요. 날 사랑한다고 말해주세요. 난 이제 그 사람을 죽였으니까요."

클레어는 두 팔에 힘을 주어 테스를 포옹하면서 말했다.

"사랑해 테스, 물론 사랑하구말구. 이제 우린 옛날로 되돌아간 거야. 그런데 그 남자를 죽였다는 건 무슨 말이지?"

"죽여버렸어요, 내가."

테스는 꿈꾸듯 중얼거렸다.

"아니 그의 육신을? 그럼 그 사람은 죽었단 말이오?"

"네. 그 사람은 내가 당신 때문에 우는 소리를 듣고 심하게 욕을 퍼붓더니 당신까지도 욕했어요. 난 도저히 참을 수가 없어 그렇게 해버렸어요. 그 사람은 전에도 당신 때문에 날 괴롭힌 적이 있었어요. 그래서 난 옷을 갈아입고 당신을 찾으러 뛰어나왔어요."

그녀의 말로 미루어 몽롱한 의식 상태에서 일을 저지른 것이 틀림없는 것 같았다. 그는 처음에는 그런 일을 저지른 그녀가 두렵기도 했으나, 자신을 너무 깊이 사랑한 나머지 도덕 관념도 잃어버린 테스의 열정을 깨닫자 놀라움을 금치 못했다. 테스는 자신이 저지른 일이 얼마나 엄청난 일인지 깨닫지 못하는지 그저 만족해하고 있었다. 자신의 어깨에 기대어 기쁨의 눈물을 흘리는 그녀를 보고 엔젤은 더버빌 가문의 혈통이 지닌 그 어떤 경향이 이런 탈선을— 만약 이것을 탈선이라 할 수 있다면—저지르게 하는 것일까 생각해보았다. 더버빌 가문 사람들이 이런 일을 곧잘 저지르는 것으로 알려졌기 때문에 마차와 살인에 대한 전설이 생긴 것이 아닐까 하는 생각이 그의 마음을 스쳐갔다. 그는 혼란과 흥분으로 뒤죽박죽이 된 머리로 가능한 한 냉정하게 판단한 끝에, 그녀가 미칠 듯한 슬픔에 잠겨 감정의 균형을 잃고 스스로를 무서운 함정에 몰아넣은 것이라 짐작했다.

만약 그녀의 말이 모두 사실이라면 끔찍한 일이었고 일시적인 환각이라면 슬픈 일이었다. 그러나 어찌 됐건 그의 눈앞에는 한때 버림받았던 아내, 지금은 그가 보호해주리라고 철썩같이 믿고서 오직 사랑만을 생각하는 정열적인 여자가 있었다.

그가 보호자가 아닌 다른 사람이 되는 일은 있을 수도 없다고 생각하는 테스의 마음을 클레어는 잘 알고 있었다. 그녀의 사랑은 마침내 클레어의 마음을 사로잡았다. 그는 파리한 입술로 테스에게 끝없이 키스하고 난 뒤, 그녀의 손을 잡고 말했다.

"난 결코 당신을 버리지 않겠소. 내 힘으로 할 수 있는 모든 방법을 다 써서 당신을 지키겠소. 당신이 무슨 짓을 했든, 그렇지 않든 간에—."

두 사람은 계속 나무 아래를 걸어갔다. 테스는 이따금 고개를 들어 엔젤을 쳐다보았다. 고생으로 여위고 옛날처럼 아름답지는 않은 얼굴이었지만 테스에게는 변함없이 결점 없는 모습으로 보였다. 그의 외모와 정신은 지난날처럼 완벽한 것으로 느껴졌다. 그는 옛적 테스의 안티나스요, 아폴로이기도 했다. 애정 어린 테스의 눈에 병으로 수척해진 그의 얼굴은 처음 만났을 때와 똑같이 신선한 아침처럼 아름답게 보였다. 왜냐하면 엔젤은 테스를 진심으로 사랑하고, 또 순결한 여자로 믿어준 단 하나의 남자였기 때문이다.

혹시 들킬지도 모른다는 본능적인 직감에서 엔젤은 처음 생각한 대로 다음 역으로 가지 않고 빽빽이 들어선 전나무 숲 속으로 깊숙이 들어갔다. 그들은 서로 허리에 팔을 감고 이제는 아무에게도 방해받지 않는 곳에 둘이 있다는 행복에 도취하여 살인 사건이 있었다는 사실조차 까맣게 잊은 채 마른 전나무 잎이 쌓인 땅 위를 헤매다녔다. 이렇게 한참 걷다가 문득 제정신이 든 테스는 주위를 휘둘러보더니 머뭇거리며 말문을 열었다.

"우리들이 찾아갈 만한 데가 있는 거예요?"

"모르겠어. 그런데 왜?"

"나도 잘 모르겠어요."

"그냥 계속 걸어보는 거요. 그러면 해가 질 무렵쯤에는 어딘가에 숙소를 찾게 되겠지. 외딴 농가라도 좋고…… 테스, 당신은 계속 걸을 수 있겠소?"

"아, 물론이에요. 당신 팔에 안겨서라면 이 세상 끝까지 영원히 걸을 수 있어요."

그들은 큰길을 피해 계속 걸어갔다. 인기척 없는 좁은 길을 따라 걷는 그들은 막연한 충동에 따라 움직이고 있었다. 두 사람 중 누구도 재치 있게 도망친다거나 변장한다든가 또는 어느 한 곳에 오래 숨어 있어야겠다는 식의 구체적인 생각을 하지 않는 것 같았다. 그들의 생각이란 철부지 어린애의 생각처럼 즉흥적이고 무계획적이었다.

점심때쯤 돼서 그들은 길가 여인숙 근처에 이르렀다. 테스는 먹을 것을 구하러 클레어와 같이 가려고 했으나 그는 자기가 돌아올 때까지 나무와 덤불 사이에서 기다리라고 말했다. 최신 유행을 따른 그녀의 옷차림과 이런 외딴곳에서는 구경도 못 하는 상아 손잡이가 달린 양산이 남의 시선을 끌지 않을 수 없었기 때문이었다. 클레어는 여섯 사람 몫으로도 충분할 정도의 음식과 포도주 두 병을 구해가지고 이내 돌아왔다. 만약 무슨 일이 생기더라도 하루나 이틀 정도는 넉넉히 견딜 수 있을 것 같았다.

그들은 마른 나뭇가지 위에 앉아 음식을 먹었다. 한 시 반쯤 됐을 때 둘은 남은 음식을 싸들고 다시 걸었다. 그녀가 말했다.

"이젠 얼마든지 걸어도 끄떡없을 것 같아요."

"내 생각으론 외진 시골로 가는 게 좋을 것 같소. 그곳에서는 당분간 숨을 수도 있고 해안 근처보다는 들킬 염려가 적으니까. 시간이 흐른 뒤 세상이 우리를 찾게 되면, 그때 항구로 빠져나가면 돼."

그녀는 아무 대꾸 없이 엔젤의 허리를 감은 팔에 힘을 주었다. 그들은 숲 속으로 계속 들어갔다. 계절은 '영국의 오월'이어서 날씨는 맑게 개었고, 오후에는 한결 따스해졌다. 저녁 무렵이 되어 오솔길 모퉁이를 돌았을 때, 조그만 개울의 다리 건너편에 있는 커다란 게시판이 눈에 띄었다. 그 게시판에는 '가구가 딸린 아담한 셋집'이라고 흰 페인트 글씨가 크게 씌어 있었고 그 옆에 작은 글씨로 런던에 있는 소개소로 신청하라는 자세한 안내글이 적혀 있었다. 그들이 게시판 뒤의 문을 거쳐 안으로 들어서자 넓은 건물이 보였다. 흔히 볼 수 있는 구조로 지은 구식 벽돌 건물이었다.

"아! 이건 브람셔스트 영주관이오. 창문은 닫혀 있고 마당에는 풀이 무성하게 자랐군."

"창문이 열린 데도 있어요."

"방에 공기가 통하게 하려고 열어놓았을 거요."

"저렇게 많은 방들이 비어 있는데 우리가 쉴 방이 하나 없다니!"

"피곤한 모양이군, 테스! 이제 조금만 더 걸으면 될 거요."

그는 슬픈 듯한 그녀의 입에 입맞춤하고, 다시 그녀를 이끌고 걸었다.

하루 종일 이십 마일의 길을 걸었는지라 엔젤도 차츰 피곤해졌다. 그는 어떻게 하면 쉴 수 있을까 하는 문제만 골똘히 생각했다. 그러다 외딴곳에 드문드문 떨어져 있는 농가와 여인숙을 먼 발치에서 보고 그 중 한 여인숙을 향해 다가갔으나 용기가 나지 않아 되돌아섰다. 그들은 지친 다리를 질질 끌다시피 하며 걷다가 발걸음을 멈추고 말았다.

"나무 밑에서 자면 안 될까요?"

테스가 물었다. 엔젤은 그렇게 하기에는 아직 철이 이르다고 생각했다.

"난 우리가 방금 지나온 그 빈 저택이 어떨까 생각 중이오. 그 집으로 다시 돌아갑시다."

그들은 삼십 분이나 걸려서야 겨우 아까 지나쳤던 저택의 문 앞에 이르렀다. 엔젤은 테스에게 안에 누가 있는지 살펴보고 올 테니 그 자리에서 기다리라고 당부했다.

테스는 문 앞에 있는 덤불 속에 웅크리고 앉았다. 집 안으로 살금살금 들어간 엔젤은 오랫동안 나오지 않았다. 그녀가 자신을 위해서가 아니라 엔젤을 위해 조바심하고 있을 때 그가 돌아왔다. 그가 어느 소년에게서 알아낸 바에 따르면 그 집을 지키는 노파가 한 사람 있는데, 노파는 근처 농가에 살고 있고 날씨가 좋을 때만 와서 집안 공기를 갈아놓고 간다는 것이다. 노파는 아마 해가 질 때 창문을 닫으러 올 것 같았다.

"자, 저 아래 창문으로 들어가서 쉬기로 합시다."

테스는 엔젤의 부축을 받으며 천천히 현관으로 다가갔다. 장님의 눈동자처럼 덧문이 내려진 창문은 그들을 지켜보는 사람이 아무도 없음을 일러주는 것 같았다. 몇 걸음 더 걸어 그들은 현관문에 이르렀다. 그 옆에 있는 열린 창문으로 클레어가 먼저 기어올라가 테스를 끌어올려 주었다.

현관을 제외한 모든 방들은 하나같이 어두웠다. 그들은 이층으로 올라갔다. 이층도 역시 덧창이 꼭 닫혀 있었고, 이층 뒤쪽 창문 하나가 아래층 현관 옆 창문처럼 열려 있을 뿐이었다. 클레어는 어느 큰방의 문고리를 벗기고는 손으로 더듬다시피 해 방을 가로질러 가 덧창을 약간 열었다. 눈부신 저녁 햇살 한줄기가 방 안에 비쳐들자 육중한 고풍의 가구와 수가 놓인 주홍빛 비단 커튼, 사람들이 뛰는 모습을 앞거리에 조각한 커다란 침대가 보였다. 엔젤은 가방과 음식 꾸러미를 내려놓으며 말했다.

"겨우 쉬게 됐군."

그들은 집을 지키는 노파가 창문을 닫으러 올 때까지 조용히 앉아 있었다. 혹시 그 노파가 그들이 앉아 있는 방의 문을 열지도 몰랐으므로 처음대로 문고리를 걸고 깜깜한 어둠 속에 앉아 있었다. 여섯 시에서 일곱 시 사이에 나타난 노파는 그들이 있는 방 근처에는 얼씬도 않고 창문과 현관문을 닫은 다음 돌아갔다. 클레어는 다시 창문을 조금 열어 방에 햇살이 들게 한 다음 저녁 식사를 했다. 마지막 저녁 햇살도 서서히 스러지고 그들은 이윽고 어둠의 장막에 휩싸였으나 그들에게는 어둠을 밝힐 초 한 자루도 없었다.

58

그날 밤은 신비할 정도로 엄숙하고 고요했다. 밤 두 시쯤 되었을 때 테스는 언젠가 엔젤이 잠결에 자신을 안고 프룸 강을 건너 매우 황폐한 사원의 석관에다 자신을 눕혔던 일을 이야기했다. 엔젤은 지금까지도 그 일에 대해서는 전혀 몰랐다.

"왜 그 이튿날 내게 말하지 않았소? 얘길 했다면 여러 가지 오해와 괴로움을 미리 막을 수도 있었을 텐데."

"지나간 일은 생각지 마세요! 난 지금 이 순간 외에는 아무것도 생각하고 싶지 않아요. 그럴 필요가 없잖아요. 내일 무슨 일이 생길지 누가 알아요?"

그러나 다음 날에는 아무 슬픈 일도 없었다. 아침에는 비가 부슬부슬 내리고 안개가 자욱했다. 집 지키는 노파는 날씨가 좋을 때만 온다는 얘기를 들었으므로 엔젤은 테스가 잠자는 동안 대담하게 침실에서 빠져나와 집 안을 두루 살폈다. 집 안에 먹을 것은 없었지만 물은 있었다. 그래서 엔젤은 안개가 낀 것을 기회로 생각하고 집을 빠져나와 얼마쯤 떨어진 마을 상점으로 갔다. 그가 빵과 버터, 그리고 연기를 내지 않고 불을 피울 수 있는 알코올램프를 사가지고 돌아왔을 때 그녀가 잠에서 깨어났다. 둘은 엔젤이 사온 것으로 아침 식사를 했다.

그들은 밖에 나갈 마음이 전혀 생기지 않았다. 낮이 지나자 밤이 오고 다시 해가 뜨고 해가 졌다. 그들이 의식하지 못하는 사이에 닷새가 꿈결처럼 흘러갔다. 날씨만이 유일하게 변하였고 지저귀는 새들만이 그들의 벗이었다. 둘은 은연중에 약속이라도 한 듯 결혼 이후의 지난날에 대해서는 한마디도 하지 않았다. 암담했던 그 시절은 혼돈 속에 가라앉아, 그런 시절은 전혀 없었던 것처럼 현재와 지난 며칠 동안만이 그 혼돈을 뒤덮어주었다. 그가 이곳 은신처를 떠나 사우샘프턴이나 런던으로 가야겠다고 넌지시 비칠 때마다 테스는 묘하게도 이곳을 떠나기 싫다는 기색을 보였다.

"이렇게 즐겁고 행복한 생활을 왜 끝내야 하죠? 올 것은 오고 말 거예요. 밖은 괴로움투성이에요. 여기선 모든 것이 마음에 들어요."

테스는 덧창 틈으로 밖을 내다보며 말했다. 엔젤도 밖을 내다보았다. 테스의 말이 옳았다. 안에는 사랑과 화해와 용서받은 과오가 있었으나 밖에는 차가운 바람만이 불었다. 그녀는 엔젤의 뺨에 자신의 뺨을 갖다 대며 말했다.

"난 나를 사랑하는 당신의 마음이 변할까 봐 두려워요. 당신의 사랑이 식은 뒤까지 살고 싶지는 않아요. 오히려 그전에 죽는 것이 나아요. 당신이 날 경멸한다면 차라리 죽어 땅속에 묻혀 있는 게 나아요. 그러면 당신이 날 경멸하는 것도 모를 테니까요."

"내가 당신을 경멸하다니! 난 결코 당신을 저버리지 않을 거요!"

"나도 그러길 바라요. 하지만 내 과거를 생각하면 어떤 남자라도 날 미워하지 않을 수 없을 것 같은 생각이 들어요…… 어쩌다가 내가 그런 미친 짓을 저질렀는지 모르겠어요. 예전에 난 파리 하나, 벌레 한 마리도 죽이지 못하고, 새장에 갇힌 새를 보고서도 이따금 울곤 했어요."

둘은 그곳에서 하루를 더 묵기로 했다. 밤이 되자 하늘은 맑게 개었다. 이튿날 아침, 집 지키는 노파는 자기 집에서 일찍 일어났다. 화창한 아침 햇살이 그녀의 원기를 북돋아 기분이 상쾌해진 노파는 오늘 같은 날 저택의 창문을 모두 활짝 열어 저택 안을 신선한 공기로 가득 채워야겠다고 마음먹었다. 아침 여섯 시도 채 못 되어 저택에 도착한 노파가 아래층 방문과 창문을 모두 열어놓고 소리 없이 이층으로 올라와 어느 큰 방의 방문을 열려 할 때였다. 그 방 안에서 사람의 숨소리가 들려왔다. 노파는 겁이 나 이내 달아나려 하다가 혹시 잘못 듣지나 않았나 싶어 도로 방문 앞으로 다가가서

문의 손잡이를 돌렸다. 문고리가 망가진 데다가 문 앞에 가구 하나를 가져다 기대 놓았음인지 문은 약간밖에 열리지 않았다. 덧문 틈새로 스며든 밝은 햇살이 침대에서 곤히 잠든 두 사람의 얼굴을 비추고 있었다. 반쯤 핀 꽃봉오리처럼 열려 있는 테스의 입술이 엔젤의 뺨 가까이 있었다. 집 지키는 노파는 그들의 천진한 모습과 의자에 걸쳐놓은 테스의 웃옷, 그 옆에 벗어놓은 긴 명주 양말과 고운 양산, 다른 옷이 없어서 입고 왔던 서너 벌의 사치스러운 옷가지들을 보고 깜짝 놀랐다. 처음에는 그 방랑자의 뻔뻔스러움에 화가 났으나 그들의 행색이 점잖은 남녀의 사랑의 도피 행각처럼 보여 노파는 일시적으로 그들에게 동정을 느꼈다. 그녀는 방문을 가만히 닫고 자기가 발견한 이 이상한 일을 이웃과 의논하려고 발소리를 죽여가며 조용히 아래로 내려갔다.

노파가 사라진 뒤 일 분도 채 못 되어 테스는 잠에서 깨어났고 이어 클레어도 눈을 떴다. 그들은 똑같이 무언가가 자신들의 잠을 방해한 듯한 느낌이 들었으나 그것이 무어라고 꼬집어 말할 수가 없었고 그래서 한층 불안해졌다. 엔젤은 옷을 다 입자마자 열린 덧창 틈으로 바깥 잔디밭을 자세히 살폈다.

"당장 떠나는 것이 좋겠군. 날씨가 너무 좋으니까 이집 어딘가에 누가 숨어 있는 듯한 생각이 들어. 어쨌든 오늘은 집 지키는 노파가 꼭 올 거요."

테스는 순순히 그의 말에 따랐다. 방을 말끔히 정돈하고 짐을 챙긴 다음 그들은 살며시 밖으로 나왔다. 숲으로 들어섰을 때 테스는 발걸음을 멈추고 뒤돌아서서 그 저택을 마지막으로 바라보았다.

"아, 행복했던 집이여 안녕! 엔젤, 내 생명은 이제 몇 주일밖에 남지 않았는데 왜 저 집에 더 머무르면 안 되나요?"

"테스, 그런 말은 그만둬. 우린 곧 이 고장을 빠져나가게 돼. 처음 가던 대로 이 길을 따라 곧장 북쪽으로 가면 그곳까지 우릴 잡으러오는 사람은 없을 거요. 그러니 북쪽으로 가서 어느 항구에서든 배를 타고 멀리 가버립시다."

엔젤의 설득에 테스도 마침내 고개를 끄덕였다. 둘은 계획대로 북쪽을 향해 곧바로 걸었다. 저택에서 오래 쉬었으므로 그들은 잘 걸었다. 오후가 되자 엔젤은 테스를 푹 쉬게 하고 저녁을 틈타서 다시 걷기로 했다. 저녁놀이 깃들 무렵 여느 때처럼 엔젤이 사온 음식을 먹고 난 뒤 다시 밤의 행진이 시작되었다. 그들이 상부 웨식스와 중부 웨식스의 경계를 넘은 것은 저녁 여덟 시경이었다.

산길을 걷는 것이 테스에겐 처음 겪는 일이 아닌지라 그녀는 지난날처럼 빠른 걸음걸이로 갈 길을 재촉했다. 그들 앞을 가로막은 옛 도시 멜체스터는 그곳에 있는 다리를 이용해 강을 건너야 하기 때문에 부득이 통과해야만 하는 마을이었다. 그들은 자정이 가까웠을 무렵 군데군데 희미하게 가로등이 비추는 인적이 없는 거리를 걸었다. 발소리가 날까 봐 인도를 피해가며 걸었다. 마을 왼편에 웅장하고 화려한 사원이 우뚝 솟아 있었으나 두 사람은 돌아볼 겨를이 없었다. 마침내 그 마을을 빠져나와 큰길로 접어들어 한참 걷다가 앞이 탁 트인 넓은 들판에 이르렀다.

하늘에는 구름이 잔뜩 끼어 있었으나 그 구름 틈새로 스며나온 달빛이 다소 도움이 되었다. 그러나 곧 달이 기울어 사방은 굴 속처럼 캄캄해졌다. 그들은 발소리를 내지 않으려고 될 수 있는 대로 풀밭 위를 걸었다. 생울타리와 담장 등 거치적거리는 것이 없었으므로 어두웠지만 걷기가 수월했다. 넓게 트여 있는 사방은 적막과 고독의 캄캄한 세계였고, 그 위로 바람이 세차게 불었다. 그들이 어둠 속을 더듬어 얼마쯤 더 나아갔을 때, 눈앞의 풀밭에 거대한 건물 같은 것이 우뚝 서 있는 것이 어렴풋하게 보였다. 둘은 하마터면 그 건물에 부딪칠 뻔했다. 엔젤이 말했다.

"거참 괴상한 곳이군!"

"윙윙 소리가 나요. 잘 들어보세요!"

그가 귀를 기울이자 바람이 건물에 부딪쳐, 마치 거대한 한 줄짜리 하프를 타는 듯한 윙윙거리는 소리가 들려왔다. 그밖에는 아무 소리도 들리지 않았다. 클레어는 한 팔을 뻗고 두어 걸음 앞으로 나아갔다. 건물의 수직면이 그의 손에 닿았다. 그것은 이음새도 없고 다듬은 흔적도 없는 천연석으로, 손가락으로 위쪽을 더듬어보니 거창한 장방형 돌기둥이라는 것을 알 수 있었다. 다시 왼손을 뻗쳐보자 옆의 것과 비슷한 돌기둥이 만져졌다. 머리 위의 무한히 높은 곳에 있는 캄캄한 밤하늘을 한층 시꺼멓게 보이게 하는 것은 이 두 기둥을 수평으로 잇는 거대한 대들보 같았다. 그들은 그 대들보 밑 돌기둥 사이로 조심스럽게 들어갔다. 그들의 옷자락이 돌기둥에 스쳐 낮은 소리가 울렸다. 그들은 안으로 들어가도 바깥에 있는 듯한 기분이 들었다. 아무데서도 지붕이 보이지 않았다. 테스는 두려워서 숨도 제대로 쉬지 못했고, 엔젤은 당황하여 중얼거렸다.

"도대체 이게 뭘까?"

그는 옆으로 더듬어가다가 또 다른 돌기둥에 부딪혔다. 그것도 처음 것과 같은 장방형의 단단한 탑과 같은 돌기둥이었다. 돌기둥은 그런 식으로 줄지어 있었다. 그곳은 문과 기둥만이 있는 것 같았고 대들보로 기둥이 연결된 것도 있었다. 엔젤이 말했다.

"이거야말로 바람의 신전이군."

다음 돌기둥은 따로 떨어져 있었다. 그 밖에 세 개의 돌기둥이 대문처럼도 되어 있고, 땅에 쓰러져 있기도 했는데 그 옆쪽은 마차한 대가 넉넉히 지날 수 있을 만큼 넓은 포장길이었다. 그들은 이런 것들이 한덩어리가 되어 이 초원 일대를 돌기둥의 숲으로 만들고 있음을 알았다. 돌기둥 사이로 더 깊숙이 들어간 그들은 이윽고 그 복판에 이르렀다.

"이건 스톤헨지야."

"이교도의 신전 말인가요?"

"그렇소. 더버빌 집안보다 오래된 유적이지. 그건 그렇고, 우린 어떻게 할까? 좀 더 가면 쉴 곳이 있을 것도 같은데……."

그러나 지칠 대로 지친 테스는 바로 곁에 있는 장방형의 돌판 위에 털썩 주저앉았다. 그 옆의 돌기둥 하나가 바람을 막아주었다. 대낮에 햇볕을 쪼였기 때문에 돌은 따뜻하고 습기가 없었다. 치마와 구두를 축축하게 했던 거칠고 싸늘한 초원과는 달리 아늑한 느낌을 주었다. 테스는 엔젤의 팔을 잡으려고 손을 내밀며 말했다.

"엔젤, 더는 가고 싶지 않아요. 여기서 묵으면 안 될까요?"

"그건 안 될 거요. 아침이 되면 몇 마일 밖에서도 이곳을 환히 볼 수가 있소. 지금은 그렇지 않지만."

"어머니의 친척 중 누군가가 이 근처에서 양을 치던 생각이 나요. 그리고 텔보데이스에 있을 때 당신은 늘 나더러 이교도라고 하셨잖아요. 그러니까 난 이제 고향에 돌아온 셈이에요."

엔젤은 반듯하게 누운 테스 옆에 무릎을 꿇고 그녀의 입술에 입을 맞추었다.

"졸리는 모양이지? 당신은 꼭 제단 위에 누운 것 같군."

"난 이곳이 무척 마음에 들어요. 정말 고요하고 쓸쓸한 곳이에요. 벅찬 행복을 맛본 뒤라서 더 마음에 들어요. 머리 위에는 넓은 하늘이 있고 이 세상에는 우리 둘밖에 없는 것 같아요. 정말 아무도 없었으면 좋겠어요. 리자 루는 빼놓구요."

날이 밝을 무렵까지만이라도 그녀를 이곳에서 쉬게 하는 것이 좋겠다고 생각한 클레어는 외투를 벗어 그녀를 덮어주고 곁에 앉았다. 둘은 한동안 돌기둥 사이로 부는 바람 소리에 귀를 기울였다. 문득 테스가 말했다.

"엔젤, 만약 내게 무슨 일이 생기면 날 생각해서라도 리자 루를 돌봐주지 않겠어요?"

"그러지."

"그앤 정말 착하고 순진해요. 순결하기도 하구요. 엔젤, 내가 만약 죽으면—그럴 날도 얼마 남지 않았지만—그애와 결혼해주세요. 당신이 정말 그래 주신다면 난 더 바랄 게 없어요!"

"당신이 죽으면 난 모든 것을 잃는 것이나 마찬가지요. 그리고 그녀는 내 처제고……."

"그건 문제가 안 돼요. 말롯에서는 처제와도 곧잘 결혼하는 걸요. 리자 루는 정말 착하고 귀여운 애에요. 게다가 점점 아름답게 자라고 있어요. 아, 난 죽어서 저승에 가도 내 혼은 그애와 함께 당신 곁에 있을 거예요! 만약 당신이 앞으로 그애를 잘 가르치고 일깨워준다면, 당신 마음에 맞도록 그앨 키워주신다면 얼마나 좋을까요! 그앤 내 좋은 점만 가지고 있어요. 나쁜 점은 조금도 닮지 않았어요. 그애가 당신의 아내가 된다면 난 죽음조차 우리를 갈라놓지 못한다는 걸 느끼게 될 거예요. 이제 할 말을 다 했어요. 다시는 그런 말을 꺼내지 않겠어요."

테스는 입을 다물고 깊은 생각에 잠겼다. 멀리 동북쪽 하늘에서 돌기둥 사이로 한줄기 햇살이 비쳐 들어왔다. 골고루 덮였던 구름

장이 항아리 뚜껑을 벗길 때처럼 그대로 들려나가고, 이제 막 솟아오르려는 태양에게 그 자리를 양보하는 듯싶었다. 희미한 아침 햇살을 받아 초원의 돌기둥들이 그 모습을 드러냈다.

"이곳에서도 신에게 제물을 바쳤을까요?"

"아니."

"그럼 누구에게 바쳤나요?"

"태양에게 바쳤을 거요. 저기 외따로 떨어진 높은 돌기둥은 곧 솟아오를 태양을 향하고 있으니까."

"그 말을 들으니까 생각나는 게 있어요. 우리들이 결혼하기 전에 내가 무얼 믿든 조금도 상관하지 않겠다고 말했던 거 기억나세요? 하지만 난 당신 마음을 잘 알기 때문에 당신이 믿는 대로 나도 믿었어요. 내 생각보다 당신 생각이 내겐 더 소중했으니까요. 엔젤, 한 가지만 묻겠어요. 우리가 죽은 뒤에 다시 만날 수 있을까요? 가르쳐주세요. 난 그걸 알고 싶어요."

엔젤은 테스의 물음에 대한 답을 회피하려고 그녀에게 살짝 입맞춤했다.

"아, 엔젤. 그건 다시 못 만난다는 뜻인가요? 그런데도 난 당신과 다시 만나게 되기를 바랐어요. 얼마나 바랐는지 몰라요. 우리가 다시 만나지 못하다니, 서로가 이처럼 사랑하는 사이인데도 만나지 못하나요?"

테스는 솟구치는 흐느낌을 억누르며 말했다. 엔젤은 보통 때의 그보다 지나치게 신중해진 나머지 이 중대한 시기에 그녀의 중대한 질문에 대답하지 못했다. 둘 사이에 다시 침묵이 흘렀다. 잠시 후 그녀의 숨결은 규칙적으로 쌔근거렸고 그의 손을 잡았던 손도 스르르 풀어졌다. 그녀는 잠이 들었다. 동쪽 지평선을 따라 은빛으로 빛나고 있는 한 줄기 광선이 대평원의 먼 곳까지도 가까이 있는 듯 거무스레하게 보이게 했다. 날이 밝기 직전의 풍경이 흔히 그렇듯이 광활한 사빙의 경치는 어딘가 주지하고 수줍어하는 것처럼 보였다. 동쪽의 돌기둥과 대들보는 햇빛을 등지고 시꺼멓게 솟아 있었고, 그 너머에는 커다란 불꽃 모양을 한 태양석이, 그 중간에는 희생의 돌이 놓여 있었다. 잠시 후 바람은 잠잠해지고 움푹 팬 물웅덩이의 잔물결도 가라앉았다. 마침 그때 동쪽 경사진 언저리에서 무언가 어른거리는 것이 보였다. 흡사 점처럼 보이는 그것은 태양석 저편 낮은 지대에서 그들 쪽으로 다가오는 남자의 머리였다. 클레어는 이곳에 머물지 말고 좀 더 갈 걸 하고 후회했으나 어쩔 수 없는 사정인지라 가만히 있었다. 그 남자는 둘을 에워싼 돌기둥을 향해 곧장 걸어왔다.

등 뒤에서도 무슨 소리가 들렸다. 저벅저벅하는 발소리 같았다. 클레어가 뒤돌아보자 땅에 쓰러진 돌기둥 저편에 또 한 사람의 그림자가 보였다. 그리고 돌기둥 세 개가 대문 모양을 이룬 곳에도 한 남자가 서 있었고 그 왼편에도 한 사람이 서 있었다. 새벽 햇살이 서쪽에 나타난 남자를 정면으로 비추었으므로 클레어는 키 큰 그 남자가 훈련된 걸음걸이로 다가오는 모습을 똑똑히 볼 수 있었다. 그들은 모두 분명한 목적을 가지고 다가오는 것 같았다. 테스가 한 말이 사실이 되고 만 것이다. 클레어는 벌떡 일어나 무기나 돌, 그 밖에 도주할 방법이 없나 하고 사방을 두리번거렸으나 가장 가까이 다가온 남자에게 이내 붙잡히고 말았다.

"이젠 별 수 없소. 이 들판엔 무려 열여섯 명이나 되는 사람들이 깔려 있고, 게다가 그 사건 때문에 이 지방이 온통 들끓고 있으니 말이오."

"잠이 깰 때까지만이라도 저 여자를 자게 해주십시오."

그는 모여든 남자들에게 낮은 소리로 애원했다. 그때까지도 테스가 어디 있는지 몰랐던 그들은 그녀를 발견하자 한결같이 그녀를 지켜보면서 주위의 돌기둥처럼 꼼짝도 하지 않았다. 클레어는 테스에게로 다가가 가엾은 테스의 한쪽 손을 잡고 그 위로 몸을 굽혔다. 그녀의 숨결은 가쁘고도 가냘파 성숙한 여자의 숨결이라기보다는 작은 생물의 숨결 같았다. 모두들 그 자세인 채로 밝아오는 햇살을 받으며 기다렸다. 그들의 얼굴과 손은 은빛으로 빛났고 나머지 부분은 거무스레했다. 돌은 검푸른 빛을 띠었다. 들판은 여전히 한덩어리의 어둠처럼 보였다. 잠시 후 햇살이 한층 환해졌다. 햇살은 아무것도 모르는 그녀의 얼굴과 전신을 비추었다. 햇살이 눈꺼풀 밑으로 스며들어 그녀의 잠을 깨웠다.

"웬일이에요, 엔젤? 날 잡으러온 건가요?"

그녀는 벌떡 일어나 앉으며 물었다.

"여보, 그렇소. 당신을 데리러 왔소."

"그게 당연한 일이에요. 엔젤. 난 도리어 기뻐요. 네, 정말 기뻐요. 이런 행복이 오래 갈 리 없거든요. 그동안 난 마음껏 행복을 누렸어요. 과분할 정도였죠. 이제 오래 살아 당신에게 경멸받는 일도 없을 테니 정말 잘 된 거예요."

그녀는 중얼거리듯 말하고 나서 몸을 털고 일어났다. 그녀를 잡으러 온 남자들은 모두 꼼짝 않고 서 있었다. 그들 앞으로 나아가며 테스는 조용히 말했다.

"자, 날 데려가세요."

59

지난날 웨식스의 수도였으며 기복이 심한 분지 한복판에 가로놓여 있는 아름다운 옛 도시 윈톤체스터는 칠월의 어느 날 아침 상쾌하고 따사로운 대기에 감싸여 있었다. 박공지붕이 있는 벽돌집과 기와집, 또는 돌집들은 계절 탓으로 이끼가 거의 말라붙어 깨끗한 모습을 드러내었다. 목장 가운데를 흐르는 시내도 물이 줄었고, '서쪽 문'에서 중세기의 십자가가 있는 곳까지, 또한 그곳에서 다리에 이르기까지 경사를 이루는 큰길에서는 구식 장날이면 으레 하는 한가로운 대청소가 진행되었다.

앞서 말한 '서쪽 문'에서 시작되는 큰길은 윈톤체스터에 사는 사람 누구나 알고 있듯이, 인가에서 벗어나 가파르고 길게 비탈을 이룬 언덕길이었다. 시가지를 벗어난 이 언덕길을 숨가쁘게 올라가는 두 사람이 있었는데, 그들은 험한 비탈길 따위는 조금도 개의치 않는 것 같았다. 그것은 마음에 기쁜 일이 있어서가 아니라 깊은 생각에 잠겨 있기 때문이었다. 조금 전에 비탈 아래쪽의 높은 담이 둘러쳐진 좁은 문을 빠져나온 그들은 인가와 사람이 보이지 않는 곳으로 가려고 애쓰는 것 같았고 그 때문에 이 비탈길을 오르는 모양이었다. 젊은 그들이 고개를 수그린 채 걸어가는 슬픈 모습을 태양은 매정하게도 비웃는 것 같았다.

두 사람 중 하나는 엔젤 클레어였고, 한 사람은 키가 크고 한창 피어나는 꽃봉오리와 같은 처녀―반은 소녀이고 반은 여인인―였다. 테스보다 몸매는 가냘팠지만 테스만큼 눈이 아름다운 그 처녀는 테스를 정화시킨 듯한 모습을 지닌 클레어의 처제 리자 루였다. 그들의 창백한 얼굴은 반쪽으로 수척해져 있었다. 손을 마주 잡고 묵묵히 걷고 있는 그들이 고개를 수그린 모습은 마치 이탈리아 화가가 그린 〈두 사도〉와도 같았다.

그들이 언덕 꼭대기에 거의 이르렀을 때 거리의 시계가 여덟 시를 쳤다. 그 소리에 소스라치게 놀란 두 사람은 몇 걸음 더 걸어 푸른 초원 가장자리에 서 있는 흰 이정표 앞에 이르렀다. 이곳에서 언덕은 큰길과 통해 있었다. 그들은 어떤 큰 힘에 의해 걸음이 멈춰진 듯 이정표 옆에 우뚝 서서 악몽이라도 꾸는 듯한 초조한 상태로 무언가를 기다렸다.

이 언덕 꼭대기에서는 사방이 아득하게 내려다보였다. 눈 아래 골짜기에는 그들이 막 떠나온 도시가 가로놓여 있었고 그 중에서 유난히 눈에 띄는 건물은 실물 크기 그대로 보였다. 그 속에는 대사원의 탑도 있었고, 성 토마스 사원의 뾰족탑, 조그만 뾰족탑이 달린 대학 건물의 탑도 있었다. 오른쪽으로는 오늘도 순례자들에게 빵과 맥주를 나누어주는 오래된 사원의 탑과 박공이 보였다. 도시 뒤쪽에는 성 캐더린 언덕의 둥근 구릉이 펼쳐져 있었고 그 뒤로 아득히 풍경과 풍경이 전개되었다. 먼 지평선은 그 위에서 내리 쬐는 찬란한 햇살 속에 파묻혀 있었다.

이러한 시골 풍경을 배경으로 여러 건물들을 앞에 바라보는 우람스러운 붉은 벽돌집 한 채가 우뚝 서 있었다. 잿빛 지붕과 여러 개의 창살 달린 창문으로 보아 죄인을 감금하는 곳이 분명한 그 건물은 주위에 있는 고딕식의 우아한 건물과는 색다른 대조를 이루었다. 아까 두 사람이 빠져나왔던 문은 바로 그 건물의 담에 뚫린 문이었다. 그 건물 중앙에 꼭대기가 평평한 볼품없는 팔각형 탑이 동쪽 지평선을 등지고 우뚝 솟아 있었는데, 언덕에서 보면 그 탑의 그늘진 쪽이 보이는 까닭에 마치 도시의 미관을 더럽히는 한 점의 얼룩처럼 보였다. 그러나 언덕에 선 두 사람은 도시의 아름다운 정경이 아니라 바로 그 얼룩에 시선을 못 박고 있었다.

그 탑의 돌출부 위에는 기다란 깃대가 세워져 있었다. 그들의 시선은 이 깃대에 못 박혀 있었다. 거리의 시계가 여덟 시를 알리고 나서 몇 분이 지난 뒤 무엇인가가 그 깃대 위로 서서히 기어 올라가더니 이윽고 산들바람에 펄럭이기 시작했다. 그것은 검은 깃발이었다.

'정의의 심판'은 이제 끝났다. 희랍 비극작가의 표현대로 불멸의 수호신은 테스에 대한 희롱을 끝마친 것이다. 그녀의 조상, 더버빌 가문의 기사와 귀부인들은 아무것도 모르는 채 무덤 속에서 잠자고 있을 뿐이었다. 말없이 바라보던 두 사람은 마치 기도라도 올리듯 땅에 꿇어앉아 한참 동안 꼼짝도 하지 않았다. 검은 깃발은 여전히 바람에 나부꼈다. 이윽고 정신을 가다듬은 두 사람은 함께 일어나 다시 손을 맞잡고 그 자리를 떠났다.

작품 해설

　《테스》와 토마스 하디의 문학적 배경을 알려면《테스》가 발표되
었던 빅토리아 시대의 사회적 배경을 살펴볼 필요가 있다. 그 시대
는 사가(史家)들의 말처럼 '증기(蒸氣)와 위선적 언사(言辭)의 시
대'라고 일컬어질 만큼 혼돈의 상태였다고 해도 지나친 말이 아니
다. 그것은 바꾸어 말하자면 당시 두 줄기의 주조(主潮)를 이루던
민주적 경향과 과학정신으로 조성된 물질문명의 번영 속에서 이른
바 속물근성과 체면주의가 팽배해 있던 시대라 할 수 있겠다. 이러
한 시대일수록 윤리관 내지 도덕관은 편협해지기 마련이어서 문학
작품 속에 묘사되는 연애는 육체를 가지지 않는 남녀간의 사랑이어
야 했다. 육체적 애무나 갈등, 그런 데서 비롯되는 성적 묘사는 아
예 근접조차 할 수 없는 상황이기도 했다. 한편 진리를 존중하는 과
학정신이 기존 종교면에 작용함으로써 재래의 전통적 신앙에 대한
깊은 회의와 새로운 신앙의식에의 모색으로 당대의 지식인들은 고
민 속에서 우왕좌왕하던 시대이기도 했다. 그러한 시대 배경 속에
서 하디는 과감히《테스》를 독자의 머릿속에 집어던졌다.
　남자에게 정조를 빼앗기고 그 남자를 죽일뿐만 아니라 성직자들
을 규탄하는 듯한 내용의《테스》가 발표되자 문단을 비롯해서 사회

는 크나큰 충격의 회오리 속에 말려들었다.

《테스》가 발표되었던 당시, 엔젤과 같은 과거를 가진 남편들로부터, 그리고 테스와 같은 과거를 지닌 아내들로부터 하디에게 많은 편지가 날아들었다는 사실 하나만으로도 당시의 충격파를 짐작할 수 있다. 또한 어느 공작부인은 자기의 친구들에게 "테스를 지지하느냐? 않느냐?"라는 질문을 던지고, 지지하는 파와 비난하는 파를 구분 짓고, 자신은 지지하는 파와 어울렸다고도 한다.

하디는 인간에 대하여 성실하려고 노력하였고, 자기가 체험해온 일체를 성실하게 작품으로 승화시켰다. 그러한 작가적 노력은 마침내 당시 어느 작가도 쓸 수 없었던 《테스》와 같은 작품을 용감하게 쓸 수 있었던 것이다.

테스는 야만적 인간의 표본처럼 보이는 알렉에게 유혹되어 첫 정조를 빼앗긴 데다가, 단두대에 서기 전의 며칠 동안 또 한 사람의 남자 엔젤과 몰아적 사랑을 즐긴 간부(姦婦)인 동시에 알렉을 살해한 살인자인데도 불구하고, 하디는 이런 소재를 대담하게 작품의 제재로 삼았을 뿐만 아니라 그러한 테스를 여주인공으로 삼았고, 한 걸음 더 나아가서 그녀를 가리켜 '순결의 여인'이라 일컬었다.

이러한 '순결의 여인'의 '순결'의 개념은 당시의 영국 사회에 커다란 센세이션을 일으키지 않을 수 없었다.

우리는 이러한 하디의 문학적 태도 속에 그의 여성 옹호에 대한 집요한 노력과 새로운 정조관을 엿볼 수 있다. 즉 육체적 순결성보다 정신적 순결성을 우위에 세우려는 하디의 일련의 목적의식은 "육체의 정조만이 아니라 정신의 정조도 존재한다"는 슈바이처의 말과 일맥상통하는 것 같다.

《테스》가 처음 발표되었을 때 《타임》지의 비평자는 《테스》를 하디의 최고 작품이라고 말하는 동시에 "인습적 관념을 다루는 데 대담하고, 애틋한 비애감이 서린 동시 지극히 감동적인 비극감을 자아냈다"고 말했다. 또한 시인 윌리엄 와트슨은 "테스를 읽으면 인간의 지적(知的) 내지 정서적인 경험의 폭이 넓어진다"고 했으며, 웨스터민스터의 평자는 "조지 엘리엇이 별세한 뒤 영국이 낳은 최고의 작품"이라 찬사를 하였다. 한마디로 《테스》야말로 비극의 아름다움이 모여 만든 감동 깊은 장편 대서사시임에 틀림없다.

옮긴이

옮긴이 **이종구**

서울대학교 문리대 불문과를 졸업했으며,
《동아일보》외신부장과 서울대 교수, 건국대 교수를 역임했다.
수필집으로《바람의 질서》가 있으며,
옮긴 책으로《위대한 개츠비》,《닥터 지바고》,
《햄릿》,《리어왕》,《맥베스》등이 있다.

테스

1판 1쇄 발행 2008년 3월 5일
1판 6쇄 발행 2020년 10월 20일

지은이 토마스 하디 | **옮긴이** 이종구
펴낸곳 (주)문예출판사 | **펴낸이** 전준배
출판등록 1966. 12. 2. 제1-134호
주소 03992 서울시 마포구 월드컵북로 6길 30
전화 393-5681 | **팩스** 393-5685
홈페이지 www.moonye.com | **블로그** blog.naver.com/imoonye
페이스북 www.facebook.com/moonyepublishing | **이메일** info@moonye.com

ISBN 978-89-310-0589-9 03840

■ 문예 세계문학선

1 젊은 베르테르의 슬픔 괴테 / 송영택 옮김

▲▽ 2 멋진 신세계 올더스 헉슬리 / 이덕형 옮김

▲●▽ 3 호밀밭의 파수꾼 J. D. 샐린저 / 이덕형 옮김

4 데미안 헤르만 헤세 / 구기성 옮김

5 생의 한가운데 루이제 린저 / 전혜린 옮김

6 대지 펄 S. 벅 / 안정효 옮김

●▽ 7 1984년 조지 오웰 / 김병익 옮김

▲●▽ 8 위대한 개츠비 F. 스콧 피츠제럴드 / 송무 옮김

▲●▽ 9 파리대왕 윌리엄 골딩 / 이덕형 옮김

10 삼십세 잉게보르크 바흐만 / 차경아 옮김

★▲ 11 오이디푸스왕 · 안티고네
소포클레스 · 아이스퀼로스 / 천병희 옮김

★▲ 12 주홍글씨 너새니얼 호손 / 조승국 옮김

▲●▽ 13 동물농장 조지 오웰 / 김병익 옮김

★ 14 마음 나쓰메 소세키 / 오유리 옮김

★ 15 아Q정전 · 광인일기 루쉰 / 정석원 옮김

16 개선문 레마르크 / 송영택 옮김

★ 17 구토 장 폴 사르트르 / 방곤 옮김

18 노인과 바다 어니스트 헤밍웨이 / 이경식 옮김

19 좁은 문 앙드레 지드 / 오현우 옮김

★▲ 20 변신 · 시골 의사 프란츠 카프카 / 이덕형 옮김

★▲ 21 이방인 알베르 카뮈 / 이휘영 옮김

22 지하생활자의 수기 도스토옙스키 / 이동현 옮김

★ 23 설국 가와바타 야스나리 / 장경룡 옮김

★▲ 24 이반 데니소비치의 하루
A. 솔제니친 / 이동현 옮김

25 더블린 사람들 제임스 조이스 / 김병철 옮김

★ 26 여자의 일생 기 드 모파상 / 신인영 옮김

27 달과 6펜스 서머싯 몸 / 안흥규 옮김

28 지옥 앙리 바르뷔스 / 오현우 옮김

★▲ 29 젊은 예술가의 초상 제임스 조이스 / 여석기 옮김

▲ 30 검은 고양이 애드거 앨런 포 / 김기철 옮김

★ 31 도련님 나쓰메 소세키 / 오유리 옮김

32 우리 시대의 아이 외된 폰 호르바트 / 조경수 옮김

33 잃어버린 지평선 제임스 힐턴 / 이경식 옮김

34 지상의 양식 앙드레 지드 / 김붕구 옮김

35 체호프 단편선 안톤 체호프 / 김학수 옮김

36 인간실격 · 사양 다자이 오사무 / 오유리 옮김

37 위기의 여자 시몬 드 보부아르 / 손장순 옮김

●▽ 38 댈러웨이 부인 버지니아 울프 / 나영균 옮김

39 인간희극 윌리엄 사로얀 / 안정효 옮김

40 오 헨리 단편선 O. 헨리 / 이성호 옮김

★ 41 말테의 수기 R. M. 릴케 / 박환덕 옮김

42 파비안 에리히 케스트너 / 전혜린 옮김

★▲▽ 43 햄릿 윌리엄 셰익스피어 / 여석기 옮김

44 바라바 페르 라게르크비스트 / 한영환 옮김

45 토니오 크뢰거 토마스 만 / 강두식 옮김

46 첫사랑 투르게네프 / 김학수 옮김

47 제3의 사나이 그레엄 그린 / 안흥규 옮김

★▲▽ 48 어둠의 속 조셉 콘래드 / 이덕형 옮김

49 싯다르타 헤르만 헤세 / 차경아 옮김

50 모파상 단편선 기 드 모파상 / 김동현 · 김사행 옮김

51 찰스 램 수필선 찰스 램 / 김기철 옮김

★▲▽ 52 보바리 부인 귀스타브 플로베르 / 민희식 옮김

53 페터 카멘친트 헤르만 헤세 / 박종서 옮김

★ 54 몽테뉴 수상록 몽테뉴 / 손우성 옮김

55 알퐁스 도데 단편선 알퐁스 도데 / 김사행 옮김

56 베이컨 수필집 프랜시스 베이컨 / 김길중 옮김

★▲ 57 인형의 집 헨릭 입센 / 안동민 옮김

★ 58 심판 프란츠 카프카 / 김현성 옮김

★▲ 59 테스 토마스 하디 / 이종구 옮김

★▽ 60 리어왕 셰익스피어 / 이종구 옮김

61 라쇼몽 아쿠타가와 류노스케 / 김영식 옮김

▲▽ 62 프랑켄슈타인 메리 셸리 / 임종기 옮김

▲●▽ 63 등대로 버지니아 울프 / 이숙자 옮김

64 명상록 마르쿠스 아우렐리우스 / 이덕형 옮김

65 가든 파티 캐서린 맨스필드 / 이덕형 옮김

66 투명인간 H. G. 웰스 / 임종기 옮김

67 게르트루트 헤르만 헤세 / 송영택 옮김

68 피가로의 결혼 보마르셰 / 민희식 옮김

(뒷면 계속)

★ 69 팡세 블레즈 파스칼 / 하동훈 옮김

70 한국 단편 소설선 1 김동인 외

71 지킬 박사와 하이드 로버트 L. 스티븐슨 / 김세미 옮김

▲ 72 밤으로의 긴 여로 유진 오닐 / 박윤정 옮김

★▲▽ 73 허클베리 핀의 모험 마크 트웨인 / 이덕형 옮김

74 이선 프롬 이디스 워튼 / 손영미 옮김

75 크리스마스 캐럴 찰스 디킨스 / 김세미 옮김

★▲ 76 파우스트 요한 볼프강 폰 괴테 / 정경석 옮김

▲ 77 야성의 부름 잭 런던 / 임종기 옮김

★▲ 78 고도를 기다리며 사뮈엘 베케트 / 홍복유 옮김

★▲▽ 79 걸리버 여행기 조너선 스위프트 / 박용수 옮김

80 톰 소여의 모험 마크 트웨인 / 이덕형 옮김

★▲▽ 81 오만과 편견 제인 오스틴 / 박용수 옮김

★▽ 82 오셀로 · 템페스트 윌리엄 셰익스피어 / 오화섭 옮김

★ 83 맥베스 윌리엄 셰익스피어 / 이종구 옮김

▽ 84 순수의 시대 이디스 워튼 / 이미선 옮김

★ 85 차라투스트라는 이렇게 말했다 니체 / 황문수 옮김

★ 86 그리스 로마 신화 에디스 해밀턴 / 장왕록 옮김

87 모로 박사의 섬 H. G. 웰스 / 한동훈 옮김

88 유토피아 토머스 모어 / 김남우 옮김

★▲ 89 로빈슨 크루소 대니얼 디포 / 이덕형 옮김

90 자기만의 방 버지니아 울프 / 정윤조 옮김

▲ 91 월든 헨리 D. 소로 / 이덕형 옮김

92 나는 고양이로소이다 나쓰메 소세키 / 김영식 옮김

★ 93 폭풍의 언덕 에밀리 브론테 / 이덕형 옮김

★▲ 94 스완네 쪽으로 마르셀 프루스트 / 김인환 옮김

★ 95 이솝 우화 이솝 / 이덕형 옮김

★ 96 페스트 알베르 카뮈 / 이휘영 옮김

▲ 97 도리언 그레이의 초상 오스카 와일드 / 임종기 옮김

98 기러기 모리 오가이 / 김영식 옮김

★▲ 99 제인 에어 1 샬럿 브론테 / 이덕형 옮김

★▲ 100 제인 에어 2 샬럿 브론테 / 이덕형 옮김

101 방황 루쉰 / 정석원 옮김

102 타임머신 H. G. 웰스 / 임종기 옮김

● 103 보이지 않는 인간 1 랠프 엘리슨 / 송무 옮김

● 104 보이지 않는 인간 2 랠프 엘리슨 / 송무 옮김

▲ 105 훌륭한 군인 포드 매덕스 포드 / 손영미 옮김

106 수레바퀴 아래서 헤르만 헤세 / 송영택 옮김

▲ 107 죄와 벌 1 도스토옙스키 / 김학수 옮김

▲ 108 죄와 벌 2 도스토옙스키 / 김학수 옮김

109 밤의 노예 미셸 오스트 / 이재형 옮김

110 바다여 바다여 1 아이리스 머독 / 안정효 옮김

111 바다여 바다여 2 아이리스 머독 / 안정효 옮김

112 부활 1 톨스토이 / 김학수 옮김

113 부활 2 톨스토이 / 김학수 옮김

▲● 114 그들의 눈은 신을 보고 있었다
조라 닐 허스턴 / 이미선 옮김

115 약속 프리드리히 뒤렌마트 / 차경아 옮김

116 제니의 초상 로버트 네이선 / 이덕희 옮김

117 트로일러스와 크리세이드
제프리 초서 / 김영남 옮김

118 사람은 무엇으로 사는가
톨스토이 / 이순영 옮김

119 전락 알베르 카뮈 / 이휘영 옮김

120 독일인의 사랑 막스 뮐러 / 차경아 옮김

121 릴케 단편선 R. M. 릴케 / 송영택 옮김

122 이반 일리치의 죽음 톨스토이 / 이순영 옮김

123 판사와 형리 F. 뒤렌마트 / 차경아 옮김

124 보트 위의 세 남자 제롬 K. 제롬 / 김이선 옮김

125 자전거를 탄 세 남자 제롬 K. 제롬 / 김이선 옮김

126 사랑하는 하느님 이야기 R. M. 릴케 / 송영택 옮김

127 그리스인 조르바 니코스 카잔차키스 / 이재형 옮김

128 여자 없는 남자들 어니스트 헤밍웨이 / 이종인 옮김